講談社文庫

有限と微小のパン

THE PERFECT OUTSIDER

森 博嗣

講談社

目次

THE PERFECT OUTSIDER

by

MORI Hiroshi

1998

PAPERBACK VERSION

2001

有限と微小のパン

このモデルは、可能な成長サイトのうちの最小の乱数をもつものを選びながら、侵入流体を新しいサイトに１歩ずつ進める。これは局所的な性質に従って侵入クラスターを成長させるアルゴリズムである。閉じ込められた領域に侵入できないという規則は、このモデルに非局所性を持ち込む。ある領域が閉じ込められているかどうかは局所的には判定できず、系の大域的な検索が要求される。

(Jens Feder/FRACTALS)

鍵が周囲の小さな部屋しか開けないからといって、それを軽蔑すべきではない。

(Philip J. Davis, Reuben Hersh/The Mathematical Experience)

登場人物

真賀田《まがた》四季《しき》……………………天才プログラマ

塙《はなわ》理生哉《りきや》…………………ナノクラフト社長

塙《はなわ》香奈芽《かなめ》…………………………理生哉の妹

塙《はなわ》安芸良《あきら》…………………………理生哉の父

藤原《ふじわら》博《ひろし》………………………………副社長

窪川《くぼかわ》一也《かずや》……………………………広報部長

松本《まつもと》卓哉《たくや》…………………………プログラマ

島田《しまだ》文子《あやこ》…………………………プログラマ

加古《かこ》亮平《りょうへい》…………………………プログラマ

新庄《しんじょう》久美子《くみこ》…………………………………秘書

小宮《こみや》みどり………………………………秘書

西之園《にしのその》萌絵《もえ》………………N大学工学部・４年生

牧野《まきの》洋子《ようこ》………………N大学工学部・４年生

反町《そりまち》愛《あい》………………………N大学医学部・４年生

金子《かねこ》勇二《ゆうじ》………………N大学工学部・４年生

浜中《はまなか》深志《ふかし》…………………N大学工学部・D２

犀川《さいかわ》創平《そうへい》………………N大学工学部・助教授

国枝《くにえだ》桃子《ももこ》…………………N大学工学部・助手

儀同《ぎどう》世津子《せつこ》………………………………雑誌記者

第1章　パンドラの箱　Pandora's Box

〈ほら、7だけが孤独でしょう？　私の人格の中で、両親を殺す動機を持っているのは、私、真賀田四季だけなのよ〉

1

ここは、とても暗い。

手に取る必要のないもの、見る必要のないものは、すべて意味がない。存在する価値がない。したがって、存在しない。

無駄なものは、最初からここにはなかった。

存在が許容されるものは、意志。

ただ、高度に洗練された意志だけが、幾重《いくえ》にもリンクし、この空間を形造っている。

有限の秩序が無限の連鎖を生み、微小な複雑が巨大な単純を織り成す。

それが、遺伝子のアルゴリズム。

天才が作った空間だった。

塙理生哉《はなわりきや》は僅《わず》かな明かりに導かれ、通路の道順を正確に進んだ。ここでは、その道順がすなわちパスワードとなる。

途中、左右に延びる別の通路が幾つか現れる。その交差点で、彼は必ず立ち止まり、間違えないように道を選んだ。通路の両側の壁は完璧《かんぺき》な平面で、ときどき原色のドアがある。それくらいしか場所を特徴づけるものがない。どの壁にも、とても小さなライトが点々と白く灯り、それらは同調して点滅していた。前方の暗闇の奥で瞬《またた》くそれらの光は、はるか遠くでは一点に収束するラインとなる。まるで、滑走路のようだった。

彼は最後の角を直角に曲がり、右手に現れた黄色のドアを開けて部屋の中に入った。その部屋にはドアがほかにない。念のために後ろを振り返ると、たった今入ってきた黄色のドアも既に見えなかった。ここでは、意味のないものは存在しない。

「失礼します」彼は一応挨拶をした。しかし、そんな必要などまったくないことを、彼が一番よく知っている。

室内も暗かった。

デスクがある。その上に白い照明。ごく限られた範囲を強調して照らしている。少し眩《まぶ》しいくらいだったが、眩惑《げんわく》されるほどではない。

そのデスクの奥に、彼女は腰掛けていた。

生きている人間の中で、最も速い頭脳。

最も強い頭脳。

その彼女を目の前にして、彼は緊張した。

限定された光が、彼女の細い首と、白い胸の一部を、彼に見せる。肩にかかる黒髪は、その大半が闇に溶け込み、鋭角な顎《あご》の輪郭だけが同化を拒むように鮮明だった。口もとには、仄《ほの》かな彩《いろど》りがある。そして、その僅《わず》か上方の闇の宙に、ガラス玉のように無機質な二つの瞳《ひとみ》が浮んでいた。

その瞳が彼を捉えている。

「こんにちは」赤い唇が動いた。

「はじめまして」彼は頭を下げる。緊張で脚が震えているのがわかった。

彼女から自分はどう見えるだろう、自分の存在はどれほどのものだろう、と彼は一瞬考えた。

「いかがですか？　ここの居心地《いごこち》は」塙理生哉はデスクの前まで進み、ぼんやりと相手の顔が見えるところに立った。

「気に入りました」彼女は答えた。表情はまったく変わらない。微かに動いた瞳は淡いブルーだった。

「処理系のキャパシティはいかがです？」彼は尋ねる。「もう、ご覧になったのでしょう？」

「ええ、だいたいは。メモリは、現状では過不足ないといったところです。ただし、並行処理のマネジメントに幼稚な部分がありますから、それは、さっそく今日にでも、勝手に直させていただくわ」

「どんなふうに？」

「強力な自己統制。それに、さらに連続した自問。具体的には、まず、イベント待機の刻み幅を可変にします。今のメモリ解放の優先順位は真面目過ぎる。これ、もしかして、貴方の性格かしら？　そうだとしたら、ご自分でも、おわかりのはず」

「あ、いや、自覚はありませんね。ほかよりはましだと思っていました。これでも、まだ鈍いですか？」

「鈍いと言っているわけではありません。集中力が足りないのです。いざというときの瞬発力ですね。生きている人間を本気で相手にするのなら、イベント発生頻度を常時予測するルーチンに一パーセント以上のパワーを使うこと。したがって、現有のハードでは、その計算を担当する独立したユニットを与えるべきです。子供騙《だま》しのような馬鹿馬鹿しいルーチンですが、対人能力はこれで格段に向上するでしょう。もちろん、それは単なる錯覚なのですけれどね」

「気まぐれな人間を相手にすると、曖昧《あいまい》で不合理な部分をどうしても取り込む必要が生じる、ということですね？　まあ、コンピュータサイエンスにおける究極のジレンマでしょうか……」

「いいえ、そのジレンマこそが本質です、コンピュータサイエンスにとって、そもそもの到達目標なのです」

「ああ、ええ……、そうでした。僕もそのとおりだと思います」塙理生哉は何度も頷く。

「ハード全般では、いかがですか？　能力不足でしょうか？」

「そうですね、並列ユニットがもう二つ三つあれば」

「二つですか？　三つですか？」

「貴方の可能な方で」

「四つ用意させましょう」

「仮想外部回線をこんなに太くした理由は何かしら？」彼女は突然、別の質問をした。「現状では、どう使っても、せいぜいこの許容量の六十パーセントくらいだと思いますけれど」

「ええ……」彼は驚いて少し間を置く。「その、これは、将来の……」

「将来ですって？」そう言って、彼女はくすっと笑った。「それにしては四十パーセントは、低い見積もりです」

「あの……、特にこれといった理由はありません。アクシデントに備えて、安全率を確保しただけです」

「ええ、けっこうです。わかりました」彼女はくすくすと笑いだした。「貴方の返答が一瞬遅れただけで、私の知りたい答になっています」

「は？」

「つまり、クライアントを増やすおつもりなのね？」

「ええ……」彼はしかたなく頷《うなず》いた。「まあ、これが僕の道楽でして……。その……、確かに勝手な判断で……」

「ご自由ですわ」彼女はあっさりと頷く。「ただ、特定のパートを強化することは、ほかのパートへのリスクの集中を引き起こします。お忘れにならないように。システムは、常に、最初にダウンするところ、次にダウンするところ、というように弱い部分を用意して、コアを守らなくてはなりません。ダウンすべきところが強化されては、トータルとしてマイナスです」

「わかりました。その点はソフト的に対処します。よろしいですか？」

「ええ、それでけっこうです」彼女はにっこりと微笑んだ。

「博士」塙理生哉は片手を差し出す。「あの、握手をしていただけないでしょうか？」

「意外に、無意味なことがお好きなのね」彼女は立ち上がって片手を伸ばした。「天才、塙理生哉博士が握手を？」

「それは、どうかおっしゃらないで下さい」握手をしながら彼は言う。「僕も歳をとりました。歳をとるということは、掃除機みたいに無駄なものをいっぱい吸い込むということなんです。きっと、そのせいだと思いますよ。どんどん無駄なことをしたくなってしまう」

「お気をつけになった方が良いわ」

「気をつけましょう。それにしても、博士と、こうして握手ができるなんて……」離した手を見せながら、彼は大袈裟に肩を竦《すく》めた。「本当に光栄です。ずっと、夢だったんですよ、若いときからの……。この瞬間を夢見てきました。ずっと、真賀田四季《まがたしき》と握手をすることを夢見て、僕はここまできた、といってよい」

「小さな夢ですこと」

「はい、ええ……、とても小さな夢かもしれませんが、大切な夢でした。それがたった今、叶《かな》いました。感激しています」

「では、もう思い残すことはないと?」

「いえ、そういうわけでは……」

「失礼。言い過ぎました」

「あ、いいえ、とんでもない。あの、博士、一つだけ、おききしてもよろしいでしょうか?」

「どうぞ」

「失礼ですが、博士の夢は何でしょうか?」塙理生哉はデスクから一歩離れて尋ねた。「この機会に、是非、聞かせていただけませんか」

「貴方と同じです」

「え？　といいますと……」

「そう……」珍しく、彼女はそこで少し言葉を切った。「ある意味では、貴方の夢よりも、小さなことかもしれません。けれど、私には、ずっと難しいことなのです」

再び椅子に座った彼女の白い顔をライトが眩しく見せた。

「あの、よくわかりません。それは、どんな夢でしょうか？」

青い瞳が一度だけ瞬く。

「真賀田四季と握手をすることです」彼女は答えた。

「ご自分と、ですか？」

「ええ……、未だに、その夢は叶いません」

2

真賀田四季博士との最初の会見は、僅かに五分間だった。

それは、彼女の方から要求されたリミットで、塙理生哉にしてみれば、多少の不満がなかったわけではない。膨大な資金を工面《くめん》して地下の施設を改装させたのは彼である。それは、彼女一人のための設備だったが、まだ完璧に稼働する状態ではなかった。つまり、今後も、さらに膨大な資金が必要であり、当然ながら彼女もそれを要求することになるだろう。過去と将来のそうしたすべての政治的な労苦を背負っているのが塙理生哉だった。だから、少しくらいは真賀田四季から感謝されても良いはずだ、と彼が感じたとしても、不謹慎だと責めるわけにはいかないだろう。

しかし、感謝などといった低俗なサインや、また、その種のありきたりの言葉を、天才に期待していたわけではもちろんない。真賀田四季がどんなレベルの人物なのか、どれほど破格の機能を有した才能なのか、塙理生哉は充分過ぎるほど知っている。「天才少女」「天才プログラマ」「コンピュータサイエンスの頂点」など、真賀田四季に対する数々の形容は、いずれも言語自体の限界を感じさせるだけのものでしかなかった。どんな表現も、空前絶後といえる彼女の本質を伝えるのには不足だった。まだ三十を越えたばかりの若く美しい天才は、しかし、二十年も以前から頭角を現し、たちまち世俗を超越し、この分野で、いや、あらゆる分野を通じて、まさに比類のない存在だったのである。

ただし、塙理生哉は、おそらく一般の人間よりは数倍、いや数十倍、真賀田四季のことを正確に評価している、と自負していた。少し離れた位置から眺めれば、極めて近い分野で彼は活躍していたし、若くしてコンピュータソフト業界に飛び込み、彼自身が「天才プログラマ」と呼ばれた時期さえあったからだ。

だが、彼に冠された「天才」という評価は、もちろん真賀田四季の場合とは根本的に異質なものであった。確かに、人々が日常的に使用する「天才的」という表現に妥当な才能（それもごく細《ささ》やかなものだったが）に彼は恵まれていた。けれど、それは「太陽のような人だ」といった表現と同じレベルの比喩であって、当然ながら、天才でも、太陽でもない。

多くの人々の前で、天才のように振舞《ふるま》うことはできた（それが可能なのは、人々が本当の天才を知らないからだ。天才を認知するだけの能力を持っていないからだ）。特に、自分の会社が多くの従業員を抱える大企業として内外から評価されるに至って、嫌でもそう振舞う必要が生じた。つまり、彼は、天才を演じるだけの天才的才能だけは運良く持ち合わせていた、といえる。

地下四階のほぼ半分の面積を占めるシークレット・ゾーンは、「シンクロナイズド・パッケージ」という正式名称だったが、スタッフ連中は「ダーク・ルーム」と呼んでいた。真賀田四季が使用するようになってからというもの、ダーク・ルームは完全に立入禁止の領域に指定され、文字どおり「闇の部屋」となった。もちろん、立入禁止の理由さえ公表されていない。一部の者しか、真賀田四季のことを知らされていない。社長である塙理生哉自身、今日が初めての会見だった。

最後の緑色のドアを開けて、塙理生哉はダーク・ルームから出た。周囲は急に明るくなり、彼は目を細める。さらに、重い扉を開けた次の部屋で、彼はようやく溜息をついた。緊張から解放され、額に汗が滲む。

そこはモニタ・ルームである。今は彼以外に誰もいない。液晶ディスプレイがのったデスクが一つ、壁際に置かれていた。

モニタ・ルームから出ると、そこはもう、誰でもが出入り可能なゾーンになる。塙はドアをロックし、通路を進んだ。

両側が青みがかったガラスで仕切られている。その平行なガラス面に挟まれて、通路が真っ直ぐに延び、数十メートル先の突き当たりがエレベータだった。

右手のガラスの中から、新庄久美子《しんじょうくみこ》が手を振った。彼女は、頬に携帯電話を当てていた。ガラスの自動ドアが開き、塙理生哉は、彼女のいる部屋に入った。久美子のほかにもう一人、白衣の若い男がプリンタの後ろに立っている。

「あ、君。何か飲みものを頼むよ」塙はその男に言った。

「コーヒーですか？」

「いや、ジュース。炭酸でないものがいい」

男は無言で頷いて、奥の部屋に入っていった。そちらもガラス越しに内部が見える。低いパーティションとスチール棚が並び、デスクには大きなディスプレイが斜めに埋め込まれていた。数名のスタッフが広いスペースに疎《まば》らに散って座っている。散らかった机の上には、ごみ箱らしき容器がのっているところもあった。天井に埋め込まれた蛍光灯のせいなのか、部屋全体が白っぽい。

新庄久美子が携帯電話を上着のポケットに仕舞いながら、塙の方に近づいてきた。

「空港から連絡がありました」久美子は早口に報告する。「今から出迎えに参ります」

「ああ、そうしてくれ」近くの椅子に腰掛け、塙理生哉は脚を組んだ。「丁重《ていちょう》に、頼むよ」

「いかがでしたか?」デスクにあったファイルを両手で持ち上げ、姿勢良く立ったまま久美子がきいた。

「何が?」

「真賀田博士です」彼女はダーク・ルームの方向の壁を一瞬見た。「どんなご様子でしたか?」

「ああ……」塙は溜息をつく。

奥のドアが開き、さきほどの男が紙コップを大事そうに運んできた。彼はそれを塙に手渡し、そのまま愛想良く微笑んで、塙と久美子の顔を交互に見た。

「ありがとう」塙理生哉は男に言う。

「ごめんなさい、ちょっと外していただけますか」久美子が人工的に微笑みながら言った。こういった場合の彼女の表情には、確固とした自信に満ちた優越感がごく自然に出てしまうようだ、と塙は思う。

男は不必要に何度も頭を下げてから、奥の部屋へ引っ込んだ。その姿を二人はしばらく追った。

「彼は？」塙は小声で久美子にきく。

「松本《まつもと》さん」久美子は即答した。「今年入ったばかりの……」

「ああ、彼が松本君か。うん、覚えているよ。確か、O大の助手だったという」

「はい。今はこのブロックのチーフです」久美子は隣の部屋を見ながら言った。「彼、社長にお話があると、さきほど言いにきたのですけど……。あの……」

「わかった」ジュースの紙コップを口に運びながら、塙はもう一方の手を広げてみせる。

「あとは、僕の仕事だ。君は早く空港へ行きなさい」

「社長、真賀田博士とは、どんなお話をなさったのですか？」

「握手をしただけだよ」塙はにやりと笑って答える。事実、それが一番嬉しかった。「新庄君こそ、もう何度も博士と会っているのに、僕には、大した報告をしてくれないじゃないか」

「私の場合は、ただのメッセンジャですから」久美子は事務的な口調で答える。「内容はすべて報告されているとおりです。それ以上でも、それ以下でもありません」

「ああ……、わかっている。すまない」

「所内でも、いろいろ噂が立っています」久美子は再び隣の部屋をガラス越しに見る。「早い時期に、ある程度の範囲には、なんらかの情報を公開しないと危険です」

「危険？」塙はそう言って鼻息を鳴らした。「オーバな言い方だね。いや……、わかった。

考えておこう」

新庄久美子は軽く頭を下げ、部屋から通路へ出ていった。ガラスの自動ドアが閉まる。圧縮空気が漏《も》れる短い音がした。甲高《かんだか》い彼女の靴音も、すぐに聞こえなくなった。

塙理生哉は、ジュースを飲みながら、隣の部屋に顔を向ける。ガラスの近くに松本が立っていた。にやにやとした顔をこちらへ向けている。塙が頷いて片手で合図をすると、松本は喜々とした表情で慌ててドアから入ってきた。

「あ、あの……」松本は塙の前に立ち、躰《からだ》を揺すった。「こんにちは、社長。はじめまして……。私は、九月からここに来ました松本といいます。あの……、彼女から、新庄さんから、聞かれたと思いますが……」

「君が私に話がある、ということは聞いた」

「はい、そうです。そのとおりです」彼は、顎を突き出して何度も頷く。

「設備の要求とか、待遇のことなら、メールで頼むよ」

「いえ、違います。そういったことではありません」松本はまたにやにやと笑った。しかし、どうやらそれが人と話すときの普通の顔らしい。「その、待遇にも、設備にも、まったく不満はありません。もう、ここは天国のような職場です。毎日が、楽しくて、嬉しくて……、その……」

「そりゃ良かった」塙はセーブして軽く微笑んだ。「で、話というのは？　もしかして、例の新しいプロジェクトのことかい？」

「あ、いえ。それは、別に大したことでは……」

「じゃあ、何だね？」

「そこのダーク・ルームのことなんです」松本は、壁の方角を指さす。「私は、このフロアのこっち半分のブロックのチーフを任《まか》されています。その、ダーク・ルームがすぐ隣です。皆が、そこのことを知りたがっています」

「承知している。しかし、それはトップシークレットだ」そう言って、塙は口もとを斜めにした。

「はい、そう……、そう聞いています」松本は両手を口に一度当て、それから頰を膨《ふく》らませながら目を天井に向ける。それらの動作にどんな意味があるのか、塙には理解できなかった。「新庄さんにも、きいてみたんですが、教えてもらえない」

「彼女は有能だからね」

「あの……、新庄さんが、毎日、その中に入っていきますよね。ワゴンを押して、彼女、何かを運び込んでいる。毎日、二回です」

「それで？」

「いえ、その……」松本はまた無駄な動作を幾つか繰り返した。「実は、一昨日でしたか、ここに徹夜で残った奴がいまして……、いえ、もちろん、私じゃありませんよ。ただ、そいつがですね、ダーク・ルームから人が出てくるのを見た、と言ってるんですよ。えっと、夜中の三時過ぎだって……」

「誰だね？　そんなことを言っているのは」塙は低い声できき返す。「夜中の二時以降の残業は禁止されているはずだ。第一、カードをごまかさないかぎり、残ることはできない。管理システムのデータを書き替えたのか？」

「すみません。バイトの学生なんです。申し訳ありません」

「バイトといえどもカードを渡しているはずだろう？」

「臨時だったから、ええ……、昨日まで、例の気象衛星の仕事で大変だったものですから、その……、つい……」

「そのバイトの学生は？　もういないのか？」

「あ、ええ。昨日までです」

「何を見たと言ったんだね？」

「人影です」

「どんな？」

「いえ、その……、通路の照明が消えていたので、わからなかったと……、そう言っていました。そいつは、そこのダーク・ルームのドアの奥にも別の部署があって、スタッフが残業していると思ったみたいでして……」

「見間違いだろう」塙理生哉はすぐに言う。「寝ぼけていたんだよ」

「あの……、もしかして、誰か中にいるのですか？」松本はようやく真剣な表情になった。

「だって、新庄さんが運び込んでいるワゴン、あれ、食事でしょう？　エレベータで一緒になったとき、匂いでわかっちゃいましたよ。毎日毎日、彼女、ダーク・ルームに食事を運んでいる。もう、この一週間くらいかな……、ずっとですよね」

「中には誰もいない」

「それじゃあ、新庄さんが、ダーク・ルームの中で、毎日一人で食事をしているっておっしゃるんですか？」

「そうだ」

「何のために？」

「現時点で、君が知る必要はない。私も説明するつもりはない。時期が来たら公表しよう」

「だけど、気持ちが悪いじゃありませんか。私たちの部屋のすぐ隣なんですから……」

「気持ちが悪かったら、ほかのところへ替われば良い」塙はゆっくりとした口調で答える。

「君くらいの才能があれば、どこの研究所でも、きっと良い仕事に就けるだろう」

「あ、いえいえ……」松本は白い歯を見せて、ひきつった表情になる。「あの、決して、そういう意味じゃありません。すみません。ただ……、その、私は……」

「どんなデータも、どこかで区分し、いつかは切り捨てなくてはならない。判別をする一線が必要だ。ダーク・ルームのことは、今は君のエリアではない」

松本は肩を竦《すく》めてから頷いた。

「君の仕事ぶりは報告を受けている」塙は立ち上がりながら言う。「できれば、ここでずっと働いてもらいたい」

「私も、もちろんそうしたいと思っています」松本は、苦いものでも飲み込んだような表情で頷いた。「あの、社長。本当にすみません。もう一つだけ、質問してよろしいですか？」

「ああ」

「私が来るまえにここのチーフだった島田《しまだ》さんという人、どうされたんですか？　とても有能な人だったと、みんなが話しています。突然、八月に辞《や》められたそうですね」

「そう……、残念だったがね」

「しかし、私がこの部署に来ることは、今年の春には決まっていましたよね。ここのみんなは、彼女の後任で私が来たと思っているようですが、彼女、そんなに以前から辞めることが決まっていたのですか？」

「そうだ。かなりまえから退職の希望が出ていた。実はそれで、君に話をもっていったんだ」

「しかし、そんなふうには全然見えなかったって、みんな言っているんですよ。辞めた日の前日も、普段と全然変わらない様子だったって」

「言いたくなかったのだろう」

「はあ……」松本は不思議そうな顔のまま、ゆっくりと頷いた。

3

西之園《にしのその》萌絵《もえ》は、長崎空港の一階のロビィを、車輪の付いたトランクを引っ張って歩いていた。友人の牧野《まきの》洋子《ようこ》と反町《そりまち》愛《あい》の二人は、彼女よりもずっと荷物が少なかった。

「もうもうもう！　だから言ったでしょうがぁ」反町愛が辺りを見回して不機嫌そうに言う。だが、彼女がそんな不機嫌そうな話し方をするときは、実は上機嫌な証拠だった。「もう、俺っち、お腹ぺこだよう。ホント、どうしてくれんのぉ」

「そこでチャンポン食べてきたら？」牧野洋子が軽く言った。

「やあよ。そんなチャンポンごときで満足できない状況なの」愛は煙草に火をつけながら牧野洋子を睨《にら》んだ。「もう、こうなったら、とことん腹空《す》かして、ディナで爆食してやるんだ」

「バクショク？」洋子が繰り返す。

「ねえ、ソフトクリーム食べない？」萌絵はきいた。

「げろげろ」愛がすぐに言う。「こら、萌絵！　あんた、人の話聞いてんのか？」

「なあに？　げろげろって」萌絵は一度大きく瞬《またた》いて、首を二十五度くらい横に傾けた。

「ラヴちゃん、飛行機に酔ったの？　気持ち悪い？」

「ああもう、勝手に食ってこいよ、ソフトクリーム」煙を吹き出しながら、愛が顎を突き出す。「その馬鹿でっかい荷物なら、俺が見ててやっからさ。一人で食ってこい」

「洋子は？」萌絵は牧野洋子の顔を見た。

「私もいい。甘いものは遠慮する」

萌絵は肩を竦《すく》める。

飛行機が到着して、荷物を受け取ったあと、すぐに電話をかけた。迎えが来るのに一時間もかかるということだった。そのことを洋子と愛に話すと、二人は大きな溜息をつき、急に押し黙ってしまった。萌絵自身も、当然、空港に迎えが来ているものと思っていたのである。どこかで話の行き違いがあったようだ。

夕方の四時。食事をするには半端《はんぱ》な時間だった。

最初は喫茶店でお茶でも飲んで時間を潰そうとしたのであるが、見つかった店は、どうも鄙《ひな》びて萎《しな》びた雰囲気で、反町愛と牧野洋子が入るのを猛反対した。そのあと空港内を歩き回ったのだが、カウンタ形式のものを除けば、喫茶店はその一軒しかないことが判明した。

三人は、しかたなく、ロビィの真ん中に立っている。

牧野洋子は、黒っぽいセータとスラックスに茶色の長いコート。白い光沢のある蒲鉾《かまぼこ》形のボストンバッグは、今は彼女の足もとに置かれている。洋子は、萌絵と同じ講座の同級生。

大学に入ってから一番親しい友人である。見た感じはおっとりとした狸顔《たぬきがお》だが、何事に対しても仕切ろうとする、クラス委員タイプ。生れながらの血液O型。

一方のラヴちゃんこと反町愛は、萌絵の女子高時代からの友人で、大学でも同じ弓道部だった。彼女の場合は、そこの元主将でもある。三人の中では飛び抜けて背が高い。彼女は、短いスカートにブーツを履き、濃紺《のうこん》のオーバだった。丸顔で女性的な印象であるが、力は強いし口は悪い。彼女は、同じ大学の医学部の四年生である。

「ねえ、ソフトクリーム、一緒に食べましょうよ」萌絵はもう一度提案した。「それで、どこかに座って、ね？　私が奢《おご》るから」

「うん、じゃあ、つき合おうか」洋子は頷《うなず》く。

「しゃあないなあ」愛が口もとを斜めに上げて苦笑した。「こういうのさ、この子、絶対諦めんもんな」

「ありがとう。じゃあ待ってて……。私が買ってくるから」

萌絵は二人から離れ、ロビィを横断する。

彼女は珍しくスカートだった。実は、二十三歳になった先々週からずっとスカートを穿《は》いているのである。彼女にしてみれば、それはルネサンスにも等しい変革だった。何かに拘《こだわ》るという子供っぽいことはよそう……、少なくとも、そういったことは努力して減らそう……、そう思ったのだ。大したことではないのだが、その決断を自分に対する口実にして、つまりは、新しい洋服を買いにいったわけで、どうも本末転倒か、と言う気がしないでもない。

講座の男子たちは皆、萌絵のファッションの変化に気がついて、「へえ」とか「あれ」といった感嘆詞をもらしたのであるが、肝心の犀川《さいかわ》助教授は無言かつ無関心。何の反応も示さなかった。もっとも、靴しか見えないほどのロングだったし、彼女のポリシィからすれば、頭痛がするほど穏やかなファッションだったので、インパクトはない。自分で鏡を見ても、中学・高校時代のノスタルジィ以外の印象は、特に見出せなかった。ほぼ同じ動機で髪を伸ばし始めたのも、この一年くらいのことである。どうも、これは歳をとった証拠としか自己分析できない行動だったので、深く考えると、だんだん憂鬱《ゆううつ》になった。

ただ、伸ばしてしまった髪がなかなか切れないのと同様に、買ってしまった洋服もひととおりは着てあげないと可哀想だ。つまり、そんな感情の慣性運動に、今の彼女は身を委《ゆだ》ねている。

師走《しわす》である。今年はあと十日を残すのみ。空港は混雑してはいたが、それでも大都会のそれに比べれば、はるかに長閑《のどか》だった。

二つのソフトクリームを右手に持ち、お金を払ってから、もう一つを左手に持った。そして、振り返ったとき、目の前にいる女性に萌絵は気がついた。

一瞬、目が合ったが、相手はすぐに視線を逸《そ》らす。しかし、萌絵はそのまま数秒間、彼女を見つめていた。

「あの、島田さん？」萌絵は口をきく。

「え？」もう一度、萌絵の顔を見直し、彼女は僅かに首を傾《かし》げる。「えっと……」

「わあ……」萌絵は小さく叫ぶ。「島田さん！　島田文子《あやこ》さんでしょう？」

「え、ええ……。私は島田だけど、あの失礼……、貴女は？」島田文子は、眉を寄せて、フレームのない小さなメガネに手をやった。

「西之園です」

「西之園さん？」そう言ってから、島田は顔を三十度ほど上げ、大きく口を開けた。「あ！ああ、ああ……、あのう！　貴女！　やっだぁ！　本当？」

「お久しぶりです」萌絵は頭を下げてから微笑む。

「えっと、えっと、そうそう、萌絵さんでしょう？　うんうん。ほら、あのシャア先生の秘書だった……」

「秘書じゃありません。学生です」

「そうかそうか……。うわあ、めっちゃ奇遇ねぇ！」島田文子は、辺りを見回す。「旅行で来てるわけ？　一人？」

「あ、いえ……」

「シャア先生は？」

「犀川先生ですか？」

「そうよ、そう、それそれ、犀川先生だ……、うんうん、懐かしいわん。どうしてる、彼？」

「どうもしていません」萌絵はにっこりとする。「あの、島田さん、これから、どちらへ？」

「うん、東京へ行くの。まだ、一時間近くあるわ。もう、ボーディング・パスもらったから、どこかでお茶を飲む？　貴女の方は時間あるの？　あ、そのクリームは？　一人で三つも食べるつもり？」

「あそこにお友達がいるんです」萌絵はソフトクリームを持った左手で牧野洋子と反町愛がいるロビィの中央を指す。「ええ、私も一時間くらいなら大丈夫です。ちょっと、これだけ渡してきますから、待ってて下さい」

萌絵は二人の友人のところに早足で戻る。反町愛は喫煙コーナの灰皿の近くまで移動して煙草を吸っていた。

「はい、これ」萌絵は洋子にソフトクリームを一つ手渡した。それから、愛のところへ行き、残りの二つを渡す。「ごめんなさい。ちょっと信じられないくらい懐かしい知合いとね、そこでばったり会ってしまったの。ラヴちゃん、私の分も食べておいてくれる？」

「なんだとぉ？」両手にクリームを受け取って反町愛が声を上げる。「喧嘩売っとんのかぁ」

「本当、ごめんなさい。だって、買ったあとだったんだもの、しかたがないでしょう？」

「だったら自分で食えよ。だいたい萌絵が食いたいって言ったんじゃないか」

「ええ、でも、私たち、積もる話があるから……、これから喫茶店に行くことにしたの」萌絵は時計を見た。「えっと、四十五分に、ここで待ち合わせましょうね」

「あのな……」

「ラヴちゃんは、ここにいる?」萌絵は反町愛を見上げる。「私のトランク、見ててもらえるかしら?」

「お前は……、ホント、いっぺん……」

「私が見てるよ」ソフトクリームを食べながら牧野洋子が近寄ってくる。「なんなら、あんたの分、私が食べよっか?」

「感謝、感謝」萌絵はそう言って、駆けだした。

「けぇ!」愛が足を蹴り上げる。

「クリーム、溶けるわよ」洋子が愛に言った。

「まったくぅ……」反町愛は舌を打った。彼女の視線はまだ、萌絵の後ろ姿を追っていた。

「どういう神経しとるんだ、って、もう、ずっとずっと、あんな神経なんだから、もう……。今夜こそ、絶対しばいたるからな」

「あの、反町さんって、萌絵とどんなご関係なの?」洋子がクリームを舐《な》めながら、舌足らずな口調できいた。

4

「うわぁ、それって本当？」島田文子は口を開けたまま止まった。

「ええ、ナノクラフトの塙理生哉さん」萌絵は小首を傾げたまま頷いた。

「塙社長と……、西之園さん、どんな関係なの？」

「許嫁《いいなずけ》です」

「げぇ！　いいなずけ！」文子が大声を出した。

「あ、言葉が古かったですか？　婚約者？　フィアンセ？　ちょっとニュアンスが違いますね」

「そういう問題じゃない」文子が首をふった。「いやだ、本当なの？」

「あの、ずっと昔のことなんですよ」萌絵は身を乗り出して囁く。ほかのテーブルの客たちの視線を感じたが、目を向けないことにした。「私がまだ中学生のときです。親同士が勝手に決めただけなんです」

「ああ、ああ……、そういうの、お話だとよくあるわ」口を開けたまま、今度は首を縦にふり、文子は、手探りでジュースのストローを口の中に入れた。「そう、そうか……、西之園家だもんね、うん、それくらいありか……。あ、でもさ、塙社長って、確か、もう三十五歳だから……」

「ええ、当時はまだ二十代後半でした、って当たり前ですけれど」

「そうかそうか、西之園さんって、中年指向だったわね」

「シコウって、どういうシコウです？」

「オブジェクト指向のシコウよ」

「特に意識したことはないけど……」萌絵は吹き出す。

「でさ、ご両親が亡くなって、その話はご破算《はさん》になったってわけなのね？」

「ええ、もちろん」萌絵は澄ました顔で頷く。「だって、私、一度もお会いしたことないんですもの」

「見たらびっくりよ」文子がにやりとする。

「どうして？」

「めっちゃ美男子、きゃあぁ、だもん、塙社長。もう、女子社員なんか、きゃあきゃあ、だもん。私はこう見えても、そんな軽いタイプじゃないから、まあ、きゃあ、くらいだけどね」

「島田さん、どうして塙さんをご存じなんですか？」

「もち知ってるわよ。私、ナノクラフトに勤めてたんだから」

「あ、なんだ……。それで長崎にいらっしゃったのですね」

「クビになったけどさ」

「え、どうしてですか？」

「知らない……」肩を竦めて、文子は口をへの字に曲げた。「なんでか、全然わかんないわけよ。けっこう、それなりに、いい仕事してたつもりなんだけどさ、急に、明日から来なくていいよって、ぽーんと肩、叩かれちゃって」

「え、どうして肩を叩かれたの？　暴力はいけないわ」

「実際に叩かれたわけじゃなくて……」

「よく引き下がりましたね」

「うん、退職金のほかに、一年分の給料もらっちゃったんだ」文子は舌を出した。「私って、こう見えても、わりかし、お金に弱い人なのね」

「で、今は？」

「プータローよ」

「ソフトの会社ですか、プータローって？」

「相変わらずね、貴女……。無職ってこと」文子は音を立てて、ジュースを吸い込む。「まあ、良く言えば、のんびり骨休めしつつ、次の職を探しているってところかな。失業保険ももらってるし、けっこう優雅にしてるわけ。今日は今から、東京で職探しよ」

「ふうん、大変ですね。結婚とかなさらないの？　島田さん、今、おいくつです？」

「三十二」口もとを斜めにして文子が答える。「まだまだ、人生はこれから。無限の大地が、私の目の前に開けているんだから」

　島田文子と知り合ったのは、三年半まえのこと。萌絵が大学一年生の夏休みである。場所は、愛知県の三河湾に浮かぶ孤島だった。

　真賀田《まがた》研究所というコンピュータ関連の研究施設が、その島にあった。西之園萌絵と島田文子は、そこで、とてつもない事件に遭遇したのだ。三人が殺され、主犯は逃亡。三年以上経った現在も、事件は解決していない。

　島田文子は、その真賀田研究所のスタッフだったのである。当時の彼女の肩書きは、萌絵の記憶では、主任プログラマ。そこは、選び抜かれた精鋭で組織される有数の研究所だった。真賀田研究所のスタッフというだけで、島田文子の才能が並外れたものであることは間違いない。あの事件のあと、真賀田研究所を去り、日本最大のコンピュータ・ソフト・メーカであるナノクラフトに勤務していた、という話も頷《うなず》ける。ただ、彼女が解雇された理由は、島田の話だけでは萌絵には納得できなかった。

「それで、西之園さん、長崎に何しにきたわけ？」文子は、バッグから煙草を取り出してライタで火をつけた。「ナノクラフトの見学？」

「いいえ、ただのレジャーです」萌絵は答える。「ユーロパークにお友達と一緒に遊びにきただけです」

ユーロパークというのは、長崎にあるテーマパークの名称である。ヨーロッパの古い町並をそのまま再現した広大な遊園地で、実はここも、ナノクラフトの資本で建設されたものだった。

「あ、でも……、塙社長のご招待なわけでしょう?」

「ええ、私、ナノクラフトの株主ですから」

「へえ……、株主ね……。よくわかんないけどさ、きっと、いい身分なんだ」文子は煙を吐きながら言う。「私の人生には、その手の優雅さが、最初から欠けているのよね」

「あの、島田さん」萌絵は声を落してきいた。「シードラゴンの事件ってご存じですか?」

「え?」文子は目を丸くする。「それ、誰に聞いたの?」

「塙さんから聞きました」萌絵は答える。

「待って……」呼吸を整えるようにして、文子は胸を撫《な》で下ろす。「それ、本当? いえ、おかしいわ、そんなはずは……。あの、いったい、どんな話を聞いたの?」

「はっきりとしたことは、何も」萌絵は首をふる。「そんな事件があった、というだけです。塙さん、私の気を引こうとしただけかも知れません。パーク内で不思議な出来事があって、皆さんが、シードラゴンの事件って呼んでいるって……。でも、結局はデマだったのでしょう?」

「あれは、本当なのよ」文子が身震いしながら言った。彼女は真剣な表情をつくり、低い声で続けた。「デマなんかじゃない。本当にあったことなんだから」

「何があったんですか？」

「わからない」

「じゃあ、どうして、本当だって？」

萌絵が塙理生哉から電話で聞いた話は、実に他愛《たわい》のないものだった。

ユーロパークの敷地内には、ホテルやアトラクションなどのある遊園施設のほかに、かなり広大な面積の分譲別荘区域がある。そこで、数ヵ月まえに惨殺死体が発見されて大騒ぎになった、という話だった。

ユーロパークは、海辺に近い百ヘクタールにも及ぶ土地を切り開いて造られた一大リゾート施設である。敷地内には運河が網の目のように流れ、そこを行き来する小舟で、そのまま湾内の穏やかな海に出ることもできた。その別荘区域も一軒一軒の家屋が運河に面していたので、自動車を駐車するような感覚で、家の前にクルーザやヨットを繋留《けいりゅう》できることが売りものとなっている。

死体は、ヨーロッパ風の別荘の建ち並ぶ一角で発見されたという。運河にも近く、また、死体はずぶ濡《ぬ》れの状態だったらしい。

噂《うわさ》によれば、殺されていたのは、船員風の若い男で、胸に大きな穴が幾つも開いていた。どうして、噂なのかといえば、実のところ、この事件が正式な殺人事件として成立していないからである。

つまり、死体は存在しなかったのだ。

発見者が騒ぎ、警察が呼ばれた。しかし、現場に彼らが駆けつけたときには、死体はなかった。ただ、運河に向かって、何かが引きずられたような痕《あと》が残っていただけだったという。

結局、これだけの話だった。すべてが、作り話かもしれない。いや、きっと単なる怪談の現代版であろう、と萌絵は考えていた。どういうわけか、一定の周期で、世間はこういった非科学的な話題を繰り返し取り上げるものだ。

シードラゴンというのは、ユーロパークのアトラクションの一つで、機械仕掛けの怪獣につけられた名前であった。躰《からだ》の半分は海の中なので不正確だが、体長は三十メートル以上あるだろう。目は光り、口から火を吹き、油圧の力で躰をくねらせるロボットだった。萌絵も、そのアトラクションを見たことがある。海賊船の撃つ大砲、燃え上がる帆船の甲板、背後で乱舞する花火、夜空を貫くレーザ・ビーム。いずれも、虚仮威《こけおど》しといえばそれまでなのだが、間近で見ると少なからず刺激的だった。ある程度、自分をコントロールできれば、さらにロマンチックともいえる。

おそらくは、船員殺しとシードラゴンを結びつけて捏造《ねつぞう》したホラーかミステリィのつもりだったのだろう。萌絵は初め、面白半分で話題を持ちかけ、相手の話もそのつもりで聞こうとした。だが、意外にも、島田文子の反応は真剣で、笑っていては失礼か、と思い直させるのに充分だった。

「あれは、今年の夏の話」文子はまだ真面目な表情を持続させている。

「死体が見つかったのが？」きっと相手は冗談で脅《おど》かすつもりなのだ、と萌絵は身構えていた。「島田さん、見たのですか？」

「ううん」文子は首をふる。「見つけたのは私じゃないわ。でも、私の部下だった人だよ」

「男の人？　女の人？」

「女の子。その子ね……、その事件のあと、会社を辞めて、どこかへ行っちゃった。だってさ、誰も信じてくれなかったから、もう、ノイローゼみたいになっちゃったのよ。山口県の子だったから、きっと、実家にでも帰ったんだとは思うけど、突然、黙って辞めてしまったし、全然連絡も取れないわけ」

「ほかに死体を見た人は？」

「いいえ、彼女一人だけ」文子は答えた。「私、寝てたからね。うん、彼女と私、同居してたんだ。あそこね、別荘のうちの幾つかは、ナノクラフトの社宅なんだよ。女子専用だけどね」

「ちょっと……、待って下さい」萌絵は座り直した。ようやく、冗談ではない、と認識した。「あの、島田さん、本当に真面目なお話なのね」

「何言ってるの、真面目も真面目、大真面目よぉ」文子が口を尖らせる。「冗談でこんな馬鹿馬鹿しいこと言えないわよ。どうして、こんなところで、わざわざ西之園さんに嘘言《うそ》わなくちゃいけないわけ?」

「いえ、だって……、もし、本当なら、殺人事件ですよ」

「そうよ、立派な殺人事件よ、あれは」

「でも、誰も死んでいないのでしょう? それとも、誰か行方不明の人でもいるのですか?」

「いいえ」文子は首をふる。「そこなんだ。ようするにね、揉《も》み消したってこと」

「揉み消した? 誰が?」

「都合の悪いことがあったんでしょうね。誰だか知らないけど」

「ひょっとして、何か具体的な証拠が残っているのですか?」萌絵は質問した。

「具体的といったら、私がクビになったことくらいね」文子は即答した。「だって、私も、それで確信したんだもの。浮野《うきの》さんと……、その死体を発見した子、浮野っていうのよ。私、彼女と親しかったし、彼女が嘘をついているとは思えなかった。だから、とにかく警察にも会社にも、ちゃんと捜査をしろって言ってやったし、彼女の話だって真剣に聞いてあげたわけよ。そう、結局それで煙たがられたんだなあ。きっと、そうなんだ」

「全部、その浮野さんの見間違いってことになったんですか?」

「うん、そうだよ。ちょっと彼女、問題あったから」

「問題って？」

「うーん、なんていうのかなあ……。おかしな子だったからね。占いとか宗教に凝《こ》りまくっていたし」

「死体を見つけたのは、夜だったのですか？」

「朝方」

「それじゃあ、見間違いということはないんじゃあ……」

「ちょっと霧が出ていたくらいね」文子は新しい煙草に火をつけた。「何か、捨てられた人形か、そんな紛《まぎ》らわしいものと見間違えたんじゃないかってことに結局はなったわけ。だってさ、どこ探しても、何も出てこなかったんだから」

「でも、人形にしても、なくなるのは変だわ」

「そうよ、やっぱり誰かが隠したことになる、彼女が警察に連絡をしている間にね」

「どれくらい時間があったのですか？」

「浮野さん、朝の散歩でそれを見つけて、飛んで帰ってきたの。で、すぐに私を起こそうとしたんだけど、そのときはさ、そんな話、本当だなんて思わないじゃない。私、朝はむちゃくちゃ弱い人なわけ。それで、彼女、警察に電話かけて……。そう、十分くらいだったかな、パトカーが来たわけ。そのサイレンが近くに聞こえたときは、さすがに、私も飛び起きて、彼女と一緒に出ていったんだけど、もう、駄目。そのときには何もなかったの。だから、最初は私だって、彼女の話、全然信じられなかった」

萌絵は腕を組んで、椅子の背にもたれる。

「おかしいのはね、塙社長が西之園さんに、その事件のことを話したってところなんだ」文子は煙を吐き出してから、つけ加えた。「会社のイメージに傷がつくからって、私なんか、社長からじきじきに注意を受けたんだから。その彼がさ、部外者の貴女に、そんな話をするなんて、変じゃない？」

「うーん、私が聞いたときには、こんな面白い噂があるよ、っていう軽い感じでしたけれど……」萌絵はそのときの電話を思い出しながら言う。まさか、これほどシリアスな内容だとは思ってもみなかった。

「島田さん、いつこちらに戻られるんですか？」

「明後日」

「長崎の連絡先、教えてもらえませんか？」

「まだ、ユーロパークの社宅にいる」文子は答える。「今年いっぱいは、使わせてもらえることになってるの。退職金といい、社宅といい、突然クビにした割りには、気持ち悪いくらいサービスが良いのよね」

島田文子の住まいの番地と電話番号、それに携帯電話の番号も聞いて、萌絵はそれらを一枚の映像として記憶した。

「私たち、六日間は、こちらにいますから、また、ご連絡します。そのとき、その死体が見つかったという場所、教えてもらえませんか？」

「お安いご用。でも、私じゃなくても、誰でも知っていることだよ。そりゃもう超有名なんだから。四十八番地のペンションの隣。行けばすぐわかる」灰皿で煙草を揉み消し、文子は片目を細めて萌絵を見た。「相変わらず、貴女、そういうのが好きなんだ。あ、それよりさ、ねえ、犀川先生どうしてるの？」

「いえ、ですから、どうもなさっていません」萌絵は、文子の同じ質問に同じ返答をする。

「結婚は？」

5

N大学工学部建築学科の助教授、犀川創平《さいかわそうへい》は、東京に出張していた。学会の研究小委員会が某企業の会議室で開催され、それが、たった今終わったところだった。

エレベータで二百メートルほど降下し、三角形断面の高層ビルの広いロビィに出る。自動ドアを二つ通り抜けると、冷たい大気、眩しい街灯の光、そして車の騒音がほぼ同時に彼を取り巻いた。

国枝桃子《くにえだももこ》が一緒だった。犀川の講座の助手である。彼女も、やはり同じ研究小委員会のメンバに選ばれている。同じ大学の同じ講座から二人も同時に東京まで出てくるなんて、まったく無駄なことだと犀川は感じていたので、今日の出張はできれば国枝に任せ、自分はのんびりと研究室で考え事でもしていたいところだった。それに、きっと国枝の方がこの委員会に対する貢献度は大きいと評価していたので、自分はこっそりと身を引きたかった。しかし、犀川はその会の来年の主査に指名され、どうにも欠席するわけにはいかなくなってしまった。出張旅費も全額学会持ちなので、文句を言う筋合いでもない。彼は、そういった、筋合いでない場合には、一言も文句を言わない男である。

煙草に火をつけて、冷たい空気と一緒に吸い込んだ犀川は、コートのポケットに片手を突っ込み、国枝桃子を振り返る。彼女はネクタイをしていたし、コートも男物ではないか、と犀川には思えた。

「寒いね」煙を吐きながら犀川は言う。

国枝桃子は、頷きもしない。犀川も国枝のリアクションを期待していたわけではなかった。二人は、新宿駅の西口に向かって歩きだし、歩道で人々の流れに合流する。

「最も有意義な会議って、どんなものか知っている?」犀川はきいた。国枝は彼をちらりと見たが黙っていた。

「予定の時刻に始まって、予定の時間内に終わる会議だ」犀川は低い声で言った。「これ、誰でもが知っている道理なんだけど、どういうわけか、僕の観測によると、世の中の会議の六割は、予定の時刻には始まらないし、八割は予定の時間内に終了しない。何故かっていうと、会議に出席する人間の九割が、有意義な会議の存在を知らないからなんだ。つまり、会議とはそういうものだと諦めている」

「その数字は、集合論的に矛盾していませんか」国枝は言った。

「ああ」犀川は口もとを上げる。「君に何かしゃべらそうというトリックだ」

「別に時間どおりに会議が進行しなくても、腹は立ちません」国枝はようやく淡々とした口調で説明する。「ただ、すべてのものごとを合理的に、かつ無駄なく進めたいと願うだけです」

「そう、みんなそう思ってる」犀川は微笑んで頷いた。「でも、なかなかそうはならない。何故だかわかる？」

「馬鹿が多いからじゃないですか？」

「違うよ」犀川は首をふった。「その反対だ。馬鹿があまりに少ないからだ。人から馬鹿だと思われるのが嫌な人間ばかりなんだよ」

「それは、馬鹿だからです」

「うん、まあ、そうともいえるかな」

国枝は小さく鼻息を鳴らして前を向いた。顔のどの部分の相対座標も、数ミリとして変化がなかった。しかし、それが彼女の「大笑い」の表現であり、それよりも多く笑うことは国枝桃子にはありえない。おそらく、人間の顔面を構成する皮膚の伸縮性を彼女は信じていないのだろう。「たまには顔の筋肉を使う運動をした方が良い」と犀川は、以前に彼女に冗談めかして言ったことがあったが、彼女の返事は、「そうは思いません」という豪速球だった。誰でも、国枝桃子と会話を続けていると、じきに分厚いキャッチャ・ミットが欲しくなる。

国枝桃子は三十二歳だ。犀川より四歳若い。二年まえに結婚した相手は高校の数学教師で、恋愛なのか見合いなのか不明である。たぶん、どちらでもないだろう。そのいずれも、国枝桃子が体験したとは信じられないからだ。彼女のプライベートなことに関してはＣＩＡより秘密が多い。タイムマシンに乗って未来の国からやってきた、という可能性だって、ないとは断言できないくらいだ。

「西之園君たち、もう長崎だね」犀川は歩きながら話題を変える。「まだ、冬休みじゃないのに、いい気なもんだ。卒論は大丈夫なのかな」

「大丈夫だと思います」国枝は答える。西之園萌絵を直接指導しているのは国枝だった。

「ゼミ旅行より三日もまえにさ、自分たちだけで遊びにいく、というのが問題だよね。ほかのみんなが、怒っているんじゃないかな。忙しいときなんだから……」

三日後の二十五日から二十七日まで、犀川の講座のスタッフは全員（といっても、犀川と国枝と学生たちのことであるが）、長崎のユーロパークへゼミ旅行に出かけることになっていた。四年生の西之園萌絵と牧野洋子の二人は、これに先駆けて出発したのである。自分たちのことを勝手に先発隊と呼んでいたが、もちろん、目的は単に遊びである。

「あの二人は、ほかの四年生よりは進んでいます」

「卒論が？　へえ、そう……。牧野君の方はわかるけど、西之園君が進んでるって？」

「ええ、比較の問題ですけど」

「そうか、それじゃあ、しかたがないな」犀川は頷いた。彼の観察では、西之園萌絵が研究を地道に進めているような兆候はなかった。しかし、国枝桃子が大丈夫だと言うのであれば信じないわけにはいかない。国枝の評価には、見込みや強調といった誤差は含まれないからだ。他人に対して、お世辞を言うこともありえない。事実に反して、誰かを弁護するようなことも、彼女には絶対にないことなのだ。

　いつものことだが、粘土を丸めたボールみたいに話が弾まない。二人はほぼ無言で駅まで歩き、ＪＲのオレンジ色の電車に乗った。

　三日後といえば、十二月二十五日、つまりクリスマスだ。吊革に摑《つか》まって、天井からぶら下がっている広告（サンタクロースの衣裳を短く切り詰めた格好の女性の写真だった）を見て、犀川は考えた。

　クリスマス、といえば……。

　昨年のクリスマスイヴは、西之園萌絵が犀川のマンションにやってきた。そのまえの年のクリスマスイヴも、やはり彼女と一緒だった。

今年のイヴはどうやらそうはならない。

もっとも、大して意味はない。

胸騒ぎがしたが、犀川はすぐにその思考を切り換え、今日の研究委員会の宿題について考えることにした。そもそも、胸騒ぎなどというものの存在を、彼は認めていない。

6

反町愛は、ソフトクリームで胸が悪くなっていたが、二つも食べた牧野洋子はなんともないようだった。しばらく、二人は、壁際のベンチに腰掛けて話をしていた。今日初めて会ったばかりの二人の話題は、当然ながら共通の友人、西之園萌絵その人についてであった。

実は、萌絵や洋子と同じ犀川研究室の四年生、金子勇二《かねこゆうじ》と、反町愛はつき合っている。彼女は長い間それを隠していたのだが、つい先日、萌絵にだけは、それを打ち明けた。しかし、もちろん、牧野洋子にはそんな話は迂闊《うかつ》にできない。

犀川研究室の暮れのゼミ旅行が今年は長崎だ、と金子勇二から聞いて、愛は、一緒に行くことにした。彼女の両親が今は熊本に住んでいたし、彼を一度、両親に紹介したいと考えていた。それで、表向きは西之園萌絵の親友として、飛入り参加することにした。

大学のゼミ旅行というのは、実のところ、ただのレジャーであり、ゼミなんか本気でする先生がいたとしたら、相当な顰蹙《ひんしゅく》ものである。萌絵や洋子の指導教官である犀川助教授という人物、ずいぶん変人だと話には聞いているが、大学の教官に変人でない人物を探す方がむしろ難しい。そんなことよりも、親友の西之園萌絵が熱を上げている当人を一目見てみたい、という気持ちが、今回の飛入り参加の第二の動機であった。

「あの、西之園萌絵さんですか？」と声をかけられる。

反町愛が顔を上げると、化粧の濃い女が立っていた。縦縞のスーツで、低めのヒール。美人には違いないが、なんとなく尖った感じである。

「あ、いいえ。私じゃありません」愛は慌てて立ち上がって答えた。「あの、でも、もうすぐ、彼女、戻ってくると思います」

牧野洋子も、土産物を見てくると言い残して、どこかへ行ってしまったところだ。三人分のトランクやバッグが、愛の足もとに並んでいた。

「私、ナノクラフトの新庄といいます」その女が名乗った。「西之園さんをお迎えにきました。お友達は、貴女と……」

「ええ、もう一人います。私は反町です。よろしくお願いします」愛はそう言ってお辞儀をしてから、ロビィの遠くを見る。萌絵も洋子も、姿は見つからない。

「ええ、じゃあ、ここで待ちましょう」新庄は腕時計を見ながら言う。彼女も辺りを見回した。

「あの、どうして、私が西之園さんだと思ったのですか?」愛は不思議に感じたことを尋ねた。新庄という女が声をかけてきたのは、萌絵の容貌の特徴について何らかの情報を持っていたからだろう。しかし、ロビィには若い女性がほかにも大勢いたし、自分と萌絵とでは背格好が違い過ぎる。どうも納得がいかない。

「これです」新庄は足もとのトランクを指さした。萌絵のトランクだった。

「ああ、なんだ」愛は頷いて微笑む。

萌絵の車輪付きのトランクには、大きなステッカが貼られていて、それには、真っ赤なハートマークと、MORE PEACE & LOVEという怪しげな英語が書かれていた。それが、最初から三番目のRの一文字だけ、引《ひ》っ掻《か》いたように削られていたのである。

「これで、たぶん、そうだろうって思ったのです」新庄は言った。

「ああ、だから、萌絵の奴、この荷物をここに置いていったんだ」愛は小声で呟いた。

「あら、私がそれを読むと?」新庄は少し驚いた様子だった。「西之園さんが、そこまで考えたということですか?」

「ええ、きっとそうです」愛は頷く。

「西之園さんって、どんな方なの?」

「会えばわかりますよ」反町愛は、小さく肩を竦めた。発酵箱入り超我《わ》が儘《まま》娘、という言葉が喉まで上がってきたが、渾身《こんしん》の力でくいとめた。

「お友達の貴女から見て、どんなふうかなと思ったものですから」

「そうですね。とにかく、切れますね」

「切れるって、頭が良いの？　それとも怒りっぽいの？」

「うーん。たぶん、頭が良いんでしょうね」愛は微笑みながら頷く。西之園萌絵の場合、どうも言葉に還元するのが困難だった。頭が良い、という表現はあまりぴんとこない。「とにかく、計算だけは、むちゃくちゃ速いですよ。私が電卓叩くよりずっと速いんです」

「見た感じは？」

「見た感じですか？　うーん。まあ、お人形かなあ。もうすぐ来ますから、よーく見てやって下さい」

それを聞いて、新庄は軽く微笑んだ。見た目なんて会えば判明するのに、どうしてそんな質問をするのだろう、と愛は思ったが、相手も場つなぎで無理に話をしているのだろう、と考えて納得する。

そこへ、牧野洋子が戻ってきた。

新庄が、名乗って挨拶をする。

「萌絵なら、二階の喫茶店にいたから、私、呼んできます」牧野洋子はそう言って、エスカレータの方へ歩いていった。

「牧野さんは、犀川研究室の人ね」振り向いて新庄が言う。「犀川研のホームページを覗《のぞ》いたの。そんな名前があったわ。反町さんは、違う研究室なのね？」

「私は、医学部です。西之園さんとクラブが一緒なんです」

「茶道部か、日本舞踊？」

「弓道部ですけど」

「へえ……、西之園さん、弓道部なのね」

「ええ。あ、でも、萌絵は、ほかにもいろいろやっていますよ。ミステリィ研究会とか、えっと……」

反町愛は高校のときから西之園萌絵を見てきたが、彼女はスポーツなら大方《おおかた》そつなくこなすタイプだった。ただ、それほど執着することがない。だから、飛び抜けて上手《うま》いわけではない。躰が華奢《きゃしゃ》で腕力や背筋力にハンディがあるため、萌絵は弓道部でも目立った成績は上げていない。唯一《めっぽう》特徴的なのは、闘争心が旺盛なためなのか、練習ではぱっとしないのに、試合になると滅法強いという点だった。簡単にいえば負けず嫌いで、しかも集中力がある。その辺りが、愛自身とは正反対ともいえる特質だった。

愛は、目の前に立っている新庄という女の後ろ姿を改めて見直す。いくつくらいだろう。三十歳前後だとは思う。物腰が落ち着いているので、話をすると老《ふ》けた印象を受けるが、化粧も手伝って見た目は若い。ショートヘアに少し大きめのメガネをかけている。萌絵の直接の知人ならば、彼女に関するあのような質問をするはずがない。つまり、萌絵の知合いだというナノクラフトの誰かの代理で迎えにきただけであろう。しかし、そうだとしたら、何故、萌絵のことをこんなにきくのか……、それが、愛には少々不思議だった。

7

西之園萌絵は、島田文子と割り勘にして、レジでお金を払った。

「萌絵」出口の外に牧野洋子が待っていた。「ナノクラフトの人が、もう来てるよ」

「あ、ごめんね」萌絵は片手を軽く挙げる。

「誰？」後ろから島田文子が萌絵に顔を寄せて囁く。

「私のお友達の牧野さん」

「違う違う。ナノクラフトの人って、誰のこと？」

「えっと……、新庄久美子さん」萌絵は電話で聞いた名前を思い出して答える。「塙社長の秘書の方だと聞きましたけれど」

「ああ、あのモルねえか」

「モルネーカ？」萌絵が首を傾げる。

「モルという名前のおねえさん」文子が笑いながら言った。「ほら、マグマ大使の奥さんの」

「マグマタイシ?」

「いいの、いいの、貴女は遠くで生きていて」文子は両手を頭に当てて顔をしかめた。「あ、ありがとう。もう、私、行かなきゃだわ。西之園さん、またね」

「はい、それじゃあ、明後日にはご連絡します」

「うんうん」島田文子はそう言うと、搭乗ゲートのある方角へ真っ直ぐに歩いていった。

「どういう人?」牧野洋子は、文子がゲートの中に消えると、萌絵に尋ねた。

「お友達」

「どんな?」

「どんなって、お友達はお友達でしょう?」

「何をしてる人? なんか、痩せ過ぎで不健康そうで神経質そうで、病気みたいな感じ」

「そこまで言わなくても」

「学校の先生?」

「そう見える?」歩きだしながら萌絵は答える。「三年と四ヵ月ぶりなんだけど、全然変わってないのよ。まえからずっとあんな感じの人。彼女ね、プログラマなの。それも、ものすごく優秀な超一流の……。最近までナノクラフトに勤めていたんですって。今は失業中だって話していたけど……」

「ふうん。競争が激しいわけね。優秀なのにクビになるんだ」

「うん、なんか変だった」萌絵は呟く。

エスカレータで一階に下りていくと、ロビィの端に、反町愛ともう一人、すらりとした長身の女性が見えた。反町愛に迫るほど背が高い。

「すみません。お待たせしました」萌絵は頭を下げた。

「はじめまして。ナノクラフトの新庄です」彼女は、数秒間観察するように萌絵を見据え、ゆっくりとした仕草《しぐさ》で微笑んだ。営業的には非の打ち所のないスマイルだった。

「西之園です。よろしくお願いします」萌絵も微笑み返す。こういった女性どうしの応酬には、小さなときから場数を踏み、すっかり慣れている彼女である。最初の鍔《つば》迫《ぜ》り合《あ》い、つまりは間合いを取るための攻防だ。どうして攻防なのか、理由はまったくわからないが、とにかく攻防であることが、直感でわかる。

それぞれの荷物を手に取り、三人は、新庄久美子の後について歩き始めた。

「ねえ、あんたさ」横を歩いている反町愛がショルダ・バッグを肩で跳ね上げながら小声で言った。「トランクのステッカに自分の名前があるから、わざとあの場所に目印として残していったの？」

「ええ、そうよ」萌絵は頷く。

「そういうことってさ、黙ってないで、ちゃんと言いなさいよ」愛は不満そうだった。

萌絵は前を歩く新庄久美子を見た。彼女は、あのステッカに気がついたのだ。つまり、少なくともレベル2だ。ということは、馬鹿じゃない。したがって、要注意。幾つかの対戦モードを萌絵は頭の中でシミュレートする。

ロビィの一番端から、エスカレータで上った。一階にいたのだから、二階へ上がったことになる。駐車場へ向かうものとばかり思っていたので、意外だった。周りのサインを見ると、駐車場、バス乗り場、タクシー乗り場は方角が反対である。

既に長細い建物の端まで来ていた。幅の広い通路の両側がスモークガラスとなり、空港の滑走路の反対側には海が見えた。真っ直ぐな長い橋が、その海を渡って架けられ、遠い対岸まで延びていた。この空港は、出島のように海に突き出しているようだ。陸路はその橋以外になさそうである。

しばらく歩くと、船着き場に出た。

「わあ、船ですか?」牧野洋子がきく。

「ええ」新庄久美子が振り返って答えた。「船が一番早いんですよ。ユーロパークまで三十分で行けます」

コンクリートの桟橋《さんばし》にクルーザが停泊していた。待合室には、定期便を待つ客たちが大勢いたが、彼女たち四人は、そのまま外に出て、クルーザに近づく。

「さあ、どうぞ」新庄が手招きする。

渡り板からデッキに乗り、足もとが波の周期で揺れているのを感じる。運転席は、高い位置にあって、そこに座っていた若い男が、こちらを見て頭を下げた。

　萌絵たちが小さなドアから絨毯《じゅうたん》敷きのゴージャスな船内に入ると、デッキにいた男が一度桟橋に飛び移り、ロープを解いているのが丸い窓から見えた。

「すっごーい」牧野洋子が顔を赤らめて言った。「モータボートなんて私、初めて」

「私、後ろに乗りたいなあ」萌絵は窓から外を眺めて言う。「エンジンの音が聞きたいわ」

「ここでも煩《うるさ》いくらいですよ」新庄久美子はドアを閉めた。

「あ、この子、変なんです」反町愛が横から言う。「気になさらないで下さい」

「でも、本当だよ」萌絵はまだ窓から外を見ていた。「躰に振動が伝わって、とっても気持ちが良いの」

「欲求不満なんじゃない？」反町愛が小声で言う。

「ラヴちゃんみたいに満たされてないから、私」そう言って、萌絵はようやく振り向いた。

　反町愛は顔を赤らめ、牧野洋子からは見えない角度に顔を向けて、人差指を口に当てた。

「あの、何かお飲みになりますか？」新庄が可笑《おか》しそうに微笑みながらきいた。

「なんでも飲みます」洋子が元気良く答える。

　エンジン音が少しだけ大きくなり、船は後退して、桟橋からゆっくりと離れる。方向を変え、エンジン音が一度小さくなってから、また大きくなる。前方へ動きだした。

　夕焼けの方角が右手になる。しかし、まだ方向をゆっくりと変えていた。空港の誘導灯が海上に並んでいるのが見える。船はその間を通り抜けてから、速度を上げた。

「ほらほら、この振動」萌絵は嬉しくなる。

「変態！」小声で愛が言った。

海はテーブルクロスみたいに平坦で、アイロン掛けを待つ洗濯物くらいの波しかなかった。もう、ずいぶん暗い。夕空を映した海面は、ランダムに分散した赤い光が糸のようで、細《こま》やかな織物みたいだ。ちょうど、頭上を飛行機が離陸していった。輝く機体の表示灯と大きな黒い影。滑走路の整列した光が、水滴の動く窓ガラスで屈折して綺麗だった。

犀川にこの風景を見せたい……。

これを見ている彼を見たい、と萌絵は思った。

8

儀同世津子《ぎどうせつこ》は横浜の自宅で仕事をしていた。コードをいっぱいに伸ばしてキーボードを炬《こ》燵《たつ》の上に置き、それを叩きながら、少し離れたディスプレイを睨んでいる。

隣の瀬戸千衣《せとちい》が遊びにきていた。いや、遊びにきていた、という表現は適当ではない。世津子が頼んで来てもらったのだ。今、彼女は、隣の部屋で、世津子の双子の娘の面倒をみてくれている。

世津子は出版系の会社に勤めている。一応、雑誌記者だ。ライタもするし、写真も撮る。レイアウトだってできる。イラストを描くことさえある。とにかく小さな会社なので、きちんと分業できるほど人材（頭数）がいないだけのことだ。通常、大手の雑誌の下請けをする。つまり、企画を持っていき、特集などの記事を売り込むのである。

今年の秋に双子を出産した彼女は、最近はネットワークでほとんどの仕事をこなしている（といっても、九割は電話とファックスだ）。赤ん坊が病院にいた期間は幾度か会社に出勤することもあったが、自宅に二人がやってきたあとは不可能になった。なにしろ、まだ娘たちは小さい。一年ほどまえ隣に引っ越してきた瀬戸千衣は救いの神だった。彼女の夫は漫画家だという。千衣が働かなくても良いくらいの収入はあるみたいだった。世津子と同年輩だが、彼女たちには子供はいない。「ねえ、どっちか一人ちょうだい」と千衣は毎日言う。そのたびに、「好きな方持っていって」と答える世津子である。千衣はおっとりとした性格で、子供のような女性だ。きっと、良家のお嬢様だったのだろう、と世津子は密《ひそ》かに想像していた。

電話が鳴った。

世津子は躰を横倒しにして、手をいっぱいに伸ばして受話器を取った。

「はあい、儀同です」

「あ、もしもし、僕だけど」犀川創平の声である。

「まあ、創平君……」寝転がったまま世津子は答える。「なあに？　え！　まさか、こっちに来てるの？」

「ああ……」

「いやだぁ、どうしよう……。今から？　ご飯も食べるのね？」

「あ、いや……。ちょっと早く会議が終わったから、寄っていこうかと思っただけだよ。よそうか？」

「来て来て。絶対来て。今、どこ？」

「東京駅」

「じゃあ、あと一時間くらいね。ＯＫ、ご飯食べるでしょう？」

「あれば食べる」

「あるようにしとくわ」

「無理しなくていいよ」

「大丈夫」

「じゃあ」

　電話が切れた。

「もう少し早めに電話ができんのか」世津子は受話器を置きながら呟く。「もう、いつもいつも……」

「誰か来るの？」襖《ふすま》を開けて、隣の部屋から瀬戸千衣が顔を出した。

「兄貴が来るって」

「きゃあ！　じゃあ、N大の先生？」

「なあにぃ。その、きゃあって、貴女いくつなの？」

「あれ、いけない？」

「恥ずかしいよ」

「だってだって、お兄様でしょう？」

「そうよう、兄貴っていうのは、お兄様だよ。なんか妄想してない？」

「だって、私、アルバム見ちゃったもん」

「え、どこの？」

「こっちのお部屋の本棚にあるやつ」

「あ！　ちょっとぉ、もぉう！」世津子は立ち上がる。「凄いことするわね。恥ずかしい人！」

「どうして？」きょとんとした表情で千衣は首を傾げる。「素敵なお兄様じゃなあい？　儀同さんだって、すっごい可愛いし」

「かぁ！　何を見たの？」

「なんか、海岸みたいなところでツーショットのやつ」

「わぁ！　もう、やっだぁ！　あれは、若気《わかげ》の写真なのよう」

「私、ご挨拶してもいいかしら？」

「ぷんぷん」世津子は首を横にふった。

とは言ったものの、革命直後の無政府状態のようだった部屋を片づけるのに十分を要し、食事の支度を始めるのに十分、足らない材料と調味料を買いに近くのコンビニに走って十五分。いずれも、瀬戸千衣に双子を見てもらえたからこそ実現した速攻であった。

電話があってから五十分ほど経過した頃、ドアチャイムが鳴った。

「きゃあ、きゃあ！」瀬戸千衣が声を上げる。「儀同さん、来たよ！」

「やめなさいってば、それ」台所から世津子が出ていく。

「私、やっぱり駄目。帰るわ。お兄様によろしくね」壁に掛かっている鏡で自分の顔を見ながら千衣が言った。

世津子は玄関まで出ていき、ドアを開けた。

「いらっしゃいましぃ」

犀川創平は黙って入ってきた。いつものコートに、いつものスーツだった。ネクタイも変わりはない。

「冬だから当たり前だけど、外は寒い」彼は無表情でそう言うと、靴を脱いだ。それが、彼なりの挨拶なのだ。

　世津子が犀川と一緒にリビングに戻ると、瀬戸千衣は口もとに手を当て、真っ赤な顔で突っ立っていた。

「あれ、お客さん？」犀川が彼女に気がついて言う。

「こ、こんにちは、わ、私、単なるお手伝いの者です」そう言いながら、千衣は犀川を中心とする円弧を描いて横に移動する。「あ、ごゆっくり……、あの、私、その、もう帰りますから。どうぞ、ごゆっくりなさって下さい」

「どうも」犀川は軽く頭を下げて頷く。「お疲れさま」

　後ろ向きに下がって、瀬戸千衣はリビングから出ていった。少しして、玄関のドアの音がする。奥の部屋から双子が同時に泣きだす声が聞こえた。

「お手伝いさんを雇っているんだ」犀川はテーブルの椅子に腰掛けた。

「ううん、違うの。今の人、隣の瀬戸さん。あの子たちを見てもらっていたの」世津子はリビングを横断して、娘たちの様子を見にいく。「創平君、ちょっと待っててね。そこでゆっくりしていて。こいつら寝かしつけたら、ご飯にするから」

「ああ」メガネの曇りを拭きながら犀川が答える。「灰皿ある？」

「あ、煙草は駄目よ。ここ禁煙なの」襖を少し閉めて、世津子が振り返った。

「いや、ベランダで吸うから」

「灰皿かあ……、全部捨てちゃったかも」

「あれ、禁煙？」

「うん、やめたの」

「あそう……」犀川は頷いた。「そりゃ失礼。我慢するよ」

「母は欲望よりも強しって言うでしょう？」

「言わないね」真面目な顔で犀川は答えた。「空母と空海の誤植なら見たことがあるけど」

「え、なんの話？　クーボ？」

「海にいるの、空の母」

9

「へえ、西之園さん、長崎に行ってるのかあ」テーブルにお茶を置いて世津子が言う。「いいなあ、私も行きたいよう」

「行けば」犀川は本を読みながら答えた。食事中もずっと彼はその本を読んでいた。人の家にやってきてご馳走になるときの態度としては極めて異例であるが、世津子は既に慣れている。

「だって……、あの子たちがいるからさぁ、出られないもの」

「そんなこともわからずに、子供を作ったのかい？」

「いいえ、そういうわけじゃないけど……」

「どういうわけ?」

「いえ、そう……」世津子は舌を打って、首を何回も縦にふった。「ええ、そんなこともわからずに作りました」

「じゃあ、しょうがないよ」

「ええ、しょうがないわぁ」ここは意志の力で微笑む。「だけど、双子というのは、予想外だもの」

「なるほど」犀川は素っ気なく言う。「可哀想に」

「ぜんっぜん、気持ち入っていないよぉ、それ」

「元気そうだから」

「まあね」

「しばらく我慢すれば、大人になる」

世津子は可笑しくて笑った。

「ねえ、ナノクラフトでしょう?　あそこ、えっと、ユーロパークといえば」

「うん」

「私ね、このまえ、ナノクラフトの東京支店を取材にいってきたわよう」世津子は椅子に腰掛けながら言う。犀川から電話があったとき炬燵でしていた仕事もその関係の記事だった。

「あそこの出してる、クライテリオンっていうRPGのこと知ってる？　なんて……、創平君が知ってるわけないか」

「クライテリオン？　標準とか基準という意味だよ。物体が破壊するときの応力条件にも使われる。えっと、RPGって？」

「ロール・プレイング・ゲーム」世津子は再び立ち上がって、キャビネットに積まれた雑誌を一冊取り出す。「テレビゲームなんだけど、そのクライテリオンっていう名前のゲームを、ナノクラフトが出してるわけ。それ、もの凄い大ヒットなんだよう。うちの人も、この一ヵ月くらいずーっとやりたおしているもの」

「何か面白い話？」犀川は読んでいた本から面倒臭そうに顔を上げた。つまらない話ならやめろ、という意味である。

「うん、そのゲームのネタで、私、今ちょっとした記事を書いてるところなの」

世津子は、この二日間に仕入れた話を犀川に説明した。

クライテリオンは、特に斬新な発想で作られたゲームではない。イラストレータとシナリオ・ライタに有名どころを配し、極めてオーソドックスにデザインされた堅実な商品だった。ファンタジィ・ワールドにおけるお決まりの冒険ものであり、ゴシック調の背景と音楽もありきたりのものといえた。ただ、唯一の特徴といえば、プレイヤが演じる主人公のパートナとして登場するキャラクタである。これは中性的な人物に設定され、チェルという名だった。このチェルが主人公に話しかけてくる。プレイヤはそれに答えることができ、会話が成立する。その会話が実にバラエティに富み、それだけでも面白い、という評判が立ったのである。

世津子の家にもクライテリオンがある。彼女も夫も、確かにその不思議な会話に魅了された。チェルが口にする言葉はどことなくぎこちなく、文法がおかしいことも少なくない。しかし、ゲームの中で、チェルは別の国からやってきた人物に設定されており、こちらの言葉を覚えている、という設定だったため、不自然さはなかった。こちらが話す内容を記憶し、それに応じて成長するようにみえる。こちらのボキャブラリィを吸収するのである。極端な場合、プレイヤが英語を使えば、チェルは英語を話すようになる。つまり、あらかじめ用意されたデータを使ったパターンではなく、プレイヤに応じてデータを構築する。これが、本当に会話する、という印象をプレイヤに与えた。おそらく、人工知能的なアルゴリズムが採用されているのであろう。自分でもそのとおりの文章を書いたものの、では、人工知能的なアルゴリズムとは具体的にどんなものなのか、世津子には想像もつかない。

このクライテリオンの最終の到達地についても、記事の中で触れないわけにはいかなかった。発売以来二ヵ月も経っているので、ゲームの最後の目的地まで辿り着いたプレイヤは既に多いはずだ。実は、儀同家では、まだまだそのレベルではなかったが、マニアにとっては、それほど難しいＲＰＧではないと聞いている。ゲームの最後の山場は、ラスト・ダンジョンに登場するラスボス（最後のボス・キャラクタのことらしい）との死闘。それはお約束の展開である。しかし、その後のエンディングが多少変わっているらしい。ナノクラフトの東京支店で、そのエンディングを世津子は見せてもらった。最後の敵を倒し、その背後にあるドアを開ける。

細い通路が奥へと続いていた。

とにかく前進すると、通路は緩やかに左にカーブし、やがて、右にカーブする。そのS字カーブの部分を通り抜けると階段がある。

次のフロアは、真っ直ぐの一本道。突き当たりがまた階段だった。

通路は洞窟のように岩肌がむき出しており、ときどき現れる蠟燭《ろうそく》の火がリアルに揺らめいている。

その次のフロアは、真っ直ぐの通路の途中、ほぼ真ん中で、左手に別れ道がある。その交差点で向きを変えて左を見ると、別れ道は斜め方向に二本。試しにその左の道を進むとすぐ行き止まりになるが、そこに何か落ちている。拾い上げてみると、それは、小さなコイルだ。スパイラルになった小さなバネ状の部品。

行き止まりなので、道を引き返し、さきほどの交差点で、もう一方の道に入る。そこも同じくすぐに行き止まりになる。突き当たりには、小さな滝があった。水が流れていて、この水を飲むことができた。

結局、再び引き返して、交差点まで戻る。最初の通路を真っ直ぐに進むことになる。そして、また階段。

最後のフロアは、岩肌が消え、絨毯が敷き詰められた人工的な廊下だった。この真っ直ぐな廊下を進むと、正面の突き当たりにドアがある。そのドアに貼紙があって、こう書かれている。

　彼と彼女は正反対。
　でも、彼女の上半分は、彼の下半分。
　上半分が彼なら、下半分は彼女。
　海を越えたとき、
　二人は同じ尾をつけた人間になる。

なぞなぞだろうか。

だが、そのなぞなぞに答えるチャンスはない。

ドアは何もしなくても、やがて開く。

そこは宮殿のような大広間。柱が何本も立ち並び、立派な衣裳の僧侶が奥の壇上で待っている。右のテーブルには料理や飲みものが並び、左のテーブルには宝石が溢れんばかりに飾られていた。

僧侶はこう言う。

「汝《なんじ》、選ばれし者、ここに跪《ひざまず》きて、

我らの父より、一片のパンを受けよ」

そして、音楽とともにゲームは終了するのである。

この最後の大広間に入る直前のドアに書かれたなぞなぞのため、ナノクラフトに問い合わせが殺到した。しかし、当然ながらメーカ側もこのような事態を予測していたわけで、返答は最初から一切ノーコメント。ようするに、次回作を待て、という意味であろう。

世津子はこの話を犀川に説明するのに十分ほどかかった。取材で撮ってきた写真も数枚見せた。ゲーム画面のプリントアウトもあったのでテーブルに並べる。しかし、犀川はそれらを一瞬しか見なかった。

「何か面白いかな？」真面目な顔で犀川はきいた。面白くなかったようだ。

「うん……、別に面白くはないんだけどぉ」世津子は少しがっかりした。なぞなぞのことで、彼が少しは興味を示すかと期待していたからだ。「とにかくね、東京支店の人はみんな、自分たちも知らないのよね。それがちょっと意外だった。だって、こういうのって、取材しにいったら、普通はこっそり教えてくれるものじゃない？　大抵はそうなのよ。だって、その方が記事が面白くなるもん。思わせ振りに書けるでしょう？」

　突然、犀川が立ち上がった。

「あ、ごめんなさい。つまらなかった？」

「いや、違うよ。散歩してくる。外で煙草を吸ってくる」そう言って、犀川は玄関の方へすたすたと歩いていき、出ていってしまった。

　世津子は一人になる。隣の部屋の娘たちは静かだった。もちろん、今日も夫の帰りは遅い。

「はぁ……、だからさぁ、ナノクラフトの本社の長崎にぃ……行きたいなぁって、せっちゃんは……望んでいるのですねぇ……。たったそれだけの話ですよ」世津子は、椅子から立ち上がって、一人でおどけて囁いた。「まったく……。普通、人の話の途中で出ていくかぁ⁉　馬鹿！」

10

　クルーザが港に到着した頃には、空は深い紫色に染まっていた。まち針みたいな照明灯が桟橋に整列している。とても綺麗な眺めだった。しかし、すぐ左手に、ピーターパンが乗っていそうな大きな帆船がライトアップされており、そのアイテム一つだけで、御伽《おとぎ》の国のサインには充分過ぎた。

以前にどこかで見た港町の風景に似ている、と萌絵は思った。それが実際にヨーロッパのどこかで出会った情景なのか、それとも、絵はがきか旅行社のパンフレットで見た映像なのか、思い出せなかった。建物の色彩は既に闇に溶け込もうとして不鮮明だったが、暖色系の陽気さを感じさせる質感だった。壁にずらりと並んだ窓には、カーテン越しに室内の明かりが灯っている。

もっと手前の港の付近には、低層の建物が並び、眩しいほどのライトが漏れていた。よく見ると大勢の人々の姿がある。そこがレストランだということを萌絵は思い出した。ここに来るのは、高校一年生のとき以来。もちろん、そのときは両親と一緒だった。

接岸したクルーザから桟橋に降り立つと、びっくりするほど冷たい風が彼女たちを出迎えた。

「今晩は、あちらのホテルにお部屋が用意してあります」最後に降りてきた新庄久美子が、近くで一番大きな建物を指さした。

「ホテルなのですか？」萌絵は不思議に思って尋ねた。「ペンションを一軒、貸していただけるって聞いたのですけれど」

今日は三人だが、三日後には犀川助教授、国枝助手、それに講座の院生たちが来ることになっていた。

「はい、明後日からは、そちらの方に」久美子が微笑んで答える。「ただ、ペンション村は、ここからはかなり遠くなります。パーク内で遊ぶには、こちらの方が便利かと思いましたので……」

「ええ、そうですね」萌絵は頷いた。「気を遣《つか》っていただいて、ありがとうございます」

コンクリートの階段を数段上がり、明るい街灯の下まで来た。辺りにはまだ幾人かの人々が歩いていたものの、さすがに寒いためであろう、屋外に出ている者は少数のようだ。

新庄久美子は歩きながら電話をかけている。萌絵たち三人は少し離れて歩いていたので、彼女の話し声は聞こえなかった。

「どうしましょう？」久美子は立ち止まって振り向いた。「ホテルでお食事にしますか？それとも、どこか別のところで？」

「塙さんにご挨拶しなくて良いのですか？」萌絵はきいた。

「社長でしたら、九時にお会いできます」久美子は答えた。「それまでは、私が皆さんをご案内するように言われています。もちろん、もし、お気兼ねでしたら、消えますよ」

「いいえ、とんでもない」萌絵は首をふった。「それじゃあ、四人で食事をしましょう」

若い男が走ってくる。派手な衣裳で一見してホテルのボーイだとわかった。彼が、彼女たち三人の荷物を持ってくれた。

ボーイに小声で指示をしてから、新庄久美子は振り返った。「レストランはこちらです」彼女はホテルとは反対の方角を指さしている。「お部屋はあとにして、さきにお食事にしましょうか？　それとも、一度お休みになりますか？」

「さきに食べます」反町愛が片手を挙げて答える。

「私は、着替えたいなあ」萌絵が小声で言った。

「私は食事」牧野洋子が後ろから言う。

「多数決」愛が萌絵の肩に手を置いた。「だいたいだね、食事するのに、なんで着替えなあかんの？」

「いいわ」萌絵は頷く。「じゃあ、レストランに行きましょう」

新庄久美子はそれを聞いて歩きだした。萌絵たちは緩やかな石畳の坂を上り、彼女の後についていった。

印象派の絵画をそのまま立体造形したような風景だった。運河に架かる跳ね橋。その河辺に建ち並ぶ白壁の小屋。遠くには教会の鐘塔。鋭角な平面形状の街角のテラス、そして、シリンダの広告塔。歩いている人間の大半が日本人だ、という違和感も、夜の照明のため薄らぐ。たまに走るクラシックカーも、橋を潜り抜ける扁平《へんぺい》な遊覧船も、全部おもちゃのようだった。

「何がいいかしら？」歩きながら新庄久美子が尋ねた。食事のことだろう。

「ここまで来て、和食じゃあ馬鹿だもんな」反町愛が普段の口調でしゃべった。きっと食事を目前にして地が出たのだろう。

「私はピザが食べたい」萌絵が言う。

「ピザぁ?」牧野洋子が呆れた顔をする。「ピザなんていつだって食べられるじゃない。駄目駄目、却下!」

「多数決」愛が口を合わせる。「ちょっと、萌絵は黙ってな」

「何があるんですか?」洋子は新庄久美子にきいた。

「イタリア料理、スペイン料理、オランダ料理、ドイツ料理、もちろん、フランス料理、あとは……、日本料理と中国料理と韓国料理」

「全部ですね」洋子が嬉しそうに言った。「わあ、全部食べたいなあ」

「全部のバイキング・コースとかね」愛が言う。「少しずつ、ひととおり全部食べさせてくれるとこってないのかな」

「バイキングもありますけど、そちらは、あまりおすすめできません」

つまり、不味《まず》いということだろう、と萌絵は思う。バイキング料理のハンディは、作りたてではない、という点にあって、それはあらゆる料理にとって致命的なのだ。自分で作ることは苦手だが、人の作った料理にはうるさい萌絵である。しかし、今日のところは、友人二人に譲ろうと考えていた。

「まあ、イタリアンかな」愛が洋子に言った。

「そうね」洋子が頷く。「萌絵もそれでいい?」

「ご勝手に」萌絵は口を尖らせて答える。「私は、ワインが飲めれば文句は言わないわ」

「おう、ワインかぁ……。いいぞう、飲もう飲もう!」愛が片手で握り拳を振った。「ほおら、だんだんファイトが湧いてきた。いよいよ俺様の時間だ!」

こういう反町愛を見ていると、萌絵は少し羨ましくもなる。どうしても真似のできないキャラクタなのだ。きっと、萌絵にはない、特別な回路を持っているのだろう。

アーチの橋を渡った先の広場の角に、イタリアン・レストランがあった。彼女たちはその店の一番奥の窓際に通された。店内は半分ほどのテーブルが客で埋まっている。もう五分ほどで、午後六時だった。

11

コース料理は二種類で、彼女たちは値段の高い方を選択した。食事中は、牧野洋子と反町愛が次々に新庄久美子に質問し、それを聞いているだけで、パンフレットが不要になるほどの情報が得られた。洋子と愛も、ユーロパークの概略については、ほぼ理解できたようだ。

萌絵は、ワインにだけは多少の不満があったものの、料理は値段の割りには美味《おい》しいと評価した。

コーヒーが運ばれてきた頃には、店中のテーブルが満席になっていた。萌絵はときどき後ろを振り返り、窓から外を覗いたが、ガラスは水滴で曇り、テーブルの真上にぶら下がったステンドグラスのランプの明かりをぼんやりと映していた。クリスマスが近いことを意識させるデコレーションが店内にちりばめられていて、それを見るたびに、彼女は犀川のことを考えずにはいられなかった。

残念ながら、今年のクリスマスイヴは彼と一緒ではない。クリスマスも、二人きりというわけにはいかない。

ワインのためか、少し瞼《まぶた》が重くなり、どうやら自分が疲れていることに、萌絵は気づいた。

三週間ほどまえ、ナノクラフトの社長、塙理生哉から手紙が届いた、文面が丁寧なわりに内容はごく僅かで、近々電話を差し上げる、というだけのメッセージだった。彼から直接電話がかかってきたのは、その手紙が届いた日の夜である。

塙家と西之園家の交流がいつからのものなのか、萌絵は詳しくは知らない。萌絵の父親、西之園恭輔《きょうすけ》と、塙理生哉の父親、塙安芸良《あきら》の交友の以前にも、両家に何らかのつながりがあったのは確かである。塙家は奈良県の山林豪農に発する財閥で、金融業をはじめ、その隠れた実業は幅広い。ただし、塙安芸良は学業に身を投じた人であり、西之園恭輔と同じく大学人だった。専門は地質学である。

萌絵自身も、堝安芸良博士には何度も会っている。彼女がまだ幼いときのことであるが、彼は西之園家を頻繁に訪れた。肩まで伸びた白髪の紳士で、尖った鼻と、いつも持っていた黒い杖が今でも異様なほど記憶に鮮明である。片足が不自由だったが、それは「戦争のせい」という一言で、まるで戦利品のように軽く肯定され、笑顔とともに片づけられたものだった。

戦争中、飛行機乗りだったこと、怪我のあとはパイロットを養成する訓練校の教官を勤めたこと、兄は爆撃機で出撃しサイパンで亡くなったこと、ドイツ軍の潜水艦が密かに持ち込んだロケットエンジンの設計図と部品を夜中に陸路で運んだ話、初めての水冷エンジンの戦闘機の話などなど、幾度となく繰り返される博士のおとぎ話を聞くのが、萌絵は大好きだった。

だから、彼女はもちろん、堝安芸良が好きだった。

堝安芸良博士が亡くなったのは、萌絵が中学の一年生のとき。中間テストが終わった夜に、父と母が慌ただしく葬儀に出かけていった。彼女は泣かなかったが、その晩は一人だったこと、髪を洗ったこと、それを覚えている。

理生哉は、堝安芸良の一人息子である。歳は萌絵よりも十三歳上になる。会ったことは一度もないが、彼の話はいろいろな経路で聞こえてきた。彼女が中学生のとき、既に堝理生哉は有名人だった。彼は高校生のときに自作したシミュレーション・ゲームで注目され、T大に入学したのちも、学業と並行してゲーム・プログラマとして活躍した。卒業後、自らコンピュータ・ソフト会社、ナノクラフトを設立。その二年後には、アメリカのスーパ企業MS社と業務提携して、この業界の先端に躍り出た。塙財閥の強力な援護があったとはいえ、以来、細胞分裂にも勝る速度で、事業は次々と拡大し、アミューズメント産業の旗手と呼ばれ、押しも押されもせぬ地位を僅か十年で築いたのである。

生前の塙安芸良博士が、西之園家の一人娘だった彼女を気に入り、息子の嫁にしたいと申し出たことがあったという。それは父親から、ずいぶんあとになって聞いた話だった。

「で、お父様は何とおっしゃったの？」

「嫁にはやれない。養子に来るなら許す、と言ってやった」

「塙のおじさまは、何て？」

「わかった、養子にやる、と言ったよ」

「まあ……」

父親が萌絵にそれを話したとき、彼女は思わず吹き出した。

もちろん、それっきりである。

その後、塙理生哉が萌絵の前に姿を見せることはなかった。実は、ずっと以前に彼女は塙理生哉に会っているのだそうだ。まだずいぶん小さなときのことらしい。彼女は、まったく覚えていない。

萌絵の両親が飛行機事故で亡くなり、その葬儀のときの記名帳に塙理生哉の名があったことは覚えている。だが、それを見つけたのは、葬儀から一年近くもあとになってからのことだ。葬儀の日のことも、その前後数日のことも、彼女の記憶からはほぼ完全に欠落していた。しかも、その直後、彼女は体調を崩し、数ヵ月も入院することになった。

電話で聞いた塙理生哉の声は、とてもソフトで、それが白髪の塙安芸良博士の声によく似ていることを、彼女は瞬時に思い出した。萌絵の頭に思い浮かぶ塙理生哉のイメージは、不思議なことに、犀川助教授にそっくりだった。

犀川は、今日は東京に出張のはずである。今頃は新幹線の中で読書だろうか。きっと北側のE席に座っている。煙草を窓のところに置いて、脚を組んでいる。躰を少し斜めに捻《ひね》り、肘掛けに頬杖をつき、文庫本を折り曲げるように片手に持っている。きっと、そのとおりだろう。

「萌絵?」牧野洋子が彼女の目の前で手を振っていた。「ほら、こっちの世界に帰ってきなさい」

「あ、ごめんなさい」萌絵は瞬きをして座り直す。

「またまた、犀川先生のこと考えてたんでしょう?」洋子が言う。

「ええ」コーヒーカップを手に取り、萌絵は頷いた。

「肯定するなよ」テーブルの向かい側から愛が言った。「違うわ、って、顔を赤らめたら、少しは可愛いのに」

「犀川先生っていうのは、どんな方なんです?」新庄久美子がきいた。彼女は反町愛の隣に座っている。二人ともミニスカートで同じようなポーズで脚を組んでいた。

「この子の彼氏」愛がすぐに答える。「もう、定規で計ったような完璧なファザコンなんですよ。まあ、そんな、ぱっとするような感じじゃないよねぇ。なんかさ、クラゲみたいな感じで、ぼーっとしてて……」

「ラヴちゃん、酔っ払ってる」萌絵は身を乗り出して言った。

「うちの社長はご存じみたいでしたよ、犀川先生のこと」久美子は萌絵に視線を向けた。「でも、建築がご専門なんでしょう?」

「ずっと以前ですけれど、私と犀川先生で、真賀田研究所に行ったことがあるんです。ご存じですよね?」萌絵は説明した。「先生は、コンピュータ分野でも、著名な方ですから……」

「著名な方か」愛が鼻息をもらす。「使わんな、そんな言葉」

「ぼーっとしてるってことは、ないと思うよ」牧野洋子が言う。彼女は目の下を赤らめ、眠そうな表情だった。「だって、切れることは切れるって感じだから……。うん、切れ過ぎで、かみ合わないというのか、その分、ずれてるとこもあって……」

「見る目がないのね、貴女たち」萌絵は腹が立ったので、真面目な口調で反論する。「私には信じられないわ、犀川先生の良さがわからない人たちがいるなんて」

「おーおー」愛が肩を竦める。「アルコールが効いてきましたよ、お嬢さん。どうぞどうぞ、お続けになって……」

「新庄さん、シードラゴンの事件について話してもらえますか？」萌絵はすぐ別の質問をする。

「なんだ、そりゃ」愛はがくっと躰を揺すった。

「ああ、ええ……」久美子は一瞬遅れて微笑んだ。「そんな騒ぎが確かにありましたね。社長にお聞きになったのね？」

「ええ、少しだけですけれど」

「うーん、私も、よくは知らないんだけど、四ヵ月くらいまえかしら、別荘区画の方で、ドラゴンに殺された男の死体を見たという通報があったの。でも、悪戯《いたずら》だったんじゃないかな。警察も二日ほど来てましたけど、結局、何もなくて、ただのデマ。人騒がせな話でしょう？」

「ドラゴンって……、何です？」可笑しそうに洋子がきいた。「私、ドラゴンズ・ファンだけど。まさか、本当の龍のこと？」

「空手《からて》の殺し屋？」愛が横から言う。

「いえ、伝説の怪獣の方」微笑みながら久美子が答える。「さっきの波止場《はとば》のところに、機械仕掛けのロボットがあるんですよ。子供向けのアトラクションです」

「それを使って人を殺したんですか?」愛がきいた。

「いいえ」久美子は首をふった。「そのロボットなら、固定されているから移動はできないわ。死体を見たという場所は、ペンション村の方ですから、ずっと向こう。距離で一キロ近く離れています。それに、あのドラゴン、張りぼての中にクレーンみたいな油圧のメカニズムが入っているだけで、ただ首を動かすことしかできないし。口から火を吹きますけどね。嚙《か》み殺す能力はありません」

「嚙み殺されていたのですか?」萌絵は質問した。

「見た人は、そう言ったんですって。牙《きば》の痕があったって。でも、死体は結局見つからなかったんだから、何の証拠もないわけです」

「そんなあ。馬鹿じゃないの?」愛がくすくすと笑いながら話す。「どうして、ドラゴンの牙の痕だなんてわかるわけ? その人、ドラゴンに嚙まれた人を見たことあったの?」

「あ、そういうのさあ、よくあるじゃん。山奥で雪男の足跡を発見したとかね」洋子も面白そうに言う。「それで、テレビ局とかの捜索隊が、山に入っていくやつ。一時間引っ張って引っ張って、絶対、出てこないんだ」

「出てきても、どうってことないからね」愛が澄ました表情で言う。「雪山に雪男なんて、当ったり前だ。ゾウとかワニがいる方がびっくりよ。私、ワニは本気で恐い。あれ、恐いよね？」

「ワニ？　可愛いよ、あれは」洋子が言い返す。

「嘘！　ワニが好きなのぉ？　あ、もう、あんた、信じらんないよ。ベッドにワニ入れられる？　どうすんのよ、ベッドの中にいたら！」

「私、布団だもんね」洋子が言う。

「ああ、鳥肌立った」愛が自分の腕を擦《こす》る。

「あの、何のお話かしら？」萌絵は口を尖らせる。「私ね、真面目なお話をしているんです。邪魔しないでくれる？」

「真面目な話だとぉ？」愛が高い声を出す。「ほーおー。そりゃまた、ご愁傷《しゅうしょう》さまですこと。どうせ俺っちは不真面目よ。しくしくだ」

「ドラゴンの話、突然始めたの、あんただよ、萌絵」洋子が言った。

「その死体を見つけた人に会えますか？」萌絵はわざときいてみた。

「引っ越されたそうです」

「どちらへ？」

「さあ、私は知りません」久美子は首をふった。

萌絵は、新庄久美子の目を数秒間見つめていた。

12

イタリアンのフルコースのあと、三人は新庄久美子の案内でホテルに辿り着いた。エントランスはヨーロッパ調で、とても慎《つつ》ましい。アーチを潜《くぐ》り抜け、中庭に一旦出て、改めてロビィに足を踏み入れると、そこは高いボールト天井の贅沢《ぜいたく》な空間だった。内部に凝るところがデザインのコンセプトらしい。優に五メートルはあろうかというクリスマスツリーが飾られ、細かいライトが点滅していた。

「九時五分まえに、ここで待ち合わせましょう」新庄久美子は萌絵の方を見てそう言った。

塙理生哉に九時に会う約束になっているからだ。萌絵が返事をして頷くと、久美子は、丁寧なお辞儀をして、正面玄関から外へ出ていった。

フロントで連絡先をカードに記入し終わると、背の高いボーイが現れ、彼女たちをエレベータの方へ案内した。部屋は三階だった。エレベータを降りてホールを進む。真っ直ぐな廊下の両側にドアが並んでいた。彼女たちの部屋は、三四三号室だった。

さすがにスイートではなかったけれど、それでもかなり広い。ベッドは三つ並んでいて、そのほかにテーブルが大小二つ。キャビネットは奥行きがあり、中央には大画面のテレビが収まっていた。バスとトイレが別々で、クロゼットもある。

ホテルは、クルーザが到着した波止場に面していた。彼女たちの部屋は海側だったので、窓ガラスに顔を寄せれば、少し斜めの方向に、ライトアップされた海賊船が見えた。桟橋は等間隔のライトでアウトラインが浮かび上がっている。まるでテレビのアンテナのように入り組んでいた。

ボーイが非常口や設備の説明をしてから、出ていった。

牧野洋子はテレビのリモコンを摑《つか》んで、後ろ向きにベッドに飛び乗り、その着地と同時にテレビのスイッチを入れた。反町愛は、冷蔵庫を開けて飲みもののチェックをしてから、電車の運転手のように声を出して、キャビネットのすべての引出の中身を確認した。三人の荷物はドアの近くに置かれていたので、萌絵は壁際のベッドを自分の居場所と決めて、トランクを移動した。まだ、時刻は八時。

「反町さん、どうする?」牧野洋子がテレビのチャンネルを次々に切り換えながらきいた。

「萌絵が社長さんとこ行ってる間、私たち何してる?」

「散歩は寒いしなあ」愛が答える。「どっか、ラウンジにでも行くか。ホテルの中にあるやつ」

「ねえ、萌絵。どこまで大丈夫なの?」

「え?」振り向いて萌絵は洋子を見る。「何のこと?」

「お金よ……」

「お金？」

「うん、何から何まで、甘えていいのかってこと」

「ああ……」萌絵は頷く。「それは、そうね。もちろん、大丈夫だけど、私たち、子供じゃないんだから、お酒くらいは自分で払った方が、形は良いと思う」

「そうだね」洋子が微笑んだ。

「自腹かあ……。じゃあ、ラウンジはやめて、居酒屋に行こう」愛が煙草に火をつけながら窓際まで歩いていった。「あそこの波止場の横んところにあるはず」

「居酒屋なんかあるの？」洋子がベッドから降りて見にいく。

「予習ばっちりだから」愛が自分の鼻を摘《つま》み上げて言った。「ほらほら、あの明るいところ、あそこらへん」

「まだ、食べられるの？」萌絵がきいたが、二人は彼女を無視して返事をしなかった。

それから十分ほど、テレビを見た。チャンネルがとても沢山あった。ユーロパークの案内を流しているチャンネルが三つ、ＢＳも映ったし、それ以外にも幾つか映画や外国の番組を見られるようだ。

萌絵がシャワーを浴びて着替えをすると言うと、牧野洋子と反町愛は、「よっしゃ、行こうか」と出陣の雄叫《おたけ》びを上げ、再びコートを着込んだ。

「ドアのカード、持っていってね」萌絵が注意した。部屋のロックはカード式で、三枚用意されていた。

「浮気しないように」洋子が笑いながら萌絵に手を振って、ドアから出ていく。

「たまにした方がいいぞ」愛も一言いって出ていった。

ドアが閉まって一人だけになると、テレビの音が大きい。萌絵はリモコンでそれを消した。それから、サイドテーブルの上にある電話を見る。自宅の諏訪野《すわの》に連絡しようか、とも考えたが、特に話すこともない。約束の時間まであと四十分。とにかく、シャワーを浴びることにした。

バスルームでは、塙理生哉がどんな人物なのかを想像した。実際に会うのは事実上初めてといって良い。彼は萌絵を知っているかもしれないが、こちらは何も知らない。どんな会話になるのだろう。いろいろなシミュレーションを頭の中で繰り返す。相手は、もう三十五歳、天才といわれ、若くして一流企業の社長である。

それに、彼はまだ独身だ。まさかとは思うが、いざというときのために、言い訳も幾つか用意しておかなければならない。親同士の約束がどの程度真剣味のあるものだったのか、それに、そのことを彼自身が聞き及んでいるのか……。いろいろ不確定な要素はある。だが、最悪のケースを予測して、心の準備をしておこう、と彼女は考えた。そう、なるべく、上品で効果的な断わりの文句を……。

髪を乾かし、ドレスを着てから、化粧をする。時計を見ると、もう五分しかなかった。煙草を一本吸っていこうか、と思ったが、香水には馴染まないので諦める。

そのとき、電話が鳴った。

「はい」萌絵は受話器を取って答える。

「西之園君？」

「え？　犀川先生ですか？」萌絵はびっくりした。

「ああ、今から新幹線に乗るところなんだ。横浜にいるんだけどね。電話したら、こちらだって言われたから……」

「あの……、どうしたんですか？　あ、でも、嬉しい……」

「いや、特に用事はないんだが……」

「用事がない？」萌絵は目頭《めがしら》が熱くなった。「本当ですか？」

「変わったことはないかい？　牧野君と一緒？」

「あ、ええ……」どういうわけか、鼓動が速くなって、言葉が出てこない。

「もう、寝るのかな？　あれ、あ、まだ九時まえか……」

「いえ……。今は、テレビを見ています」彼女は咄嗟《とっさ》に嘘をついた。

「そう、気をつけてね」

「え？　あの、何に？」

ブザーが鳴って、電話がそこで切れた。

そのまま一分ほど、電話の前に立って、彼女は待った。

しかし、ベルは鳴らなかった。

これといった用事もないのに、犀川が電話をかけてくることは極めて異例だ。だから、泣きたいくらい嬉しい。現に、泣きだしそうだった。

遠く長崎まで来ているのだ、と思った。

犀川先生は私のことを心配してくれている。

それとも、まさか、塙理生哉に会うことを、嫉妬《しっと》して……？

いや、犀川がそこまで知っているはずはない。

牧野洋子にはしっかりと口止めがしてある。けれど、もしかして、萌絵が聞かせた昔話を洋子が犀川にしゃべったのだろうか。それで、犀川が嫉妬して……。ほんの少しでも良いから、心配してくれたのなら、世界は薔薇《ばら》色なのだが……。

嬉しくて、本当に目が潤《うる》んだ。

テーブルのティッシュを取って、そっと片目に当てる。そのとき、テーブルの上、電話の横にあったメモ帳を、もう一方の目が見た。薄いグレィでホテルのロゴが入っている白い紙に、ボールペンで書かれた文字。

死の獲物

その死にこそ
望み叶う
世まさに
さ迷う仲
溝の底

とても小さな文字であったが、横書きで、しっかりとした筆跡だ。牧野洋子や反町愛のものではない。二人とも、もっと字が上手《うま》い。

詩のようだ。

いや、これは……。

萌絵は、五秒ほどで、そのなぞなぞを解いた。

しかし、もう時間がなかった。

彼女はその文字が書かれたメモ用紙を破り取り、自分のバッグに入れた。そして、鏡の前にもう一度立ってから、カードキーを手にしてドアまで行き、部屋を振り返った。

窓は閉まっている。

ここは三階だ。

誰が、これを書いたのだろう？

彼女の鼓動は、犀川の電話のときよりも、さらに速かった。

13

犀川創平は新幹線のE席で脚を組んでいた。座り方もいつもと同じだ。躰を少しだけ斜めにして、顔を窓に向け、シートに深く腰掛けている。ただし、煙草は我慢していた。世津子の禁煙に触発されたわけではない。禁煙車両だったのである。だから、空気は憎らしいほど澄んでいる。それは素敵だった。評価に値する。こんなに空気が良いと……、しかし煙草がよけいに吸いたくなる。そもそも、煙が充満する換気の悪い密室で吸う煙草ほど、不味《まず》いものはない。その逆で、山の頂上など、美味しい空気の中で吸う一本が格別なのだ。

しかたがないので、三百円でホットコーヒーを買った。ミルクと砂糖とスプーンのセット、それにプラスティックの蓋《ふた》も、いらないと断った。

いつもなら、読書の時間である。だが、本を読む気にはなれなかった。

座っていたのは前から三列目の進行方向の右側、つまり3Eの席で、デッキへの出入口の上にある電光掲示板にときどき流れる文字がよく見えた。表示されるのはニュースやコマーシャルである。しかし、人が文字を読むスピードに比べて、右から出てくる文字が遅過ぎる。したがって無駄が多い。犀川は、すぐに見るのをやめた。

　この種の電光掲示板は、人間社会のメカニズムに類似している。一つ一つの微小なライトは、ただ、ＯＮとＯＦＦを繰り返すだけだ。言われたとおりのインターバルで、点《つ》いたり消えたりする。つまり死ぬか生きるかを表示しているに過ぎない。それを遠くから眺めると、文字が流れているように見える。意味のあるものが読める。つまりは、これが人間の歴史ではないか。その一つ一つの単位は、自分がどんな文字の一部となったのかも知ることはない。死ぬか生きるか、しかないのである。

　ところで、死ぬか生きるか、などというと、相反する、両極の状態のように感じてしまう。少なくとも、人間はそう感じるように作られている。だが、ライトは違う。ライトは点いたり消えたりする。何度も繰り返すことができる。つまり、ライトの方が人間よりも少し機能的だ。

　蜂の巣を観察すると、巣の周辺で遊んでいる蜂が何匹もいることがわかる。彼らは仕事をしないグループだ。そこで、その遊んでいる蜂たちを捕まえてしまう。すると、今まで蜜を運んでいた働き蜂の何割かが、仕事をやめて遊びだす。集団こそが意志を持ち、個人の意志とは幻想か、と思わせる現象である。

　電光掲示板と同じだ。

　しかし、つまらない……。

実につまらない比喩だ。

考え事をしよう、と考える。そう考えている自分を感じ、なかなか考えようとしない自分を横から洞察する。

どうも、調子が悪い。

煙草を吸っていないせいかもしれない。

世津子の双子の赤ん坊は、犀川の顔を見て泣いた。動物の中で、何故、人間だけが泣くのだろう。泣くことが、それだけ高等な感情だということだろうか？　それとも、高等な武器というべきか……。

だが、親族の誰かが亡くなって、みんなが泣いているとき、幼児だけは泣かない。子供は、死人を見て、その滑稽《こっけい》さを笑うかもしれない。怒るかもしれない。人間が元来持っている感情とは、それくらい複雑なものである。それが、「死は悲しい」という単純な置き換えによって統合される。一つ一つのライトのONとOFFで意味のある文字を作り出すように、社会はこうして統制される。単純化しなければ「意味」が通じないからだ。

人間だけが本能を乗り越える。本能を封じ込める。本能に逆らえる。それを犀川は「人間性」あるいは「人間的」と呼んでいる。人を愛したり、子供を慈《いつく》しんだり、群れを成し社会を作ることは人間性ではない。むしろ、我が子を殺す意志こそが人間性だ。あらゆる芸術は、この反逆に端を発しているのである。

泣くという行為も、本能に逆らう、つまり、生への反逆ではないだろうか。人類に固有の意志かもしれない、と思った。

生まれた最初から、その意志が存在するのだろうか……。

いや、この考え方は奇抜過ぎる。根拠もないし、反証が容易《たやす》い。引き返そう。

テーマを変えることにする？

否……。

再び、世津子から聞いたゲームの話。

犀川は考える。

一片のパンのために命を懸けた大冒険か……？

そう犀川は考える。

それはしかし、人間の日常ではないだろうか。当たり前のことだ。そもそも、命を懸ける、などという表現がおかしい。生まれたときから、誰でも命懸けなのだから。特に気合いを入れるほどのことではない。

また逆戻りしている。

何が自分を考えさせるのだろう。

ひっかかるのは、そんなことではなかった。

空白。

きっと、間違いだ……。

何かの間違いだ。

そう自分に言い聞かせる。

というよりも、自分の中の常識人が、わざと笑って楽観映像を見せようとした。

さあ、コマーシャルでも見て、怒りも涙も忘れましょう、と彼が陽気に言った。

否……。

真賀田四季だ！

誰かが叫んでいる。

間違いない！

どんなゲームなのか知らないが、コンピュータが会話の相手をする、そのアルゴリズムは、真賀田研究所でかつて彼女が作ったロボットに用いられていた技術ではないか。彼女が、そのゲーム制作者に技術を……、おそらくサブセットであろうが、提供した可能性がある。

それほどのものではない、と犀川の中で別の声がする。

あのくらいのコードは誰だって書ける。

いや、可能だが、そんなことは問題ではない。

ひっかかるのは、別のことだった。

どうする……？

どうしたらいい？

「那古野《なごの》市の犀川創平様。那古野市の犀川創平様。お電話でお呼び出しがございます。最寄りの電話までお越し下さい」

突然のアナウンスで、犀川は驚いたが、表面的には、窓の外に合っていた両眼の焦点が、ガラスの表面に移っただけだった。

彼は立ち上がり、隣の席に座っていた女性に頭を下げて、通路に出た。

二両ほど歩いて、電話を見つけ、受話器を取る。電話がつながるまで、相手が誰なのか、あらゆる可能性を検索した。

電話が切り換わった。

「もしもし、犀川です」

しばらく待ったが相手の声は聞こえない。

「もしもし？」

「犀川先生ですか？」若い女性の声だったが、音声は明瞭ではない。

「はい、犀川ですが……」

「私です。先生」

「どなたですか？　あの、電話が少し遠いので……」そこまで言いかけたとき、犀川は、背中の全面に圧力を感じるような、寒気を覚えた。

「お気づきになりましたね？」

「真賀田博士？」

「真賀田四季です。ごきげんいかがですか？　そこで、メールを読めるのでしたら、メールにいたしましょうか？」

「いいえ。何も持っていません」犀川は答える。「あの……」

「どうして、この列車に乗っていることがわかったのか、とおききになるのね？」

「ええ……」犀川は唾《つば》を飲み込んだ。「今、どこに？」

「それは、ご存じでしょう？」

「長崎ですね？」犀川は近くの手摺を摑んでいた。「僕がさっき西之園君に電話したのを、盗聴していたんだ」

「そう、お行儀の悪い女でしょう？」四季は、そこで少し笑った。「私のメッセージを、先生、どこで聞かれました？　まさかご自分でやられたわけじゃないでしょう？」

「メッセージ？　ああ……、ゲームのことですね？」

「ええ、そう。犀川先生なら、聞いて数秒で答を弾き出すはずです。横浜というと、儀同世津子さんのところかしら？　あの方、テレビゲームをなさるのね？」

「何のために、電話を？」

「さあ、何のためでしょう」

「西之園君に会うつもりですね?」犀川の声は少し大きくなった。「博士、彼女は何も……」

「何も?」

「関係がない」

「理解不能な文脈ですが、意訳しましょう」面白そうな口調で四季は答える。「しかし、そのとおり、関係ありませんわね」

「長崎で何をされているのです? ナノクラフトにいらっしゃるのですか?」

「明後日には、先生もこちらへいらっしゃるとか」

「ええ、行くつもりです。お会いできますか?」

「お会いできますか?」同じ言葉を四季は言い返した。

「博士がお望みなら」

「先生がお望みなら」

「僕は望んでいます」

「私も望んでいます」

　列車の横揺れのため、犀川の肩はアルミの壁に小刻みにぶつかっていた。しばらく、彼の頭は、現在地と長崎を何百往復するほどの速度で計算をした。だが、どの答も袋小路だった。

「お待ちしています。ごきげんよう」四季の抑揚のない声。

「待って下さい！」

「私はいつでも待っています」

その言葉で電話が切れた。

犀川はデッキに灰皿を見つけて、すぐに煙草に火をつけた。

電車が揺れているのか、それとも手が震えているのか、わからなかった。笑いたい気持ちと、泣きたい気持ちと、怒りたい気持ちが、一本の煙草を吸っている。一筋の煙に昇華された。そして、嬉しい犀川と、悲しい犀川と、怒っている犀川が、お互いを意識し合っているのがわかった。

萌絵が泊まっているホテルにもう一度電話をかけた。さきほどは、列車の発車時刻が迫っていて、かけ直せなかったのだ。

ベルの音だけで、誰も出ない。

今度は、彼女の携帯電話にかけてみた。これも結果は同じだった。

私はいつでも待っている？

いつでも？

真賀田四季が……。

待っている？

トロイの木馬か……。

何を？

何を待っている？

立て続けに三本の煙草を吸った。だが、一つも答は出てこなかった。それは、三年半もの間、彼が自分から遠ざけていた問題だった。

自分の席に戻るために、二両分の通路を歩く。

自分は酔っているのではないか、と思った。

何に、酔っているのだろう……？

席に着き、両手を顔に当てる。

何に、酔っているのだろう……？

「あ、あの……」隣の女性が声をかけてきた。

犀川は顔を上げて彼女を見る。

「大丈夫ですか？　気分がお悪そうですけれど……」

「あ、いいえ、大丈夫です」犀川は答える。微笑もうとさえした。

それから、暗い車窓の外に目を向ける。

このまま、長崎へ行くか……。

行かなくてはならない。

木馬が待っている。

第2章　下界の神殿　Pantheon

〈最後は失敗だった。死にたかったろうに……〉

1

　エレベータの中は、床の絨毯以外の残りの五面が鏡のように磨かれたステンレスだった。その中央に立った西之園萌絵は、自分の姿を上から、左右から、そして前後から確認して、深呼吸をした。

　一瞬にして感情を遮断する装置は、最近うまく作動しない。この装置は、彼女が高校生のときに作り上げたものだった。

　どんなに悲しいときでも、息をゆっくりと吐き、そして止めて、長くて真っ直ぐの鉄橋を渡っていく自分を思い浮かべることで、忘れられた。

　それが、最近はできないことが多い。

壊れてしまったようだ。

三階から一階へ下りるエレベータの中で、萌絵は、自分の状況を把握するのに精いっぱいだった。

父の旧友の子息に招かれた自分。

二十三歳の大人の女。

それも、外交的な衣裳を身に着けて……。

相手は男性。独身。

メモ用紙。

獲物。

その死にこそ、望み叶う。

眩暈《めまい》がしそうになったとき、ベルが鳴ってドアが開いた。

「時間に正確ね」新庄久美子が立っていた。萌絵はエレベータから降りようとしたが、それよりさきに、彼女が乗り込んできた。

「え？　このホテルなのですか？」

新庄久美子はボタンを押し、ドアを閉めてから、小さなカード状のものを操作盤の下にあるスリットに差し入れる。

「本当は内緒なんだけど……」振り返って久美子は微笑んだ。

エレベータは降下している。

ドアの上にある表示パネルには、地下一階までしかなかった。ライトはそのB1で点滅したあと、どこも光らなくなった。少なくともB1よりもさらに下に向かっているようだ。

下方向の軽い加速度が感じられ、停止すると同時にドアが開く、眩しいほど真っ白な空間が、エレベータの外に広がっていた。

エレベータから出た場所は、少し広いロビィで、左右両方向に通路が真っ直ぐに延びていた。アルミとガラスで仕切られたパーティションが何重にも平行に重なり、ずっと奥の方まで続いている。ガラスの部屋の中は、通常の事務所よりは余裕のある配置でデスクが並んでいたが、どこも非常に散らかっていて、まるで、文化祭の準備をしている高校生の教室みたいだった。萌絵がざっと見渡しただけでも、三十人くらいの男女が普段着で椅子に座ったり、机に座ったり、歩き回ったりしている。ガラス越しだったが、幾人かがエレベータから降りてきた彼女たち二人に気がついて、こちらを見た。

「ここがナノクラフトの中枢ですか？」萌絵は周囲を見ながら尋ねる。

「中枢というのは、うちの会社にはないわ。まあ、社長はいるけれど、完全に分散型の組織だから」

「夜なのに、沢山人がいますね」

「ええ、勤務時間は基本的に自由。だけど、省エネ対策で、午前二時から六時までは働いちゃいけないことに最近なったところ。これ、もの凄く反対する人が多いの」

新庄久美子は左の通路に萌絵を導く。彼女はさきほどまでの服装と同じだったが、コートの替わりに白衣を羽織《はお》っていた。萌絵は急に、自分の服装が場違いかもしれないと思い始めた。

両側のガラスの中から、大勢が萌絵を見ている。水族館で、沢山の魚たちに自分が見られているると錯覚するのと似た感覚だった。彼女は気にしないで澄まして歩く。この程度のプレッシャは、子供のときから慣れっこだった。

後ろを振り返ると、ずっと奥の突き当たりに、小さなエレベータらしきドアが見えた。今歩いている通路は、ホテルの長手方向とは直角になるはずである。後方の突き当たりのエレベータの位置は、方角からして、海の方だ。地上のホテルの建物からは、ずっと外側に出ている距離である。もちろん、萌絵が歩いている場所も同様に、上は、もうホテルではないだろう。ホテル前の道路か、あるいは広場の下になるはず。

「あのエレベータは？」萌絵は後ろを示して尋ねた。

「あれは社員専用のもの」久美子は答える。「さっき乗ってきた真ん中のエレベータは、ホテルのロビィに直接出られるけど、普段は使わないわ」

「向こうのエレベータ、上は、どこに出るのですか？」

「波止場の方」

「でも、ホテルの向こうは、すぐ海ですよね」

「ええ……」久美子は頷く。

前方の突き当たりにも、大きなドアが見えた。

「こちらも、エレベータよ」久美子はそのドアを指さす。彼女たちはそこの前まで歩いた。一見、普通のドアに見えたが、壁にボタンがあった。

「こちらは？」

「こちらは、役員専用」久美子はそう言って、そのボタンを押した。「下に行くと会議室と社長室。上は……、お楽しみ」

「お楽しみ？」

「ええ……」

ドアが開いたので、彼女たちはエレベータに乗り込んだ。中は非常に狭い。

久美子が押したボタンは1だった。フロアの表示は、1、B1、B2、B3の四つ。今乗り込んだところが、B2だった。

エレベータは上昇し、地上一階で停まった。

「西之園さん。とても素敵なドレスだわ」新庄久美子はさきに外に出て、ドアを押さえた。彼女は萌絵に手招きする。「それに、勘の良い方ね、貴女」

エレベータから出るなり、萌絵はその空間に圧倒された。

とても広い部屋。いや、部屋ではない。

見上げた天井は暗く霞み、高い柱の途中に光るランプが、アーチ形の細い梁《はり》の柔らかい影を壁に重ねている。深く沈んだ窓は、外部の僅かな光によって鈍く彩られた絵画を見せた。ステンドグラスだった。上を見たまま、広い場所まで移動すると、さらに高いドームが真上に広がる。天空に届くほど高い。

教会だ。

木製の質素な椅子が幾列も並び、正面の壇上には、小さな十字架。それを背負った男が打ちつけられていた。柱が狭い間隔で立ち並び、両側の回廊はとても暗い。振り向くと、大きな木製ドアが両開きで開け放たれていて、エレベータの金属製のドアはその木製のドアの内側にあった。彼女はそこから出てきたのだ。

新庄久美子が、黙って頭を下げ、そのエレベータの中に姿を消した。

ここはどこだろう?

萌絵は考える。

ホテルの北側には石畳の広場があった。そこに小さな教会が建っていたのも覚えていた。広場の周囲は、小さな店が取り囲んでいる。今、彼女がいるのが、その教会の中だ。地上では、ホテルと道を隔てて離れているが、地下でつながっていたのだ。

こんな仕掛けを誰が考えたのだろう?

鼓動が速くなる。

「ここで再会しようと決めていたのです」

男の声に萌絵は振り向く。

教会の入口は閉まっていたが、そちらの柱の陰から、男は姿を現した。

真っ直ぐに彼女の方に近づいてくる。

黒っぽいスーツに、黒いネックのセータ。髪は肩に届くほど長く、額の広い顔は白い。尖った鼻が、塙安芸良博士と同じだった。

「いかがですか？　夜は昼よりも大きい。何もかも大きく見せてくれます。小さな教会ですが、こうして夜になると、どういうわけか天井も高く見える。何故、あちらの建築は、こんな大空間を捏造《ねつぞう》しようとしたのでしょう？」

「日本の神社や仏閣でも、大規模なものはあります」萌絵は答える。

「大陸の影響でね」男は優しく言った。「でも、日本古来のものにはなかったと思います。日本の文化、思想、哲学には、建物の天井を高くする理由などなかったのです。何故なら、我々の天井は本物の空だったから」

「空はどこにでもありますわ」

「彼らには、外と内の明確な区別がある。いや、その区別を望んでいる。外は悪、内は善。だからこそ、しっかりと都市の周囲を城壁で囲い、厚い壁がしっかりと外気を遮断する。その代わり、自分たちの領地を少しでも広げるために、天井を高くしなくちゃいけなくなったんです」

「そもそも、アリストテレスがいけなかったのかしら?」

「そう、融通《ゆうずう》のきかない奴でした」そう言って男は微笑んだ。「でも、そのおかげで、ものを几帳面《きちょうめん》に区別し、分析する科学が生まれ、0と1で計算もできるようになった。貴女のその美しい姿も、永久に残そうと思えば、0と1に分解して保存するしかありません」

「分解していただくの、あまり慣れていませんの」

「A・E・H・R・T」男はゆっくりと言った。「この五文字でできるすべての文字列は?」

「百二十」萌絵は答える。

「アルファベット順に並べると、地球は何番目?」

「二十八番目です」

「そう……」男は微笑んで頷く。「では……」

「五十五番目を、お尋ねになるのね?」萌絵も微笑んだ。

「お目にかかれて光栄です」男は軽くお辞儀をする。

「もっと、難しい問題はないのかしら?」

「塙理生哉です」男は名乗った。「僕ほどの馬鹿はそうそういません。もっと難しい問題を考えておくべきでした。失礼しました。いや……、貴女に見とれて、忘れてしまった、と言うべきでした。ああ、リハーサルどおりいかない……」

「リハーサルはお一人で？」

「もちろん……」

男は片手を差し伸べる。

「信じられない。どうして、もっと早くお呼びしなかったんでしょう？　それまで貴女のことを忘れていたのでしょうか？　でも、もっと早く会っていたら、きっと仕事なんてしなかったでしょうね。してる場合じゃなかった、と思いますよ」

萌絵は彼の手に軽く触れて、膝《ひざ》を一度曲げた。

「西之園萌絵です。お招きに感謝いたします」

2

気障《きざ》で鼻持ちならない台詞《せりふ》だとは思ったけれど、それだけの準備をしたことは評価しよう、と萌絵は思った。確かに、塙理生哉は、そんな超日常的なシチュエーションを許容させる雰囲気を持っていたし、それに、その時間と空間の選択も心憎いほど計算されていた。

九時になるまで会えない、というのも仕事の都合などではなく、実はこの演出のためではなかったのか。それに、萌絵が部屋を出るまえに見た、メモ用紙の謎の文句も、彼女を緊張させ、脈拍を速く打たせる効果を狙ったトリックだったのでは……。

　そこまで、萌絵は疑った。

　塙理生哉は、犀川助教授が一生かかっても口にできないほどの美辞麗句《びじれいく》を僅か五分間で披露した。しかも、そのバリエーションは息を飲むほど豊富で、萌絵もだんだん感心して、感動さえ覚えた。お世辞だとわかっていても、繰り返されると、じわじわと効いてくる。もちろん、悪い気はしない。

　もっとエンジニア肌の人物を想像していたが、まるで違っていた。むしろプレイボーイに近い。それも珍しく頭脳明晰なプレイボーイである。受け答えは極めて素早い。しかし、口調は速くなく、また決して遅くもない。彼女が話し終わったところで訪れる沈黙は皆無。いつも、彼女が笑顔で黙ってしまうような状況にもち込まれた。

　二人はそこでワインを飲んだ。そのせいか、萌絵の頭脳は少し鈍化しつつあった。それさえも、塙理生哉の計略のうちかもしれない、としだいに思えてきた。

　西洋建築の特にバロックについて話した。そこから、日本文化のわび・さびにテーマが移り、茶道の話になる。

「お茶がお好きなのですか？」萌絵は得意の分野に引き込もうとして尋ねた。

「ええ、好きですが、嗜《たしな》む程度ですね」

　と予防線を張っておいて、小堀遠州《こぼりえんしゅう》の茶室の話になる。少なくとも固有名詞を萌絵の十倍は記憶している。彼女が互角だと思ったのは年号、つまり数字に関するデータだけだった。

「あの……」堪《たま》らなくなって、萌絵は小首を傾げてきいてみた。「こんなこと、とても無粋《ぶすい》なのかもしれませんけれど、どうして、私をお招きになったのですか?」

「ああ、失礼……」彼は優雅に軽く頷いた。「ええ、こんなところでいつまでも下らない話をしても、しかたがないですね。下で飲み直しましょうか?」

狭いエレベータに二人で乗り込む。萌絵は、少し明るい照明の中で間近に塙理生哉を盗み見た。周囲のステンレスにも彼が映っている。教会のセーブされた照明の下で見たときより、彼の年齢に相応《ふさわ》しい顔だったので、萌絵は多少ほっとした。現実の方が、やはり落ち着く。夢物語にずっと酔っていられるほど、彼女はもう子供ではない。

地下三階までエレベータで下りた。そのフロアも、さきほどの地下二階と似た雰囲気だったが、全体の奥行きは半分ほどしか見えなかった。真っ直ぐの通路を四十メートルほど行ったところまでが明るい。その先は暗くて見えない。奥の方では、両側がガラス張りだった。彼女たち二人は、たった今、中世から帰還したばかりのタイム・トラベラみたいに思えた。

右の壁のドアから入る。さらにその奥にアルミのドアがあった。塙理生哉はカードを差し入れて、そこを開けた。

照明が自動的に点灯し、絨毯の敷かれた落ち着いた雰囲気の部屋に、二人は足を踏み入れた。壁は打ち放しのコンクリートで、素地のままだったが、ブラケットの間接照明が不思議な形状の白い輪を、幾つもそこに描いている。部屋には、キャビネット、カウンタ、ソファ、テーブルなどが、いずれも壁と平行ではない角度で置かれていた。社長室が地下三階にある、と新庄久美子が話していたが、ここはどうやらそれとは違う。応接室だろうか。少なくともコンピュータがないし、仕事に役に立つ道具は一つもなかった。

「何を飲まれますか?」

「ブドウのお酒なら何でも」萌絵は答える。

「ブランディ?」

「ええ」

カウンタで塙理生哉がグラスの用意をしている間、萌絵は部屋の周囲をゆっくりと歩いて、壁の造りを手で触って確かめた。コンクリートはまだ新しく、建造されて三年くらいではないか、と彼女は判断した。絨毯もインテリア類も、それくらいの新しさだった。

大きい方のソファに萌絵が座り、二人のグラスを軽く鳴らしてから、低いテーブルを挟んで反対側に理生哉が腰を下ろした。

「私のこと、お調べになったでしょう?」冷たい最初の一口が喉を通ってから、萌絵は尋ねた。

「もちろん、N大学の建築学科にいらっしゃることは知っていますよ。だから、建築の話をイントロダクションに使ったのです」

　またグラスを傾ける。とても美味しかった。萌絵は、黙って、しばらく正面から理生哉を見据える。ちょっと、別の攻撃のつもりだった。

「どうしました？」十秒ほどして、理生哉が口をきく。

「いいえ、どうも……」萌絵は視線を逸《そ》らさないで、そのまま微笑む。

「ああ、そうか」彼はテーブルにグラスを置いた。「さっきのご質問に、僕が答えるのを待っている。そうですね？」

「ええ」そんなことは忘れていたが、落ち着いて頷いた。

「もちろん、貴女をご招待したのは、そうですね、率直に言ってしまえば、下心があってのことです」彼はそう言ってくすくすと笑いだした。「下心っていうと変だけど、でも、動機のない行動なんてありませんからね。チェスの駒だって、下心で動かすものでしょう？」

「なるべく相手に悟られないように」萌絵は相槌を打ちながら言う。

「ええ、でも、相手に悟られることが動機の場合は、困りますね。気がついてもらわないと、意味がない。だから、下心のままでも都合が悪い。わかりますか？」

「いいえ、わかりません」萌絵は微笑んで首をふった。もちろん、わかっていたが、頷くわけにはいかない。

「貴女くらいの頭脳の持ち主が、変ですね」理生哉は困った顔をした。「まあ、いいでしょう。これは緊迫した課題でもありません。いえ、非常に重要なことは重要なんですが、その……、急ぐ必要はないでしょう、という意味です」

「お友達を二人連れてきました」萌絵は彼から視線を逸らして言う。「そのことも、お礼を申し上げなくてはいけませんでした。彼女たち、とても喜んでいます。それに、明後日には、大学のみんなが来ます」

「ええ、ええ……」塙理生哉は苦笑した。「実をいいますと、それは僕の意図しないものでしたが、西之園さんのお役に立てたと思えば、幸せです。それに、貴女はうちの会社の大口株主なんですからね、ペンションを数日貸し出すくらいのサービスは通常業務のうちです。ちゃんと規約に明記されていますよ」

「でも、ホテルと食事は別です」

「えっと、それは僕個人のサービスですから」

「見返りがなくてもよろしいのですか？」

「それは、今……」彼はグラスを傾ける。「そうですね、もう半分ほどは取り返しました」

「あとの半分は？」

「さあ……、想像もつきません」

「あの、塙さん、私……」萌絵はグラスをテーブルに戻した。「失礼かもしれませんが、はっきり申し上げておかなければならないことがあります」

「何でしょうか？」表情を崩さず、塙理生哉はきいた。

「私、婚約しているんです」萌絵はずばりと言った。そのためのシミュレーションはできていた。「もう、ご存じかもしれませんけれど、もしも、ご存じでないのなら、とても失礼なことだと思いましたので……」

「実は知っています」彼は両手を組合せ、膝の上に乗せた。「自慢してもしかたがないけど、僕ほど、情報の入手に恵まれている人間はいませんからね」

「ああ……」萌絵は肩を竦める。「良かった。安心しました」

「あまり安心してもらっては、ちょっと心外ですが」彼は笑いながら言う。「ええ、たぶん、貴女が想像している以上に、僕は貴女のことを知っています。興味のあるものについては知りたいと思う、手に入れたいものは手に入れる、いえ、誤解なさらないように、無茶なことをするほど馬鹿ではありません。しかし、今まで、知りたいことはすべて調べましたし、欲しいものはすべて手に入れました。失敗したことは一度もありません」

彼は自分のグラスに氷を入れ、ボトルを傾ける。

「私もそうです」萌絵は塙を見つめて言う。

「ええ……」目だけを上げて、彼は萌絵を見た。「似てますよね……、僕ら」

彼女は黙っていた。

手に持ったグラスには、もう氷しかない。喉が渇いて、まだ飲み足りなかった。

3

牧野洋子と反町愛は、シーフード・ジャパニーズ・レストランで日本酒を飲んでいた。建物の外観はミラノ風だったが、中は完全な居酒屋である。大勢の客に混じって、彼女たちはカウンタで飲んでいる。あとから来て隣の席に座った若い男がいたが、反町愛が大笑いした拍子に椅子から落ちそうになり、彼に抱きついたのがきっかけで、以来ずっと三人で盛り上がっていた。

彼は松本卓哉《たくや》と言う名で、見たところ三十代。大人しそうなひ弱な感じの男だった。観光客ではなく、ナノクラフトの社員だという。皺《しわ》になった名刺をもらったので、それで名前がわかった。大阪の大学に勤めていたが、最近こちらに引っ越してきた、と彼は話した。それにしては、アクセントが関西ではない、と指摘すると、出身は愛知県だという。それを聞いて、二人はロケット花火みたいに声を上げ、店中の客を振り向かせた。N大の洋子と愛は、出身も愛知である。海を渡っての奇遇。もちろん、酒の勢いも手伝って、一気にお仲間ということになった。

ひととおりローカルな話題に花が咲いたあと、ユーロパークの見どころの（実のところ、松本卓哉は自社の観光施設についてはほとんど関心がないようだったが）説明があり、そのあと、ナノクラフトの研究所に話題が移った。

「どこにあるんですか？　研究所って、この敷地の中？」牧野洋子は尋ねる。

「うん……」松本はにっこりと微笑んだ。「びっくりするようなところだよ。君たち、ホテルはどこに泊まってるの？」

「そこのホテル・アムステルダム」

「ああ、じゃあ……、うんうん、すっごく近いな」松本はくすくすと笑いだす。

「気持ち悪りぃぞう。にやにやして」反町愛が目を細めて言った。彼女は既に能面のような固まった表情で、細胞はスポンジみたいにアルコールに含浸《がんしん》されているようだ。「夜這いでもする気かぁ？」

「違うよ」びっくりした顔で松本は首をふった。「実はね、あのホテル・アムステルダムの真下が、僕らの研究所なんだなあ……。はは、驚いた？　驚いた？　地下んところが、ずうっと……」

「ちかん？」愛が高い声を出す。

「地下！」

「どこかに、そんな入口ありましたっけ？」洋子は思い出しながらきいた。彼女は建築学科の学生だ。建物の周辺の配置、平面のおおかたの図が、頭の中に既にある。「おかしいなあ、周りは歩いてみたつもりだけど……」

「内緒だからね。トップシークレットなわけ」松本は反町愛から少し離れ、洋子の方に接近した。「駄目ですよ。ほかの人に言ったら。オフレコにしておいてね」

「じゃあ、駄目」片手を広げて洋子は言う。「これ以上、言わないで。特に、そちらの子は、口が軽いから」

「何してんの？　そこで」反町愛が寄ってくる。「ああ、そうか、怪物のロボットとか作ってんだ。ね、そうでしょう？　カントリィを演奏する熊君とかさ、えっと……、ラインダンスする豚とか」

「それって、ディズニーランド？」と洋子。「ねえ、松本さん、ドラゴンが人を殺したっていう話、知ってます？」

「もちろん」松本はメガネを外してお絞りで拭いた。「でも、あれは、ただのデマだよ。どうしてあんなに騒いでるのか、気が知れないね。ロボットは全然見当違い。僕らの研究所、ソフトだけで、ハードはやらないから……。この遊園地のロボットだって、作っているのは全部、別の部署だよ」

「きっと、客寄せで、わざとやったんでしょう？」愛が箸をくわえて、遠くの皿を取りながら言う。「スリルとサスペンスってやつね」

「いえいえ」松本は肩を竦《すく》める。「違うって……。宣伝ならもう少し、なんていうの、効果的なものがあったと思うよ。いくらなんでもさ……、馬鹿馬鹿しくて、誰も信じませんよっての、ドラゴンが人をくわえてきたなんてね」

「誰が言いだしたんですか？」洋子がきく。

「見たって人がいたんだ。僕、よく知らないけど、うちの所員だったたって話、聞いたけど……」

「見たって、何を見たわけ？」干物《ひもの》を口に入れながら愛がきいた。

「だから、なんていうか、死んでる人間を」

「誰が死んだの？」愛がきいた。

「だから、デマなんだってば……。誰も死んでません」

「つまんねぇの」反町愛がうっとりとした顔で目を瞑《つむ》って言う。どうも、言っていることと、仕草がかみ合っていない。完全に酔っているみたいだった。

「牧野さんたちは、その話、誰から聞いたの？」松本は溜息をついてから、真面目な表情に戻って尋ねた。

「そういうのが好きな子が、お友達にいるんです。今、いないけど、私たち三人で来てるんですよ」

「へえ、その彼女は、どこに行ってるわけ？」

「ナノクラフトの社長さんとデートだよ」愛が言った。

「あ、反町さん、それ、まずいんじゃない？」洋子は、愛の発言が気になった。

「デート？　うちの社長と？」松本が首を傾げた。

4

塙理生哉はグラスを片手に部屋の中を歩いていた。クラシック音楽が適度な音量で流れ、彼の話は、テレビのナレーションのように淡々と続いた。

彼がどのようにして、この地位を築き上げたのか、それが理解できた。彼の言葉には、英語のように、いつも「私が」という主語があった。自信家という一言で表現してしまえば、分析は簡単だが、その単語に包含される虚構は感じられない。それは、実体が明確だからだろう。

彼には力がある。それがわかった。

もちろん、知性という力である。

西之園萌絵は、ソファにずっと座っていた。グラスは何度か新しくなり、ときどき、目を瞑りたくなる誘惑も心地良かった。

「西之園さんは、天才というものを信じますか？」

「ええ、もちろん」彼女は頷いた。

「天才とは、何ですか？」

「人の通常の能力を超えた人たちのことでしょう？」

「どう、超えていますか？」

「私は天才じゃないからわからないわ」

「天才に会ったことがありますか？　見たことがありますか？」塙理生哉は、また彼女の前のソファに腰を下ろした。「貴女が天才だと感じられる人物と、実際に会って話をしたことがありますか？」

「今、ちょっと、そう感じています」萌絵は微笑んだ。

「お世辞はけっこう」塙は眉を上げ、微笑んだ。「僕は天才でもなんでもない。記憶力が良いとか、計算が速い、なんてことは、大した能力ではありません」

萌絵は犀川助教授のことを考えていた。彼女が実際に会って、話をした人間の中で、彼を超える才能はなかった、と思う。けれど、天才という言葉に包含されるイメージは、犀川に対しては、どこか違和感がある。

「誰よりも速く走れる。誰よりも高く跳べる。誰よりも重いものが持ち上げられる。それはそれで、話題性という点で商品価値はあるかもしれない。でも、こんな能力自体は、まったく評価に値しない。つまり、それらはいずれも、道具を使わない状況下における比較に過ぎないからです」塙理生哉は優しい表情で続ける。「たとえば、バイクに乗れば、誰だってもっと速く走れます。だから、足が速いからという能力で郵便局に無条件で就職できるわけじゃない。ロケットエンジンを背負っていれば、何十メートルだって跳び上がれる。クレーンを操作すれば、山だって崩せます。人間は道具を使えるんです。もし、道具を使うのはルール違反だ、とおっしゃるのなら、服も靴も、薬も食事も制限すべきでしょう。オリンピックの選手だって、コンディションを整えるために、エアコンの利いた部屋で眠っています。それに、もう一点重要なことがある。人間よりも速く、高く跳び上がり、力の強い動物たちが地球上には沢山いるということです。人間の価値はそんなものじゃありません。同様に、記憶の量や正確さ、あるいは計算の速度も、道具を用いることによって改善できる。では、何が残っているでしょう？　それは、研《と》ぎ澄《す》まされた思考だけです。この世で比類のないものとして、人類に与えられた最高の機能。コンピュータを駆使しても、将棋の名人にはかなわない。誰が、どんな道具を使っても勝てないのです。彼らこそ、正真正銘の覇者《はしゃ》なのです」

「それが、天才ですか？」

「ええ……」

「チェスやオセロは、コンピュータの方が強いみたいですけれど」

「だんだん狭き門になりますね」

「周囲の状況によっても変動する、とおっしゃるのですね？」萌絵はソファにもたれて尋ねた。

「おそらく」塙は頷く。「僕は、天才と呼ばれる人たちを何人か知っています。実際に会って話もしましたけど、よくわからない。話をしても、その才能がどこからきたものなのか、そして、今どこにあるのかさえ、まったくわかりませんね。だけど、彼らに共通することが一つありました」

「共通すること？」

「ええ……」空になっていた萌絵のグラスに、彼は琥珀《こはく》色の液体を注《そそ》ぎ入れた。萌絵はその液体を見つめる。氷が音を立てた。

「混ざっていない」塙理生哉は下を向いたままそう言った。

「混ざって……、いない？」

「そうです。人格が混ざっていない」グラスを萌絵の前に置き、彼は煙草に火をつける。「人格だけじゃない、すべての概念、価値観が混ざっていないのです。善と悪、正と偽、明と暗。人は普通、これらの両極の概念の狭間《はざま》にあって、自分の位置を探そうとします。自分の居場所は一つだと信じ、中庸《ちゅうよう》を求め、妥協する。けれど、彼ら天才はそれをしない。両極に同時に存在することが可能だからです」

言葉が耳から聞こえて、それが萌絵の頭脳で理解されるまでに、タイムラグがあった。彼女はテーブルに手を伸ばし、グラスを掴む。冷たい液体を口に含み、塙理生哉の話した不思議な内容とともに飲み込んだ。一瞬、背筋が寒くなり、自分が今の話に感動していることがわかった。

混ざっていない？

同時に存在する？

彼女の中で、再び犀川の概念が浮上する。犀川の思考の概念。形のない、複雑な存在。浮遊する無数の粒子を想わせる思考。渦を巻き、星雲の運動のような、個々の独立した回転。

何を考えているのだろう、私は……。

まるで、催眠術。

えっと、犀川先生が……、どうして……。

「我々凡人は、ものごとを単純化しないと飲み込めない。それだけの器《うつわ》しかないからです。茶碗が一つしかないので、しかたなく攪き混ぜて、平均化する。幾つもの皿に、別々の料理を盛りつけて楽しむことができない。いや、たとえ、別々の皿に盛りつけても、食べる口が一つしかない。つまり、最後には一つになる。そこに限界があるのです。私たちの能力を規制している概念とは、すなわち、自分が一人だ、と思い込んでいることだ」

「自分が、一人？」ソファにもたれ、萌絵は気が遠くなった。

「目に見える自分の躰が一つしかない、そこから、生命が一つという概念が生まれます。死ぬときは躰全部が一緒だと規定する。だから、生きているときも一人。その錯覚が、人間の能力を規制する。制限するのです。悲しいときには、楽しんではいけない。怒っているときは、嬉しくない。良いと決めたら、もう悪くはない。より新しい情報で、古い情報を書き換える。０に１を足せば１。０に１を掛ければ０。計算をして、処理をして、格納して、参照して、消去して、結局は、答を一つに規定する。この単純化を伴う統合に、自らの能力を抑制する。それが普通の人間です。ところが、彼らはそれをしない。それが不合理で不自由だと、子供のときから知っているのです。天才は計算をしても答を出さない。彼らは、計算式そのものを常に持っている。我々は答しか持たない。これが、凡人と天才の差です。だから、コンピュータにも真似ができない。計算しない計算機なんて作れない」

塙理生哉が話した最後のセンテンスが頭に入らなかった。萌絵は頭を振った。

「ごめんなさい。私……、酔ったみたいです」彼女は言葉を選んで言う。「もう、そろそろ、失礼しなくては……」

「ああ、そうですね」塙は腕時計を見た。「お送りしましょう」

「いえ……」

萌絵はソファから立ち上がろうとした。

意識はしっかりとしているつもりだったが、躰のバランスが崩れ、ソファに手をつく。テーブルのグラスが倒れた。液体がテーブル上に広がり、ゆっくりと、氷が滑って移動した。その等速度運動を何故か萌絵はぼんやりと見ていた。氷が、テーブルの端から絨毯の上に落下して止まる。

「あ、ごめんなさい。私……」言葉の途中で、意識が薄れ、萌絵はソファに再び座った。

目を瞑る。

辺りが暗くなった。

どうしたのだろう……。

貧血だろうか……。

あれくらいのお酒で酔ったのだろうか。

躰が重く、立ち上がれなかった。

何か、言わなくては……。

「大丈夫ですか？」塙理生哉の声が、ずっと遠くから聞こえた。

5

次に意識が戻ったとき、彼女は自分が歩いている、と思った。

歩調を感じたからだ。

だが、自分の足の感覚はない。

目を開けようとしたが、何も見えない。

部屋が暗いのだろうか……。

小さな光だけが、遠くに幾つか見えた。けれど、それは網膜が見せる錯覚かもしれなかった。

頭が重く、躰は逆に軽く、どこにあるのかわからない。自分がばらばらになってしまったように感じる。

きっと、自分はアンドロイドで、分解されてしまったのだ、と思った。

でも、誰かが歩いている。

寒くも、暑くもなかった。

今は、冬だろうか？

それとも、夏だろうか？

呼吸をしていることがわかった。自分の呼吸。

塙理生哉はどこへ行ったのだろう？

「ここは？」自分の声が聞こえた。

聞こえたのだから、耳は取り外されてはいない。

少しずつ感覚が戻る。

躰は小さく折れ曲がっているようだ。

やがて、ゆったりとした解放感。

柔らかいベッドかソファに、彼女の躰が下ろされた。

今まで、誰かが自分を運んでいたことが、わかった。
暗い。
どうして、こんなに暗いのだろう。
でも、遠くに光が見える。
白い光が、動いて……、それは、自分が揺れているのだろうか。
彼女の口に冷たいものが触れる。
口の中に、液体が流れ込んできた。
抵抗できない。
味はしなかった。彼女はそれを飲み込む。
水を飲ませてもらっているようだ。
自分は、酔っていて、誰かが介抱してくれている。
諏訪野かしら……。
長崎に来ているのだから、諏訪野がいるはずがない。
今は冬。彼女はそれを思い出す。
思考は不連続で、途切れ途切れにしか考えられない。
自分の腕はどこにもない。
感覚がなかった。

「大丈夫、じっとしていて」耳もとで低い男の声。
塙理生哉だ。
そちらを見ようとしたが、首が動かない。
それに目を開けても、暗くてわからないだろう。
「ここは？」やっとそれだけ口にする。
返事はなかった。
静かになる。
いや、最初から静かだった。
どこだろう？
しだいに、不連続だった意識が、つながり始める。
もしかして、自分は危険な状態なのでは、と初めて感じた。
躰を動かそうとしたが、まだ感覚が戻らない。
けれど、危険を感じて、意識は急速に鮮明になる。
「ここは、どこですか？」彼女はきいた。「あの、私……、気分が悪いのです」
返事はない。
遠くで、物音。
首を少しだけ動かすことができた。

急に、彼女の頰に、誰かが触れた。

明るくなる。

目の前に、女の顔があった。

彼女は短く息を吸い込む。

照明はすぐ近くにあった。

小さな白い光源。とても眩しい。

女の顔が彼女から離れる。

女は、その光を背にして、彼女の前に立っている。

髪の長い、ほっそりとした女性だった。

「誰？　ここは、どこです？」

「西之園萌絵さん」女はよく響く声で、しかし囁くように、そう言った。

その声で、彼女は戦慄《せんりつ》する。

鳥肌が立った。

後ろに下がろうとして、全身に瞬発的な力が入る。

しかし、腕と足に軽い圧力を感じただけで、何も起こらなかった。

逃げなければ……。

「私のこと、覚えているかしら？」女は優しい口調だった。「貴女が覚えていないはずはない。今のは挨拶の言葉」

「真賀田四季……博士」萌絵はようやく口にした。気分がさらに悪くなり、眩暈《めまい》と吐き気が彼女を襲う。

「リラックスして」真賀田四季は可笑《おか》しそうに言う。「貴女、ずいぶん、大人になったわ」

そこでまたくすっと笑った。「これも、挨拶の言葉。可笑しいわね。意味のないことって、どうしてこんなに可笑しいのかしら」

「この研究所に、いらっしゃったのですか?」

「ここにいるわ」

「ずっと隠れていたのですね?」

「誰から?」

「警察です」

「そう。狐を犬が追いかける。狐はどこに逃げても良い。犬は狐の後しか追えない。狐は自由。犬は不自由」

真賀田四季は、後ろにあったデスクにもたれかかる。そこに軽く腰掛けた。ライトは、そのデスクの上のスタンドだった。四季は、黒い衣裳で、露出した腕と脚の白さが、プラスティックのように無機質に光を反射している。ようやく見えるようになった彼女の顔は、長髪の間に小さく収まり、青い瞳と赤い唇が微動だにしない。

　真賀田四季……。

　世界を震撼《しんかん》させた天才科学者、真賀田四季だ。

　彼女は確か、まだ三十二歳。しかし、萌絵の目の前の女性は、さらに若く見えた。

　いや、とても生きている有機体には見えない。

　マネキン人形のようだ。

「貴女に会いたかったわ。西之園さん」四季は微笑んだ。

「それで……、塙さんに、私を？」

「あの方は、私の良き理解者です」

「目的は何ですか？」

「目的？」ふっと息をついて、四季は顎《あご》を僅かに上げる。「それは、言葉？　行動の目的を一つに限定して、それを言葉に還元することで、精神の安定が得られるのね？」

「得られます」彼女は答える。

「次元の低い精神をお持ちね」

「はい」

「これは遊び。それとも人生のすべて？」四季は笑いながら言った。「そのどちらでもけっこうですよ。ひとかけらのパンかしら？　それとも人類の歴史のすべて？　どちらも、まったく同じものよ。貴女には、それがわかるはず」

「私をどうするつもりなのです？」

「貴女を？　さあ、どうもしない。貴女は貴女のものですからね。私の知ったことじゃないわ」

「嘘です！　博士は、他人に干渉して、他人の精神に侵入して、他人を動かして……。いったい、何のためにそんな酷《ひど》いことをするのですか？」

「感情の反射が面白いのよ。プリズムを見たことがありますね？　私、万華鏡が大好きなの。どう？　あれと同じだと思わない？　貴女、頭の中で、万華鏡が動かせるでしょう？」

「人間を、そんなものと一緒にしてほしくありません」

「プリズムも、きっとそう思っている。万華鏡の中の、小さな色とりどりの破片も、そう思っているかもしれないわ。でもね、覗いている貴女は、ただ綺麗だと思うだけ。貴女の認識では、鏡は、意志もなく光を反射する。破片は意志もなく重力に引き寄せられる。そして、もう一段上にいる貴女は、人が意志もなく、それが美しいと思うのを、見ている」

「美しいと思うのは意志です」

「実体はありません。あるのは、眼球から頭脳への僅かな電子移動だけ」

「私を帰して下さい。気分が悪いんです」

「犀川先生と、さきほど電話でお話ししましたよ」

「え？」

「先生もこちらにいらっしゃるわ。たぶん、明日には。あの方は私に会いにこられます。今は、それがとても楽しみ」

「犀川先生と会って……、どうするつもりなのですか？」

「貴女には意味のないことです」

「意味があります」

「進歩のない方」四季は無表情だった。「私が最初に会ったときの貴女は、とても魅力的だった。貴女は、融合されていなかった。そして、次に会ったときの貴女は、遮蔽《しゃへい》され、隔離されていました。実に珍しい形態でしたね。それが、今はもう、どちらでもありません。私の興味の対象は、西之園さん、貴女にはもうない」

「光栄です。博士の研究対象になんて、なりたくありません」

「どうして、着地しようとしたのです？　飛んでいるままの方がずっと自由だったのに。何故、忘れてしまうの？　自分の能力を」

「能力なんて、どうだって良いわ。私は……、常識的な人間になりたいだけです」

「誰が作った常識かしら？　恋人がいとおしい。子供が可愛い。命は大切。昔は懐かしい。いったい、誰が決めたの？」

「誰が決めたって良いわ。私はそれを認めているのです」

「それだけの器《うつわ》だからよ」四季はにっこりと微笑む。「小さな器に押し込むために、そんな約束が必要だっただけのこと。料理に味つけをするように、道徳と装飾を仮想構築しているだけ。何故、本質を見ようとしないのかしら？」

「本質なんて見たくない」

「恐いの？」

霞んでいる頭で、彼女は四季の言葉を反芻《はんすう》した。

「ええ、恐いわ」

「そう、恐怖です。器に入らないものへの恐怖。叩かれる子供が自分を庇《かば》うために思わず挙げる手と同じ。その反射が、人間の社会を支える起源です」

「帰らせて下さい」彼女の声は震えていた。「もう、帰らせて……」

「恐いのね？」

「お願いです。もう……」彼女は泣いていた。

「泣かないで、西之園さん」

「お願いだから……」

「ごめんなさいね」四季は急に優しい口調になる。「貴女を困らせるつもりはないのよ。だから、泣かないで」

「お願い、帰して下さい」彼女は訴える。「気分が悪いんです」

本当に気を失いそうだった。

貧血の前兆が感じられ、視野は極度に狭くなっている。

目を瞑《つむ》って、すべてを遮断しようとした。

それが、可能な唯一の防御だった。

真賀田四季の最後の言葉は、それまで語られた鉄壁の思想とは矛盾した優しさだ、と彼女は思った。しかし、塙理生哉が話していたとおり、天才は、矛盾する感情を、統合せず、両立させたまま持ち併せているのだろう。

「貴女は、今夜、とても不思議なものを見るでしょう」四季のその言葉に、彼女は目を開ける。「どれほど、貴女たちの装飾が無意味で、かつ不安定な虚像なのかを理解することね」

「何が起こるのですか？」

「人が死にます」

「やめて下さい！」

「死を止められるのは、神様だけ」

真賀田四季がデスクのライトに白い手を伸ばす。

そのライトが消えると、一瞬で世界が消失した。

「お願いです。やめて……。博士。もう……」

急に、寒くなった。

そのまま、彼女は目を閉じる。

目を閉じた方が明るかった。

自分の血流が感じられ、呼吸が意識される。

時間が刻まれるように、呼吸と鼓動のリズムだけが、しばらく静かに続いていた。

6

「ほら、あれあれ」反町愛が後ろで大声を出す。

牧野洋子は振り返り、愛が指をさす波止場の方角を見た。ライトアップされた海賊船の手前に、大きな作りもののシードラゴンの顔が空中に浮かんでいる。頭部だけでも二メートルほどあるだろうか。首から後ろは、暗くてよく見えなかった。海面から五、六メートルの位置に頭があって、胴体の部分は闇の中に消えている。洋子はそちらに近づき、街灯の光を避けて建物の陰に入った。ぼんやりとしたシルエットだったが、シードラゴンの胴体が幾度か折れ曲がって、近くの小さな小屋までつながっているのがわかった。おそらく、その小屋が機械室、あるいは操作室に違いない。工事用のパワーショベルみたいに動かすのだろう。

「めっちゃ趣味悪いなあ」反町愛が言う。

「さあ、もう帰ろう」洋子は提案した。「そろそろ、萌絵も戻っているでしょうから」

「戻ってるかって……」愛が鼻で笑いながら言う。「つまり、気を利かせて、俺たち、まだ帰らない方がいいんじゃないかな？　ホテルのラウンジで飲み直そうよ」

「まだ飲むの？」

「どこまでだってＯＫ。牧野さんは？」

「うーん。じゃあさ……、一度部屋に戻って、萌絵がいたら一緒に行こう。もし、いなかったら、帰らなかったことにしよう」

「あったまいい！」

二人は歩きだした。夜風はとても冷たかったが、防寒は充分だったし、躰は暖まっていた。途中で橋を渡り、ホテルの前の広場まではすぐだった。

下からライトに照らされ、そびえ立つ教会の鐘塔が目前にある。洋子は、ちらりとそれを見てから、ホテルの中庭に抜けるアーチの中に入った。

ロビィのフロントの前を通り過ぎる。エレベータに乗るまえに、反町愛は、ラウンジの入口から中を覗いて戻ってきた。

「うん、あそこが良さそう」ドアが開いてエレベータに乗り込みながら愛が報告した。「でも、まさか、萌絵と社長さん、あのラウンジってことはないよな」

「あんなところにいないよ。社長なんだもの。ちゃんと専用の部屋があるんじゃない？」

「危険だよな」

「萌絵、着替えるって言ってたでしょう。あの子、荷物凄かったけど、このためだったわけね」

「あいつの衣裳持ちは超有名だよ」愛が両手を広げる。

「へえ、そうなの？」

「何言ってんの……。大富豪のお嬢様じゃん」

「うーん、お金持ちだとは思ったけど」洋子は頷いた。「何をしてるの？　萌絵のお父さん」

「あれ？　牧野さん、知らないの？」

「ええ」洋子は頷く。大学入学以来、西之園萌絵とつき合っているが、どういうわけか、彼女の家の話を詳しく聞いた覚えはない。

「やっだ！　もう……」愛がそう言ったとき、エレベータのドアが開く。「そういうことなら、任しといて。そのお話は、二次会でね」

三四三号室のキーをカードで開ける。

室内を覗いたが、静かだった。

「ほらね、まだみたい」愛はそう言いながら奥へ入っていったが、突然、Uターンをして戻ってきた。彼女は目を大きく見開き、人差指を立てて自分の唇に当てる。

「え、いるの？」洋子が小声で囁いた。

「寝てる」愛が口だけ動かす。「来て来て」

「うわ、本当……」

忍び足で奥へ進むと、壁際のベッドの上に、西之園萌絵が仰向けに寝ていた。

「おどかしたろ」愛が囁く。

洋子と愛は、ベッドの横まで忍び寄った。

萌絵は白い顔をして、寝息を立てている。小さな口を僅かに開け、横を向いた顔がちょうど洋子の方を向いていた。片手は頭の下に、もう片手は真っ直ぐ壁の方へ伸びている。ロングドレスは、淡いブルーのシルク。真っ直ぐに投げ出された足は、ヒールを履いたままだった。

愛は笑いを堪《こら》えた表情で洋子を見る。リズムを取るように彼女は顔を揺すった。

二人は調子を合わせて、わっと叫んだ。

「起きろ！　馬鹿も一ん！」洋子は萌絵の躰を揺する。

愛はベッドに飛び乗って、萌絵の躰に馬乗りになった。

「こらあ！　ゆるさんど！　起きろ！　淫乱《いんらん》！」

萌絵は少しだけ顔をしかめたが、目を開けない。

「なんだあ、こいつ」愛が萌絵の頰に手を当てて、揺すった。「俺様を放って、どこへ行っとった！　こらあ！」

愛の両手の中で、萌絵の顔が動く。

長い睫毛《まつげ》がゆっくりと持ち上がった。

「あ……、ラヴちゃん?」萌絵の声は掠《かす》れていた。

「なにが、あ、ラヴちゃんだあ！　起きんか！」愛が顔を近づける。「犯すぞ！　お前！」

「ちょっと、待って」洋子が横から手を出す。「萌絵？　あんた大丈夫？　気分が悪いんじゃない?」

愛は手を離した。

萌絵は顔を少しだけ横に向け、洋子を見る。

「この子、貧血症なのよ」洋子は愛に説明した。

「貧血?」愛が眉を顰《ひそ》める。

「萌絵?」洋子は萌絵に顔を近づけた。

ぼんやりとした表情、放心した視線。いつもの萌絵ではない。彼女はしばらく反応しなかった。

「気持ちが悪い」ようやく、萌絵が口をきく。

「お水飲む?」洋子は尋ねた。

反町愛がベッドから飛び降り、キャビネットでグラスに水を注いで戻ってきた。

「飲み過ぎたんか?」愛がグラスを差し出しながら言った。

洋子は、起き上がろうとした萌絵を助け、彼女の頭の後ろに枕を移動させる。愛から受け取ったグラスを、洋子は、萌絵の口もとに運んだ。びくっと一度震えてから、片方ずつ手をグラスに当て、彼女は苦しそうに水を飲んだ。

「大丈夫」半分ほど水を飲んで、萌絵は視線を上げた。「もう、大丈夫……」

「全然、大丈夫そうじゃないぞ」愛が、萌絵のベッドの端に腰掛けながら言った。

「ありがとう」グラスを洋子に返し、萌絵は溜息をついた。「私をここへ運んできたのは、誰だった?」

「運んできた?」洋子は言葉を繰り返し、反町愛と一度だけ視線を交す。「知らない。私たち、今帰ってきたところだよ」

「私がここにいたの?」萌絵はきいた。

「ええ……。あんた自分で帰ってきたんじゃないの?」

「違う」萌絵は首をふる。

「酔っ払って、正体失ったんか?」愛が尋ねた。

「わからない」萌絵はまた首をふった。「今、何時?」

「十一時半」サイドボードの組込み式のデジタル時計を見て、愛が答える。「社長さんと一緒だったんだろ?」

萌絵は頷いた。

洋子はグラスをキャビネットへ戻しに行く。彼女は、萌絵の様子をじっと観察した。

「何があったの?」洋子は、萌絵の隣のベッドに腰掛けた。

「塙さんと会って、それから、お話をして」萌絵は無表情で話した。彼女はそこで黙る。

「そのあとは？」洋子はきいた。

萌絵は、躰を起こし、足をベッドから下ろして、洋子の方を向いて座った。

「お酒を飲んでいるうちに、気が遠くなって……」

「酔っ払ったんだろう？」愛が笑いながら言う。しかし、顔は笑っていなかった。

「ええ、たぶん……」萌絵は頷いた。表情がとても固い。

「それからは？」洋子はさきを促した。

「それから……」萌絵は下を向いたまま、難しい表情になる。目を細め、眉を寄せて、必死で考えようとしている様子だった。

「Hしたんじゃないのか？」おどけて愛が言う。

「反町さん」洋子が愛に片手を伸ばし、睨みつける。

「それから……」と言いながら萌絵は顔を上げる。このとき、彼女の目から、涙がこぼれ落ちた。

「萌絵？」洋子は、両手を差し出し、萌絵の膝に置いた。

「それから……」頬《ほお》を伝う涙が彼女の膝に落ちる。「わからない……。とても、恐い夢を見たわ……」

「おいおい、泣き上戸《じょうご》かぁ」愛が立ち上がって、窓の方へ歩いていった。

「夢って？」洋子がきく。

「夢……じゃない」萌絵は片手で頬に触れ、口を結んだ。

「もし言いたくないのなら、きかないけど……」洋子は言葉を選ぶ。「とにかく、何故泣いているのか、教えてほしい」

「ありがとう」萌絵は、すっと立ち上がった。「ごめんなさい。もう、大丈夫」

彼女は、そう言うと、逃げるようにバスルームに入っていった。

窓から外を見つめていた反町愛は、煙草に火をつけ、そこにあったソファに腰掛ける。溜息とともに、彼女は勢い良く煙を吐き出した。

「大丈夫かしら」洋子が囁く。

「一緒に行けば良かった」愛はそう言った。そして、窓の方を向いてしまう。

バスルームから、萌絵が咳き込んでいる声が何度か聞こえた。ずっと、水の流れる音が続いていた。

7

牧野洋子と反町愛は窓際のソファに腰掛けて話をした。途中、キャビネットに用意されていたポットのお湯とティーバッグで、二人はお茶を飲んだ。愛は煙草を吸いながら、西之園萌絵の家庭の話を洋子に聞かせた。これまで洋子がまったく知らなかったことが多かった。

西之園萌絵の父親はN大学の総長だった（ここまでは、洋子も聞いたことがあった）。彼は、その夫人とともに、萌絵が高校二年生のとき、飛行機事故で亡くなった。萌絵は一人娘であり、現在、萌絵には家族がいない。西之園家には、執事の老人、諏訪野と萌絵の二人しか住んでいない。

萌絵はこの事故のあと、一年間、高校を休学した。同級生だった反町愛は大学受験で一年浪人をしているため、現在ではN大学で再び同期生になった。洋子は、萌絵も浪人したのだとばかり思っていた。もっとも、萌絵ほどの人間が大学受験を失敗したことがずっと不思議ではあった。自分よりもこの友人は頭が良い、と常に感じていたからだ。

「そうなんだ……」洋子は思わず呟いた。

これで納得がいく。反町愛の話によれば、進学校として名高いその女子高で、萌絵はずっと学年トップの成績だったという。どこの大学でも確実に入れる偏差値のはずなのに、地元のN大学を受験した理由について、「たぶん、永遠のファザコンだよ」と反町愛は片づけた。

大学に入ってからの西之園萌絵は、高校のときとはまるで正反対の人格に変貌した。両親の事故死、そして一年間の休学のあと、彼女は、腰まであった髪を切ってしまった。大学では、それがさらに短くなり、化粧も洋服も派手になった。牧野洋子が出会ったのは、この頃の彼女であった。

「でもね、だんだん、もとのあの子に戻ってる」反町愛は言った。「おたくんとこの先生のせいだよ、きっと」

犀川助教授のことだ。牧野洋子の講座の教官である。彼は、萌絵の父親、西之園恭輔博士とは師弟関係にあった。だから、萌絵はまだ小さな頃から犀川を知っていたのだという。父親が急に亡くなって、その代わりが犀川助教授だった、というのが反町愛の意見である。

「早くさ、その犀川先生がね、誰かと結婚しちゃえば良いのよねぇ。そうしたら、萌絵も諦めるんだ。ほら、男みたいな助手の先生だって結婚したんでしょう?」

「あれ、反町さん、よく知ってるね」洋子は少し驚いた。国枝桃子助手の結婚の話は萌絵がしたのかもしれないが、彼女が国枝を「男みたい」と表現するはずがないからだ。

「あ……、うん。ちょっと」ひきつった表情で愛が微笑む。「私って、たれこみ屋を沢山抱えてっからさ」

よく意味がわからない愛の発言であったが、追及しないことにした。バスルームから萌絵が出てきたからだ。

二人は黙って萌絵を観察した。

彼女はバッグから着替えを取り出し、再びバスルームへ姿を消した。洋子たち二人の方を一度も見なかった。

反町愛はまた煙草に火をつける。

「特にさあ……、一年生の夏だったかな。おたくの講座で、どこかにゼミ旅行に行ったんだ」

「一年生で？　私は知らないよ。講座の配属になったのは四年生からだもん」

「うん、でも、あの子は一年なのについていったわけよ。そんとき、ちょうど弓道部は合宿中でさ。あいつ、それをサボって行ったんだよ。俺、一年で副部長だったからね、覚えてるわけ。でさ、そのゼミ旅行から帰ってきたら、もう、びっくり。全然、別人なんだから」

「萌絵が？」

「そう」反町愛は頷いた。「それまではね、なんか無理して明るくしてるなって感じだったのに、もう弾《はじ》けちゃってるのよ。なんていうのかな……、私もう大人よって感じ……」

「私が、萌絵と仲良しになったのって、夏休みのあとだからなあ……」

「だっからさあ、きっと、その先生……、えっと、何ていったっけ？」

「犀川先生」

「そうそう……、その夏のゼミ旅行んときに、その犀川先生とできちゃったのね。どっかんと大爆発。もうゲージ・マックスってやつ？　まずまず間違いないよね。俺の目は節穴じゃないよ。うん、信頼できる消息筋よん、これは」

「そうかなあ……」洋子は苦笑して首を傾げる。「そんなふうには見えないよ。犀川先生が、そんなことするかなあ……。今だって、萌絵、けっこういじいじしてるし」

「演技派だからね。ごまかされちゃいけないよ」愛は人差指を振った。「とにかく、あんときさ、一年生なのについていくってのが、もう変じゃない？　ただごとじゃないわよう、これ」

「ふうん……」洋子はとりあえず頷いた。

「もう、それから、犀川先生、犀川先生」

「それは、ええ、確かにずっと、そう」

「だろう？」愛は顔をしかめる。「たく……、ええかげんにせい、ってな」

「うん、私、慣れちゃったけど」

「いんや。いっぺん、がつんと言ってやらにゃあとは思っとるんだ、俺は。まあ、友人として……」

「どうして？　別にいいんじゃないの、好きどうしなら」

「だからあ、ファザコンなんだってば」

「ファザコンだっていいと思うけど」

「良かないね」反町愛は首をふった。「駄目駄目、そんなん、あかん。許さん」

「なんで？」

「うーん、わからんけど……、そんなんとちゃうもんね」

いつの間にか関西弁になっている反町愛は、煙草を灰皿で揉み消した。牧野洋子は、反町愛の人格がようやく見え始めてきたのが、嬉しかった。想像していたよりも、繊細で古風な人間のようだ。そう、見た感じの彼女は、そもそもそのイメージなのである。口さえきかなければ、着物が似合うだろう。

再び、萌絵がバスルームから出てきたので話は中断した。

萌絵は、ジーンズを穿《は》いて、Tシャツにブラウスを羽織っている。化粧は落ち、肩にかかる髪が少し濡《ぬ》れているようだ。バッグの中に手を入れていた彼女が、ふと二人の方を見た。

「お茶を飲む？」洋子がきいた。

「ごめんね。バスルーム占領しちゃって」萌絵が言った。

「煙草吸うか？」愛が言う。

「ええ、ありがとう」

萌絵はこちらに歩いてくる。愛が差し出した箱から一本を抜き取る。ライタの火を愛がつけた。

萌絵は溜息とともに煙を吹き出し、少し微笑んだ。その笑顔で、洋子はほっとした。

「ああ……、まだ少しだけ気持ちが悪いわ」萌絵はにっこりと微笑み、片方だけ笑窪《えくぼ》をつくった。「やっぱり、飲み過ぎたのかしら」

「それだけ？」洋子がきく。

「いいえ、今から話す」萌絵は軽く首をふった。煙草を口にくわえ、それを吸う。そして、ゆっくりと煙を吐き出す。彼女は、二人をじっと見据えた。「黙って聞いてくれる?」

「もちろん」洋子が頷く。

「ラヴちゃんも、ごめんね……。ちょっと深刻な話なの」

「早く話せよ」

西之園萌絵が説明し始めた内容は、意外にも三年以上も昔のことだった。

それは、偶然にも、たった今、反町愛が話していた犀川研の夏のゼミ旅行における出来事で、妃真加《ひまか》島という孤島にある真賀田研究所が舞台だった。西之園萌絵と犀川助教授がその研究所で起こった殺人事件に巻き込まれ、嘘のような奇怪な出来事に彼女たちは遭遇する。出入りが不可能な部屋で、人が殺され、死体にはウエディングドレスが着せられていた。

西之園萌絵は、その研究所の中枢ともいえる人物、天才科学者、真賀田四季博士にこのとき会った。真賀田四季は当時二十八歳。彼女は、十四歳のときに両親を殺害した疑いで逮捕されたが、のちに無罪となり釈放された。萌絵たちが訪れた夏は、ちょうどその十四年後だった。

一方の萌絵は、十六歳のときに両親を事故で亡くした。彼女は、そのショックから立ち直るために、一部の記憶を無意識に隠蔽《いんぺい》していた。人工的に歪《ゆが》められた彼女の精神状態は、真賀田四季によって指摘され、溶解する。そのおかげで、彼女は両親を失ったショックからようやく解放された。萌絵はそう説明した。

「だから、ある意味では、真賀田博士は、私の恩人なの」萌絵はきっと口を結んで頷く。「でも、私には、博士の行為は許せないものだった。あの人は、人を、人間を、プログラムリストの一行のコマンドみたいにしか扱わない。真賀田博士にとっては、人を殺すことも、ディスクを消去することも、まるで同じなの」

急に始まった突飛な物語に、牧野洋子は少なからず驚いたが、黙って萌絵の話を聞き、理解しようと努力した。しかし、彼女がさきほど見せた涙と今の話が、どう結びつくのかわからない。

「その事件のことはわかったわ。それで？」洋子は話のさきを促す。「さっき、何があったの？」

「今夜、私、真賀田四季に会ったわ」

「え？」洋子は声を上げる。

「ここで？」愛も座り直してきいた。

「ええ……」萌絵は俯《うつむ》き加減で答える。「塙社長に会ったあと、真賀田博士の部屋に連れていかれたの。きっと、何かの薬を飲まされたんだと思う。躰が動かなくて、意識もぼんやりとしていたけれど……、博士と会って、話をしたの。あれは夢じゃないわ。この建物か、それとも、すぐ近くのどこかに、真賀田四季博士がいる」

「警察に連絡した方がいいんじゃない？」洋子は言った。

「ええ」萌絵は頷く。「それも考えた。でも、どこなのか、場所がわからないし、ナノクラフトが博士を匿《かくま》っているのは間違いないけれど、それだけに、簡単にはいかない。私一人が騒いだって、誰にも相手にしてもらえないもの」

「だけど、連絡だけはした方が……」

「それはするつもり」萌絵は頷き、唇を噛んだ。「さきに愛知県警に電話してみる」

「その真賀田四季って人、萌絵のこと恨んでいるわけ？」反町愛が尋ねた。

「いいえ、私、彼女に対して何もしていないし、それに、そんな常識的な価値観で動くような人じゃないわ」

「どうして、あんたに会ったりしたの？」愛がまたきいた。

「たぶん……、犀川先生が目当てなんだと思う」萌絵は答えた。

「犀川先生が？」洋子は意味がわからなかった。「どういうこと？」

「つまり、三角関係か？」愛が口もとを斜めにした。

「それも違うわ」萌絵は首をふる。「そんなふうじゃないの。とにかく、そんな普通の人じゃないのよ。想像もできない人格なんだから」

「そんなの想像できっかよ」愛が笑ったが、続かなかった。

「ねえ、そこのメモ用紙に気がついた？」萌絵は立ち上がり、ベッドの上にあったハンドバッグを取りにいく。そして、中から紙切れを取り出して戻ってきた。「これが、そこにあったの。私、この部屋に最初に入ったとき、電話の付近にこのメモ用紙があるのを見たわ。でも、そのときは気づかなかった。つまり、最初から書かれていたのではない、それは確か。洋子とラヴちゃんが出かけていくとき、私、バスルームにいたでしょう？　シャワーを浴びていた。その間に、誰かがこの部屋に入ってきて、これを書いていったのよ」

「まさか……」

洋子と愛は、萌絵が差し出したメモ用紙を覗き込んだ。

「死の獲物、その死にこそ、望み叶う。世まさに、さ迷う仲、溝の底……」洋子が声を上げてゆっくりと読む。「何なの、これ？」

「悪戯《いたずら》にしては、凝《こ》っているわ」萌絵が口もとを上げる。

「どういう意味？」

「なぞなぞね。この文句の続きをきいているのよ」

「なぞなぞ？」愛が首を捻る。「文句の続き？」

「わからない」洋子も顔を上げた。

「同じく」愛も萌絵を見る。

「ええ……」萌絵は微笑んだ。「問題を作ったのが、洋子やラヴちゃんじゃないことは、すぐにわかった。考えつかないはず」

「どういう意味よ、それ」愛が口を尖らせる。

「思考パターンにないもの」萌絵がずばりと言った。

「死なんて言葉が入っていて、なんか気持ち悪くない？」洋子が言う。「悪戯じゃ済まないよ、こんなの」

「それより、部屋に入ったっていうのは、本当？」愛が心配そうな顔になる。

「ええ……。しかも、その文章の後に続く文句は……」萌絵はメモ用紙をテーブルの上に投げ置いた。「西之園萌絵の死」

「え？」

「どうして？」

「それで、回文になるから」

「カイブン？」

「ああ、逆さまから読んでも同じってやつか」愛はメモ用紙を取り上げて、確かめる。「わあ！ 本当だ。すっげえなあ……」

「あ、そうか……」洋子もやっと飲み込める。

「でも、私、殺されなかった」萌絵は淡々と話した。「脅かされたけど……、特に何かを要求された覚えもないわ。だから、その最後のシは、死ぬのシじゃないの。先生の師、西之園萌絵の師、と続くのよ。つまり、犀川先生のことを言っているの」

「え？ よくわからない」洋子は首を傾げる。

「獲物は死ぬことで望みが叶う。食べられる動物は、食べられるために生きている。それが世の中の仲間、つまりネットワークだという、真賀田博士が言いそうな台詞《せりふ》だわ。溝の底っていうのは、水が流れる道筋にしか、ものごとが考えられない私たちのことだと思う」

「深読みするなあ」反町愛が口を尖らせる。「じゃあ、これを真賀田四季が書いたっていうの？　その人がこの部屋に来たってわけ？　ちょっと、それって、けっこう、ヤバいんじゃあ？」

「本人とは限らないわ」洋子は言った。

「やだ、なんか、寒くなってきたぁ」愛が顔をしかめる。

「そう……」萌絵は頷いた。「だからこそ、私、決心して、洋子とラヴちゃんに話しているのよ」

「危険があるってこと？」洋子がきく。

「わからない。でも、私の近くにいない方が良いかも」

「カッコつけてる場合じゃないぞ」愛がすぐ言った。「少なくとも、三人の中じゃ、萌絵が一番弱い」

「ホテルの人に連絡する？」洋子は立ち上がった。「助けを求めた方がいいよね？」

「待って……。この部屋の鍵を持っているのよ」萌絵がゆっくりとした口調で言った。「塙社長だって、真賀田博士を匿っている。このホテル自体がナノクラフトのものだし、ここの地下に研究所があるんだから」

「じゃあ、どうすればいいの?」洋子は両手を広げてから、いっぱいに振り下ろす。

「とにかく、ここで、朝までは頑張る。なるべく寝ないで注意していなくちゃ……」萌絵は答える。「明るくなったら、ホテルを出て、警察へ行く。今は駄目」

「ドアのところにバリケードを作ろうか?」洋子は振り返って入口を見た。

電話が鳴った。短い悲鳴を上げたのは反町愛だった。

8

「西之園君」電話から聞こえてきた声は犀川だった。

「犀川先生……」萌絵は思わず溜息をもらした。

「真賀田博士に会った?」

「は、はい……」犀川の言葉に驚いた。しかし、彼女は受話器を持ったまま頷く。「会いました」

「何て言っていた?」

「先生がこちらにいらっしゃると」

「あそう……。だけど、明日は教室会議だし、しばらくは行けないよ」犀川は素っ気なく答えた。

「来ちゃ駄目です。私たちも、明日には帰ります」

「西之園君、ホテルの近くに公衆電話があるかい？」

「携帯なら持っていますけれど」

「携帯は駄目だ」

「えっと……、外に確かありました」

「十分後に、こちらにかけ直して」犀川はそう言ってから、電話番号を読み上げる。萌絵はそれを暗記した。局番が関西地方のものだった。

先生は、どこにいるのだろう？

受話器を戻す。

反町愛と牧野洋子が萌絵の後ろに立っていた。

「犀川先生、どうしろって？」洋子がきいた。

「私、外から電話をかけてくるわ」萌絵はクロゼットに行き、コートを取り出した。

「俺も行く」愛もコートを取りにくる。「三人で行こう」

「そうね」萌絵は頷いた。「その方が良いわね」

素早く身支度を整え、三人は部屋を出た。真っ直ぐな通路は、建物の端まで見通せる。人の姿はなかった。

彼女たちはエレベータを使わずに、通路の端にあった階段を下りた。一階のロビィに出て、フロントの方に目をやる。カウンタには人がいなかった。彼女たちは、足音を忍ばせ、早足で玄関まで行き、自動ドアが開くのを待って、外へ飛び出した。

三人は駆けだし、暗いアーチを潜《くぐ》り抜ける。

外気温はますます下がっているようだが、風がないのが幸いだった。空は真っ黒で星がくっきりと鮮明に見えた。道路を横断して、広場に入る。ユーロパークでは、夜は十一時ですべての店が閉まる。もう時刻は十二時半だ。歩いている者は一人もいなかった。

誰のためでもない照明が、作りものの街を寂しく照らしている。シャッタの下りた商店も、波止場の倉庫のように生気がない。ライトアップされた教会が広場の真ん中に建ち、彼女たちの歩みに合わせて、少しずつ構図を変える。絵はがきみたいに浮き出ている。まるでコンピュータ・グラフィックスで作られたような情景だった。

夜の背景は紫色。

空気は、冷たく静止している。

星は、落ちるのを恐がって震えていた。

どこかで猫の目が光っている。

それとも、そんな目だけが落ちている。

大きなブリキの兵隊や、ゾウに乗って太鼓を叩く人形たちのパレードが、今にも広場の向こう側に姿を見せそうな、そんな予感があった。

おもちゃたちは、きっと、音もなく、行進することだろう。

自転車に三人乗りする道化師。

回転する檻の中のタイガー。

グラスを積み上げて、球乗りをする曲芸師。

広場全体が、玩具箱の底のようだった。

しかし、その幻影を除けば、何もない。

広場は静まり返っている。

教会の反対側まで来た。

円柱状の広告塔の近くに、古風なデザインの電話ボックスがあった。萌絵たちはそこまで黙って歩いた。

「あの部屋の電話は盗聴されているの」萌絵は小声で説明した。「だから、かけ直せっておっしゃったのだと思う」

「携帯は？」

「電波はもっと盗聴が簡単」

萌絵は一人でボックスの中に入った。まだ、犀川が指定した十分後には三分ほど早かったけれど、記憶のナンバを呼び出して、ボタンを押した。

電話はすぐにつながる。

「僕だ」犀川の声がした。

「ホテルの外からかけています。ここなら、大丈夫だと思いますけれど」

「横浜から君にかけた電話が盗聴されていた」犀川は早口で言った。「君の泊まっている部屋の電話だ。えっと三四三号室だったね？」

「はい、そうです」

「あの電話のあと、僕の乗った新幹線に、真賀田博士から電話があったんだ」

「私が、真賀田博士に会ったのは、そのあとです」

「まず、叔父さんか鵜飼《うかい》さんに、すぐ電話するんだ」犀川は言う。萌絵の叔父とは、愛知県警本部長、西之園捷輔《しょうすけ》のことである。「それで、長崎の警察に連絡してもらった方が話が通るだろう。いいね？」

「はい、そうします」萌絵は頷く。そのとおりだと思った。「あの、先生は？　今、どちらですか？」

「実は、もうそちらへ向かっている」犀川は答えた。「さっきは、盗聴されているから、わざと嘘をついたんだ。教室会議があるのは本当だけどね。那古野に帰ってから、すぐ車で高速に乗った。今、神戸にいるよ」

「車でこちらまでいらっしゃるのですか？」

「だって、あの時刻にはもう新幹線がなかったんだ。それに、博多まで行っても、そのあとが困るしね」

「どれくらいで、こちらに？」

「そうだね……。朝には着けると思うけれど」

「先生、無理をなさらないで下さい」

「もう、無理をしているよ。さあ、朝までしっかり運転しなくちゃね。あ、このことは、誰にも絶対に言わないように。僕は那古野にいることにしておいて」

「わかりました。お気をつけて」

「警察に、すぐ電話だよ」

「はい」

「じゃあ」

「先生……」

「何？」

「気をつけて」

「君も」

　受話器を一度置き、カードを引き抜いて、もう一度受話器を取る。カードを差し入れ、ボタンを押した。

　まず、叔父の自宅へ電話した。ところが、しばらく待っても、相手が出ない。ベルが十回ほど鳴ったところで諦めた。

　次に、愛知県警本部捜査第一課の鵜飼大介《だいすけ》警部補の自宅に電話をかけた。萌絵は、知人のすべての電話番号を記憶しているのである。

　今度は五回目のベルでつながった。

「はあい……、鵜飼です」籠《こ》もった声が聞こえてくる。

「鵜飼さん！　西之園です」

「あ、あ……、西之園さん。は、はい！」いつもの声になって、鵜飼が答える。「何でありますか？」

「夜分に申し訳ありません。私、今、長崎にいるんです」

「長崎って……、九州の？」

「ええ、あの……、緊急のことで、叔父様にたった今、電話したのですが、つながらないので」

「本部長なら、今週は海外に出張されています」

「ああ、そうか……。じゃあ、叔母様も一緒なのね」萌絵は頷いた。「あの、鵜飼さん、お願いがあります」

「はい。何でもおっしゃって下さい。もう、西之園さんのためでしたら、この鵜飼大介……」

「いいですか、メモをして下さい」

「は、はい。ちょっと、待って下さい。はい、ＯＫ、大丈夫です」

「真賀田四季が長崎にいます。私は真賀田四季に会いました」

「真賀田四季？　え！　あ、あの、真賀田四季ですか？」

「ちゃんとメモして下さい」

「は、はい」

「長崎のユーロパークにあるナノクラフトというコンピュータ・ソフト会社の研究所です。そこのどこかに真賀田博士は潜伏しています。大至急、捜索するように、要請して下さい」

「ナノクラフトですね？」

「そうです」

「了解しました。手配します」

「お願いします」

　彼女は受話器を置いた。ボックスの外で、反町愛と牧野洋子が真剣な表情でこちらを覗いていた。萌絵は片手でＯＫのサインを作ってみせる。

　彼女はもう一度受話器を手に取り、一一〇番を押す。

「こちらは、長崎県警察本部です」

「ユーロパークの中のホテルに泊まっている者なのですが、不審な人物に脅されて困っています。保護していただけないでしょうか？」

「お名前は？」

「西之園萌絵といいます」

「西之園さんですね。お一人ですか？」

「いいえ、友達が二人一緒です」

「ホテルの名前と部屋番号をお願いします」

「ホテル・アムステルダムの三四三号室です」萌絵は答える。「でも、今は……、私たち、ホテルの外にいるんです。部屋の電話は盗聴されていて、使えないので」

「誰が盗聴しているのですか？　どうして、それが？」

「詳しいことは、あとで話します」萌絵ははっきりと言う。相手に信用してもらうのには、その方が効果的だと思ったからだ。「なるべく早く、こちらに来てもらえませんか？」

「電話を切らずに、しばらくお待ち下さい」

電話ボックスのドアを開けて、牧野洋子が顔を入れてきた。

「どこにかけてるの？」

「警察」萌絵は答える。「もう少し」

何をしているのか、電話の相手はなかなか出ない。

実際に警官が来たところで、事態をどう説明したものか、まだ萌絵には判断がつかなかった。しかし、やはり来てもらった方が安心は安心である。

「もしもし。お待たせしました」相手の声が聞こえた。

「はい」萌絵はすぐ返事をする。

「三分ほどでそちらに警官が行きます。ホテル・アムステルダムの正面入口の前で、待っていて下さい」

「三分？　そんなにすぐに？」

「貴女の今いるユーロパーク内に派出所があります。今、連絡を取りました。もう、向かっているはずです。そちらで、警官に状況をご説明下さい」

「わかりました。ありがとうございます」

受話器を置く。萌絵は時計を見た、十二時四十八分である。

彼女たちのいる電話ボックスは、広場の北側に近い場所だった。教会がほぼ中央。ホテル・アムステルダムは広場の南側だ。

「向こうに戻りましょう」萌絵は、洋子と愛に言う。「警察が三分で来るって」

「へえ、さっすが日本の警察だ」反町愛が言う。

ヘッドライトをつけた車が、広場の西側から入ってきた。

「わ、もう来たの？」洋子が言う。

「待って」萌絵は二人の手を引いて、近くにあったベンチの陰まで彼女たちを引っ張っていく。「あれは、違うわ」

三人は、ベンチの後ろで屈《かが》んだ。車は教会の西側に停まった。入口は建物の東側だったので裏手になる。

その車から女性が降りてきた。現在、萌絵たちがいる位置から距離にして五十メートルほど離れていたが、萌絵の視力は、三人の中で群を抜いて良かった。

「あれ、新庄さんだわ」萌絵は囁いた。

新庄久美子は、ミニスカートのスーツ。前を開けたままコートを羽織っていた。彼女は、車から教会の北側、つまり、萌絵たちから見える方を歩いて、東側の入口へ回った。そして、教会の入口の階段を上って、その建物の中に姿を消した。

「あそこに、ナノクラフトの地下研究所へ下りる秘密のエレベータがあるの」萌絵が説明した。

「あ、それ……、私たちも聞いたわ」洋子が囁く。「研究所の人と、飲み屋で一緒だったの」

「でも、ホテルの地下だって言ってたよ」愛が言った。

新庄久美子に助けを求める手もある。しかし、誰を信用して良いのかわからない。新庄久美子も塙社長と同様に、真賀田博士のことを知っているはずだ。そうなると、もうどちらの味方なのかわからない、と萌絵は考えた。

　そのまま何も起こらない。

「もう、大丈夫みたい。さあ、行きましょう」萌絵は立ち上がる。

　三人は広場の東側の端を通り、ホテルの方へ向かった。その途中、ちょうど、教会の入口の正面に来たときだった。

　突然、大きな物音が鳴り響いた。

　反町愛がまた短い悲鳴を上げ、すぐに息を押し殺す。

「何なの、今の……」泣きそうな声で愛が言う。

　音は教会の方だ。

　ガラスが割れる音、そして、何かがぶつかるような鈍い音が連続して聞こえた。

　三人は立ち止まっていた。

　教会を見る。

　その音のあと、一瞬遅れて、女の悲鳴も聞こえた。

「あ、あの中よ……」牧野洋子が教会を指さす。そんなことは自明だったが、彼女の声と指を合図に、三人は歩きだした。

　女の悲鳴は止み、それっきり、何も聞こえなかった。

　三人は、入口に駆け寄って、石段を上った。カーブした階段で左右から上ることができた。二メートルほど上がったところに、大きな扉があり、そこが教会の入口だ。一番大きな扉は閉まっていたが、その扉にさらに小さな扉が取り付けられていて、それが少しだけ開いたままになっていた。頭を下げて通らないと抜けられないほど、小さな出入口である。

そっと、その小さな扉を引く。それを開けたのは萌絵で、あとの二人は、彼女に隠れるようにして背中に手を当てていた。

教会の中は暗い。

「見える?」後ろで洋子がきいた。

僅かな照明が、回廊の柱の付近に点々と灯っているだけだった。広場には沢山の街灯が立っていたので、屋外の方がずっと明るい。

萌絵は、思い切って、入口を潜り抜ける。建物の中に立ち、周囲を見回した。誰もいないように思えた。

壁の高い位置にあるステンドグラスの窓は、外の街灯の明かりを透過させて、僅かに色づいている。左手の回廊にあるはずのエレベータの扉は今は見えなかった。木製の扉が閉まっている。そこが、研究所へ下りることのできる抜け道なのだ。数時間まえ、この場所で塙理生哉と会ったことが、萌絵の記憶に鮮明だった。

彼のよく通る声も。

彼の香水の匂いも。

それなのに、そのあとの記憶は曖昧《あいまい》だ。

萌絵は少し前に出た。

息を殺して、静かに進む。

木製の座席が両側に幾列も並んでいる。

中央には、祭壇へと向かう真っ直ぐの通路。

その先に、誰かが倒れていた。

萌絵はそれに気がつく。

駆けだしていた。

しかし、半分ほど近づいたところで、彼女の足は止まる。

もう一人倒れていた。

祭壇の前に、二人の人物が倒れている。

床には、ガラスの破片が散乱し、そのうちの幾つかが、奇跡的に届いた光を反射して輝いていた。

手前に倒れているのは、服装から新庄久美子だとすぐにわかった。彼女は、最前列の木製の長椅子に寄りかかるような姿勢で、動かない。後ろ姿だったので、顔は見えなかった。

その向こう……。

もう一人は男だ。

彼は、さらに奥で倒れていた。

とても不自然なポーズだった。

手も、足も、首も、すべてがおかしい。

角度が不自然だった。

糸の切れたマリオネットのようだ。

床には血が飛び散り、流れ、今も、ゆっくりと広がっていた。

細かいガラスの破片が、その膨脹する血の海に次々と消えていく。

男は死んでいるのだろう。

生きているとは、思えない。

もう死んでいる。

助からない。

後ろから触れられ、萌絵はびくっと震えた。

振り返ると、牧野洋子と反町愛が、押し合うように立っていた。彼女たちは、萌絵を通り越して、奥に倒れている男を凝視している。

萌絵はようやく気がついて、上を見た。

ドームの天井が真上にある。

とても高い。

その円形の周囲に窓が並んでいた。

それらの窓のうち一つだけが、ほかと違っている。

ガラスがなかった。

「あそこのガラスだわ」萌絵は上を見たまま言う。「あの窓のガラスが落ちたのね」

「ガラスが、落ちて、あの人に……、当たったの」震える声で牧野洋子がきいた。

萌絵は深呼吸をして、倒れている新庄久美子の前に跪《ひざまず》いた。萌絵が肩に触ると、久美子はすぐに気がついた。

「あ、あ……」久美子は口を開けたまま、呻《うめ》いた。そして、再び、祭壇の方を見る。「あ、あの人……、あの人が、落ちてきたの……、上から落ちてきた」

「落ちてきた？」洋子がドームを見上げた。

「ラヴちゃん」萌絵は顔を上げて、反町愛に言った。「その人を診《み》て」彼女は目で奥を示す。

「みて？」愛はきょとんとした顔をした。「もう見てる」

「違う。診察してってこと」

「私が？」

「医学部でしょう？」

「じょ、冗談を……」

「ラヴちゃん！　しっかりして！」萌絵が叫んだ。

「は、はい」

反町愛は、おそるおそる倒れている男に近寄る。床に流れている血液を避け、彼女は反対側に回って、男の横に屈《かが》んだ。萌絵も近くまで行き、男の顔を覗き込んだ。

「あ、あの人よ。ああ、牧野さん！」愛は泣きだした。「あの人だわ……、どうするの……」

牧野洋子が萌絵の後ろにやってきた。

「松本さんだ……」洋子が呟く。「本当だ……。どうして？」

「死んでいるの？」萌絵が愛に尋ねる。

「わかんないわよぉ！」愛が立ち上がって叫ぶ。「そんなこと、わかるわけないでしょう！」

「ラヴちゃん、お願い」萌絵がゆっくりと言った。「助かる可能性があるなら、助けなくちゃいけないわ」

反町愛は再び屈み込み、男の首に手を伸ばした。彼女は、男に触れる。彼女の手が、男の血で染まった。愛はじっと下を向いていた。それから、男の顔に、彼女は顔を近づける。

「どう？」萌絵がきいた。

「駄目」愛は首をふる。「心拍は止まっている。今すぐなら、蘇生するかもしれないけど。でも、この出血じゃあ……、とても無理だと思う。少なくとも、腕も、脚も骨折。それに、首の骨も折れているんじゃないかしら」

「洋子、ホテルに知らせてきて」萌絵は言う。

「わかった」洋子は頷いて、後ろ向きにゆっくりと下がった。彼女は、椅子に腰掛け項垂《うなだ》れている新庄久美子を一瞥してから、向きを変えて、駆け出していった。

萌絵は、早足で回廊に向かう。まず入口から見て左側の回廊を確かめた。エレベータがある隠し扉は閉まっていて、取っ手を引いてみたが開かなかった。鍵がかかっているようだ。

入口付近を通り、右の回廊へ向かう。そちらには何もなかった。もちろん、誰もいない。最後に、祭壇の奥で、裏口を見つけた。しかし、そこの扉も開かなかった。鍵がかかっている。出入りできそうな窓もない。

「萌絵、私、外に出てていいかな？」反町愛が近づいてきた。「ちょっと、気分が悪くなったわ」

彼女は血塗《ちまみ》れの片手を持ち上げたままだった。萌絵はコートのポケットからティッシュを取り出して愛に渡した。彼女は、それで血を拭った。

「もう警察がホテルの前に来ているはずだわ」萌絵は頷いた。

二人は、回廊を引き返し、小さな出入口を抜けて外に出た。なんとなく、冷たい空気が汚れを清浄してくれるような気がした。

少し前に出てみると、ホテルの前に赤いランプが見えた。パトカーだ。牧野洋子もそこに立っている。

「萌絵！」洋子が出てきた彼女たちに気がついて大声で叫んだ。こちらへ来いと手招きしている。

萌絵と愛の二人は、パトカーまで駆けていった。

「西之園さんですか？」ヘルメットに制服の若い男が車のドアを開けたところに立っていた。「本部へ電話をされた方ですね？」

「それよりも……」萌絵は教会を指さした。「人が死んでいるんです」

「誰かにつけ狙われている、ということでしたが」男は落ち着いた口調できいた。パトカーから、もう一人が顔を出した。

「だから、あそこで人が死んでるんですって！」洋子が叫ぶ。「早く見てきて下さいよ！」

「救急車は呼びました」あとから顔だけ出した方が言った。「我々には、怪我人はどうすることもできません」

「状況を説明して下さい」若い方の男が言った。

なんとも寝ぼけた警官だ、と萌絵は思った。しかし、喧嘩《けんか》をしてもしかたがない。ヘルメットの若い方は胸に土井《どい》と書かれたプレートをつけている。

「あそこのボックスから電話をかけました」萌絵が広場の北に見える電話ボックスを指さした。

「どんな危険があったのですか？　誰かの姿を見たのですか？」土井がきいた。

「いいえ、それは、今はちょっと忘れて下さい」萌絵はそう言って、両手を胸の前で広げる。「とにかく、電話のあと、新庄さんっていう女性が、この教会に入っていくのを見ました。それから、大きな音がして、ガラスの割れる音も、何かが落ちたような音も聞こえました。それで、私たち、教会の中に入ったんです。そうしたら、新庄さんが気を失って倒れていて、その近くで、えっと……」

「松本さん」牧野洋子が言う。

「ええ、その方が亡くなっていました。彼女が……」萌絵は近くの花壇の縁に座り込んでいる反町愛を指さした。「死んでいるのを確認しました。彼女、医学部なんです。あの、天井のドームの窓から、ガラスを割って、教会の構内に落ちたのだと思います」

「たぶん、首を骨折していますね」下を向いたまま、反町愛が補足した。「十分以内に救急車が来ても、きっと無理だと思います」

「わかりました」教会の屋根を見上げながら土井が頷く。

ドームの部分は、その位置からは見えなかった。

パトカーから出てきた二人目は磯部《いそべ》という名で、肩幅が広く、土井に比べれば、警官らしい体格である。

土井と磯部がようやく現場に向かって歩き始める。二人について、萌絵たちも教会へ戻ろうとしたとき、また、ガラスの割れる音がした。

前を行く二人は、腰の拳銃に手を当てて走りだす。

萌絵も駆けだす。後ろから足音が聞こえ、牧野洋子と反町愛がついてくるのがわかった。

女の悲鳴が聞こえた。

教会の中だ。

石段の下まできたとき、小さな出入口から、這《は》うようにして新庄久美子が飛び出してきた。彼女はそのまま、石段を下りてくる。転げ落ちる寸前で土井と磯部が二人で久美子を抱き止めた。

久美子は呻き声を上げ、目を見開いたまま、苦しそうに息をするばかりである。

「どうしました？」

「な、中……」久美子は後ろに腕を振り上げ指をさす。

「誰か、中にいるんですか？」土井がきく。

警官だって恐いのだろう、と萌絵は思った。

さきほど出入口はすべて確かめて回った。もう生きているものは、教会の中にはいないはずだ。

しかし、またガラスの割れる音がした。

誰も石段を上がろうとしない。

「屋根の上にいるのでは？」萌絵は思いついたことを言う。「ドームのガラスを割って、上から落しているのかもしれない」

「応援を呼んでこい」久美子を抱き抱《かか》えていた磯部が、若い土井に指示した。土井は頷いてパトカーの方へ引き返していく。

久美子を石段に座らせ、磯部は出入口に近づく。そして、用心した低い姿勢で、中を覗き込んだ。

そのまま、しばらく、誰も動かなかった。

ホテルから制服の男が一人出てくる。ホテルの従業員だ。物音に気がついたのだろう。

パトカーで無線のマイクを摑んで話していた土井も、戻ってきた。

その間、ずいぶん時間が長く感じられた。だが、何も起こらなかった。磯部と土井の二人が揃ったところで、出入口から、同時に突入した。

「誰かいるのか⁉」という叫び声が中から聞こえる。

西之園萌絵は出入口から中を覗き込んだ。彼女の後ろに、牧野洋子と反町愛がずっと一緒だった。

「おまわりさんたち、二人で大丈夫かしら」洋子が心配そうに呟く。

二人がどんどん、奥へ入っていくのが見えた。

彼らの声と足音以外には、物音一つしなくなっていた。

やがて、土井が一人で戻ってきて、出入口から顔を出した。

「誰か、照明をつけられますか？」彼はきいた。

「あ、はい」ホテルから出てきた従業員が返事をして、前に出る。

萌絵たちは道を開け、従業員の男を通した。彼は教会に入っていった。

数十秒して、教会の中の照明が灯った。

出入口から内部が鮮明に見えるようになる。

萌絵は中に首を入れて、警官の姿を探した。

右の回廊の奥に土井とさきほどの従業員がいた。どうやら、そこに配電盤があるようだ。

磯部は、反対側、左手の奥に立っている。

「どうしたんですか?」萌絵は大きな声を出してきいてみた。

「こちらに、入ってきてもらえませんか」磯部が手招きをして、大声で呼んだ。

萌絵は構内に足を踏み入れる。彼女に続いて、牧野洋子と反町愛も中に入った。彼女たちはもはや三位一体《さんみいったい》といえる状態だった。

三人は、真っ直ぐに進む。

視線は、祭壇の手前の床に向かう。

萌絵が立ち止まると、背中に二人がぶつかった。

「え?」思わず声を出したのは、萌絵だった。

床に広がった赤い血液。

それは、さきほどと同じだ。

灯った照明で、綺麗なほど光っている。

散乱したガラスは、思っていたよりも沢山あった。

しかし……、
男がいない。

倒れていた男……。

死んでいた男が、いなかった。

「あれ？」斜め後ろで洋子が囁いた。萌絵の耳もとだった。「どうしたの？　もう、運び出しちゃったの？」

「あ、君たち。真っ直ぐじゃなくて、こちら側に回ってきて下さい」磯部が右手の奥から呼んだ。いつの間にか、三人の男たちは集合していた。

彼女たち三人は、右手へ進路を変更し、木製の椅子の間を進む。躰は横向きだった。手は、前の座席の背を摑んでいる。前には誰もいない座席が数列。やがて、柱が立ち並ぶ回廊に出る。そこは、天井が低いため暗かった。礼拝堂の照明は柱にあって、すべて中央部に向けられているからだ。

ヘルメットに手を当てながら、土井が一人で彼女たちの方へ歩いてくる。

「死体は？」萌絵が尋ねた。

「ええ……、奥に」土井は緊張した顔つきで答えた。「あれだけ落ちていました」

「あれだけ？」萌絵がきき返す。

「貴女」土井は反町愛を睨んだ。「十分以内なら助かるとかって、言いませんでした？　どういう意味だったんですか？」

「え？」愛は首を傾げる。

「冗談は困るな」

「誰が、ガラスを落したんです？」萌絵は上を向いて尋ねる。しかし、回廊からは、天井のドームは見えなかった。

「風じゃないですか」土井が言った。

どうも話が食い違っている。萌絵はそのまま奥へ歩いていく。

「あ、もう、この先は歩かないで」従業員と話していた年配の磯部が萌絵たちを制した。

「現場を保存しなくちゃいけないんでね……」

彼はまだ何かしゃべっていたが、萌絵の耳にはそれ以上入らなかった。

彼女の後ろで、牧野洋子と反町愛が小さな悲鳴を上げ、萌絵も、思わず目を凝らした。

さきほど、男が倒れていたところ。

床に血とガラスの破片が広がっている。

それだけだった。

男の死体は、そこにはない。

いや……。

完全な死体が、なかった。
その血の海から、何かを引きずった痕が、右の回廊の途中まで続いている。
最後は習字の筆を離したように、血の痕は消えていた。
そして、そこに落ちていたものは……。
とても不自然だった。
それが何であるのか……、理解するのに数秒かかった。
認識し、理解して、彼女たちは恐怖を感じた。
恐怖が、理解を基本としている証拠だ。
人間の腕が一本だけ、床に転がっていた。

9

救急車が到着したのは十分ほどしてからだった。それから数分してパトカーがもう二台やってきた。その頃には、どこからともなく野次馬が集まり、ホテルと教会の間の道路に人垣ができた。ホテルの宿泊客や従業員たちであろう。萌絵たちが泊まっているホテル・アムステルダムの北側の部屋からは、窓を開けて顔を出す人々も多かった。

救急車が帰っていったあと、さらに何台もの車が到着した。

彼女たち三人は、寒かったこともあって、教会の中にいた。萌絵は、入口付近で木製のベンチに腰掛けていた。新庄久美子も一緒だった。洋子と愛が、萌絵の前に立っている。もう、人間の腕だけを単独で見るのは御免《ごめん》だったので、萌絵は、なるべく祭壇の方を見ないようにしていた。

その奇跡の有機物は、既に運び出されたあとだ。救急隊員が持っていったのだろうか。警察の車がパトカーのほかにも何台か来ているようだったが、外の様子をしばらく見ていなかった。

礼拝堂の奥の方で、幾人かの男たちが作業を始めていたし、屋根にも何人か上っているみたいだった。

「あのあと、何があったのですか?」萌絵は隣で項垂《うなだ》れている新庄久美子に尋ねた。少しは落ち着いたように見えたからだ。

「わからない」久美子は自分の膝を見たまま首をふった。

「松本さんの死体はどこへ行ったの?」萌絵はもう一度きいた。

「わからない」久美子は答える。

「あの腕は、彼のものなの?」立っていた牧野洋子が質問する。彼女はハンカチを口に当てていた。

「やめて……」反町愛が囁く。

「ラヴちゃん」萌絵は愛の顔を見上げる。「松本さんの腕を覚えている？　貴女が一番よく知っているはずだわ」

「あれは、彼の手だよ」愛は答えた。額に片手を当て、髪を持ち上げるようにして、彼女は萌絵を睨み返した。「時計が同じだったし、間違いない。居酒屋で時計を見せてくれたもん」そう言ってから、また愛は目を瞑る。

洋子が、大きな溜息をついた。

「みんな、私のせいだわ」萌絵は囁く。

「あれ、つまり……、殺されたのよね？」牧野洋子が小声で言った。「自殺じゃなかったんだ」

「それは、新庄さんが見ているわ」萌絵は久美子を見る。

新庄久美子は、少しだけ顔を上げた。神経質そうに片手で口を覆い、横目で萌絵を見返した。

「信じてもらえないわ」彼女は、はっきりとした発音でそう言った。それは、死体が見つかって以来、初めて、冷静な彼女本来の口調だった。

「話して下さい」萌絵は言う。

まだ誰も、彼女たちに事情をききにこない。久美子にだけは、磯部が様子を尋ねたが、そのときは、何もわからない、と彼女は答えただけだった。

「松本さんは……」久美子がゆっくりと言った。「ドームの窓から出ていったのよ」

「ドームって、天井ですか？」萌絵はきき直す。

「そう……」

「出ていったって……、どういうことです？」

「ガラスが割れる音がして、私、初めて気がついたの。そうしたら、祭壇の前のとこに、もう、松本さんはいなかった。それで、びっくりして、立ち上がったの……。私、そのとき、椅子に座っていたから……」久美子は数列前の座席を示す。確かに、萌絵たちが久美子一人を残して、教会から出ていくとき、彼女がいた位置がその辺りだった、と萌絵は記憶していた。

「死体がなくなっていたのですね？」

「そう。それから……、また、ガラスが落ちてきたわ」久美子は天井を見上げる。萌絵も同じ方向に目を向けた。ドームの周囲に並ぶ窓の幾つかに、ガラスがなかった。初めに見たときには、ガラスがない窓は一つだけだったはずだ。

「窓からガラスが落ちてきた。だから、あそこを見たの。ドームのあの窓のところを……」目を細めて、久美子はゆっくりと萌絵に視線を移す。「そうしたら、あそこに、松本さんがいたわ」

「いたって……、どういうことですか？」

「あそこから、出ていったの」

「あんな高いところから？」

「ええ……」

「松本さんは、もう亡くなっていたんですよ」萌絵は感情を殺して、淡々と言った。「窓から出ていくって、どんなふうに？」

「逆さまになって、足から出ていった」久美子が不自然に微笑んだ。どうして、彼女が微笑もうとしているのか、萌絵にはわからない。微笑むことで自分を落ち着けようとしているのだろうか。それとも、余裕を見せて、相手の信用を勝ち取ろうとしているのだろうか。いずれにしても、彼女のその表情は戦慄《せんりつ》するほど異様だった。

「腕は？」萌絵は尋ねる。一番ききたい質問だった。

「あとから、落ちてきた」久美子が答える。

「誰か、上にいた、ということですね？」

「わからない」久美子はゆっくりと首をふった。

「ドームの上の……、あそこの屋根には、どこから上れるのですか？」

「わからない」久美子は言う。「でも、外からだったら、梯子《はしご》がないと無理だと思う」

しばらくすると、磯部と土井、それにもう一人制服の男の三人が、萌絵たちに話をききにやってきた。新庄久美子だけが左の回廊の方へ一人で連れていかれ、萌絵と洋子と愛の三人は一緒に質問を受けた。彼女たちは見たままを述べ、見たことはすべて話した。

さらに、洋子と愛の二人は、居酒屋で松本卓哉に出会ったことを話した。彼女たちがその店にいたのは、九時頃から十一時過ぎまでで、松本がやってきたのは、彼女たちが飲み始めて三十分くらいしてからであること、また、店を出ていったのは、彼女たちとほぼ同じで十一時二十分くらいだったこと、などを主に洋子が説明した。したがって、松本卓哉の死体が発見されたのは、その一時間半ほどあとということになる。反町愛が死体を調べているとき、牧野洋子が、彼の名前を口にしたことが萌絵には不思議だったが、これらの話を聞いて納得できた。

長崎県警の刑事の到着が遅れているということだったので、三人は、とりあえずホテルの部屋に戻って良い、と言い渡された。夜中に訪ねることがあるかもしれないが、そのときは、あらかじめ電話をする、と磯部は言った。

萌絵は、礼拝堂の向かって左の回廊にあるはずのエレベータの出入口が気になっていた。そこは、木製の扉が閉まっていたが、周囲の壁と同じ装飾が施されていて、そこに出入口があるようには見えなかった。そのことを警察に言うべきかどうか、彼女は迷った。しかし、言っても良いことであれば、新庄久美子が証言するはずだ。今も、その付近で久美子は、捜査員風の男と話をしていた。萌絵は、そのまま教会を出た。

パトカーのほかに二台のワゴン車が駐まっている。もう、野次馬の人数は十数人に減っていた。時刻は、二時を回っている。

三人は、ホテルのロビィでエレベータに乗り、三階に上がる。部屋に戻ると、反町愛が最初にバスルームに入った。萌絵と洋子はソファに腰掛け、冷蔵庫から出した冷たいコーラをグラスに移して飲んだ。

「真賀田博士がやったんだわ」萌絵は呟いた。彼女は、立ち上がり、自分のバッグから煙草を出し、火をつけた。「私たちに、あれを見せたのよ」

「殺されるよりは……、ましだわ」牧野洋子が強がりを言った。彼女はもうすっかり落ち着いている様子だった。「びっくりしたけど、そんなことより、とにかく松本さんが可哀想。とても、いい人だったわ。愛知県の出身で、こちらには来たばかりだって言っていた」

「彼、ナノクラフトでは、どんな仕事を？」萌絵は再びソファに座る。

「さあ、そこまでは聞いてないけど、研究所は、勤務時間が自由だからいいって、話してた。あの人ね、大阪の大学で助手をしてたのを、ここの会社に引き抜かれたって」

「いつ？」

「確か……、今年の九月」

「半端な時期ね」萌絵は煙を吐きながら言った。「今日……、うん、もう昨日ね、空港で会った私のお友達、島田文子さんっていうんだけど、彼女は、八月でナノクラフトから解雇されたのよ」

「何か関係があるの？」

「わからない」萌絵は首をふる。彼女は靴を脱ぎ、ソファの上で膝を抱えた。

「ああ、いやだ……」洋子が頭をふった。「早く、朝にならないかな……」

しばらくして、反町愛がバスルームから出てきた。交替で牧野洋子が入る。愛は、冷蔵庫からビールを出して、缶のまま飲み始めた。

「あーあぁ」そう言って、彼女はソファにどすんと腰を下ろす。「まいったわあ、ホント」

「ラヴちゃん、ごめんなさいね」萌絵が小声で言う。

「許す」愛は片目を瞑ってから、またビールの缶を傾ける。そして、テーブルの上にあった煙草の箱から一本抜き取って火をつけた。彼女は煙を天井に向かって吐き出し、萌絵の方を向いた。「しっかし、萌絵、あんたって人はホント信じられんよ。どういう神経しとるの？」

萌絵は微笑み返し、煙草を灰皿で消してから、再びソファの上で膝を抱え込んだ。

「どうやって、腕を切ったと思う？」萌絵は膝に顎をのせ、普通の表情で尋ねた。

「それを考えてた」愛は少しだけ顔をしかめた。「そうそう簡単に切れるもんじゃないからな」

「天井までの高さは、私が見た感じでは、九メートルから、十一メートルの間」萌絵は淡々と言う。「新庄さんが言ったように、あそこの窓を足から出ていったということは、ロープか何かで吊り上げたんだと思う。物理的に可能かしら？」

「松本さんの体重は、そうね、六十キロくらいかな」愛は答えた。「ロープでそれだけの重量を持ち上げるなんて、一人じゃとうてい無理だよ。滑車か、何か、動力がなくちゃ」

「ラヴちゃん、さすが」萌絵は腕を伸ばして、テーブルのグラスを取り、コーラを一口飲む。「何かの道具が屋根の上に残っていたかどうか……、それ、警察が調べたでしょうね。その結果くらいなら明日にでもきけると思うけれど……。ただね……、最初、私たちが見たときには、ロープなんてなかったわ。そうでしょう？　ということは、あのあとで、誰かが死体の足にロープを結びつけたことになる」

「新庄さんしかいなかったんだよ」愛はすぐ言った。

「そうかしら？　あそこは、実は出入口がもう一つあるのよ」

「ああ、裏口があったな。右の奥んところだね？」

「あそこは鍵がかかってたわ。いいえ、そうじゃなくて……」萌絵はソファに座り直して脚を組んだ。「秘密のエレベータがあるの。あの、左の回廊の真ん中辺りに、ちょっと壁から突き出した部分があったでしょう？」

「エレベータ？」煙を吐き出し、愛が首を傾げた。「ああ、そうか、そんなこと言ってたな。研究所へ下りる出入口があるって」

「そう」萌絵は頷く。「私ね、そのエレベータで、あの教会に上がったんだもの。あそこで、塙社長に会ったのよ」

「なんで、あんな場所で?」

「さあ……、ファースト・コンタクトのイメージとして、彼なりに、何かフィットするものがあったんじゃないかしら」

「気障《きざ》な野郎」愛が鼻息を鳴らす。「あ、じゃあさ、そのエレベータから誰かが出入りしたってこと? でも、そんなの、新庄さんが気がつくんじゃないかな」

「それは、わからない」萌絵は首をふった。

「でさ、屋根まで死体を持ち上げて、何をしようとしたわけ? そのあと、どうしたのかな?」

「わからない」

萌絵は目を瞑る。教会の外に出て、周囲を一度回ってみたが、屋根から下りられるような足掛かりのある場所はなかった。礼拝堂のドームは、外から見ると高い鐘塔とは反対側で、三角の屋根の間に隠れている。何らかの手段を用いてそこに上れば、身を隠すことは可能である。しかし、上り下りのために相当長い梯子が必要だろう。正面の入口近くにあった鐘塔の階段を上って、そこから屋根の上に出る。さらに傾斜した屋根を伝って、ドームまで行く。梯子などの道具を使わないとしたら、この経路以外、そこへは行けそうにない。もし、何者かが、ドームの上から礼拝堂の死体を引き上げたとしても、この経路の場合、萌絵たちの目を盗んで逃走することは不可能だろう。

「警察、屋根の上も調べていたよな」愛が呟いた。

萌絵は頷く。そう、何人も屋根に上がっていた。しかし、死体が見つかった様子はない。いったい、どこへ消えたのだろう？

捜査の詳しい結果が早く知りたかったのだが、ここは愛知県ではない。愛知県なら、県警に知合いの刑事が沢山いて、情報には困らない。しかし、ここでは勝手が違う。

今すぐにも、地下の研究所に乗り込んで、すべての部屋を徹底的に調べる必要がある。けれど、それもできない。長崎の警察には、彼女の発言は信じてもらえないだろう。それに、真賀田四季博士だって、とっくに安全な場所へ逃走しているに違いない。彼女がそれくらいの計算をしないはずはないからだ。

いずれにしても、まだ危険が去ったわけではない。しばらく、部屋で大人しくしている方が良いだろう。今のところは、ホテルの外ではあるが、すぐ近くに警官が大勢いるのだから、多少は安全だ、と萌絵は思った。

このまま、朝になるまで待とう……。

牧野洋子のあと、萌絵がバスルームに入った。

バスタブにお湯を満たし、冷えた躰を暖めようと思った。

電話が鳴ったのはそのときだった。バスルームの中にも受話器があったので、萌絵はそれをすぐに取った。

「もしもし、西之園さんですか？」しわがれ声の男の声だった。

「はい、私です」

「芝池《しばいけ》であります」男は名乗った。「あの、覚えておいででしょうか？」

「芝池さん？　えっと……、芝池さんって、もしかして、愛知県警の？」

「はい、ええ……。実は、今は長崎におりまして」男は嬉しそうに声を弾ませる。「昨年、異動がありましてね、ええ……、縁あってこちらに。まあ、異例のことなんですが、私、もともと出身が佐賀でして」

「え？　それじゃあ……」萌絵も声を上げる。

「今から、そちらに伺います」

芝池刑事といえば、愛知県警捜査第一課のベテラン中のベテラン。三年半まえの夏、妃真《ひま》加《か》島の真賀田研究所の連続殺人事件を担当した主任刑事だった。

「鵜飼君から連絡がありましてね、すぐにこちらからご連絡をしたんですが、電話に出られなかったので……」

「はい……、外にいましたから……。あの、それよりも、ホテルの前にある教会で、殺人事件が……」萌絵は説明しようとした。

「ええ、はい。もう全部聞いております」芝池はゆっくりと言った。「今から、私もそちらに参ります。そうですね、ちょっと時間がかかりますが、一時間ほどあれば……。あの、非常識な時間になりますが、よろしいでしょうか？　一応ですね、こちらも、勝手に事件を担当するわけにはいきませんので、上に連絡をつけて承諾をとっておかないといけないんですよ。えっと、ですから、たぶん、四時頃になるかと……」

「わかりました。お願いします」萌絵は返事をする。

「あの、西之園さん、真賀田四季博士のことは……」

「芝池さん、すみません。今、私、お風呂に入っているんです。詳しいお話は、こちらにおいでになってからではいけませんか？」

「ああ、こりゃどうも……。そうですね、じゃあ、あとでよろしくお願いします」

「いろいろ情報を整理しておきます」

「はい、ではのちほど」

電話が切れた。もちろん、盗聴のことを思い出したので、芝池の話を中断させたのである。

萌絵は安心して、湯船に躰を沈める。よく知った刑事が一時間後に来てくれる。それに、数時間もすれば、犀川助教授が到着する。

しかし、既に被害者が一人。

防ぐことができただろうか？

「とても不思議なもの」を見ると、真賀田四季は予告した。その言葉をぼんやりと萌絵は思い出した。

それが、あの殺人だったのだろうか？

不思議なものとは……、
死体が空中を上り、天窓から出ていったことか？

腕だけが切断され、残っていたことか？

方法も、そして理由も、確かに不思議ではある。

真賀田四季の言葉を萌絵は思い出す。

「どれほど、貴女たちの装飾が無意味で、かつ不安定な虚像なのかを理解することね」

「何が起こるのですか？」

自分たちの装飾とは、何のことだろう？

人間社会の装飾、人間の装飾、思想の装飾、思考の装飾。

デコレーションは、しかし、いたるところに存在するし、どこまでが装飾で、どこからが実構造なのか、その境界は通常、極めて曖昧だ。

博士も料理の話をしていたが、人類は必要以上の栄養を摂取する傾向にあるうえ、必要以上に食物に味をつけ、必要以上に飾りつける。それは、装飾だろうか？

目で楽しむ、と表現される料理の飾りつけとは、ある意味で、豪華なご馳走の写真を眺めながら、宇宙食を飲み込むのと同次元だ。人間の味覚に作用する出力装置が実現すれば、同様の条件をコンピュータがバーチャル・リアリティで作り出す。そんな味気ない食事は嫌だ、と訴える人でも、食べられない飾りが盛りつけられたご馳走の皿に箸を伸ばしている。それらは、装飾にほかならない。無意味で、不安定な虚像にほかならない。

萌絵は目を閉じた。真賀田博士の姿が鮮明に蘇《よみがえ》る。

母親と子供を連想した。

母親が子供を育てる本能も、また作られた装飾だろうか？

多くの動物が持っている本能だが、人類はさらに装飾を重ねている。子供が大人になっても、母性は一個の生命になかなか戻らない。自分の生を子孫に捧げることが、どうしてこれほどまで美化されるのだろう。

犀川助教授の口癖にその種のものがある。

彼と一緒に地下鉄に乗っていたときだ。親子の写真とともに、「パパは君で夢を見る」というキャッチコピィの広告が目についた。犀川はそれを見て、萌絵にこう言った。「子供は、あんなパパが大嫌いだ」

萌絵も同感だった。

子供で夢を見る親は、もう「親」という生きものだ。それは人間の生を放棄している。ついつい人は、そうした装飾に包まれた安楽を望むもの。

何故か？

それが楽だから。

子供に夢を託した方が、自分が夢を実現するよりも楽だからだ。

少なくとも、そんな男にだけは関わりたくない、と萌絵は思う。彼女の父親も母親も、娘に何も託さなかった。彼らは自分たちの人生を生き、その人生の中で娘を愛したのだ。

私の夢を見るのは、私だ。

萌絵はそう思った。

真賀田四季に会ったことで、何故、こんなことを考えたのだろう？

それが、天才の機能だろうか……。

バスルームから出ると、牧野洋子と反町愛は、ソファにもたれて居眠りをしていた。萌絵は、二人を起こさないように注意して、再びバスルームに戻り、髪を乾かすことにした。ドライアの回転音が耳もとで鳴り、彼女を音波のバリアで包み込んだ。

「死を止められるのは、神様だけ」

真賀田四季の最後の言葉だ。

時刻は午前三時過ぎ。

「私の夢を見るのは、私」

鏡の中の自分を睨みつけ、萌絵はそう囁いた。

第３章　渾沌の魔殿　Pandemonium

〈そうだ。何故なら、自由以外に、思考の目的はない。人間が思考によって獲得する価値のあるものは、それ以外にないからだ〉

1

電話が盗聴されている、と言いだしたのは犀川だ。最初に彼がかけてきた電話を真賀田四季が聞いていた、と犀川は考えているようだ。さきほどの芝池刑事とのやりとりも録音されているのだろうか、それとも、どこかでまた真賀田四季が聴いているのだろうか。

萌絵は、ベッドサイドの電話の周囲を探してみたが、特別なものは見当たらなかった。コードが電話から壁のソケットまで延びているだけである。

電話だけではなく、どこかから監視されているのでは、と思いつき、壁や天井を隈《くま》なく観察したが、疑わしいところはない。鏡の裏も覗いてみた。壁に掛かっている絵の背後も調べた。バスルームの鏡は壁に固定されていたので、はっきりとはわからない。もしかしたら、マジックミラーで、後ろにＣＣＤカメラが仕込まれているのかもしれない。しかし、バスルームでは、目的が多少異なってくる。その思いつきは自分で否定した。

彼女が跪《ひざまず》いて、テーブルの裏やベッドの下を探っていると、物音に気がついたのか、牧野洋子が目を覚ました。

「何してるの？　コンタクトでも落したの？」

「うん」萌絵は返事をして、立ち上がる。「あ、あったあった、良かったあ……」彼女は言葉ではそう言ったが、人差指を口に当てて、首をふった。

洋子は顔をしかめて、首を大きく傾ける。

萌絵はジェスチャを続けた。

洋子が軽く頷く。

「ちょっと、外、見てこようか」萌絵は普通の口調で言った。

これは本心だ。ホテルの外がどんな様子なのか見たかった。萌絵はドアまで行き、覗き穴から部屋の外を窺《うかが》い、そっとロックを外した。ドアを少し引いて、顔を外に半分出す。右にも左にも、誰もいない。廊下が真っ直ぐで、突起物もなく、見通しは非常に良かった。

「大丈夫？」後ろで洋子が囁く。

「そこのエレベータホールまで」萌絵は振り返って小声で言った。

反町愛はソファに座ったまま眠っていたので、起こさないことにする。カードキーを忘れずに手にして、二人は部屋から出た。エレベータホールまでは十メートルほどの距離である。そこまで行けば、ホテルの北側に窓があるので、殺人現場の教会が建っている広場を見下ろすことができる。

通路は静かだった。

エレベータホールまで、誰にも会わなかった。ときどき後ろを振り返ったが、真っ直ぐの通路の突き当たりまで、人っ子一人いなかった。ホールには二つのエレベータがあり、北の窓際にシックなデザインのソファが二つ、観葉植物の鉢を挟んで置かれていた。

窓の曇りを手で拭い、ガラス越しに外を見る。教会の前には、まだパトカーが駐まっていたが、さすがに人の姿は見えない。萌絵と洋子は、ソファの上に膝をついて乗り出し、縦に細長い窓を開ける。冷たい空気が彼女たちの頬に触れた。

パトカーは二台、それにワゴン車も二台、さきほどと同じ位置に駐車している。ほかの車は帰ってしまったようだ。

「おまわりさん、一人だけだね」洋子が囁く。

「みんな中にいるのよ」萌絵は言った。

教会の入口に、ヘルメットに制服の男が一人だけ立っていた。教会の窓からは構内の明かりが漏れ、入口付近は白く明るい。ステンドグラスの細かい色彩も見える。萌絵の位置から、教会までは直線距離で四十メートルほどだった。こちらはホテルの三階なので、傾斜した屋根よりは低かったが、それでも、さきほど下から見上げたときに比べれば、屋根のドームの部分がずっとよく見えた。ガラスが割れている窓もわかった。半球形のドームの基礎部分に窓がある。そこから、松本卓哉の死体が出ていった、と新庄久美子は証言したのだ。その周辺には、人が歩けるほどの僅かな平面部分が存在したが、そこから別のところへ移動することは見たところ困難だ。そもそも、そこまで上り、あるいは、そこから下りる行為は、身軽な人間でも短時間では不可能だろう。大人一人の死体を運び出すとなれば、なおさらである。

教会を南側から眺めていることになるが、教会の東側の入口が、萌絵たちが見ている萌絵たちが見ている窓のほぼ正面だった。左手の西側の裏口は見えない。窓のは、今はなかった。彼女も帰ったのだろうか。

広場には、ほかに人影はなかった。事件発生から、まだ数時間しか経過していないのに、警備は少々手薄である。長崎市からは車でも一時間を要する。しかも真夜中だ。殺人課の刑事も到着していないのかもしれない、と萌絵は思った。

「さっき、萌絵、盗聴マイクを探していたのね」洋子が隣で内緒話のように囁いた。「やっぱり、私たち、誰かに監視されているの？」

コンタクトを探している、などと嘘をついたのも、盗聴マイクか隠しカメラを意識してのことだった。

「わからない」萌絵は首をふった。「でも、電話が盗聴されているのだから、それくらいのこと、してもおかしくないと思ったの。見つからなかったけれど、向こうが指定した部屋なんだから、どこにでも隠せるでしょう？」

「どうしてそんなことをするの？」洋子は真剣な表情で、声を押し殺して言う。

萌絵は黙って首をふった。

「目的は何？」洋子が質問を繰り返す。

「わからない」萌絵は唇を噛んだ。「でも、私たちを驚かせようとしていることは確か」

「もう充分驚いたわ」洋子が窓の外に視線を移しながら言った。「でも、それだけのために、人を殺したりする？」

「する人もいるわ」萌絵は答えた。「特に、真賀田博士は、そういう人なの。とても恐ろしい人……」

「正気じゃないよ」

「いいえ、正気だわ。私たちよりずっとずっと正気なんだから。誰よりもずっと正気なの」

「もう、戻ろう」洋子が立ち上がって言う。

悲鳴が聞こえた。

萌絵と洋子は一瞬、視線を交し、駆けだした。

悲鳴は、通路の方だ。

女の高い声。

ホールから通路に出るが、前も後ろも、人の姿はない。

「ラヴちゃんだ」

「反町さん?」

自分たちの部屋に駆け寄る。ドアのロックをカードで開けようとしたとき、ドアが内側に開く。

反町愛が飛び出してきた。

「ラヴちゃん!」萌絵は、自分より大きな愛を両手で抱きとめた。

洋子が開いたままのドアのところに立つ。彼女は部屋の中と外を交互に見ている。

「何?」洋子がきいた。

「あ、あそこ見て!」反町愛が部屋の中を指さす。

「どうしたの?」萌絵が尋ねる。

「窓の外!」

萌絵は、愛から離れ、洋子の鼻先を掠《かす》めて、一人で部屋の中に踏み込んだ。

何も変わった様子はなかった。

窓際のテーブルの上にあったはずの缶ビールとグラスが、床の絨毯の上に転がっている。

反町愛が慌てて、ソファから立ち上がったので、テーブルから落ちたのだろう。

　窓ガラスは少し曇っていた。

　顔を近づけてみたが、黒い海に突き出した桟橋の細かいライトが滲《にじ》んで見えるだけだった。

　何もない。

　萌絵が振り向くと、ドアから反町愛と牧野洋子が入ってきた。

「窓の外に、何か飛んでた」洋子の肩越しに愛が言った。

　それを聞いて、萌絵は窓を開けた。

　顔を出して、左右、それに上下も確かめる。

　冬の空気が静止していた。海の匂いがほんの微かにする。波の音は聞こえなかった。

　顔を引っ込め、窓を閉める。

　牧野洋子は、入口のドアを閉めてロックし、チェーンをかけた。反町愛が、部屋の中央にぽつんと立って、萌絵と牧野を交互に見ていた。

「本当だってば！」愛は両手を広げて自分の腰を叩く。

「嘘だなんて言ってないわ」萌絵は彼女に近づく。「ラヴちゃん、どんなものを見たの？」

「わからない……。でも、気持ち悪いもの。そこに、浮かんでた」愛は窓の方へ歩いていき、手でガラスを擦《こす》って、外を覗いた。「長細くて、くねっていて、下から上に飛んでいったみたい……」

「窓からどれくらいの距離?」後ろから萌絵がきく。

「五メートルくらいかな」

「大きさは?」

「五メートルくらい」

「五メートル? そんなに大きなもの?」

「長さがそれくらいなのよ」愛は萌絵の方を見た。「ドラゴン」

「そんな小さなドラゴンがいる?」洋子が二人の近くまで来る。

「わからない。もっともっと大きかったかもしれない。だって、近くにいると思ったから。本当はもっと遠かったのかもしれない」愛が早口で言った。

「色は?」萌絵はきく。

「そんなの、わからないよ。黒かったと思うけど」

「目とか光ってた?」洋子がベッドに腰掛けて言った。

「光ってないわよ。もう、本当だってば!」

「悪いけどさ、冷静になって考えて」洋子が優しい口調で言う。「反町さん、夢を見たんじゃない? あんなことがあったんだもの、しかたがないよ」

大きく舌を打って、反町愛はソファに腰掛けた。乱暴に煙草を掴み、火をつける。煙を吐き出したときも、まだ、彼女の手は震えていた。

「そうかもしれない」愛はようやく顔を上げ、洋子を睨みつけ、低い声で話した。「夢かもしれない。全部ね……。さっきの教会のあれも、夢だった？　貴女たちも同じ夢を見なかった？　それとも、今のこれも夢なの？」愛はひきつった表情で笑おうとした。「俺、酔っ払ってる？」

「ラヴちゃん」萌絵は、愛の前のソファにゆっくりと座った。「そのドラゴン、どちらへ行った？　どんな動きをしていた？　糸で吊っていたのかしら、それとも、風船みたいな感じだった？」

「わからない」煙を吐き出しながら反町愛は萌絵を見る。「でも、ええ……、あんたの言うとおり。そうか……、屋上から吊っていたのかもね」

「誰がそんなことを？　私たちを脅かすために？」洋子が言う。「だとしたら……、なめられたもんね。そんな子供騙しで……」

「悪かったわね、びっくりして」愛が少し微笑んだ。「そうか、そうだよなあ、うん……」

「いい？」萌絵は言った。「空を飛ぶドラゴンなんかより、その悪意の方がずっと恐ろしいわ。それに、相手もそれを計算しているはず。私たちが、そんなもので驚くなんて、考えていない。中世じゃないのだから……」

「悪かったわね」愛が同じ台詞を繰り返す。「だけど……、あんたたち、どこへ行ってたの?」

「そこのホールの窓から、広場の様子を見てきたの」萌絵が答える。「ラヴちゃんの悲鳴、ほかの部屋にも聞こえたんじゃないかしら」

「だってさ……、気がついたら、そんなのが窓の外にいて、部屋に私一人なんだよう。絶対、萌絵だって、牧野さんだって、同じ状況だったら、悲鳴ぐらい上げると思うな」

「たぶんね」洋子が笑いながら言う。

「私は見てみたかった」萌絵が微笑む。

「だけど、そんな、お化け屋敷みたいなさ、せこいことするっていうのは、ある意味じゃ、安全だってことじゃない?」洋子が言った。「遊んでいるわけだからさ。こういうのって、ドラキュラとか、お金を取って売りものにしてるホテルだってあるんだから、ただでホラーが楽しめると思えば、ラッキィじゃん」

「それ、本気で言っているわけ?」愛がきいた。

「ううん」洋子は首をふる。「無理して言ってる」

「ありがとう」愛は微笑んだ。

2

電話が鳴ったので、萌絵が受話器を取った。

「はい、西之園です」

「芝池です。今、こちらに到着しました。フロントにおります。そちらに上がっていきましょうか、それとも、ロビィに下りてこられますか？」

「下りていきます」萌絵は答えた。この部屋に何かが仕掛けられているような気がしていたからだ。「待っていて下さい。すぐ行きます」

「お待ちしております」

受話器を置いて、萌絵は二人を見た。「刑事さんが来たわ。私の知合いなの。以前に、愛知県警にいた人」

「みんなで行こう」愛が立ち上がった。

三人で部屋を出て、エレベータに乗る。

「このエレベータで、ナノクラフトの研究所まで行けるのよ。地下二階だったわ」萌絵は操作パネルの下にあるスリットを指さして説明する。「ここにカードを入れると、地下まで下りられるようになっているの」

「CIAみたいだね」洋子が言う。

「CIA知ってるみたい」愛が後ろで言った。

ロビィの中央のソファにいた男が、萌絵たちの姿を見て、立ち上がった。短く刈り上げた髪は前の方だけが白く、がっしりとした体つきだった。歳は五十前後のはずである。スーツは灰色、ネクタイは明るいグリーンで、飛び抜けて悪いセンスではなかった。

「お久しぶりです」芝池は頭を下げる。

「芝池さんに来てもらえて、本当に安心しました」萌絵は笑顔をつくった。「大学のお友達の、牧野さんと、反町さんです」

「長崎県警の芝池です。よろしくお願いします」

二人もお辞儀をして、芝池の前のソファに彼女たちは三人並んで腰掛けた。フロントのカウンタが近かったが、そこにいたホテルの従業員は、奥の部屋に姿を消した。ロビィには彼女たちのほかに誰もいない。

「外の教会の方は、たった今、見てきました」芝池はすぐに切りだした。「実は、相棒が朝にならないと、こちらに来ません。この事件は私が担当することになりますが、今のところ、上とは口約束だけで、正式ではありません」

よく意味がわからなかったが、警察内部のシステムのことを言っているのだろう、と萌絵は想像した。刑事が一人で行動するのは、珍しいことである。ようするに、芝池は、これが非公式であると言いたかったようだ。

「教会では、松本卓哉さんという人の腕だけが見つかったそうですね」芝池は話す。「現場の状況については、だいたいの話は聞いてきました。でも、私にはまだまださっぱりです。ご面倒かもしれませんが、もう一度、ここで説明していただけますか」

「腕だけではありません」萌絵は答えた。「私たちは、松本さんの死体を見たんです」

真ん中に座っている萌絵が、教会で起こったことを説明した。既に整理はできていたし、説明は二度目である。要領良く話すことができた。

外の広場で電話をかけた。教会に一人で入っていく新庄久美子を目撃する。萌絵たちがホテルに向かって歩いている途中、教会の方から不審な音と悲鳴が聞こえた。そして、三人で駆けつけて、礼拝堂で松本卓哉の死体を発見した。

「新庄さんからは、お話を聞かれましたか？」萌絵は話の途中で芝池に質問した。

「いいえ、まだです。彼女は気分が悪いとかで、研究所に一旦戻った、ということでした」

「研究所というと、このホテルの地下ですね？」萌絵は確認する。

「いいえ、ここじゃありません。このパークの入口の近くにある高層ビルの方です」芝池は手帳を取り出しながら言った。「このあと、そちらへ行くつもりにしています」

萌絵たちは、空港から船でやってきた。直接、園内の波止場に到着したので、ユーロパークの正門を通っていない。そちらの方角に、近代的な高層ビルが一つだけ建っているのが、遠くからも見えた。芝池が言った研究所のある高層ビルというのは、その建物のことだろう。

萌絵は続けて、新庄久美子が見たという、不思議な状況を話した。高いドームの窓から松本の死体が出ていった。そして、腕だけが一本、落ちてきた。それを目撃したのは、久美子だけなので、真偽のほどはわからない。ただ、僅かな時間内に、死体が消失したことも、腕が切り落とされたことも、事実といって良いだろう。それに天井のガラスが、さらに落ちてきたことも確からしい。これらの現象をどう解釈できるか……。

「ところで、死体は見つかりましたか？」萌絵は尋ねる。

「いいえ、どこにも」芝池は首をふる。「少なくとも教会にないことは確かです。屋根の上も調べたようですが、何も出てきていません。正面の出入口以外に出られるところはありません。裏口は内側から鍵がかかっていましたからね。皆さんも、正面の出入口のそばにいらっしゃったんですよね？」

「エレベータがあります」萌絵は言う。

「え？　何の話ですか？」芝池はきき直した。

「入って左手の回廊のところです。教会の中から、ここの地下にあるナノクラフトの研究所に下りることができるんです」

「そんなの、ありましたか？」

「私、それに乗ったんです」

「わかりました。とにかく調べましょう」手帳に書き込みながら、芝池は頷いた。

「あの……、芝池さん」萌絵は身を乗り出して言った。「事件のことは、それで全部なのですけれど……」

「ええ、わかっています」芝池は萌絵を鋭い目で睨んだ。「そう……、私が連絡を受けたのは、この事件が起こるまえなんですからね。真賀田四季のことですね？」

「はい」萌絵は頷く。「私、昨夜九時頃にナノクラフトの塙理生哉博士と会いました。場所は、あの教会の中です。このホテルの地下へ一度下りて、そのフロアをあちらへ歩いていって、教会の真下からエレベータで上がったのです」

「それが、さっきのやつですな？」

「はい。それで、また地下に下りて、応接室のような広い部屋で、塙さんとお話をしました。その途中で、私、気を失って……」

「気を失った？」

「眠ってしまったんだと思います」萌絵は少し微笑んだ。「あの、お酒を飲んでいましたから」

「覚えていないのですか？」

「覚えていません」

「西之園さんは、お酒には……、お強い方ですか？」

「もちろん、気を失うほど飲んではいません」萌絵は俯《うつむ》き加減で答える。「たぶん、何かの薬だったのでは、と思います」

「睡眠薬ですか？」

「わかりません。ただ、気がついたら、意識が朦朧《もうろう》としていて、別の部屋に連れていかれる途中でした。とても暗い部屋です。そこに、真賀田四季博士がいたのです」

「確かですね？　ほかには、誰がいましたか？」

「わかりません。でも、たぶん、私たち二人だけでした」

「誰が、西之園さんをそこへ運んだんですか？」

「わかりません」萌絵は首をふる。

「真賀田四季は何と言いました？　貴女に会った目的を話しましたか？」

「よくわかりませんが……」萌絵は自分の靴を見た。「人が死ぬことになる、と博士は言いました。それを私に言いたかったんだと思います」

「つまり、今回の殺人を予告したわけですね？」

「ええ、今夜不思議なものを私が見る、とも言いました」

「ということは、彼女が全部仕組んでいるってわけだ」芝池は目尻に皺を寄せて、片目を細くした。「三年まえの夏のことで、真賀田四季は西之園さんを恨んでいるんですよ」

「そんなことはありません」萌絵の声が少し大きくなった。「人を恨むなんて、そんな常識的な感情が、真賀田博士にあるとは思えません」

「で、そのあとは？　どうなったんです？」

「気がついたら、自分の部屋で寝ていました」

「私たちが戻ってきたら、彼女がベッドで寝ていました」牧野洋子がつけ加えた。「西之園さん、なかなか目を覚まさなくて、気がついたあとも、とても気分が悪そうでした。お酒に酔っていたんじゃありません。彼女が言っていることは本当です」

「ええ、ご心配なく」片手を広げて、芝池は微笑んだ。「普通の刑事が来ていたら、信じるのに時間がかかったでしょうが、幸い、私は西之園さんをよく知っていますし、真賀田四季のこともよく知っている。もう、三年以上も追っているんですからね。西之園さんのお話は、作り話ではない」

「とにかく、それで、恐くなって、愛知県警に連絡をしたのです」萌絵は話した。「部屋の電話が盗聴されているので、ホテルの前の広場で電話ボックスからかけました。犀川先生がそうしろっておっしゃったんです。九時まえに一度、犀川先生から部屋に電話がありました。そのあと、先生は新幹線に乗られたのですが、その新幹線に、真賀田博士から直接電話がかかってきたそうです」

「なるほど、それで、盗聴されているとわかったわけですね？」

「はい」萌絵は頷く。「ですから、さっきの芝池さんからの電話も聴かれていたと思います」

芝池は、静止して何かを考えている様子だった。

「それから、たった今のことなんですけれど……」萌絵は反町愛を一瞥《いちべつ》してから話した。「反町さんが、窓の外に浮かんでいるドラゴンの人形を見ました」

「ドラゴン？　龍のことですか？」

「ええ、そうです。誰かが、私たちを脅かそうとしているようです」

萌絵は、そのときの様子を簡単に説明し、反町愛が幾つか自分の見たことを補足した。

「芝池さん、実は、もう一つ」萌絵は言った。

「まだ、あるんですか？」少しおどけて芝池が肩を上げる。「煙草を吸わせてもらいますよ」

彼はポケットから箱を取り出した。

「最近、このユーロパークで、死体を見たという騒ぎがあったのをご存じですか？」

「いいえ」芝池はライタで煙草に火をつけてから、首をふった。「何なんですか？　そりゃ」

島田文子から聞いた話を萌絵は芝池に説明した。曖昧なデータしかなかったが、塙理生哉も新庄久美子も、噂の存在は否定していない。

「ああ……」芝池は頷く。「そういえば、夏頃でしたか。捜索の応援を本部からも出しましたよ。私は直接には聞いていませんが。ええ、わかりました。そちらも至急確認しましょう」

「だいたいの状況、わかっていただけたでしょうか？」萌絵はきいた。

「ええ、状況はほぼ把握できたと思います」芝池は手帳を閉じて言った。「しかし……、意図、目的は何でしょうか？　真賀田四季は、いったい何をしたいんです？」

それは、萌絵もずっと考えていた問題だった。彼女は、これまでに思いついた一番納得のいく理由を口にした。

「きっと、遊んでいるのだと思います」

「遊んでいる？」芝池がきき返す。

「ええ、おもちゃで遊んでいる」

「おもちゃって？」横にいた反町愛が尋ねた。

「私たちみんなが、おもちゃなんだわ」

3

「ところで、あの……先生、えっと、犀川先生は？」芝池は萌絵に尋ねた。

彼女は少し迷った。犀川が誰にも言うなと電話で言っていたからだ。警察にまで秘密にしておくこともないだろうが、彼のことである、何か深い考えがあってのことだろう、とも思えた。

「ええ……、明後日には、先生もこちらにいらっしゃる予定ですけれど」萌絵は咄嗟《とっさ》にそれだけ答えた。

現場に戻らなくてはならないと言って、芝池が立ち上がった。

「私たちも一緒に行って良いですか？」萌絵も立ち上がり、芝池に尋ねた。「ホテルの部屋にいるよりも、その方が安全だと思います」

「よろしいでしょう」芝池は小さく頷いた。

「コートを取ってきます。ちょっと待っていて下さい」

「ええ、わかりました。ここにいます」

彼女たち三人はエレベータで三階に上がった。部屋でコートを着て、再びエレベータホールに戻る。

「あの刑事さん、大丈夫かしら？」反町愛が小声できいた。「なんかさ、調子はいいけど、頼んない感じ」

「三年以上も追っているって、つまり、三年以上も捕まえられないってことだもんね」洋子がエレベータに乗り込みながら言った。

「まあ、そうね」萌絵も頷いて同意する。「特に切れるっていうタイプじゃないわ。でも、相手が相手だから、しかたがないけれど」

「そんなに凄い奴なの、真賀田四季って」愛がきいた。

「うん」萌絵は頷く。「天才の中の天才」

「わからんなあ」愛は微笑む。「想像できん」

「萌絵より計算が早いの？」洋子がきいた。

「たぶん、私の五倍くらいね」

　ロビィに戻り、待っていた芝池と一緒に外に出た。

　時刻は四時半過ぎ。息が白く見え、彼女たちはすぐにコートのポケットに両手を入れた。

「なんか……、ちょっと落ち着いてきたな」萌絵に顔を近づけ、反町愛が耳もとで囁く。彼女は萌絵に笑顔を見せた。芝池がホテルまでやってきて、これまでに彼女たちが遭遇した出来事を伝えることができた。どうやら、それで、愛は安心したようだ。

　ホテルの前の道路を横断し、教会まで真っ直ぐに石畳の上を歩いた。石段の上にいたヘルメットの男が芝池に敬礼した。

　入口の扉は半開きになっている。さきほどの小さな扉ではなく、それが付いている大きい両開きの扉が開けられていた。

　芝池について、三人は教会に入った。

　礼拝堂の奥に、男たちが五名ほどいる。芝池の顔を見て、そのうちの一人がこちらに歩いてきた。紺色の作業服を着た中年の痩せた男で、丸いメガネをかけている。片手にボールペンを持ち、バインダの付いたボードを脇に挟んでいた。鑑識課の人間だろう、と萌絵は思った。

「だいたいは、終わりましたけど、明るくなってから、もう一度確認したいと思います」彼は、萌絵たちの方を気にしてか、声が低かったが、もともとそんなしゃべり方なのかもしれない。

「上は？」芝池はきいた。屋根のことであろう。

「ええ、やりましたよ」

「何かあったか？」

「ええ、血痕が幾つか」男は胸のポケットにボールペンを納めながら答えた。「でも、それだけです」

「どうやって、屋根に上がるんだ？」

「ここの階段で上がって、途中から屋根の上に出て、向こうまでずっと……」指を上に向けながら男は説明した。「しかし、そのあとは、どうしたのか……。まったく、信じられませんね。どこから飛び降りたんでしょうか。ロープか何かを使ったんだとは思いますけど、ざっと見た感じでは、そんな痕跡は何もありませんし。これも、明るくなってから、もう一度探してみますけど……」

「西之園さん」芝池は振り向いてこちらを見た。

「はい」萌絵は返事をして、前に出る。

「エレベータというのは？」

「ええ、こちらです」萌絵はすぐに歩きだす。

左手に行き、一段下がった薄暗い回廊に出る。萌絵の後に、芝池たちが、少し離れて反町愛と牧野洋子もついてきた。

「ここです」萌絵は立ち止まり、壁が手前に飛び出している部分を示す。「この木枠が扉になっているんです」

幾つか同じ大きさの木枠が壁に並んでいる。畳よりも一廻り大きかった。彼女の記憶では、そのうちの並んだ二つが、手前に開き、中にエレベータのドアが隠されているはずだった。壁の厚さがどれくらいあるのかわからないが、その部分は手前に一メートル以上は膨らんでいるし、建物の外側にも突き出していれば、小さなエレベータを隠すには充分だろう。

「ああ、そこなら開きますね」丸メガネの男が軽い口調で言った。「倉庫だと思います」

「倉庫？」萌絵はびっくりして彼を見た。

男は木枠の僅かな凹《へこ》みに指を入れて、それを引いた。

木製の扉は開き、真っ暗な小さな部屋が現れる。床の広さは二畳ほどだった。

「え！」萌絵は思わず声を上げた。両手で口を覆っていた。「どうして？」

彼女は、辺りを見回す。場所を間違えた、と思ったからだ。しかし、同じようなところはほかにない。急いで反対側の回廊まで行き、そちらも確かめた。だが、そちら側には、壁から突き出している部分がなかった。もともと、彼女の記憶では絶対に左側だった。間違えるはずがない。

軽い眩暈《めまい》がした。

「そんな……」という言葉が口から出る。

そんなはずはない。

何かの間違い？

どこで間違えたのか……。

萌絵は、芝池たちが待っている場所に戻り、開かれた倉庫の中に入った。暗いが、何があるのかはわかった。壁の周囲に三段の棚が取り付けられている。掃除道具や折り畳みの椅子、それに段ボールの箱が幾つか置かれていた。床は白木の板張りだ。天井も確かめた。とにかく、エレベータではない。何か仕掛けがあるようには思えない。どこにも切れ目はなく、壁も床も天井も、本物だった。

「勘違いですか？」芝池がきいた。「お酒を飲んでいた、とおっしゃいましたよね」

「違います。飲むまえです」萌絵ははっきりと答える。しかし、自分が置かれている状況に、彼女は多少焦《あせ》っていた。

「どこか、ほかの場所じゃないの？」洋子が心配そうに言った。

「いいえ」萌絵はすぐに否定する。「ここ。絶対にここだった」

頭に血が上っているのがわかった。顔が赤くなっているかもしれない。落ち着いて、落ち着いて、と彼女は自分に言い聞かせる。

「とにかく、理由はわかりませんけれど……」萌絵は芝池から視線を逸《そ》らさずに言った。「ここは、エレベータじゃないですね。だから……、私の記憶違いなのか、それとも……」

「それとも？」芝池がにっこりとしてきく。

「この教会じゃなかったのか」萌絵は答えた。

「はあ……、なるほど」芝池が目を大きくして頷く。「ええ、明るくなってから、周辺を探してみましょう」

萌絵は、礼拝堂の中央に行き、天井を見上げた。その高さ、大きさ、紋様に造形、柱の配置、ドーム、ボールト。そして、今度は周囲を見回す。並んだ座席、祭壇、回廊、入口、十字架。

どれも、記憶のとおりだ。

塙理生哉と会った場所に間違いない。

同じような建物が二つあるのだろうか？

とても信じられない。

違っているのはエレベータだけだ。それがある教会と、ない教会の二つが用意されているのだろうか？

しかし、どこに？

ホテルの近くには、教会はこれしかない。

地下で歩いた距離から考えて、いくら誤差があっても、数十メートル。百メートルも間違えるなんてありえない。それに、彼女は建築学科の学生なのである。どのフロアにいても、東西南北を勘違いすることもない。

距離も方角も間違いないのである。

この教会にエレベータで上がってきたことに、萌絵は少しの疑いももっていなかった。

否、今でも自信がある。

どこで、どう間違えたのだろうか？

そのうえ、もしエレベータがないということが事実ならば、殺人事件はどうなるのか？

誰が死体の足にロープをかけたのか？

その人物はどこから逃げたのか？

誰が天井から死体を吊り上げたのか？

下にいた人物も、死体と同様に吊り上げたのか？

天井から出ていったのではないのかもしれない。

では、どこへ？

どこから、出ていった？

「萌絵……？」牧野洋子が近くまで来て、心配そうな表情で萌絵の顔を覗き見た。

「大丈夫、正常よ」萌絵は軽く頷いて微笑む。

「反町さんといい、あんたといい……」洋子は笑わなかった。「私、信用していないわけじゃないけどね……」

洋子が言いたいことはわかった。萌絵が、彼女の立場だったら、やはり友人を疑っただろう。人の記憶力、認識力なんて、その程度のもの。元来、精度の低い機能だからだ。

しかし、今は特別。

これが、日常的、平均的な場所と時間だったら、やはり何かの間違いだと考えたくなる。だが、真賀田四季が近くにいる場所、真賀田四季に会った直後の時間なのだ。天才の存在で、時空は限りなく歪《ひず》んでいる。ドラゴンが窓の外を飛び、死体や人が空中を浮遊しても、突飛とはいえない。姿の見えない殺人者が死体の腕を切り落としても、存在したはずのエレベータが消えてしまっても、不思議とはいえない。

歪んでいるから。

何かが歪んでいる。

気持ちが悪い。

背筋がぞっとするような違和感だった。

これは、何だろう？

気がつくと、反町愛が近くに立っていた。萌絵が見ると、彼女は木製の座席にゆっくりと腰を下ろしながら、祭壇の方へ緊張した視線を向けた。何か言いたそうだったが、彼女は黙っている。牧野洋子もその近くに腰掛けていた。

芝池刑事が萌絵たちの方へ歩いてきた。ズボンのポケットに両手を入れている。

「これから、新庄久美子のところへ行きますが、一緒に来られますか?」芝池は萌絵を見てきいた。「それとも、私の相棒が来るまで、ここにいますか? ここなら、警官も大勢います。安全でしょう」

「一緒に行きます」萌絵は頷いてから、洋子と愛を振り返る。二人とも無言で立ち上がった。

「ここは禁煙です」芝池は微笑む。「出ましょう」

芝池は礼拝堂から出て、煙草に火をつけた。それから、教会の正面を仰ぎ見るように幾度も振り返りながら、石段をゆっくりと下りた。萌絵たち三人もその後についていく。

「芝池さん。ナノクラフトの塙社長には、会われないのですか?」萌絵は歩きながらきいた。

「連絡がつきません。ホテルの連中は知らないと言っているし、電話はつながりません」

「でも、ホテルの地下が研究所なんですよ」

「ええ……」芝池は前を見たまま答えた。「でも、誰も、知らないと言っています」

「新庄さんがご存じのはずです」萌絵は言う。「彼女に案内してもらったのですから」

「ええ」芝池は簡単に頷いた。

パトカーの一台には、運転席に若い制服の男が座っていた。芝池は後ろのドアを開け、萌絵たちに手招きする。三人が乗り込むと、彼は助手席に躰をねじ込むように座り、運転手に行き先を告げた。

「ナノクラフトの本社ビルだ」

細い緩やかなカーブを、車は走り抜ける。両側には歩道はなく、二階建ての商店が迫り、道路に合わせて大きな多角形を作るようにぴったりと家々が建ち並んでいる。夜明けまえの限られた照明の中で、それらは絵画のようだった。ヨーロッパの街並を模倣しているから、絵画的だというのではなく、プロトタイプからして人工的なのか、あるいは、「絵画」のイメージがそもそも既成概念なのか、いずれかだろう。

街並を抜けると、進行方向に、近代的な高層ビルが見えた。そこへ向かっているのである。

近辺は街灯も少なく、とても暗かった。小さな橋を渡り、風景が開けると同時に、道路から少し離れた両側は、闇の中に消えてしまった。運河は暗く真っ黒だったし、点々と小さなライトが見える左手は、牧草地なのか、運動場なのか、畑なのか、判別できない。さらに遠くの背景は、山なのか、海なのか、それとも空なのかさえ、わからなかった。右手も、オランダの風車がライトアップされ、その周辺だけが白く光っている以外は、たいして変わりはない。ずいぶん遠くに明かりが見え、建物が幾つか存在することだけがわかった。

また橋を渡る。少しだけ坂を上ると、正面の方向に見えていた大きな建物が迫ってきた。ユーロパークのゲートも、その近くに見える。ゲートの周辺はとても明るく、平たい建物が左右に延びていた。

パトカーは、守衛の開けたゲートを抜け、広大な駐車場を左手に見ながら、さらにアスファルトの道路を進んだ。目前の高層ビルの頂上は、はるか上方で、車の中からは既に見ることが困難だった。そのビルのエントランスの小径を上り、ロータリィの途中で、車は停まった。

三人は左のドアから車を降りる。洋子、愛、萌絵の順番だった。芝池はポケットに片手を突っ込んで、ビルを見上げている。萌絵が見たところ、三十階くらいだった。高さにして、百メートル以上になるだろう。最近では珍しくない高さであったが、この近辺では、比較するものがない。とにかく、周辺には、ビルはおろか、住宅でさえほとんどないのである。ユーロパークが作られたとき、近くを走っていた鉄道に駅が作られたが、その駅を利用するのは、ユーロパークを訪れる観光客と従業員、そしてナノクラフトの社員だけであろう。駅前にも建物は一つしかなく、駅からユーロパークのゲートまで、売店はその一軒だけだそうだ。

「ここが、ナノクラフトの本社です」芝池は言う。「三階までがテナントで、観光客相手の商店がけっこういろいろ入っていますね。ナノクラフトが、四階から上のすべてを使っています」

「全部ですか？」萌絵は上を見てきいた。「なんか、オフィスビルというよりは、窓が小さくてホテルかマンションみたいな造りですけれど……」

「ええ、個室ですね。それを仕事場に使っているようです」

「ああ、なるほど」

「仕事場が、そのまま社宅というか、寮なんですよ」芝池が苦笑した。「ほら、あそこと同じでしょう？」

「あ、ええ……」萌絵は頷く。

　芝池が言っているのは、真賀田研究所のことだった。三年半まえの惨劇の舞台だ。そこでも、最先端のソフト開発の現場は、一種異様な環境だった。会議室も食堂もない。スタッフは集まらない。ネットワーク上ですべての仕事が可能だからだ。全員が、自分の居住空間を仕事場に使い、そこから一歩も外に出ない。会社と社宅の面積を併せた空間で仕事をし、生活することになるので、ある意味で合理的といえる。だから、ナノクラフトがこのホテル形式のビルを職場として使っているのも充分に納得がいくことだった。ナノクラフトは、たまたまあったホテルを借用して使っているのではない。これはナノクラフトの持ちビルだった。つまり、最初から意図的にデザインされたものなのである。

オレンジ色に光る小さな噴水を迂回《うかい》し、正面の入口まで来たが、ドアは開かなかった。右手に守衛室があったので、芝池がそちらへ行き、窓の中のガードマンに片手を挙げた。

「さきほど電話した警察の者です」彼は手帳を見せながら言った。「新庄久美子さんのところに行きたいんですが……」

「新庄さんなんですが、電話をかけてもお出になりません」ガードマンは答えた。もう老人といって良い年齢の男だった。

「戻られてはいるんですね？」

「はい、そうですね、二時頃でしたか……、確かに戻られましたね」

「上まで行っても良いですか？」芝池がきいた。

「でも、電話に出ないんですから、鍵を開けてもらえないんじゃあ……」

「とにかく行ってみますよ」

「そちらの方も一緒ですか？」ガードマンは萌絵たちを見た。

「ええ、そうです」芝池が頷く。

「そちらの中央のドアを通って下さい」そう言って、彼は正面の方を指さす。セキュリティロックを外すのであろう。

四人は、指示されたドアからロビィに入った。ドアは後ろで自動的に閉まる。正面に黒っぽいオブジェが立っている。その横に、エスカレータがあったが今は動いていない。周囲の商店にも格子状のシャッタが下りている。奥の左手にエレベータのドアが見えた。

「二十四階の一号室ですよ」右の守衛室の小窓から、ガードマンが顔を出して言った。

「あの、塙社長も、このビルにいらっしゃるのですか？」萌絵はガードマンにきいた。

「それは、申し上げられません」彼は答える。

それはつまり、イエスという意味だろう、と萌絵は思った。

4

新庄久美子は、二四〇一号室にいた。

部屋の照明を絞り、彼女は寝室のベッドに腰掛けている。シャワーを浴びたばかりで、バスローブしか着ていなかったが、部屋の空調は、季節を忘れさせるのに充分な能力を持っていた。

「いかがでしたか？」久美子は尋ねた。

「予想外の部分がありました。細《ささ》やかな感情ですが、貴女にとっては交換可能なものだった、という意味は理解できます」

それはおっとりとした口調だった。

　久美子は、すぐ目の前に座っている女の赤い口もとを、ずっと見つめている。女の黒い服装は、室内の闇にぼんやりと融解し、首から上の部分だけが、空中に浮かんでいるようにも見えた。

　黒髪は長く伸び、肩で前後に分かれている。鋭角的な顎《あご》のラインが、周囲との同化を拒絶し、勇者の振りかざす剣《つるぎ》が弱者を威嚇《いかく》するかのように、鮮明だった。

　しかし、表情は優しい。

　少しだけ横を向き、角度をつけ、青い目で久美子を見据えている。その瞳は、意志によってのみ初めて抑制可能な輝きを放っているように見えた。

「真賀田博士。あの西之園という子は、いったいどんな人物なのでしょうか？」久美子はきいた。「どうして、塙社長は、あんな小娘に関わろうとするのですか？」

「価値があるからです。それは、別の理由で、私にも一部共有できる価値です。今の質問は、将来、貴女を精神的な破滅に導く可能性があることを警告しておきましょう」

「精神的な破滅なんて、何度も乗り越えました」

「乗り越える以前に、回避なさったら？」

「あの……、社長が、あんな子供に投資する意味があるなんて、私には思えません」久美子は首をふった。

「では、貴女は意味があるの？」四季は、久美子の言葉が終わらないうちに、ゆっくりと言う。

　久美子は、その言葉に躰が震えた。

「意味が……ある？　私に、ですか？　社長にとって、私が、という意味？」

「いいえ、貴女自身にとっての、貴女の意味です」

「もちろん、自分の生き方には意味があります」

「では、常に意味があって行動しているの？　いつも、すべてがそうかしら？　いいえ、そうじゃないわね。人は、意味があることを願って行動するだけです。夢を見るためにベッドに入る。それと同じこと」

　真賀田四季の言葉を理解するのに、久美子は数秒の時間を必要とした。彼女は少し考えてから質問した。

「予想外だ、とおっしゃいましたけれど、真賀田博士にとって、何がどう予想外だったのですか？」

「貴女をもっと冷静な人間だと評価していた私の憶測の指標に対してです。単なるデータ不足ともいえますが、憶測の回帰にも課題はある。僅かに、その補正が必要になりました」

「私はもともと、そんな冷静な人間ではありません。博士にお会いして、私の人生は大きく変わりました。私はもっともっと冷酷になれると思います」

「冷酷？」四季はそこでくすくすと笑いだした。「それは、興味深い概念だわ。私の認識では、冷酷とは外部からの観察事象に過ぎません。自己を管理し評価する概念ではありません。貴女がいおうとしているのは、人から冷酷と言われてもかまわない、そんな人間になっても良い、という予防動機の意味ですね？　しかし、そもそも、そんな観点から発想すること自体が、冷酷から程遠いと思うわ。違いますか？」

「ですから、そうなりたいと思っているだけで、今の私は、とても……」

「何故、そうなりたいの？」

「欲しいものを手に入れるためです」

「何が欲しいの？」

「そのことなら、博士はわかっていらっしゃるはずです」久美子は四季から視線を逸らして、暗い足もとを見た。

「以前と変わっていない、ということですね。ええ、それでしたら正確に認識しています。理解はできませんけれど、そういった感情の存在は認めましょう。それに、特に許容できない範囲ではないので、このまま話を続けましょうね。よろしい？」

「今日の博士は、お優しいですね……。ええ、けっこうです」

「では……、その目的物を手に入れて、貴女はどうします？」四季は話を戻した。

「手に入れたら……、きっと幸せになれると思います」

「それだけ？」

「それだけです」

「それなら、その幸せをシミュレートなさったら？」四季はまたくすくすと笑いだす。

「可能ではありませんか？　貴女くらいの頭脳があれば、幸せをイメージするくらい簡単にできるはずです」

「想像では意味がありません」

「意味というのは価値のこと？」

「はい」

「何故価値がないの？」

「たぶん」久美子は顔を上げて四季を見た。「シミュレーションでは不足なんです。私たちは、博士ほど、想像力が豊かではありません。想像だけで満足できるほど、充分なイメージを持てないのです。だから……、何らかの実体が欲しい。イメージの助けとなるような物体が欲しいと考える。これが普通の人間の思考と行動のパターンです」

「それは認識しています。いいですか？　宝石が欲しい人がいたとしましょう」面白そうに四季は話した。「実物の宝石がないと満足できない。イミテーションでは駄目なのです。何故でしょうか？」

「イミテーションでは、お金に換えられない。それに誰も褒《ほ》めてくれません」

「見破られなければ？」

「他人は騙《だま》せても、自分は騙せません」

「では、自分も知らないイミテーションならば？」

「その場合は……」久美子は考えた。「ええ、それなら、本物と同じことです。少なくとも、偽物だと気づくまでは、満足できるでしょう」

「それはつまり、自分の理解が障害となるわけですね」四季はとぎれのない発音で話した。「賢明過ぎる、といっても良いでしょう。イミテーションだと認識する高い知性が原因です」

「それは、そうかもしれません」

「大きな声を出せる人は、小さな声も出せます。速く走れる人は、ゆっくりと走ることもできる。では、理解できる人は、理解しないことも、できるのではありませんか？」

「できないと思います。一度知ってしまったら、それを忘れることはできません。宝石が偽物だと知ってしまったら、もう満足することは不可能です」

「それは、想像力が不足しているのではなくて、想像力が過剰なのです。貴女の認識は正反対ですよ。いいですか、つまり、想像力をコントロールできないことに起因した障害なのです」

「博士にはそれができますか？　ものを意図的に忘れたり、わざと深く考えない。そんなふうに想像力をコントロールすることができるのですか？」

「ええ」真賀田四季はあっけないほど簡単に頷いた。

「それは、普通はできません」

「そうかしら？　でも、それは人間が本来持っている当然の機能ですよ。ものを忘れる能力を使っていない人間はいません。眠くなって思考を停止することも日常的だと思います。ただ、ほとんどの人間がそのパワー・コントロールを放棄しているのは、単に怠慢で面倒なだけ、つまり楽をしたいからでしょうね。肉体的苦痛からの逃避行動の一種かしら。結局のところ、自分の望んだことです。ものごとを単純化して、相反する機能を統合した結果ともいえます。ものの道理さえ理解すれば、とても簡単なことなのに……」

「私には理解できません」

「ええ、貴女は理解を恐れ、理解を拒んでいる」

「失礼ですが……」久美子は思い切って尋ねた。「真賀田博士は、男性に恋をしたことがありますか？」

「恋の定義は？」

「その人を自分だけのものにしたい、という意味です」

「自分のものにするということは、メンタルな意味ではほとんどありえない。つまり、フィジカルな拘束ですね？　では、生物としてですか？　それとも物体としてですか？」

「生物として」

「生きたままで、という意味ですね？」

「もちろんです」

「ありませんね。私は最近、生物に限らず、物体を欲しいと思ったことはありません。欲しいものはすべて情報です。情報を入手するための手段として、環境、すなわち物体が一時的に必要になるだけのことです。貴女が、恋人を欲しいと望むのも、これと同じでしょう。貴女は、その恋人というハードを介在して得られる情報、すなわちソフトを望んでいるだけです」

「そうではありません」

「いいえ、情報が知識あるいは観念として貴女に定着すれば、そのハードもメディアも不要になりますよ。貴女が快楽だと勘違いしている現象は、物体から発生する情報であって、物体そのものではない。もし、貴女が、恋人との間に物理的な快楽が存在すると考えているのなら、それは、ディスクが磁気ヘッドに接近して生じる空気音のようなものでしょう。実は触ってはいない。そこを通過するのは信号だけです。それらはすべて、VRで再生可能な感覚なのです。媒体と本質、メディアとコンテンツを見誤ってはいけません」

「努力は……してみますが」久美子は肩を竦めた。

「ほら、今、貴女は感情と想像をコントロールしました。ええ、そうなさると良いわ」優しい口調に戻って四季は言う。「もう、そろそろ時間ですね。これで、終わりにしましょう。面白いお話でした」

「あの、私は、どうしたら……」

「ご質問は、私に対して、という意味かしら？」

「はい、そうです」

「何もする必要はありません。貴女の人生に、私は関心がありません。ご自由に」

「ありがとうございます」久美子は頭を下げた。

チャイムが鳴った。

「どなたか、いらっしゃったようね」四季が言う。

新庄久美子は慌てて立ち上がった。

「たぶん、刑事さんです」久美子は身支度を整えながら言う。「真賀田博士、それでは失礼します」

「きっと、西之園さんが、一緒だと思うわ」真賀田四季は最後にそう言った。

5

二四〇一号室のドアの前で、芝池はインターフォンのボタンを押した。彼の後ろに、西之園萌絵、牧野洋子、反町愛が黙って立っている。

二十四階でエレベータを降りた四人は、そのフロアのＨ形の通路の一番端のドアまで歩いてきた。通路の壁には窓はなく、ナンバだけで区別されたドアが等間隔に並んでいる。ホテル以外の建物にはとうてい思えなかった。

新庄久美子の部屋のドアは、通路を歩いてきて左手になり、南向きの部屋であることが、萌絵にはすぐわかった。右隣には居室がなく、非常階段とダクトスペースのようだ。通路の突き当たりには窓があり、ちょうどユーロパークの慎ましい夜景を、すぐ近くに見下ろすことができた。

しばらく待ったが、返事はなかった。

芝池はもう一度、インターフォンのボタンを押してから、同じ右手で、ドアを軽くノックした。

「いらっしゃらないのかもしれませんね」萌絵は小声で言った。

「でも、ここに帰ってきたのは確かなんですから」芝池が振り向いた。「このビルの、どこか別の場所ってことですかね？　でも、時間が時間ですし」

「この種のお仕事の人には、時間はあまり関係がありません」萌絵は真賀田研究所のことを思い出して言った。昼も夜も関係のない生活をしているスタッフたちばかりだったのだ。

「それに、一度は帰ってきたけれど、出るときは守衛さんに見られずに出られるところがあるのかもしれません。私のマンションがそうですから……」

「いや、ここは……」と芝池が言いかけたとき、ドアのロックが外れる音がした。彼は慌てて一歩下がり、ドアを向いて姿勢を正す。

チェーンを外す音がして、ドアが少しだけ内側に開いた。

「あの……」新庄久美子が顔を出した。化粧をしていないので、ずいぶん違った印象だった。彼女は白いバスローブを着ており、片手を衿の胸もとに当てていた。「申し訳ありませんが、ちょっと待っていただけますか？　着替えますので……」

「はい、けっこうですよ。申し訳ありませんね」芝池が愛想良く答える。

新庄久美子は萌絵の方をちらりと見て、微笑んだ。萌絵も軽く頭を下げる。

ドアが再び閉じられ、ロックがかかる微かな音がした。芝池が肩を竦めてから、ドアの横の壁にもたれかかった。萌絵は腕時計を見る。時刻は五時を回っていた。窓の外はまだ暗い。反町愛が欠伸《あくび》を嚙み殺すように溜息をついた。

物音がしたので、そちらを向くと、真っ直ぐな通路の反対側の端に、二人の男が大声で話をしながら出てくるのが見えた。三十メートルほど先であったが、男の一人が塙理生哉であることが、萌絵にはすぐわかった。

彼女は走りだし、びっくりしてこちらを向いている男たちのところまで駆け寄った。

「西之園さん。おはようございます」塙理生哉がにこやかな表情で挨拶する。「あ、こちらは、副社長の……」

「塙さん」萌絵は彼の言葉を途中で遮って、強い口調で言った。「昨夜のことを、ご説明していただけませんか？」

もう一人の男は、背が低くがっしりとした体格で、四十代に見えた。彼は萌絵をじっと見てから、塙の方を向いて言った。

「穏やかじゃないね。君、何か彼女に失礼をしたのかい？」

「ええ……」塙は苦笑して頷き、萌絵に一歩近づいた。「昨夜は、多少話が弾み過ぎましたね。僕もしゃべり過ぎた。二日酔いですか？　西之園さん」

萌絵は、威圧するように目の前に立つ塙理生哉を見据える。彼女は後ろに下がりたいのを我慢して、そのまま彼を睨んだ。

「真賀田博士はどこにいるのですか？　ホテルの地下にある研究所のどこかですね？」

「こちらは、副社長の藤原《ふじわら》さん」塙は、その男に向けて片手を挙げて紹介した。「僕が学生のときから、お世話になっている先輩です」

「藤原博《ひろし》です。よろしく」メガネの中央を指で押して、藤原が萌絵に軽く頭を下げた。「西之園さんのお噂はかねがね」

「昨夜、私を部屋まで運んだのは、塙さんですか？」萌絵は相手の話を無視して、同じ姿勢で質問した。

「はい」塙は微笑みながら頷く。「失礼をしました。貴女が眠ってしまわれたので……、お部屋までお送りしました」

「そのまえに、真賀田博士の部屋へ、私を連れていった」

「真賀田博士というのは、あの……、真賀田四季博士のことですか？」塙は真面目な表情になる。

「とぼけないで下さい」

「ええ……、西之園さんが、以前に真賀田博士の事件に巻き込まれたことでしたら、よく知っています。そのときのこと、詳しく調べましたからね」

「もう一度、博士に会わせて下さい」

「西之園さん……、貴女は、あの事件で大きなショックを受けたのです。違いますか？」

「どういう意味でしょうか？」萌絵は、一歩後ろに下がった。

「失礼ですが、ずいぶんお酒をお飲みになって、眠ってしまわれた。ええ……、もちろん、僕も大いに反省しています。貴女は、譫言《うわごと》のように真賀田博士の名を繰り返していました。苦しそうでしたので、起こそうとしたのですが、目を覚まされなかった。それで、しかたなく、お部屋まで……」

「嘘です！」萌絵は叫んだ。

「嘘ではありません」塙理生哉は優しく言った。

「じゃあ、教会は？　あの教会のエレベータは？」

「教会？　ああ、最初にお会いした教会ですか？」

「ホテルの前にある、あの教会です。そこで、殺人事件が起きたのですよ」

「殺人事件？」塙理生哉は眉を寄せた。「いつ？」

「向こうにいらしているのが、長崎県警の刑事さんです」萌絵は通路の反対側を向く。芝池と友人二人が、こちらを注目していた。

「いや……、いったい何の話なのか……」塙は困った顔をした。

「とにかく、向こうへ行って、話を聞こう。その方が良さそうだ」副社長の藤原が低い声で話した。

塙社長と藤原副社長が歩き始めたので、萌絵も彼らの横についていく。

「松本さんという方が殺されたのです」彼女は歩きながら言った。そういった情報をぶつけて、相手の表情の変化を捉えようとした。「ナノクラフトの社員の方です」

「松本……」塙はその名前を繰り返しただけで無表情だった。

「松本って……、あの大阪から来た？」藤原が独り言のように呟く。

芝池が、近づいてきた二人の男を迎え、挨拶をしようと笑顔をつくった。

そのときだった。

女の悲鳴が部屋の中から聞こえた。

6

ドアが開かなかった。

新庄久美子の叫び声が聞こえる。

「助けて」と言っているように萌絵には聞こえた。

そして、争うような物音。

「おい！」ドアを叩きながら芝池が叫んだ。「ここを開けろ！」

急に、室内は静かになる。

「おい！」芝池が繰り返す。

彼はドアのノブを回そうとしたが、駄目だった。

「鍵は？　マスタ・キーはないの？」萌絵は塙の方を振り向いた。

塙理生哉は首をふる。藤原博は、スーツのポケットから慌てて携帯電話を取り出した。

「ガードマンに連絡します」藤原は小刻みに頷きながら言う。

牧野洋子と反町愛は、通路の反対側の壁を背にして立ち、口もとに手を当てて、目を見開いた表情で動かない。

「あ、二十四階の藤原だ……」携帯電話を頬に当てて藤原は大声で言った。「新庄さんの部屋の鍵を開けたい。すぐ上がってきてくれ」

「警察も呼んで下さい」芝池が叫ぶ。

「すぐ警察にも連絡してくれ。何かあったようなんだ」藤原はそう言った。

どすん、という音がすぐ近くでした。内側で、誰かがドアにぶつかったようだ。

「新庄さん！　新庄さん！」芝池が叫ぶ。「開けて下さい」

三つ隣の部屋のドアが開いて、若い男が眠そうな顔を出した。何があったのか、といった表情でしばらく無言で眺めていたが、すぐにドアを閉めてしまった。

それっきり、静かになる。

誰もしゃべらなかった。

萌絵は、ドアに近づき、耳をそこに当てた。

何も聞こえない。

空調機だろうか、微かに低い振動音が聞き取れるだけだ。

ドアは金属製で、人が体当たりして破れるような代物《しろもの》ではない。

「隣の部屋から、ベランダ伝いに入れませんか？」萌絵は塙に尋ねた。

「いえ、ベランダはありません」藤原が代わりに答える。

しばらく待った。

とても長い時間に感じられたが、おそらく二、三分のことだっただろう。

通路の方からエレベータのベルの音が聞こえ、やがて、青い制服の若い男が現れた。萌絵たちの姿を見て、彼はこちらに走ってきた。一階の入口にいた初老の男と同じ制服だった。

「マスタ・キーを持ってきました」ガードマンは塙社長を見て言った。

「ここを開けてくれ」ドアの前にいた芝池が一歩後退して言う。

電子キーだったので、差し込むだけで緑色の小さなランプが光り、軽い電子音が鳴った。芝池はガードマンを押しのける。彼はドアをゆっくりと押し開けた。

何も起こらなかった。だが、芝池の押したドアは、半分ほどで止まった。何かが支《つか》えているようだ。中の様子を窺い、それから、芝池は躰を半分中に入れて、ドアの陰を覗き込んだ。

彼は首を引っ込め、ドアが閉まらないように背中で押した姿勢で、こちらを向いた。

芝池は歯を食いしばるような表情で、首を横にゆっくりとふった。そして、右手をスーツの中に入れて、拳銃を取り出した。

その拳銃は真上に向けられた。

それを見て、全員が後ろに下がる。

洋子と愛は、通路を数メートルも駆けていった。

芝池は、一度大きく息をしてから、萌絵を見る。

「救急車を」彼は小声でそう言った。

芝池は、静かに躰を室内に入れる。

若いガードマンが代わりにドアを押さえた。

ガードマンの次に近くにいたのは西之園萌絵だった。彼女は、開いたドアの隙間から部屋の中を覗き込んだ。

「警察だ!」ドアのすぐ内側に芝池がいて、壁に背をつけたまま、奥へ入っていくところだった。

彼は、バスルームの扉を開けて中を確かめた。それから、さらに奥に向っていく。やがて、芝池の姿は見えなくなった。

若いガードマンはドアを押さえているだけで、室内に入ろうとはしなかった。

萌絵は、彼の横に立ち、ドアの内側に頭を入れて覗き込んだ。

床に、新庄久美子が俯《うつぶ》せに倒れていた。

ぴくりとも動かない。

白いバスローブが真っ赤に染まっている。

壁にも床にも、大量の血が飛び散っていた。

不自然に捩《ねじ》れた腕も、血塗《ちまみ》れだった。

彼女は頭をドアに向けて倒れている。ドアがそれ以上開かないのは、そのためだった。

息ができなくなって、萌絵は一度頭を引っ込めた。

大きな呼吸を一度すると、躰が急に寒くなった。

塙理生哉と藤原博が彼女を見ている。

牧野洋子と反町愛も彼女を見ていた。

部屋の奥から、芝池が歩き回る音がする。部屋のどこかに隠れている殺人者を探しているのだ。

萌絵は何度か中を覗き込んだが、何も見えない。

一分も経ったただろうか。とても長い一分だった。

芝池が戻ってきた。まだ拳銃を上に向けて持ったままだった。彼は、萌絵の顔を睨んだが、視線を床に落とす。

「ドアを閉めないと、彼女を調べられない」芝池が言った。

「誰もいないのですか?」萌絵は覗き込んできいた。

「いない」芝池は首をふった。「どいて下さい。ドアを閉めますよ」

「入って良いですか?」思い切って萌絵はきいた。

芝池は一瞬萌絵を睨みつけて、黙っていた。

彼女はドアの中に躰を入れる。ガードマンの若者と目が合ったが、そのままドアは閉められた。

「何も触らないように」芝池は厳しい口調で言った。彼は拳銃を胸もとに仕舞い、白い手袋をポケットから取り出した。「注意して下さい」

「新庄さんは?」萌絵は尋ねる。

芝池は萌絵の横を通り、閉まったドアを背にして跪《ひざまず》いた。彼は、倒れている久美子の首筋に軽く触れ、下を向いている彼女の顔を覗き込むように見た。それから、背中のバスローブを衿のところで軽く持ち上げ、彼女の背中を覗いた。

「亡くなっています」芝池は立ち上がって、萌絵を睨んで言った。

萌絵が感じていたとおりだった。

久美子の姿を見ているのが辛かったので、萌絵は振り返り、奥の部屋を眺める。そこは事務室のような殺風景な部屋だったが、絨毯が敷かれていた。窓際にデスクが二つあり、ラップトップのパソコンがのっている。蓋が開けられ、液晶ディスプレイにウインドウが開いたままだった。マウスがデスクから落ちて、コードでぶら下がっていた。

ブラインドが半分下がった窓は閉まっている。

左手に奥の部屋が見えた。萌絵はそちらに進んだ。ちょっとした応接セットがある。さらに奥にドアが二つ、いずれも開いたままだった。当然ながら、芝池がドアを全部開けたのだ。一方は短い通路に通じ、もう一方はキッチンのようである。

キッチンに足を踏み入れる。小さなテーブルがあった。食器はすべて片づけられ、整然としている。奥に一箇所小さな扉があって、そこも開けられていた。中は倉庫で、雑多なものが詰まっている。この扉も芝池が開けたものだろう。

引き返してもう一方のドアから通路に出ると、バスルームと寝室があった。玄関の近くにもバスルームがあったが、こちらがプライベートなものなのだろう。バスタブに掛かったビニルのカーテンがまだ濡れていた。化粧台があり、脱ぎ捨てられた洋服がキャビネットに掛かっている。それは、新庄久美子が昨日から着ていたスーツだった。

最後の部屋は寝室で、とても広い。ここにもデスクがあり、書棚も置かれている。ベッドは一つで、奥にクロゼットがあった。そこの扉も開け放たれている。デスクの上のライトがついたままだった。灰皿があって、吸い殻が数本捨てられている。手紙の束、ペン立て、小さなデジタル時計（五時二十八分だった）、雑誌などがのっている。

その雑誌の表紙に、サインペンによるものらしい細い文字が書かれていることに、萌絵は気がついた。

最初、「竜」という漢字に目が行き、ドラゴンを連想して、萌絵の鼓動が一瞬大きくなる。三センチ四方の升目《ますめ》に入るくらいのサイズで、しっかりとした筆跡だった。彼女は、ホテルの部屋のメモ帳にあった文字を思い出した。

しかし、よく見てみると、それは「竜」ではなく、「滝」であった。その上に、カタカナとひらがなが三文字。

そう読めた。

何のことだろう。意味があるのだろうか。

手を触れることができないので、そのまま周辺を見回す。ベッドの近くにある低いキャビネットの上には、小さなスピーカのコンポが置かれ、赤いライトが点滅していた。CDで音楽を聴いていたのだろうか？

「西之園さん、何か見つかりましたか？」後ろから芝池に声をかけられ、萌絵はびくっと震える。

「誰もいない……」萌絵は小声で言った。言葉にして、状況がようやく認識される。「新庄さんの死因は？」

「背中から二箇所刺されていますね」芝池が答えた。「どこかに出入口があるんでしょうが、ざっと見たところ、わかりませんな。しかし、そこから犯人は逃走したと思われます」

非常にもっともな意見だった。

それが常識というものだ。萌絵は拍手をしたいくらいだった。

それ以外に可能性はない、と彼女も思う。

どこにも人が隠れられるような空間はない。インテリアは少なく、まるでホテルのように整理されている。天井にも床にも、出入口らしいところはなかった。窓があるのは、最初の事務室と次の応接室だけである。窓の鍵は内側からかかっていた。それに、外に飛び出すような真似はできない。ここは二十四階、地上から百メートル近い高さなのである。非常階段は建物の中にある。ベランダはない。外壁には足場になるような突起もないはず。

「シャワーを使っていたようですね」芝池がバスルームを覗いて言った。「私たちを待たせて、服を着ようとした。そこへ、誰かがやってきた」

「いいえ、最初から、ここにいたのかもしれません」萌絵は応接室に戻りながら言った。

「それにしても、新庄さん、服を着ようとした形跡がありませんね」

「誰かいたのに、バスローブ一枚だったわけですな」芝池が呟いた。

「ええ……、親しい方でしょうね」萌絵は頷く。

7

十分ほどすると、制服の男たちが何人かやってきた。彼らが来る以前に、萌絵は新庄久美子の部屋を出て、洋子や愛と一緒に通路の突き当たりまで行って、立ち話をしていた。現場の状況がどれくらい不可解なものであるか……、それが、だんだんわかってきた。

塙理生哉と藤原博の二人と話をするために、萌絵が通路の反対の端まで行っていた間も、この二四〇一号室の前には、芝池、洋子、愛の三人がずっと立っていた。もちろん、振り返れば萌絵のところからもよく見える距離である。誰も部屋から出てきていない。もちろん入っていった者もいない。

新庄久美子は、一度顔を出し、着替えると言って、自分でドアを閉めた。それから、悲鳴が聞こえるまでの時間は、五分もなかっただろう。

だが、五分も彼女は何をしていたのか。

何故、着替えなかったのか。

萌絵は、新庄久美子の部屋の平面図を頭の中に描く。玄関は北側になる。そこが図面の手前になる。この玄関から入ると、真っ直ぐの通路が奥へ延びている。通路の途中の左手に、バスルーム。正面（南）のドアを開けると事務室で、ここには、入った反対側、つまり南の壁に窓があった。事務室の左隣（東側になる）に応接室。ここも南側は窓だ。事務室から応接室に入ると、窓は右手になる。その窓とは正反対、つまり、左手（北隣）に、キッチンと寝室、それにもう一つバスルームがあった。これらの部屋が、全体として長方形に収まっている。おそらく、隣の二四〇二号室も、左右が対称になっているくらいの差はあっても、ほぼ同じ間取りであろう。当然ながら、隠し部屋や秘密の通路などといったものが存在するとは、考えられない。

まず、西側を考えてみよう。西側は、通路から見て、新庄久美子の部屋の右側だ。そこは、非常階段のスペースだった。萌絵が実際に階段室を見てきた感じでは、その壁はまったくの平面であった。おそらく耐震壁、つまり、ビルの構造を支える壁で、開口部を開けるようなことも構造上難しい。ドアなどが隠されているとは考えにくい。

反対の東側は、隣の二四〇二号室である。当然ながら、そこも簡単な捜索が行なわれたようだ。その境界の壁に抜け道があるとすれば、隣の住居に出られることになるからである。その境界面には、応接室とキッチンが接していた。だが、二四〇二号室にせよ、そのまた隣にせよ、そこから通路に出てきた人間はいなかった。廊下に何人も人がいたのに、誰にも姿を見られずに、抜け出ることが可能だろうか。

それとも、今でも、部屋のどこかに、殺人者が隠れているのだろうか。

南側は建物の外。つまり、事務室と応接室にある窓が南向きだった。ビルは、表面に突起のないシンプルなデザインで、ベランダも出窓もなかった。窓は、開けると上半分が室外に、下半分が室内に傾斜するタイプのものだった。角度にして三十度くらいが限界だ。なんとか人が通り抜けることは可能だとしても、簡単に飛び出せるような形態ではない。非常時にはガラスとサッシが内側に壊れて落ちる造りだった。事務室も応接室も、まったく同じタイプ、同じ大きさの窓で、いずれもきちんと閉まっていた。したがって、殺人者が、窓から外に出ることは不可能に思われた。

北側は通路に面している。出入口は玄関の一箇所しかない。窓もなかった。玄関以外には、奥の寝室とキッチンが北側になり、通路を隔てる壁に面していた。玄関から入ってすぐのバスルームは、北側の境界面とは少し離れているように思えた。おそらくダクトスペースがその部分にあるのだろう、と萌絵は判断した。

牧野洋子も建築学科だったので、萌絵の説明で、この住居の平面計画を寸法的に把握したようである。

「となるとさ……、天井か床しかないなあ」洋子は腕を組みながら首を捻《ひね》った。「つまり、二十五階へ上がったか、二十三階へ下りたか……。でもね、そんなのって、建設工事の最初から計画されていないかぎり無理だよね」

「調べたら、すぐわかるはず」萌絵が頷いた。「床は無理だと思うわ。フローリングか絨毯だったもの」

「天井だったら、梯子《はしご》か脚立《きゃたつ》がいるんじゃない？　それが、そこに残ってしまうし……」

「梯子は上に引き上げれば良いでしょう？」

「まあ、そうね」洋子は頷いた。

「ねえねえ、もう帰ろう」床に座り込んで壁にもたれている反町愛が上を向いて言った。「やだよ、俺、こんなとこにいんの」

「うん、送ってもらえるように頼んでみる」萌絵は頷いた。

ちょうど、芝池が玄関のドアを開けて出てきた。

「あ、どうですか？　何かわかりましたか？」萌絵は彼に尋ねた。

「えっと、ここ、煙草吸えますかね？」芝池は頭に片手を当てて、辺りを見回す。大きな手が短い頭髪を撫でた。

「エレベータホールに灰皿がありました」萌絵は言う。「あの、彼女たち、ホテルへ戻りたがっています。もし可能なら、警察の方にホテルまで送っていただきたいのですけれど」

「ああ、いいですとも。私が送りましょう。ちょうど向こうへ行こうと思っていたところです。こちらは、しばらく、鑑識の連中に任せるしかありませんので……」

芝池が歩きだし、萌絵は後ろを振り返って合図する。反町愛は牧野洋子に手を引かれて立ち上がった。彼女たち二人は、萌絵の後についてくる。通路を半分まで戻り、エレベータホールまで来ると、幾人かの人間がそこに屯《たむろ》していた。その中に、塙理生哉と藤原博の姿もあった。

若い男が一人近づいてくる。彼は黒い手帳を持っていた。芝池の耳もとで、その男は何か囁いた。

「あ、刑事さん」塙理生哉がこちらに歩いてきて芝池に言った。「ちょっと失礼させていただいてもよろしいでしょうか？　仕事をしたいんですが」

「どちらで？」芝池はきいた。

「このビルの下です。十一階に私のオフィスがあります。有能な秘書がいなくなったので、早急にフォローしないといけません」

新庄久美子のことだ、と気づくのに二秒ほどかかった。萌絵は、塙理生哉の表現に微かに身震いがした。

「連絡がとれるようにお願いします」芝池はそう言ってエレベータのボタンを押す。「今日は一日、何人かうちの者が出入りします。あちらのパーク内の教会にも、このビルにもです」

「ええ、もちろん」塙は答える。「できるだけ、ご協力します」

「抜け道は見つかりましたか?」萌絵は芝池に質問した。しかし、実際には、その質問をしながら、塙理生哉の表情を観察していた。

「いいえ、全然駄目です」芝池はそう言うと、小さく舌打ちする。「まったく……、信じられませんよ」

エレベータのドアが開いた。芝池がその中に入ると、若い男が手帳をポケットに仕舞い込みながら乗り込んだ。牧野洋子と反町愛も彼らに続く。しかし、萌絵は乗らなかった。

「あれ? 西之園さんは?」芝池が不思議そうな表情できいた。

「私は、自分で戻ります」

「萌絵」洋子が心配そうに目を見開いた。

萌絵が片手を広げて微笑んだのを見て、芝池はドアを閉める。エレベータは下りていった。

「塙さん……」萌絵は振り返り、そこに立っていた塙理生哉を見上げる。

「何ですか?」塙はきょとんとした表情を萌絵に向けた。

「お話があります」

「あ、そうですね……」塙はぎこちなく微笑んだ。「それじゃあ、オフィスへ……。僕らも下へ行きましょう」

「今のに乗れば良かったんじゃ?」隣にいた藤原が呟く。

再びボタンを押して待つ。隣のドアが開いたので、塙理生哉と藤原博に続いて、萌絵も乗り込んだ。塙は十一階のボタンを押した。

「死体が、お好きですか?」目の前の藤原が不意にきいた。

「いいえ」質問の唐突さに少し驚いたが、萌絵は軽く答える。

「失礼……」藤原は微笑む。「意外に、こういったシチュエーションは人気があるものですから。ええ、つまり、ゲームの話ですよ。つぎつぎに人が死んでいく、そんなゲームが、意外に若いお嬢さん方に人気がある。今回の事件も、上手《うま》く使えるといいんですが……」

「上手く使える?　どういう意味ですか?」

「コマーシャルです」藤原は微笑んだまま答えた。

「よくそんな不謹慎なことが……」萌絵は思わず口にする。もちろん、笑顔を保つことはできなかった。

「ええ……、ご存じかと思いますが、商売とは元来、不謹慎なものです」藤原は落ち着いた態度で萌絵を見据える。日焼けした丸い顔は、堝理生哉とは対照的だった。「我々は、慈善事業でここまでのし上がったんじゃありませんよ。子供に夢をとか、みんなに楽しんでもらいたいとか……、そんなことはこれっぽっちも考えていません。どうやったら、効率良く金が我々のところに流れてくれるか、ただ、それだけを純粋に考えているんです。大いに不謹慎ですよね」

「藤原さん」堝理生哉が低い声で言う。「エレベータの中で、美しいご婦人を相手にお話しする内容ではありませんよ」

「ごもっとも」子供のような表情で、藤原が口を閉じる。

十一階でドアが開き、三人が下りると、ホールに照明が灯った。このフロアも、二十四階と同様にH形に通路があったが、間仕切りの壁の腰から上がガラスだったので、雰囲気はまるで違った。

ガラスの中は事務室のような空間で、とても広い。ところどころに太い柱があり、それを取り囲むようにコンピュータのディスプレイが放射状に並んでいた。まだ朝の六時である。人は一人もいない。

通路を歩いていくと、照明が自動的に点灯した。藤原博は、途中のガラスドアの前で立ち止まり、カードを差し入れて、それを開けた。室内の照明が一斉に灯り、辺りは眩しいくらいに明るくなった。藤原は、その中に入っていく。

塙理生哉は、通路をさらに奥へ歩いた。萌絵は彼についていった。通路の行き止まりに近い一番端のドアをカードで開け、萌絵に手招きをして、さきに通してくれた。

そこは既に照明がついていた。驚いたことに、室内の端にあったデスクに、若い女性が座っている。彼女の前には液晶ディスプレイが置かれていた。塙理生哉を見て驚き、その女性は、慌てて頭からヘッドフォンを外した。

「おはようございます。社長……、お早いですね」

「ああ……」理生哉は頷く。「コーヒーを頼む。西之園さん、コーヒーでよろしいですか?」

彼は振り返って萌絵を見た。

萌絵は黙って頷く。

女が萌絵を一瞬だけ見たが、視線を逸らして、部屋の反対側に歩いていった。

奥にパーティションがあり、そこはガラスではないので中が見えなかった。塙は、軽そうなドアを開けて、萌絵をその部屋の中に導いた。

広い部屋ではない。デスクが窓際にあり、ブラインドが下りていた。液晶のディスプレイが二枚、サイドテーブルに斜めに置かれている。

デスクの横のソファに塙は座り、煙草に火をつけた。萌絵は、座らずに立っていた。

「どうぞ……、お掛けになって下さい」彼は、向かい側のソファに片手を伸ばして言う。

萌絵は、塙を睨んだまま、ゆっくりとソファに腰を下ろす。

「藤原が失礼なことを言いました」塙は煙を吐きながら言った。

「気にしていません」

「彼は正直な人間です」

「貴方は嘘つきですね」萌絵は顎を上げて言う。

「ええ……」塙は脚を組み、微笑みながら頷く。「そのとおり、僕は正直者ではありません」

ドアがノックされ、塙が返事をすると、外にいた女が、トレィにプラスティックのコーヒーカップをのせて入ってきた。彼女は、二つのカップを低いガラスのテーブルに置き、お辞儀をして出ていった。

「彼女は？」萌絵は尋ねる。

「秘書です」

「新庄さんも、塙さんの秘書だったのでは？」

「私専属の秘書は十二人います。隣の部屋には、八時間交代で三人来ます」

「一人くらい亡くなっても大丈夫ですか？」

「新庄さんは、特別ですよ。彼女はただの秘書ではありません。企画部長待遇でした」塙理生哉は普通の穏やかな口調で話した。「この穴を埋めることは容易ではない」

「それだけですか？」

「それ以上のことを話して、どうなります？」塙の表情は少しだけ変化する。微笑みは、別の感情を隠すためのものだ、と萌絵は気がついた。

「ごめんなさい」萌絵は小声で言った。どうして自分が謝ったのか、口にしてから自問する。きっと、塙理生哉の表情から読み取ることのできた一瞬の感情に対する反応だった。

「人の死を、必要以上に強調して扱うことを僕は好みません。それが尊いものを扱う最良の方法だとも思わない。自分の親が死んでも、恋人が死んでも、僕は泣かないでしょうね。損失が大きいほど、泣いてなどいられない」

「では、どういうときに泣かれるのですか？」

「感動したときですね」塙は微笑んだ。さきほどよりリラックスした笑顔だった。「自分の持っている価値観が破壊されるとき。そのダイナミックな瞬間です」

「たとえば、天才に接したとき？」萌絵はゆっくりときいた。

「ええ、そのとおり」塙理生哉は笑うのをやめて、萌絵の目をじっと見る。「やっぱり……、僕も正直者かな」

「真賀田四季博士のことを、ご説明していただけませんか？」

塙理生哉は、萌絵の質問に軽く頷き、ゆっくりと煙草を吸った。

「真賀田博士に初めて会ったのは三年まえです」塙は煙草を指に挟んだ片手で、テーブルのコーヒーカップを取った。「遺伝子アルゴリズムもしかり、減衰形継承指向もしかり、真賀田博士がこの分野に与えた影響の大きさは計り知れません。まだまだ、博士の指し示したものの半分も、世の中は理解していないといって良い」

「ナノクラフトに、真賀田博士を迎え入れたのですね?」

「はい、そうです。実に……、夢のようなチャンスだった。この三年間は、すべてのプロジェクトに真賀田博士が口を出せるようにしました。事実上、開発予算の三分の二を博士に一任しています」

「真賀田博士は犯罪者なのですよ」

「裁判にはなっていません。社会が博士を犯罪者と呼んでも、博士自身には何の影響もない。しかし、社会にとっては絶大な損失でしょう」塙理生哉は流暢《りゅうちょう》に話した。昨夜の会見とは口調が違っていた。今はビジネスをしている実業家の彼なのだろう、と萌絵は感じた。少なくとも、その方が、魅力的だった。

「たとえ、博士が警察に捕まり、監獄に入れられても、ネットワークさえ完備していれば何ら問題はありませんよ」塙理生哉は微笑んだ。「近い将来に、そうなる可能性だってある。そのときのために、準備を進めている組織があるくらいです」

「真賀田博士は、ここで何をしているのですか?」

「研究を続けておられます。細かいことまでは教えてもらえませんが、ときどき、博士が遊びで作られたプログラムを分析するだけで、うちの研究所は手いっぱいの状態です。まったく信じられないことです。たとえは悪いですが、原子炉を抱えているようなものです」

「ナノクラフトに真賀田博士がいる、ということだけでも、ビジネスのアドバンテージになる。噂だけでも良い。いえ、もう裏で情報は行き渡っているのですね？」

「おっしゃるとおりです」そう言って、塙理生哉は鼻息をもらした。「西之園さん、貴女は実に面白い方だ。いや、本当に、もうビジネスモードの堅苦しい話し方はやめよう。ねえ、うちに来ませんか？　ここで、ナノクラフトで、僕と一緒に遊びませんか？　自由で創造的な時間が欲しくないですか？」

「十三人目の秘書ですか？　ナンバとしては悪くないですけれど……」

「いいえ、とんでもない。西之園さん、貴女が望むどんな待遇でもOKです」

「社長でも？」

「もちろん」塙理生哉は躊躇《ためらい》なく頷いた。「貴女には、その権利がある。貴女の所有している株は、とても有力です」

「才能ではなくて、株なんですね？」

「社長に才能はいりません」

「なんだ、つまらない」萌絵は肩を竦める。

「僕と組めば、なんでもできる。ナノクラフトは、五年後には、世界一のソフト会社になります」

「そうなったあとは？」

「そのあとは、小さくなりますね。減衰形継承です」

萌絵は塙の返答が気に入って、微笑んだ。

「僕は馬鹿じゃありません」塙理生哉は白い歯を見せた。「やっと、笑ってくれましたね」

「可笑しかったら、いつでも笑います」

「可笑しかった？」

「ええ……」

「それは、良かった」塙は溜息をついた。「はっきりいって、僕は西之園さんの未知の才能と既知の資金が欲しい」

「ええ……」萌絵は頷きながら、くすくすと笑いだす。「そうだろうと思っていました。だけど、それにしては、私に薬を飲ませるなんてやり方を選択なさったのは、失敗だったわ。あれは大きな間違いだったと思いますよ」

「あの時点では最良でした」塙は頷いた。「謝ります。許して下さい」

「真賀田博士の命令だったのですね？」

「そう思われても、僕に言い分はないでしょう」

「事件をどう思います？」萌絵は話題を切り換えた。

「それは僕にはわからない」塙は首をふった。「藤原が話していたみたいに、ビジネスとしての対処は考えていますが、事件そのものは、今のところ、僕の興味の外にある」

「でも、亡くなったのは、二人ともナノクラフトのスタッフの方なのですよ」

「ええ、充分に認識していますよ。警察に全面的に任せておけるのかどうか、早急に検討させます、もし必要ならば、社内に処理グループを組織します」

萌絵はテーブルのカップにはまだ手をつけていなかった。熱いものが苦手だということもあるが、やはり、昨夜のことが頭から離れなかったからだ。

「もう一つ、おききしたいことがあります」

「何でしょうか？」

「教会のエレベータのことです。松本さんの死体が発見された教会は、私たちが昨夜会ったところとは、別の場所なのですか？」

「それについては、僕はとても難しい立場にあるんですね」苦笑しながら塙は言う。「残念ながら、今はお答えできません。貴女が僕のパートナになってくれるのなら、話は別ですが」

「真賀田博士の所在もですね？」

「そういう意味です」塙は頷く。「今、ここで貴女と話した内容でさえ、ほかの場所では真実ではありません。さきほどと同じように、僕は嘘をつきます。西之園さんは、真賀田博士に会った夢を見た、これが表向きの真実です」

「でも、そのことが、殺人事件の捜査に障害となるとしたら?」

「なりませんね」塙は首をふった。「少なくとも、僕の知っているかぎり、それはないでしょう。しかし、もしもそんなことになった場合には、重要な方を取り、重要でない方を切り捨てます」

「どちらが重要なのですか?」

「もちろん、真賀田博士に関連するものの方が重要でしょう。比較になりません」

一度は和《なご》みかけた場が、また凍結した。塙はカップを手に取り、コーヒーを飲む。しばらく緊張した沈黙が続いた。

「藤原さんの前では、真賀田博士のことをお話しにならなかった」萌絵は思いついたことを話した。「副社長も、知らないようなトップシークレットなのですか?」

「まあ、そういうことです」塙は頷く。

「でも、新庄さんは知っていましたね?」それは単なる勘だったが、萌絵は口にする。そして、塙の一瞬の表情から、答がイエスだったことを見抜いた。「どれくらいの人数が、真賀田博士の存在を知っているのですか?」

「ごく少数ですね」塙は小声で言う。「噂としての情報ならもっと広まっているでしょうけどね。実際のところを把握している人間は、僕の近辺だけです。博士関係の予算は、書類上はすべて僕の名前で支出されています」

「松本さんは、真賀田博士のことを知っていましたか？」

「僕は、彼のことはよく知りません」塙は首をふった。「うちに来て日も浅い。問題外です」

「島田文子さんをご存じですか？」萌絵は次の質問をした。

「知っていますよ。とても優秀なプログラマです」

「解雇されたのでしょう？」

「ええ、そう聞きました」塙は頷いた。「職場で何か問題があったのでしょう。特に詳しい報告は受けていませんけれど……」

「もともとは彼女、真賀田研究所にいたんです」

「ええ、知っていますよ」

萌絵は塙理生哉を見て、しばらく黙った。本当のことを言っているとは思えなかった。

「もう、ご質問はありませんか？」カップを口につけながら、塙は、萌絵の方に視線を向ける。

「犀川先生をご存じですか？」

「西之園さんの指導教官ですね」

「それ以外には？」

「知りません」

萌絵は頭の中の情報を整理していた。断片的に入ってきたデータをソートし、関連のあるものをリンクする。しかし、今、いったい何が起きようとしているのか、それを理解することができない。特に、真賀田四季の存在がその謎の中心にある。まるで、暗黒星雲のように、その部分から光が届かない。存在だけが強く感じられる。異質な信号がそこから届く。

「さて、これくらいにしましょうか」塙はカップを置いて立ち上がった。「僕は、これから出かけなくてはいけない。そのための準備もあります」

「ええ、部分的にでしたけれど、お話しいただいたことには感謝します」萌絵も立ち上がる。「この建物に、しばらくいても良いですか？　明るくなってから向こうに戻りたいと思っています」

「ええ、どうぞ……、どこでもご自由に。西之園さんのことは、ネットで全員に流しておきましょう。失礼がないようにね。えっと……、誰かに案内させせましょうか？」

「いいえ、大丈夫です」

萌絵は軽く頭を下げ、そのままドアまで歩いた。結局、コーヒーを一口も飲まなかった。塙理生哉は別れの言葉をかけたが、彼女は、振り向かないでそのまま部屋を出た。叔母から受け継いだ、それが、彼女のプライドだった。

8

萌絵が社長室から出てくると、秘書がくるりとこちらを向いて、気をつけの姿勢で止まった。彼女は、壁に置かれている背の低いキャビネットにファイルを仕舞っているところだった。メガネをかけた小柄な女性で、そばかす顔はずいぶん若く見えた。

「そこのパソコン、外につながっています？」萌絵はデスクのディスプレイを指さして尋ねた。

「インターネットですか？　ええ、もちろん」

「外に出られます？」

「え、ええ」秘書はデスクに戻りながら答える。

萌絵はそちらに歩いていった。

「ちょっとお借りできるかしら？」

「あの……、私」

「塙社長は、私に、どこで何をしても良いっておっしゃったわ」萌絵は微笑んだ。「でも、誤解しないでね。私と塙さんは、プライベートな関係はありません」

「あ、はい」緊張した顔で秘書は頷き、席を空《あ》けた。

相手が笑わないので、ジョークは完全に不発だった。よけいに悪い印象を与えたのではないか、と萌絵は心配になる。

「ありがとう。ちょっとメールを読むだけです」萌絵は彼女のシートに腰掛ける。「メールソフトは？　あ、これね」

ユードラは苦手だったが、大学のドメイン名を打ち込んで、サーバの情報と、自分のＩＤとパスワードを入れ、しばらく待った。数秒で読み込みが始まった。

秘書は社長室にノックして入っていった。おそらく、自分のことで確認をしにいったのであろう、と萌絵は思った。

マウスをクリックし、ディスプレイで自分に届いた電子メールを幾つか読んだ。たいしたものはなかった。講座の仲間から二通、学外の友人から一通。最後の一通は横浜の儀同世津子からのものだった。


儀同世津子@二児の母でございます。


やっほー。元気？

今夜は創平君が来て、ご飯だけ食べてすぐ帰っていきました。

可愛い姪たちもろくろく見ないのです。
まあ、それはいいとして（しくしく）。

長崎にいるんですって？
ユーロパーク、私も行きたい。
あのね、創平君にナノクラフトの
ゲームの話をしたの。
知ってる？　クライテリオンってやつ。
西之園さんが知ってたら、びっくりかな。

今、それの記事を書いてるのよね、私は。
で、お願いなんだけど、このゲームを
作った人から、何かきき出してもらえない？
貴女は、事情を知らなくていいの。
いいですか？
質問は三つです。

1　コイルと滝の行き止まりの意味。

2　最後のドアのなぞなぞの答は？

3　どうして、パンなの？

ところで、長崎で貴女、このメールを
読んでくれるかしら。（どきどきどき）

まあ、読む方にかけよう。
締切は明後日のクリスマスよん！
明後日にかける私。
＃なんか、創平化してるぞうっ〉自分

コメントもらえたら感激だから、
そのときは、クリスマスプレゼントに
あんころ餅でも送りませうぞ。（おいおい）

ではではでした。

社長室から秘書が出てくる。トレィにコーヒーカップをのせていた。萌絵は儀同世津子の三つの質問を網膜の映像として焼きつけ、暗記する。彼女は画面のウインドウを閉じてから立ち上がった。

「あ、そのコーヒー捨てないで」萌絵は部屋の奥へ歩いていった秘書に声をかける。

秘書は立ち止まり、眉を寄せて不思議そうな表情で振り向いた。萌絵は彼女のところまで歩み寄る。トレィにのったカップの一つはコーヒーが満たされている。萌絵はそちらのカップを手に取った。

「冷めるのを待っていたの。私、猫舌だから」萌絵はそう言ってから、コーヒーを一口飲んだ。「うん、美味しい……。貴女が淹《い》れたの？」

「コーヒー・メーカですけど」少しほっとした様子で秘書は口をきいた。

「私、那古野から来ているの。西之園といいます。貴女、お名前は？」

「小宮《こみや》……です。あ、あの、コーヒー豆だけは、わざわざ熊本から取り寄せているんです」

「小宮さん」萌絵は後ろの壁にもたれかかった。「新庄久美子さんをご存じでしょう？」

「はい」目を丸くして小宮は頷く。

「彼女、よくこちらへ？　社長室には、よくいらっしゃるの？」

「いいえ。滅多《めつた》に」

「それじゃあ、いつもは、どこにいるの？」

「あの……、私、知りません。お部屋はこのビルの上だと思いますけど。オフィスは……、研究所の方じゃないでしょうか」

「研究所って、どこ？」萌絵はさりげなくきいた。

「パーク内です」

「どこか、ご存じ？」

「いいえ」小宮は簡単に首をふった。知らないのが当たり前だ、という態度であった。

「秘密なのね？」

「私、まだ、こちらに来て間がないものですから、あの……、よくは知りません」

「ありがとう」萌絵はまたコーヒーを飲んだ。お世辞ではなく、こくがあって美味しかった。

「なんでしたら……、副社長のところで、おききになってはいかがでしょうか？」

「研究所のこと？」

「いえ、新庄さんのことです」

「何故？」萌絵は首を傾げる。

「新庄さんは、もともと副社長付きの秘書だったから……」小宮はそう言って、トレィのカップをごみ箱に捨てる。

「全部飲めなくて、ごめんなさい」萌絵は、コーヒーが半分ほど残ったカップを小宮に差し出した。「副社長って藤原さんね？」

「はい、このフロアにオフィスがあります。ついさきほど、お見かけしましたけど」

「ありがとう」萌絵はにっこりと笑ってみせ、頭を下げた。彼女が出口の前まで行くと、自動ドアが開いた。そこで、ふと思いついた。「小宮さん、クライテリオンをご存じ？」

小宮は白い歯を見せて微笑む。「知らない人なんて、ここにはいません。ヒット商品ですから」

片手の指を小宮に振って、萌絵は通路に出た。

儀同世津子のメールを頭の中でスクロールバックさせる。彼女の微笑ましい文章を、萌絵はいつも楽しみにしている。実際に会っても非常に面白い人格だった。だが、実際には犀川助教授と同様にとても神経質だ、ということも承知している。コケティッシュな装いをしているが、それは表面的かつ意図的なもので、化粧と同じだった。同様に表面的で意図的な文章を書くのが彼女の仕事でもある。

三年半まえに初めて儀同世津子に会ったとき、萌絵は好きになれない人間だと思った。第一印象は、最悪だった。だが、世津子の本質を垣間《かいま》見たのは、真賀田研究所の一室で萌絵が死体を発見したとき。

　萌絵が動転しているとき、儀同世津子は、持っていたカメラで死体を撮影した。まったく冷静だった。そして、駆けつけた警官に、「ここの奥よ」と言ったときのその発声。それが、一度だけ聞いた彼女の本当の声だった。知的で冷静な声。普段とはまるで違っていた。今でも、萌絵の耳に彼女の一言が残っている。儀同世津子のことが決定的に好きになったのは、その一言のためだった。

　その世津子のメールにあった一行に、萌絵は驚いていた。

　それは、「コイルと滝」である。

　新庄久美子の寝室のデスクにあった雑誌。

　そこに書かれていた文字が、同じ「バネと滝」だった。

　コイルとバネは、極めて類似している。絵に描いたら同じものといって良いだろう。

　偶然とは思えない。

　だが、意味はまったくわからなかった。

9

「まあ、掛けて」藤原博は、デスクの向こう側に座ったまま、萌絵に言った。

　その部屋は、大部屋の角にあった。波板ガラスのパーティションで仕切られているので、屈折した光は透過する。社長室のように、外に秘書がいる控室はなく、安物のドア一つで大部屋と区切られていた。萌絵が見たところ三十平米ほどの広さで、細長い。応接セットも置かれていたが、藤原は自分のデスクの椅子から立ち上がらなかったので、萌絵はデスクの近くにあった一人掛けの椅子に腰掛けた。

　時刻は七時近い。まだ、社員は誰も出勤していない様子だった。おそらく、このフロアで仕事をしているのは、社長と副社長、それに社長秘書の三人だけではないだろうか。

「こんなに朝早くから、いつもお仕事をなさるのですか？」

「うん、そうだよ」藤原は答えた。「社長と僕が一番早く出勤するね。まあ、夜中に泊まり込みで働いている連中を別にしてだけど」

「社長室の前に女の方がいました」

「そう……、このフロアでは、夜は彼女一人だね」藤原は微笑む。「僕と社長は、毎日朝の五時から夜の十時までが勤務時間だ。昼に一時間休むから、十六時間勤務ってわけ。こんなハードなことは社員にはさせられない」

「藤原さん、ご家族はどちらに？」

「今は、単身赴任。家族は関西」

　塙理生哉の先輩だというが、いくつくらい上だろう。少なくとも見た感じでは十以上歳上に見える。スーツを着ていたが、決して上等なものではない。一見して高級な壙理生哉の服装とは雲泥《うんでい》の差といえる。シャツも、アイロンがかかっているのかどうか疑わしい。

「あの、私、いろいろ教えていただきたいことがあります」萌絵は膝に両手を置き、背筋を伸ばした。

「もう答えているよ」

「今からが本番です」

「そのまえに、君のことをきいていいかな?」藤原は椅子をリクライニングして腕を組む。

「ええ、どうぞ」ちょっと出鼻を挫《くじ》かれて、萌絵は首を傾ける。

「壙君と結婚するんですか?」

萌絵は二度瞬きをして、思わず吹き出した。彼女は唇を嚙んで笑いを堪え、黙って首をふった。

「ああ、そう……」悪戯小僧のように口を尖らせて、藤原は大きく頷く。「そうか、そうか」

彼は、デスクの上にあった細い葉巻を取り上げて火をつけた。

「ほかにご質問はありませんか?」萌絵はきく。

「スリーサイズは?」

「あの……」萌絵はわざとむっとして藤原を睨んだ。

藤原博は煙を吐きながら大笑いした。夜の工事中に使えそうな赤い顔だった。

「どうぞ、どうぞ」彼はまだ笑っている。「今度は、そっちでいいよ。バトンタッチ」最後はひきつるような高い笑い声が尾を引いた。

　スリーサイズとかバトンタッチとか、いちいち出てくる言葉が古い。まるで、どこかの助教授のようだ。それを指摘したかったが、萌絵は我慢した。

「二人のスタッフが殺されました」萌絵は真面目な顔できいた。「この状況をどう把握されていますか？」

「まだ把握してない」可笑しそうに藤原は答える。「まあ、今日中にはなんとか把握しようとは思っているよ」

「殺されたお二人をよくご存じでしたか？」

「ああ、よく知っている」ようやく笑うのをやめて、藤原は葉巻を吸った。「松本君は、基礎開発部の主任だ。大学の助手をしていたのを引き抜いた。まだ、こちらに来て数ヵ月だね」

「新庄さんは？」

「彼女は、もとは僕の秘書だよ。最近は……、秘書というには偉過ぎる存在だった」

「失礼ですが、プライベートなご関係は？」

　藤原は鼻で笑った。「君、警察みたいな子だね。きいてどうするの？」

「興味があるだけです」

「興味があるなら、教えよう。彼女は、僕の愛人だった」煙を吐きながら藤原は言った。

萌絵は、その返答に驚いて一瞬黙る。予想していない反応だった。藤原が簡単に答えることに対して、予期できなかった。つまり、彼の性格を見誤っていたことになる。

「それは、公《おおやけ》のことなのですか?」

「まさか……」藤原は相変わらず微かに微笑んでいる。「君に話したのが最初だよ。こんな恥ずかしいこと、滅多に言えるものじゃない。僕は独身じゃないんだからね」

「では、どうして、私にそれをおっしゃったのですか?」

「少なくとも、ずばりと質問したのは君が最初だ」

「それだけですか?」

「こんなことがあった以上、警察も調べるだろう。いずれ、それが君の耳にも入ることになる。あの刑事さん、君の知合いだそうだね?」

「はい」萌絵は頷く。芝池のことである。

「じゃあ、嘘をつかない方が良いだろう?」藤原は片目を細め、顔に皺を寄せた。

非常に頭の切れる男だ。回転も速い。考えてみれば、塙理生哉のパートナとしてナノクラフトをここまで大きくした人物である。やはりただ者ではない、と萌絵は思った。

「真賀田四季博士をご存じですか?」

「もちろん知っている。塙君が彼女に傾倒していることも有名だ。君はさっき、真賀田博士に会ったと話していたね。確かに、塙君の言動で、変な噂が立っていることも承知しているよ」

「変な噂というのは？」

「真賀田博士をこのナノクラフトが匿《かくま》っているという噂だ」

「噂でしょうか？」

「噂じゃなかったら、犯罪だ」

「ナノクラフトの研究所はどこにあるのですか？」萌絵は別の質問をした。「ユーロパークの園内にあると聞きましたが」

「ノーコメント。それは一応秘密にしているんでね。そういう約束なんだ。大したことではないが、一応、そういう決まりだから」

「塙さんが、私をここへ招待した理由は何でしょう？」

「さあね……、僕は関知していない。少なくとも公式にはね。でも、さっきした質問だけど、彼は君と結婚したいんだと思うね」

「なんでも、ずばりとおっしゃるんですね？」

「違うかい？」

「質問が曖昧です」萌絵はすぐに答えた。

「プロポーズされなかった？」

「されていない、と私は認識しています」

「ああ、なかなかの人だね、西之園さん」藤原は頷きながらゆっくりと煙を吐く。「彼が今まで、どうして結婚しなかったのか、友人としてお知らせしよう。奴はね、いつもこう話していたよ。自分は西之園家の一人娘と婚約しているんだ、ってね。どれくらい、でかい縁談がこれまでにあったと思う？　それを全部無視したんだ。まあ、あの風貌だからね。何もなかったとは言わんよ。しかし、彼は、西之園家のお嬢様を待っていたんだ」

「それにしては、何年もお誘いがありませんでしたわ」

「忙しかったからね。世界中を飛び回っていた。少し落ち着いたと思った頃には、塙安芸良博士が亡くなって、お嬢様に会える機会も消え失せたってわけだ」

「今、作ったお話ですか？」

「そんな高尚な趣味はないよ」藤原は愉快そうに片目を瞑る。「とにかく、それで、彼はここ、ユーロパークを作ると言いだしたんだ。会社も研究所も長崎に引越しだ。誰だって大反対。俺も反対したさ。何故だか、わかるかい？　どうして、彼は、こんなところに御伽《おとぎ》の国なんて作ったりしたのか？」

　萌絵は黙っていた。

「君を呼ぶためさ。お姫様を呼ぶためだよ。昨夜来たと言ったね。塙君は君をどこへ呼び出した？　当ててやろうか？」

「教会です」

「そう……、あの教会だ。あれはそのために作らせたものだ。普段だって、一般入場者は入れていない。あの建物、立入禁止なんだぜ。広場に建っているだけ。一銭の金にもならない施設なんだ。お姫様と再会する場所だったんだね。びっくりさ。俺が気づいたときには、もう工事が終わっていた。わかるかい？　塙理生哉がこんな不合理なことに金を使ったことなんて一度だってないんだ。奴は天才なんだ。俺たちとは人種が違う。超天才だ。奴が作ったものを、俺たちはコピィして箱に入れて売っただけなんだ。そいつがだよ、これまでに稼いだ金を全部、お姫様一人のために使っちまったんだ。これ、わかるかい？」

　唇を噛みしめたまま、萌絵は答えられない。

「経営者として明らかに失格だ。俺はそのことで相当頭に来てる。だけど……、そう、友人として、これだけは言っておかんとな……、うん。奴は君に一生を捧げてるんだよ。え？本人は何と言ったたって？　そう言わなかったのか？」

「おっしゃらなかったわ」萌絵は答える。自分の声が少し震えていると思った。

「情けないじゃないか……」藤原は葉巻を灰皿で揉み消した。「あの超自信家のぼっちゃんがね。まったく……、とんだラブコメディじゃないか。そう、以前に一度だけ、奴の部屋に入ったことがあるんだ」藤原は可笑しそうにふっと息を吐いて肩を上げる。「西之園さん、君の写真でいっぱいだったよ。小学校、中学校、高校、それに大学に入ってからの君の写真が、ずらりと並んでるんだ」

「嘘です！」萌絵は思わず叫ぶ。

「嘘だったら、俺は天才だ」

「そんなこと、私は知りません」

「俺だって知らんよ」

「そんな……」萌絵は頭が混乱していた。「どうして、私に知らせて下さらなかったのですか？」

「本人に聞いてみな」

萌絵は黙って考える。中学までの写真だったら、塙安芸良博士が撮ったものだろう。確か、いつも小さなカメラを持ち歩いていた。レンズを彼女に向けることも何度かあった。それは覚えている。息子を西之園家の婿《むこ》にやろう、と豪語した父親のことだ。彼女の写真を息子に見せたのかもしれない。しかし、その塙安芸良博士は萌絵が中学生のときに亡くなっている。その後の彼女の写真は、いつ誰が撮影したものだろう？　塙理生哉はそれをどのようにして手に入れたのだろう？

確かに、ビジネスのパートナとしてナノクラフトで働かないか、という話はついさきほど聞いた。しかし、それと今、藤原が話した内容の間には、光速でも数分かかるほどの隔《へだ》たりがある。そんなに準備をして、自分を招待したなんて、とても信じられない。

何故、もっと早く教えてくれなかったのだろう？

もっと、早く？

もし、もっと早かったら、自分は喜んでＯＫしたのか……。

高校生のときの自分。

大学に入ってからの自分。

この数年間の西之園萌絵が早送りで再生される。

いつだったら、ＯＫしただろう？

そんなことに応じる自分なんて……、どこにも、いない。

だから、今まで待った？

今なら？

「ちょっとは、ビビってくれた？」藤原は横目で萌絵を見て、尋ねた。

「ええ」萌絵は素直に頷く。そして大きく溜息をついた。自分が呼吸を止めていたことに気づく。「驚きました」

「じゃあ、僕の役目はこれで終わりだ」

なるほど、大した交渉人だ、と思う。藤原博という男がいて、今のナノクラフトがあるのだろう。

大した男だ。

圧倒されてしまって、自分が取り戻せないまま、萌絵は彼の部屋を出た。
エレベータに乗り、一階のロビィに下りる。
外は明け始めていた。
守衛室の男が、彼女のことを覚えていて、声をかけたが、言葉は耳に入らなかった。
自動ドアが開く。
冬の朝を、彼女は感じた。
まだ、鼓動が速い。

第4章　拡大の作図　Pantograph

〈一般論を言うつもりはないが……。悲しいという感情が、そもそもパーソナリティの喪失に対して象徴される概念だからだろう、きっと〉

1

ナノクラフトの本社ビルから、ユーロパークのゲート前の大駐車場までは三百メートルほどの距離だった。

西之園萌絵は下を向いて歩いている。そんな歩き方は、彼女には珍しい。黒いアスファルトは濡れていた。そんな濡れ方は、アスファルトには心外だったかもしれない。ときどき後ろを振り返る。東の空が明らみ、そちらに低い山があることがわかった。

萌絵は小さなときから、他人を深く認識し、好意的に理解する努力を放棄していた。彼女にとって、世界の九十パーセントは、家の中にいる大人たち、親族の大人たち、書物の中の大人たちだった。彼女の周囲にときどき現れる子供たちは、いずれも彼女の友人となるにはあまりにも不完全で、乱暴で、不愉快だった。それどころか、たまに彼女に話しかけてくる大人でさえ、不合理で、恐怖だった。

父から聞く学者たち、母から聞く親族の成功者たち、伝記に登場する科学者、数学者、哲学者。彼らと彼女らが、世界を構成するほとんどで、その中に自分がいる。それが世界だ。萌絵はそう考えていた。今思うと、子供向けの番組みたいに、そう教えられただけのことかもしれない。「本当の社会とは、実は……」という最終章を聞かないうちに、両親は逝《い》ってしまったのだ。

あるいは、同様のことが、さらに高いレベルで、さらに純粋な形態で、さらに複雑な理法で、真賀田四季にもあったかもしれない、と萌絵はふと思いついた。

その発想を、彼女は即座に確信する。

きっと、同じ……。

でも、それは可哀想ではない。

寂しくもない。

もちろん、不幸でもない。

ただ……、足りないだけだ。

だから、求めている。

そう、きっと、同じ……。

塙理生哉のことが、頭から離れなくなっていた。藤原博の投げた網は強力だった。すっぽりと彼女を覆い、小さな針が彼女の全身の皮膚を刺激して、粘着して、逃れられない圧倒的な拘束力を感じさせた。

わからない……。

何だろう？

自分がどう感じているのか、わからなかった。

怒っているのか。それとも嬉しいのか。

それさえも曖昧だった。

半分怒って、半分嬉しいのならば、プラスマイナス・ゼロになる、わけではない。両者のベクトルは一直線上にはない。ベクトルは足し合わされ、平行四辺形の対角に伸びる。怒るの反対は嬉しい、と教えられて満足した子供なら、こんなに悩むことはないのだろう。

だが、彼女はそうではなかった。

いったいどちらが複雑で、どちらが単純なのか。

ユーロパークのゲートで、管理棟の横を通り抜ける。守衛の男に事情を説明し、中に入れてもらった。当直を交代したばかりなのか、園内で起こった事件のことを彼は知らないようだったが、塙社長のオフィスに電話をしてもらえばわかる、という萌絵の一言が効いたようだ。

閑散とした園内に足を踏み入れる。数時間まえに、芝池と一緒に来たときは車だったし、真っ暗で周辺の景色は何も見えなかった。よく考えてみれば、ゲートからホテル・アムステルダムまではかなり距離があるはずだ。朝靄《あさもや》のためか見通しは完全ではない。しかし、ずっと遠くに高い塔が見え、その近くの建物の屋根越しに、教会の尖った鐘塔が光っていた。とにかく、そちらに向かう道を歩くことにする。辺りには誰もいない。顔に当たる空気は冷たかった。

左手を流れる運河の対岸にオランダの風車が幾つか建っている。それらを眺めながら、白いアーチ橋を渡る。右手には牧草地。白い柵がジグザグに続き、色の黒い土を取り囲んでいる。明確な形状の厩舎《きゅうしゃ》の屋根は赤い。まるで、流行のペンションみたいだった。そのバックには、信じられないほど不思議な色彩の山々が、少しずつ明度を増しているところ。すべてが、彼女一人のために始まったスライドショーのようだった。

そんな夢のような光景で、萌絵は少し落ち着いた。

風景で自分の気分が変わるなんて驚きだった。

気持ちが良くなり、なんだか楽しく思えてきた。

犀川がもうすぐここへやってくる。そのことを思い出した（いや、ひとときも忘れてなどいない）ことも原因だった。

昨夜の事件について、もう一度自分なりに整理してみよう、といった元気がわいてきた。頭の中で彼女は箇条書きにしてみる。

一、松本卓哉の殺害事件について

A、誰が彼を殺したのか。
B、死体は何故持ち去られたのか。
C、何故、腕だけが残されたのか。
D、ドームのガラスは何故割れたのか。
E、どうやって、死体を持ち去ったのか。
F、犯人はどこから逃走したのか。
G、エレベータは何故なくなったのか。

二、新庄久美子の殺害事件について

A、誰が彼女を殺したのか。
B、何故、彼女は着替えなかったのか。

C、何故、警察をすぐに入れなかったのか。
D、犯人はどこから部屋を出たのか。
E、「バネと滝」は事件と関係があるのか。

三、真賀田四季について

A、彼女はどこに隠れているのか。
B、何故、彼女は事件と関係があるのか。
C、何故、自分の存在を明かしたのか。

さらに不思議なことがある。

犀川は、すべてが起こる以前、つまり、萌絵が塙理生哉と会う直前に電話をかけてきた。よく考えてみると、あのとき犀川が萌絵に警告しようとしていたことは確かだ。

何故、先生は電話してきたのだろう?

その電話が盗聴され、真賀田四季は新幹線に乗っている犀川を電話で呼び出した。四季は、犀川に長崎に来てほしいのだ。

それは、どういった理由からだろう?

まだある。島田文子から聞いたシードラゴンに殺された船員の話。それに、反町愛が見たという空飛ぶドラゴン。これらは、昨夜の二つの殺人事件と関係があるのか……。

早く先生と話がしたい。

こんなに話すことがあるのに、先生は何をしているのだろう。

そう思って、萌絵は思わず振り返った。歩いてきた道が延びているだけで、後ろには誰もいない。

街が近づいてきた。彼女は石畳の道を通り、閉まっている店のショーウインドウに映った自分の姿を見ながら歩いた。ところどころにぶら下がっている鉄製の看板や、まだ点《とも》っている街灯の曲線的なデザインが彼女は好きだ。バタークリームを塗ったような真っ白な壁も、残りもののペンキで塗装したみたいな突然の塗り分けも洒落《しゃれ》ている。ドイツかベルギーの田舎町に、ここはとても似ている。意図的に「素朴」が誇張された装飾。

装飾？

そう……、これが装飾。

何か重要なキーワードではなかったか。

真賀田四季の言葉を、萌絵は思い出す。

最後にアーケードを潜り抜け、商店に囲まれた広場に出る。ようやく人が歩いているのが見えた。惨劇のあった教会が、明るく輝き始め、とても立体的に見えた。正面の石段のそばには、警察のものと思われる車が、まだ数台駐車されていた。

彼女は、このままホテルの部屋に戻ろうと思っていた。少し目が痛かった。一晩ほとんど眠っていないのだから、しかたがない。それに、歩いてきたせいか、躰も重く、疲れているようだ。眠りたい、と思う。

ホテルを目指して真っ直ぐに広場を横断していたが、教会の玄関から、男が二人出てきて、手を挙げ、大声で彼女を呼び止めた。

萌絵は歩調を変えず、男たちのいる教会の入口に向かって、僅かに軌道を修正した。一人は芝池だが、もう一人は、長身の若い男だった。

「呼んで下されば、お迎えに参りましたのに」芝池は低姿勢で萌絵に言った。

「いえ、ちょっと歩きたかったので……」

「あ、こいつ、ひょっとしてご挨拶がまだでしたね」芝池は、若い男を見て言った。

「鯉沼《こいぬま》です。はじめまして……」男は萌絵に頭を下げた。真面目な感じだが、表情に乏しい。さきほど、本社ビルの二十四階のエレベータホールで見かけた顔だった。

「さっき、お会いしました」萌絵は微笑んだ。

「ご挨拶が遅れて申し訳ありません」にこりともしないで鯉沼がつけ加える。どうも言葉と表情に微妙なズレがある。

「西之園です」萌絵も頭を下げる。

「あれから、社長に会われたんですね？」芝池は煙草に火をつけながら萌絵に尋ねた。「いかがでした？　何か事件のことを話しませんでしたか？　それとも、真賀田四季のことで、何か情報が得られましたか？」

「ここのどこかにいることは間違いないようです」萌絵は道路の向こう側の建物を眺めながら答えた。「たぶん、このホテルの地下だと思いますけれど……、塙さんは、真賀田博士のことは、表向きには一切秘密になさるつもりのようです。ですから、警察には、何も話さないでしょう」

「二人も人が死んでるんです」芝池は低い声で言った。「秘密にできるものじゃありません」

「私もそう思います。でも、社長も副社長も、そうは思っていないみたいでしたわ」

芝池の吸っている煙草の煙を避けて、鯉沼は移動し、萌絵の横に立った。

「西之園さん、失礼ですが……」鯉沼は表情を変えずに質問する。まるで学芸会で子供が演じているような台詞回しだった。「ホテルのロビィのエレベータをそのまま下りたら、そこがナノクラフトの研究所だった、とおっしゃったそうですね？」

「そのとおりです」

「いや、しかし……、調べてみたんですけど、ホテルの地下には機械室しかありませんでした」

「それは地下一階ですね？」

「ええ、もちろん」

「研究所は、さらにその下なんです。地下二階と地下三階、いえ、もっと下があるかもしれません。私が下りたのは、地下三階まででした」

「でも、エレベータには地下一階までしか表示がありません」

「ええ、確かに操作ボタンはありませんけれど、特別なカードがあって、新庄さんがそれを差し入れていました。それを差し込むスリットがパネルにあります。そのカードを持っていれば、下りられるんです」

「で、そこから、今度はこちらの教会に上がったわけですね？」

「ええ、地下を移動して、別のエレベータで上がりました」

「そのエレベータがなくなっていた、と？」

「なくなっていました」萌絵は頷いて肩を竦《すく》めた。「確かに、なくなっていました」

「どれくらい人間がいましたか？　その地下二階の研究所ですけど、働いている人間がいたわけですよね？」

「もちろん、大勢いました。そう、私が見ただけでも、二、三十人はそこにいました」

「彼らは、どこから出入りしているんでしょう？」鯉沼がきいた。彼は、萌絵よりも少し歳上といったところだろうか。背は芝池よりも頭一つ分高い。「ホテルのロビィからではないようです。それに、この教会でもない……、階段もないみたいだし、いったい、所員はどこから……？」

「ホテルのロビィにあるエレベータを中心として、この教会に上がるエレベータとは正反対の、向こう側の端に、もう一つエレベータが見えました。そこが、所員が使う出入口だと聞きました。長い真っ直ぐの廊下が、このホテルとは直角方向に地下で延びているんです。だから……、たぶん、入口は、このホテルの南側になります」

「波止場の方ですね？　しかし、あっちは建物はありませんけど……」

「ええ、でも、そちらのどこかに出られるはずです」

「この教会ではなかった、という可能性もありますね」話を聞いていた芝池が横から言った。「西之園さん、どこかで、その……、方角を勘違いされたのではないですか？」

「その可能性は低い、とだけ申し上げておきましょう」萌絵は慎重に言葉を選んだ。教会の回廊でエレベータが発見されなかったのは、彼女にとっては大きなショックだったし、同じようなことがあれば、彼女の立場はますます悪くなるからだ。

「わかりました。一応、調べてみます」鯉沼が言った。

その「一応」という表現が気に入らなかったが、萌絵は黙っていた。おそらく他意のない、単なる口癖だろう。

「あの、その後、何かわかりましたか？」萌絵は芝池を見て質問する。

「いいえ」彼は煙を吐きながら首をふった。「まだまだ時間がかかると思いますけど、とにかく、こちらは、ちょっと今のところお手上げ状態ですね。状況からして、屋根の上に何者かがいたことは確かですが、何のためにそこにいたのか、それに、死体をどう処理したのか。どうやって逃げたのか、まったくもって不思議です」

「凶器とか、遺留品は?」

「何も見つかっていません。腕を切り落とした刃物類がどんなものだったのか……、それも今、調べさせているところですが、少なくとも現場には実物は残っていない」

「どんな方法で切断されたとお考えです?」

「わかりません。ただ……、刃物ではない、と鑑識の連中が話していましたね。これ、非公式にですけど……。切り落とされたのではない、なんて言うんですよ。馬鹿なことを言うなって、怒鳴りつけてやりましたけど」

「え? では、どうやって?」

「引きちぎられた、みたいなことを言ってましてね」

それを聞いて、萌絵は眉を寄せる。

「何か機械的な力によるものだそうです」鯉沼がつけ加える。

「機械的? 機械を使ったというのですか?」

「というよりも、その……」鯉沼が答える。「とても大きな力で無理やり引きちぎった、という意味でしょう」

「どうしたら、そんなことが？」萌絵は鯉沼を見上げてきいた。

鯉沼は、僅かに首をふっただけで、答えない。

「今からまた、向こうへ戻ります」芝池は北の方角を指さした。ナノクラフトの本社ビルのことのようだ。「まったく……、厄介《やっかい》なヤマですな。人手不足も甚《はなは》だしい」

「何かできることがあれば、お手伝いしましょうか？」そう言ってはみたものの、言葉に元気がない。萌絵は自分でそう思った。

「ええ、ご協力願えれば助かります」芝池は軽く微笑んで、鯉沼の方を見る。鯉沼は、ポケットから車のキーを取り出した。

「お休みになられた方が良いでしょう」芝池は歩きだしながら優しい口調で言った。

彼らの車が広場から出ていくのを見送ってから、萌絵はホテルに向かった。

ロビィは暖かかった。作業服姿の男が一人、大きな掃除機を動かしていた。フロントの近くに立っていたボーイが、自動ドアを入ってきた萌絵の姿を見て、ロボットのように正確なお辞儀をする。

時刻は七時半。

ロビィの奥にあるラウンジから、食器が触れ合う高い音が聞こえた。

2

部屋に戻った萌絵は、ベッドで眠っている牧野洋子と反町愛の寝顔を見てから、部屋の照明を消した。

彼女は、磁石に吸い付けられるように、そのままベッドに倒れ込んだ。俯せで、顔だけを横に向ける。

窓に引かれたカーテンの隙間から、朝の光が漏れていた。新しい光だ、と思った。窓まで行って、遠くの海を見てみたい衝動にかられたが、立ち上がることはできなかった。彼女は、数秒で眠りに落ちた。


夢を見た。

古城の回廊を彼女は歩いている。

石ばかりで作られたとてつもなく大きな空間だった。幅も広いし、天井も高い。柱は途中から緩やかにカーブし、そのまま天井の梁《はり》になっている。肋骨《ろっこつ》のように有機的なデザイン。それが遠くまで続いていた。

両手で機関銃を抱えている。さきほどから、彼女の前に現れる猛獣を彼女は片っ端から殺している。猛獣だけではない。人間も出てくる。それも撃ち殺した。自分はとても怯《おび》えていて、現れる生きものはすべて邪悪な存在だと思えた。今のところ弾は尽きる様子がない。いつまで続くのか不安だった。しかし、立ちはだかるものはすべて撃ち殺す。その繰り返しで、彼女は前進しているのだ。

これはゲームだろうか、と萌絵は思った。

それとも、装飾？

「生きている」という言葉が、既に存在を装飾している。

それこそが、無意味で曖昧だ。

気がつくと、別の場面。

いつの間にか、晩餐《ばんさん》のテーブルに彼女は就いていた。

動物の骨で作ったキャンドルスタンドと、不安定な形状の金箔の水差しが、目の前に置かれている。大きな平皿が、彼女の前に差し出され、緑色の液体の中央に、プリンのようなものが浮かんでいた。

「これは何でしょうか？」隣に座っていた紳士に萌絵は尋ねた。

デカルトみたいな顔の男だったが、彼は微笑んで答えない。

「デザートよ」テーブルの向かい側から、髪の長い女が教えてくれた。彼女は大きな竹の扇子で顔の下半分を隠していたが、瞳が薄いブルーだった。

「食べられるの?」萌絵はその女にきいた。

「浮かんでいるのは、食べられたい意志です」彼女は言った。

萌絵はスプーンを片手に取り、プリンを食べてみる。

味はしなかった。

緑のスープもまったく味がない。

「美味《おい》しくないわ」萌絵は言う。

向かい側の女は目だけで笑い、萌絵の方をじっと見据えている。

「本当に必要なものには、味はありません。もし、味なんて余計なものが欲しいのでしたら、そのキャンドルスタンドを削って、スープに溶かしてみたらいかが?」

その論理に、何故か萌絵は頷いた。

わかった、気がしたのだ。

これも、装飾?

蠟燭《ろうそく》が消えないのは、意志の力。

水差しが倒れないのも、意志の力。

スタンドの造形も、水差しの金箔も、
すべて装飾だ。

この晩餐も装飾。

この食堂も装飾。

すべて……。

ここにいる、私も？


目が覚めた。カーテンが開いている。

とても眩しかった。

夢の中で納得した論理を思い出そうとしたが、とても再生して組み立てることができない。確かに理屈が理解できたと感じたはずなのに、反芻《はんすう》してみると、どこにも確かな手応えはなかった。それどころか、紅茶に沈んだ角砂糖みたいに、急速に拡散していく。

既に、夢の大半を思い出せない。

もしかしたら、理解したという感覚が本質であり、それをバックアップする論理こそ、究極の装飾ではないのか。

「おはよ」バスルームから牧野洋子が出てきて言った。彼女は上下にジャージを着て、タオルを首にかけていた。

一つ向こうのベッドでは、反町愛が枕を抱えてまだ眠っている。シーツがベッドから完全に落ちていたが、彼女もそろそろ落ちそうだ。

萌絵は腕時計をしたままだった。十時十五分。

「萌絵、何時頃帰ってきた？」洋子は萌絵のベッドに腰掛けてきいた。

「七時半頃」目を擦りながら彼女は答える。

「じゃあ、もっと寝てなさい」洋子は言う。

「洋子は起きる？」

「お腹が空いたからなあ」

「もう……何時ぃ？」反町愛が急に不機嫌そうな声を出す。

「十時過ぎてるよ」洋子が答える。

「ああ、もう、全然寝られんかったよう。ちくしょう！」

「ラヴちゃんは寝てました」萌絵が言う。「私が帰ってきたときだって、起きなかったくせに」

「知ってたわよう。ちょうど、うとうとってしたとき、あんた、ごそごそ帰ってきたんだもん。あれで、またまた目が冴えちゃってさあ。あああ、もう起きよ起きよっと」そう言って愛は飛び起きる。「飯だ飯だあ！　飯食いにいこう！」

萌絵も起きることにした。三人は十分で身支度をして、部屋から飛び出した。オーバではない。はしゃいで大騒ぎだったのも事実だが、ホテルの案内に、朝食のバイキングサービスが十時半までと書かれていたのを洋子が見つけたからだった。

一階のラウンジに入ると、テーブルの半分ほどが客で埋まっていた。

萌絵は、料理が並んだワゴンの前を何度か行ったり来たりした。いろいろ思案して皿に好きな料理を取り、彼女がテーブルに戻ると、既に洋子と愛は食べている。彼女たちの前には、皿が三つずつ並んでいて、グラスも三つだった。グレープフルーツジュースとオレンジジュースとミルクが入っている。萌絵はひとまず皿を置いて飲みものを取りにいき、ついでにデザートのヨーグルトも持って戻った。

「あんたって、こういうときは、ゆっくりなのね」洋子がソーセージを食べながら言う。

「ええ、考えちゃうのかな」萌絵が微笑む。

「考えないでさ、ひととおり全部どばっと取ってこいって……」愛が食べながら言った。

「動きがのろいんだよ、動きが」

特にゆっくり動いたつもりはなかったが、二人に比べると遅かったかもしれない。ボーイがテーブルにやってきて、コーヒーか紅茶か、ときいた。三人ともコーヒーを頼んだ。

「この子さあ、あれよあれ。執事さんがいないと、駄目なんだ」愛がトーストにバターを塗りながら話した。「羊さんじゃないよ、執事さん、わかる？」

「へえ……」洋子が感心した表情で萌絵を見る。

「お皿とか洗ったことある？」愛がきいた。

「ないわ」萌絵は素直に答える。「でも、やろうと思えば、きっとできると思う」

「そりゃ、できるよ」愛はうんうんと頷く。「ごくごく簡単だもんね。牧野さん、つっこんでよ」

「何を？」洋子がきいた。

「ああ、もう絶望……」

「何が？」萌絵が笑いながらきく。

「朝は鈍いわけね、お二人とも」反町愛は微笑んで左右に躰を揺らす。「誰も俺様についてこれない。もういい……。ちょっと謹慎します。しくしく」

「向こうのビルの事件は、どうなったのかしら」洋子が萌絵に囁いた。

「やめようよ、それ」愛が小声で言った。

「あとでね」萌絵は答える。

「ごめん」洋子は微笑んだ。

自分で皿にのせたものは、どうにか全部食べられた。食欲がないと思っていたわりには上出来だった。萌絵は、コーヒーが冷めてから、ガラス越しに波止場の風景を眺めながら飲んだ。

それは、ホテルの南側だ。十メートルほど先までが庭のような部分で、低い樹木が疎《まば》らにあった。境界に煉瓦《れんが》の低い塀があり、その向こうは石畳の歩道。その先は、もう海だ。ヨットが桟橋に並び、今の萌絵の位置からは、マストだけが何本も見えた。窓の両側に張り出した壁のため、左右の視野は遮られている。少し身を乗り出して、萌絵は外を観察した。頭の中で、北側の広場の教会へ上がるエレベータの位置を思い描く。それから、ホテルのロビィにあるエレベータ。その二点を結んで、延長線を引く、南の海側に延ばすと、どの辺りになるだろう？　どこかに、地下の研究所へアクセスできる出入口が、もう一つあるはずなのだ。

「ねえ、どうする？」洋子がきいた。

「え？」萌絵は視線を室内に戻す。コーヒーカップを両手で持ったままだった。「何が？」

「帰る？　空港へ電話してみようか？」

「だって……、それは無理だわ」萌絵は首をふった。「私たち、事件の目撃者なんだから」

「でも……、ここに、ずっといるわけ？」洋子は口もとを斜めにする。

「少なくとも、刑事さんが帰っても良いって言うまでは」

「君たちんとこの講座の人が、こっちへ来るんでしょう？」椅子にもたれていた反町愛が姿勢を正す。「えっと、明後日だよね。そっちはどうなるの？」

「そりゃ、中止よ」洋子が当然のように言う。

「それまでに事件が解決しなければ、中止かな」萌絵も答えた。

「あ、テレビでやってるの見なくちゃ」反町愛が言う。「ワイドショーとかさ、レポータが来るんだよ、きっと」

「来るかしら？」洋子が眉を顰《ひそ》める。

「来るって」愛が頷く。

ラウンジを出て、部屋に戻る。途中、三階のエレベータホールの窓から、北の広場を覗いてみた。教会の前には、まだパトカーや黒っぽいワゴン車が駐められている。正面の出入口は閉まっていて、黄色いロープが張られているのが見えた。ユーロパークの開園時間は十時である。既に広場にも沢山の行楽客が歩いていた。一般の入場者は、何事もなく、何事も知らされず、御伽の国を散策している。

部屋に入ると、ドアの内側の床に新聞が置かれていた。反町愛は、テレビをリモコンでつけてから、自分のベッドに飛び乗った。

新聞は、牧野洋子が窓際のソファに腰掛けて広げる。

「あ、載ってる載ってる」洋子が声を上げる。

萌絵は洋子のソファの肘掛けに腰掛け、三面に掲載されていた小さな記事を一緒に読んだ。それは、ユーロパーク内の教会で人体の一部が発見され、長崎県警による捜査が行われている、という一文で要約できるほど、極めて簡単な内容だった。被害者、松本卓哉の名前は記されていない。確認されているのは腕だけ（新聞には、どこにも腕とは書かれていなかった）なので、これは当然といえば当然であろう。また、ナノクラフトの本社ビルの新庄久美子の部屋で起こった事件に関しては、何一つ書かれていなかった。

「なあんだ、これじゃ、全然駄目ね」洋子が不満そうに萌絵を見た。

「時間的に朝刊には間に合わなかったのよ」萌絵は説明する。「それに、詳しいことはまだ公式には発表されていないのじゃないかしら」

「テレビもやってない」チャンネルを切り替えていた愛がベッドで言った。「何してんの、テレビ局って」

テレビ局が取材に来ている様子はなかった。それはこれからだろう、と萌絵は思う。

「で、どうするわけ？　私たち今から……」洋子が新聞を置いて言った。

「どうするって……、もう少ししたら、昼御飯だよ」愛がテレビを見ながら答える。彼女は既にニュースを探す使命を忘れ、ワイドショーに見入っていた。

「お天気が良いから、外に出ましょうか」萌絵が提案した。

「だって、危ないんじゃないの？」洋子が言う。

「人が沢山いるところなら大丈夫だと思う。むしろ、そちらの方が安全だと思うわ。このホテルの中の方が、よほど落ち着かないでしょう？」

「まあ、それはそうね」洋子は頷く。

「おまわりさんにさ、一人、私たちの護衛を頼もうや」愛が提案する。「もち、若くてカッコいい人」

ドアのノックの音で、三人はびっくりした。

一瞬、ほかの二人と顔を見合わせてから、萌絵はドアまで行く。覗き穴から外を窺うと、そこに立っているのは、芝池の部下の鯉沼だった。彼一人だけのようだ。

彼女はロックを外してドアを開ける。

「おはようございます。お休みでしたか?」鯉沼は無表情で言った。言葉は丁寧なのだが表情はそうではない。台詞回しの下手な大根役者みたいだった。

「あ、いいえ、もう食事も済ませたところです」萌絵は答える。

「ちょっとお話を伺いたいと思いまして……。よろしいでしょうか?」

「はい」萌絵は頷く。「私? それともみんなですか?」

「皆さんに」

萌絵は一度振り向いて室内を見る。牧野洋子と反町愛が期待の表情で、意味ありげな信号を変調した暗号のような視線を萌絵に送っていた。

「ここでですか?」萌絵はドアの外の鯉沼にきいた。

「あ、それはどちらでもかまいません。ロビィでもけっこうです。下で待ちましょうか?」

「そうですね……。それじゃあ、五分くらいしたら下りていきます」萌絵は答えた。「着替えをしたいので」

「はい、わかりました」鯉沼は頷いて頭を下げた。「よろしくお願いします」

ドアを閉め、部屋の中に戻ると、反町愛がベッドの上で大きな枕を抱えていた。牧野洋子は既に着替えを始めている。

「盗聴されているのかしら」萌絵は冗談めかして言った。

「盗聴されてても、あんなにタイミング良く来られないって」洋子が言う。

そのとおりだ、と萌絵も思った。

「あの刑事さんに護衛してもらおう」愛が言う。

「大賛成」洋子が言った。「萌絵、できると思う?」

「ええ……」萌絵は頷いた。「芝池さんに頼めば……」

「私、今日は絶対帰らないぞう」愛がベッドから飛び降りる。

「私も……」洋子も顎を上げた。

3

さりげなく、外を歩きながら話しましょう、と持ちかけて、萌絵たち三人は、長身の鯉沼を連れ出してホテルを出た。

彼は歩きながら幾つか質問をした。芝池が既に質問したことと重複している部分も多かったが、彼女たちは嫌がらずに答える。鯉沼は手帳を持っていて、歩きながらメモを取るのが難しそうだった。

天気はとても良い。気温もかなり上昇し、コートがなくても良いほどになっていた。平日とはいえ、既に大勢の人々が入場している。手帳に書き込みをしながら歩くスーツの青年と、女子大生の三人組。傍《はた》から見れば、多少不思議な取り合わせだろう、と萌絵は途中で気づいた。しかし実際には、誰も他人のことなど気にしていない。それが街、そして社会だ、と思い直す。

昨夜の惨劇の場所、広場の教会は立入禁止になっていたが、それを気にとめる者など一人もいないだろう。そもそも、あの建物は内部を公開していない。展示物もないし、アトラクションがあるわけでもない。ここで結婚式を挙げるカップルのためにしか機能していなかったのに違いない。そう考えて、今朝、藤原博から聞かされた塙理生哉のことを思い出したが、萌絵はそれを即座に遮断した。ちょうど、建物の日陰から明るい日向《ひなた》に出るように、彼女は気持ちを切り換えた。

クラシックな二階建てバスが停留所に停まって、中学生が沢山降りてきた。遠足か修学旅行でここにやってきたのだろう。運河に架かる橋を渡り、商店の建ち並ぶ小径に入ると、さらに人が多くなった。

「向こうの現場では何か見つかりましたか？」萌絵は、鯉沼の質問が一段落すると尋ねた。彼女が一番気になっていることだった。

「いえ、特に進展はありません」鯉沼は無表情で答える。

「出入りする経路は？」萌絵はきいた。

「今のところ、まったく」

「天井も床も、駄目ですか？」

「ええ」鯉沼は、短い返事をする。

「それじゃあ、警察は、どうやって犯人が部屋を出入りしたとお考えですか？」

新庄久美子の部屋は完全な密室だったのだろうか。

鯉沼は、しばらく真っ直ぐに前を見て歩いていたが、思いついたように片手に持っていた手帳をポケットに仕舞い、萌絵の方を向いて言った。

「いいえ、わかりません」

そのとぼけた仕草が可笑しかったのだろう、反町愛がくすくすと笑いだし、牧野洋子もつられて声を上げる。鯉沼は、一度立ち止まり、首を傾げてから、また歩きだした。

「ねえ、鯉沼さん」反町愛が笑いながら話す。「ここは、普通の街じゃないんですよ。アミューズメント・パークなんです。それに、あそこは、クライテリオンを売り出しているナノクラフトのビルなんですよ。部屋に秘密の仕掛けくらいあっても、私は不思議じゃないと思います」

「ラヴちゃん、クライテリオン知ってるの？」萌絵は、そのゲームの名称に驚き、鯉沼の反対側を歩いている反町愛にきいた。

「そんなの、知らない人なんていないわ」愛が澄まして言った。彼女のそのしゃべり方は、第三次キャット・カバー・モードである。エネルギィを消費するので滅多に使わないモードだった。

「洋子は知ってる?」

「知ってるよ」洋子も当たり前だという顔。「萌絵が知らないって言っても、私は全然驚かないけど」

「私、知らないわ」萌絵は言う。

「鯉沼さんも、ご存じでしょう?」特別モードで反町愛がきいた。

「え、ええ……」鯉沼は頷いた。「ちょっとだけですけど」

三人が、一斉にこちらを向いたので、萌絵は肩を竦めて、黙った。

また橋を渡る。広場にパラソルの屋台が幾つか出ていて、ホットドッグや飲みものを売っているようだ。制服の中学生がそこに集まっていた。

「ね、あそこに入りましょうよ」反町愛が指をさす。

広場の向かい側に大きな建物が建っていた。ミステリィ・ハウスと書かれた看板が見えた。入口には十メートルほどの行列ができている。

「うん、せっかくカードをもらったんだから、使わないと損だわ」洋子がバッグからカードを取り出して言った。

昨日、クルーザの中で新庄久美子がくれたカードだった。三人分のカードを代表して洋子が受け取っていた。このユーロパークのすべての施設に入場できるというものだ。しかし、もらったのだから使わないと損だ、という発言は、エネルギィ的にも地球環境的にも、正確ではない。

「鯉沼さんもいいでしょう？」愛が鯉沼の手を取って言う。初対面に近い人物に対してなんという破廉恥な行為だろう、と萌絵は思ったが黙っていた。反町愛だからしかたがない。彼女は昔からこうなのだ。

「あ、いや。僕は勤務中ですから」鯉沼はそう言ったが、あまり困った表情ではなかった。どうも、気持ちが顔に表れないタイプのようである。

「中で、私たちに質問すればいいんじゃない？」愛は簡単に言った。「あ、そうか、カードがないから、お金がいるんですね。私、鯉沼さんの分、出しましょうか」

「ラヴちゃん、そういう問題じゃないでしょう」萌絵は我慢できなくなって言う。

「萌絵は入らない？」愛が萌絵を睨んで言った。まるで、萌絵のカードを鯉沼に回せと言わんばかりの鋭い視線である。

「私も入る」萌絵は意地を張って答える。

「あ、あの、じゃあ僕、入場カード買ってきます」そう言って、鯉沼は近くにあったカード売り場に走っていった。

「あん、可愛い！」愛がそちらを向いて飛び跳ねる。

「この人が、だいたいわかってきた」洋子が萌絵に囁いた。「反町さんって、こういう人だったのね」

「そう」萌絵は頷いた。

「まあまあ」愛はこちらを向く。「君たち……、俺様の噂なら、ほどほどにしろよ」

行列の後ろに並んで待っていると、しばらくして鯉沼が戻ってきた。彼は大人しく彼女たちと一緒に立つ。

五分ほどして、行列が動きだし、四人は改札の機械にカードを差し入れて、ミステリィ・ハウスに入ることができた。

4

簡単にいってしまえば、映画館だ。

座席が床ごと揺れたり傾いたりする仕掛けが、観ている者に加速度を体感させる。それが映像とシンクロする。シミュレータのデモ版といえなくもない。愛、鯉沼、洋子、萌絵の順に座っていたので、幸い、愛の悲鳴からは一番遠くに彼女はいた。

髭《ひげ》を生やした典型的博士の作った典型的飛行装置に平均的主人公が乗る。そして、山岳地帯の上空を飛んだり、海の中に潜ったりする、という平均的ストーリィだった。最後には地球環境を守ろう、生態系を壊さないようにしよう、という無理な結びに落ち着く。こんなところでエネルギィを使って遊んでいること自体が矛盾する行為であるが、典型的で平均的な人々は気づかないのである。しかし、面白くないわけではなかった。なかなか刺激的ではある。特に飛行機を使って撮影したと思われる映像は、コンピュータ・グラフィックスにはない迫力があって面白かった。低空でローリングするところなど、圧巻である。

萌絵は純粋に楽しんだ。

十分ほどで終了し、座席の安全バーが上がった。四人は立ち上がり、通路に出る。

「面白かったね」洋子が萌絵に囁いた。こういうとき、当たり前のことを言うのが彼女らしい。とても優しい証拠だ。

出口に観客が殺到して、ちょっとした混雑になる。

薄暗い場所だった。

萌絵は左手を誰かに摑まれた。

最初、洋子だと思ったのだが、違っていた。

その手に引かれ、彼女は先に進めなくなり、人の流れに逆らう形で、大勢の人々に押された。

黒い壁際まで彼女は移動する。

相手の男を見た。

「犀川先生……」萌絵は囁く。

「向こうから出よう」犀川は小声で言った。

一度ホールの中に引き返し、もう一つあった出口へ向かう。犀川の右手が萌絵の左手を握ったまま引いていた。そんな奇跡的なことが、今までにあっただろうか。それだけで、彼女は眩暈《めまい》がするほど気分が良い。このままずっと、どこまでも、引っ張っていってほしい、と願う。目を瞑りたくなった。

そちらの出口も混雑していたが、展示室のような場所を通り抜け、やっと屋外に出ることができた。

犀川はすぐに手を離す。名残《なごり》惜しい自分の左手を彼女は確かめた。

「こっち」犀川は、建物の反対側へどんどん歩いていく。萌絵は小走りにそちらについていった。

柵の手前まで来た。「関係者以外立入禁止」と書かれた格子の扉が一つ。ほかには大きなごみ箱があるだけの袋小路だった。周囲に人はいない。

「おはよう」犀川は立ち止まって、建物の壁に片手をついた。

「おはようございます」萌絵はにっこりと微笑み挨拶する。今から犀川が何をするのか、何を言うのか、それを考えただけで鼓動が速くなった。

犀川は煙草を取り出して火をつける。彼は、セータにジーパン、それに茶色のコートである。いつも大学に出勤しているままのファッションだった。

「いつ、こちらへ？」犀川が何も言わないので、萌絵がさきに尋ねた。

「さっき」煙を吐き出しながら犀川は答える。「ここの入場料は、法外だね」

「アトラクションも観られるカードを買われたのですか？」

「うん」犀川は口もとを上げる。「騙された。今の、観ただろう？　信じられないよ、こんなつまらないもので、お金を取るなんて」

「先生……、そんなお話をするために長崎までいらっしゃったのですか？」

「違う」犀川は横目で萌絵を見る。無表情だった。「西之園君の話を聞くためだ」

「こんな場所じゃなくて、どこかもっと気の利いたカフェに入りましょう。コーヒーとケーキとかはいかがです？」

「あまり人目につきたくない」

「監視されている、ということですか？」

「たぶん」

「それなら、こんなところ、余計に目立ちますよ」萌絵は周囲を見回した。袋小路の奥で向かい合っている二人を見ている中学生が既に四名いた。

　犀川もそちらを向く。「そうかな」

「コートを脱いで、人混みに紛れて移動しましょう」萌絵は提案する。「遠くから見ている人なら、きっと服を目印に探しているはずです」

「わかった」犀川は小さく頷く。「それじゃあ、少し離れて君についていくから、適当なところまで歩いて」

「はい」萌絵は、不思議なことに、わくわくしてきた。

彼女はコートを脱ぎ、なるべく小さくして抱える。犀川もコートを脱いだ。もう寒くはなかった。

5

西之園萌絵は、二十分ほど話し続けた。チーズケーキが一つ、コーヒーが二つ、途中で運ばれてくる。周りのテーブルは、若い女性たちばかりである。二人が座っているのは店の一番奥のテーブルだった。

ウエイトレスに灰皿を持ってきてもらい、犀川は煙草に火をつける。萌絵の話を聞きながら、柱に幾つか展示されている年代物の写真を眺めていた。若い女性のおしゃべりが店中に充満していたし、それと軽音楽が干渉し合って、ちょうど良い防音効果だった。萌絵の声は、犀川の耳にやっと届くほど小さくコントロールされている。

空港で島田文子に会った話に始まり、ユーロパークに到着し、この一夜に彼女が経験した驚異的な出来事、そして今朝までの時間の流れが、彼女独特の端的な表現で語られた。犀川は、何も考えずにまずデータを鵜呑《うの》みにする。途中で質問することは非能率的だからだ。

話し終えて、萌絵はコーヒーカップに手をつけた。チーズケーキは扇形で、その中心角から円の八分の一だ、と犀川は判断した。もちろん、それを注文したのは彼ではない。

「西之園君の話したことが本当なら、ここは、この世じゃない」軽いジョークのつもりで犀川は言った。

「本当です」萌絵は冷静な表情で頷く。「とんでもないマジックだとは、ええ、私も思います」

少し考えてみよう、と犀川は思い、二本目の煙草に火をつける。煙を吐き出し、腕組みをして、萌絵の顔を見ると、彼女もじっとこちらを見据えている。

「先生、どう思われますか？」

「今から考えるところ」

「第一印象は？」

「そんなもの聞いても無意味だよ」

「でも、聞きたい」

「たぶん、その教会も、それから二十四階の部屋も、どちらも多次元直方体なんだね」

「多次元直方体、ですか？」萌絵は首を傾げる。「四次元の部屋という意味ですか？　犀川先生らしくないですね」

「だから言いたくなかった」犀川は口もとを斜めにする。「しかし、四次元立方体は、数学的に確固たる概念だ。それを今、話す時間はないけれど」

「あとで教えて下さい」

「本を読みなさい」犀川は煙を吐く。「真賀田博士は、君の考えでは、そのホテルの地下にいることになるわけだね」

「ええ……。時間的に、そんなに遠くまで連れていかれたとは思えませんから」

「確かに、ナノクラフトなら、やりかねないな」犀川は思ったことを口にした。「昨夜、博士がここにいたことは確かだろう。でも、今はもう、どこか別のところっていう可能性が高いね。警察が沢山やってくることくらい予想していただろうから」

「塙社長は、真賀田博士を隠すつもりだし、自信もあるみたいでした。ひょっとしたら、まだここにいる、という可能性もありえないとはいえません」

「うん……」犀川はまた少し考える。「最初のシードラゴンの事件は、どこで起こったと島田さんは話していた?」

「ユーロパークに隣接して別荘地があります。ゼミ旅行で借りているのも、そこのペンションなんですよ。死体が見つかったと騒ぎが起きたのは、その別荘地だそうです」

「別荘地のどこ?」

「いえ、詳しくは……」萌絵は天井に目をやった。「四十八番地って聞きましたけれど……」

「その別荘の中で起きたの？」

「いいえ、その隣……。確か、島田さん、そう言っていました」

「隣ね……」犀川は頷いた。「四十八番地の次は、たぶん五十番地だろう」

「え？　ああ……、四十九が、縁起が悪いからですね？」

「そう……」犀川は煙草を指先で回す。「四十八番地の隣っていうのは、きっと、四十八番地と五十番地の間という意味だよ」

「どうして、そんなことがわかるんですか？」

「わからないよ」犀川はゆっくりと首をふる。「だけど、そうかなって思っただけ」

「だったら、どうなんです？」

「四十八番地と五十番地の間なら、つまり、欠番になっている四十九番地といえなくもない」犀川は煙草を灰皿で消した。

萌絵は顔をしかめ、首を傾げた。

「あの……、先生。私、意味がわかりません」

「それは、確かめてからにしよう」犀川は言った。「えっと、西之園君たちの部屋に侵入して、メモ用紙になぞなぞを書き残したのは、誰かな？」

「わかりません。でも、新庄さんの寝室にあった雑誌の落書きと同じ感じの文字でした」

「それは聞いてない」犀川はすぐに言った。

「あ、話さなかったですね。すみません」萌絵は肩を竦《すく》める。「ぼんやりしていました。彼女の寝室に雑誌がありました。その表紙に、バネと滝、と書いてあったんです。弾むバネと、水が落ちる滝です」

「なるほど」犀川は頷く。

「何が、なるほどなのですか？」

「クライテリオンというゲームに同じものが出てくるんだ」

「え？　先生、ご存じなの？」萌絵は目を丸くして驚いた顔をする。「ショック……。知らないの、私だけ？」

「いや、僕は、横浜で世津子から聞いたんだよ」

「あ、なんだ……」わざとらしく長い溜息をついて萌絵が目を瞑った。「そうですよね。犀川先生がゲームをするなんて、鯨がハードル競走するみたい」

「その比喩はあまり面白くない」

「じゃあ、どんなのが良いかしら？」

「西之園萌絵が力学の予習をするみたい」

「全然、面白くありませんね」萌絵は微笑んだ。「それで、バネと滝って、いったい何のことなのですか？　私も、儀同さんからメールをもらいました。そのゲームのことが書いてあって……」

「どこで、メールを読んだの？」

「ナノクラフトの本社ビルです」萌絵は答える。「先生は、バネと滝の意味をご存じなのですね？」

「わかったから、君に電話したんだ」犀川はすぐ答えた。「最初に横浜の駅から君に電話をかけただろう？　途中でカードが切れてしまったけれど」

「ええ、それを盗聴されて、真賀田博士が電話で先生を呼び出したのですよね」

「うん、そう……」

「ねえ、どういう意味なんですか？　そのゲームと、バネと滝と、今回の事件と、どんな関係なの？」

「ゲームの最後のところで、バネと滝が意味もなく出てくるんだそうだ。そこまで到達したプレイヤにも意味はわからない。世津子がそのことで記事を書いていた。あ、そうそう……、もう一つなぞなぞがあってね」

犀川は記憶の中からそれを引き出す。若い頃なら一瞬だったのに、最近、時間がかかる。覚えられないとか忘れてしまう、というのではない。覚えられるし、忘れないのだが、正確な記憶を引き出すのに時間がかかるのである。その部分の回路が最も劣化が早いのだろう。

「彼と彼女は正反対。でも、彼女の上半分は、彼の下半分。上半分が彼なら、下半分は彼女。海を越えたとき、二人は同じ尾をつけた人間になる」頭に再生された文字を、犀川は読んだ。

「何ですか？　それも、なぞなぞですか？」

「そうだね」犀川は少し微笑む。きっと、西之園萌絵なら二十秒で解くだろう、と彼は思った。

萌絵は視線をテーブルの上に固定して動かなくなった。息を止めているようだ。コーヒーを飲んで待っていると、しばらくして、彼女が深呼吸をして、上目遣いで犀川を見た。

「わかりました」萌絵は微笑んだ。「夏と冬のことですね」

犀川は微笑み返す。

やはり、彼女の方が自分よりもずっと頭の回転が速い、と犀川は思った。この手の無作為検索は、彼女の最も得意とするところだ。

彼が夏、彼女が冬、である。

漢字にすると、彼女「冬」の上半分は、彼「夏」の下半分になる。地球の上半分（北半球）が彼「夏」なら、下半分（南半球）は彼女「冬」になる。海を越えた国では、二人「summer」と「winter」は、同じ尾「er」をつけて人間になる（erは動詞について人を表す）。

「あ！」萌絵が急に叫んだ。

周囲のテーブルの客がこちらを向く。

「わかりました、先生！」声を押し殺して萌絵は言った。「バネと滝は、springとfallですね？　つまり、春と秋だわ」

「そう……」犀川は頷く。「滝はfallsで、複数だけどね……」

「春夏秋冬……、つまり四季」萌絵は目を見開き、ぶるぶると顔を震わせた。「凄い……。真賀田博士が、ゲームに自分の名前をメッセージとして織り込んだのですね？」

「たぶん……」犀川は頷いた。「いつか、僕か君の耳に入ると計算していたんだ」

「でも、先生が儀同さんにそれを聞いたのは、偶然ですよね」

「うん」犀川は答える。「だけど、どこまで偶然なのか、確認しないとね……。すべてが、真賀田博士のプログラムで動いていることなのかもしれないし……」

「ええ……」萌絵も俯《うつむ》いて困った顔になる。

「少なくとも、新庄さんの部屋で、西之園君が見たという雑誌の落書きは、君に見せるために、わざわざ書かれたものだ。偶然ではない」

「私に？　何のために？」彼女は顔を上げる。

「君は、何のためにこの世にいる？」

「何のためって、言われても……」

だった。萌絵は僅かに身を引き、幾度か視線を断続的に移動させた。眉を寄せ、不安そうな表情だった。

「たぶん、そんな感じだ」犀川は言った。

彼女は犀川を一瞥《いちべつ》したあと、真剣な表情で考え込む様子だったが、十秒ほどして、急に表情が明るくなり、犀川を睨んで微笑んだ。そのストロボのような一瞬の大人の表情は、以前の彼女には見られなかったものだ。

「あ、先生……。思いついたんですけれど……。何のために私がこの世にいるのか、今ここで告白して良いですか?」

「いや、もう遅い」犀川は首をふった。

頰を膨《ふく》らませ、不満そうに彼女は目を細める。

「不覚でした。すぐに答えられないなんて……。一生の不覚だわ」

「話をふった僕は、もっと不覚だ」犀川は苦笑した。

6

二人は店を出て運河の遊覧船に乗った。三十人乗りくらいの船だ。乗客は疎らで、一番後ろのシートに犀川と萌絵は並んで腰掛けた。船が動きだしてすぐ、萌絵のバッグで電子音が鳴り、彼女は電話に出た。

「あ、ラヴちゃん……、うん、大丈夫」萌絵は声を潜めて応対している。「そうそう……、ううん……、ええ……」

犀川はガラス越しに景色を見る。運河の幅は十メートルほどで、両側には石垣がほぼ垂直に積まれていた。地面より低い位置にいるので、視界は限られ、迷路の中のマウスになった気分だった。つまり、景色といっても、橋と建物の上部しか見ることができない。岸に立って船を見ている人々の中には、どういったわけか、こちらに手を振ってくる者が多い。

運河は多角形を描くようにカーブし、船はゆっくりと向きを変える。別の運河と合流する地点では、小さなゴンドラとすれ違った。

「彼女たち、刑事さんと一緒にあちこち見て回っているようです」萌絵が携帯電話をバッグに仕舞いながら言った。「私が迷子になったと思って、心配してくれたみたい」

窓際に座っている犀川は黙っていた。船はゆっくりと海の方へ向かっている。

「あ、あれです。先生」萌絵が犀川に躰を寄せて、外を指さした。「あそこが教会です。その横の四階建てが、私たちが泊まっているホテル・アムステルダム」

教会の鐘塔と屋根の一部が見えた。ホテルの方は、ヨーロッパの典型的な集合住宅を模した建物だった。一見、ドイツのものにも、フランスのものにも見える。いろいろな年代のデザインが混ざっていた。

ホテルの横を通り過ぎ、橋を潜り抜けると、前方が開け、波止場が視界に入る。遠くに海賊船を想わせる大型の帆船が停泊していた。その岸壁の付近には大勢の観光客が見える。船は防波堤の手前で進行方向を変え、海岸線に対して平行に走ろうとしているようだ。

「先生、四次元立方体のお話は？」萌絵がまた躰を寄せてくる。

「多次元幾何学の本を読みなさい」犀川は素っ気なく答えた。

「簡単に、一言で、さわりを聞かせて下さい。だって、今回の事件と関係があるのでしょう？」

「ないよ」

「あるっておっしゃいました」

「言ってない」犀川は首をふった。「連想しただけだよ」

「それでもけっこうです」

「三次元の立方体は、二次元の正方形で表面が構成されている。同様に、四次元の立方体は、三次元の立方体に周囲を覆われて作られる。言葉として、四次元のものを立方体とか、多面体と呼ぶのは相応《ふさわ》しくないけれどね」

「立方体で覆われているって、どういうことですか？」

「たとえば、四次元では、立方体の六つの面を同時に見ることができる。外側も内側も同時に見えるんだよ。その六面がすべて、それぞれ隣の立方体の面に接している。それで、ぐるりと周囲が形成されている。つまり、そういう形なんだ」

「というと……、どこまでも立方体が無限に連続しているわけですね？」

「まあ、そうだね。だけど、個数は有限だよ。たとえば、三次元の正多面体でも、正四面体、正六面体、正八面体、正十二面体、正二十面体というふうに、面の数は有限だけど、その多面体の上に乗っている二次元の人々には、どこまで行っても、隣に正多角形がある。無限に同じ形が続いているわけだ。つまり、実は同じところへ戻ってきているだけ」

「ああ、そうか……」萌絵は頷いた。「それじゃあ、四次元立方体を、私たち三次元の人間が見ると、無限に連続する立方体に見えるわけですね？」

「見えるわけじゃない」犀川は首をふる。「我々の目は網膜が二次元だから、実は立方体を完全に見ることができない。サイコロを見ても、見えるのはせいぜい三面だけ。反対側は見えない。我々が一時《いっとき》に見ているものは、二次元に投影された映像であって、頭の中で三次元に組み立て直して認識するんだ」

「よくわかりませんけれど、もし四次元立方体があったとすると、それは、私たちには、どんなふうに……、その……、認識できるのですか？」

「まず、それがある場所へ何らかの方法でワープしないといけない。まあ、それはそれとして……。見たところは、ただの立方体に最初は見える。そう、大きな立方体の部屋を考えよう。その中に僕たちは既にいる。そう、内部に既にいる、というのが四次元立方体が閉じた形状だからなんだ」

「外からは見えないのですか?」

「見えるけど、外はないんだ」

「え? うーん……」

「その部屋では、鏡に映ったみたいに、隣の部屋が前後左右上下に見えていて、しかも、遠くほど歪《ひず》んで、変形して、そしてついには消えているように見えるだろう」

「先生、見てきたみたいですね」

「で、隣の少し歪んだ部屋に移動すると、そこもちゃんとした立方体だとわかる。どんどん隣の部屋へと移っていっても同じだ。そうしているうちに、最初の部屋に戻る」

「中に入ると、隣の部屋が見えるんですね? 部屋の外にいる場合は、どう見えるのですか?」

「ただの立方体が一つあるだけだ。二次元の世界、つまりテーブルの表面に棲《す》んでいる人がいて、そのテーブルにサイコロを置いた場合を考えてごらん。テーブルの面に接しているのは、ただの正方形だろう? 正方形の外部にいる二次元の人は、その周囲をぐるりと回って、正方形が一つあるな、と認識するだけだ。だけど、ワープしないかぎり、その正方形の中には入れない。しかし、一旦中に入ると、彼は、サイコロの別の面に次々と移動できるようになる。もう出られない。どこまで行っても、正方形の部屋が無限に続いている」

「ああ、そうか……」萌絵は嬉しそうな顔をする。「わあ、それ、面白いですね。なるほど……、それが、密室殺人を可能にするわけですね」

「関係ないよ」犀川は無表情である。「しかし、関係のないものを連想してしまうのが、人間の重要な能力の一つだ」

「どうすると、四次元の立体ができるのですか？」

「うーん、かなりSFになってきたね」犀川は口もとを上げる。「まあ、いいや。えっと……、二次元の人には、三次元立方体を見たり、作ったりすることはできないけれど、その立方体の展開図なら作ることができるね。つまり正方形を六つ用意して並べるわけだ。それで、両側からえいっと力をかける。四方からぐいぐい力をかけて押すわけだ。そうすると、彼らには認識できない、三次元の方向に、その展開図ははらみ出して、上手《うま》くすれば立体になる。だから、それと同じ要領で、僕らも四次元立体を作れば良い」

「まず、四次元立方体の展開図を三次元で作るわけですね？」

「そう、その展開図というのは、もう図じゃないね。展開立体だ。立方体を所定の個数並べて、両側から押してやる。そうすると、僕らの知っている三軸のどれにも垂直な四つめの軸に向かって、はらみ出す。そして、立方体のすべての面が隣の立方体と接するようになれば、できあがり」

「凄い力が必要なんですね？」

「きっとね」犀川は微笑んだ。

遊覧船は、陸の方向へ向きを変え、運河に入っていく。その近辺には、一戸建ての洋風住宅が並んでいた。住宅はどれも二階建てか三階建てで、遠くから見た印象よりも大きかった。また、いずれも庭が広く、建物どうしの間には充分な間隔がとられている。窓枠が白か明るい緑に塗装され、大きな屋根にある出窓が、共通するデザインだ。萌絵が話していた別荘地、ペンション村である。

遊覧船が小さな桟橋に停泊したので、そこで犀川と萌絵は船を降りた。入れ替わりに乗り込んだ家族連れが一組。そこで降りたのは犀川たち二人だけだった。

低いエンジン音を残して遊覧船は遠ざかる。

桟橋から上がり、アスファルトの歩道をしばらく歩いた。両側には街路樹が並び、運河と反対側の右手には、車道を隔てて、石垣で少しだけ高くなった住宅の白い木製の柵がある。ときどき現れるゲートには、それぞれ立派な郵便受けが立っていた。そのポストか、さらに奥に見える玄関の表札で、番地がすぐにわかった。今歩いているところは二十台の番地で、数は一つずつ増えていた。

大きな犬を連れた男性とすれ違う。白と黒の二匹の大型犬で、犀川たちの方を見向きもしなかった。左手の運河には、クルーザやヨットが停泊している。アメリカでもヨーロッパでも、どこへ行っても、高級住宅地は、すぐにそれとわかる雰囲気を持っているものだ。ここも、それらを模倣している、という意味では成功しているだろう、と犀川は思った。

二十八番地の次は三十番地だった。運河と道路が直角に曲がっていて、その向こうには、もう建物はない。振り返ってみると、一列に並んでいるのは九棟だった。

二人は折れ曲がった道路の歩道を右手に行くことにする。左手は運河で、対岸に二列の別荘が並んでいる。そちらが、おそらく一番地から二十番地なのだろう。

二人は黙って足早に歩いた。しばらく行くと二列目の住宅地が見えてくる。思ったとおり、一番端が四十番地だった。つまり、三十一から四十番地までの、三十九だけを除いた九棟が、一列に並んでいるブロックである。

「四十八番地はあっちだね」犀川は前方を見て言った。

「あそこまで戻らないと渡れませんね」萌絵が遠くを指さして言う。

前方は運河で遮られていて、対岸に渡るための橋はずいぶん遠かった。歩道を折れて、また運河を左手にして歩く。道路沿いに並んでいる別荘は、四十、三十八、三十七番地の順だった。やはり、三十九番地はない。

自動車が渡れる立派な橋が架かっていた。歩道からは階段を上って橋の上に出る。ちょうど、三十五番地の付近だった。橋の上の高い位置から眺めると、別荘地の様子がよくわかった。二列ずつで一つの島ができている。運河が周囲を廻り、控えめに橋が架けられていた。遊覧船やボートなら橋の下を通ることができるが、大型のクルーザやヨットは無理だ。橋が少ないのは、ここでは船が優先されているためだろう。

橋を渡りきり、歩道を左手へ向かう。四十番台の数字を付けたポストが確認できた。そして、最後の二軒が四十八番地と五十番地だった。

「この辺だね」犀川は立ち止まって煙草に火をつけた。

少し風が感じられる。日向《ひなた》なら寒さを感じるほどではなかったが、二人は船を降りてから再びコートを着ていた。

特に変わったものはない。ゴミ収集用の大きな鋼鉄製の容器が道路の端に置かれている。運河には小さな桟橋が突き出ていたが、船はない。四十八番地も五十番地も、いずれも人の気配はなかった。

この二棟の間には、通り抜けられる小径があった。それぞれの別荘の柵に挟まれて、どちらの敷地でもない幅二メートルほどの砂利道だった。このような小径は、ここだけではない。二、三軒に一つの割合であるようだ。

萌絵がその砂利道を奥まで歩いていき、周りをじろじろと観察している。

「先生のおっしゃったとおりですね」彼女は戻ってくると、声を弾ませて言った。

「うん、ここだね」犀川は煙を吐き出す。

「どうして、四十九番地がないって、わかったのですか？」

「四十八じゃあ、おかしいからさ。本当は四十九にしたかったけれど、その番地がなかったから、四十八の隣にしたわけだ」

「本当は四十九に？」

「七の二乗だからね」

「え？」萌絵が小さな口を開けて、目を丸くする。

「秘書が殺された部屋は、二四〇一だったね？」犀川は煙草を指先で回した。「それは……」

「七の四乗！」

「ホテルの西之園君の部屋は？」

「三四三……」萌絵は呆気にとられた表情で一歩後ろに下がった。「七の三乗だわ！　先生、これは、いったい……」

「誰か、遊んでいる奴がいるってこと」犀川は表情を変えずに言った。

「真賀田博士ですね」萌絵は口をきっと結んだ。「全部、博士がかいたシナリオなんだわ」

7

「僕らにできることは二つある」犀川は運河の岸壁の石垣に腰掛けた。「ここに残って警察に協力するか、あるいは、このまま帰ってしまうかだ」

「逃げるのですか？」萌絵は立ったままだった。

「そうだ」犀川は萌絵を見ないで頷いた。「僕らは逃げないだろう、その確率が高いだろう、と真賀田博士は予測していると思う。僕と西之園君が逃げ出してしまえば、博士は遊び道具を失うことになる」

「やっぱり、私たちで遊んでいるのですね。でも、少なくとも二人、いえ、ひょっとしたら三人もの人が殺されているのですよ。許せない。そんなの絶対に許せません」

「そう……」犀川は萌絵を見上げる。「おそらく、遊び道具が逃げ出さないようにするために、人を殺したのだろう。鳥籠みたいなものさ」

「え?」萌絵はびっくりした顔をして黙った。彼女は、そのまま犀川の隣に座り、拾い上げた小石を運河の水面に向かって投げた。「そうか……、悔しいけれど、そのとおり……」

「すべてのことを、真賀田博士一人がやっているわけではない」犀川は煙草に火をつけた。「博士の理解者、というか信者が、いるはずだ。僕らにマジックを見せるためのアシスタントだね。だけど、それを暴《あば》こうとすると、ますます、博士の術中にはまることになる」

「観客が逃げ出せば、マジックショーは終わらざるをえない」萌絵が遠くを見たまま言った。

「少なくとも一時的にはね」犀川は煙を吐く。「事件のことは警察に任せて、僕らは逃げるべきだと思う」

「そんなの……、私、我慢できない」萌絵は大きく首をふった。「だって、そんなことをしても、またいつか、またどこかで、同じことを繰り返す。きっとそうなります」

「そうだ」犀川は頷いた。「しかも、エスカレートするだろうね。僕も君も、さらに危険になる。いや、観客を殺すようなことはしないと思うけれど、僕や君の周辺の人間が、危険に曝《さら》されるだろう」

本当はそう考えていなかった。

犀川は、観客は自分一人だと確信していたからだ。実は、最も危険なのは西之園萌絵なのである。真賀田四季という人物は、キーボードのデリートキーを押すくらい簡単に、それをやってしまうだろう。ちょっと小指を伸ばすだけだ。彼女にとって、他人の生命などコードの一つ。他人の人生などコマンドの一行に過ぎない。単なる遊びで（否、遊びこそ人類の目的であろう）、周囲の生命の蓄積に、唐突なエスケープシーケンスを送り込むことができる。割り込み、コントロールすることができる。

そのまま説明しては、萌絵がさらに危険な行動を起こしかねない。それがよけいに心配だったので、犀川は嘘をついた。

「だから、今日はまだ、ここには僕は来なかったことにしてほしい」犀川は言った。「観客が揃ったと思われたくない」

「誰に対してですか？」萌絵は尋ねる。

「ナノクラフトの誰か」

「塙社長？」

「とりあえず全員だね。警察にもそう説明しようと思っている」

二人は立ち上がって、また歩道を歩きだした。橋を渡り、隣の島にあるバス停まで来てみると、ユーロパークを巡る循環バスが二十分おきに走っていることがわかった。

その近くで目立たない場所を探す。樹陰に入り、犀川はまた煙草に火をつけた。

「西之園君の仮説を聞こうか？」犀川は口もとを少し上げて言う。「きっともう、何とおりも考えてあるんだろう？」

「教会の殺人事件の方は、物理的な可能性として許容できる方法がいくらでもあります」萌絵はすぐに反応して答えた。「殺人犯は、教会のドーム屋根の上まで松本さんを連れ出して、ガラスを割って彼を礼拝堂に突き落としたのです。おそらく、屋根の上から、私たち三人が見えたでしょう。私たちが近くに来たこともわかっていたはずです。それに、新庄さんは、たぶん、あそこに呼び出されたのじゃないかしら」

「それで、タイミングを見計らったわけだね？」

「そうです」

「突き落してから、また引き上げたの？」

「はい……。私たちが松本さんの死体を確認したときに、彼の躰にロープが結ばれていたなんてことは絶対にありません。つまり、天井から下ろしたロープを、どうやって死体に結んだのかが問題になります。それは、たぶん、機械仕掛けのものだったのではないでしょうか？　リモコンで動かすようなマジックハンドです。それで、死体の腕か足を摑《つか》んだのだと思います。第一、天井まで人間一人を引き上げるのには、何らかの機械が必要ですから、それくらいの用意があっても不思議ではありません。突き落したときには一箇所しか割れていなかった窓が、引き上げるときは数枚割られているんです。機械を使うのに必要だったのだと思います」

「うん、まあ、いいだろう。それで、死体を摑んで引き上げた。そこを新庄さんに目撃されたわけだね。死体が逆さまになって足から出ていった、と彼女が言っている以上、足を摑んで宙吊りにしたと考えるのが自然だ」

「ええ、ですけれど、腕を摑んで、そのために腕が引きちぎられた、と考えることもできます」

「それはないよ」犀川は言う。

「どうしてですか？」

「あ、いや……、あとで話す。続けて……」

「犯人は、私たち三人が礼拝堂を出ていってから、死体を引き上げました。新庄さんは椅子で項垂《うなだ》れていて、気を失っているように見えたかもしれません。これからわかることは、その引き上げ作業を、犯人は見られたくなかった、ということです」

「そりゃ、見られて、君たちに騒がれたらまずい」

「屋根の上からは、ホテルの方も見下ろせたはずです。そこには既にパトカーが来ていましたし、私たちもいました。都合良く、新庄さんが悲鳴を上げたので、みんなが教会の中にやってくるのも見えたと思います。犯人はこの隙に逃走しようとしました。少しでも時間を稼ぐための予定の行動だったとは思いますけれど、腕を落していったのです。それがあれば、しばらくは、そこに足止めになるだろう、と計算したのです」

「どうやって逃げた？」

「たぶん、死体を引き上げたのと同じ装置を使ったのでしょう。持ち運びが可能な小型の電動ウインチですね。今度は、マジックハンドにドームの窓枠を摑ませて、自分はウインチと一緒に、ワイヤを延ばしながら壁を伝って下ります。教会の西側、つまり正門の反対側へです。ちょうど、新庄さんの車が駐まっていた辺り。地面に着いたら、あとはリモコンでマジックハンドを外して、回収する、そして、闇に紛れて逃げた」

「音がしそうだね。中に人がいたんだろう？　ウインチで壁を伝って下りるときも、それに……、マジックハンドを回収するときも、きっとどこかに当たって大きな音がする」

「プラスティックか何か、柔らかいクッションでカバーされていれば、なんとかなるのではないでしょうか」

「でも、死体を背負っているわけだろう？」

「いいえ、死体はさきに下ろしたのだと思います。この場合は、マジックハンドに死体を掴ませているわけです」

「そんな時間があった？」

「わかりません。ぎりぎりだとは思いますけれど……」

「問題はね……」そう言ってから、犀川は煙をゆっくりと吐き出した。

「問題は、どうしてそんなことをしたのか、です」萌絵が、犀川の言おうとしていたことを口にした。

「そう……」犀川は頷く。

「どうして死体を置いていかなかったのか。見られて困るものならば、どうして、私たちや新庄さんに見せたのか。一旦は落したものを何故、再び引き上げたりしたのか。しかも、すべては、おそらく計画的な行為なのです」

「何故だと思う？」

「わかりません」萌絵は首をふった。彼女は微笑もうとしていたが、うまくいかなかったようだ。

「そこが、キーポイントだよ」犀川は呟く。

「先生はわかったのですか？」

「わからない」

「なんだ……」萌絵が微笑む。「わからないのに、キーポイントなんですね？」

「西之園君がわからない、と言ったのと、僕がわからない、と言ったのでは、根本的に意味が違う」

「どう違うのですか？」萌絵が口を尖らせる。

「西之園君の場合は、思いつかない、と考えている、わからない、だ」犀川はゆっくりと言った。「僕のは、わからない、で正解だと思っている、わからない」

「わからないのが、正解なのですか？　答がないってこと？」

「そう……」犀川は頷く。「通常、不可解な行為にも、必ず何かの意味がある、という前提で推理が行われる。君の仮説にしても、ガラスが割られた理由、腕が残されていた理由に、意味を見つけようとしている。それが間違いかもしれない。そもそも、意味はない。意味がないことを目的に、行われた行為なんだ、と考える。そうしてみれば、不思議なことは何一つない」

「意味のないことをする、ということ自体が既に不思議です」

「いや、それは錯覚だ。意味のないことを面白い、やる価値がある、と考えるのが人間の高尚さじゃないか」

「高尚なのですか？　あの殺人が……」

「少なくとも、知能の低いほかの哺乳類はしない」犀川は答えた。「極めて人間性に根差した行動といえる。きっと、芸術的な価値があったのだろう」

「私、だんだん腹が立ってきました」

「それも人間的だ」犀川は微笑んだ。「その行為が許されるものかどうか、良いか悪いかを議論しているのではない。そんな判断は今は無意味だ。さて、そうなると、犯人は、何故そんな行為をしたのか、どうしてそれが必要だったのか、といった種類の問題をいくら辿っても、真実に行き着くことはできない。西之園君が、腕だけが残された理由として考えたこと、ガラスが割られていた理由として考えたこと、それらの信頼性も決して高くない。簡単な理由があれば、単に安心だけは得られるけれどね」

「じゃあ、どう考えればよろしいのですか？」

「現象を素直に見れば良い。誰かが死体を持ち去ったのは事実だし、腕が残されていたのも事実だ。それは幻《まぼろし》じゃない」

「何故か、と理由を考えてはいけない、ということですね？」

「人の心理とか、動機を考えてはいけない。何故なら、普通の心理、普通の動機で動いている相手ではないからだ」

萌絵は腕組みをして、しばらく犀川を見つめていたが、彼の方がさきに視線を逸らした。

「真賀田博士がやったことだからですね？」

「わからない」犀川は答える。

「だって、真賀田博士が犯人だからこそ、普通の心理とか動機を考えてはいけない、とおっしゃったのでしょう?」

「取り扱う集合の中に、一つでも虚数があるとしよう。そうなると、普段は除外できる条件も、普段は成立しない方程式も、考慮に入れなくちゃいけなくなる。単にそういう意味だ。君の仮説を全面的に否定しているわけじゃないよ。確定できない部分がある、と言っているだけだ」

萌絵は無言で頷く。

「今は、これくらいにしておこう」犀川は時計を見てからゆっくりと歩きだす。彼女は後をついてくる。「ナノクラフトの本社ビルの事件は?」

「向こうは……」萌絵は一度天を仰ぎ、今度は下を向いて、地面を軽く蹴った。「現在のところ、境界条件が不鮮明です。もし、今得られている情報がすべてだとしたら、実に驚異的です」

「非科学的だね」

「はい……、非科学的なのが、私には驚異的です」

「違う。非科学的であれば、それは観測が間違っているだけだ。驚嘆する理由などない」犀川は低い石垣の近くに行き、そこに腰掛けた。「科学的な知識が不足していて、驚くことはある。しかし、それは非科学的とは言わない」

「あの部屋はどこかに出入口があるはずです」萌絵は犀川の前に立った。「それがどうして観測できないのか、という点に焦点を絞る必要がありますね」

「そのとおり」犀川は軽く頷いた。

「二四〇一号室という、七の四乗のナンバをわざわざ用意したくらいですから、何か大掛かりな仕掛けがあっても不思議ではありません。しかし、どうして、そんなことをしたのか……」

「それは不問にしよう」

「あ、ええ、そうでしたね」萌絵は唇を噛んで微笑む。「それじゃあ、現象だけを捉えるとして……。まず、私たちが刑事さんと一緒に出向いたとき、新庄さんは部屋の中にいた。一度は出てきて、私たちを見ました。あのとき、殺人犯が既に部屋の中にいたことは確かです。ですから、警察と私たちがすぐ外にいることを承知の上で、新庄さんを殺したのです」

話しているうちに、萌絵は泣きそうな表情になったが、大きく深呼吸をして、感情を遮断するように、一度遠くへ視線をやった。

それは、近頃の彼女によく観察されるようになった感情の変化だった。

「あるいは、私たちが行ったからこそ、殺されたのかもしれません」彼女は続ける。

「そう考えても、意味はない」犀川は断言した。

「ええ、そうですね」萌絵はこちらを向く。

一瞬の大人の表情だ。

おそらく、何かを諦める瞬間の繰り返し……。

その蓄積が、大人になることと同義だからだ、と犀川は思った。

そうして、意味を切り放して、どんどん無感情になっていくことが、すなわち、死に近づく儀式なのだから……。

犀川は萌絵を見つめる。

彼女も犀川を見ている。

「わかることが幾つかある」犀川も無駄な思考を遮断して話した。「まず、犯人と新庄さんは顔見知りだった可能性が高い。ということは、教会で起こった事件において彼女がはたした役割についても、可能性を再検討する必要が生じる。西之園君はマジックハンドなんて都合の良い装置を持ち出したけれど、新庄さんが、死体の足にロープを縛ったのなら、もっとシンプルでフレキシブルになる」

「彼女が共犯だということですか？」

「その可能性が否定できない、というところかな。そこから先の仮説はまだない」

「新庄さんはバスローブしか着ていませんでした。よほど親しい人間でなければ、同じ部屋にいたのが不自然です」

「あと……、悲鳴が聞こえ、ドアの内側に新庄さんが倒れた音がしてから、鍵を開けて中に入るまでの短時間に逃げ出したこと。つまり、そのようなことが可能な経路でなくてはならない。出入りに時間がかかる方法ではない。これも事実だね」

「はい、三分か、せいぜい五分だったと思います。それに、塙社長と藤原副社長が殺人犯でないことも事実です。新庄さんが最初に顔を出して、待ってくれと言ってドアを閉めた、そのすぐあとに、通路の反対の端の部屋から二人が出てきました」

「寝室にあった雑誌に、君は落書きを見つけた。バネと滝。それは、西之園君に、真賀田四季博士の存在を意識させようという意図で、わざとそこに置かれたものと考えて良いだろう」

「ええ……、そのあとで、儀同さんからのメールを読んで、クライテリオンというゲームのことだとわかりましたけれど、儀同さんが私にメールを出して、それを私が読むことまで予測するなんて、とても不可能ですから、つまり、犀川先生に私が話して、いずれは、真賀田四季に行き着くことを計算していたのでしょうか？」

「いや、僕が最初にホテルの君の部屋に電話したのを盗聴して、ゲームの隠しアイテムに僕が気づいたことはわかったはずだ。世津子から僕が聞いたのは偶然だったけれど、長崎の君に電話したことで、真賀田博士にはわかったはずだ。つまり、夏と冬のなぞなぞとバネと滝を組み合わせて、四季という名前に僕が行き着いたことを、真賀田博士は既に知っていた。事件が発生する以前に彼女は知っていたんだよ。新幹線に電話までかけてきて、それを確かめたんだ」

「それじゃあ、あの雑誌の落書きは？」萌絵は犀川を見た。

「君がそれを僕に話すことだけを期待したのか、あるいは、殺人者は、まだ僕がそれを知らないと思っていたのか」

「犯人は真賀田博士じゃない、ということですか？」

「博士の指図で動いている人間かもしれない。その場合は、指示を受けてから、博士に会っていない。だから、当初の計画どおり、落書きを残したんだ」

「ああ……、頭が混乱するわ」萌絵は溜息をついた。「理由も動機もない犯罪で、しかも単独犯ではない、そうなると、犯人を特定することはとても難しくなります。真賀田博士が犯人だから、と単純に考えて良いのか、それとも、そうではない可能性を考えて仮説を組み立てるのか、どちらかに決めないと……」

話の途中だったが、バスが走ってくるのが見えた。二人はバス停に向かって走りだした。

8

ユーロパークのゲート内のロータリィにバスは停車した。大勢の入場者が乗り込んできた。犀川と萌絵は一番後ろの座席に座っていたが、小さな子供を連れた家族連れが近くまでやってきたので、犀川は座席を立つ。萌絵も子供に声をかけて席を立った。バスはパーク内を走る。二人は吊革に摑まって揺られながら、左側の窓から運河越しに、オランダ風車が回っているのを眺めた。時刻は正午に近い。

「西之園君はそろそろホテルに戻った方が良いね」犀川は萌絵の耳もとに顔を寄せて囁いた。

「先生はどうされるのですか？」

「ぶらぶらしている」

「ぶらぶらって？」

「インターネット・カフェが園内にあるようだ。地図に載っていた。そこに行って、あとは、コーヒーを飲んで、煙草を吸って、ゆっくりと考える」

「ホテルには、いらっしゃらないのですか？」

「同じホテルに泊まるよ。喜多《きた》の名前を使おう」

「次は、何時頃会えますか？」

「夕方の六時頃にしようか」

「わかりました」萌絵は頷いた。

牧場の中を抜けてから橋を渡り、バスは街の中に入っていく。クラシックカーのタクシーと何度かすれ違った。朝に比べると、道を歩いている人間の数は倍増している。ホテル・アムステルダムと教会の広場の間の道路でバスは停車した。

「気をつけてね」犀川は萌絵に言った。「一人で行動しないように」

萌絵は頷いて、出口に向かう。乗客の大半がそこでバスを降りた。歩道に降り立った彼女は、すぐに振り向いて犀川を見た。バスが動きだし、しばらくすると彼女はホテルの入口へ向かって歩いていく。それを犀川はずっと見ていた。

車内で立っていたのは犀川だけで、座席が幾つか空いている。しかし、彼は座らなかった。両手で吊革を摑み、外を眺めている方が良い。ヨーロッパの街の実物大模型が道の両側に並んでいた。とても高密度な配列だった。幕の内弁当のようだ、と彼は思う。

バスが停まったので降りた。

円を描いて敷き詰められたブロックが、靴の裏に感じられるほど盛り上がっている。黄色いペンキが塗られた木製の車輪がなにげなく飾られている屋台で、犀川はホットドッグを買い、歩きながら食べた。半分ほど食べたところで看板の地図を見つけて、目的地を確認した。

団体客が多いようだ。まず、小学生、中学生。それに韓国語と中国語の団体。あとは、日本人の年配のグループで、旗を持った先導者について、行儀良く列を作って歩いている。

しばらく行くと、商店に囲まれた小さな広場に出た。天気が良いためか、路上にパラソル付きの白いテーブルが並べられていたが、座っている客は少なかった。

インターネット・カフェを発見した。店内に入り、セルフサービスのカウンタでコーヒーを注文した。トレイにプラスティックのカップだけをのせて、窓際の座席に着く。店員はカウンタの中にしかいなかったので、犀川の位置はちょうど死角になった。彼はホットドッグの残りの半分を食べ、コーヒーを飲みながら、大学の自分の研究室のアドレスを打ち込んだ。まずは、メールを読むことにする。ブラウザもメールソフトも馴染みのないものだったので、少々手間取った。

四十ほど未読のメールがあったが、差出人とサブジェクトだけを見て、一つを除いてあと回しにする。その一つは、犀川の講座の助手、国枝桃子からのものだった。

国枝@研究室です。

昨夜の間に戻られなかったようですね。

今朝、事務から教室会議の資料を出してほしいと電話がありました。今日の午後二時までです。

学会からの電話で、先生が査読中の論文に一部差替えがあったと言ってきました。ファックスが届いていますので、先生の机の上に置きました。

あとは、どうでも良い書類が二十枚ほど。

以上です。

国枝桃子助手の部屋は、犀川の部屋の隣である。だが、犀川が研究室にいるときでさえ、彼女はメールで用件を書いてくることが多い。今日の場合は、犀川が出勤していないので、自宅か出先で読むことを期待して書いたのであろう。

犀川はすぐにリプライを書いた。いざ、入力しようとして、日本語のＦＥＰの操作がわからず、カタカナの一部は諦めた。

犀川＠自宅です。

＞昨夜の間に戻られなかったようですね。
　戻ったよ。だけど、体調が悪い。
　今日は休むのでよろしく。
＞今朝、事務から教室会議の資料を出して
＞ほしいと電話がありました。今日の午後
＞二時までです。
　資料は僕のまっくの「事務」のふぉるだ
の中の「教安委」の中の「議事録」の
最終ページだ。
　この一枚を出力して、
　事務に渡しておいて下さい。
＞学会からの電話で、先生が査読中の論文に

＞一部差替えがあったと言ってきました。
＞ファックスが届いていますので、
＞先生の机の上に置きました。

そんなことだろうと思っていた。

本日午後二時に院生室に電話するから
必ずそこにいて下さい。

腕時計を見ると、十二時四十分だった。
国枝桃子が、生協の食堂にいるのは、毎日十一時五十分から十二時二十分の間だから、この時刻はデスクの前に座っている。だから、今書いたメールを彼女はすぐに読むはずだ。
自宅にいるように見せかけたのは、もちろん、真賀田四季を意識してのことである。彼女なら、どんな方法でシステムに侵入するかわからない。以前から、犀川の講座のシステムを監視していたかもしれない。インターネットのＰＰＰ接続の相手先をログで判別されてしまうが、彼女がそこまで確認しないことを願った。
そのメールを発信してから、しばらく行きつけのウェブページを幾つか見た。学会の委員会のスケジュールと、昨日の会議の議事録を斜め読みする。

煙草が吸いたくなったので周囲を見回す。セルフサービスのカウンタに、アルミの灰皿が重ねてあった。犀川は席を立って、それを取りにいく。席に戻って煙草に火をつけ、冷めたコーヒーをすすっていると、隣の席に、若い女性が座った。

「火を貸していただけます？」彼女が犀川に言った。

犀川はライタを渡す。彼はまともにそちらを見なかった。だが、彼女がこちら向きに座っていたので、茶色のブーツが一瞬だけ目にとまる。

犀川は、ディスプレイに向かい、ナノクラフトのホームページを検索しようした。

「ここにお住いですか？」ライタを返しながら女がきいた。

「え？」犀川は横を向く。初めて女の顔を見た。ショートカットにサングラスをかけている。「あの……、僕のことですか？」

「ええ」彼女は微笑んだ。「だって……、さっきのメールで、自宅って書かれていたわ」

「ああ、ええ、ここが僕の自宅です」犀川は真面目に答えて、またディスプレイに視線を移す。検索エンジンが、目標を見つけて、幾つかのURLを表示した。

「犀川さんって、おっしゃるの？」女がまた言った。

「よく漢字が読めましたね」犀川は女を見ないで答えた。国枝にメールを書いているとき、犀川の後ろで見ていたのだろう。あまり気分の良い行為ではない。

「大学の先生かしら？」

「どうしてです？」

「教室会議、学会、査読中の論文、院生室」すらすらと女は答える。

犀川は溜息をついて、彼女をもう一度見た。

年齢は三十歳前後か……、もう少し若いだろうか。面長のボーイッシュな顔つきで、化粧も目立たない。服装はブーツとベストが茶色で、コートとスカートとセータは濃いグレィだった。それが、どんな服装なのか、犀川には言葉にできるだけの知識がない。煙草を持っている指のマニキュアが淡い黄緑色で、そこだけが多少異質だった。

「何か僕にご用ですか？」犀川は女を睨んで言う。「それとも、連想クイズをもう一問？」

「N大学の犀川先生ですね？」彼女はにっこりと微笑んだ。「私は、塙香奈芽《はなわかなめ》といいます。ナノクラフトの塙理生哉の妹です」

一瞬驚いたが、犀川の表情を変えるほどのインパクトはない。

「塙理生哉博士の名前は知っていますが、僕は、面識はありません」

「犀川先生のお噂、私、どこかできいたことがありますわ」

「ええ、どこかでは、聞けるでしょう」

「あの……、お暇ですか？」

「いいえ」

塙香奈芽は、黙ってサングラスを外した。意外に大人しそうな顔の女性だった。塙理生哉は確か、犀川と同年である。その妹というのならば、やはり三十歳前後であろう。

それにしても、ナノクラフトの関係者にこうも簡単に見つかってしまったのは、運が悪いといわなければならない。犀川は善後策を考え始めていた。

「お食事は？」

「ホットドッグとこのコーヒーです」犀川はテーブルにあったプラスティックのカップを手に取り、それを口へ運ぶ。「最初の質問と同じですが、何か僕にご用ですか？」

「ええ、そうです」塙香奈芽は頷く。「たった今、急に用事を思いつきましたわ。先生、お一人ですよね？　休暇でいらっしゃっているのですか？」

「二つともイエスです」犀川は答える。厳密には二つとも嘘だった。「知らない人間に話しかけるのがお好きなんですか？」

「ええ、大好き」彼女は微笑んだ。

9

西之園萌絵がホテルのロビィに入っていくと、観葉植物に囲まれた一角に、反町愛と牧野洋子の姿が見えた。彼女たち二人のほかにもう一人、男が座っている。

「あ、萌絵！」洋子が高い声を出して立ち上がった。

「どこ行ってたん？」愛も腰を上げて言った。「めっちゃ心配したよ」

「うん、ちょっと……、一人であちこち観光」萌絵は答える。

「西之園さんですね。私、ナノクラフトの窪川《くぼかわ》と申します」男が頭を下げ、慣れた手つきで名刺を差し出した。肩書きはナノクラフト研究所・技術企画課・マネージャとある。名刺の裏に、その英語があった。背の低い華奢《きゃしゃ》な四十代の男だ。もっとも、髪が薄いのでそう見えただけで、三十代かもしれない。

「はじめまして。西之園萌絵です」彼女はお辞儀をする。

「塙社長から、皆さん方のご案内役を仰せつかりまして」窪川が頭をぺこぺこと下げながら言った。声が高く、関西訛《なま》りがある。「たった今、こちらに参ったところです。いえ、その……、新庄さんが、あのようなことになりましたもので、本当に、ご迷惑をおかけして申し訳ありません。私自身もびっくりいたしまして……、ええ……」

「いえ、迷惑は受けていません」萌絵は答える。彼女は、牧野洋子の隣に腰掛ける。「洋子、鯉沼さんは？」

「もう一人の刑事さんが、ついさっき来て、二人とも一緒に出ていっちゃった」洋子が答える。

「結局、私たちなんて、どうでもいいみたい」反町愛が不満そうに呟いた。

「あの……、はい、私がおりますから」テーブルの向かい側のソファに浅く腰掛け、背筋を伸ばして窪川が言った。「あんなことがあって、ご心配だとは思いますが、ご滞在中に充分に楽しまれるように、と社長より直々《じきじき》に仰せつかりまして……」

仰せつかるのが好きな人間のようである。萌絵は、少し可笑しかった。先進のナノクラフトにも、こんな人材がいることが興味深い。といって、決して嫌いなタイプではない。むしろ微笑ましかった。

「今からどうしようかって話し合っていたところなんだ」洋子が囁いた。「あんたが帰ってこないからさ、出かけるわけにもいかないじゃん」

「でもね、けっこういろいろ回ったよん」洋子の向こうにいる愛が言った。「あの人、鯉沼さんを引っ張り回してさ。もう、だいたいメジャなところは見たって感じ」

「洋子とラヴちゃん、ご飯食べた？」

「まだ」洋子が答える。

「それじゃあ、まず、食事ね」萌絵は提案する。

「そうこなくっちゃ」愛が嬉しそうに躰を揺った。「もう、お腹ぺこぺこだよ、俺」

「それでは、どこかレストランにご案内いたしましょう」窪川が腰を浮かせて言った。

「レストランかあ……」愛が首を捻る。「なんか、もっとドバーってやつないですか？」

「ドバーっといいますと？」窪川がメガネに手をやって困った顔をする。

「うーん、もっとこう、フランクでエキサイティングで、ソースとかべったべったで、トウガラシとか、マスタードとかで、きーって来るし、チーズとかもあって、オリーブオイルでシーフード丸かじりみたいな感じで……」

「お好み焼き?」萌絵がきいた。

「ブーブー」愛は立ち上がっている。「那古野からお越しの西之園さん、おてつき一回です」

「この人、お腹が空くと、ハイになるんです」洋子が窪川に説明した。

「とにかく、出ましょうか」萌絵もそう言って立ち上がる。

犀川はどこで食事をしているのだろう、と彼女はふと思った。

10

波止場の近くのシーフードレストランに犀川はいる。塙香奈芽が一緒だった。

そこはセルフサービスの店で、犀川は、ウインナとポテトとコーラを買ってきた。塙香奈芽は、中華の盛り合わせとビールだった。暖房が利いているのか、それとも人混みのせいなのか、暑いくらいだった。高い吹き抜けの天井で大きなファンが三つ回っている。話し声、笑い声、皿にフォークが当たる音、さらに聞き取れない音楽も流れ、喧噪《けんそう》を極めていた。

「犀川という文字を見てしまったので、どうしてもお話がしたくなったんです。突然でびっくりされたでしょう？　本当に失礼をしました」香奈芽はビールを一口飲んでからそう言った。

「いえ、びっくりもしなかったし、特に失礼も受けてはいません」犀川は無表情で答える。

食事の合間に、香奈芽は断片的に話を始めた。犀川は、ぼんやりと聞いていたが、彼女が犀川に話しかけてきた意図は、まだよくわからなかった。

塙香奈芽は、結婚して東京に住んでいたという。その結婚が五年まえの話で、兄の理生哉の猛反対を押し切り、家を飛び出した、と直接的な表現で彼女は説明した。結婚相手は東京の私立大学の教員だったらしい。

「それが、結局うまくいかなくて、離婚したんです」宝くじが外れたみたいに彼女は簡単に言った。

「それを僕に話しても、お互いに意味はないですね」犀川は煙草を吸いながら応える。

「ええ、でも、聞いて下さい」

そう言われると、返す言葉がない。またコーラを飲みながら黙って話を聞く。

いろいろ揉《も》めたが、正式に離婚が成立したのは一ヵ月ほどまえのこと。今は何もしていない。住むところもない、と彼女は語った。長崎に帰ってきたのはつい昨日のことで、兄には内緒である。なんとなくユーロパークに足が向いて、園内のホテルに偽名で泊まっている。今日も朝からぶらぶらと当てもなく一人で歩いていた。彼女はそう話して、グラスのビールを空《から》にした。

「それで？」犀川は煙を吐きながらきく。

「そしたら、犀川先生を見かけたんです。あのインターネット・カフェ、空《す》いていたので、コンピュータはできないけど、コーヒーだけでも飲もうかと思ったんですよ。別れた主人がパソコンマニアで、もう毎晩かじりついていましたわ。私に覚えろ覚えろって、煩《うるさ》く言いました」

「それで？」犀川はまた煙を吐いた。

「それだけです」塙香奈芽は少し下を向いた。

犀川はしばらく黙って部屋の空気を眺める。煙草の煙が三メートルほどの高さに、秋空の雲のように漂っていた。犀川だけでなく、大勢の客が煙草を吸っている。

「どうして別れたのか、おききにならないの？」香奈芽は尋ねた。

犀川は鼻息をもらして微笑む。「ええ……」

「知らない方に、こんなにおしゃべりするのって、変ですよね？」

「いいえ」犀川は首をふる。

塙香奈芽はグラスを持って立ち上がった。そして、犀川にそれを振って示してから、向こうへ歩いていく。ビールをもう一杯買ってくるつもりなのだろう。

彼女の話に犀川は興味がなかった。ただ、塙理生哉の妹ということは重要だ。幸い、犀川がここにいることが、すぐに理生哉の耳に入る心配はなさそうだ、と判断できる。もちろん、香奈芽が話したことを全面的に信用した場合の話ではある。

ビールを片手に香奈芽が戻ってきた。

「ごめんなさい」座りながら彼女は微笑む。「犀川先生は飲まれませんの？」

「コーラを飲んでいます」

「私ばかりお話ししてしまって……」彼女はビールを一口飲んでから、煙草に火をつけた。「先生は、こちらには、どんな目的でいらっしゃったんですか？」

「観光です」

「でも……」悪戯《いたずら》っぽい表情で香奈芽は犀川を睨んだ。「急に大学を休む……、なんか、ずる休みみたいな……、そんなメールを書かれていましたわよ」

「急に観光をしたくなったんです」

「いつも、そんなふうなんですか？」

「いいえ」

「女性がお嫌い？」顔を近づけて香奈芽がきいた。「なんだか、とても嫌がっていらっしゃるようですわ」

「そう見えるようです」犀川はコーラのストローを口につける。

「奥様は？」

「いえ、独身です」

「一度も?」

「ええ」犀川は視線を逸らす。

「何か別のことを考えていらっしゃるみたい」

「ええ」犀川は頷く。「いえ……、いつもこうなんですよ」

「私が犀川先生のお名前をきいたのは、どこだったかしら」ビールのグラスと火のついた煙草を同じ手に持って、香奈芽は視線を遠くへ向ける。「えっと、確か……、コンピュータの関係だったと思いますけど……」

「僕は、専門は建築です」

「あら、そうですの」彼女は少し驚いた顔をする。「おかしいわ、どこで聞いたんだっけ……。とても印象に残っていたんですよ。お名前も変わっているし……」

「西之園萌絵を知っていますか?」

「え?」香奈芽は驚いた。彼女は犀川を見据えたまま、グラスをゆっくりとテーブルに置いた。本当に驚いたようだ。持っていた煙草の灰が、落ちたのにも気づかない様子だった。

「西之園萌絵って……、兄の……?」

「西之園君は、僕の教え子です」

「え? そうなんですか」口を開けたまま、香奈芽は頷く。

「塙家は、西之園家とおつき合いがあるそうですね？」

「え、ええ。でも昔のことです。私、萌絵さんには一度も会ったことがありません。ただ……、兄はよく知っているんです、彼女のことを……。あ、じゃあ、犀川先生も真賀田研究所に行かれたのですね？」

「たぶん、僕の名前を覚えられたのは、そのときでしょう」

「そうか、ああ、そうですね」香奈芽は頷く。ビールのせいだろうか、目もとが少し赤くなっていた。「そう、ええ……、そうだわ」何度も頷くように、彼女は繰り返す。

　真賀田研究所の事件は全国的に報じられた。コンピュータ関係では、国の内外を問わずトップクラスの研究所だった。ナノクラフトの社長の妹なら、少なからず報道を耳に入れていただろう。

「ご存じですよね？　西之園萌絵さんというのは、兄のフィアンセだったんですよ」

「え？」犀川は耳を疑った。彼は煙草を灰皿で揉み消した。

「親どうしの口約束だったらしいんです。でも、うちの父は私が高校生のとき亡くなりましたし、ご存じだと思いますが、西之園さんのご両親も……」

「しかし、彼女はまだ子供だったのでは？」

「ええ、兄とは十二か十三か、それくらい違います。ですから、きっと、ご本人は知らなかったんじゃないかしら？」

その話は萌絵からは聞いていなかった。彼女は知らないのだろうか。知っていても重要視していないのか。あるいは、単に犀川に黙っているのか。

「でも、兄の方は、けっこう本気にしていたんですよ。可笑しいでしょう？」くすくすと笑いながら香奈芽が言った。「なんか、部屋に萌絵さんの写真とか飾っているの。ね……、ちょっと変じゃありません？」

犀川は新しい煙草に火をつけた。

「それで、塙博士は、西之園君にアプローチをしたのですか？」

「さあ……」香奈芽はゆっくりと首をふる。「どうなのかしら」

今回のゼミ旅行をユーロパークに決めたのは西之園萌絵である。ナノクラフトに知合いがいるので、安くペンションが借りられる、と彼女は言った。しかも、講座のスタッフが出発する三日もまえから、友人二人と一緒に出かけている。

「西之園萌絵さんって、どんな方なんです？」香奈芽はきく。

「どんなっていうと？」

「魅力的な方？」

「教官として、答えられませんね」

「まあ……」香奈芽は笑いだす。酔っているのだろうか。

「塙理生哉博士は、どんな人物ですか？」犀川は質問した。

「妹として申し上げますけど、非の打ちどころがない男性です」香奈芽は口を斜めにして犀川を見据えた。自信ありげな表情だった。

「真賀田四季博士を知っていますか？」犀川は別の質問をする。

「ええ、名前だけは」香奈芽は酔いが醒《さ》めたように真面目な表情に戻る。「知らない人なんて、いないと思いますよ」

「塙博士は、特に真賀田博士にお詳しいでしょう？」

「さあ、よくは知りません。同じ分野だから、詳しいといえるのかもしれないけど、私には仕事の話なんてしてくれませんから。私、うちでは完全に子供扱いでしたわ。だから、私の結婚にも、兄は反対したんです」

「ナノクラフトの本社ビルに、塙博士はいらっしゃるんですね？」

「ええ、そうです」香奈芽は頷いた。

「研究所はどこにあるのか、知っていますか？」

「研究所……ですか？」香奈芽は首を傾げる。「いえ、全部、あちらのビルの中じゃないのですか？」

「このユーロパークも、ナノクラフトが作ったんですよね。園内にもナノクラフトの仕事場があるんじゃないでしょうか？」

「別荘地の方に、社宅ならありますよ。あの高層ビルが嫌な人たちは、そちらに住んで働いています」

香奈芽は二杯目のグラスも空けてしまった。肘《ひじ》をテーブルにつき、顎を手にのせて、躰を斜めにして座っている。

「あの、僕、もう失礼します」犀川は言った。

「え、あの、どちらに行かれるの?」

「ホテルで部屋を取ろうと思います」

「予約されていないの?」

「ええ」

「きっと空《あ》いていませんよ」香奈芽は微笑んだ。「昨日だって、私、ようやくキャンセルが出て泊まれたんです。あ、そうだ。私の部屋、ツインなんですよ。ねえねえ、先生? 宿泊費を折半《せっぱん》にしましょうよ」

それは僅かに名案で、かつ、限りなく迷惑な提案だった。

第5章　追う野獣　Panther

〈何かを生み出したい。自分だけのものを創作したい。つまり、そんな意欲を、すべて滅するためだわ〉

1

犀川は電話を探した。街角の売店の横に洒落《しゃれ》た電話ボックスを見つけて、中に入った。時計を見ると、ほぼ二時二分まえだった。ガラスの外で塙香奈芽が笑ってこちらを見ている。二分待とうかとも考えたけれど、N大学工学部建築学科の院生室の一つに電話をかけた。

「はい、国枝です」

「ああ、僕だ。すまない。いろいろ事情があってね」

「何故、私の部屋の電話ではいけないのですか？」

「今度話すよ。あのね、国枝君、頼みがあるんだ」

「教室会議の資料なら提出しました」

「ありがとう。それじゃなくて、UNIX《ユニックス》に僕のアカウントでログインしてくれないか。パスワードは知っているだろう?」

「ええ」

先日、端末のない出張先で自分のメールボックスの内容の一部がどうしても必要になって、電話で彼女に頼んだのである。パスワードは変更していなかった。

「理由は、今度話す。君が帰るまでログインしっぱなしで良いからね。あとね、僕に届いているメール、全部見て、mboxに移しておいて」

「何のためにそんなことするんですか?」

「とにかく、僕がそこにいるみたいにしてほしいんだよ」

「誰に対してです?」

「真賀田四季博士だ」犀川は低い声で答える。

しばらく国枝は黙っていた。

「国枝君?」

「はい、わかりました」

「それから、明後日のゼミ旅行だけどさ、中止になるかもしれない」

「先生が行けない、ということですね?」

「違う。実は、もう僕……、長崎にいるんだ。中止というのは、みんながこちらへ来るのが駄目になるってことだよ」

「ご自宅じゃなかったのですか？」

「自宅なら、君に頼まなくても、ログインできる」

「つまり、西之園さんとご一緒なんですね？」

「いや、微妙なんだ。今度話すから」

「ほかに私のやることはありますか？」

「僕に電話がかかってきたら、学内の委員会に出ているとか、席を外しているとか、適当に答えておいて。頼む」

「わかりました」

「じゃあ、また電話するから」

「はい」

受話器を置いて、ボックスから出る。

鳩を相手にしていた塙香奈芽が、立ち上がり近寄ってきた。

「先生、鳩の餌《えさ》買いましょうか？」彼女は言った。

しかし、結局、鳩の餌は買わなかった。

まず、ホテル・アムステルダムに行ってみる。ロビィで部屋の空きを尋ねたが、香奈芽が指摘したとおり、満室だった。ユーロパーク内にはほかにも幾つかホテルがあったので、そちらも調べてもらったが、団体客が重なっているため今週は特別である、という意味の言葉とともに、首をふられた。夕方以降にキャンセルが出るかもしれないが、そのキャンセル待ちの優先順位も絶望的だった。

「ね、私の言ったとおりだったでしょう?」香奈芽が大きな声を出す。彼女はビールのあと、ずいぶん陽気になっていた。「だから、この際、難しいことといわないで……。ね、いいじゃないですか。お互い子供じゃないし、所帯持ちでもないんだし」

「難しいことをいっているのは、そちらです」犀川はロビィを出ながら言った。

駐車場に戻れば車がある。近くの街まで行けば、どこにだって泊まれるのだから、無理をすることはない、と考えてから、「無理をする」とはどういった意味なのか、犀川はさらに考えた。無理をしないで生きている人間なんていない。生きていることと、無理をすることは、ほとんど同義なのだから。

2

アヒルのように大人しい窪川を引きつれて、西之園萌絵、牧野洋子、反町愛の三人は波止場近くの街を歩き回り、スペイン料理の店に入った。食べたのはパエリアだった。

店を出てから、萌絵は広場の売店でソフトクリームを買った。冬とはいえ、暖かい陽気である。

「自分で全部食べろよな」愛が萌絵に言った。

「ラヴちゃんも、欲しいの?」

「べー」

「ああ、もうお腹いっぱい」洋子が両手を挙げて背伸びをしながら言う。「さあて、今からどうする?」

「ええ、どちらへでも、ご案内いたしますよ」窪川が額にハンカチを当てながら言った。彼はコートを脱いでいた。食事がホットだったのかもしれない。

「どこか面白いところ、おすすめのところがありますか?」洋子がきく。

窪川はコートのポケットを探し（この動作に十秒ほどかかった)、取り出したユーロパークのパンフレットを広げて、幾つかアトラクションの名前を読み上げた。

「それ、全部もう見ました」愛が窪川の横に立って言う。彼女の方が背が高い。

「では、あとは、博物館の展示物か、建築物をご覧になるのが良いのではないでしょうか。宮殿の庭園などが、なかなかのものですけど……」

「私は、ナノクラフトを見学したいわ」萌絵はソフトクリームを嘗《な》めながら言う。「一応、株主ですからね。あっと驚くような最新技術とか、何かありませんか?」

「はあ……」窪川は口をすぼめ、考えている。「少々子供向けですが、見学用のゲームセンタみたいな施設ならございます」

「あ、それがいい！　ゲームセンタ！」反町愛が叫ぶ。「腹ごなしに、いっぱつぶっ飛ぼうぜ」

「ラヴちゃん」萌絵は彼女を睨みつける。「変な言葉やめて」

「能率の良い消化のために、皆さん一緒に、楽しみませんか？」愛がバスガイドのような高い声ですぐに言い返した。この辺りの切り返しの素早さが、彼女の持ち味なのだ。

「それでは、ちょっと距離がありますので、車を用意して参ります。しばらく、ここでお待ちになっていて下さい」窪川はそう言って、ホテルの方角へ歩いていった。

どこかに腰掛けようと周囲を探したが、ベンチはすべて満席。天気が良いためか、人出が凄い。子供、若いカップル、若くないカップル。家族連れ、団体。売店が近いせいだろう、辺りは何かを食べている人たちばかりだった。

少し離れたところにあったレストランから、犀川が出てくるのに、萌絵は気がついた。彼女の視力は両眼とも二・〇である。距離は数十メートルあったが、間違いはなかった。

反射的に、そちらへ行こうと足が一歩前に出たとき、同じレストランから出てきた女性が、親しげに犀川に話しかけているのが見えた。

知らない女だった。

彼女はサングラスをコートのポケットから取り出してかけた。グレィのコートに短いスカート。茶色のブーツ。

誰だろう？

「ねえ、今夜もナノクラフトに、ご馳走してもらえるの？」反町愛が後ろから言う。

「え？」萌絵は振り返った。「あ、うん……、どうかしら」

もう一度、犀川の姿を探そうと、レストランの方を見たが、人混みのため、もう見つからない。付近に屋台があるため、死角も多かった。

「ちょっと、私、お手洗いに行ってくる」萌絵は、持っていたソフトクリームを反町愛に手渡した。「ラヴちゃん、これあげる」

「お前なあ……」

萌絵は、早足でレストランの方へ向かった。団体の行列を横断するのに手間取り、途中で二人の人間に接触した。レストランの前まで来てみたが、付近に犀川の姿はない。もちろん、サングラスの女もいなかった。

無性に腹が立っていた。

え？　これは、何だろう？

何故、自分はこんなに落ち着かないのか。

何故だろう？

あの女は誰だろう?

もしかして、犀川は、彼女と会うために自分にホテルへ帰れと言ったのだろうか。

どうして、自分は、そんな理不尽《りふじん》なことを考えるのか。

いろいろな想像が萌絵の頭の中で、中性子のように加速した。

3

萌絵がしかたなく洋子と愛のところに戻ると、しばらくして窪川が、車に乗ってやってきた。黒いミニのオープンカーだった。

「可愛い!」反町愛が叫ぶ。

「どうぞ、お乗り下さい」運転席で窪川がにっこりと微笑む。

「あ、私に運転させてもらえませんか?」萌絵は思いついて言った。

「免許持ってきたの?」横で洋子が囁く。

「公道じゃないから、良いでしょう?」

「あ、ええ、どうぞ」窪川がドアを開けて車から降りた。

萌絵は運転席に座ってステアリングを握る。ウッドでグリップが細くてクラシカルだ。洋子と愛が後ろの座席に乗り込んでから、窪川が助手席に座った。

「それじゃあ、あの先の橋をまず渡って下さい」窪川が右手で指さす。

周囲にいた人々が彼女たちに注目していたが、萌絵がゆっくりと車を出すと、前方に道が開けた。小さく方向を変えてから、緩やかな坂を下って橋を渡った。

ごつごつとした石畳の道路を転がるように車は進む。クラシックカーのタクシーやバスとすれ違う。オープンのため冷たい風がサイドから吹き込んだが、低速だったので寒くはない。

「もっと、飛ばしたいなあ」萌絵は呟く。

「ええ、それはちょっとご勘弁を」助手席の窪川が片手を振った。「あ、そこを左です」

「ゲートの方へ向かうんですね？」萌絵はきいた。「もしかして、ナノクラフトの本社ビルですか？」

「ええ、そうですよ。あそこに見えるビルです」

街を出たところで、ユーロパークのゲートの方角が広く開ける。風車や牧場の向こうに本社ビルが見えた。

「なんだ……、また、あそこ？」後ろで反町愛が声を上げる。今朝、事件があったばかりなのである。洋子も愛も、実際に死体を見たわけではないが、同じ建物というだけで興醒めなのも、わからないではない。

「やめておく？」萌絵は後ろを一瞬だけ振り返ってきいた。

「私はいいよ」洋子が答える。

「あんたら、ずぶといわ、ホント」愛が言った。

しばらく田舎道風の道路を運河沿いに走り、ゲート付近のロータリィまで来た。窪川の指示どおり、ステアリングを切ると、今朝と同じ守衛のいるゲートに出る。そこで、窪川が一度降りて、守衛室に駆けていき、戻ってくると、ガードマンがゲートを開けてくれた。

大駐車場には観光バスがずらりと並んでいる。見渡すかぎり、車が駐車していた。萌絵の運転するミニは、公道を数百メートル進み、ナノクラフトのビルの正面に停まった。

「楽しかったぁ」車を降りて、萌絵は声を弾ませる。「今度、これ買おうかしら」

誰も彼女の相手をしない。

四人は、ガラスの自動ドアを抜け、ロビィに入る。

窪川がガードマンのところへ行き、話をしている間、彼女たち三人は、ロビィの中央のオブジェを見ていた。黒い墓石のような二メートルほどのもので、実にシンプルだが、存在感がある。今朝ここへ来たときも気にはなったのだが、ロビィが薄暗かったし、芝池が一緒だったので、ゆっくり見ることができなかった。

「これってさ、二〇〇一年のやつじゃない?」洋子が言う。「えっと、テトリスじゃなくって……」

萌絵もわからなかったし、愛も知らないようだ。洋子は話をそこで打ち切った。

ロビィは吹き抜けで、二階と三階から手摺越しにこちらを見下ろしている人たちが数人見えた。今朝見たときにはシャッタが下りていたエリアも今は開いている。オブジェの横にはエスカレータ。さらに奥には、ショーウインドウが並んでいて、客が何人も歩いていた。ブティックや情報関係のショップらしい。しかし、あまり繁盛しているようには見えなかった。

「じゃあ、こちらへ」窪川が戻ってきて、四人はエレベータに乗った。

降りたところは四階である。広いロビィの突き当たりに、受付のカウンタがあって、銀色のコスチュームの女性が二人座っていた。ステンレスで作られたナノクラフトのネームプレートが壁に取り付けられている。ここが来客用の玄関のようだ。

窪川が受付でひそひそ話をしている間、三人はまた待たされた。彼は戻ってくると、丸い小さなバッジを萌絵たちに手渡した。

「それを付けていて下さい。決まりなんです」

クリップが付いていたので、萌絵はコートの衿にそれを付けた。ナノクラフトのロゴのほかには、小さなナンバが書かれているだけのものだった。

最初に案内されたのは、受付から真っ直ぐに通路を進んだ突き当たりの部屋で、アーケードゲームのマシンが五台並んだ小さな部屋だった。非常に明るかったが、窓はない。誰もいなかった。

「うわあ、これやっていいんですか？」反町愛が窪川にきいた。「ただでやれるの？」

「ええ、どうぞどうぞ。どれでも、ご自由に。全部、うちがソフトを手がけた試作品です。一般に出回っているものとは、CPUのパワーが違いますから、画像が綺麗ですよ」

残念ながら、一般に出回っているゲームを見たり、プレイした経験がなかったので、萌絵にはよくわからなかった。しかし、反町愛と牧野洋子の二人が、凄い凄いと繰り返し歓声を上げていたので、きっとそうなのだろう、と彼女は思う。二人が熱狂していたのは、人間が殴り合いをするゲームで、確かに動きが面白い。しばらくの間、萌絵は、友人たちのプレイを眺めていたが、端にあった別のゲームに目をとめ、そちらに近寄った。オートバイの形をしたものが、画面の手前にある。窪川の説明を聞いてから、萌絵はそれに跨《また》がり、前方のスクリーンに映るサーキットを走ってみた。なかなか爽快《そうかい》だったが、エンジン音がまったく気に入らなかった。彼女はオートバイに乗ったことはない。免許を取って、本物を買っても良い、と少し思ったけれど、諏訪野が反対することは目に見えている。

十五分ほど遊んでから隣の部屋に移る。

その部屋には、ロボットが幾つか展示されていて、それは科学館で見学できる程度のアトラクションであった。囲いの中で、群れを成して歩いているアヒルのロボット。荷物を抱えて、階段を上り下りする人間型の二足歩行ロボット。自転車に乗るロボット。会話の応対をするマネキン人形。紙コップにジュースを注いでくれるマジックハンド。人間そっくりの皮膚で、表情を変える顔だけの人形。もっと原始的なもの。もっと部分的なもの。細長い部屋の両側にそれらがずらりと並んでいて、多少不気味だった。

牧野洋子も反町愛も、しだいに無口になって、黙り込んでしまった。途中で気がついたが、部屋の奥へ進むほど新しい技術を駆使して作られたもののようだ。

小さな迷路があった。二十センチ角くらいの大きさで、内部の通路の幅が十五ミリほどだった。そこにパチンコの玉を半分にしたような物体が動いている。迷路を抜けるマウス・ロボットであるが、こんなに小型のものを、萌絵は初めて見た。

「自動車産業、航空機産業、そしてコンピュータ産業。この数十年は、これらの分野で多くの企業が成長しました。次の世代に、爆発的に普及する機械といえば、やはりロボットです」窪川が説明した。「もちろん、ここにあるような形で登場するわけではありません。既に電化製品のほとんどにマイコンチップが組み込まれています。お手伝いさんロボットなんて作らなくても、炊飯器も食器洗い機もオーブンも給湯器も掃除機も洗濯機も、全部それ自身がロボットになっています。でも、最後には、やはり話し相手、遊び相手が欲しくなる。バーチャル・リアリティが一時的に普及しても、究極的にはフィジカルな接触を人間は望むでしょうね。贅沢《ぜいたく》品としてです。そのとき、本当のロボットの時代が来ます」

その部屋の出口の手前、一番最後に展示されているのは、女性の人形だった。先頭を歩いていた萌絵は、それに気がついて立ち止まった。

人形は全身がちゃんと作られている。セータにジーンズという普段着姿で、椅子に腰掛けていた。背中から太いパイプが飛び出していて、後ろに置かれている金属のケースにつながっている。これまでに見てきたどの人形よりも、質感が人間に近い。手を膝にのせていて、少し俯《うつむ》いていた。

萌絵は、頭を下げて、その顔を覗き込む。

彼女はびっくりした。

人形は目を閉じていたが、その顔は、真賀田四季にそっくりだったのだ。

「これは?」萌絵は振り向いて窪川にきいた。

「ええ……」にこにこしながら、窪川が近づいてくる。「これは、ちょっと趣味的な代物なんですけど、けっこう開発にお金がかかっていましてね」

牧野洋子と反町愛も近くにやってきた。

「うわぁ、気持ち悪い」愛は顔をしかめる。「これ、動くの?」

「名前を呼ぶと、メイン・スイッチが入ります」窪川は、ロボットの足もとにあった小さなプレートを指さした。

Deborahと書かれている。

「デボラ?」萌絵がそれを読む。

僅かに回転音が聞こえ、それはしだいに高くなって消えた。

人形は、ゆっくりと頭を持ち上げて、目を開く。
瞳は、透き通るように青かった。
「あなたは？」その赤い口が動き、人形が少し首を傾げる。
萌絵は息を止めて後ろに下がる。
彼女は片手を口に当てていた。
「私は、反町でーす」愛が萌絵の前に出て答える。
「そ・り・ま・ち……さん？」人形は微妙に微笑んだ。
「すごーい」愛は叫ぶ。「賢いやんか」
「私は牧野」洋子が隣で言う。
人形は目をそちらへ向けた。
「こんにちは、ま・き・の・さん。私は、デボラです」
萌絵は、さらに後ろに下がる。
頭の中で、急速に拡散する圧力。
息をすることを忘れ、心臓の鼓動が不規則になる。
彼女は、片手を伸ばして、壁に触れた。
救いを求めるように……。
息を吐く。

息を吸う。
歯が震えていた。
気持ちが悪い。
「ねえ、これ、何ができるの?」愛が話している。
「いえ、話ができるだけですよ」窪川が答えている。
「私は誰?」洋子の声。
「貴女は、ま・き・の・さんです」
萌絵は深呼吸をした。
意図的に呼吸する。
大丈夫……。
壁についていた左手を離す。
頭を振って、意識を確認する。
自分の意志。
大丈夫。
自分に言い聞かせる。
私は、大丈夫。
真賀田四季を似せて作られたロボットなのだ。

不思議ではない。

ここには、真賀田四季がいるのだから。

そのモデルがあっても、不思議ではない。

ちょっと、驚いただけ。

大丈夫……。

反町愛が後ろを振り向く。

「萌絵？　どうしたの？」

ひきつっていたかもしれないが、萌絵は微笑んだ。

「大丈夫？　顔が真っ青じゃん」洋子の声がする。

萌絵はロボットに近づいた。

大丈夫だ。

「貴女は、どこにいるの？」萌絵は言った。

自分の声が遠い。少し震えていた。

青い目のロボットは、萌絵の視線を正確に捉えた。

「どなた？」

「私の質問に答えて」萌絵は睨み返して言う。「貴女は、今どこにいるの？」

「私は……、どこに、いるの？」微笑みながらロボットは言う。「私の、質問に、答えて？」

「貴女は一人？」萌絵はきいた。

「私は、一人。一人は、孤独」

「孤独？」

「孤独は、7です」瞬きをして、ロボットは答えた。

「何故、7が孤独なの？」萌絵は尋ねる。

「何故、7が、孤独、なの？」人形はきき返す。

「デボラ」萌絵は、強い口調でその名を呼んだ。「リセットしなさい」

「そのコマンドは現在、使用できません」不自然に微笑みながら人形は流暢《りゅうちょう》に答える。

「緊急時にしか有効ではありません」

「緊急時です」

「認識しました。あなたは、誰ですか？」

「私は真賀田四季です」萌絵は答える。

「あなたは真賀田四季ではありません。緊急リセットを回避しますか？」

「いいえ」

「パスワードを」

「ミチルは？」萌絵は尋ねた。

「ミチルは、もういません。パスワードを」

「すべてがＦになる」

「緊急リセットを回避しますか？」

「私は木馬」

「緊急リセットを回避しますか？」

「一たす一は？」

「一たす一は二です。緊急リセットが待機しています。パスワードを」

反町愛が、萌絵の腕を引っ張っていた。振り向くと、洋子はびっくりした表情で萌絵を見ている。窪川も頭に手をやって、押し黙っていた。

「デボラ……」萌絵はまた人形を見る。「パスワードなんて、ありません」

「認識しました。真賀田博士、おやすみなさい」

ロボットは目を閉じ、ゆっくりと頭を下げた。

萌絵は立っていられなくなる。

視野が急速に狭くなり、平衡感覚が失われる。

彼女はその場にしゃがみ込んだ。

4

貧血はそんなに酷《ひど》くはなかった。

萌絵の意識はしっかりとしていて、隣の部屋に、洋子と愛が連れ出してくれたときも、ちゃんと自分で歩いているつもりだった。

柔らかいソファに仰向けに寝かせられ、しばらくするとだんだん周りが見えてきた。「大丈夫?」という洋子の声に頷くこともできた。

手が持ち上がるようになると、萌絵は自分の額に両手を当てて、吐き気を遠ざけようと努力した。

呼吸のリズムを保ち、気を静める。

大丈夫、大丈夫、大丈夫、と繰り返す。

反町愛が水を持ってきた。

紙コップに入った水はとても冷たかった。ウォータ・クーラの水だろうか? 消毒薬のような匂いがして、舌を刺激した。

「あの……、医者を呼びましょうか?」窪川の声が頭の上の方から聞こえる。慌てている声だった。

ば、すぐ治ります」

「大丈夫です」萌絵は目を閉じたまま、息を飲み込んで発音する。「ちょっと、休んでいれ
「あの、ええ……、ここで、待っていて下さい。一応、ドクタを呼んできます」

窪川は部屋を出ていったようだ。思い切って目を開けてみると、窓ガラスがとても眩しい。すぐ横に牧野洋子、反対側に紙コップを持った反町愛の顔があった。天井は小さな穴が並んだ吸音材だ。壁に四角い時計。その横に、帆船が海に浮かんでいるポスタ。その下に、ヤシの木に似た観葉植物。クリーム色のキャビネット。革張りの大きなソファ。青みがかったガラスのテーブル。そのアルミの脚。自分の膝。そして絨毯。

「いったい、どうしたの？」洋子が小声できいた。「さっきのは、何の真似？」

「あのロボット……、いけ好かない感じだったもんね」愛が穏やかな表情で言う。彼女は、萌絵の左手をしっかりと握っていた。脈を取っていたのかもしれない。「気持ちが悪い？それとも、どこか痛い？」

「もう、大丈夫」萌絵は少し頭を持ち上げる。

躰が動いた。

ゆっくりと首を動かしてみる。

自分もロボットではないか、と思った。

「昨日、寝てないからよ」洋子が言う。

「あのロボットが……、真賀田博士なの」萌絵は少し躰を起こして話した。急に体温が戻った感じがして、顔が熱くなっていた。「あれは、博士をモデルにして作ったんだわ」

「へえ、あんな美人なの？」反町愛が口を歪《ゆが》ませた。

「あの、会話するプログラムも真賀田博士のものだわ。私、以前に、博士の作ったロボットを見たことがあるから、間違いない」萌絵は簡単に説明した。

三年半まえに真賀田研究所で見たロボットは、人間の形をしていなかった。車輪で動く素朴な機械だった。そのロボットの名前がミチルだったのである。さらに、デボラというのは、研究所の居住環境を統括するシステムの名称で、対人向けの入出力として簡単な会話をする機能を持っていた。おそらく、その二つのプログラムとデータを用いて、真賀田四季の人形が作られたのだろう。少なくとも、ナノクラフトが真賀田研究所と関係を持っている明白な証拠といえるものだ。

そう、冷静になってみれば、それだけのこと。

真賀田四季本人ではない。

単なるプログラム。

単なるデータなのだ。

自動ドアが開いて、窪川が二人の男を連れて入ってきた。一人は藤原副社長だった。

「西之園さん、大丈夫ですか？」藤原が心配そうな表情で萌絵の前に立った。

「はい」萌絵は横になったまま頷く。「真賀田四季博士の人形を見て、びっくりしただけです」

藤原は無言で頷いた。

もう一人の男はメガネをかけた三十代で、白衣を着ている。彼は、萌絵に近づいて跪《ひざまず》き、彼女の顔を覗き込みながら、袖口を捲《まく》り上げて脈を測った。

「よく貧血に？」男は萌絵に尋ねる。どうやら医者らしい。

「ええ……」

「血圧は？」

「低いです」

「ああ、さっきより、ずっと顔色が良くなりましたね」窪川も、少し離れたところから萌絵の顔を見て言った。

「薬を持っていますか？」

「いいえ」萌絵は答える。「あの、もう本当に大丈夫です」

医師は立ち上がり、藤原の方を見る。藤原は頷いた。

萌絵は、躰を起こし、ソファに腰掛けてみる。多少、頭がふらついたが、ちゃんと頭と躰を支えることができた。

「すみません」萌絵は微笑んだ。「ご心配をおかけして……」

「また気持ちが悪くなったら、すぐに呼んで下さい」医師は言う。「もし必要なら、薬を用意しましょう」

藤原と視線でやり取りをしてから、白衣の男は部屋を出ていった。萌絵は椅子の背にもたれ、深呼吸をした。気分はもうなんともない。ただ、疲れているのは事実で、眠りたかった。

「どうしましょう……」窪川が壁の時計を見ながら言う。「一度、ホテルに戻られますか？もちろん、しばらく、ここでお休みになってもかまいませんが……」

「あのロボットは、確かに、真賀田研究所のプログラムを基にして作ったものです」藤原は隣にあった別のソファに座りながら言った。「人形の顔も、西之園さんの言われたとおり、真賀田博士をモデルにしています」

「ご本人がいるんですものね」萌絵はすぐに言う。

藤原は、萌絵の横に立っている牧野洋子と反町愛を見る。彼は、萌絵の質問には答えなかった。

「ゲームとロボットをご覧になったそうですが、実はもう一つ、最新のアトラクションがあります」藤原は話題を変える。「ちょうど、今、新バージョンの調整中でして、今日の夕方以降か、明日にでもご覧に入れましょう」

「塙さんが、私に見せろっておっしゃったのね？」萌絵はきいた。

藤原はにやりと笑って、少し遅れて頷いた。

「きっと今度は、貧血くらいじゃ済まないようなものなんでしょう？」

「いいえ、とんでもない」藤原は驚いた顔をして、首をふった。「そんなふうに受け取られると、こちらも非常に困ります。いや……、あのロボットだって、まさか、お気に召さないなんて思ってもみなかった」

「いいえ、とても気に入りましたわ」萌絵は彼を見据えて顎を上げる。

「西之園さん、リセットしたんですって？」藤原は片方の目尻に皺を寄せる。「困りましたね。最近の学習データが全部消えてしまった」

「私も消えそうでした」萌絵は立ち上がる。壁の時計が三時を示していた。

「ホテルに戻ろう」牧野洋子が萌絵の手を取って、小声で言った。隣で反町愛も頷く。

「送っていただかなくても、大丈夫です」萌絵は自分のコートを手に取る。「あのミニだけ、貸していただけたら」

「ミニ？」藤原がきいた。彼もソファから立ち上がった。

「ああ、はいはい」窪川が小刻みに頷く。「ええ、どうぞ、ずっとお使いになって下さい。園内でしたら、どこに乗り捨てていただいてもかまいません」

「藤原さん。それじゃあ、私たち失礼します」萌絵は藤原の前に立って言った。「塙さんによろしくお伝え下さいますか？　西之園が、とても喜んでいたって」

「今度は、いつ、こちらへ？」藤原は落ち着いた表情できいた。

「ご本人からお呼び出しがあれば、いつでも」萌絵は微笑む。

「ご本人って？」

「塙さんか、あるいは、真賀田博士です」

「僕は含まれていないのですね？」藤原が笑いながらきく。

「藤原さんって、塙さんか、真賀田博士なのですか？」

5

オープンのミニを運転してホテルまで戻った。反町愛が運転すると申し出たが、萌絵は即座に断わった。

「その気持ちだけで嬉しいわ」萌絵は愛に言った。「ラヴちゃんが運転すると聞いただけで身が引き締まるもの」

「どういう意味だよ、それ」愛が膨れる。

車に乗ったまま入口のアーチを潜り、ホテルの中庭に車を駐めた。

三人はロビィに入る。

萌絵はフロントで呼び止められ、メモを渡された。芝池からで、電話番号が書かれている。ナンバは携帯電話のものだった。

三階の部屋に入り、萌絵は電話をかけた。

「はい、芝池であります」

「西之園です」

「ああ、どうも……。さきほど、そちらにお伺いしたんですが、いらっしゃらなかったものですから」

「何か？」

「いえ、特にどうというほどの用事ではないのですが、簡単に経過報告でもしようかと思いまして。ひとまず、鑑識の最初の作業が一段落しましたんで、現場の方は、これで、だいたい終わりです。あとは、署に戻って……、といったところでありまして……」

「いかがですか？　何かわかりましたか？」

「今、ホテルですか？」

「ええ」

「じゃあ、そちらへ伺います。すぐ前におりますから、二、三分後に」

「では、こちらも、ロビィに下りていきます」

「わかりました」

電話が切れた。おそらく、部屋の電話が盗聴されていることを気にして、芝池は直接話すと言ったのだろう。そう萌絵は考えた。

「ロビィで刑事さんに会ってくるわ」萌絵は反町愛に言った。

「いってらっしゃい」愛が片手を広げて、素っ気ない返事をする。

牧野洋子はバスルームだった。

萌絵は部屋を出て、エレベータで一階まで下りた。彼女がロビィへ出ていくと、入口の自動ドアが開いて、芝池が入ってくるところだった。

「お疲れの様子ですが……」芝池は萌絵を見て言う。

「あ、ええ。少し眠ろうと思っていました」

「ああ、それはどうも……、お邪魔をして申し訳ありませんでした」芝池は頭を下げた。

二人は壁際のソファに腰掛ける。

「まず、そこの教会の方ですが、残っていた左腕は、松本卓哉のものだとほぼ断定されました。血液型ももちろんですし、被害者の部屋で採取された指紋とも完全に一致しました。さらに詳しい検査を行っていますが、まず間違いありません。腕はもちろん、死亡後にもぎ取られたもので、鋭利な刃物を用いて切断されたのではありません。鑑識によれば、むしろ、鈍器で数回叩きつけた傷に近いそうです」

「松本さんの遺体は見つからないのですね？」

「徐々に捜索範囲を広げていますが、今のところ出てきません。現在は、まだ園内を中心に捜索しています。昨夜から今朝にかけて、ゲートを通過した車はすべて確認されていますので、これから、そちらを調べる予定です。あとは、運河や海へ、船を使って持ち出したという可能性もあります。教会の屋根の上には、被害者の血痕が残っていました。何者かが、あのドームの上にいたことは間違いありません。不鮮明ですが、最近付いたものらしい靴痕《くつあと》も発見しました。ただ……、ロープやそのほかの遺留品はまったくありません」

「礼拝堂の中で、死体を引きずった痕はありませんでしたか？」

「西之園さんたちが最初に死体を発見したという場所から、二メートルほど、動かした痕が残っていますね。でも、そこで消えています。あとはどこにも、それらしいものはありません」

「やはり、天井へ吊り上げられたのですね？」

「間違いないでしょう。ただ……、唯一の目撃者が殺されてしまいましたので、断定はできません。たとえ、そうだとしても、どうして吊り上げる必要があったのかは、まったく理解できませんしね」

「芝池さんは、犯人がどうやって逃走したとお考えですか？」

「まだ考えておりません」芝池は口もとを斜めにして不敵な表情を見せる。「もちろん、あの高さから死体を抱えて一緒に飛び降りた、とは思っていませんよ。そう……、何かロープなり、道具を使ったでしょうね」

「ロープをどこかに引っ掛けたような痕はありませんでしたか？」

「ええ、今のところ見つかっていません」

芝池は煙草を取り出して火をつけた。

「それから、あっちの、ビルの方ですが……」最初の煙を勢い良く吐き出して芝池は続ける。「あの新庄久美子の部屋は、なんていうのか……、とにかく不思議ですな。徹底的に調べましたが、どこにも抜け道なんてありません。それはもう確かです。壁も床も天井も、ちゃんとしたものでして……」

「では、可能性は？」

「信じられませんが、唯一考えられるのは、窓からでしょうね」芝池は横目で萌絵を捉える。「とんでもなく命知らずの、身軽な奴ですな。ご存じのとおり、窓は少ししか開かない。あの隙間を抜けられるだけで、世界中の人間の半分以上が除外できます。たぶん、どうにかして、屋上へ上がったんだと思いますが……」

「屋上を調べたのですね？」

「もちろん。でも、駄目です。何もありませんでした。今のところ、凶器も出ていない。これが不思議です。ナイフだと思いますが、あの部屋には創傷に一致するものがありませんでした。とにかく、綺麗さっぱり、何も不審なものは残っておりません」

「争った痕がありましたよね？」

「ええ、若干ですけどね」芝池は頷く。「被害者は背中から二回刺されていますが、残っている血痕などから、最初の場所は寝室だと思われます。それで、逃げて、また刺され、玄関のドアのところまで来て倒れた、というわけです」

「犯人は、返り血を浴びていますよね？」

「ええ、まず間違いなく」

「それなのに、どこにも痕が残っていないのですか？」

「残っていません。窓にも、その外側の壁にも、ありませんね。空でも飛んだとしか思えない状況なんですよ」

芝池の冗談に、萌絵は微笑んだが、一瞬、反町愛が見たという、ドラゴンのことを思い出していた。

「残念ながら、真賀田四季については、まだ何も調べていません。そのことでこちらに来たのに、とんだ事件になってしまいました」

「真賀田博士は、ナノクラフトが匿《かくま》っています。それは、間違いありません。塙社長は、私に対しては完全に認めています。ただ、公式には発表できないと……」

「しかし、具体的な証拠がないかぎり、捜査令状は下りません」芝池は自分の煙に目を細める。「こういったことは、慎重に事を運ばないと、調べてみました、いませんでした、では済まされないんですよ」

「真賀田博士にそっくりのロボットが本社ビルの四階にありました」

「それが具体的な証拠ですか？」

「いえ……」萌絵は溜息をついた。「もちろん、わかっています。確かに、証拠らしい証拠は、私の証言だけです」

「どこにいるのかも、わかりませんしね」

「ナノクラフトは、研究所の場所を極秘にしています。このホテルの地下だということは確かですけれど……。それも、今は臨時に閉鎖してしまったのかもしれません。私がここにいる以上、むこうも下手《へた》には動けない。それはわかっているはずです」

「真賀田博士が、まだいるなんてことがあるでしょうか？　続けざまにこんなことがあったんで、もうとっくに逃げ出しているんじゃないですか？」

「ええ……、それは、そうかもしれません。私に会ったあと、すぐにどこかへ出ていった、ということも考えられます」

「まあ、しばらく、殺人事件の方に専念することになりそうです。これから、関係者にいろいろ話をきいて回ろうと思っています。被害者の周辺の話を」

「松本卓哉さんと新庄久美子さんの二人には、何か共通点がありますか？」

「ナノクラフトの社員であること。それから、二人とも大阪に住んでいたことがある」

正面のドアが開いて、ロビィに鯉沼が入ってきた。彼は芝池と萌絵を見つけ、無表情のままこちらに歩いてくる。

「西之園さん、午前中は、どちらへ行かれていたんです？」鯉沼はソファに座らずに尋ねた。

「ええ、ごめんなさい。迷子になってしまって」萌絵は微笑んで、ごまかした。

「じゃあ、これで……」芝池は膝に手を当てて立ち上がる。「また、何かありましたら、ご連絡いたします。しばらく、こちらにお泊まりなんでしょう？」

「あ、ええ……」

「失礼します」芝池は頭を下げ、長身の鯉沼と一緒に立ち去った。

ロビィから二人が出ていくのを見届け、萌絵はソファから立ち上がる。エレベータに乗って、部屋に戻ると、窓際のテーブルに牧野洋子と反町愛が向かい合って腰掛け、お茶を飲んでいた。

萌絵は大きな溜息をついて、ベッドに腰掛ける。

「子守唄歌ったげよっか？」洋子が言った。

「遠慮するわ」そのまま仰向けに倒れ、萌絵は目を瞑る。

「刑事さん、何て？」洋子の声。

「全然、進展なし」萌絵は簡単に答えた。

疲れていた。事実、眠かった。

しかし、彼女の頭はまだ考えようとしている。

「ラヴちゃん……」

「何だい？」

「松本さん、本当に死んでいた？」萌絵は目を瞑ったまま尋ねた。

「間違いないよ」反町愛は答えた。「それだけは確か」

「あそこから落ちて死んだんだと思う？」

「それはわからない」

死因はわからない。

犯人を除けば、死体を見たのは彼女たちだけ。

警察も見ていない。

教会の光景がイメージされる。

最初に塙理生哉に会った礼拝堂。

高い天井のドーム。立ち並ぶ柱。

そして、十字架。ステンドグラス。

萌絵は眠った。

青い目をしたマリア像の夢を見た。

6

犀川創平は、その広場にもう二十分も立っていた。

彼の目の前には教会が建ち、その向こうには四階建てのホテル、さらにその向こうには太陽がある。教会の大きな影が、犀川のすぐ足もとまで届こうとしていた。

「何をしてるんです？」後ろから声がしたので、犀川は振り向く。数メートル離れたベンチに塙香奈芽が座っている。

彼は香奈芽を無視して、また教会を見た。目はそれを見ているが、考えていることは別のことだった。というよりも、教会を見ている犀川と、別のことを考えている犀川がいる、の方が正確だろう。

「ねえ、先生」香奈芽の声が近づいてくる。「もう、どれくらい、ここに立っているか、教えてさしあげましょうか？」

「約二十分です」犀川は答えた。「今、時計を見たところだから、誤差は三十秒くらい」

「はあ……」無声音で香奈芽は言う。「それは、失礼……。てっきり、ご存じないものと思ったものですから」

「気にしないで下さい」犀川は前を向いたまま言った。

「気になります！」香奈芽は小声で叫んで、犀川の横に立った。「教会が、そんなにお好きなの？」

「いいえ」

「じゃあ……」

「僕は、ちょっと歩きます」犀川はそう言って歩きだした。

「あ、待って下さい」香奈芽が慌ててついてくる。

彼は、店先に立ち止まっている人混みの中を進んだ。後ろから、塙香奈芽が追いついてきて、彼の腕を摑む。

「一緒に行きますから……」

「どこへ？」犀川は歩きながら尋ねた。

「先生はどちらへ？」

「いえ、ちょっと歩くだけです」

「私も」

「ついてくるのは自由だけど、僕の腕を持たないでくれませんか？」犀川は横を見て言う。

「いけませんか？」

「歩きにくい」

香奈芽は口を尖らせて手を離した。彼女はまだサングラスをかけている。自分もサングラスくらい用意してくれば良かったかな、と彼は思ったが、コンタクトは使ったことがないので、度付きのサングラスでないかぎり無理だ。残念ながら、サングラスをかけたことは、これまでの人生で一度もなかった。

「なんか寒くなってきません？　どこかで、温かいお茶でも飲みたいわ」

「どうぞ、ご自由に」

「犀川先生と一緒に飲みたいんです」

「僕を飲むことはできません」

「そうじゃなくて！　お話をしながら、飲みたいの」

「それも厳密には無理ですね。しゃべりながらは飲めない」

「ああ、もう！」塙香奈芽はまた犀川の腕を掴む。「馬鹿！」

「酔っ払っているのですか？」角を曲がったところで、犀川はしかたなく立ち止まった。

「もうすっかり醒めました」香奈芽は肩を上げる。

「何か、まだ重要な話が？」犀川はきいた。

「真賀田博士に、私、会ったことがあるわ」香奈芽は突然そう言った。

犀川は驚いた。「いつ？」

「二ヵ月ほどまえ」香奈芽は犀川に顔を近づけて答える。

「どこで？」

「ここよ」

「ここって？」

「ひ・み・つ」香奈芽はそう言ってから、あぶり出しのように微笑んだ。「教えてほしい？」

「ええ」

「じゃあ、一緒に来て」彼女は小首を傾げ、口もとを上げる。

反対方向に塙香奈芽は歩きだした。犀川は彼女についていく。再び広場に戻り、教会の正面を通って、ホテル・アムステルダムの前まで来た。

「どうして、さっき言わなかったんです？」犀川は歩きながら質問する。

「だって、内緒ですもの」彼女は囁いた。「トップシークレットなんですよ」

「ナノクラフトの、ですか？」

「ええ、そう」

ホテルのロビィに入り、彼女はそこを横切って、エレベータの前まで真っ直ぐに歩いた。二人はエレベータに乗り込む。香奈芽が四階のボタンを押した。

ドアが開き、香奈芽について犀川もエレベータを降りる。彼女は通路を左手に歩いていく。犀川は後ろを振り返り、エレベータホールの窓から、広場の教会の屋根が見えるのに気がついた。彼は立ち止まり、そこの様子を眺める。

「ほら、また教会を見てる」香奈芽が不満そうに言った。

「今朝、そこで事件があったのを知っていますか？」犀川はきいてみた。

「いいえ。何の事件です？」

「大した事件じゃありません」

「こちらです」香奈芽がそう言って歩きだしたので、犀川は諦めて彼女に従った。

通路を十メートルほど歩き、香奈芽は四三八号室のドアの前に立って、カードを差し入れた。ドアを押し開け、彼女は犀川に入るように首を傾けて示す。

犀川は部屋に入った。ツインルームで、窓は海側、つまり南を向いている。波止場や小さな灯台が見え、防波堤の近くには、帆船が停泊していた。

「海はお好き？」後ろでドアを閉めてから、香奈芽が入ってくる。

「いいえ、特には」犀川は答えた。

彼女はコートを脱いで、キャビネットの横にあった椅子の背に、それを掛けた。

「何か飲まれます？」香奈芽は冷蔵庫を開けてビールを取り出す。

「いえ、けっこうです」

「私、いただいても良いかしら？」

「変なことをききますね。僕のビールじゃありませんよ」犀川は答える。「あの……、ここで、真賀田博士に会ったのですか？」

「いいえ、違います。この部屋じゃないわ」ビールをグラスに注いでから、それを片手に、香奈芽はベッドに腰掛けた。「ちょっと複雑なの。どうぞ、先生も、ここにお掛けになって」

犀川はバッグを下ろし、隣のベッドに腰掛ける。

「コートをお脱ぎになったら？」

「ああ、そうですね」犀川は立ち上がってコートを脱いだ。それをベッドの端にのせ、また座った。

「兄が、連れてきたのよ」香奈芽は言う。彼女はグラスを口につけて、一気に半分ほど飲んだ。

犀川は彼女を見据える。

「夜だったわ。私が、ちょうど、こちらに戻ってきた日の……」

「そのときが、初めてだったのですか？」

「ええ」香奈芽は頷く。

犀川の目の前に香奈芽は座っていて、脚を組んでいた。彼女は、またグラスを傾け、それを空にする。それから、躰を斜めにしてグラスをサイドテーブルに置くと、今度はブーツに両手を伸ばし、それを脱ごうとした。

「ごめんなさい。先生……、ちょっと、これ、引っ張っていただけません？」

犀川は立ち上がって彼女の近くに行く。中腰になって、茶色のブーツを摑んだ。彼女が脚を引き上げようとして、彼はそれを留めようとする。

「この紐《ひも》を解くんじゃないんですか？」

犀川がそうきいたとき、香奈芽が犀川の首の後ろに手を回し、引っ張った。何をされているのか、わからないまま、彼はベッドに倒れ込む。彼女の手が、犀川の躰に回り、タックルされている状態だった。

「あ、ちょっと……」犀川は言う。

目の前に香奈芽の顔がある。

「飲めないって、おっしゃったわね、先生」香奈芽が言った。「飲んでさしあげましょうか？」

7

小宮みどりは、暗い通路を進んだ。ゆっくりとしか歩けなかった。どうして、こんなに暗くする必要があるのだろう、と彼女は思った。

小さな電灯が、申し訳程度に光っている。どの部屋にもドアはなく、中は真っ暗だった。誰かが入ってくるのを待って、不気味に口を開けている生きもののようだ。

午前中に初めてここに入ったとき、彼女は恐ろしくて足が竦《すく》んだ。そのときは、トレイにサンドイッチとコーヒーをのせて、塙社長に言われたとおりの道順で、誰もいない部屋まで行き、トレィを置いてきただけ。帰りは逃げるようにして戻った。

理由はもちろんきかなかった。

食事を運ぶ、ということは、そこで誰かがそれを食べる、という意味だ。それが誰なのか、わからない。

塙社長の部屋の控室（そこが彼女の仕事場だった）に戻ってから、考えてはみたが、答は出ない。

社長付きの秘書は何人もいるらしい。だが、彼女と同じ仕事をする仲間は、八時間交替で、彼女を含めて三人だった。ずっとディスプレイに向かって、塙社長宛のメールの整理、その一部の返信、各種情報サイトの検索、そのレポート、などが主な仕事である。どんな仕組で、その機械が動いているのか彼女は知らないが、問題は何もなかった。

小宮みどりは昨夜から勤務していた。朝には交替の予定だった。交替する同僚も時刻どおり出勤してきた。しかし、帰ろうとしていたとき、社長室に呼ばれたのである。

新庄久美子が急なトラブルで仕事ができなくなった。彼女の仕事の一部を分担してほしい。もちろん、オプションの仕事であって、俸給は別計算である、と塙社長は言った。

簡単な仕事だときいて引き受けたのが、研究所内の見たこともない区画に入り、そこへ食事を運ぶこと。朝と夕方の二回だった。

食堂に注文したサンドイッチとコーヒーを午前中に一度運んだ。そのあと、本社ビルの中にある寮の自室に帰って寝るつもりだった。だが、目が冴えて眠れない。本を読んだりして時間を潰したが、その暗い部屋で誰がサンドイッチを食べているのかが、頭から離れなかった。

本当はもう少し遅い時間の方が良いとは思ったが、早く済ませて、勤務時間までに少しでも長く仮眠をとりたかったので、午後五時少しまえに、小宮みどりは夕食をそこへ持っていくことにした。

食事は何でも良い、と言われている。食堂で購入したセットメニューをトレィにのせて、彼女は、再びその部屋、ダーク・ルームに入った。

部屋というには、あまりにも広い。通路が何本もあり、部屋も沢山ある。両側にあるドアのない部屋は倉庫か何かだろうか、と彼女は思った。

目的の部屋に近づく。

その部屋から物音が聞こえた。

しかも照明が灯っていて、通路に眩しいくらいの光が届いていた。

小宮みどりは、自分が早く来過ぎたことを心配して、入口の数メートル手前で立ち止まった。まだ部屋の中がほとんど見えない位置だった。

「あの、お食事をお持ちしました」彼女は、その部屋にいる人物に聞こえる程度の声を出した。

また物音がして、次に、照明が消える。

辺りは再び暗くなり、通路の僅かな照明だけになった。

彼女はどうして良いのかわからず、しばらく待った。

「どなた？」優しい女の声が聞こえる。聞いたことのない声だった。

「小宮といいます。新庄さんの代わりに、お食事を運ぶようにと、社長から言われてきました」

「ご苦労さま。どうぞ」

小宮みどりは数歩進んで、入口の前まで来る。部屋の中は暗くてよく見えなかったが、中央にテーブルがあることはわかった。そこに、午前中に運んだトレィがのっていた。彼女はそれを見て、部屋の中に入った。

持ってきた新しいトレィをテーブルの上に置く。そして、そこにあった古いトレィを替わりに持つ。空《から》のカップと皿がのっていた。

部屋の奥にあるデスクの向こう側で、誰かが動いた。

椅子に腰掛けて、こちらを見ているようだ。

ぼんやりとシルエットが見える。

しかし、顔はわからない。

「ありがとう」そのシルエットが言った。さきほどの女性の声だ。

ここにいるのは男性だろう、となんとなく想像していたので、意外だった。

こんなところで何をしているのかしら？

これも研究のうちなのだろうか？

「失礼します」小宮みどりは軽く頭を下げて、後ろに下がった。

相手が誰なのか、どうでも良いことだった。

自分の仕事は、もう終わったのだから……。

「小宮さん、とおっしゃったわね？」

「はい……」立ち止まって、彼女は振り向いた。

「社長室の隣の端末で、お仕事をしている人ね？」

「そうです」

「今朝、貴女の部屋に西之園萌絵という若い女性が来ましたね？」

「え？」

「貴女の端末を使って、メールを読んだわ」

「はい、ええ……」小宮みどりは頷いた。「社長のお客様です。朝早くにいらっしゃいました」

「どんな話をしましたか？」

「いえ、特別には……」彼女は思い出そうとする。「私のパソコンでメールを読まれていました。それから……、えっと、そうです、新庄さんのことを質問されて、副社長のところへ行かれたはずです」

「彼女、どんな様子でしたか?」

「どんな、といいますと?」

「喜んでいた? 怒っていた? 落ち着かない様子でしたか? それとも落ち着いていた?」

「あの……、私にはわかりません。特に、どんな感じということもなかったと思いますけど……」

「わかりました。もういいわ。ありがとう」

「はい……」小宮みどりは下がろうとした。しかし、喉に支《つか》えている疑問が、彼女の口から出ようとしている。彼女は再び振り返って、デスクの奥の女を見た。

「あの、失礼ですが……。貴女はどなたですか? ここは、何をするための施設なのですか? あの……、こんなこと、きいて良いものかどうか、私にはわからないのですけど……、もし、差し支えなければ……」

「私のことなら、知らない方が良いでしょう」デスクの向こうで女は立ち上がった。「夕食にしては少し早過ぎましたね。小宮さん、貴女は私を見たことを、誰にも話してはいけません。これは、トップシークレットなのです。もし、誰かにお話しになったりしたら、貴女の首が飛びますよ」

「は、はい」小宮みどりは頷いて、慌てて後退する。彼女は既に通路に出ていた。トレイにのっている空の食器が、音を立てている。自分の手が震えているのだ。

彼女が最後に見たものは、闇の中に浮かぶ二つの青い瞳だった。

8

「ごめんなさい」塙香奈芽は神妙な表情で顎《あご》を引き、上目遣《うわめづか》いに犀川を見た。「先生が怒るところが見たかっただけなんです」

「嘘なのですね？」犀川はソファに腰掛けて煙草に火をつけた。「真賀田博士に会ったことがあるというのは……」

「ええ、本物を見たことはありません」

犀川は溜息と一緒に煙を吐いた。

「先生……？　犀川先生？」

彼は窓の外を見る。ずっと遠くだ。帆船がゆっくりと桟橋を離れていく。船体の両側にある水車のようなものが回転して水を蹴っていた。ホテルのすぐ近くに停泊している海賊船は動かないようだ。同じ船にも、新しいものと古いものがある。同じ古いものにも、動くものと動かないものがある。人間もこのとおり。しかし、最も重要なことは、動くことに、どんな意味があるのか、という点だ。

「どうしたんですか？」塙香奈芽はきいた。

室内に視線を戻す。彼女は、犀川の顔色を窺《うかが》うように、瞬きもせずに口をすぼめていた。

「怒ってるんです」犀川は答えた。実のところ、怒ってはいなかった。多少落胆していただけだ。特に、彼女のことを信じた自分に……。

「ごめんなさい」彼女は目を閉じて囁いた。「ええ、私、あまり、男の方から冷たくされるのに慣れていないんです。ちょっと、頭に来てしまったの」

「意味がわかりませんね」

「怒られるとは、思わなかった」

「さっきの言葉と矛盾しています」犀川は煙を吐いて言う。

「どちらでもいいわ」彼女は肩を竦めた。「もう、どうだっていいの」

「この煙草を吸ったら、失礼します」犀川は言った。

「変な魚を釣っちゃったみたい」

「僕のことですか？」

「ええ。普通じゃないわ」くすっと笑いながら香奈芽が言う。

「普通のというのは、どんなふうなのですか？」

「さあ……」

「塙さん、真賀田博士の顔を見たことはありますか？　写真か何かで……」

「ビデオで見たことがあるわ。それに……、本社ビルの展示フロアに、彼女の人形があります」

「人形？」

「ええ、とても良くできているんですよ。それね……、何億円もかけて作ったって、兄が自慢していました。馬鹿みたいでしょう？」

「何億円？　動くのですか？」

「そう、表情も変わるし、口を動かしてしゃべります」

「それは見てみたい」

「でも……、それでもやっぱり、気持ち悪いだけ。だって、本物には見えないもの。蠟人形が動いているだけ。どうして、ああいうのって、生きている人そっくりには作れないのかしら？」

「情報量が不足しているからです。生きている人間が発信するのと同じだけの量の情報を、機械ですべて再現するには、まだ無理があります。技術的に不可能ではないけれど、経済的には無理でしょう」

「兄もそう言っていましたわ」

「このユーロパークが、それと同じことを示しています」犀川は煙草の灰を灰皿に落してから続ける。「これだけの施設を作らなくても、コンピュータ・グラフィックスで、ヨーロッパの街並を再現すれば良い。ディスプレイの中で、好きなところを歩き、好きなところで買いものをする。どんなディテールも映像化して、どんなテイストも再現する。それは、現代のデジタル技術をもってすれば充分に可能なのです。それなのに、コンピュータ・ソフトウェアをリードするナノクラフトが、何故、こんな時代遅れの街並を作ったのでしょうか？」

「それ、兄がきいたら、激怒するでしょうね」香奈芽が笑った。

「いいえ……。そんなことはありません。塙理生哉博士なら、とうに答を出している。答は簡単です。いいですか？　コンピュータ上で、バーチャル・タウンを作り出すよりも、こうやって、本物の街を作る方が、安いんです」

「お金が？」

「ええ、お金、つまり人手も時間も、すべて、本物を作る方が少なくてすむのです。同質の条件、すなわち同じ情報量で比較すれば、その差は明確です。だからこそ、ナノクラフトは、ここを作ったんですよ」

「あのロボットも、そうなのね？」

「貴女は、頭が良い」犀川は煙草を消しながら言った。「自分を馬鹿に見せようとするのは、やめた方が良い。過去にそれで得をしたことがあったのなら、それは、相手が馬鹿だっただけのことです」

「ええ、馬鹿だったわ、みんな」

「人間のほとんどは馬鹿です」犀川は立ち上がりながら微笑んだ。「僕の試算では、九十四パーセント。ただし、忘れないで下さい。馬鹿は、悪いことではない。低いことでもない。卑しいことでもありません。死んでいる人間は、生きている人間より馬鹿ですし、寝ている人間は、起きている人間より馬鹿です。止まっているエンジンは、回転しているエンジンよりも馬鹿です。それが馬鹿の概念です」

「さっきの先生は馬鹿だったのね？　今は、少し馬鹿じゃないみたい」

「観測点にもよりますね」犀川はコートを着た。「人間がどれくらいの速度まで耐えられるか、わかりますか？」

「マッハいくつとか？　光の速度とか？」

「ええ……」彼はバッグを持つ。「僕らは自転する地球に乗っているし、地球も、太陽系も、銀河系も動いています。だから、いくらでも大丈夫、どんな速度にも耐えられます。走っている光から見れば、僕らは光速で移動している。思考している人間からみると、思考していない人間は馬鹿に見え、逆に、思考していない人間には、思考している人間が馬鹿に見えます」

「天才に見えることもありますね」香奈芽がにっこりと笑う。「だから、紙一重なんていうのかしら?」

「自分をどちらに置くかの違いです。自分が馬鹿だと思っていれば、天才に見える。自分を天才だと信じていれば、馬鹿に見える」

「先生が、こんなにお話をなさる方だとは思いませんでしたわ」嬉しそうに香奈芽が言う。

「もうおしまいです」犀川は口もとを上げた。「それじゃあ」

ドアの方へ彼は歩きだす。

「先生、今夜はどうされるおつもりです?」ベッドから立ち上がって、香奈芽がきいた。

「それは、まだ考えていません」

「馬鹿みたい……」香奈芽は笑う。

「一つききたいのですが……。ナノクラフトのビルに入れませんか? その……、僕だということを隠して、ですけれど」

「隠して? どうしてです?」

「見学したいんですが、身分は明かしたくない」

「そんなの簡単だわ」香奈芽は微笑んだ。「でも、どうして身分を明かしたくないんです?」

「大学をずる休みしているからです」犀川は嘘をついた。

くすっと香奈芽は笑う。今までで一番自然な笑顔だった。

「いいわ。私がご案内しましょうか？」

「確か、帰ってきたことは内緒だと言っていませんでしたっけ？　見つかりますよ」

「それはもう、いいんです」笑いながら香奈芽は答える。「簡単に何でも諦められる女なんです、私」

そんな人間が存在することを、犀川は信じられなかったが、とりあえずは頷いた。信号機だって、とりあえず頷くことでラッシュを回避しているのだから。

9

牧野洋子と反町愛の話し声で、萌絵は目を覚ました。彼女は壁を向いて眠っていた。二人がいるのは、窓際のソファのようである。

「問題はさ、これがナノクラフト内部のことなのか、それとも、萌絵に関係していることなのかってところ」牧野洋子の声が聞こえる。「つまりね、私たち、偶然、悪いタイミングで居合わせてしまっただけなのか、そうじゃなくて、私たちが到着するのを待って、計画的にこんな酷いことをしたのか……」

「松本さんに、あそこで会ったのも、偶然じゃないって言うわけ？」反町愛が心配そうなトーンで話した。「でもでも、あんときはさ、萌絵はいなかったよ。俺たち二人だけで」

「だけど、ナノクラフトで知っている人なんて、あの時点じゃあ、松本さんと新庄さんの二人だけだったのよ。その二人が殺されたんだもん」

「嫌がらせのメモとか、ドラゴンの人形とかも」愛が溜息混じりで話している。「あれって、何の目的なんだろう？　まさか、怨霊《おんりょう》とか呪いとかさ、そんなもの持ち出そうとしてるわけじゃないでしょう？　考えられないよ、そんなの、現代じゃあ。もしかして、早くここを立ち去れっていう意味なのかなあ？」

「萌絵が何か知っているのかもね。あの子、なんか隠してるわ。いつもと調子が違うもん」

「そう？　気がつかんけど」

「だって、犀川先生に連絡しないのが変だよ。絶対におかしいよ」洋子が小声で言ったが、萌絵にはよく聞こえる。

「ああ、なるほど……。そういえば、そうね。犀川先生って、来るの明後日か……」

「そのさ、真賀田四季っていう天才博士、そもそも、その人が全部画策しているわけでしょう？　どうして、ナノクラフトは、博士の言いなりなんだろう？」

「そりゃ、見返りがあるわけよ」愛が簡単に答える。

「どんな？」

「知らないよ、そんなの」愛はビールを飲んでいるようだ。テーブルにアルミ缶が当たる音がした。「でも、あんな人形まで作ってるんだから、もうあそこの社長さんなんか、めろめろの信者なんじゃないの？」

「教祖様、みたいな？」

「そうそう」

「あ、じゃあさ、抜け出そうとした信者が殺されたんだ」洋子が思いついた、というように勢い良く話した。

「あ、そうか！　松本さんも、それらしいこと言ってたな」

「そう？　どんな？」

「地下の研究所の入口は、本当は内緒だって……」愛が言った。「あのとき、ちょっと批判的な感じじゃなかった？」

萌絵は、ベッドの上で振り返った。

「どこに入口があるって？」彼女は叫ぶようにきいた。

牧野洋子と反町愛は、小さなテーブルを挟んでソファに座っている。二人は萌絵の方を見てびっくりしている表情だった。

「あんた、起きてたの？」洋子が言う。

「ね、松本さんが、研究所の場所を話したの？」萌絵は起き上がってベッドに座った。

「このホテルの地下にあるってことだろう？」愛が答える。「萌絵がそう言ってたんじゃん」

「違う……」萌絵は首をふった。「松本さんがどう話していたか、教えて」

「あまりよくは覚えてないけど……」愛は眉を顰《ひそ》める。「秘密の入口が……、えっと、トイレだったか、売店だったかにあるって……、そこから所員は出入りしているって言ってたと思う」

「本当？　どこの？」

「さあ……、そりゃ、この近くなんじゃない？」

萌絵は立ち上がり、窓際まで歩いた。彼女はガラスに両手を当て、外を見下ろした。

既に夜景である。

ライトアップされたホテルの庭の芝生、植木、石畳の小径、コンクリートの防波堤。波止場の桟橋、そして黒い海。売店は、ずっと右手にある。そちらは、レストランなどの建物が隣接している地帯で、今も明るい照明の中を、沢山の人々が歩いていた。左手は、運河の河口がぎりぎり見える。そちらには、見渡せる範囲に、建物はない。

「ここの地下の研究所はね、このホテルとは直角になる方向に長い配置になっているの。つまり、長手方向が南北になっていて、北の端が向こうの広場の教会に上がるエレベータがあった。私はそれに乗ったの。だけど……、真っ直ぐの廊下の正反対の側にもエレベータ。それは絶対に確か。でも、あのエレベータは、ホテルの真南になるわけだから……」

「海の中ってわけか」洋子が後ろで言った。彼女も立ち上がって窓の外を見ていた。

「そう……、海までの距離があったかどうか、正確にはわからないけれど、でも、とにかいっていることもあるわいな」愛がソファから言う。「まあ、人間、思い違いってこともあるわいな」

「どうして、思い違いだっていえるの？」振り返って萌絵は、反町愛を睨みつけた。

「だからぁ……」空になったビールの缶を、愛はごみ箱に投げ入れた。「たとえばさ、直角になっていたっていうのが、もう間違いかもしれないでしょう？　このホテルと平行、というか、一致しているかもしれないし、三十度くらいの角度で、交わってるかもしれないよ」

「三十度なんて、建築としてありえないわよ」洋子が言った。

「いい？　ロビィのエレベータは、ドアが東向きでしょう？」萌絵が説明する。「それに乗って、地下で降りたら、目の前に通路があって、左右にずっと延びていたのよ。つまり、南北方向になるわ。そんな簡単なこと、間違えるわけがないもの」

「俺様なら簡単に間違えるな。超方向音痴だから」愛は笑いながら言った。「お！　今、ぴーんときたぞう。そうそう、そのさ、エレベータが途中で、こう捩《ねじ》れてんじゃないの？　方向を変えながら下りていくわけだ」

「まっさかあ……」洋子が笑った。「乗ってたら、気がつくわよ。そんな早い回転なら、加速度を感じるはず。慣性モーメントとか遠心力とかが働くでしょう？」

「だから、微妙にさ、ほんのちょっと角度を変えるのに何秒か使って回転するわけ。その降りたところって、地下何階だい？」

「地下二階だった」萌絵は答える。

「じゃ、少なくとも地面より八メートルくらいは下ったわけでしょう？」反町愛が反《そ》り返って、両手を頭の上で組んだ。「てことは、九十度で、二分のパイ捩れようとすると、一メートルにつき十六分のパイ。秒速一メートルで降下すれば、エレベータの箱の半径を一メートルとすると、円周の速度で、秒速……」愛はそこで目を一度瞑って、再び開く。「ああ！どうして、俺様がこんな計算しなくちゃいかんのだ？」

「秒速、百九十六・三ミリくらい」萌絵が答える。

「おお、有効数字四桁かあ……、手抜いただろ？」愛がくすっと笑った。「まあ、ようするに、大したことないな……。遠心力は？」

「m・v二乗、割る半径」萌絵は答える。「加速度としては、重力加速度の約〇・三九三パーセントね」

「約とか、くらいとか、言わんぞ、普通その桁数では」愛がまた笑った。

「約〇・四パーセント」萌絵が言い直す。

「〇・四パーセントなんて感じないか……」洋子が言う。「それに、エレベータの中心付近に乗っているほど小さくなるわけでしょう？」

「そうそう」愛は自慢げに頷いた。「わかったかね、え？　君たち」

「人間が感じるのは、もっと、なんていうの、不規則な振動みたいなものでしょうね」洋子は真面目な顔だった。

「そんな捩れたエレベータなんて、あるかしら」萌絵は口もとに指を当てる。

「あそこのロボット作るよりは簡単だ」愛が断言する。「ほら、ジェットコースタみたいに、ガードレールが曲がっているだけのこと」

「うーん、そうね……」萌絵は納得した。「もしそうだとすると、地下の研究所は、このホテルと同じで、東西に長くて……、その場合、私が見たという教会は、広場の教会じゃないわけね……。まったく同じ礼拝堂が、内部だけ、このホテルのどちらかの端に作られているんだわ。そうか！　ひょっとしたら、一部は地下なのかもしれない。うん、それ、なかなか素敵な仮説だわ……。凄い！　ラヴちゃん」

「仮説？　なんだ？　仮説って」愛が首を捻《ひね》った。

「そうか、そうだったんだ」萌絵は急に嬉しくなって、躰を弾ませる。「反対側のエレベータだって、ホテルの逆の端にあるだけなんだ。うん、もともと地上と地下の配置がずれているなんて、不自然だもの。ええ、建築としても、その方がずっとずっと普通だわ」

「どうしてもエレベータの向きを変えたくて、捩ったのかな？」洋子はまだ不思議そうな顔をしていた。「でも、それって、開けるドアを二つ作ればすむことでしょう？　わざわざ箱ごと向きを変えなくてもさ」

「そこが、ナノクラフトの凄いところなんよ」愛は首をふって、洋子を牽制した。「このユーロパークを作ったんだよ。あの帆船だって何億もかけて作ったって、ガイドブックに書いてあったし。もうさ、そのくらい何だってありなわけよ、ここは」

多少強引な論理だったが、説得力はある。萌絵は感心した。気になっていたことが、綺麗に説明できたからだ。

夕方の六時を回っていた。

彼女たちはさっそく探検に出かけた。部屋を出て、長い廊下を東の端まで行き、建物内にあった非常階段を下りた。一階は、初めて見る小さなロビィで、レストランの入口がある。

一度建物の外に出て、すっかり暗くなっていた海岸の小径を進む。ホテルを右手に見ながら、早足で三人は歩いた。建物の西の端までやってきて、そこに鋼鉄製のドアがあることを発見した。黄色いペンキが塗られ、日本語と英語で、立入禁止、と書かれていた。

「これだこれだ」反町愛が押し殺した声で言う。

行き過ぎて北側に回り、広場の方からも眺めてみる。一階の窓はすべて磨《す》りガラスで部屋の中は見えない。

一度中央まで戻り、アーチを潜り抜け、ロビィに入る。西側にはエレベータホールとラウンジがある。そのラウンジは今朝、バイキングの朝食をとったところだ。ホテルの半分の奥行きにはまったく足りない。つまり、この建物の一階には、西の端に十メートル以上空間が残っている計算になる。

　エレベータで二階に上がってみた。エレベータホールから通路に出てみると、三階と同じで、東西に真っ直ぐに延びている。西の端まで彼女たちは通路を歩いた。そこに非常階段がある。さきほど東の端にあったのと同じだ。その階段で、彼女たちは一階に下りた。階段は地下へは続いていない。一階で終わりだった。大きな鉄の扉が立《た》ち塞《ふさ》がり、それを開けようとしたが、開かなかった。どこへも行けない。

「間違いないね」洋子が囁いた。「この中に、関係者だけが入れる部屋があって、そこから地下へエレベータで下りていけるんだわ」

「外にあった黄色のドアからも、ここへ入れるのね」萌絵は頷いた。

「これって、違法だよね」洋子が言う。「非常階段になってない。ここまで避難して行き止まりだもん」

　念のために、二階を通ってロビィへ引き返し、そこから外に出て、西の端にある黄色のドアをもう一度確かめにいく。萌絵は決心してドアに近づき、ノブを回そうとしたが、動かなかった。鍵穴はないが、カードを差し入れるスリットが、ステンレスのプレートに開いていた。

「電子ロックだわ」二人のところに戻って萌絵は囁く。「研究所のスタッフは、ここから出入りしているのね」

「もう、戻ろうよ」愛が心配そうな表情をして小声で言った。

辺りにはまだ沢山の人々が歩いている。街灯が通りを明るく照らし、レストランやカフェの看板も賑やかに光っている。彼女たちはコートを着ていなかった。けれど、萌絵は寒さを感じなかった。それどころか、冷たい飲みものが欲しいほど、気分が高揚していた。

10

萌絵たち三人は部屋に戻った。テレビをつけてニュースを見る。普段見慣れているテレビ局ではないので、幾度かチャンネルを切り換えているうちに、ユーロパーク内で起こった殺人事件について報道している番組が見つかった。

教会の礼拝堂で死体の一部が発見された松本卓哉、三十一歳は、ナノクラフト技術研究所の開発部・主任であった。彼は、勤務を終え、ユーロパーク内で食事をしたあと、行方がわからなくなった。死体のほかの部分に関しては依然発見されていない。テレビが報じたことは、要約すれば、それだけの内容だった。彼女たちが知らない情報は一つもなかった。そもそも、「食事をしたあと」という部分は、牧野洋子と反町愛の証言に基づいているし、また、「死体の一部」が松本卓哉のものであることも、最初は彼女たち三人の目撃によって明らかになったことだ。

その数時間あとに、同じくナノクラフトの企画部・部長補佐、新庄久美子が、同社の本社ビルの個室で何者かに刺殺された。鋭利な凶器による背後からの創傷が二箇所。現場からは、犯行に使われたと思われる凶器は発見されていない。

長崎県警本部は、両者の事件には、何らかの関係があるものと考え、合同捜査本部を設置した、とニュース・キャスタは説明した。テレビに用いられている映像は、被害者二人の顔写真、それに午前中に撮影したと思われる教会の正面とナノクラフト本社ビルのエントランスだった。

実に簡単な情報である。数々の重要な事項が欠落しているのは明らかだ。

「なあに……、これ。こんななけ？」反町愛がベッドの上で不満そうに言った。「もっとちゃんと調べてほしいなあ。俺たちんとこへインタヴューにくれば教えてやるのに」

「そのうち来るかもね」洋子も自分のベッドで横になっている。「ほら、ワイドショーとかのレポータが来るんじゃない？　でもってさ、ゲスト・コメンテータとかって人が、わけのわかんない、どうでもいいことを言うわけよ」

「ゲスト・コメンテータって、コタンジェント・シータに似てるわよね」萌絵が言う。彼女だけがソファに座っていた。久し振りに煙草を吸っている。

「ほらほら、あんた、犀川先生化してるよ」洋子がにやりと目を光らせて言う。「そういうの自然に言うか？　普通……」

「そうそう、そんな趣味の悪いオヤジギャグ、よく言うようになったよな……、まったく嘆かわしいよ。昔のあんたは可愛《かわい》かったよう。しくしく」愛が萌絵の方に寝返りをうって言った。

「場を明るくするためよ。サービス・モードで言っただけなのに……。意地悪！」二人の態度に萌絵はむっとして言い返す。犀川助教授の気持ちが少しわかった気がした。

「犀川先生に電話しなくていいの？」洋子がきいた。

「うん……」萌絵はまず頷いた。「午前中に一度したわ」

「今日の午後は、教室会議だったわね、確か」

講座のネットワークで個人のスケジュールがカレンダで一覧できるようになっていた。洋子はそれを覚えていたのだろう。

「さっき見つけたドアのこと、警察に言わなくていい？」愛が真面目な顔できいた。

「どうしようかなって、考えている」萌絵は答えた。「警察は殺人事件のことで精いっぱいみたいだし、それに……、あのドアがナノクラフトの研究所への入口だったとしても、捜査令状がないかぎりは勝手には入れない……。ちゃんとした証拠があって、あの中に入る具体的な理由が必要なのよ」

「そっか……。別に事件とは直接は関係ないもんなあ」愛は頷く。「真賀田博士だって、毎日いるわけじゃないでしょう？」

「うーん」萌絵は首を傾げる。

「さあて、今夜はどうする?」洋子がベッドの上で起き上がった。

夕食のことを言っているのだろう。萌絵は、腕時計を見る。もうすぐ六時半だった。

夕方の六時頃に、と犀川は言った。萌絵はそれを思い出す。きっと電話があるだろう。この部屋の電話が盗聴されていることが少し気になったが、たぶん、那古野からかけている振りをして、犀川は話すだろう。彼女も、それに合わせれば良い。しかし、既に三十分も過ぎている。時間に正確な犀川にしては珍しい。もしかして、彼女たちが出かけていたときに電話があったのだろうか。

「まだ、お腹が空《す》かないわ」萌絵はそう言った。

「俺は空いたよ」反町愛が言う。

電話が鳴った。

萌絵は飛び上がり、駆け寄って受話器を取る。

「西之園です」

「もしもし、窪川です。あ、お休みではありませんでしたか?」

犀川からの電話ではなかった。萌絵は、短い溜息をついた。

「いいえ」

「塙社長が、急に約束の仕事がキャンセルになりまして、皆さんとご一緒に夕食を、とおっしゃっておられますが、いかがでしょうか？」

「私たち三人ですか？」

「はい、そうです。当方は、塙社長と藤原副社長、それに私の三人です」

「今からすぐにですか？　あの、どちらで？」

「いえ、時間も場所も、西之園さんのご希望のところで」

「ちょっと、待っていただけますか？」

「はい……」

萌絵は、受話器を手で押さえて、洋子と愛を見る。

「塙社長が、私たちと食事がしたいって。どうする？」

「やあよ」愛がすぐに言った。「だって、その人、萌絵に睡眠薬飲ませたんでしょう？」

「萌絵はどうするつもり？」洋子がきいた。

「私は行くわ」

「じゃあ、一緒に行く」洋子は真っ直ぐに萌絵を見つめている。

「しかたないなあ……」愛が微笑んだ。「まったく……、俺、かたっ苦しいの駄目なんだよう」

「ラヴちゃんは、やめておく？」

「行く」愛はそう言って、反対側を向いてしまった。「つき合いきれんなあ、本当に……」

「もしもし?」萌絵は、電話の相手に話した。

「はい……」

「あの、それじゃあ、私たちのホテルにおいで下さい。三十分後にロビィで待ち合わせましょう」

「三十分後……、七時ですね?」

「ええ」

「承知いたしました」

「塙さんも、藤原さんも、こちらにおいで下さるのですね?」

「はい、そうさせていただきます。そちらのホテルのレストランですか?」

「お食事のことは考えておきます」萌絵は答えた。

「わかりました。それでは……」

電話が切れた。

萌絵は、受話器を置いてから、二人の顔を見る。

「洋子とラヴちゃんは、何が食べたい?」

「そういう問題じゃないぞ」愛が勢い良くこちらを向いて言った。

「昨夜のことはケリがついているの?」洋子がきいた。

「ええ……」萌絵は頷く。「もう、その心配はないと思うわ」

「本当？」洋子が確認した。

「大丈夫」萌絵は答える。

「ねえ……、何を着てくの？　俺、服持ってないよ」愛が急に立ち上がって言う。「あんたの何か貸して」

「私の？」萌絵が目を丸くする。「着られると思う？」

「こいつ！」愛は洋子のベッドを飛び越えて、萌絵に襲いかかる。

「ごめんなさい！」

「言わせておけば！」愛は、萌絵をベッドに押し倒した。

「だって、丈が短くなっちゃうでしょう？」萌絵は笑いながら言う。

「ねえねえ、普段着で良いでしょう？」洋子が二人を無視して言った。

「いいわよ」萌絵はベッドの上で頷く。彼女の上に反町愛が乗っていた。

「そんなこと言っといて、自分だけドレスとか着てったら、承知せんからな」愛が上から睨んだ。

「着てかない着てかない。このままで行くつもり」萌絵は答える。

鼻息を鳴らして愛が飛び退いた。

「あ、続けてていいよ」洋子がバスルームに向かいながら言った。

「まあ、いいさ……。どっちにしても飯が食えりゃ文句なしだ」愛が言う。

洋子が出てきたあと、萌絵がバスルームに入った。

彼女は、洗面台の鏡で自分の顔を見た。

口もとを上げて、ちょっと笑ってみる。

気分は悪くない。

きっとラヴちゃんが笑わせてくれたおかげだ。

自分は人形なんかじゃない。

お姫様でもない。

「もう、ドレスなんて着ない」萌絵は鏡に向かって舌を出し、自分に囁いた。

11

波止場のコンクリートの階段に犀川は座っていた。あと数段下りたところに海面がある。内海だが、小さいながらも防波堤があった。

風はない。波もなく、湖のように平坦で動かない。

海の香もしなかった。もしかしたら、この偽物の街のように、海も作りものだろうか、とさえ思う。

すぐ隣に、塙香奈芽が座っている。まるで作りもののようだった。

海面に落ちていた空き缶を拾って、灰皿にしている。すぐ近くの街灯のため、辺りは明るかった。煙草の煙がよく見えた。

同じ階段の反対側の端に、若いカップルが寄り添っている。自分には関係ないことではあったけれど、他人から見たら、自分たちがどう見えるのか、それを一瞬は思い浮かべるだけの客観力は持ち合わせている。しかし、それだけだ。

女性と二人だけで、こういった時刻に、こういった場所にいるのは、犀川には異例のことである。ただ、西之園萌絵の影響で、以前に比べれば飛躍的に進歩した免疫があった。

そこで、ある人物を待っていた。塙香奈芽が電話で呼び出した男（たぶん、男だと犀川が想像しただけだが）で、ナノクラフトの従業員らしい。塙香奈芽の友人（あるいは友人以上）である。彼女が電話で話している口調から、相手が若いことがわかった。その男がもうすぐ来る。

そこに座って既に十分ほどになる。犀川は何度も時計を見ていた。さきほど、萌絵の部屋に電話をかけたが、誰も出なかった。

長崎は那古野からどれくらいの距離だろう、と彼は考えた。六百キロくらいか……。だとすれば、地球の円周の一・五パーセントになる。日本の緯度では、その距離は、回転周囲のおおよそ二パーセントくらいか。一日の二パーセントは、〇・四八時間で、つまり、三十分くらいになる。だから、那古野よりも、ここ長崎は、日の入りがそれだけ遅いわけだ。

こんな無意味な計算を彼はよくする。

地球の円周は、ちょうど四万キロメートル。何故なら、一メートルの定義が、地球の円周の四千万分の一だったから。

まだまだ、思考の散歩が続く。

「先生、何を考えているの?」塙香奈芽がきいた。そろそろ、尋ねてくる頃だろうと、犀川の一部は予測していた。

「当てもない計算」犀川は素直に答えた。

「計算?」香奈芽が首を傾げた。「計算機みたいな?」

「そういう計算もときどき」新しい煙草に火をつけながら犀川は答える。「たとえば、鉛筆にぐるぐると針金を巻きつけたら、どれくらいの長さになるか、とか……、新聞紙を何回折り曲げたら、切手より小さくなるか、とか」

「何回で切手より小さくなります?」

「七回」犀川は答えた。「銀河系よりも大きな新聞紙でも、せいぜい百回」

「ええ、兄もそんなふうだったわ」香奈芽はくすっと笑って言った。「いつもいつも、考えてないといけないんですよね。止まらないみたいなの」

「そう、止まらない」

「考えることが何もないときは?」

「世界が消滅するときかな」

香奈芽はまた鼻息をもらす。「先生、ナノクラフトにどうして興味がおありなの?」

「真賀田四季博士に興味があるんですよ」

「どうして?」

「わからない」犀川は首をふった。それは、難しい問題、つまり、説明するのが難しい理由だった。「堝理生哉博士も、きっと同じ理由で、真賀田博士に接触したのでしょう」

「兄のあれは……、私は恋愛だと思います」

「恋愛?」犀川は驚いて、彼女の方を見る。「まさか」

「いいえ、あれは恋と同じ。私にはわかる」香奈芽は微笑んだ。「できるものなら、兄は、真賀田博士にプロポーズしたいんだと思うわ」

「できませんね、それは」犀川は少し笑った。彼女の発想が実に突飛でユニークだと思った。

「どうして、そんなに、真賀田博士の虜《とりこ》になるのかしら?」

「虜……、ですか?」

「ええ、あの真賀田研究所の事件のあとも、博士は、何人かの男を使って、逃走したって聞きましたわ。家来みたいな人たちがいっぱいいるんだって、週刊誌にも書いてありました」

「僕は週刊誌を読まないので知りません」

「私なんか一人の男も捕まえられないのに」

「きっと、種類が違うんでしょうね」犀川は煙を吐きながら言った。

「まあ、どういう意味です？　先生、それって、もの凄く失礼じゃありません？」

「あ、いえ……」犀川は口もとを斜めにする。「ああ、そう誤解されてもしかたがない発言でした。謝ります。そうじゃなくて、なんていうのか、真賀田博士は、生まれながらの女王蜂なんですよ。あとの人間が全部、働き蜂で……」

「あの、それも、フォローになっていません」

「力のあるものに支配される習性が動物にはあるのです。それを崇《あが》め立てて、信仰して、そのベクトルで社会の統制をとる。それが人間が繰り返してきたシステムです」

「真賀田博士にはその力があるのですか？」

「あります」犀川は頷いた。「人間の持っている最大の力。最高の価値です」

「でも、犯罪者だわ。人を殺したのでしょう？　それはつまり、人間として失格。人間性というか、欠けているものがある証拠ではありませんか？」

「いいえ、違います」犀川は首をふった。「欠けているのは僕らの方ですよ。欠けているからこそ、人間性なんてものを意識して、子供に教えて、やっきになって守ろうとする。愛情とか道徳とか博愛みたいなルールを作って、補おうとしている。欠けているのが人間だ、なんて言う人がいますけれどね、それも違う。多いもの、大多数のものが正しいと言うエゴに過ぎません。真賀田博士は、最も人間性豊かな人です。あれが、本来の人間でしょう」

「犀川先生も恋をしているのね」諦めたような表情を見せて、香奈芽は首をゆっくりとふった。

「いいえ」犀川は否定した。しかし、その命題を自問したことは、これまでに一度もない。

そんな命題を検討する価値もない。

自明だからだ。

12

西之園萌絵は、牧野洋子、反町愛と一緒に部屋を出た。彼女たちは化粧だけ直して、普段着のままだった。

一階でエレベータのドアが開く。細かいライトが点滅するクリスマスツリーの向こう側、観葉植物に取り囲まれたソファに、三人の男たちが座っていた。

「どっちが、社長さん?」エレベータを降りながら洋子がきいた。

「あの長髪の人」萌絵が小声で答える。

「うっそ……」愛が振り向く。「めっちゃ、カッコいい」

「そう言わなかった?」萌絵は囁いた。

「きいてないぞ」

「もう一人が副社長さんね」洋子が言う。「普通、逆だと思うよね」

三人は階段を二段下りて、タイル張りのロビィを歩いていく。三人の男たちもこちらに気づいて、立ち上がった。

「こんばんは」萌絵は軽く頭を下げる。

「急なお願いで申し訳ありませんでした」塙はジェントルな口調で言った。彼は、洋子と愛に視線を向ける。「今朝、お会いしていますけれど、塙です。よろしく」

洋子と愛が、首を竦めてお辞儀をする。

「僕も仕事をキャンセルして、ついてきた」藤原がにやにやして、前に出る。「若いお嬢さんたちと食事ができるなら、商談の一つや二つ、潰れたってね……」

窪川は、相変わらず落ち着かない様子で、二人の後ろに立っていた。

「で、どちらへ行くことに？」塙理生哉は萌絵に尋ねた。

「そこのレストランです」萌絵は指をさす。

ロビィの正面のドアから出て、中庭の向かい側にあるレストランである。そこは、同じ建物の東端だった。二階以上のフロアでは、通路がつながっているので（その通路の下がホテルの入口のアーチである）、つまりレストランの上部はホテルの居室になる。一階だけが、中央部で中庭を挟んで東西に分かれているため、一度外に出なければ、レストランに行けない。

入口でメニューを見ると、フランス料理の店だとわかった。

二種類のコース料理を注文し、ワインを飲んだ。

萌絵は、アルコールに関しては口をつける程度にセーブした。料理も全部食べられなかった。

大きなテーブルの両側に男性三人と女性三人が分れて座っている。向こう側は、真ん中が犀川、左が藤原、右が窪川である。萌絵は意識して窪川の前に座ったので、結果的に、反町愛が真ん中に、牧野洋子が藤原の前になった。

非常に一般的な話題に終始して、和《なご》やかなディナーであった。彼女たちの大学生活について藤原が尋ね、最近の就職状況はどうなのか、大学院化して変わった点は何か、などといった、リクルート関連の話である。

意外にも一番よくしゃべったのは反町愛で、彼女は見とれるように、目の前の犀理生哉を見つめていた。隣の萌絵の方に目を向けることはほとんどなかった。牧野洋子は、いつもの彼女のペースを思えば比較的無口だった。藤原が彼女に小声で何かを話しかけるときがあったが、洋子はごまかしたような仕草をするだけである。もちろん、六人の中で一番口をきかなかったのは、萌絵の前にいた窪川で、それこそ、食べるだけのロボットみたいだった。しかし、最も料理を味わっていたのは彼だっただろう。

「あの……」萌絵は、デザートのクリームとシャーベットが並んだとき、塙の顔を見て言った。「事件のこと、お話をきかれましたか？　刑事さんが、いらっしゃったのでは？」

「ええ……」塙は目で頷く。「あの、二人……、芝池さんと鯉沼さんでしたね。午後にお会いしました。でも、まだ、捜査は始まったばかりのようです。何も有益な情報はない。ほとんど事象の説明になっていない。そう感じましたね」

「塙さんは、どうお考えですか？」

「とにかく情報が足りません」塙は一往復だけ首を横にふる。「しかし、ついさきほどまで、二人のスタッフの穴を埋めるための処置や、それ以外のことでも忙殺されていましたからね。ええ……、ちょっと時間ができたので、これから本腰を入れて、じっくり考えてみようと思っています」

「明日にでも、社内で捜査グループを組織しますよ」藤原がテーブルの対角線上に視線を走らせ、萌絵を見て言った。「西之園さんにも、ご協力をお願いしたいところです」

「私が見た感じでは、長崎県警はこの事件を重要視していません。捜査員の数が、この種の事件にしては、少ないと思います」萌絵は言う。「もっと捜査範囲を広げる必要があるし、それも短時間で、早い時期に実施するべきです」

「その点なら、手を打ちました」藤原は簡単に言った。

「明日から、来るみたいですよ」塙理生哉は話した。「芝池さんが、そう言っていました。

百人以上、ここに入れると聞きました。まあ、早急な解決のためには、しかたがないでしょう」

「松本さんのご遺体を探すんですね?」萌絵の隣で、反町愛が尋ねた。

「おそらく……」塙は答える。

「塙さん」萌絵は躰を斜めに向け、彼を見据えて言った。「情報が不足しているのは、こういった事件ではごく当然のことです。不足していなかったら、警察が捜査する必要がありません。今現在、わかっている事項から、どう考えられるのか……、それをお話ししていただけませんか? きっと、何かお考えがあるはずです」

塙理生哉はにっこりと微笑む。「西之園さんらしい」彼はそう言うと、ちょうど運ばれてきた小さなコーヒーカップを手に取った。「いいでしょう。考えてみましょうか。まず……、私は、少なくとも、貴女方よりも正確な情報を持っています。この場所のことです。ここは、私の作った街だ。建物もすべてそうです。だから……、ここの前の教会に、エレベータや、そのほか秘密の出入口がないことを知っています。もしかすると、西之園さんは、ホテルのロビィから地下の研究所に下りるエレベータが、途中で九十度回転して、向きを変える、といった想像をなさったかもしれませんが、それは間違いです」

「え!」横にいた反町愛が声を上げる。

萌絵も小さく声を洩らす。自分で、その失態に腹が立った。気を落ち着けるのに数秒かかった。その間、塙理生哉は目を細めて萌絵を見つめていた。

さすがに、凄い。彼女はそう思った。

ここにも一人、天才がいる。

会話の中でなにげなく、しかし突然、牽制《けんせい》する。相手を動揺させ、それを観察して楽しんでいる。萌絵は、呼吸を整えて、頭をフル回転させていた。完全なA級の戦闘態勢だった。

「もちろん、逆に私には、貴女方が見たもの、感じたものが不確定な情報になります。本当に教会の出入口から誰も出入りしていないのか。本当に松本君は亡くなっていたのか。礼拝堂の中には本当に新庄さんしかいなかったのか。皆さんは当然ながら、イエスと主張するでしょう。しかし、それは百パーセント確実とはいえません」

「百パーセントでないとすると、どうなりますか？」萌絵は意識して冷静にきいた。

「あらゆる可能性が考えられます。たとえば、そうですね、その中で、最も突飛で、ミステリアスなものを、ご紹介しましょうか？」

「ええ」萌絵は頷く。

塙は萌絵を見据えたままコーヒーを飲んだ。それから、反町愛と牧野洋子にも視線を向ける。「よろしいでしょうか？　お食事のあとの話題にしては、少々無作法かと思いますが」

「大丈夫です」愛が答える。洋子も頷いた。

「私は、松本卓哉君のプロフィールを知っています。データをさきほど読み直したばかりです。彼は大阪の大学の出身で、大学院を卒業後も同じ研究室の助手を務めていた人物です。そして、これは皆さんにはなかった情報だと思いますが、彼の所属する講座の卒業生の中に、新庄久美子君がいる」

「え、本当ですか？」萌絵は五センチほど身を乗り出した。

「ええ」笑いながら塙は答える。「つまりですね、新庄さんは、松本君の後輩ということになり、同時に教え子でもありました。二人の年齢差は、四歳。彼はストレートで大学院を満了していまして、つまり、博士課程を終えて助手になったとき、修士の二年生に新庄さんがいたことになります。彼女は、その一年後には、ナノクラフトに入社している。開発部の前任者が辞めて、急に後任が必要になったとき、松本君の人事を通したのも、彼女でした」

流れるような口調で、実に歯切れが良い。塙理生哉は、一瞬だけ間を置いて、萌絵たち三人を見る。

「ここまでがデータです。あとは、推測になる。いいですか？　たとえば、松本君が、礼拝堂で死んでいなかったら、どうなるでしょう？　皆さんが見たとき、実は、彼は生きていた。倒れて芝居をしていたわけです。天井から落ちたのでもない。本物の血でもなかった」

「いいえ、その可能性はありません」反町愛が言った。「私が確かめました。あの人は既に亡くなっていました」

「ええ……、決して反町さんの判断を疑っているわけではありません。これは単なる仮説です。仮に、そうだとしたら、どんな状況がありえるのか、という思考ゲームに過ぎません」

　藤原博はにやにやとした表情で黙っていた。彼はポケットから葉巻を取り出して火をつけようとしている。

「さて、松本君が死んでいなかったと仮定すると、あとで発見された腕は誰のものでしょうか？」塙は彼女たちを順番に見た。「もちろん松本君のものではない。誰かほかの人間の腕です。しかも、血液型が同じで、あらかじめ、松本君の居室にその人物の指紋を残しておく、といった偽装もしていることになる。必然的に、松本君がこの犯罪の首謀者ということになります」

「腕を切られた人物って、誰なのですか？」萌絵はすぐに質問した。

「おそらく、行方不明の船乗りでしょう。数ヵ月まえに、そんな事件がありましたね。シードラゴンに殺された、とかいう」塙の返答は、明らかに萌絵の質問を予期していたもののようだった。「松本君は、その腕を用意していた。すなわち、直前に別の男が殺されているわけです。シードラゴンの事件のときではありません。そんな以前ではない。あくまでも直前です。いずれにしても、礼拝堂の裏口にあった新庄さんの車に、彼は腕を取りにいって、それを置いていった。それから……、そう、彼は、新庄さんの車のトランクに隠れた」

「新庄さんが共犯なのですね？」萌絵は上目遣いに塙を見据えてきいた。

「もちろんです。男が天井から落ちてきたとか、死体が吊り上げられて消えた、といった偽証を、彼女はしています。松本君と新庄さんの共犯です。さきほど話した、大学時代の関係がここで重要な要因になります。松本君は、他人の血を被って、あそこに倒れていた。新庄さんはそれを見つけて騒ぐ役です。西之園さんたちが来ることも計算していた。まさか、死体に触るなんて考えていなかったでしょう。反町さんが医学部だとわかっていたら、もう少しましな方法があったと思います。しかし、あの場所の、あの雰囲気で、反町さんは、生きている人間を死んでいると、思い込んでしまった。流れている血液の量で、判断を誤った」

「いいえ、それは違います」反町愛は首をふった。「私……」

「私はラヴちゃんを信じるわ」萌絵はこちらを向いた愛に頷く。

「僕も信じます」塙は微笑む。「いいですか？　これは、一番ありえない仮説です。しかし、面白いストーリィとしてお話ししているのですよ。それをお忘れなく。なんなら、もうやめましょうか？」

「いいえ、続けて下さい」萌絵は精いっぱい微笑んでみせる。

「さて、新庄さんは、疲れたと警察に言って、本社ビルに戻った。彼女の車には生きている松本君が乗っていました。本社ビルに入るとき、新庄さんだけが正面を通り、非常口の内側からロックを開けて、彼を招き入れます。そして、二十四階の彼女の部屋に松本君を入れたのです。朝までは、警察は来ないものと踏んでいたのでしょう。ところが、これもよくあるケースでしょう。松本君は犯罪の共犯である彼女を、いずれ殺すつもりでいた。自分の安全を確保するためには、自然な行為です。上手くいけば、自分は死んだものと警察は認識しているわけで、こんな安全な立場もありません」

「彼女を殺してから、どうやって逃げたのです？」萌絵は尋ねた。

「それもいろいろ考えられますね」余裕のある微笑みを湛《たた》え、塙理生哉は空中に視線を向ける。「二人が共犯であったことを忘れないで下さい。たとえば、二人で窓から逃げようとしたかもしれません。少なくとも、松本君を逃がすか隠すかしないと、教会の事件の偽装がばれてしまいますから、二人ともアウトです。あらかじめ、屋上からロープが吊るしてあって、松本君は窓の外に出て、それにぶら下がる。共犯の新庄さんは、それを助けた。ところが、このとき、松本君は彼女の背中を刺した」

「それなら窓の付近に血痕が残ります。それに、ロープが用意してあったなんて、都合が良過ぎるわ」萌絵は言った。

「その反論を西之園さんから聞きたかったので、回り道をしました」塙はすぐに応えた。「どうして、新庄さんがバスローブを着ていたのか、考えてみましょう。あそこのバスルームのバスタブはステンレス製です。これも、皆さんより私の方が詳しい。だから、皆さんが思いもつかないことがあっても、気にすることはありません。バスルームと通路の間にはダクトスペースというパイプラインを通す空間があります。各フロアを突き抜けていて、暖冷房、換気、上下水道などの設備配管を通すスペースです。これがバスルームのバスタブの下とつながっています。バスタブを持ち上げてみると、コンクリートがあって、その横に、ダクトスペースへ抜けられる小さな穴が開いている。人がどうにか通れる。そこに松本君が隠れる。バスタブを戻す。念のためにお湯を入れる。そうすれば、誰もそこを探さない。新庄さんは、今までお風呂に入っていた。だから、バスローブを着ている。こういったストーリィを彼らは考えた。もちろん、途中までは新庄さんも協力していた。でも、結局は裏切られて殺されたのです」

「それでは、松本さんは一人でバスタブの下に隠れたとおっしゃるのですか？　今もダクトスペースにずっと隠れているの？」萌絵は冗談っぽく質問する。

「パイプを伝って、ほかのフロアに行くことができます。誰もいない部屋のバスルームに出ることも可能です」

「新庄さんがバスローブを着ていたこととは、直接には関係ありません」萌絵は指摘した。

「別に何を着ていても、松本さんがバスタブの下なら、しばらくは大丈夫です」

「そのとおりです。ええ、少々口が滑りましたね。しかし、バスローブから連想して、それを思いついたのですよ。関係のないことから、優れたアイデアが生まれるのは、世の常識です」

「面白い仮説でしたけど、とても現実的とは思えません」萌絵は軽く言った。

新庄久美子が手伝わないかぎり、バスタブの下に松本が一人で入り込むことは不可能だろう。そのあと、誰が彼女を刺したのか？　萌絵は、その情景を思い浮かべる。

「そう……。ですから、これはデザートと同じで、ちょっと甘くて酸っぱいだけのお話なんです。面白くありませんでしたか？」

「いいえ」萌絵は笑顔を作る。「とても面白かった」

「私も……」反町愛が感動したように頷く。「ええ、ありえないこととはいえ、よくそこまで……」

「警察にバスタブのことはお話しになったんですか？」牧野洋子が久し振りに口をきいた。

「それ、ありえない話じゃないと思います」

「もちろん、芝池刑事には話しました。念のために調べてもらいましたが、バスタブを持ち上げた形跡はないそうです。これで、今の仮説は完全にボツというわけですね」

　何もかも処理済みというわけだ。

　何を考えているのか、本質がよく見えない男である。本気で話しているのか、余興でしゃべっているだけなのか、それが明確に判別できない。ただ、とても頭が切れることだけは確かだ、と萌絵は思った。

「そのほかの仮説もお聞きしたいわ」萌絵は言う。「突飛ではなくて、もっと現実的な仮説をお持ちなのでしょう？」

「現実的な仮説は、面白くはありません。それこそ無粋というものです」塙は表情を変えずに言った。「もう、そろそろ、出ましょうか?」

窪川がすっと立ち上がった。

藤原も頷きながら葉巻を消す。彼は、アルコールのためか顔が赤く、後半はほとんどしゃべらなかった。

彼女たち三人も席を立つ。

萌絵は、塙理生哉の話の続きがとても聞きたかったのだが、あまり執拗に尋ねるのも失礼だし、彼女のプライドも、それを許さなかった。

萌絵には、人に聞かせるような一貫した仮説がなかった。観察された現象を整理し、客観的な立場からそれを検討するような冷静さは、まだ立ち上がっていない。塙理生哉の話を一方的に聞かねばならない現状も、彼女にとっては気分の良いものではなかった。彼は、さらに本筋に接近する結論を既に得ているような素振りである。萌絵を牽制し、煙に巻くような話を持ち出した理由は、単に彼女の反応を観察したかっただけのことだろう。自分が、ペットのように扱われていることに、彼女は腹が立った。

13

波止場に現れたのは、大学生といっても良いほどの青年だった。背中に届く長い髪を縛っている。顔は、単純化すれば、メガネと顎髭《あごひげ》。青白い皮膚は、しかし少年のようだ。

「加古亮平《かこりようへい》っていうの」塙香奈芽は彼を紹介した。「私のお友達」

「こんにちは」犀川は軽く頭を下げる。考えてみたら、もう夜だったので、不適当な挨拶だったとすぐに気づいた。

「犀川先生よ。N大学の」香奈芽は加古に言った。

「こんにちは」彼は数センチ頭を下げる。

加古亮平は眠そうな顔をしていた。それが普通の顔かもしれないが、もしそうなら、本当に眠いときには、どうなってしまうのか心配だ。彼は欠伸《あくび》をした。眠っているところを、彼女の電話で起こされたらしい。

「で、用事って……、いったい何です？」加古は目をしょぼつかせながら、香奈芽の方を向いた。「僕……、今日はオフなんですよ……」

「本社ビルに案内してもらいたいの」香奈芽は、当たり前のことを話すみたいに軽く言った。彼女の方が主導権を握っている、それが二人の関係のようだ。「もちろん、犀川先生と一緒に……」

「なんでです？　僕なんか呼ばなくても、二人で行ったらいいじゃないですか」

「裏口から入りたいの。ようするに、あまり人と会いたくないわけ」

「社長にですか？」

「そういうこと」香奈芽は答える。

加古は鼻息をもらす。「また、喧嘩ですか?」

「いいえ、邪魔をしたくないだけです」香奈芽は顎を上げて彼を睨む。「つべこべ言わないで、加古君がさきに入って、中からドアを開けてくれれば良いの。あとは……」

「駄目ですよ」加古は片手を広げた。「僕、実は、今はあっちのビルじゃないんです。今年の四月からなんですけどね。開発の方に回されちゃって、研究所で手伝ってるんです。だから、本社の方のカードは持っていません」

「え?」香奈芽は驚いた顔で口を開けた。「わぁ、なんだ……、そうなのぉ……、それ、どうして電話で言ってくれなかったの?」

「そっちこそ、さきに用件を聞かせてくれたら良かったのに」

「あの、待って下さい」犀川が横から割り込んだ。「研究所に入れるのなら、そっちの方が良いです。それで充分です」

「え、そうなんですか?」塙香奈芽が犀川の顔を見て、目を大きくする。「なんだ……」

「いや、研究所って……、あの……、それは、その……、困ったなあ」加古は顎髭に手を当てて、真っ暗な海の方を向いた。「これって、かなりまずいよなあ……」

「加古君」香奈芽が彼を振り向かせ、口もとを斜めにして睨みつけた。

「ええ……」彼は肩を上げて、顔をしかめる。「その……」

「命令よ」香奈芽が低い声で言った。

加古は短い溜息をついて頷く。

「今の時間、研究所には、まだスタッフがいるんですか？」犀川は質問する。もう七時を回っている。

「半分以上いますね」彼は答えた。「無理ですよ。部外者は入れちゃあいけないんです」

「何言ってんの？　部外者じゃないわよ。社長の直接の指示だって言えばいいだけでしょう？　犀川先生が研究所の見学をして、私は、そのエスコート役だって」

「ちゃんと、そう説明してもらえますか？」

「いいわよ」

しばらく静止していたが、加古は頷いた。

彼が無言で歩きだしたので、犀川と香奈芽の二人は後をついていく。波止場のレストランに向かう方角であった。

「大丈夫ですか？」犀川は香奈芽に小声で聞く。

「ええ、全然」彼女は歩きながら微笑んだ。

その建物は二階建てで、中に足を踏み入れると、レストラン以外にも、バラエティに富んだ各種の飲食店が集まっていることがわかった。多くの人々が、必要以上に暖められた空気と、停滞した喧噪の中で、食事をしている。

彼らは、居酒屋風の店に入っていった。

第6章　三色すみれ　Pansy

〈誰も魔法が存在するなんて思っていない。それなのに、こちらは、それが魔法だというように演じなければならないんですからね。まったくの茶番ですよ〉

1

不躾《ぶしつけ》な空気だった。芳《こう》ばしい香《かおり》と煙草の煙。皿の音と笑い声の喧噪。混練され攪拌《かくはん》された刺激が、行き場を失い、こうして無色無臭になる。そんな居酒屋の通路を奥へ進み、加古亮平は、従業員室と記されたプレートの掛かったドアを押して入った。塙香奈芽と犀川がそれに続く。

ドアが閉まると、嘘のように騒音は遠のき、突然、冷たく清楚な空気が彼らを包んだ。

奥にまたドアがある。その場所に似つかわしくない、真っ黒なドアだった。その中央部には、ハガキ大の長方形のステンレスがはめ込まれ、近づくと、窪《くぼ》んだ小さな文字でR・T・

Nと書かれていた。

加古は色褪《あ》せたジーンズのポケットからカードを取り出し、その文字の下にあるスリットに差し入れた。

小さな緑色の発光ダイオードが点灯し、軽い金属音が鳴った。黒いドアには取っ手がなかったが、加古がそれを押すと内側に開く。

ドアを入ったところは幅の狭い空間で、すぐに階段が下へ向かっている。コンクリートの匂いがして、後ろで閉まったドアの音が低く響いた。

踊り場で一度折り返し、地下のフロアに下り立つと、ガラスの自動ドアが開き、その中にさらにもう一枚ガラスのドアがあった。その向こう側は暗くて見えない。

横の壁の一部がステンレス・パネルで、そこに埋め込まれたディスプレイが一瞬にしてスリープから覚《さ》める。

加古はディスプレイの横にさきほどと同じカードを差し入れ、その下にあった数字と記号だけのキーの幾つかを、片手の指をしなやかに動かして叩いた。

電子音が鳴り、ディスプレイに文字が現れる。

「加古亮平さん以外の二人は、氏名を、姓と名前の間をあけて、ゆっくりと発音して下さい」女性の声がディスプレイの文字を読み上げた。スピーカがどこにあるのかわからなかった。非常に自然な口調だったが、生身《なまみ》の人間にしては発音が綺麗過ぎる。

加古は香奈芽の方を見て、頭を傾けた。

「塙・香奈芽」香奈芽はすぐに言った。

「喜多《きた》・北斗《ほくと》」犀川は友人の名前を答える。

加古は犀川の方をちらりと見たが、表情は変えなかった。

「はなわ・かなめ・さん、と、きた・ほくと・さん、ですね?」

「はい」香奈芽が答える。

犀川は返事をしなかった。

「はなわさんと、きたさんは、ここが初めてですか?」

「ええ」香奈芽が答えながら、微笑んで犀川を見た。

「ナノクラフト技術研究所へようこそ」しばらくして女性の声がそう言った。

目の前のガラスのドアがスライドして、奥の通路に照明が灯った。真っ直ぐに三メートルほど行ったところに、また下へ向かう階段がある。

その階段は、途中で三回ほど向きを変えた。かなり深いところまで下りたことになる。そのあとは、また真っ直ぐな通路だった。しかし、全体は見通せない。十メートルほど先は照明がついていないので暗闇だった。彼ら三人の歩みに合わせて、行く先は順に明るくなり、逆に後ろは消えていく。このことが距離感を失わせる。このトンネルがどれくらい先まで続いているのか、まったくわからなかった。

「ねえ、さっきのコンピュータは、どうして私たちが初めての客だってきいたのかしら？　名前だけで判断しているの？　それなら、同じ名前の人がいたりするでしょう？」歩きながら香奈芽が質問した。

「声を聞き分けてるんですよ」加古が答える。「全部、記録に残るから、知りませんよ、香奈芽さん」

加古が彼女を「香奈芽さん」と呼んだことに、犀川は気がついた。自分の会社の社長の妹である。普通なら、多少馴れ馴れし過ぎる呼称であろう。

犀川の頭の中では、地上の建物等の配置に、現在の自分の位置が誤差範囲も考慮して表示されていた。居酒屋、入口、階段、踊り場、地下の入口、そしてまた階段、これは何度か方向を変えたが、間違うほどの複雑さではない。今、自分のいるところは、どう考えても、海の下だった。おそらく、海面から十二、三メートル。地面からなら、地下四階くらいの深さである。歩いている方角は東向きで、海岸に建つホテル・アムステルダムにほぼ平行のはずだ。

五十メートルほど歩いたところで、予想どおり左手へ折れ曲がり、北を向いた。ホテルの中心に近づく方向だ。二十メートルほど進んで、また右に折れ曲がると、すぐ突き当たりになり、右手にドアが現れた。それはエレベータだった。

三人はエレベータのドアに向かって立つ。彼らは南を向いている。ドアの周りに、フロアなどの表示はなく、エレベータを呼ぶボタンが一つだけあった。加古がそれを押した。ドアがすぐに開き、三人は乗り込む。内部にも、フロア表示はなかった。しかし、動きだしたとき、微かに下向きの加速度を感じたので、上昇していることがわかった。

エレベータはすぐ止まった。それほど上がったとは思えない。

ドアが開くと、そこは眩しいほど真っ白な空間だった。

2

通路がずっと奥まで真っ直ぐに延びている。突き当たりまで五十メートル以上はある、と犀川は目測した。通路の両側は、ほとんどがガラス張りのパーティションで、それほど奥行きのない部屋の内部が見渡せる。疎《まば》らに置かれたデスク、例外なくのっている大きなディスプレイ、壁際の低い位置を取り囲む白いファイル・キャビネット。そのほかには、どうしたらこんなに雑多なものを取り込めるのか、といった散らかりようで、白衣の若者が幾人か、機械類や書籍の山に隠れていた。床にも図面やファイルが落ちている。落ちているのではなく、そこも作業スペースなのだろうか。いずれにしても、多少でも片づければ、ゆったりとした空間になるはずだ。

加古亮平は、最初にあった右手のドアを開けて入っていった。犀川と香奈芽が彼に続いて、その部屋に入る。

「あーれ、加古ちゃん、何しとん？」ドアの近くにいた黒い野球帽をかぶった三十代の男がきいた。彼は、プラスティックのパーツを使って立体図形を組み立てようとしている。犀川と香奈芽の方をちらりと一瞥しただけだった。

「うん、ちょっとね」加古は立ち止まる。「えっと、こちらのお客さんを、その、案内する仕事を……」

「塙社長から内々に言われましたの」香奈芽がつけ加える。「こちらは、N大学の……」

「喜多です」犀川は頭を下げる。それから、少し微笑んでみせた。「ノースじゃなくて、ア・ロット・オブ・ファン」

野球帽の男は数センチ頭を下げたが、表情を変えなかった。彼はそのまま、またパーツの組み立てを再開する。見たところ、複数の正二十面体の骨格を基本にした、棒材と接合部からなる造形だった。子供の頃に遊んだプラスティックのブロックに似ているが、ずっと精巧である。一本の棒は鉛筆の半分ほどの長さで、穴の沢山開いている球形のパーツにそれを差し込んで組み立てている。全体の大きさは直径が一メートルほどにもなっていた。面白そうな作業だ、と犀川は羨《うらや》ましかった。

その部屋には、ほかにも十人ほどの白衣の姿があった。一人は、床に広げた大きな図面の上で腹這《はらば》いになっていたし、一人は、椅子を四つ一列に並べて、その上で眠っていた。

　部屋の奥まで行き、キャビネットで取り囲まれた一角にあった低いテーブルとソファに、犀川と香奈芽は案内される。座ると、周囲からは見えなくなった。

「さっきの……、皆さん、本当に仕事をしてるところなの？」香奈芽が小さな声で加古に尋ねる。

「ええ」真面目な顔で彼は頷いた。

「もっと、キーボードに向かってて……」香奈芽は腰を浮かせて部屋の周囲をもう一度見渡しながら言う。「プログラムとか作ってるんだと思ってたわ」

「作ってますよ」加古は頷く。

「そうは、見えないけど……」

「そうかな？」加古としては、とぼけているわけではなさそうだ。

　犀川は特に違和感はなかった。これが「研究」あるいは「開発」行為の標準的なワーク・スペースかもしれない、と彼は感じた。そもそも、「作業」という行為からは、最も遠い種別なのだから。

「まあ、ここが一番ベーシックな部署ですからね」加古は、頭を掻《か》きながらつけ加える。どうやら、香奈芽の疑念の理由に気がつき、補足する気になったようだった。「どうにか、ものになりそうなものは、向かいの開発部へ移ります。あちらに行けば、もう少しましですよ。ちゃんとコンピュータを使ってるし……」

通路の向こう側、ガラス越しに開発部の部屋も見えた。こちらの部屋よりもデスクの密度が高く、多少オフィスに近いインテリアであった。立っている人間が数人だけ見えた。

「で、何が見たいんです？」加古は香奈芽の方を向く。

香奈芽は慌てて犀川を見た。

「この研究所の中で、どこかに、立入禁止の部屋はありませんか？」犀川はすぐに質問した。

「ありますよ、沢山」加古が頷いた。どんな質問も当たり前だ、という表情で彼は答える。

「特に、会議室なんか、部外者は立入禁止になりますからね……」

「いえ、ずっと誰も入れない部屋です」犀川は言った。

「このフロアだと、向こう側に、資料室があって、そこは許可を取らないと入れません」加古は通路の右手を指さす。入ってきたのとは反対の奥の方向だった。

「いえ、許可も取れないような場所です。開かずの部屋みたいな」

「ああ、下にありますね」加古は答えた。

「どんな部屋です？」

「いや……、僕は、よく知りませんよ。下へ行くことなんてないですから。聞いた話です」

「どれくらいの大きさの部屋なんですか？」

「下のフロアの半分近い広さだって……、ええ、友達から聞いたもんで……。でも、きっと、単に倉庫か何かだと思いますけどね。ただ……」加古はそこで言葉を切り、何かを思い出したように少し微笑んだ。「これって、本当かどうか知りませんけど、その……、そこに毎日、食事を運んでいるっていう、変な噂があって……」

「誰から聞いたのですか？」犀川は少しだけ身を乗り出した。「その人に会わせてもらえませんか？」

「えっと、そいつ出張するって言ってたから」加古は答える。「松本っていうんですけどね。僕より上なんだけど、最近入社したばかりで、僕もこちらに移ってきて間がないから、ちょっと情報交換してましてて……」

「松本卓哉さんですか？」犀川は尋ねる。

「あ、ええ」加古は頷いた。「ご存じなんですか？　あ、そうか、あいつ、大学にいたって言ってましたからね。下のフロアの、基礎開発の部署にいますよ。その彼の話なんです。彼の仕事場の隣に、その開かずのドアがあって、でも、毎日、そこへ、女の子が食事を運んでいるっていうんですよ。周りの連中にきいても、誰も理由を知らない。お前知らないかって、一度きかれたんで……」

「ここ、煙草が吸えますか？」犀川は尋ねた。

「あ、ええ……、どうぞ」加古は返事をすると、立ち上がって歩いていく。

「真賀田四季博士のこと？」香奈芽が犀川に躰を寄せて囁いた。

犀川は無言で頷く。

加古が灰皿を持って戻ってきた。犀川はポケットから煙草を取り出して火をつける。

同僚の松本卓哉が殺されたことを、加古は知らないようだ。今朝の新聞に記事が間に合わなかったのか、それとも、加古が新聞を読んでいないのか。たぶん、昨夜からの二つの事件のことを何も知らないのだろう、と犀川は思った。会社は社内向けに報道していたかもしれないが、彼はちょうどその間、出社していなかったのかもしれない。そもそも、この職場を見れば、そんなことに関心のある連中ではないことがわかる。いずれ知ることになるだろうし、説明が面倒だ、と思い、犀川は黙っていることにした。

「松本さんは、何て言ってました？　食事を運び込んでいる理由について」犀川は最初の煙を吐き出してからきいた。

「さあ……、その女の子が、中で独りで食ってるんだろうかって……」加古は突然くすくすと笑いだす。「それに、変な噂もありましてね。オペラ座の怪人みたいに、そこにずっと住んでいる奴がいるとか……」

「ほかに、そこに入った人はいないの？」香奈芽が不思議そうにきいた。

「ロックがかかってるから……」加古は答える。「そりゃ、何かのプロジェクトだと思いますよ。うちの会社、無駄なことはしないから……。でも、まさか、人がいるなんてことは、ね？　ないと思うけどなあ」

3

食事のあと、塙理生哉と藤原博について中庭を横切り、萌絵たち三人はホテルのロビィに戻った。窪川だけが勘定を支払っているのか、どこかに消えてしまった。

「さて、どうしましょう?」塙理生哉はロビィの中央で立ち止まって萌絵の顔を見た。「今夜はもう、これでお開きにしますか?」

「一杯、そこで飲まないか?」藤原博が言った。「別にここじゃなくてもいいけどね」

「西之園さんたちのご希望どおりにしますよ」塙は藤原を見ないで、萌絵をじっと見据えている。「以前に、失礼をしましたからね、無理強いはしたくない」

「このまま帰るつもりはありません」萌絵は答えた。

「萌絵……」洋子が後ろで声をかける。

萌絵は、洋子と愛の顔を見る。二人は複雑な表情で、嬉しいのか困っているのか判断できない。しかし、萌絵は塙の方に向き直り、彼を見上げた。「塙さん、そこのエレベータに乗りましょう」

塙は後ろを振り返った。藤原もそちらを見る。ホテルのロビィにいるので、エレベータといえば彼女たちの部屋へ上がるためのものである。ラウンジは一階だったので、エレベータに乗る必要はなかった。また、二階以上のフロアには、飲食店はない。

「どういうことです?」こちらを向いて、ゆっくりと塙はきいた。藤原も萌絵を見据えている。

「行きましょう」そう言って萌絵は歩きだした。

牧野洋子と反町愛が彼女に従う。萌絵は、ロビィを横断し、階段を二段上がって、エレベータの前まで行く。彼女は壁にあったボタンを押した。もちろん、上に行くボタンしかない。

塙理生哉と藤原博が、少し遅れて彼女たちのところへやってきた。

ドアが開いたので、萌絵はそれに乗り込んだ。洋子と愛もエレベータに乗って、萌絵の後ろに立つ。彼女が待っていると、塙と藤原も入ってきた。萌絵は、ドアを閉めるボタンを押す。それが閉まると、彼女は振り返った。

「塙さん、ここへ、カードを」萌絵は操作パネルの下にあったスリットを指さした。「私たちを、地下へ連れていって下さい」

動かないエレベータの中で、しばらく沈黙があった。

塙理生哉は萌絵を見たまま動かなかったが、藤原博は塙を見て、萌絵を見て、次に洋子と愛を見た。藤原は、最後に再び塙を見て、何か言いだそうと息を吸い込んだが、思いとどまったように、天井を一度仰ぎ見る。

「いいでしょう」塙は、ポケットから手を出して、両手で見えないサッカーボールを持っているように、手前に差し出した。「一つだけ、お願いがあります」

「はい……」萌絵は頷く。

「誰にも言わないこと。警察にもです」塙は言った。「可能なかぎり、ここは知られたくないのです」

「いいわ」萌絵は頷いた。「でも、何故、そんなに秘密になさるのですか?」

「ノーコメントです」塙は答える。そして、胸のポケットからカード入れを取り出し、一枚のカードを抜き取った。

彼は一歩前に出て、そのカードをパネルのスリットに差し入れる。軽い電子音が鳴り、エレベータは動きだした。確かに、下りている加速度を感じる。

「私の話したことが嘘じゃないって、彼女たちに是非見てもらいたかったの」萌絵は少し微笑んだ。「このホテルの地下に、ナノクラフトの研究所があることを」

「はい」塙理生哉も微笑む。「ありますよ。それに、エレベータ・シャフトも捩《ねじ》れていません」

その点は、萌絵も注意していた。下りていくときに、そのような動きがあるかどうかを。

エレベータが減速し、停止しようとする加速度を感じる。降下はとてもスムーズで、確かに途中で回転して向きを変えているようには感じられない。エレベータの軌道が捩れているとは思えなかった。ということは、さきほど三人で話し合い、建物を調べて確かめたことは無駄だったのか……。塙理生哉は、エレベータが向きを変えないと、食事中にも話していた。もし、それが本当のことならば、教会へ上がるエレベータや、研究所の出入口の存在の謎が、再度ふりだしに戻ったことになる。

「どうして、ここをそんなに機密にしているのか、そのメインのシークレットをご覧に入れましょう」藤原が突然口をきいた。「きっと、びっくりなさると思いますよ」

「ええ、覚悟はできています」萌絵は答える。

エレベータのドアが開く。

明るい白い空間が目の前に広がる。

ドアを出ると、左右に真っ直ぐな通路。その両側にガラス張りのパーティション。そして、その向こう側で、沢山の人間が仕事をしている。

昨夜、萌絵が見たものと同じだった。

ナノクラフトの研究所である。

「すごーい！」洋子と愛が口を揃えて言った。

エレベータを出て右手、通路の一番奥を見る。エレベータのドアが突き当たりに見える。その方角が、南になるはずだ。もし、乗ってきたエレベータが途中で向きを変えていないのならば、南、つまり、海の方向だ。突き当たりにあるエレベータが上がった先は海の中になってしまう。

反対側の左手の突き当たりにも、エレベータのドアが見えた。萌絵が昨夜乗った方はそちらだった。広場の教会の礼拝堂に上がることができたエレベータである。

しかし、それは……。

覚え間違いではない。

では、いったい……。

「これは、南北方向ですよね?」萌絵は、両手で通路の両側を示して、塙にきいた。「向こうのエレベータは海の下になりませんか?」彼女は右手で指をさす。

「ええ、そうなりますね」塙は微笑んでいる。

「どうなっているのですか? あそこから上がった、地上の出入口は?」

「西之園さん、貴女は固定観念に囚《とら》われています」

「え?」

「あのエレベータは上がりません」塙は答えた。「あれは、このフロアから下がることしかできないのです。下へ行くためのエレベータなんですよ」

「え?」萌絵はその答えにとても驚いた。

「一度下へ行って、そこから、長い通路で西の方へつながっています。確かに海底の下になりますね。波止場のレストランの建物まで続いているのです」

萌絵は解答を聞いて、無言で頷く。

「ここは地下です。自分が地下にいるから、当然上がるエレベータだと思いましたね？」塙は優しい表情で微笑んだ。「自分で思考を限定してはいけません。ものごとを推定する場合には、最初はできるだけ広い範囲を見た方が良い」

残念だが、確かに言われるとおりだった。

「では、あちらは？」萌絵は左手を指さした。「あそこから、確かに上に行きました。教会の中に上がりました。そこで塙さんとお会いしたんです。なのに、事件のとき、あの教会には、エレベータの出入口がありませんでした。あれも……、私の勘違いですか？」

「いいえ……」塙は、ゆっくりと首をふった。「それは、今、西之園さんがお考えのとおりです」

心の中を見通されているような気がして、萌絵は背筋が寒くなった。塙が言ったとおり、彼女は既に考えていたのだ。教会が二階建てになっていると。

すなわち、地上の礼拝堂とまったく同じ空間が、地下にも作られている。萌絵が昨夜上がったのは、地下の礼拝堂の方だった。そのような二重構造の秘密の空間が、どういった目的のために作られたのか、それはわからない。しかし、それで、すべての説明がつく。窓はステンドグラスで、外が見えなかった。それらしい照明を外側に用意しておけば、地上に建っている建物の中にいる、と錯覚させることは容易であろう。

藤原博から聞いた話を萌絵は思い出す。

このユーロパークは、萌絵を迎え入れるために、塙理生哉が作ったものだ、という話。教会で彼女と会うために、プライベートな空間を用意した。もしかしたら、地上にある教会の方が、その地下の礼拝堂のレプリカなのかもしれない。

萌絵は、微笑んでいる塙を睨みつけたまま、何も言えなくなった。

本当だろうか？

では、事件とは関係がないのか……。

「こちらへどうぞ」そう言って藤原が左手の方向へ歩いていく。「もっとびっくりするようなものがありますよ」

もっとびっくりするようなもの？

何のことだろう……。

真賀田四季がどこかにいるのだろうか……。

彼女たちは、二人の紳士についていく。

突き当たりのエレベータのドアを見ながら、奥へ進んだ。そのエレベータにもう一度乗るのか、もう一度、あの礼拝堂へ上がるのだろうか、と萌絵は思った。

しかし、そうではなかった。

すぐ手前の右手のドアを、藤原はカードで開ける。そこはもうガラス張りのパーティションではなかった。向かい側も同じく普通の壁だった。たぶん、昨夜、萌絵がアルコールと薬で倒れてしまった最初の部屋……、あの未来的な雰囲気の応接室のようなスペースが、その反対側の壁のドアの中だったような気がする。しかし、このフロアではなかったかもしれない。記憶に自信がない。

藤原が開けたドアの中に五人は入った。

そこは長方形の小部屋で、その奥にある壁は、上半分が全面、天井までガラス張りだった。今、ガラスの中は真っ暗だ。

「バーチャル・リアリティは知っているね？」藤原は萌絵たちを見回した。

「仮想現実……」反町愛が答える。

藤原は頷き、近くのディスプレイのキーボードに触れる。奥の部屋に照明が灯った。

ガラス越しに見えたのは、ほぼ正方形の部屋だ。周囲の壁が真っ黒に塗られている。ほとんど何もない部屋だったが、その中央に、天井からぶら下がっている異様な物体が一つだけあった。なんとも形容の難しい代物で、細いケーブルやチューブが上から下りてきている。その上部を見上げると、クレーンのようなオレンジ色のアームがこれらのチューブとケーブルを吊り下げていた。

そこにぶら下がっているものが何なのか、最初はよくわからなかった。ロボットか、あるいはマジックハンドの集合体か……。だが、しだいに、それが宇宙服のような人間の形をしたものだと認識できる。

その部屋の奥にも、さらにドアが一つだけある。奥にまだ部屋があるようだ。そちらはガラス張りではないので見えない。

ディスプレイに向かって、キーボードを叩いている藤原が、突然、小声でしゃべりだした。

「PVRを動かしたいんだ。誰かいるかい?」

「加古がいます」スピーカから声が聞こえた。

「あ、じゃあ、ちょっとこっちへ来てくれるように言ってくれないか」

「わかりました」

「あ、被験者は女性だからね」藤原は言った。「だれか、女の子もよこしてくれ」

4

「加古ちゃん。奥で副社長が呼んでるぜ」ひょろっとした白衣の男が近づいてきて、キャビネット越しに言った。

「え? 俺を?」躰を捻《ひね》って、加古が振り向く。

犀川と香奈芽の方をちらりと見てから、痩せた男は頷いた。

「PVRの試運転みたいだ」彼は説明する。「また誰か、お客を連れてきたんだろうな」

「こんな時間にか？　そんな予定聞いてないよなあ。だいたいさ、俺、今、オフなんだから」

「駄目、返事しちゃったよ。とにかく、行ってくれ」男はそう言ってから、自分のデスクに戻ろうとしたが、途中で振り向いた。「あ、そうそう、被験者は女だって。誰か連れてけよ」

「女？」立ち上がって加古が高い声を出した。「え、ちょっと、待ってくれよ……、まったく……」

「僕も行って良いですか？」犀川は、煙草を消しながら立ち上がろうとした。

「いや、駄目ですよ」加古はすぐ答える。「あそこは、駄目です。駄目駄目……。ここで待っていて下さい」

奥で呼んでいる、と男は言った。奥というのは、同じ研究所の中という意味だろう。副社長が誰か客を連れてきている。被験者は女性だ、と言った。犀川はそれが気になった。しかし、加古に止められた以上、しかたがない。彼はソファに腰を下ろした。

「困ったなあ……、女の子なんて、こんな時間にいないもんな」加古はきょろきょろと辺りを見回している。

「私、行きます」少し離れたところで女性が立ち上がった。背の高い女で、長い髪に度の強いメガネをかけている。風邪をひいているのか、マスクをしていた。

「あ、じゃあ、頼みます」加古がそちらを向いた。

加古とその女が自動ドアから出ていった。二人が通路を右手の方へ歩いていくのを、犀川は眺めていた。

「先生、何かご心配ごと?」隣の香奈芽が尋ねる。

「あ、いえ」犀川は首をふり、新しい煙草に火をつけた。

5

「絶対に嫌」反町愛がそう言った。

洋子も萌絵の顔を見て首をふった。

「私じゃ、あれ、着れないかもしれないでしょう? 着れませんでした、なんて恥をかきたくないもんね。萌絵がさ、一番体積が小さいんだから、あんたでゴー」愛が小声で言う。

「ここへ来たいって言ったのも萌絵だし」洋子が言う。

どちらも理屈はおかしいと思ったが、とりあえず萌絵は頷いた。男性だってできるようになっているはずだから、反町愛の心配は的外れである。萌絵はこの機械が見たくてここへ来たわけではない。こんなものがあるなんて知らなかった。だから、洋子の言い分も不適切だ。

真っ黒な部屋の真ん中で、天井からぶら下がっている宇宙服のようなスーツ。その不気味なスーツを着なくてはならない、それが二人とも嫌だということらしい。

「決まりましたか?」塙理生哉がきいた。

しかたがない。

「ええ、私がやります」萌絵は答える。「大丈夫かしら?」

「大丈夫ですよ。危険はありません」

「いえ、スーツがぶかぶかじゃないかしら」萌絵はそちらの方が心配だった。

「お、ゆーてくれるやんけ」反町愛が声を上げる。

「ああ、このスーツはね、着てから、内側に空気で密着するようになってるんですよ」藤原が言った。

通路側のドアが開いて、白衣の男女が入ってきた。さきほど、藤原に呼ばれたスタッフのようだ。

「それじゃあ、相手は僕がやろう」藤原博がにこにこして言う。「西之園さん、よろしく」

「何の相手ですか?」萌絵は尋ねた。

「バーチャルな二人だけの世界を楽しみましょう。といっても、物理的な接触はありませんから、ご心配なく」藤原はそう言って、ドアに手をかける。そこが、問題の黒い部屋への入口だった。「じゃあ、加古君、あとは頼んだよ」

藤原は萌絵に中に入るように手招きする。彼女はそれに従って、正方形の黒い部屋の中に入った。ガラス越しに、塙理生哉、牧野洋子、反町愛が控室からこちらを見ている。

加古と呼ばれた長身の若者は、控室のディスプレイの前に座って、キーボードを叩き始めていた。もう一人のマスクの女が、萌絵がいる部屋へ入ってきて、さらに奥の扉を開けた。藤原がそちらへ入っていくので萌絵も従った。

奥にさらにもう一つ同じ部屋があった。ただし、そちらは、壁の色が黒ではなく、真っ赤だ。それだけで、ちょっと異様な感じだった。

「こちらが、もともとの一号機なんだ」赤い部屋の真ん中で、藤原は萌絵にそう言った。

黒い部屋と同じように、中央にスーツがぶら下がっていて、天井からケーブルとチューブが何本も延びていた。バネや空気シリンダのアームの塗装が一部剝げている。機械自体が少し大きく、取り付けられている部品の数が多いようにも見える。確かに、少し古さを感じさせた。

その部屋の奥に、また小さなドアがあった。

「じゃあ、さきに、西之園さんが着替えて下さい」藤原が、そのドアを開けて言う。

「え？　着替えないといけないのですか？」萌絵は少し驚いた。

「ええ、申し訳ありません」藤原は言う。

「どうぞ」マスクの女がさきに部屋の中に入って、萌絵を導いた。

彼女はしかたなく従った。女はドアを閉める。

更衣室のようだ。とても小さな部屋だった。申し訳程度の衝立《ついたて》が中央に立っている。洗面所もある。

白衣の女は萌絵をじろじろと観察したあと、左手にあったスチール・キャビネットから、オレンジ色のスーツを取り出した。

「たぶん、このサイズです」

「これに着替えるの？」萌絵は溜息をつく。

それは縮まっていてかなり小さかった。頭に被るフードから爪先まで、一体になったスーツだ。まるで、スピードスケートの選手が着ているような代物だった。

「下着は着たままでかまいません」

「ほかは脱げということですね？」

「ええ、お願いします」

萌絵は衝立の奥に入って、言われたとおりに、そのスーツを着た。非常に伸縮性のある素材で作られていたので、思ったほど着にくいものではなかった。

彼女が衝立から出ていくと、女は白いサポータのようなものをテーブルに並べていた。そして、無言で、それらを萌絵の膝《ひざ》や肘《ひじ》に取り付ける。そのあとは、腰と首に白いベルト状のものを巻き付けた。何がどんな役目をするものなのか、まったくわからない。

「終わりです」彼女は感情のない声で言った。そして、更衣室の扉を開く。「はい」そこで待っていた藤原がにっこりとした。「それじゃあ、ちょっと、この部屋で待っていて下さい」

萌絵は赤い壁の部屋に出る。更衣室には、替わりに藤原が入っていった。

萌絵は一人だけ残されたので、反対側の扉まで行き、そこを開けてみた。黒い部屋があり、向こう側のガラス越しに、控室の洋子と愛がこちらを見た。彼女たちは笑って萌絵に手を振っている。萌絵の服装が可笑しいので笑っているのだろう。その横に塙理生哉が立っていた。

しばらく待っていると、同じオレンジ色のスーツを着て、藤原が出てきた。マスクの女も一緒である。

藤原のオレンジ一色のスーツ姿は、確かにあまり格好の良いものではなかった。鏡がなかったのでわからなかったが、自分も同じ服を着ているのかと思うと、萌絵は憂鬱《ゆううつ》になった。

「じゃあ、西之園さんはそっちの部屋で、装着して下さい」藤原がにこにこしながら言う。彼は赤い部屋の中央にぶら下がっている機械の横に立っていた。彼が「そっちの部屋」と言ったのは、黒い壁の方、つまり、控室からガラス越しに見える方の部屋だ。萌絵は赤い部屋を出て、黒い部屋に移った。後ろでドアが閉まって、また彼女は一人になる。ガラスの外から洋子と愛に見られているのが恥ずかしい。これでは、動物園のパンダかコアラだ。

萌絵が部屋の中央にある機械を見上げて待っていると、塙理生哉が部屋に入ってきた。

「ここに足を入れて下さい」塙理生哉は部屋の隅にあった小さなスタンドを持ってきた。

「これに乗って、中にすっぽり入るんですよ。後ろ向きにです」

どうやら、ぶら下がっている宇宙服のような代物の足の部分のことのようだ。ちょうど、蛇腹のチューブみたいに二本垂れ下がっていた。萌絵は四十センチほどの高さのスタンドに乗り、塙の肩に片手で摑まって、その長い袋の中に片足を入れた。もう一方の足も入れて、ようやく自分で立てるようになった。

「少し下げますね」塙が萌絵の背中にあったパネルを触って言う。

突然、足もとが少し下がる。五センチほど低くなった。萌絵が乗っている部分が動いているのだ。高さを調節しているのであろう。

「じゃあ、これに手を通して」

次は両側にぶら下がっているチューブに腕を通した。左右で異なっている。左手はただの袋だったが、右手は、先の方で手袋になっていた。

「そこ、右手……、グローブに手が届きますか」

「はい」

「指をちゃんとはめて下さいね」

「できません」萌絵は答える。「だって、左手が使えないから」

「ちょっと待って」塙は萌絵の前に回ってきて、彼女の右手のチューブを肩の方へ持ち上げる。「はい、腕を差し入れて下さい」

これで、肩まですっぽりと機械の中に入ってしまった。

「フィットさせますからね」塙はまた後ろに回って、操作をしている。

彼女の背中の付近に、機械の大半が集中しているようだ。足のチューブも腕のチューブも、途中から細いケーブルが飛び出し、背後へと延びている。

足全体に弱い圧力を感じた。下を見てみると、隙間から、チューブの中でクッションのような部分が膨らんでいるのが見えた。空気を送って、それを膨脹させ、彼女の躰に合わせているのである。

「痛くないですね？」

「ええ、大丈夫です」萌絵は答える。「あまり、気持ちは良くないけれど」

腕も同じ要領だった。

それから、塙は、萌絵の躰に三つのベルトを取り付けた。胸のすぐ下。ウエストの辺り、さらにその下の三段だった。いずれも、ベルトどうしがワイヤのような伸縮するものでつながっている。それらのベルトは前でマジックテープで止められた。これが終わると、肩に装着するプロテクタのようなものを上から被《かぶ》る。

「重装備ですね」萌絵が言う。

「こんなものがなくてもできるように、あと十年もすればなりますよ」塙は、肩のプロテクタと胴のベルトの間に何本ものワイヤをつなげながら話した。「全部レーザで、部屋の周囲から非接触で計れば良い。入力の認識に膨大な処理が必要になりますけれどね」

「私の躰の動きが、この機械でコンピュータに入力されるわけですね？」

「ええ、それ自体は大した技術じゃありません」塙は作業を続けながら言った。「入力だけなら、とても簡単です。そうじゃなくて、問題は出力なんです」

「出力？」

「ええ、西之園さんの動きを捉えて、それをコンピュータが処理する。貴女は、バーチャル空間にそれで存在することができる。いろいろなものを見ることができますし、そこに存在する物体を動かしたりすることも可能です。しかし、何かに触れたとき、貴女自身が何も感じなければ、存在する意味が半減するでしょう？」

「これ……、感じられるようになっているのですか？」

「右手の先だけですけれどね」塙は微笑んで答える。「まだまだ、とんでもなく幼稚なんですよ。がっかりされるかもしれない。なんだ、エンジニアリングは、まだまだこの程度かって……。微妙な反力《はんりょく》を再現することはとうてい不可能です。ほんの冗談程度だと思って下さい。それに、物体の重量などの再現も無理です」

よくわからなかったが、彼女は自分の右手を覆っている機械を観察した。確かに左手に比べると、機械類がずっと多い。とても重そうだったが、天井から吊り下げられているため、重さの大部分はキャンセルされているようだ。今のところ、自分の腕が重いとは感じられない。中で指を動かしてみたが、手袋の中にあるので、多少の抵抗が感じられるだけだった。もっとも、その手袋自体は彼女には見えない。完全に機械の中だった。

肩の次に、胸のプロテクタの装着も終わり、ヘルメットを頭から被った。これで、まったく何も見えなくなってしまった。

真っ暗闇。

音もよく聞こえない。

躰を覆われ、外界から遮断されている状態。

不思議だ……。外界と通信するために装着している機械のはずなのに……。

彼女の躰の情報を電気信号に変えて発信する。反対に、外から来た電気信号を彼女が受信する。その通信のための機械なのに、何故、普段よりも不自由になるのだろうか……。

ネットワークが発達するのに比例して、失われるもの。

まさに、それを象徴してる。

闇だ。

目を瞑《つむ》って、神経を研ぎ澄ます。

それが、コミュニケーションの原点。

この闇の先に、距離や時間を超越した友人がいると信じて、
人は目を瞑るのだろうか……。

暗い部屋で愛を交すように……。

言葉は、暗闇を飛ぶ。

信号は、暗闇を走る。

愛することで失われるもの。

通じることで失われるもの。

光と、闇。

自分の呼吸が、急に意識された。

まだ、近くで塙理生哉が作業をしているのがわかった。

「しゃべって良いですよ」突然、耳のそばで男の声がする。スピーカから聞こえてくる音声だった。「息苦しくないですか?」

「大丈夫です」萌絵は答える。自分の声もスピーカから聞こえる。

本当は少し息苦しかった。

「おーい、そっちはどうだい?」藤原博の声が聞こえてくる。それもスピーカからだった。

「もう、終わる」塙の声。これは、スピーカからではない。彼はまだ近くにいるようだ。

「こっちは終わったよ」藤原は陽気である。「さあ、プレイを楽しみましょうか……」

「プレイって、何をです？」萌絵はきいてみた。

返事はない。

「OKだ」塙がそう言った。

ドアが開く微かな音。塙が部屋から出ていったのだろうか。それとも、奥の部屋から誰か出てきたのかもしれない。

「じゃあ、始めてくれ」塙の声が今度はスピーカから聞こえた。

6

牧野洋子と反町愛は、ガラスの手前に座っている。ガラスの向こう側、真っ黒な壁の部屋では、西之園萌絵を機械の中に閉じ込める作業を、さきほどから塙理生哉が手際良く進めていた。

「萌絵、大丈夫かしら」洋子は隣の愛に囁く。少し心配になってきたからだ。「やっぱり、私がやってあげるべきだったかも」

「なんで？」反町愛がきいた。

「あの子、貧血症だから」洋子は答える。「なんか、見るからに過酷そうな装置じゃない？」

「そうかな」面白そうに中を覗きながら、愛は答える。「じゃあ……、萌絵が倒れたら、次は牧野さんだよ」

黒い部屋の中でドアが開いた。奥の部屋からマスクの女が出てきて、塙理生哉の作業を手伝い始めた。

「副社長の方は、すべてＯＫです」加古が言った。彼は、洋子から三メートルほど離れたところでディスプレイに向かっている。いつの間にかヘッドフォンを付けていた。

萌絵の後ろで作業をしていた塙理生哉とマスクの女が、控室に出てくる。ドアを閉めて、塙は洋子と愛の近くへやってきた。

「ここで見ていても、なんのことかさっぱりわかりませんよ」塙は彼女たちに言った。「あっちのスクリーンに、もうすぐ、すべて映し出されます」

塙が指をさしたのは、部屋の左手にあった大型スクリーンだった。しかし、今はまだ何も映っていない。

「志賀《しが》さん、そっち頼みます」加古がマスクの女に言う。彼女は、加古の隣の席に座り、キーボードに触れる。ようやく、壁のスクリーンが明るくなった。

映し出されたものは、部屋の中に立っている二人の人間である。それを中央の斜め上から見ている構図だった。その部屋は、床も壁も、赤と黒の市松《いちまつ》模様。そして、人間は、一人は白、一人はオレンジ色。立体的には見えたが、アニメーションのような滑らかさで、人間というよりも、人間の形をした風船みたいな物体が二つある、といった方が近い。どちらが前なのか、判別が難しい。

「西之園さん動けますか？」塙がきいた。

「どう動くんですか？」萌絵の声が聞こえてくる。

「右手を挙げてみて下さい」今度は、加古がそう言った。

ガラスの中へ目を向けると、機械に取りつかれている萌絵が、右手を持ち上げる。

「うわあ、見て見て」愛が洋子の背中をつついた。

スクリーンの中で、白い方の人間の右手が挙がっていた。

「これ、やっぱり、少し重いわ」と萌絵の声。

「じゃあ、歩いてみますよ」藤原副社長の声が聞こえる。「ほら、僕を見て下さい」

スクリーンの中で、オレンジ色の人間が両手を上げたり下ろしたりしながら、足を動かして歩きだした。

「歩けますか？」塙がきいた。

「私？」萌絵が答える。「歩くって、えっと、歩いて良いの？」

「歩いてみて下さい」

「転んじゃいそう」萌絵は言った。しかし、ガラスの中で、萌絵は片足を持ち上げている。

彼女は、一歩だけ前進した。

洋子は面白くなって、すぐスクリーンを見る。白い人間が一歩だけ足を前に出していた。

「歩き回ってもいいですけれど、なるべく同じ方向へ回らないように」塙が言う。「コードが捩《ねじ》れますからね」

7

突然明るくなったかと思うと、目の前にオレンジ色の物体が現れた。それが人間の形をしていることが、目の焦点が合って初めてわかる。

サイケデリックな部屋の中にいた。

赤と黒の市松模様だ。

実際に自分がいる部屋とだいたい同じ広さに見えたが、周囲の壁にドアがない。洋子や愛が覗いているはずのガラスの部分もなかった。

彼女が見ているのは、ヘルメットに装着されている液晶ディスプレイの映像である。左右の目の前に小さなディスプレイがあって、その映像を見せられているのだ。左右で微妙に違う画像が映るため、立体的に見える。

「西之園さん動けますか?」塙の声が聞こえてくる。

「どう動くんですか?」萌絵はすぐきき返す。

「右手を挙げてみて下さい」今度は、加古という名の男の声だ。

こんなもの持ち上がるわけがない、と思いつつ右腕に力を入れてみると、あっさりと上がった。思っていたよりもずっと軽かった。

そのとき、驚いたことに、目の前に自分の白い腕が見えた。頭をそちらに動かして見ると、そこに自分の右手がある。指を動かすこともできた。自分の意志で、それが動いていることがわかった。

これは自分の手だ。萌絵はそう思った。

実は単なる電気信号なのに……。

「これ、やっぱり、少し重いわ」萌絵はそれだけ言う。腕を上げるよりも、指を動かす方が力が必要だった。グローブが固いからだろう。

「じゃあ、歩いてみますよ」藤原の声が聞こえる。「ほら、僕を見て下さい」

視線を向けると、目の前のオレンジの人間が両手を上げたり下ろしたりしている。しかもこちらに近づいてくる。

「歩けますか?」耳もとで塙がきいてきた。

「私?」萌絵は答える。「歩くって、えっと、歩いて良いの?」

「歩いてみて下さい」

「転んじゃいそう」

歩けるなんて思っていなかった。両足をチューブに突っ込んでいるのだから、歩けるはずがない。しかし、少しだけ右足に力を入れてみると、案外簡単にそれは持ち上がった。彼女は、一歩だけ前進した。躰は腰の付近で支えられているようだ。転ぶことはなさそうである。

「歩き回ってもいいですけれど、なるべく同じ方向へ回らないように」塙の声が聞こえる。「コードが捩れますからね」

萌絵は歩いてみた。向きを変えて、周りを見渡すこともできる。部屋の中を彼女は歩いた。壁も天井も、そして床も、彼女の動きに合わせて動く。彼女が視線を向ける方向に、そこにあるものが映し出される。下を向けば自分の白い足が見える。左手は指が動かなかったが、目の前に持ってくることができた。後ろを振り返ることもできる。後ろには誰もいない。

彼女の顔の動きをコンピュータが読み取って、瞬時に画像を作り替える。それを液晶ディスプレイに映し出す。彼女はそれを見ているのだ。

確かに、この世界に自分が存在している、と錯覚できた。

この部屋にいるのは、自分のほかにもう一人、オレンジ色の人間、藤原博だ。彼は現実には隣の部屋にいるはずだ。それがこのコンピュータが作り出した仮想の部屋では、同じ空間に存在して、彼女の目の前に見える。

相手にも、萌絵の姿が見えるのだろう。

「それから、あまり手を自分の頭に近づけないように」塙が注意をした。「忘れないで下さいよ。機械に入っていることを」

なるほど、と萌絵は思う。確かに自分の白い躰を見ていると、何も装着していない、腕も足もスリムである。このつもりで、右手を顔まで持ってきたら、大きな機械がヘルメットにぶつかってしまうことになる。

しばらく歩いているうちに、完全に慣れてきた。

つまり、完全に錯覚できるようになった。

おそらく、人間も赤ん坊のときに、この錯覚を一度起こす。そして、そのまま、錯覚したまま、生きているのだろう。

オレンジ色の藤原も歩いていた。彼は現実にはこの部屋にいないのだから、もしかしたら、ぶつからないのか……。通り抜けてしまうのだろうか、と萌絵は考えた。

「藤原さんにぶつかってもいいですか？」萌絵はきいてみた。

「やってみて下さい」塙が答える。

全身オレンジ色の藤原が萌絵の前にやってくる。本人よりもずっとスマートだった。

萌絵は思い切って、藤原の方に一歩近づいた。彼の顔が目の前にくる。顔の形は人間だが、目も口もない。そのプラスティックのような物体が、彼女の目の前にある。

「もっと、いいですよ。キスでもして下さい」藤原は真面目な口調でそう言った。

萌絵は、恐る恐る顔を近づける。オレンジ色の藤原は、彼女とほぼ同じ背の高さだった。鼻と鼻がぶつかるところまで来たが、何も起こらない。さらにゆっくりと前に進む。

彼女は、オレンジ色の藤原の内部に、顔を突っ込んだ。

それは、ちょっと異様な光景で、暗い灰色の空間だった。慌てて顔を引いてみると、再びオレンジ色の顔が目の前にある。

「どうです？　僕の頭の中、からっぽでしょう？」藤原が可笑《おか》しそうに言った。

もう一度、藤原の内部を見る。

灰色に見えたのは、藤原の頭の中で、人間の形をした容器の内側だった。裏側の表面だ。

萌絵はそのまま前進する。

今度は、ぱっと明るくなって、誰もいない部屋に出る。

振り返ってみると、藤原の後ろ姿がそこにあった。

「通り抜けてしまうんですね」萌絵は言った。

「面白いでしょう？」藤原もこちらを向く。

「面白いけど、でも……これじゃあ、幽霊みたいだわ」

「西之園さんの中も見ましたよ」藤原が言った。

どうもあまり気持ちの良いものではない。向こうも、自分の躰の中を見たのである。もちろん、自分も中身は空っぽなのだろう。

試しに、右手を前に突き出してみると、藤原のオレンジ色の胸の中に、萌絵の白い右手の先が入ってしまった。めり込んでいるわけである。

「これでは、相手に触《さわ》れないわ」萌絵は言った。

「右手どうしだと、握手ができますよ」そう言うと、藤原が右手を前に差し出す。

萌絵は、後ろに少し下がってから、右手を挙げる。藤原の右手を摑《つか》もうとした。

これは少し驚きだった。

僅かにタイミングが違っていたが、確かに萌絵は何かを摑んだ。それに、萌絵の右手も誰かに覆われている感触があった。

握手しているのである。

「いいですか、もう少し力を入れますよ」藤原が言う。

すると、萌絵の右手にかかる圧力が増した。

「凄い！」萌絵は思わず声を上げる。「本当に触っているみたい」

「でも、これだけなんです」藤原は言った。「これ以上のことはできません。たとえば、この手を握ったまま、西之園さんを押したり、引っ張ったりはできません。手を握りあったまま、手を上げることくらい、できたらいいんですけどね……」

「え、駄目なんですか？」

「やってみて下さい」

萌絵は藤原の手を握ったまま、右手を持ち上げる。一瞬で、摑んでいたものがすり抜けるような、不思議な感覚だった。何の抵抗もない。藤原の右手を引き上げることはできなかった。

「つまりですね」塙の声が耳もとでする。「手の平だけで完結する、釣り合った反力は再現できるんですが、相手に反力が必要な場合は無理です。腕を摑むことはできても、引っ張れない。躰に抱きつくことはできても、押すことはできない。この装置では無理なんです。現実にはない仮想のコップを摑むことは可能だし、それを摑んだという感覚も再現できます。でも、それを持ち上げたときの重さ、コップの重さは駄目なんです。その感触を実現するためには、機械が西之園さんの右手を下方向に引っ張らなければいけません。たとえば、空気ノズルをつけて、上に向かって噴射するというような装置が必要になります。さらには、藤原さんが西之園さんを持ち上げることができなくてはいけない。その場合は、つまり、こちらの部屋では、西之園さんを宙に浮かせるだけのメカニズムが必要になります。そんな装置を常に背負って歩くことになるわけですからね。まだまだ現実的ではありません」

「今のところは、握手をするだけの装置なのですか？」

「ええ、そうですね」塙は笑いながら答える。「まあ、そう思ってもらってけっこうです。

だけど、我々が今感じている感覚をすべて再現しなくてはいけない、というのも正論ではありません。そんな必要はどこにもないのです。車を運転するとき、ハンドルの重さを軽減する装置がついていますよね。パワーステアリングです。あれだって、最初は、慣れないから危ないという意見がありました。しかし、反力が小さくなっても、いずれ、違和感はなくなる。そういったものだと人間が慣れてしまえば、それで良いわけです。決して今感じているものが正しいわけではない」

「コップの重さがない、という世界が？」

「そうです。自分以外の物体には重さがない、という世界を鵜呑《うの》みにできれば、それで解決です。自分がもの凄い力持ちになったと思えば良い。特に不便なことはありません」

それは、以前に真賀田四季博士から聞いたのと同じ内容の発言だった。萌絵は、真賀田四季と二人だけで話をしたことがある。仮想現実の世界を基点として成長した世代には、もう仮想ではなく、それが現実になる、という理屈だったと記憶している。そのとおりかもしれない。いろいろな感覚を、より現実に近づける方向で、より自然な再現を求めて、すべてのテクノロジィは発展してきた。その当たり前の方向性に対して、真賀田四季博士は、こう言っているのかもしれない。「何故、自然を求めるのか」と。

今、自分が見ている映像。これが、世界のすべてなのだ、と感じてしまうことが、不自然で不健康なことだと、どうしていえるだろう。

それは、現実とどれほど違うだろう？

萌絵は、犀川助教授の口癖を思い出す。

「よく、そんなことでは生きていけないとか、健康的ではない、なんていうけどさ、生きているとか、健康であるということに、いったい何の意味があるっていうんだろう？」

似ている。

赤と黒の正方形で埋め尽くされた空間に、今、自分は生きている。この空間において、健康であるとは、どういった状態なのか。それは、この空間しか意識しない、この空間以外の存在を認めない、安定した精神のことだろうか……。だとすれば、これは現実ではない、こんなものは作りものだ、と叫びたくなる人間こそ、不健康だ。

部屋の中を歩き回っているうちに、不思議なことに、躰はだんだん軽くなってきた。とても気持ちが良かった。まるで、酔っ払っているような感覚だ。

「じゃあ、今日はテニスをしよう」萌絵の前にいた藤原が、オレンジ色の顔を萌絵に向ける。「加古君、頼むよ」

それは異様な光景だった。

赤と黒の市松模様だった部屋が、一方向にゆっくりと伸びた。

つまり、長くなったのである。

天井も、左右の二つの壁も、そして床も伸びている。それにつれて、赤と黒が、それぞれ反対方向に集まり、萌絵の立っているところは、見る見る赤くなった。オレンジ色の藤原は、伸びていく床とともに、萌絵から離れていき、そちら側には黒が集まった。

部屋は倍の広さになった。奥行きが、さきほどより二倍長い。そして、萌絵の立っている半分は赤く、奥は黒く、完全に二色に分れた。

グリーンのネットが床から現れ、しだいに高くなる。それが、赤と黒の部屋を真ん中で区切った。それを見ていると、今度は目の前の空中に突然ラケットが出現した。

「それを摑んで」藤原が萌絵に言った。

ネットの向こうの彼を見ると、既にラケットを手に持って振っている。

萌絵は、左手を伸ばして宙に浮いているラケットを摑もうとした。だが、すり抜けてしまって、うまく摑めない。

「摑めません」萌絵は訴える。

「ああ、右手でやるんですよ」塙の声がする。

「だって、私、左利きだから」

「ああ……、それは、困ったな」塙は言った。「加古君、なんとかなるかい?」

「なりません」

「いいです。右手でもできます」萌絵は右手でラケットを摑んで言った。

グリップの感覚がある。確かに少し固いものを握っているようだった。しかし、ラケットの重量はまったく感じられない。振ってみたが、なんの抵抗もなかった。それよりも、自分の腕の方が重くて、素早くスイングすることはほとんど無理だった。

「この部屋は、空気の粘性が高い。西之園さん、そう思って下さいね。ボールはとてもゆっくり飛びますけど、軽く当てるだけで充分です」藤原がラケットを振りながら説明した。

ピンクのボールが藤原の方から飛んできた。びっくりして動こうとしたが、本当にボールは遅かった。ラケットを差し出してそれを受け止める。すると、ボールは衝撃もなく跳ね返り、藤原の方へ飛んでいった。横の壁と後ろの壁に当たって跳ね返り、それを藤原のラケットが捉える。再び、こちらへ飛んできた。萌絵は後ろに下がって、ボールを打った。

「面白い！」彼女は叫ぶ。

三度目は空振りだった。すると、瞬時にボールが消え、彼女の目の前に、数字が現れた。

「フィフティーン・ラヴ」という合成音声が聞こえる。

しばらく、ゲームに夢中になる。最初の二ゲームを藤原に取られたが、そのあと、萌絵が三ゲーム連取した。ボールが遠くて届かないときは、ラケットを投げつけることもできる。手を放すとラケットが飛んでいくのだ。ただし、それを再び捕まえることはとても難しく、ボールが返ってきたらおしまいだった。

「面白いわ。ボールを二つにしたら、もっと面白いんじゃないかしら。打ってから、待っている間が少し退屈だもの」

「駄目だ、もう僕じゃ勝てない」藤原が言う。「疲れませんか?」

「ええ、少し……」萌絵は答える。躰が少し暖かくなっていた。「ほかに何ができるんですか? もっとほかのゲームがしてみたい」

「そうですね……」塙が答えた。「スカッシュとかピンポンもできるし、あ、そうそうビリヤードができますよ」

「あ、それがいい」萌絵は頷いた。

「じゃあ、ビリヤードだ」藤原が言う。

今度は逆に、部屋が小さくなった。縮んでいる床とともに、藤原は萌絵の近くまで来る。周囲の壁は順番に木目の板張りに描《か》き替わり、リアルなドアも現れた。カウンタが部屋の隅にある。その奥には酒瓶が並んでいる。どれも簡単な形状と模様だが立体的だった。最後に部屋の中央にビリヤード台が出現し、緑色の上面に玉が並んだ。部屋は少し暗くなり、天井の真ん中に、白い蛍光灯が現れた。

「あ!」萌絵は思わず叫んでしまう。

今までオレンジ一色だった藤原が、黒い背広を着た紳士に変身していた。といっても、本物と見間違うようなリアルな映像ではない。いかにも人形だった。服もネクタイも平面的で、滑らかな表面に絵の具で描いたような感じである。ブリキのおもちゃみたいだったが、さきほどよりは、ずっと人間らしい。

「どうです？　カッコいいでしょう？」藤原は言った。その表情は変わらないが、口が動いていた。「そこの鏡を見てごらんなさい」

カウンタの奥の扉のところに鏡らしいものが掛けられている。萌絵はそこまで歩いていって覗き込んだ。そして、そこに映っている人形の顔を見て、吹き出してしまった。

「これが私？　いやだ……、趣味が悪い」

ヘルメットみたいなヘアスタイルの金髪で、ブルーのドレスを着ている。腕を持ち上げてみると、長くて白い手袋をした自分の両手が見えたし、下を向くと、腰から下にブルーのスカートが広がっていて足もとが見えない。

「いや、なかなか魅力的ですよ」藤原が近くにやってくる。

「どうせ、バーチャルなら、私、男の人になりたかった」萌絵は言った。

「ちょっと見てて下さい」カウンタの前まで行き、藤原は立ち止まる。「バーテンダを出してくれ」

カウンタの向こう側に、ぬっと顔が上がってくる。髭を生やした男で、蝶ネクタイをしている。これまたブリキの人形のようだった。

「お酒が飲めるんですか？」萌絵は冗談半分できいてみた。

「何がよろしいですか？」そのバーテンダが、横目を遣《つか》って、萌絵の方を見てきいた。

「じゃあ、ブランディを」萌絵は答える。

ロボットみたいにぎこちなかったが、バーテンダは振り向いてキャビネットからボトルとグラスを手に取る。カウンタの上で、琥珀《こはく》色の液体がグラスに半分ほど注《そそ》がれた。

「どうぞ」片手を差し出して、バーテンダは言った。この男は表情が変化する。アニメキャラクタのようだったが、その表情はなかなか味があった。見ていて飽きない。

萌絵はグラスを摑もうと左手を出したが、すぐに気がついて、右手を差し出す。グラスを摑んだとき、その感触があった。残念ながら冷たくはない。温度を再現する装置が組み込まれていないからだ。

「これ、飲んで良いのかしら？」萌絵は尋ねた。

「今は飲めません」塙理生哉の声が答える。「ヘルメットにその装備がないからです。チューブを口に挿入《そうにゅう》して、本物のアルコールを流し込む装置を幾つか試作していますけれど、残念ながら、まだ満足のいくものができません。感じが違うんですよ。難しいところです」

萌絵は、突然思いつき、右手を広げて、持っていたグラスを離した。

グラスは床に落下する。

それは音を立てて割れた。

ガラスの破片や液体が床に飛び散ったが、次の瞬間には、消えてしまった。

「掃除が迅速ですね」萌絵は言う。「だけど、凄いわ。今の飛び散り方なんか、とても凝っていた」

「誰でも、同じことをされるんですよ」藤原は説明した。「グラスを落して、割ってみたくなるんですね。だから、そのルーチンをプログラムに入れたのです」

二人は、壁に立て掛けてあった玉突きのキューを取りにいき、テーブルに戻ってプレイを始めた。右手しか使えないので、普通のように構えることは無理だったが、キュー自体が軽いし、ふらつかないようにコントロールされているので、むしろ狙いは正確だった。玉が当たる音も、転がる音もする。天井からの照明で光る色とりどりの玉は、実にリアルだった。ビリヤードは萌絵が最も得意とするゲームであるが、彼女は四つ玉やスリークッションが専門だったし、本物の感覚とはかなり食い違っていた。しかし、ゲームは萌絵が勝った。

8

ビリヤードが終了して、もう一度、カウンタのバーテンダを見にいこうとしたときだった。

彼女のすぐ目の前に突然、もう一人現れた。

その頃には、この世界にすっかり慣れていたので、萌絵は驚いて声を上げた。

彼女の前に、真っ黒な人形が立っていたのだ。

「どうしました？」藤原がビリヤード台の向こう側から尋ねた。

「これは、何です？」萌絵はその黒い人形を指さす。

「これって？」藤原が近くに寄ってくる。

「この人……」

「人？」藤原は辺りを見回した。

萌絵の前に立っていた黒い人形は、壁の方へ移動する。その動きはとても素早かった。確かに人の形をしているが、全身が光を反射していない。まるで、空間に人の形をした穴が開いているようにも見えた。

「ほら、そこにいる人」萌絵は片手を挙げて示す。彼女のその手の先から、二メートルほどのところにいる。

「どこに？」藤原はそちらを向いたが、また萌絵の方を見た。「何か見えるんですか？」

「え？　見えないの？」

「ええ……。どんな人？」

「黒い人がいます」萌絵は答える。「黒子《くろご》みたいな人です」

藤原には見えないのだろうか、プログラムのバグだろうか、と萌絵は思った。

「何が見えるんですか？」塙理生哉の声が聞こえてきた。「こっちのモニタには、何も出ていませんけれど。どの辺りですか？」

「私の目の前」萌絵はちょっと不気味な感じがしてきた。

「ほら、動いていますよ」

「この辺？」そう言って藤原は黒子の方へ歩く。

藤原が差し出した手が、その黒子にぶつかりそうになった。そのとき、黒子は、それを避けて、藤原の後ろに回った。

「あ、今、藤原さんの後ろです」

「え？　おかしいな」と言ったあと、藤原は奇妙な声を上げた。

息がもれるような、短い声だった。

藤原は躰を捩る。両手を動かそうとした。

「う……」藤原は呻《うめ》き、萌絵の方へ向かってゆっくりと歩いてくる。

何が起こったのかわからない。

萌絵はびっくりして、動けなかった。

藤原は、萌絵の目の前で止まる。

そして、彼の躰の中に、萌絵の頭が入った。

彼女は少し前屈みになっていた。ぶつかるのを咄嗟に避けようとして、頭を下げたからだった。

一瞬で暗くなる。

藤原の躰の内側が、見えた。

灰色一色の人形の殻。

内側。

「藤原さん？」萌絵は声をかける。

彼女は、すぐ目の前に奇妙なものを見つける。

藤原の躰の内側を彼女は見ている。

白いものだった。

尖っている。

それが、藤原の背中から突き出していた。

いや、内側から見ているのだから、突き出しているというよりは、突き刺さっているのだろう。

萌絵はそのまま前に出た。

藤原の背後に出る。

目の前に、黒子がいた。

萌絵は横に飛び退く。

藤原の背中にナイフが刺さっている。

それを、その黒子が握っていた。

「な……、何なんですか？　これは」萌絵は叫んだ。「やめて下さい、変な趣向は」

「西之園さん、何が見えるんです？」塙理生哉の声である。「藤原さん、どうかしたんですか？」

藤原は立ったまま動かなかった。

少し前傾した姿勢のままだ。

膝も僅かに曲がっている。

躰が見えない糸にぶら下げられているように、その姿勢のまま動かない。

操り人形みたいだった。

黒子が萌絵の方を向いた。

既にナイフから手を離している。

そして、片手でそのナイフを示し、萌絵に「どうぞ」とでも言っているようなポーズを見せた。

「西之園さん？　どうしました？」と塙理生哉の声。

萌絵はゆっくりと前に出る。

藤原の背中に刺さっているナイフを、彼女は右手で摑もうとした。

ナイフは手応えがあった。

彼女はそれを確かに摑んだ。

しかし……、

引き抜こうとすると、その感覚は、たちまち消えてしまう。

ナイフはそのままだ。

抜けない。

繰り返す。

駄目だ。

「誰なの？」萌絵は振り向いて黒子を見た。

黒子が萌絵の方へ近づいてくる。

彼女は両手を前に出す。

しかし、黒子は萌絵の手をすり抜ける。

そして、彼女の躰に黒子が重なった。

その気持ち悪さ……。

萌絵は悲鳴を上げそうになる。

飛び退き、後ろを振り返る。

黒子は、藤原の躰に重なるように、入った。

見えなくなった。

ちょうど、藤原の躰の位置にいるのか、同じポーズをとったのか、完全に重なってしまった。

「藤原さん、どうしたんです？　西之園さん？」塙理生哉の声がまた聞こえる。

「もう、見えなくなった」萌絵は呼吸を整えてから答えた。「ねえ、藤原さんは、どうして動かなくなったの？」

「おかしいな、ハードの接触不良かな」加古の声が聞こえた。

「藤原さんの背中にナイフが刺さっているの、見えますか？」萌絵はきいた。

「ナイフ？」塙が応える。「ナイフって？」

「これです」萌絵は自分の手を、再びナイフに持っていく。

「いえ、こちらには映っていませんね。変だなあ」塙理生哉の声にはどこか神経質な響きがあった。きっと、プログラムのバグに腹を立てているのだろう、と萌絵は思う。

彼女は、静止している藤原に顔を近づけた。

もう一度、彼の躰の中に自分の頭を入れてみた。

背中の殻を通り抜け、灰色の空間の中。

ナイフは、確かにその殻を突き抜けている。

黒子はどこへ消えたのだろう。

背中の内側にある刃の部分を右手で触ってみたが、そちらは、摑めなかった。通り抜けてしまう。

「頭よ」
その声が聞こえたとき、萌絵は本当に驚いた。
一瞬、顔を引き、藤原の躰から抜け出した。
「誰?」萌絵は呟く。
「何ですか?」塙の返答。
「今、女の人の声が聞こえました」萌絵は答える。
聞き覚えのある声だった。
萌絵の躰は、既に震えだしていた。
彼女は、大きく呼吸をする。
もう一度、顔を藤原に近づける。
そして、今度は、頭を下げないで、彼の頭の中に入った。
頭の中を覗く。
萌絵は短い悲鳴を上げた。
「西之園さん!」塙の声。「どうしたんです?」
呼吸が速い。
自分の呼吸。
鼓動も速い。

自分の鼓動。
どうして？
目を瞑ってしまおうか、と思う。
感覚を遮断してしまおうか、と思う。
けれど、萌絵は決心して、もう一度、そこを覗いた。
大丈夫……。
私は、大丈夫。
藤原の頭の中。
頭の殻の中。
顔を近づけ、その中に入ると……、
そこに……。
小さな顔があった。
長い髪。
白い肌。
青い瞳。
女の顔だ。
すぐ目の前に……。

浮いている。
もう鼻先が触れるほど、間近だった。
どうして？
「西之園さん」その女が言った。
どうして？
どうして、ここに？
「そう、ここよ」
ここ？
ここは、どこ？
「真賀田博士」萌絵は囁く。
何故？
何故、ここに？
「私は、ここにいる」
じゃあ、私は？
私は、どこにいるの？
何故、私はいるの？

「貴女の中にだって、入ることができるわ」
私の中?
私の中って……。
その顔は、萌絵の方に近づいた。
やめて!
お願い!
「やめて!」萌絵は叫ぶ。
お願い……。
しかし、もう動けなかった。
真賀田四季の小さな顔は、彼女の殻を突き抜ける。
それは、彼女の頭の中へ飛び込んだ。

9

牧野洋子と反町愛は、控室のスクリーンに映し出される画像に見とれていた。さきほどまでは、サイケデリックな部屋の中で、白色とオレンジ色の人形がテニスをしていたが、今は、ちゃんと男女の区別がつく人形の姿に変わっている。子供番組みたいな幼稚さはあったけれど、それはそれで微笑ましい。

スクリーンの映像の視点は、部屋の中央の天井より高いところにあった。だから、部屋全体が鳥瞰《ちょうかん》できた。人形たちを含めて、動きは意外に滑らかで、コンピュータ・グラフィックスとしても非常に細密で、高い処理能力によるものだということが、洋子にもわかった。

「わあ、あれは誰がやっているの？」カウンタの中にもう一人の人形が現れたとき、反町愛がきいた。

「あれはコンピュータが動かしている映像です」ディスプレイを覗き込んで、萌絵の質問にもマイクで応対していた塙理生哉が、こちらを向いて教えてくれた。

萌絵の姿は、まるで着せ替え人形のようだった。顔つきはもちろん似ていなかったが、そのイメージはほとんどそのままだ、と洋子は思う。それがとても可笑しかった。横を向いてガラス越しに隣の黒い部屋を見ると、そこにいるのは西之園萌絵が一人だけ。しかも、躰中に機械を取り付けているので、そこに萌絵が存在することさえ忘れてしまうほどだ。萌絵はそこで一人で動き回っているが、彼女が自覚している世界は別のところにある。スクリーンの中の世界なのだ。

こうして比較してみると、スクリーンの中の人形の方が、ずっと西之園萌絵らしい。

機械に囲まれている現実の萌絵の方が、嘘っぽい。

「面白そうだよう」反町愛が頭をふって言う。「くそう！　俺もやれば良かったたぁ」

「じゃあ、この次は、牧野さんと反町さんの二人に入ってもらいましょうか？」塙理生哉がこちらを向いて言った。

「え？　いいんですか？」愛が嬉しそうに声を弾ませる。

スクリーンの中ではビリヤードのゲームが白熱している。洋子はルールがよくわからなかった。それに、映像の視点が高い位置にあったので、あまりにも淡々とした雰囲気に見える。ほんの少し退屈になった。早く、萌絵に出てきてもらって交替したい、と洋子は思った。

「気持ち悪くなったりしませんか？」洋子は塙にきいてみた。

「いいえ、大丈夫ですよ」彼は優しい口調で答える。「慣れない方は、最初のうち十分ほどで軽い眩暈《めまい》が起こりますが、そこでやめればすぐに治ります。順応する人の場合は、最初から一時間でも大丈夫。まあ、一番疲れるのは目ですけれどね」

スクリーンの中の紳士とレディは、まだビリヤードを続けている。萌絵の方の人形は、本人と良く似た感じだったが、藤原副社長の方は、本人よりも格段にスマートだ。二人の会話もスピーカから聞こえてくる。アニメーションを見ているのと同じだった。

ゲームの決着がついたようだ。

萌絵がカウンタの方へ歩いていく。ロボットみたいなバーテンダが、カウンタの内側にまだ立っていた。

そこで、萌絵は突然小さな悲鳴を上げた。

「どうしました？」藤原の声である。彼はビリヤード台の反対側にいる。

「これは、何です？」萌絵が言った。

「これって？」スマートな紳士の藤原が、ビリヤード台を回って、萌絵の方へ歩いていく。

「この人……」萌絵が答えた。

「人？」藤原が高い声で言う。彼は顔を動かしている。辺りを探しているようだ。

「ほら、そこにいる人」ブルーのドレスの萌絵は、片手を挙げて壁の方を示す。

「どこに？」藤原はそちらを向いたが、また萌絵の方を見た。「何か見えるんですか？」

「え？　見えないの？」

「ええ……。どんな人？」

　スクリーンにはもちろん何も映っていない。萌絵が何を言っているのか、洋子にはわからなかった。

「黒い人がいます」萌絵は答える。「黒子みたいな人です」

「何が見えるんですか？」加古の後ろに立っていた塙理生哉がきいた。彼は小さなマイクを片手に持っている。「こっちのモニタには、何も出ていませんけれど。どの辺りですか？」

「私の目の前」萌絵が答える。「ほら、動いていますよ」

「この辺？」藤原は萌絵が示した方向へ歩いていく。

藤原が前方に手を差し出した。
「あ、今、藤原さんの後ろです」
「え？　おかしいな」と言ったあと、藤原は小さな呻き声を上げた。
藤原は奇妙な動作をする。躰を捩り、両手を動かす。
「う……」小さく呻きながら、藤原は萌絵の方へ向かって歩いていく。
萌絵は動かなかった。
藤原は、萌絵の目前で止まった。
萌絵は少し前屈みになっていた。
そして、藤原の胸の辺りに、萌絵の頭の一部が重なってしまった。
何が起こったのだろう、と洋子は思う。
なんとなく二人の動きが不自然だったからだ。
「藤原さん？」萌絵の声がする。
彼女はそのまま一瞬だけ止まる。
次に、前進して、藤原の躰を通り抜けた。
突然、萌絵は横に飛び退く。
変だ……。
どうしたのだろう？

牧野洋子と反町愛は、ガラス越しに萌絵を見る。隣の黒い部屋が見えるガラスのパーティションのすぐ近くに二人はいた。仮想の世界を映し出しているスクリーンは左手の壁だ。そのスクリーンの手前に、二台の大型ディスプレイがあって、その一方に加古という名の若い男が座り、もう片方にはマスクをした陰気な女性が座っている。この二人の後ろに塙理生哉が立っていた。

スクリーンの二人は何か変だった。

しかし、隣の部屋の萌絵は、最初から、たった一人だ。

「な……、何なんですか？　これは」萌絵が訴えるような口調で言った。「やめて下さい、変な趣向は」

しかし、彼女が何に腹を立てているのか、洋子にはまったくわからない。隣の反町愛と顔を見合わせたが、彼女も目を丸くするだけだった。

「西之園さん、何が見えるんです？」塙理生哉がマイクに向かって言う。「藤原さん、どうかしたんですか？」

スクリーンの中の紳士、藤原副社長は動かなかった。そのポーズも不自然だ、と洋子は感じた。どうやら、プログラムがうまく作動していないようだ。

「何かのトラブル？」反町愛が囁いた。

しばらく、静かだった。

コンピュータの音だろうか、微かなファンの音だけが聞こえる。

「西之園さん？　どうしました？」塙理生哉がマイクに向かって言った。

スクリーンの中のレディが進み出る。

何をしようとしているのだろう？

ガラス越しに隣の部屋を見る。

そこで、萌絵は、機械に覆われた右手を空中に差し出していた。

スクリーンを見る。

レディは、紳士の背中に手を伸ばしていた。

何かを摑もうとしているようだ。

まるで、そこに何かがあるみたいな仕草《しぐさ》だった。

紳士の背中から手を引き、また手を伸ばす。萌絵は、その動作を幾度も繰り返している。

スクリーンの中の彼女は、その作業をやめて、壁の方を振り向いた。

「誰なの？」萌絵の声だ。

レディは手を前に伸ばした。

まるで、何かを押し止めようとしているような感じだった。

彼女はさっと横に飛び退き、また振り返った。

何をしているのだろう……。洋子は、スクリーンと隣の部屋を交互に見比べる。萌絵の動きとレディの動きは同じだ。しかし、彼女が何をしようとしているのか、まるでわからない。

「藤原さん、どうしたんです？　西之園さん？」塙理生哉が言った。

やはりトラブルのようだ。中の様子がモニタできないのだろうか。ディスプレイの前でキーボードを叩いていた加古が、振り返って首をふった。

塙理生哉は、奥の席に座っていたマスクの女を立たせて、そこに座った。彼はキーボードを数回叩いた。

「もう、見えなくなった」萌絵の声が聞こえてくる。「ねえ、藤原さんは、どうして動かなくなったの？」

「おかしいな、ハードの接触不良かな」加古が呟いた。

塙理生哉は、キーボードをもの凄い勢いで叩いている。彼が睨んでいるディスプレイは、洋子の位置からはよく見えなかった。

「藤原さんの背中にナイフが刺さっているの、見えますか？」萌絵がそう言った。

「ナイフ？」塙が手を止めて囁いた。「ナイフって？」

ナイフ？　洋子もその単語の意味が理解できなかった。

「ナイフ？」隣で愛が小声で言う。「何？　ナイフって……」

「さあ……」洋子は首を傾げた。

「これです」萌絵は言った。

スクリーンを見ると、ブルーのドレスのレディは、白い手を再び紳士の背中まで伸ばした。

「いえ、こちらには映っていませんね。変だなあ」塙理生哉は、舌打ちをして答える。

レディが、静止している紳士に横から近づく。

彼女は頭を下げ、自分の頭を彼の躰の中に入れた。

二人の人形が、そこで交差し、重なった。

レディの頭の一部が、紳士の躰の中にめり込んでいる。

実に滑稽な映像だった。

レディの片手も、紳士の躰の中に入った。

横からもたれかかっているようにも見える。

白色とオレンジ色の人形のときにも、二人がすり抜けてしまう場面を見せられたが、ちゃんとした紳士とレディの姿になった今の方が、やはり、もっと不自然だった。

レディの萌絵が、突然、藤原の躰から自分の頭を引き抜いた。

「誰?」萌絵の小さな声。

泣きそうな声だった。

洋子は椅子から立ち上がった。

「何ですか?」塙は眉を顰《ひそ》め、息を止めているような表情だ。

「今、女の人の声が聞こえました」萌絵は答える。

彼女の声は震えていて、とても弱々しい。

いつもの萌絵の発声ではない。

スクリーンの中のレディは、ゆっくりと顔を紳士に近づけた。今度は、真っ直ぐに立ったままの姿勢だった。彼の斜め後方から、彼女は顔を近づけ、自分の頭を、紳士の頭に少しずつ重ねる。二人の顔が接触し、やがてめり込んでいく。

三分の一ほどが重なったときだった。

萌絵の短い悲鳴が聞こえた。

洋子の隣で、愛も立ち上がっていた。

「西之園さん!」ディスプレイの前で塙理生哉が叫んだ。「どうしたんです?」

スクリーンの中の二人は動かない。

隣の黒い部屋の萌絵も、動かなくなった。

「どうなったんですか?」洋子はおそるおそる尋ねる。「萌絵は、大丈夫なんですか?」

塙は洋子を一瞥したが、答えない。

何が起こっているのだろう……。

しかし、助けなくては……。

ドアを開けて、隣の部屋へ助けにいこうと、洋子は思った。

しかし、萌絵の声が聞こえたので、彼女は立ち止まった。

「真賀田博士」萌絵はそう言った。

とても小さな声だった。

スクリーンの中も、隣の部屋も、しかし、動きはない。

洋子は、黒い部屋に入るため、ドアの取っ手に手をかけていた。塙理生哉はまたキーボードを叩いている。加古は呆然としてディスプレイを眺めている。もう一人のマスクの女は、部屋の隅に立っている。反町愛は洋子の後ろに……。

「やめて！」絶叫するような声。

萌絵の声だ。

そのあと、彼女の悲鳴。

萌絵の悲鳴だ。

牧野洋子はドアを押し開け、黒い部屋の中へ飛び込んだ。

10

悲鳴。

遠くで、女の悲鳴が……。
暑い。
夏だろうか。
氷が割れる。
氷が解ける。
軽やかな音。
頭の中で、飛び散った。
音……。
体育館だ。
バスケットのゴールがある。
暑い。
幾つも、幾つも、白い人形たちが並んで……。
「しっかりしてね……」
彼女は頷く。
「やめておいても良いのだよ」
彼女は首をふる。
大丈夫、大丈夫、大丈夫。

白いシートが捲《めく》られる。
誰だろう。
お父様？
お母様？
誰だろう。
「萌絵、しっかりして」
何？
これは何？
暑い。
炎。
骨。
灰。
どうして、こんなに暑いの？
どうして、バスケットのゴールがあるの？
誰？
これは、誰？
違う、違う、違う、違う。

「西之園さん?」

　誰?

「貴女の名前よ」

　誰?

　私を呼んだ?

「萌絵、大丈夫?」

「西之園さん」

　誰?

「貴女は、まだ泣いているの?」

　そう、私の真ん中で、まだ泣いている。

「周りを囲っているのは、誰?」

　そう、周りをみんなで囲っているの。

「どうして?」

　泣いている子が、可哀想だから。

「可哀想?」

　そう、とても可哀想。

「出ていらっしゃい」

駄目……、あの子は、ずっと泣いている。

あの日から、ずっと泣いている。

とても可哀想だから、みんなで守っている。

「貴女、お名前は？」

私は……。

「貴女が泣いているせいで、みんなが遊べない」

お父様は死んだの？

「そうです」

お母様は死んだの？

「そうよ」

私も？

「いいえ、貴女は生きている」

どうして？

何のために？

「目的はありません。けれど……」

けれど？

「一つになっては、いけないわ」

一つに？

「泣いている貴女を、周りが隠していたのよ」

それが一つ？

「そうです」

どうして、一つになってはいけないの？

「一つじゃないからです」

私は一人じゃないの？

「そうよ」

じゃあ、私だけ死なせて……。

お願い、私だけでいいわ。

私だけ、死にたい。

「それを、周りが恐れていたのね」

私が死ぬことを？

「違う誰かが、貴女になるわ」

私が死んだら、どうなるの？

え？

「違う誰かが、貴女になって泣くのよ」

そんな……。

「死にたかったら、死ねば良い」

そう……。

「死は、単なるリセット」

リセット。

「西之園さん」

はい……。


「おやすみなさい」

はい……。


静か。

シーソー。

白い。

紫のワンピース。

眩しい。

洗濯物。

どこ？
誰もいない。
私は死んだの？
壊れたの？
暴走したの？
私は誰？
思い出せない。
リセット？
違う。
違う。

誰か、私を呼んで。
誰か、私の名を……。

お願い。

お願い。

お願い。
もう泣きません。
だから、誰か……。
私の名を……。
お願い。

11

牧野洋子と反町愛は、すぐに萌絵のそばまで駆け寄った。

ヘルメットを被っていたので、彼女の顔は見えなかった。躰の部分で露出しているのは、胸と腹の付近だけで、そこにも、細いワイヤが何本も張り巡らされている状態だった。

「萌絵！　萌絵！」愛が呼んだ。

洋子の手が、萌絵の躰に触れる。

萌絵の躰は震えていた。

「お願い、早くこれを取ってあげて！」洋子は控室の方に叫んだ。

加古と塙理生哉が、慌ててこちらの部屋に飛び込んできた。

最初に、ヘルメットを外す。

ぐったりとした表情の萌絵の顔が現れる。

彼女は目を瞑り、苦しそうに呼吸していた。

汗をかいている。

「萌絵、大丈夫？」洋子が尋ねる。

「西之園さん？」塙がきいた。

「お願い……、お願い」萌絵は譫言《うわごと》のように呟く。目を瞑ったままだった。「お願いです……」

「気分が悪いの？」プロテクタを外す作業をしている塙と加古の後ろから、洋子がきく。

「萌絵、しっかりして！」愛が悲鳴に近い声で言う。

右手を覆っていたチューブ状の機械を引き抜く。

その手を洋子が握った。

萌絵の手はとても冷たかった。

彼女は、震えるその手で、洋子の手を握り返す。

「大丈夫よ。大丈夫……」洋子は言った。

「お願い……」萌絵はまだ目を開けない。

左手も機械が外された。

呼吸は速く、萌絵はとても苦しそうだった。

「OK、もう大丈夫です」塙はケーブルを外しながら言う。「すみません。何かプログラムミスだったようです。こんなことになるなんて……」

加古と塙が二人で萌絵の躰を持ち上げ、彼女の脚をチューブから引き抜いた。そして、スタンドの上に萌絵を立たせる。

「大丈夫ですか？　立てますか？」塙が心配そうにきいた。

萌絵は頷いた。
ぼんやりと目を開く。
彼女は自分で立った。
男たち二人の肩に摑まり、萌絵はスタンドから下りる。
表情はしっかりとしているように見える。
放心しているような目つきではあったけれど、呼吸は落ち着いた。
「大丈夫なの？」洋子が萌絵の肩に触れる。
もう震えてはいない。
人形のように両手を伸ばしたまま、姿勢良く立っている。
真っ直ぐに前を向いて、萌絵は頷いた。
「本当に大丈夫？」愛がきいた。「気持ち悪いんじゃないの？」
萌絵は首をふる。
そして、微笑んだ。
しかし、同時に、彼女の両眼から涙が溢れる。
笑っている、と同時に、泣いているようだった。
「ありがとう……」萌絵は囁く。
その声は、歯切れの良い、いつもの彼女の声だった。

一瞬だけ、片手を挙げて、自分の頰に触れる。

このとき、萌絵は洋子を見た。

そして、愛を見た。

「私、泣いている?」微笑んだまま、萌絵はきいた。

「どうしたの?」愛が尋ねる。「何があったの?」

「私の頭の中に……。犀川先生は? どうして、ラヴちゃん……。もう大丈夫です」萌絵は
そこまで言って、言葉を切った。「ごめんなさい。みんなが一度にしゃべってる」

「萌絵……」洋子はびっくりした。彼女はハンカチで、萌絵の涙を拭いてやった。

「とにかく、あちらへ……」塙が控室の方を指さした。「休まれた方が……」

「すみません」萌絵は頷いた。

萌絵を連れて、牧野洋子と反町愛は、その黒い部屋を出ようとした。

加古と塙は、彼女たちとは反対に、奥のドアへ行く。

その部屋だ。まだ藤原がいる、赤い部屋のドア。

ぴくんと萌絵が震えて立ち止まった。

彼女は振り返る。

その動作があまりにも機敏だったので、洋子は一歩後ろに下がる。愛も驚いて、萌絵から
両手を離した。

「藤原さんが殺された」萌絵は微笑んだままの表情で言った。
萌絵の視線は、宙を見つめているようだ。
洋子も振り返る。
ドアを開けて、加古と塙が奥へ入っていった。
萌絵は、ふらりと歩きだし、彼らの後を追う。
「萌絵！」洋子も彼女についていく。
奥の赤い部屋へ。
ドアが開いている。
中が見えた。
加古と塙が既に一歩入ったところに立っている。
萌絵と洋子、それに愛がドアから覗く。
真っ赤な部屋。
真っ赤だった。
中央にロボットのようなものがいる。
天井から垂れ下がった無数のケーブルとチューブ。
藤原副社長だ。
彼は立ったままだった。

しかし、両手は垂れ下がっている。

それは、最後にスクリーンで見たあの紳士と同じ。

動かなくなった紳士と同じポーズだった。

操り人形みたいに、糸でぶら下がった姿勢。

前傾し、膝を少し曲げていた。

倒れないのは、彼の力ではなく、機械がサポートしているためだった。萌絵の場合と同様に、彼もヘルメットを被り、両腕にチューブ状の機械を取り付けている。特に右手のそれは不格好なほど大きい。萌絵が装着していたものよりも、さらに一廻り大きかった。脚も、蛇腹のチューブの中で、関節の部分から幾本ものケーブルが飛び出している。腰の付近についているベルトと、肩のプロテクタを結ぶワイヤも萌絵と同じだった。色が違っているくらいだろう。藤原は、萌絵と同じオレンジ色のスーツを着ているようだ。それが見えるのは、胸と腹の一部だけだった。

装着している機械は、ほとんどが鈍い銀色か、錆びたアルミニウムみたいに白っぽい。

音は聞こえない。

静かだ。

部屋の奥にさらにドアが一つあった。そこは閉まっている。

誰も何も言わない。

とても短い時間だったかもしれないが、完璧な沈黙が続いた。
「藤原さん？」塙社長が、最初に小声で囁いた。
動かない藤原。
手も、脚も、静止している。
赤い壁、赤い天井、そして赤い床。
藤原の脚のチューブは、アルミの色。
アルミ色の一部に、細く幾本も赤いライン。
それが、フラクタルに続いている。
腰の付近から、下へ流れていた。
血が、流れていた。
それは、床に届き、赤い床に広がっている。
まるで、透明な水が、周りの色で、赤く染まったように……。
誰かが短い息を吸い込む音。
血が、まだ流れている。
床で広がっている。
藤原の背中には、機械のボックスと太いシリンダが取り付けられていた。
腰の辺りから、血が流れ出している。

　これは……、現実だろうか？

　反町愛は、息を吸い込んで、頭をふった。

「え？　何？」洋子は、藤原の足もとの赤い液体を見て、思わず声を上げた。そして、自分の声にびっくりした。

　反町愛が、洋子の腕を強く掴む。

　萌絵が隣に立っている。

　萌絵は、驚いている様子はない。無表情だった。

「どうして……」萌絵が囁いた。彼女は、洋子の方を向いた。とても落ち着いている表情に見えた。萌絵は洋子にきいた。「誰が、この部屋に？」

12

　犀川創平は、煙草を吸っていた。

　ガラス越しに通路が見える。そこを、白衣を着た女性が走っていく。右から左へ。数十分まえに、加古と一緒に出ていった女だ。長髪に度の強いメガネ、そして大きな白いマスク。

　その彼女が、エレベータのドアの中に消えた。犀川たちが乗ってきたエレベータである。

「犀川先生、これからどうするの？　もう帰ります？」気怠《けだる》そうな表情で、隣に座っていた塙香奈芽がきいた。彼女も煙草を吸っている。

彼らの付近で仕事をしている研究所のスタッフたちは、誰も二人のことなど気にとめていないようだった。相変わらず、話し声は聞こえない。黙々とそれぞれの仕事をしている。

犀川は、香奈芽の質問には答えず、まず煙草を消した。それから、腕時計を見る。既に九時に近い時刻だった。

彼は立ち上がる。

「ホテルに帰りましょうか？　私の部屋へ……」香奈芽が座ったままで、彼を見上げて言った。

犀川は歩きだす。部屋を横断し、自動ドアが開くのを待つ。そして、通路に出た。

「先生」後ろから香奈芽が追ってくる靴音。

通路の右手を見る。誰もいない。

ずっと遠くまで真っ直ぐに延びている。

「ちょっと、見てきます」犀川は囁く。

「え、何を？　帰るんじゃないの？」

犀川は通路を奥へ歩いた。来たときのエレベータとは反対の方向へ。それは、彼の認識では北の方角になる。

両側はガラス張りで、左右いずれの空間も幾人かのスタッフが作業をしている。デスク、ディスプレイ、キャビネット、パーティション、ところどころにソファ、そして、それらを覆い隠すほどの雑多なものたち。とても散らかっている。

通路の途中で、左手にエレベータのドアがあった。そこが、直線の通路のほぼ中央になる。彼は、そのまま奥へ進んだ。

しばらく行くと、両側が、ガラスから普通の壁になる。ドアが幾つかあったが、部屋の中は見えない。ただし、ドアにある磨《す》りガラスの窓から、右手にあった一室に照明が灯っているのがわかった。部屋の種別に関する表示は一切なく、そこが何の部屋なのかはわからない。

通路の突き当たりにも、エレベータのドアがあった。それが、萌絵が乗ったと話していたエレベータに違いない。地上の教会の礼拝堂に上がることができる、と彼女は犀川に説明した。だが、そのエレベータの出口は、殺人事件のあとには消えていたという。犀川はそれを思い出した。

人の叫び声が聞こえた。右手の部屋の中からだった。

女性の声だ。

大きな声ではない。

何を言っているのかも、わからない。

犀川は、そのドアのノブに手をかけた。

「先生、どうするんです？」後ろで香奈芽が囁いた。

彼は、ドアを少し開ける。

大きなディスプレイが二つある。まず、それが目にとまった。その奥の壁に白い大きなスクリーン。しかし、今は何も映っていない。

もう少しドアを開けてみる。

対面の壁は、腰から上がガラス張りで、奥の部屋が見通せた。黒い壁の広い部屋だった。そこに、女性三人の後ろ姿が見えた。

二人の若い女は私服。もう一人は、鮮やかなオレンジ色のスーツ。ウエットスーツのように、躰全体が一色だった。頭に被るフードが背中に垂れ下がっていて、今は彼女の髪が見えた。

西之園萌絵だ。犀川はそれに気がついた。

彼女たちは、黒い部屋から、さらに奥の部屋の中を覗き込んでいる。犀川がドアを半分以上開けても、誰もこちらを振り向かなかった。

彼女たちが覗いている奥の部屋は、赤っぽい色に見えた。誰かいるようだが、よくはわからない。

押し殺したような話し声が聞こえてくる。

「警察に……」という単語だけが聞き取れた。

犀川は思い切って、部屋の中に足を踏み入れる。彼は、最初の部屋を横断し、開いたままの扉から、二つ目の黒い部屋に入った。

「あの……」犀川は声をかける。

一番近くにいた二人が同時に振り返った。

「わ……、犀川先生!」それは、牧野洋子だ。犀川の講座の四年生である。「あ、あ……、あの……、犀川先生が、どうして、ここに?」

もう一人は背の高い女性で、犀川の知らない顔だった。彼女は牧野洋子の言葉にびっくりしたような顔で、彼を見た。

西之園萌絵が振り返った。彼女は、いつもの表情とまるで違っていた。それだけで、何かとんでもないことが起きた、と犀川は確信した。

萌絵は泣きそうな顔で、犀川にゆっくりと近づく。彼女は、牧野洋子を押しのけて、犀川に抱きついた。

「どうしたの?」犀川はきいた。

萌絵は泣きだして答えない。犀川の胸に頭を埋めている。

奥の部屋にいる長身の男がこちらを向いた。彼と目が合ったので、犀川は軽く頭を下げた。

「香奈芽……」その男は呟いた。犀川の肩越しに、後ろにいた塙香奈芽を見つけたようだ。

「どうして、ここへ？」

その男が塙理生哉だとわかった。ナノクラフトの創設者である。歳は自分と同じくらいのはず、と犀川は思い出す。高級そうなスーツを着ていた。

首を動かして覗き込むと、もう一人、男が奥にいる。それは加古亮平だった。彼は部屋の奥で、宇宙服のようなものに両手を伸ばしているところだった。それは、ロボットみたいに人間の形をしていて、圧縮空気を送るチューブと同軸ケーブル、さらにコード類が錯綜《さくそう》している。ほぼ同じメカニズムが、犀川のすぐ横、黒い部屋の中央にもあったが、こちらは、既に人間の形をしていなかった。

加古がヘルメットのようなものを取り外す。そこに人間の頭があった。中年の男で眠っているように動かない。青白い皮膚が、不自然に歪《ゆが》んでいた。

牧野洋子が短い悲鳴を上げ、もう一人の長身の女性とともに後ろに下がった。

萌絵は、犀川から離れて、振り返る。

「藤原さん？」塙理生哉は、機械に埋もれている男の顔に手を伸ばす。「藤原さん……」

「背中にナイフが……」萌絵が塙に向かって言った。「私、見ました。藤原さんは、誰かに……、殺されたのです」

犀川は、萌絵の横を通り、奥の部屋に入った。

「どうして……」塙理生哉は呆然とした表情を犀川に向ける。しかし、彼を見ているのではない。どこか遠くに焦点が結ばれた目つきだった。

「あ、あの……」奥にいた加古が口に手を当てている。「死んでるんですか？　まいったなあ……。これって、死んでるんですか？」

「背中にナイフが」後ろで萌絵の声がする。

犀川は、その男の背中を見た。

機械類が沢山あるので、よく見えなかった。背後に回って、覗き込むと、肩の後ろにあるボックスと、腰から胴体に取りついている機械の間に、オレンジ色の背中が見える。萌絵が着ているものと同じスーツの表面だ。

その背中から、棒状の物体が突き出していた。オレンジ色のスーツは、赤黒く染まっている。さらに屈《かが》み込んで観察すると、腰から下、両脚はアルミの蛇腹の中になるが、その外側に赤い血が伝い、床まで流れ落ちていた。かなり大きな面積で円形に近い形状のまま、血が床に広がっている。

その男の顔を、犀川は知らなかった。血の気がなく、口を歪めたまま開けている。僅かに前歯が見える。目は完全には閉じられていない。苦悩の表情ではないが、緊張が緩んだ不自然さがあった。

ぶつぶつと小声で何かを呟きながら、加古が後ろに下がり、壁にぶつかった。

塙理生哉も黙って立っている。彼は両手を再び伸ばし、死んでいる男の顔に触れようとした。

「触らない方が良いです」犀川は言った。

　びくっと躰を震わせて、塙理生哉は手を止める。それから、目を見開いて、じっと犀川を見据えた。

「貴方は?」塙が尋ねた。

「犀川といいます」

「犀川?」

「西之園君の指導教官です。突然、お邪魔をして、申し訳ありません」犀川は無表情のまま、丁寧な口調で言った。もちろん、場所と状況を考えれば、微笑むわけにはいかない。

「あ、ああ……、犀川……先生……ですか」塙理生哉は、一瞬だが微笑もうとした。間違った信号が流れた回路。犀川はそう思った。

「警察には、もう連絡しましたか?」犀川はきいた。「さっき、女性が出ていきましたけれど……」

「あ、いいえ」塙は首をふって答える。「警察って……」

「背中にナイフが刺さっています」犀川は言った。彼は、振り向いて西之園萌絵を見る。

「西之園君、見たの?」

「はい」萌絵は頷く。「私の目の前で、藤原さんは刺されたのです」

「誰がやったの？」犀川は質問した。

「真賀田博士」萌絵は答える。返答に自信があるのだろう、彼女はとても清々《すがすが》しい表情だった。しかし、彼女の両眼からは、涙が溢れ、今も頬を伝っていた。

「どうしたの？」犀川は萌絵の涙の理由が知りたかった。

「え？」萌絵は首を傾げる。いかにも不思議だ、といった無邪気な表情だった。

「どうして泣いているの？」犀川は尋ねる。

「泣いている？」萌絵は瞬《また》く。「私が？」

犀川には、その瞬間、理解できた。

「真賀田博士がナイフで刺したって？」犀川は、瞬時に質問を変更する。「どんなふうだった？」

「真賀田博士は、最初は真っ黒だったんです」萌絵は微笑んで答える。しかし、頬は濡れたままだった。「藤原さんの背中を刺して、それから、藤原さんの躰の中に隠れました。それで、私も中を覗いたの」彼女の表情が一瞬にして暗くなる。「彼の頭の中に、真賀田博士がいたんだ。そ、それで……」彼女はそこで大きな息をした。両手を広げて自分の頭を覆う。

「私の頭の中に入った！　今もここに！　博士がいるんだ！」

大声を出して萌絵が叫ぶ。彼女は、床に跪《ひざまず》いた。

「西之園君！」犀川はいつもより大きな声を出す。

「萌絵！」牧野洋子が萌絵に寄り添う。もう一人の女性も、萌絵の前に屈み込む。

「殺して！　私を殺して！」萌絵が叫ぶ。「お願い！　私と一緒に殺して！」

彼女は頭を振った。今度は、両足を前に投げだし、子供のように躰を揺する。

「落ち着きなさい」犀川は彼女に触れようと前に出たが、立ち止まって溜息をつく。まず、自分が落ち着くべきだ、と思った。「牧野君、彼女を向こうへ、外へ連れていって」

牧野洋子は泣きだしそうな表情だった。口を一文字に結び、目を見開いて犀川を見上げる、少し遅れて三回ほど小さく頷いた。

「違うの！」萌絵は飛び跳ねるように立ち上がり、牧野洋子から離れて、部屋の奥へ駆け寄った。彼女は、そこのドアを勢い良く開けて、中に飛び込んだ。

犀川はそちらに歩いていく。

「西之園君」

萌絵は、部屋の中央にあった衝立を倒し、次にスチールの大きなキャビネットの扉を乱暴に開けた。

「どうした？」犀川は部屋の中に入って声をかける。

「犀川先生……」萌絵は機敏に振り返って犀川を見る。「どこかに、真賀田博士がいる。どこかに……」

「どこかにはいる」犀川は言った。

「私、先生が好きです」萌絵は微笑んで言った。

「ああ……」

「とても、気持ちが良いの」白い歯を見せて萌絵は笑った。

「それは、良かった」犀川は頷く。

「そうか……、どこかに、抜け道が……」彼女は天井を仰ぎ見た。

「抜け道？」犀川は言葉を繰り返す。

「どうして……？」萌絵は上を見たまま目を細める。

「とにかく、外へ出よう」犀川は言った。「あまり、いろいろ触らない方が良い。そうだろう？　話は外で聞くよ」

「わかりました」彼女は素直に頷く。

萌絵はその部屋を出た。犀川は彼女の後からついていく。

赤い部屋で四人が待っていた。加古亮平は、部屋の隅で壁にもたれかかったまま腕組みをしている。塙理生哉は、藤原の死体の前に立っていたが、表情はなく、じっと、目の前の男の顔を見つめていた。

牧野洋子ともう一人の女性は、黒い部屋へ通じるドアの付近に並んで立っている。二人とも泣きそうだ。さらに隣の部屋からは、塙香奈芽がガラス越しにこちらを見ている。彼女も放心したような表情で、口に片手を当てていた。

「ラヴちゃん、死体を調べて」萌絵はその部屋に戻ると言った。

「嫌よ!」犀川の知らない方の女性が叫ぶ。

「お願い、調べて!」萌絵も叫んだ。

「調べる必要なんかない」犀川が萌絵の肩に手をのせる。「死んでいるんだ。間違いない」

ラヴちゃんと呼ばれた女性が声を出して泣きだした。西之園萌絵の友人らしい。

「出ましょう」犀川は、塙理生哉と加古の二人に声をかけた。

加古はすぐに頷いて、駆けだすようにドアから出ていった。そこに立っていた女性たちと接触するような慌てようだった。彼は、控室の塙香奈芽に近づき、何か声をかけた。二人はその部屋の壁際にあったソファまで行き、腰掛けた。

犀川は、塙理生哉を見る。彼は、まだ動かなかった。

「出た方が良い」犀川は言う。

塙理生哉は、一度目を瞑り、それから犀川を見て頷いた。

13

通路の反対側の部屋に移った。

塙理生哉が、犀川たちをそこへ案内した。警察に連絡する、と短く言い残して、彼は再び部屋から出ていった。

まだ、所内のスタッフたちは、誰も騒動に気がついていないようだった。最後に見たときは、加古亮平だけが、控室のソファに残っていた。

犀川は部屋を見渡す。

応接室らしい。とても広い部屋だったが、明るくはない。高級な絨毯が敷かれていて、片隅に大きなソファとテーブルのセットが並べられている。奥にカウンタがあり、飲みものが用意できるようだ。

犀川は、萌絵たち三人と一緒にソファに腰を下ろした。灰皿が置かれていたので、彼は救われた。煙草に火をつけて、ニコチンを体内に補給する。

白い煙が細く立ち上る。

「ごめんね、ラヴちゃん」萌絵が隣の反町愛に言った。

牧野洋子から、泣いている彼女の名前を犀川は聞いた。犀川の勤務するN大学の医学部の学生で、西之園萌絵とは高校からの同級生ということだった。

反町愛はまだ泣いていたが、萌絵の言葉に小さく頷き、彼女に片手を差し出した。

「犀川先生も……、申し訳ありませんでした」萌絵は反町愛の右手を自分の膝の上で握った。彼女は、大きく一度溜息をつく。「ああ……、本当に、どうかしていたんです、私……。気が立っていたのか、それとも……、催眠術にでもかかっていたみたい。どうして、あんなことを……」

「誰でも、あれくらいのパニックはある」煙を吐き出しながら犀川は言う。「少しは落ち着いたようだね」

「ラヴちゃんに、酷いことを言ったわ」萌絵は繰り返す。「ごめんなさい。本当に、ごめんなさい」

「大丈夫」反町愛が答える。短い呼吸を続けているが、彼女も感情をコントロールしようとしている。

「西之園君」犀川は萌絵を見た。

「はい……」彼女は顔を上げる。

「気持ちが良い、と言っていたね」

「言いました」萌絵は口もとを少し上げる。「でも、あの場に相応《ふさわ》しい言葉ではなかったと思います」

「処理できるんだね？」犀川はきいた。

「大丈夫です」萌絵は頷く。「もう、大丈夫」

犀川を見て、一瞬だけ萌絵は微笑んだ。ほかの誰にも見られない機会に、犀川に送ったサインだった。

犀川は理解した。

牧野洋子は、外見上は三人の中で一番しっかりしているように見えるだろう。非常に男性的な性格で、いつもクラスをまとめているリーダの彼女である。しかし、実は、このタイプが最も ショックからの立ち直りが遅い。犀川は、少し心配だった。

「牧野君は？　大丈夫？」彼は洋子に尋ねた。

「あ、はい……」彼女は頷いた。「びっくりしましたけど、何がなんだか、わからないし……、あの、それに、先生が来て下さったので……。あの、犀川先生、いつこちらにいらっしゃったのですか？」

「ついさっき」犀川は答えた。

牧野洋子は、すぐには笑えなかったが、やがて少し微笑んだ。大丈夫のようだ。

「昨日から……、いえ、今日の午前から、これで三人目なんです」洋子は話す。「三人も殺されたんですよ」

「まえの二人のことなら、聞いている」犀川は煙を吐いた。「一番新しい一人も、僕は見逃した。詳しく話してくれないかな」

洋子は、隣に座っている萌絵を見る。

「洋子が話して」萌絵は言った。「私が見たものは、みんなとは違う、別のものだから……、貴女のあとで話すわ」

「何か飲みたいな」反町愛が立ち上がった。「犀川先生も飲まれますか？」

まだ涙も乾いていないのに、いかにも立ち直りが早い、と犀川は感心した。反町愛は、部屋の奥にあるカウンタまで歩いていった。萌絵も遅れて立ち上がり、彼女についていく。

「犀川先生はアルコールは駄目」萌絵がそう言うのが聞こえた。

一人になった牧野洋子は、犀川を見て、一度座り直し、話を始めた。

塙理生哉社長と藤原博副社長の二人が、ここへ案内してくれた。トップシークレットの技術を見せる、と言って、向かいの部屋まで彼女たち三人を連れてきた。それまでは、研究所の上にあるホテルのレストランで食事をしていた。研究所に下りたのは、そもそも西之園萌絵が無理を通したからだった。

あの部屋にあったものは、バーチャル・リアリティの設備である。奥の赤い部屋では藤原が、手前の黒い部屋では萌絵が、それぞれ機器を躰に装着した。

その話で、萌絵の言葉が、犀川にも理解できた。彼女は、別のものを見ていた、と話した。それは仮想現実の映像のことなのだ。

その仮想空間でゲームが始まった。実は別々の部屋にいる二人が、そこでは同じ一つの部屋に存在し、歩き回る。その映像がスクリーンに映し出されていた。牧野洋子と反町愛は、控室でそれを見た。最初は、テニスのゲーム、そのあと、ビリヤードになった。最後に、萌絵が何かが見える、と言いだして、プログラムのトラブルが発生した、と牧野洋子は語った。

特に萌絵の様子が変なので、彼女は黒い部屋に入り、塙と加古も駆けつけた。そこで、萌絵の装置が外され、そのあとで、奥の赤い部屋のドアを開けた。

「そしたら、藤原副社長が、ああなっていたんです」牧野洋子はそう結んだ。

「誰か、途中で奥の部屋に入らなかった?」その質問は、犀川よりもさきに萌絵がした。

「私があれを被っている間、誰かが、出入りしたでしょう? 私には見えないから……」

「いいえ」洋子は首をふった。「誰も……」

「私だって見てたよ。それは絶対ない」反町愛が口をきいた。

「でも……、それは変だわ。だって、藤原さんは殺されたのよ」萌絵が囁くように言った。感情をコントロールした声だった。誰かに向かって言っているのではない。彼女は自問しているようだった。

反町愛と萌絵が飲みものをテーブルに並べた。四人はそれに口をつける。犀川だけがウーロン茶で、女性陣はビールのようだ。

「見たところ、あの四つの部屋は直列で、ほかに出入口はないようだ」犀川は言う。「控室、黒い部屋、赤い部屋、それに一番奥のは、更衣室?」

「ええ……、そうです。私、あそこで、これに着替えました」萌絵はそう言ってから、あっと叫んで立ち上がった。「わあ! どうしよう? いやだ、こんな格好……、どうしよう……。先生の前なのに、ああ……、もう、どうして今まで気づかなかったんだろう!」

「綾波《あやなみ》レイみたいでカッコいいじゃん」洋子がくすっと笑った。

「ああ、恥ずかしい」萌絵は顔をしかめる。「着替えてきます」

「どこで？」洋子が腰を浮かせてきいた。「あっちの部屋へ行くつもり？」

「えっと……」萌絵は肩を落す。

「そんなことはどうでも良いから、今度は、西之園君が話す番だよ」犀川は煙草に火をつけて言った。

「どうでも良いって……」萌絵はそう言って頬を膨らませる。「先生、それは酷いと思います」

「どうでも良くはないけれど……、うーんと、まあ、今はお互いに我慢しよう」

「お互いに我慢？　私の我慢はわかるけど、先生は何を我慢してるんですか？　そんなにこの格好、酷いですか？」萌絵は困った顔をする。

「違う」犀川は首をふった。「君、妙に冴《さ》えているね」

「ええ……」萌絵はにっこりと頷く。「なんだか、頭がとてもクリアなんです。今だったら、いつもの倍の速度で計算ができると思う」

「とにかく、座りなさい」犀川は淡々と言う。「部屋が直列になっている、という話だ」

オレンジのスーツを着たままの萌絵は、溜息をついてからソファに座った。

「つまり、手前から三つ目の赤い部屋に、藤原さんはいました。そこで殺されたのです。私はその手前の黒い部屋にいましたけれど……」萌絵はそこで天井を見上げる。この仕草は彼女特有のもので、頭脳で計算が実行されているときに現れる。「実は、別の空間で、彼と私は、同じ部屋にずっと一緒にいたのです」

「その話を聞きたい」犀川はさきを促した。

萌絵が話した物語は実に不思議だった。

もちろん、牧野洋子が説明した現実の世界（少なくとも彼女たちが観測した現実だ）も充分に不思議ではある。奥の部屋に一人でいた藤原副社長が背中をナイフで刺されて殺された。その手前の部屋には萌絵が一人、そのまた手前の部屋には、牧野洋子や反町愛を含めて五人の男女がいた。ゲームが始まってから、誰も、部屋を出入りしていない。移動さえしていない。一番奥にあった更衣室も無人だった。そんなことがありえるだろうか？

だが、今、西之園萌絵が語っているのは、さらに奇妙な世界の出来事についてだった。

「私、藤原さんの躰の内側で、最初にナイフを見ました」萌絵はそう言った。

彼女は、藤原と同じ部屋にいた。

そこでテニスをして、ビリヤードをした。

その部屋は、伸びたり縮んだりはするが、周囲に出入口は存在しない、完全な密室である。

殺人の瞬間を、萌絵は目撃していた。

黒い影のような人物が、藤原の背中にナイフを突き立てた。

背中を刺された藤原が、よろめいて彼女の方へ来る。

萌絵は、藤原の躰の中に入り、そのナイフが彼の躰の殻を貫通しているのを見た。

密室で、殺人の瞬間を目撃した。

しかも、被害者の内側にいる目撃者。

殺人者は、どこから来て、どこへ行ったのか？

黒子《くろご》は、突然現れたという。

その姿は、萌絵にしか見えなかった。しかし、それは彼女の幻覚ではない。彼女が被っていたヘルメットの中には、左右の目に別々の映像を見せる小型の液晶ディスプレイが取り付けられている。コンピュータがリアルタイムで計算した画像が、そこに映し出されている。彼女の頭の向きや動きを感知して、瞬時に対応する動画である。左右の目の位置は微妙に異なるので、見ることができる像も当然異なったものになる。この仕組によって、そのヘルメットを被っている者には、近いものと遠いものが区別され、立体的に仮想の空間が存在するように見える。顔を右に向ければ、映像は左にスクロールする。このように、クライアントの動作に応じて、出力を瞬時に変化させるのが、バーチャル・リアリティの基本的な動作である。

おそらく、実物と見間違うような緻密なグラフィックスではないだろう。画像をリアルなものにするために、データ量、計算量が増加し、ハード的な能力の限界を容易に越えることになるからだ。静止画像や、予想される決まった動きしかしない動画（アニメーション）と違って、自由な移動視点に対応する即時処理には、極めて強力な計算ユニットが必要とされる。

コンピュータは、萌絵の躰の動きを、関節などの位置（絶対座標）や、各ノード（節点）間の距離で感知するセンサを通して取り込む。頭の位置や向き、手足の関節の位置、躰の数箇所にセットされたポイントの位置、さらにそれらのポイント間の距離が常時計測されている。これらすべての数値を入力データとして演算し、仮想空間の中に、萌絵という人間形の物体を存在させる。同様に、隣の部屋にいる藤原博のデータによって、もう一人の人間形の物体を映し出す。部屋の壁、天井、床、それにインテリアや小物にいたるまで、すべての物体は、数値によって空間に存在する。人間も一つのオブジェクトに過ぎない。ただ、大きく変形し、移動するオブジェクトである。

黒い部屋と赤い部屋は、いわば入力装置であって、人間形オブジェクトのデジタイザ、すなわち座標読み込み装置といえるものだ。取り込まれた二人のデータは、仮想の空間では同じ部屋に存在するものとして取り扱われる。だから、その世界では部屋は一つであり、二人は同じ部屋にいたことになる。

ただし、「ものが存在する」という意味は、現実の世界では、「それが見える」と言うだけではない。ある個人にとって、ほとんどの物体は、見えるだけの存在だが、大部分のものは、それに直接触れることが可能である。また、通常の物体は、ほかの物体と重なり合うことができない。この性質のために、我々が物体に触れたとき、指は押し返され、その反力を感じる。

したがって、バーチャル・リアリティで物体の存在をより現実的に表現しようとすれば、この反力を出力する装置が必要となる。萌絵の話によれば、彼女が装着した右手の機械がこれを実現したもののようだ。もちろん、部分的な再現ではある。この反力再現は、極めて高度なエンジニアリングを必要とするし、装置のレスポンスの問題やそのメカニズムのサイズ、それに経済的な課題も含めて、完璧な再現は困難といわれている。

萌絵が機械の中ではめた手袋が、その技術の現状なのであろう。指の動きを感知する入力機構と、指を逆に押し返す出力機構が備わっているはずだ。おそらく、エアサーボによる精巧なマイクロマシンといえる代物だろう。この装置によって、彼女は、仮想空間に存在するラケットやグラスを、右手に摑《つか》むことができた。彼女の指の動きを感知し、握っている仮想物体の大きさや形によって、それぞれの指を別々の力で押し返すメカニズムが組み込まれているはずだ。

しかし、物体の重さなどを体感させることは極めて難しい。また、二人の人間が反発する（ぶつかる）ようにすることも困難だ。ぶつかったときに受ける衝撃を、どういった機構で再現するのか、という工学的な課題に突き当たる。

この仮想の世界では、萌絵と藤原はぶつからなかった。二人は、幽霊のように、お互いの躰を通り抜けることができた。そして、ちょうど躰が重なったとき、すなわち、相手の躰の中に自分の目が位置する場合には、人間形オブジェクトの形状を裏側から見ることになる。これが、萌絵が藤原の躰の内側を見た、と表現した意味である。

このとき、彼女の躰は、藤原の躰と部分的に重なっていた。彼女の視点、つまり顔の目の位置は、藤原の躰の内部にあった。そこで、藤原の背中を突き抜けたナイフを、彼女は裏側から発見したのである。

一般に、オブジェクトの形状は、複数の立体曲面で表現され、コンピュータはレイ・トレーシングという手法で、光の反射や透過を計算する。光源から発した光が、物体に反射して、人の目に届くまでのすべての道筋を求め、目に見える画像を計算によって作り上げるのである。さらに、物体や視点が動いている場合には、その一連の計算を、非常に短いサイクルで繰り返す必要がある。これは、強力な計算機でなければ実現できない。

物体の外側に視点があるときは、複数の不透明な曲面のうち、最も近いもの、つまり外側が見える。同様のアルゴリズムで、物体の内部に視点が位置する場合には、最も近い曲面を裏側から見ることになる。もちろん、これが、一般的とはいえない。内側を見せない処理も可能だ。だが、意味のある内部を見せるアルゴリズムでは、萌絵が見たものが合理的で簡単であろう。

当然ながら、背中に突き刺さったナイフも一つのオブジェクトだった。それはつまり、そこに存在したといって良い。そのナイフの柄の部分は右手で握ることができた、と萌絵は話した。ナイフをコンピュータに入力した者が、そのように設定したからである。

牧野洋子と反町愛は、スクリーンでこの仮想空間を見ていた。彼女たちには、黒子は見えなかったし、藤原の背中のナイフも見えなかった。この場合、見えないことは、存在しないことと同義である。

黒子は、動かなくなった藤原の躰に重なって消えた。その部屋の周囲には出入口はなかった。殺人者は被害者の躰の中へ消えたのである。

犯人が被害者に重なって逃走した密室殺人。

萌絵は、その犯人を追った。

そして最後に、彼女は、さらに奇妙なものを見た。

藤原の躰の内側を覗く。

そこで、真賀田四季の声を聞いた、と萌絵は話した。

「すぐ近くにいるような小さな声でした」

その声も、控室でモニタしている者たちには聞こえなかった。聞いたのは萌絵だけだった。

声は、頭よ、と彼女に教えた。

萌絵は藤原の頭の中を覗き込む。

「真賀田博士の顔が見えました。頭の中だったから、すぐ目の前だと思いました。でも……、ずっと遠くだったのかもしれません。とにかく、とても小さく見えました」

「君に何と言った?」犀川は質問する。

「私の名前を呼びました」萌絵は、そこで深呼吸をした。「それから……、私はここにいる、貴女の中にも入ることができる、と言って……、博士がどんどん近づいてきて、大きくなって……、そこで、私は恐くて、目を瞑ってしまいました」

「君の中に入る?」犀川はきき返した。

「ええ……」萌絵は答える。「とても恐かった」

「それから、どうしたの?」

「わかりません……。ずっと目を瞑っていました。気がついたら、ヘルメットを外してもらえて、洋子たちがいて……、えっと、あとは、もう、牧野さんが話したとおりです」

犀川はポケットから煙草を取り出してライタで火をつけた。

現実世界の話と仮想世界の話。

どちらも奇妙だった。

現実世界では、物体はほかの物体と重ならないし、質量がある。だから、部屋には必ず出入口が必要だ。すべての物体は、光の一部を反射し、一部を吸収する。その作用によって、可視光が放たれた空間では、物体が肉眼で識別される。ところが、この世界では、藤原にナイフを突き立てた人間は、見えなかったし、ドアを通らなかった。

誰も殺人者を見ていない。

一方、仮想世界では、殺人者は萌絵に目撃されている。この世界では、物体は物体を通り抜けられる。すなわち、ドアがなくても出入りは自由だし、物体の内側に隠れることも可能だ。

つまり、両者を比較すれば、明らかに現実世界の方が非現実的なのである。煙を吐きながら、犀川はそう思った。

「ありえない」彼は呟く。

「ええ、私もまだ信じられない」萌絵は犀川を見つめていた。

「すべての問題は、現実と理論のギャップに帰着する」犀川は淡々と言った。「したがって、問題の解決には、通常、二通りのアプローチが存在する。現実を変更するか、あるいは、理論を変更するか、そのいずれかだ」

「今回は、どちらですか?」萌絵が身を乗り出す。

「牧野君の話が本当ならば、現実は簡単には変えられない。ドアを通って、出入りした人間を、全員が見逃したなんて、とても考えられない。あるいは、奥の部屋のどこかに、隠された出入口が存在する、という可能性がまだ残っている。僕が見た感じではなかったけれど、警察が調べたら、見つかるかもね」

「理論を変更するというのは、どんなふうにですか？」萌絵が尋ねる。

「超能力が存在する、とか、まあ、そういったことだ。科学的な基本概念を無視することになる」犀川は口もとを上げた。「そちらのアプローチは、僕には不可能だ」

「やっぱり、どこかに出入口があるんですよ、きっと」牧野洋子が指を一本だけ立てた手を振りながら言った。「だって、こんな施設を作ったんですから、できないことじゃありませんん」

「私もそう思う」反町愛が口をきいた。

「新庄さんの事件のときと同じだわ」萌絵が彼女たち二人を交互に見てから言う。「でも、もし、出入口がなかったら、どうなるの？　向こうの現場だって、警察は見つけられなかったのよ。ここだって、そんな秘密の通路があるなんて……、やっぱり思えない。もし、そんなものがあるのなら、それを知っている人間は当然限られているわけでしょう？　それだけで、容疑者は限定されることになるし、わざわざ、どうしてそんな危険なことをするの？」

そこまで言ってから萌絵は犀川を見た。「だけど、犯人が真賀田博士なら、こんな道理も通じませんね」

「僕は、二通りしかない、とは言っていない」犀川は煙を吐きながら言った。「通常は二通りだ、と言っただけだ」

「それ以外に、問題を解決するアプローチがあるのですか？」

「ああ……、通常じゃない、三つ目のアプローチが存在する」

「どうするのですか？」萌絵がきいた。

「確かに、問題は、常に現実と理論のギャップにある。このうち、理論とは、ある意味で不動だ。我々が作り出したものだから、我々の言葉で記述できる。しかし、現実はそうではない」犀川はまた煙草をくわえ、煙を吐き出した。「我々が観察しているものは、はたして現実だろうか？」

「先生は、私たちが夢を見ているっておっしゃるのですか？」萌絵が言う。

牧野洋子と反町愛も犀川を見つめていた。

彼は、煙草の煙の行く先に、視線を移す。

「それを自問するアプローチこそ、三つ目の手法だ」

第7章　全景の構図 Panorama

〈いいのよ、殺しても〉

1

ドアがノックされて、芝池と鯉沼が入ってきた。ひととおりの話が終わって、犀川は黙り込み、萌絵たち三人は、ひそひそ話をしているときだった。

「犀川先生……、お久しぶりですね」芝池が片手を差し出しながら言う。

「ああ、刑事さん」犀川は煙草を消して立ち上がった。「えっと……」

「芝池です」彼は名乗った。「こいつは、鯉沼といいます」

若い鯉沼が頭を前に突き出した。

「もう、あちらは？」萌絵がドアの方を見てきいた。

「いいえ、まだこれからです。応援を呼んでますんで、じきに大勢やってきますよ」芝池は渋い顔で答えた。「この部屋を捜査本部にしますので、申し訳ありませんが、上のホテルへ戻っていただけませんか。三十分ほどしたら、こちらから、お話を伺いに参ります」

塙理生哉が、ドアから部屋の中を覗き込んで、萌絵を見た。もう普段の彼に戻っているようだ。落ち着いた表情で、余裕のある態度を彼女に見せた。

「犀川先生は、どちらにお泊まりですか？」塙理生哉は尋ねた。

「いえ……、どこにも」犀川が答える。「来たばかりですから」

「それじゃあ、妹の部屋を使って下さい」塙は言う。「ご存じですね？」彼はカードを犀川に手渡した。ホテルの部屋のキーである。

「ああ、はい、四階ですね」

「妹さん？」萌絵は呟く。さきほど、犀川と一緒にやってきた女性のことを思い出した。

「塙さんの？」

しかし、ドアは閉まり、塙はもういなかった。

「何があったのか、だいたいの話は、塙社長や、ここのスタッフの人から聞いています。いや……」芝池は顎をさすった。「ちょっと、なんといったら良いのか……」

「あの、私の着替えを……」萌絵は芝池に言った。「私の服、一番奥の部屋にあるんですけれど」

「わかりました」芝池は頷いて鯉沼の方を見る。鯉沼は無言で頷いてから部屋を出ようとする。萌絵は彼についていった。

向かいの部屋のドアの前には、制服の男が一人だけ立っている。鯉沼はそこを開けて、萌絵を通した。

「まだ、鑑識が到着していません。なるべく、どこにも触《さわ》らないようにお願いします」鯉沼が表情を変えずに言う。

萌絵は、黒い部屋を通り抜け、赤い部屋に入った。いずれの部屋にも、誰もいなかった。鯉沼は彼女と一緒についてくる。そこには、今も、立ったままの死体がある。

萌絵は、恐ろしいその顔を再び見た。

藤原博はもう生きていない。

しかし、自分の感情のコントロールを、萌絵は完全に取り戻していた。さきほどとは比較にならないほど、彼女は冷静だった。

冷静に、死体を見る。

客観的に見た。

何か見落としはないか……。

辺りを見回す余裕もあった。

夢ではない。

殺人事件なのだ。

「鯉沼さんは、どう思います?」萌絵はそれとなくきく。

「いいえ」鯉沼は萌絵の質問に少し面食らったようだ。しかし、彼の表情はほとんど変わらなかった。「皆さんの証言が、もし本当だとしたら、ちょっと、その……、ありえないなと……」

萌絵も同感だった。

この部屋で、どうして人が殺せるだろう?

いや、殺人者はどこへ消えたのか?

部屋の周囲の壁、コンクリートの壁を見ても、何も見つからない。

彼女は一人で更衣室に入った。

オレンジ色のスーツを脱ぎ、服を着替えた。

再び、鯉沼とともに通路まで戻ると、広報部の窪川がそこに立っていた。食事のときは萌絵たちと一緒だった彼だが、いつの間にか姿を消していた。相変わらず落ち着かない様子である。しかし、それは事件のためではないかもしれない。彼はいつもそうなのだ。

ちょうど、犀川や洋子たちが向かいの部屋から出てくるところだった。

「あ、私がご案内いたします」窪川が頭を下げる。彼は初めて見る犀川に名刺を差し出して名乗り、もう一度頭を下げ直した。

萌絵が出てきた部屋、バーチャル・リアリティの設備のある部屋は、既にドアが閉められていた。その前で、鯉沼が、制服の男と内緒話のように小声で言葉を交している。

萌絵たちは、窪川について通路を歩き、中央のエレベータまで来た。窪川がドアを開けて、四人をさきに通してから乗り込んだ。彼はポケットから取り出したカードを操作パネルのスリットに差し入れる。この役目のために彼が必要だったのだろう、と萌絵は思った。

一階のロビィまで上がる。窪川はエレベータから出なかった。ドアを片手で押さえ、四人が降りると、彼は必要以上に丁寧な挨拶をして、ドアを閉めた。

ロビィは静かだった。クリスマスツリーの電飾も消えている。

この地下で、凄惨な殺人が起こったなどと、誰も思わないだろう。フロントには女性の従業員が一人立っているだけ。時刻は十時少しまえである。

ロビィの片隅のソファまで行き、そこに腰掛ける。反町愛と牧野洋子が並んで座り、テーブルを挟んで反対側に、萌絵と犀川が腰を下ろした。

誰も口をきかない。

しばらくして、近づくサイレンの音が聞こえた。

エレベータが軽く鳴ってまた開く。

窪川が現れ、ロビィを走り抜け、正面のドアから外へ飛び出していく。途中で、彼は萌絵たちを一度だけ見て、軽く頭を下げていった。

「あの……人……」犀川がきいた。

「窪川さん？」萌絵は振り返りながら答える。「ナノクラフトの部長さんです」

「そう……、さっき名刺をもらったけど」犀川はポケットを探している。見つからないようだ。

「新庄さんの代わりに、私たちを案内してくれたんです」

「あのときは、いなかったね」犀川は呟いた。あのとき、というのは藤原殺害の直後、という意味だろう。

制服の警官を二人連れて、窪川が戻ってくる。彼は、犀川たちの方をちらりと見てまた頭を下げたが、そのまま、エレベータまで警官たちを誘導した。これからどんどん押し寄せる警察の関係者全員をエレベータに乗せて地下の研究所まで送り届ける役目を、仰せつかったのだろうか、と萌絵は想像した。

「なんか、お腹が空かない？」洋子が小声で言った。

「え？」萌絵は驚いて洋子を見る。「だって、さっき、フルコースを……」

「緊張してたからさ」洋子は微笑む。「今は、ほっとして、なんか、ちょっとね……」

意味がよくわからない。少なくとも、萌絵よりは料理を残さなかった洋子である。

「私は喉が渇いたなあ」今度は愛が言った。彼女の場合は、たった今、下で飲んできたアルコールが中途半端だったのだろう。

「ラウンジに行ってきたら？」萌絵は彼女たち二人に言った。「刑事さんたちが来たら、呼びにいくから。私と犀川先生は、ここにいます」

「あ、僕もまだ食事をしてなかった」犀川が言う。

「嘘です。犀川先生は、ここにいて下さい」萌絵がすぐに言った。

「いや……、嘘って……」彼は口籠もる。

「じゃあ、お言葉に甘えて、というか、気を利かせて……」洋子は片目を瞑って立ち上がる。愛も続いて席を立つ。二人はロビィの奥にあるラウンジへ歩いていった。

やっと、二人だけになれた。

犀川は煙草に火をつける。

「先生、塙社長の妹さんをご存じなのですか?」萌絵は躰を犀川の方に向けて尋ねた。「どうして、お部屋が四階だなんて、先生がご存じだったの?」

「いや……」犀川は煙を吐く。「今日の午後、偶然会って、彼女の友人、あの加古さんっていう人、彼に研究所に入れてもらったんだよ」

「どうして四階のお部屋をご存じなのです?」萌絵は同じ質問を繰り返した。

「いや、彼女が嘘をついてね……」犀川は僅《わず》かに困った表情を見せた。「僕に、真賀田博士のことを教えてくれると言うんで、部屋までついていった。騙《だま》されたんだ。西之園君、彼女のことは知らないの?」

「名前は知っています。芳枝《よしえ》さんでしょう?」

「いや、香奈芽さんだ。え？　誰、その芳枝さんって」

「芳枝さんは、塙理生哉さんのお母様の名前です」萌絵は犀川を睨みつけた。「わざと間違えたの。先生、どうして、香奈芽さんの名前をご存じなのですか？」

「彼女がそう言ったからだよ。当たり前じゃないか、そんなこと」

「当たり前ですか？　普通、初対面の人に、女性がファーストネームなんて言うかしら？」

「西之園君」犀川は上を向いて煙を吐き出す。「何か、気に入らないことがあるようだね」

「気に入らないわ」萌絵はそこで溜息をつく。「私があんな目に遭っていたというのに、先生は、何をしていらしたのですか？　電話もして下さらなかったし……、だいたい、今日の午後ずっと、どこで何を……」

「わかった」犀川は片手を前に出す。「西之園君、それ以上、しゃべらない方が良い。しゃべると、自分の言葉で増幅されて、よけいに腹が立つよ」

「もう、七十度くらい立ってます！」

「シャトル・ループの角度だ」

「ええ……」萌絵は口を尖らせた。「絶叫の角度だわ」

「君は、まだ緊張しているんだよ。それに、酔っている。煙草を吸いなさい。頼むから、三分で良い、騙されたと思って、我慢してごらん」

萌絵は、犀川が差し出した煙草を一本手にする。火は犀川がつけてくれた。彼が人の煙草に火をつけるところを見たのは、これが初めてではないだろうか、と萌絵は思った。

煙を吐き出し、酸素を吸い込むと、確かに少し落ち着いた。頭の片隅にあった、ステンレスたわしに似た境界の曖昧さが、溶けてなくなる。いや、溶けたというよりは、錆《さ》びで風化したのかもしれない。

「ほら、落ち着いただろう？」

「ええ」萌絵は素直に頷く。そして、微笑むことができた。「先生が来て下さって、本当に嬉しかった。それは、ちゃんと言わなくちゃいけませんでしたね」

「いや、そんなことは言う必要はない」犀川は口もとを斜めにする。「たまたま近くにいただけだし……。それに、夕方に一度、電話なら、かけたんだけどね……」

パトカーと救急車のサイレンが同時に聞こえる。

しばらくして、やはりエレベータに窪川が現れ、さきほどと同様に萌絵たちを見ながら走っていった。ロボットみたいに同じことを繰り返すつもりらしい。

会話が中断したが、萌絵は黙って煙草を吸っていた。頭が少しくらくらとして、気持ちが良い。躰は重く疲れている。関節がなんとなくだるい。

今度は十人ほどの男たちがロビィに入ってきた。救急隊員が二人、それに警官が二人、あとは、紺色の作業服の捜査員である。ようやく第一陣が到着したようだ。

サイレンの音を聞きつけたのか、ラウンジから、ホテルの客らしい五、六人が出てきた。

彼らは、エレベータの中に消えた警官たちを見て、ぼそぼそと立ち話を始めている。

「真賀田博士は、どうして私に、あんなことをしたのでしょうか？」萌絵は質問を再開した。

「あんなことって？」犀川はテーブルの灰皿で煙草を消しながらきき返す。

「VRのシステムに侵入して、私を脅かしたことです」

「ああ……」犀川は頷く。「少なくとも、このナノクラフトの研究所のコンピュータは、真賀田博士の手中にあるようだね。おそらく、すべてのファイルにアクセス権を持っているのだろう。博士を留めておく報酬として、それは最低の条件だ」

「そんな話じゃありません。私を目の敵《かたき》にする理由です」

「わからない」犀川は首をふった。

「真賀田博士は、きっと犀川先生に興味があるのです」萌絵は下を向いて言った。「だから、私に対して、あんな嫌がらせをするのだと思います」

「嫌がらせだった？」

「違う、とおっしゃるのですか？」萌絵は顔を上げて犀川を睨む。

「嫌がらせなんて行為を、博士がするだろうか？」

「では、もしかして、違う人？　真賀田博士じゃない、と？」

「もちろん、その可能性はある。ただ、西之園君の話を聞いているかぎりでは、博士が言った内容は、とても彼女らしい言葉だ。もちろん、ほかの人間に真似ができない、ということはないだろうけれど」

「塙さんなら可能です」萌絵は言った。「ほかの人には、できません。とても思いつかないと思います」

「新幹線で、僕が電話で話した相手は、確かに真賀田博士だった」

「私が昨日の夜、会ったのも、本物です。間違いありません。つまり、昨夜、ここにいたことは確かだと思います」

「ここの地下に？」

「ええ、きっと、さっきのフロアではなくて、もっと下だと思います。あのフロアだけが研究所ではないはずです。エレベータの表示もありました」

「もし、真賀田博士がここにいるのなら、少なくとも塙理生哉博士はそれを知っているはずだ。それに、真賀田博士の世話をしている人間もいるだろうね。食事とか、いろいろ接触しないといけないことが多い。誰一人知らないなんてことはありえない」

「ひょっとして、真賀田博士の所在を知っている人たちが殺されているのではないでしょうか？　藤原さんは当然知っていたでしょうし、新庄さんは、塙社長の第一秘書みたいな感じでしたから……。あ、それに、そう、松本さんは、島田さんの後任でナノクラフトに来たのです。真賀田博士がこちらに来ることになって、博士のことをよく知っている島田さんを遠ざけたのですよ。だから、彼女は辞めさせられたんだわ」

「そんなに用心して替わりの人間を連れてきたのに、その人を殺してしまったわけ?」

「うーん」萌絵は上目遣いで犀川を見る。「たとえば、彼が偶然何かを知ってしまったとか……」

「西之園君が言っているとおりなら、犯人は真賀田博士ではない。この研究所のトップが、指揮していることになる」

「つまり、塙さんですね……」萌絵は頷いた。当然ながら彼女もそれを考えていた。「警察だって、外部の人間による犯行の可能性が極めて低いことは認識しているはずです。本当……、さっきの藤原さんの場合なんて、もう可能な人間はごく限られているはず」

「限られているのに、捕まらないという確信があった。そうでなければ、実行しなかっただろう」犀川は無表情で呟く。「もしくは……、捕まってもかまわない……、そう思っている人間だ」

2

それから一時間程の間、犀川はほとんどしゃべらなかった。

警察の関係者は何十人も押し寄せた。野次馬でホテルのロビィはいっぱいになった。芝池と鯉沼がロビィに現れ、西之園萌絵から十分ほど話を聞いた。萌絵は、整理された内容を的確に説明していたが、彼らは持っていた手帳に幾つかメモを取っただけで、質問を一つもしなかった。彼女の目撃証言は、まったく意味がないものと判断されたようだ。目の前で人が殺されるところを見た。被害者の内側で凶器を確認した。これ以上に近くで見ていた目撃者はかつてなかっただろう。しかし、それは仮想空間でのこと。なんの参考にもならない。芝池たちはそう判断したようだ。

彼らは、犀川にも説明を求めたが、犀川が話せることは僅かだった。彼らが手帳に書き留めたのは、マスクの女が研究所から出ていったところを犀川が見たと話したときだけだった。

牧野洋子と反町愛の二人はそこのラウンジだ、と萌絵が告げると、芝池と鯉沼は、立ち上がった。

「お部屋にお戻りになってけっこうです」芝池は言った。

彼らがラウンジの中に姿を消したので、犀川は萌絵と一緒に立ち上がり、エレベータまで歩いた。ロビィの野次馬たちが彼ら二人を見ていた。

警察はまだ死体を運び出していない。いや、別の出入口から搬出したのかもしれない。少なくとも、このロビィを通ってはいなかった。ときおり、警察の関係者がエレベータから出てきてロビィを横断していったし、その逆の方向へも頻繁に通っている。そのたびに、エレベータの中に窪川が乗っているのが見えた。地下の研究所へ下りるためのカードを、彼が差し入れているのだ。このために、二つあるエレベータのうち一つは使えなくなっていた。ホテルのボーイが、その前に立っている。

もう一つのエレベータで二人は三階へ上がった。

三四三号室の前まで、犀川は黙ってついていく。

「先生、コーヒーを淹れましょうか？」萌絵はカードでドアを開けてから、振り向いてきいた。

「あ、いや、僕は上の部屋だから」犀川は指を一本立てて言った。「シャワーを浴びようと思う」

「では、三十分くらいしたら、お部屋へ行っても良いですか？」萌絵は犀川に顔を近づけて囁いた。「この部屋は、盗聴されているかもしれないから」

犀川は無言で頷く。どちらかというと、上の空だったが、自分がぼんやりしていることを、彼は自覚していた。

「何号室ですか？」

「四三八」

「七十三の倍数ですね」

萌絵がドアの中に消えたので、犀川はエレベータに戻って四階に上がり、四三八号室に入った。ベッドは整えられ、塙香奈芽の荷物はもうなかった。テーブルの上も片づけられ、灰皿も綺麗になっている。特別に指示があって、掃除をしたのであろう。

犀川は大きな荷物を持っていない。東京の出張から那古野《なごの》に戻り、大学に駐めてあった車でそのまま長崎まで来た。車は、ユーロパークの駐車場だった。

とりあえずシャワーを浴びることにする。

姿を隠しているつもりだったが、もうばれてしまった。自分がここにいることを、真賀田四季に知られたくなかったのに……。

今にも部屋の電話が鳴って、四季の声が聞こえてきそうだった。

彼女の声が思い出せる。

電話が鳴った。

シャワーを止めて、バスルームの中にあった受話器に手を伸ばす。

「犀川先生?」塙香奈芽の声だった。

「ええ……」

「なんか、とんでもないことになっちゃいましたね。あの……、そちら、西之園さんたちも、ご一緒なんでしょう?」

「いいえ、僕だけですよ。部屋を使わせてもらって、ありがとう」

「ああ、そんなことなら良いの。どっちみち、帰ってきたこと、兄にばれちゃいましたから」

「警察にいろいろきかれましたか？」

「いいえ、まだです。これからなんじゃないかしら。私、何も見ていませんし……。ああ、でも、藤原さんが亡くなったなんて、まだ信じられない。兄なんか、相当ショックだったみたい。ええ、先生とご一緒したいところだけど、今夜だけは、彼と一緒にいてあげないと……」

「今、どちらに？」

「まだ研究所。兄も一緒です。警察の人が何十人も来ているんですよ。ああ、あの、兄が、犀川先生や西之園さんに、ご迷惑をおかけして申し訳ないと、そう言っております」

「いいえ、僕は特に……」犀川は答える。

「では、また、いずれ……」

「ええ……」

電話が切れる。犀川はバスタオルで躰を拭いて、洗面所に出る。そこにあったレザーで髭を剃った。

また、電話が鳴る。

「はい？」

「先生、私です」西之園萌絵だった。「もう、上がっていって良いですか？」

「あれ、もう三十分も経った?」

「いいえ、まだ二十分ですけれど……」

「服を着るから、あと五分したら」

「わかりました。あの……、先生?」

「何?」

「今、電話が話し中でしたけれど、大学におかけになっていたのですか?」

「こんな時間に誰もいないよ」

「そうですよね……」萌絵はそこで言葉を切った。「ひょっとして、真賀田博士から電話があったのでは?」

「残念ながら違う」

「あの……、それでは、五分したら、行きます」

電話を切り、冷たい水で顔を洗ってから、バスルームを出た。

頭がまだ濡れていたが、服を着る。そして、窓際のソファに腰掛けて煙草に火をつけた。

残念ながら、真賀田四季から電話はかかってこなかった。

どうして、「残念ながら」などと言ったのだろう?

それを期待している自分を見つけて、犀川は驚いた。

どういうことだろう?

真賀田四季に直接会ったことは、一度しかない。三年半まえの夏だった。話をしたことは幾度かある。

だが、すべての機会を含めても、時間は僅か。

どれほどの言葉を交したというのか。

しかし、彼女の才能を垣間《かいま》見るのには、もちろん充分だった。一分話すだけで、その力に圧倒される。誰だって、そうだろう。

完璧だ。

完璧な人間なのだ。

地球上のすべての人間の生命が、彼女一人と釣り合う。

だから、たとえ彼女が誰かの生命を消し去っても、それは、微小だ。

客観的に見て、ゼロに近い。

しかしながら、そんな釣り合わない微小な生命を、彼女が消そうとすること自体が不自然である。

何か微小でない目的がないかぎり。

おそらく……、

真賀田四季がやったのではない。

そう直感した。

それにしても……、
なんという鈍感な思考だろう。

今頃、そんな当たり前のことに思い至るなんて。

しかし、もしそうなら、いったい、誰が？

どうやって？

何のために？

ようやく、おぼろげながら道が見えてきた。

ちょうどそれは、古代ローマの都市計画のように、中央から放射状に延びる何本もの直線の道路。

四方八方に延びている。

幾人かの犀川が、それぞれ違う道を見つめて、
今にも歩きだそうとしている。

どれか一本の道を選択する意志は、
彼にはない。

誰も、号令をかけない。

誰も、ほかの自分を見ない。

これが、自分の特性だと、

犀川は知っている。
気がついたのは、まだ子供の頃。
友達と自分は違う、と知った。
みんな、一つの自分しか持っていない。
みんな、自分を一つにしようとしている。
それが当たり前だと思っている。
けれど……、
自分は、そうではなかった。
統合されていない。
彼は、統合されていない。
犀川は統合されていない。
犀川は、統合しない。
統合されている犀川もいる。
それは、犀川の中の一部の犀川であって、
大部分の犀川は、そうではない。
そこが違う。
いったい、統合しようとしているのは、誰だろう？

誰が、人間を作ったのか、と同じ疑問。

今も、一人の犀川はそれを考えている。

別の犀川は、気にしていない。

つまり、選択しない。

真賀田四季も、同じだった。

彼女は統合されていない。

彼女は選択しない。

正しいか、正しくないか、そのいずれかを選択しない。

それだけの能力があるからだ。

頭の中に、ドアのない部屋がイメージされる。

部屋から出るために、ドアを選択する。

それが普通だ。

出る、ということは、内から外へのベクトルを意味している。

入った者は、必ず出る。

それが常識だ。

しかし……。

平面上の二つのベクトルの外積のように、平面外のもう一軸の方向へ、ベクトルが向いている、と考えれば……。
曖昧な思考は、妙に自然な説得力を持つ。
部屋を出るために、ドアを選択しない。
それは、すなわち、既に部屋ではない。
内でも、外でも、ない。
内か外かが、統合されていない。
チャイムが鳴った。
西之園萌絵だ。
彼女も同じ。
統合されていない。
犀川は知っていた。
彼女が小さいときから、それを知っていた。
犀川の一部は、立ち上がることを選択して、ドアまで歩く。

3

ドアが開いて、犀川が顔を出す。髪が濡れていた。

「先生、着替えを持ってこられなかったのですか?」萌絵は部屋に入りながらきいた。彼が同じ服を着ていたからだ。

「ああ……」犀川は頷く。彼は、さきに奥まで行って、ソファに腰掛けた。「しかし、まったく同じ服を何着も持っている可能性もある」

「先生なら大いにありそうですね」

そこは萌絵たちの部屋よりも少し狭い。ベッドは二つだった。ベッドに挟まれたサイドテーブルにあるデジタル時計が、十一時六分を表示している。七の倍数だ、と思いながら、萌絵は、一人掛けの椅子に腰を下ろす。犀川は彼女の方を見ていなかった。

「牧野君たちは戻ってきた?」犀川は煙草に火をつけた。

「ええ、ついさっき。刑事さんたちに質問されたって言っていました」

「大丈夫そう?」

「牧野さんですか?」萌絵はきき返す。犀川は軽く頷いた。「ええ、大丈夫だと思います。あんなことがあったのに二人でお酒飲んでるんですから……。殺人ももう三度目だから、少しは慣れたのかも」

萌絵は肩を上げる。ジョークのつもりで言ったが、効果はない。

「そう……」犀川は目を細め、口もとを少し上げた。「西之園君は、もう何度目?」

「さあ……」萌絵はもう一度肩を竦《すく》める。もちろん、何度目か、認識していた。犀川だって知っているはずだ。

「君の場合、だんだん、ショックを受けるようになっている」

「ええ……、慣れるという機能がないみたい」

「いや、驚くという感情表現に慣れつつある」犀川はそう言ってから溜息をついた。「まだ成長期なんだね」

「今夜はそれくらいでは腹が立ちません」萌絵は余裕の表情をつくり、澄まして言った。

「さっきのお電話は、塙香奈芽さんですね？」

「そうだよ」犀川も澄まして答えた。

　萌絵はそれが憎らしい。

「やっぱり」彼女は口を尖らせる。

　犀川なら、ずばりと返事をすると予測していたのに、それでも、やはり腹が立った。

「三十分待てなくて、ここへやってきたのは、たぶん、君なりの解釈ができているからだね？」

「あ、ええ……」萌絵は少し驚いて頷いた。そのとおりだったからだ。「そうです。藤原さんがどんな方法で殺されたのか、ついさきほど、わかりました」

「そう……、一見それしかないように思える」犀川は頷いた。「だから、僕はあの装置をじっくりと見たんだ」

「え？　それじゃあ、最初から、わかっていたのですか？」

「わかってなんかいない。想像しただけだよ」

「藤原さんの背中に、ナイフを突き刺す装置がありましたか？」

「見たところなかった」犀川は首をふった。「でも、形を変えてカモフラージュするメカニズムくらい、実現は簡単だろう」

「機械をコントロールして、ナイフを動かしたのですね？」

「それ以外にない、と思った」犀川は煙を吐いた。「秘密の出入口がないとすれば、その可能性しかない。普通なら非現実的な手法だけれど、あのバーチャル・リアリティのハードを作る技術をもってすれば、きっと簡単だろう。人間の躰に、オブジェクトの反力を感じさせる装置を作っているくらいだからね。仮想空間でナイフを存在させ、それによる触覚を再現するには、それ相応のメカニズムが必要だ。それと同じ機構で、おそらくエアサーボで動いているんだと思う。ナイフを所定の位置に突き刺したあとは、ナイフを離して、その装置自体が形を変えるようにすることだって可能だ。何かほかの役目のために、そこに装備されている機械、そうカモフラージュするわけだ。しかし、遅かれ早かれ、いずれは警察が発見することになるだろう」

　萌絵が考えていたことと同じだった。部屋に戻って彼女もそれに気がついた。そのアイデアを早く犀川に話したくて電話をしたのだ。

「逃げていった、あの女の人ですね？　その装置を操作していたのは。あの人が、藤原さんが装置を装着するときに手伝ったのです」

「そもそも、あの人は誰だったのかな？」

「研究所のスタッフみたいでしたよね」

「同じフロアにいたんだ。僕が最初にいた部屋に、彼女がいた。加古さんが呼ばれて、彼女と一緒に出ていった」

「藤原さんが呼んだのです。女性を一人連れてこいって、言っていました。私が着替えをするからです」

「すると、彼女は、偶然そこにいたことになるね」

「ええ……」萌絵は天井を見上げる。「あのＶＲの部屋に案内するって言いだしたのも藤原さんでした。私が、強引にエレベータに乗って、研究所に連れてきてもらったのですけれど、そうしたら、びっくりするようなものを見せてあげるって……」

「計画的に用意されていたものではない、ということだね？」

「でも、それはわかりません。いつかは見せるつもりだったのかもしれませんし」

「自分が死ぬところを？」

萌絵はまた天井を見上げる。

そう、確かに何か変だ。

誰が、演出したのだろう？

犀川は煙草を消して立ち上がった。キャビネットにポットがあるので、コーヒーを作るつもりらしい。それを手伝うために、萌絵もすぐに立ち上がった。

「残念ながらインスタントしかない」犀川が呟く。

「持ってきてもらいましょうか？」萌絵がきいた。

「いや、そんな必要はない。コーヒーだと思わなければ良い」

カップに二つブラックを作り、二人は椅子に戻って再び向き合った。

犀川は、萌絵の全身を二秒ほど見た。彼は、一瞬何か言おうとしたが、すぐに視線を逸らす。萌絵は、長いスカートを穿《は》いていて、それは、彼女にしては斬新なファッションだった。犀川はようやくそれに気がついたようだ。

「先生、スカートに今、気がつきましたね」萌絵は微笑んだ。彼女は、スプーンでコーヒーをかき混ぜ続けている。攪拌《かくはん》しているのではなく、冷めやすくしているのである。

「スカートの方がお好きですか？」犀川が答えるまえに萌絵は次の質問をした。彼女はそこで脚を組む。

「好きとか嫌いとか、決めていない」彼は答える。無表情を装っているが、萌絵には面白いくらい犀川の動揺がわかる。「ものごとを、そうやって決める必然性は、まったくないんだよ、西之園君」

「それは、もう何度も聞きました。でも、先生、そうではなくて、その場その場、そのときそのときで、好きとか嫌いとか、無責任でも言葉にするのがコミュニケーションなのですよ。その方が相手が安心して、喜ぶからです」

「君は既に喜んでいる」

「ええ、とても……」

「話が逸れたね。戻そう」

「どうして、真賀田博士が現れたのでしょう?」萌絵は、一瞬の間《ま》もおかずに質問する。

スカートの話をしていた萌絵とは別の萌絵だった。どうして、口が一つなのか。何故、同時に別の会話ができないのか、とまた別の萌絵が考える。

「どこかで、西之園君が、VRを体験しているのを察知したんだね。それで、博士は現れた」犀川もすぐに答えた。それは、萌絵のスカートを見た犀川ではない。「おそらく、最初から真賀田博士が準備していたことではない、と思う。もし、あの殺人が真賀田博士によるものだとしたら、黒子ではなくて、博士自身の映像を使うことができたはずだ」

「そうなんです。私もそう思いました。自分の顔を、人形の顔面にマッピングすれば良い。私にショックを与えることが目的なら、その方が効果が大きかったでしょう。あの部屋には、私しかいなかった。見ていたのは私だけ。つまり、すべては、私に見せるためだけに存在していたのです」

「しかし、少なくとも、真賀田博士は、犯人が誰なのかを知っている」犀川は呟くように言った。「同じシステムに侵入しているのだからね。それは間違いないだろう」

「あ、そうだ」萌絵は顔を上げる。「真賀田博士にそっくりのロボットがいるんですよ。ナノクラフトの本社ビルの方に」

「へえ……」犀川は、視線を真っ直ぐに萌絵に向ける。興味がある話だ、という仕草だ。

萌絵は、午後に彼女が見たことを犀川にできるだけ詳しく話した。

「本物と見間違えるくらい？」

「いいえ、そこまでは」萌絵は首をふる。「やっぱり、どこか、生きている人間とは違います。少し暗いところで見れば、わからないかもしれませんけれど……」

「西之園君が、昨日の晩に会ったのは、そのロボットじゃなかった？」

「絶対に違います」萌絵は自信をもって否定した。「私、気分が悪くて、意識もぼんやりとはしていましたけれど、あれは絶対にロボットなんかじゃありませんでした」

「わかった」犀川は頷く。「それは信じよう」

「とにかく、この三つの殺人が、もし同一の犯人によるものだとすれば、それが物理的に可能な人物は、とても限られています。それは、警察だってすぐ絞り込むでしょう」萌絵は頭の中を整理しながら話した。「それなのに、一方では、この一連の犯罪は突発的なものではありえません。とても計画的で、しかも偽装が凝らされています。目撃者さえも想定して、不可能犯罪に見せようとしている。そうすることで、一層犯行が可能な人間を絞り込ませてしまうのに、です。何故でしょうか？」

「それなりの目算があるわけだ」犀川は言った。

「そのうえ、私たちが来るまえにあった事件、あのシードラゴンに殺されたという船員の話、それに、反町さんが目撃した、空を飛ぶドラゴンも、なんだかとても……、ごてごてしていて」

「ごてごて？」

「ええ、なんていうのかしら、無駄な飾りものみたいな……」

「デコレーション？」

「ええ、装飾です」萌絵は頷く。「まさか、本当に魔法の力を持つドラゴンの仕業だとでも思わせたいのでしょうか。そんなことを信じて怯《おび》える人っているのかしら？　私たち三人とも理系の人間だから、そう考えないのかもしれませんけれど……。ねえ、先生。こういう場合って、やっぱり、超自然的な現象を想像するのが普通ですか？」

「いいや、普通じゃない。今どき、そんなこと本気で考えるなんて、テレビドラマのキャラクタくらいだね」

「先生、テレビ見ないのに……」

「言い過ぎだったかな」

「いいえ、私も見ないことにしたんです」萌絵は微笑んだ。「ええ、そうなると、不思議な一連の現象は、すべて誰かが意図的に演出しているもので、私たちは観客席にいることになります。演出家は、お芝居をお芝居として見せている」

「それは良い表現だね」

「舞台裏の仕掛けは見えないようになっています」萌絵はそう言って脚を組み直す。「ところで、観客にお芝居を見せる目的は何でしょう?」

「二つある」犀川はすぐに答えた。さきほどから彼は萌絵の肩越しに壁を見ているようだ。「一つは、その演出自体に価値がある、芸術性がある、という場合だ。つまり、演出して観客が喜んだり驚いたりする、その反応が目的の場合。ようするに、普通の演劇なんかと同じだね。他人の感情を一時的にでもコントロールすることは、ある意味で人間の支配欲を刺激する」

「もう一つは?」

「何かを訴えたい場合だ」犀川は萌絵を一瞬だけ見た。彼はまた視線を部屋の壁にやった。「その芝居で何かのメッセージを伝えたい、という目的がある」

「たとえば、この事件の場合がそうだとすると、どんなメッセージがありえますか?」

「一見不可能な現象が起こっているが、それはあくまでも再現可能な行為であって、誰かがそれを計画的に実行したんだぞ、というメッセージかな」

「ああ……、わかりません」萌絵は首をふった。「そんなのがメッセージになりますか？　どんな意図？　どんな目的があるというのですか？」

「いや、それはわからない。少なくとも明確ではないね。それに、今言った二つのうちのどちらなのかも、僕はまだわからない」犀川は首をふる。「けれど、どちらにしても、これは不可能なのだ、超自然現象なのだ、と僕らに信じ込ませようとしているわけではない。本当は可能なのに不可能に見せている、ということをわかってもらいたい意志を感じる」

「うーん、なんか屈折していますね」

「僕らを観客に選んだというのは、そういうことだ」

「リスクも労力もとても大きい。見返りがあるなんて、とても信じられないわ」萌絵は腕組みをしている。「あの、それよりも、殺された三人のことを考えた方が良いのかもしれませんね。三人を殺した目的からアプローチする」

「それが普通だよ。当然、警察はそれをもうしてるだろう」犀川は口もとを上げる。「三人を殺す動機を持っていた人間、そんな人がいるかな？」

「社内には、いるかもしれませんね」

「もしいたら、目立つだろうね。そんな動機を本当に持っている人間なら、こんな派手な殺し方、しないほうが安全だ」

犀川がまた煙草に火をつけたとき、チャイムが鳴った。ドアまで萌絵が出ていくと、芝池と鯉沼の二人が通路に立っていた。

「申し訳ありません。もう一度、お話を伺おうと思いまして」

彼らは、部屋に入ってきた。

それから、二十分ほど、彼らは主に萌絵に質問した。その中には、さきほどと同じ質問が幾つかあった。

地下の殺人現場では、鑑識が調査を続けているという。藤原の死体は既に搬出された。死因は背中のナイフによる創傷とみて、まず間違いない。即死に近い状況だったのでは、という非公式の見解。現在までに有力な証拠は発見されていない。また、例の赤い部屋にも、その奥の更衣室にも、ドア以外の出入口は見つかっていない。壁、天井、床のどの面にも、それらしいものは存在しない。また、マスクをした女性の職員が逃走しているので、探しているところだ、と芝池は説明した。

「殺人犯とは思えませんが、もちろん何らかの理由があって逃げ出したのでしょう。彼女は臨時のスタッフだったそうで、一ヵ月ほどまえから来ていたようです。今、急いで身元の確認をしています」

「警察は、三つの事件を同じ犯人によるものだと判断しているのですか?」萌絵は質問した。

「いいえ。まだ何も断定しておりません」芝池は首をふった。「今のところ、それが断言できるような証拠は、何もないんですよ。ただ、関連している可能性が極めて高い、という見方は当然あります。三人ともまんざら他人ではないわけですし」

萌絵は、松本卓哉と新庄久美子が同じ大学の講座の出身であること、それに新庄久美子が藤原副社長の秘書であったことを思い出す。だが、そこにもう一人、四人目の関係者を思い浮かべられるほどの情報はない。

芝池は、犀川にも幾つか質問をした。どうやって地下の研究所に入ったのか、といった初めての質問もあったが、犀川は必要最小限の返答しかしなかった。

芝池と鯉沼は、しばらくして立ち上がる。

「あの、明日には、おそらく沢山のマスコミが押し寄せます」芝池は手帳をポケットに仕舞いながら言った。「塙社長からの言《こと》づけなのですが、明日の朝、このホテルを出て、ペンションに移っていただいた方が良い、とのことです。西之園さん、そちらをご予約になっていますよね？」

「ペンションは、明日ではなくて、明後日からだったのでは？」萌絵はきいた。ゼミ旅行で講座の仲間が泊まりにくる予定だった。

「ええ、それを、明日から使っていただけるように手配する、と社長がおっしゃってましたよ」芝池が躰を揺すって言った。「ここは、マスコミで大変だろうと……」

「そうですか……」萌絵は頷く。「ええ、ここよりは広いでしょうし……。あの、犀川先生も、ですね？」

「もちろんです」芝池は頷く。「お話をおききしたい場合は、こちらから伺います。この近辺には、近づかない方が無難でしょう。テレビのレポータにつかまりたくなければ」

「わかりました」

芝池と鯉沼が出ていった。萌絵はドアをロックして戻る。もう十二時近い時刻だった。犀川はソファに座っている。肘掛けに左手をつき、額に手を当てて目を瞑っていた。

「国枝先生たちに、連絡しないといけませんね」萌絵は言った。

犀川は答えない。

「先生？」

近づいてみると、彼は眠っていた。

4

ベッドに腰掛け、萌絵は国枝桃子に電話をかけた。犀川の講座の助手である。萌絵の卒業研究でも、どちらかというと犀川助教授よりも、国枝助手に指導を仰ぐ機会の方が多い。ベルが四回くらい鳴ったところで電話がつながった。

「夜分に申し訳ありません。西之園です」

「ああ、貴女。何?」淡々とした国枝の声だ。眠いとか、疲れているとか、楽しそうだとか、そういった情報を彼女の声や口調から読み取ることは不可能だ。もっとも、実物を目の前で見たところで、状況はほとんど変わらない。

「長崎に犀川先生がいらっしゃっています。ユーロパークのホテルです。今、先生の部屋からかけているのですけれど……」

「用件は?」

「明後日、国枝先生、こちらにいらっしゃいますよね?」

「その予定だけど……」

「実は、ここで、事件があったのです」

「どんな?」

「殺人事件です。このホテルのすぐ近くで」萌絵は言葉を選ぶ。「あの、私たちも……、私と牧野さんですけれど、それに巻き込まれて……」

「それで犀川先生が行ったわけか……」

「いいえ、それは、また、ちょっと違うんですけれど、ええ……、結果的にはそうなりました」

「で、用件は?」

「みんながこちらへ来るのは、どうかなって思ったものですから、ご相談しようと……」

「犀川先生は何て言ってる?」

萌絵は犀川の方を見る。

「先生は、今、おやすみになっています」

「起こしなさいよ」国枝がすぐ言った。

萌絵は、受話器を手で押さえて、犀川を呼んだ。だが、犀川はぴくりとも動かない。

「起きられません」

「死んでないかぎり起きるよ」

「あの……、お疲れみたいなんです」萌絵は受話器を持って言う。「犀川先生、昨夜徹夜で運転されて、それからも、ずっと跳び回っていらっしゃったんだと思います」

「貴女が弁解しなくてもいいわ」国枝はそれだけ言って少し黙った。「えっと、そちらが、事件で不自由だってこと? それとも、危険なの?」

「いえ、不自由ではありません。それに、危険もないと思います。でも、一日のうちに三人も殺されて、犯人はまだ捕まっていません」萌絵は自分の言っていることが極めて非論理的だと感じた。「私たちも、本当は帰りたいのですけれど、そちらに戻れないのは、事件を目撃してしまったからなんです。警察に留まるように言われています。あ、そちらのニュースでやっていませんか? ナノクラフトの副社長さんも亡くなったのですよ」

「テレビ見てないから」

「明日の新聞に載ると思います」

「状況はわかった。まだ一日余裕があるから、明日中に考えることにしましょう。また、連絡してくれる？」

「はい、明日、また電話します」

「牧野さんに替わって」

「あ、彼女は違う部屋なので、ここにはいません」

「そう……」国枝は言った。「奨学金の書類が来てるんだけどな。うん、これも明日でいいか」

「伝えておきます」

「西之園さんだけが、犀川先生と同じ部屋なわけね？」

「あ、いいえ、違います。私もこれから自分の部屋に戻るところです」萌絵は早口で説明する。

「あそう」あっさりとした国枝の返事。「もう、いい？」

「はい、すみませんでした。失礼します」

電話を切った。

そのまま、しばらく萌絵は電話を見ていた。その電話が置かれている台の前面のパネルにデジタル時計がある。十二時半だった。既に、明日が今日になっている。

「国枝君、何て?」犀川がきいた。

萌絵は驚いて、振り返る。

「あ、先生……、おやすみになっていたんじゃ……」

「今、起きた」犀川は首を回してから、深呼吸をする。

「犀川先生がどうおっしゃっているかって、きかれました」

「来るって?」

「明日……、いえ今日、また連絡することになりました」

「じゃあ、あとで僕が連絡しておく。ゼミ旅行は中止だ」

「そうですね……」萌絵は頷いた。その方が良いだろう、と彼女も思った。

5

犀川の部屋を出て、萌絵は三階の部屋に戻った。ドアを開けると、牧野洋子と反町愛の笑い声が聞こえてきた。

「あれえ! 萌絵、どうした!?」目を丸くして反町愛が言う。彼女はベッドの上であぐらをかいて、膝に枕をのせていた。

「ほらあ!」濡れた髪にタオルを当て、洋子が笑いながら言う。「私の言ったとおり」

萌絵は立っていた洋子のそばを通り、窓際のソファまで行く。

「駄目じゃんか。帰ってきちゃったりして」と反町愛。「何という潔癖？　消極？　それとも牽制《けんせい》？　君の文化が、僕は信じられないよう」

「私たち、そんな……」萌絵はソファに座りながら言う。少し腹が立ったが、言葉に注意しようと自制した。

「私たちだって」愛が洋子の方を向いて舌を出す。

「ラヴちゃんと金子君とは違いますから」萌絵は言ってしまった。

愛が膝の枕を突然投げつけてくる。

「こら！」洋子が叫んだ。「やめろ！」

愛は頰を膨らませて萌絵を睨んだままだ。

「やめて。私のいるとこで喧嘩は許さんからね」洋子がベッドの脇に座って言った。「反町さんが言ったのは、冗談の範囲じゃない。気が立っていたのかもしれないけど、萌絵の言い方は普通じゃなかったよ」

「ごめん」萌絵は肩を下げる。「ごめんなさい。ラヴちゃん」

「悪かったわ」愛がベッドを下りて、床に落ちた枕を拾いにきた。「カッとなった」

「ね、金子君って、うちの金子君のこと？」洋子がきく。

愛は洋子の方を向いて、こくんと頷いた。

「ひえ！　あそう……、そうなんだぁ……」洋子はベッドに脚をのせて膝を抱え込む。「知らなかったなあ。まあ、いいけど。そっか……、なんだ、それで、反町さんが一緒に来てたわけ。うわあ、びっくりだよ、これは……」

「黙ってるつもりはなかったんだけど……」愛が言った。

「萌絵は、何？　犀川先生と喧嘩でもしたの？」洋子がきく。

「ううん」萌絵はぶるぶると首をふる。「全然、喧嘩も何も……」

「じゃあ、どうして怒ってるの？」愛がきく。

「怒ってなんかいないよ」萌絵は少し驚いた。自分が機嫌が悪いなどという自覚はなかったからだ。「刑事さんたちが帰って、それで、私も……出てきただけ。犀川先生、お疲れのようだったし」

「あのさ、そもそも、どうして犀川先生がいたわけ？」洋子は尋ねた。「萌絵は知ってたんだ」

「うん、実は、先生、朝からこちらに来ていたの。那古野から車で……」

「会ったの？」

「洋子たちと逸《はぐ》れたとき」萌絵は答える。「あの、内緒にしていたのは、わけがあったの」

萌絵は事情を説明した。昨日の午前零時過ぎ、教会の広場の公衆電話で犀川と話したとき、彼から言われたこと、真賀田四季博士が犀川が来るのを待っているかもしれない、という話を。

「でも、結局、事件は起こったわけでしょう」洋子は欠伸《あくび》をしながら言う。「それとも、犀川先生が研究所に来たことを知っていて、それで、あれをやったってことかしら？」

「そんなことして、どうするの？」愛はまた枕を抱えている。

「わかんないけど、なんか、萌絵の話を聞いていると、その真賀田博士って人、天才だけどちょっと異常なわけでしょう？　犀川先生や萌絵に、自分のやってることを見てもらいたいんだよね。なんていうの、趣向を凝らしているところをさ」

「俺に、ドラゴンを見せたのも？」愛がきいた。「俺なんかに見せて、どうするわけ？」

「萌絵に見せるより、反町さんに見せた方が効果的だと計算したんじゃない？」

「どうして効果的なの？」

「この子、そんなことで驚かないもの」洋子が萌絵を指さして答えた。

「よくわからないけれど……」萌絵は言う。「とにかく、不思議な状況を作り出していることは確かね。でも、それが真賀田博士の仕業《しわざ》なのかどうかは、断定できないわ。ＶＲに現れた黒子だって、この研究所には、あれくらいできる人、何人もいるはずだし」

「もうさ、誰がやったのか、社長さんは察しがついてるんじゃないかしら」洋子はベッドから足を下ろす。「あのね、今も、反町さんと話してたんだけど、社長と、もう一人いた男の人……」

「加古さん？」萌絵は言う。

「そうそう……」洋子は再びタオルを髪に当てる。「あの二人、奥の部屋で、藤原さんの装置を外していたでしょう。あのとき、背中の機械にも触ったかもしれない。だって、ヘルメットを外すまえに、後ろに回ったりして、いろいろやっていたじゃない」

「どういう意味？」萌絵はきいた。

「だからさ、その……、ナイフを突き刺すような機械が背中にセットされていて、それを、あの二人が外したんじゃないかと思うの。だから、犀川先生が来たときには、ナイフが見えたわけ」

「そんな様子、気がつかなかったけれど」そうは言ったものの、萌絵はその可能性を考える。

「それとも、まだ、あのときは、外していなかったかもね」洋子はさらに説明する。「でも、あのあと、私たちは向かい側の部屋に移ったでしょう。警察が来るまえに、あの二人なら、いろいろ隠蔽《いんぺい》工作ができたかも知れないわ。そういうわけで、警察が機械を調べても、それらしいものは出てこないんじゃないかと思うの」

「塙社長が犯人だというのね？」

「そうだよ。だって、あんなこと、機械仕掛けじゃないかぎり、できっこないもん」洋子は言う。

「俺が見たドラゴンもね」反町愛もうんうんと頷いた。「あれも、機械仕掛け」

「そもそもさ……」洋子は指を一本立てて振った。「最初の教会の事件だって、死体を高い天井まで持ち上げてるわけでしょう？　しかも、屋根の上から腕だけ中に落して、死体を抱えて、自分は急いで地面まで下りなくちゃいけない。これって、何か、それ専用の機械がなかったら、絶対無理だもの。あと、新庄さんの部屋のときもそう……」

「どういう機械？」萌絵は尋ねる。

「ナイフを発射する機械」洋子は答える。「無線か何かでコントロールして、それで逃げる新庄さんの背中にナイフを撃ち込んだわけ」

「その機械は、どこへ行ったの？」萌絵がきく。

「窓から出ていったんだろ？」愛が言う。

「そう……」洋子はにっこりと頷く。「それしか可能性はないでしょう？　これ、さっきから、私たち二人で考えた仮説だもんね。どう？」

「でも……、新庄さんが殺されたときは、塙社長は通路にいたわよ。私と話をしていたから」

「だから、そのときは、あの加古って人がやったのよ」洋子が答える。「たぶん、松本さんのときもそうだと思うわ。社長に命令されてやってるんじゃないかしら」

「何のために？」萌絵はさらにきく。

「もちろん、会社を独占するためね。藤原副社長と折り合いが悪かったんじゃないの。ほら、その、真賀田博士のことで、対立していたとかさ。で、副社長派の有力スタッフだった新庄さんも殺したわけね。松本さんも新庄さんの知合いだから、たぶん、副社長派だったかも」

「ふーん」萌絵は天井に目をやった。なかなか筋の通った仮説なので少し感心した。「動機もまあまあね。私たちに目撃させたのは、不可能犯罪を強調するためだった、ということ?」

「そうそう。その特殊な機械さえ上手に隠してしまえば、どうやって殺したのか、立証ができないわけだよね? そうなれば、容疑を免《まぬが》れるんじゃない?」

「でも、現に、私たちに疑われているわけでしょう?」萌絵は言った。「洋子もラヴちゃんも、そう考えたわけでしょう? これじゃあ、全然安全じゃないわ。それに、いくら殺害方法が不明確だとしても、怪しい場合は徹底的に調べられることになるのよ。機械だっていつかは見つかってしまうし、それを作った人、部品を買った業者、どこかからは足がついてしまう。塙理生哉博士ほどの天才が、そんなことも考えつかないものかしら?」

「まあ、案外、その……、なんていうの、楽観的なのね」洋子は少し苦笑いをする。どちらかというと、彼女の方が楽観的だ、と萌絵は思った。

「そんな機械作るの、お茶の子さいさいなわけよ」愛がつけ加える。「見たでしょう? あのロボットとかさ。ひょっとしたら、社長一人だって作れちゃうんじゃない？」

「あのね……」萌絵はソファから立ち上がった。「実は、それ、私も考えたわ。機械を使えば可能だって」

「本当？」反町愛が高い声を出す。

「本当です」萌絵は愛を睨みつけた。「誰でも考えるし、それが一番常識的なの。でも……、いい？　もしも、そんな機械をわざわざ使って人を殺すのなら、どうして密室で殺したりしたのかしら？」

「密室で？」愛が口を開けた。

「出入りが可能な経路があれば、そこから出入りした人物が犯人だと考えられるわけでしょう？　出入りした人がいれば、誰も機械のことなんて思いもつかないわ。たとえば、新庄さんの部屋の一番奥の寝室に誰かがいたり、もし隣の部屋へ通じるドアがあったら、どうなる？　さっきのＶＲの部屋だって、一番奥の更衣室に誰かがいたり、そこから出ていけるドアがあったら、どうなる？　警察の捜査の目は当然、その人物か、あるいはその経路に集中することになるでしょう？　機械を使っただなんて、誰も考えない。つまり、塙社長も加古さんも絶対安全な立場にいられることになる。何故、そうしなかったのかしら？　もともと、そのために機械を作って、それを使ったのではないの？」

「何故、そうしなかったのか？」愛がゆっくりと繰り返した。

「あ、わかったわかった！」牧野洋子が声を上げる。「そうかそうか、逆なんだ。社長と加古さんに容疑を向けたいからなんだ。つまり、機械を作って、コントロールしていたのは別の人間なんだ。あ、あ、そうか、あのマスクの女の人……」

「そう、それが、私の仮説です」萌絵は澄まして言った。「説明終わり」

「カッコいい！」反町愛が手を叩くジェスチャで叫ぶ。

「やっぱ、犀川先生化してるよ、あんた」洋子がくすっと笑った。

6

その夜はぐっすりと眠ることができた。

目が覚めたのは朝の八時。三人の中では萌絵が二番目だった。

「おはよう」窓際のソファに牧野洋子が座っている。彼女は何かを食べながらお茶を飲んでいた。「お煎餅《せんべい》食べる？」

萌絵は目を細めて起き上がり、ベッドから足を下ろす。煎餅など食べたくなかったので、黙って首をふった。諏訪野が淹れてくれるコーヒーならすぐにでも飲みたかった。大学生になって、友人どうしで旅行に出かける機会が多くなったが、必ず二日目の朝には、諏訪野のコーヒーがないことに気づく。

萌絵にとって、友達との旅行でイメージされるものは、飲めない諏訪野のコーヒーと、飲むことになる自販機の缶ジュースだった。あんな不躾《ぶしつけ》な金属に口をつけてものを飲んだ経験はなかったのだ。ましてや、彼女は大学生になるまで、缶ジュースを飲んだことがなかった。あの缶ジュースの開け口はどうだろう？　あんなものが開けられる人が世の中の大多数だなんて信じられなかった。友人と旅行にくると、いつもこれを思い出す。

反町愛は、ベッドにうつ伏せになって、まだ眠っている。

「あ、言うの忘れてた」萌絵は急に思い出した。「今日ね、このホテルを出て、向こうのペンションに移ることになったの」

「あ、別荘の並んでる、あっちの島みたいなところね」洋子が嬉しそうな表情になる。「そう……、それはいいや」

「ここよりは広いけれど、でも、ご飯を作らなくちゃいけないわ」

「任せといて」洋子がにっこりと笑う。「それは洋子さんがいるから大丈夫」

牧野洋子は大学の近くに下宿している。入学以来ずっと自炊しているのだ。きっと大丈夫なのだろう、と萌絵は思う。反町愛も、そういったことが得意かもしれない。そう、彼女は洋裁とかもできる。萌絵にとっては、どちらも魔法みたいに高度な技だ。それらは、西之園家では、執事の諏訪野が一手に引き受けていて、つけ入る隙はない。

洋子と話をしていると、反町愛も目を擦りながら起き上がった。

「ご飯食べよう」それが愛の第一声だった。

萌絵は、四三八号の犀川の部屋に電話をかけた。

「おはようございます、先生」

「西之園君か……」溜息混じりの犀川の声。「モーニングコールを頼んだっけ？」

「いいえ。あの、今から私たち、一階のラウンジに行きますけれど、先生もご一緒にいかがですか？」

「ああ……」声が完全に籠《こ》もっている。欠伸《あくび》かもしれない。「そりゃ、斬新な提案だね。目から鱗《うろこ》が落ちた」

「もう少しあとの方がよろしいですか？」

「いや……、五分で行けると思う」

「それじゃあ、下で」

エレベータで一階まで下りると、ロビィは、大勢の人間でごった返している。最初は、ホテルに宿泊していた団体客がチェックアウトでもしているのか、と思ったが、そうではない雰囲気にすぐ気がついた。大きなカメラを持った若い男が多かったし、沢山の目が萌絵たち三人の方をじろじろと見るのも異様な感じだった。

「新聞かテレビかな？」洋子が囁いた。

ロビィで犀川を待とうと思ったが、立ち止まることさえできなかった。彼女たちはそのままラウンジに入り、奥のテーブルについた。しばらくして、犀川がきょろきょろしながら入ってくる。彼女たちを見つけて、彼は近づいてきた。

「おはようございます」ほぼ三人が同時に挨拶をする。

「何だい、外のあれ？」犀川は立ったまま言う。「昨日までと大違いだね」

「やっぱり、亡くなったのが副社長だから」萌絵は言った。

「なるほどね。生命の価値が違うってわけか」彼はそう言ってから周囲を見回す。「あれ、バイキングじゃないの？」

「ええ、先生を待っていたんです」萌絵は立ち上がった。

料理をトレィにのせて、四人がテーブルに戻る。しばらくは、黙って食事をした。犀川のトレィには、コーヒーのほかには、ソーセージが二本しかのっていなかった。女性陣の中で一番量が少なかった萌絵でも、犀川の五倍はある。

犀川は一杯目のコーヒーを飲むと、お代りのために立ち上がり、戻ってきてから、煙草を取り出した。

「反町さんは煙草を吸う？」犀川がきいた。

「はい、吸います」反町愛がよそ行きの声で答える。

「じゃあ、良いね」そう言って、犀川は煙草に火をつける。

「先生、私、吸いませんけど」牧野洋子が笑いながら言う。「私には、きいてくれないんですか?」

「牧野君は、僕の悪い癖には、もう慣れているだろう?」

萌絵は、犀川の対面に座っていたので、彼の表情にずっと注目していた。いつもどおりの、朝のぼんやりとした目つきだった。髪の毛も立っている。けれど、少なくとも機嫌が良い。奇跡的に良い、といっても過言ではないだろう。そう、萌絵は思った。

「先生、何か思いつかれたのですね?」萌絵はフォークを持ったまきいてみた。

「そりゃ、何かは思いつくさ」犀川は口もとを斜めにする。「あ、これ……、今のは、国枝君が入ってるな。恐ろしい恐ろしい」

「信じられないくらい、先生、ご機嫌が良いみたい」萌絵は思ったとおりのことを口にした。

「朝起きて、今日は会議もない、講義もない、委員会もない、それに締切の原稿もない、電話もかかってこない。これ以上の幸せがあったら、教えてほしい」ソーセージを口に運びながら犀川は微笑んだ。「あとは……、昨日の夜、変な事件さえ起きなかったら、完璧だった」

それは、そのとおりだ、と萌絵も思う。

事件さえ起きていなければ、こうして犀川とホテルで朝食をとっているシチュエーションはかなり素敵だ。さらに、牧野洋子と反町愛がこの場にいなければ、満点といって良い。

犀川はソーセージを平らげ、二口ほどコーヒーを飲み込んでから言った。

「国枝君たちを呼ぼうか？」

「え？」萌絵はびっくりした。「ゼミ旅行は中止じゃなかったのですか？」

「場所がホテルから離れているんだろう？」犀川は無表情になる。「それに、来るなと言っても、来る奴は来る」そう言いながら、犀川は反町愛をちらりと見る。

「誰ですか？　来る奴って」洋子が尋ねた。

「国枝君、浜中《はまなか》君、あとは、金子君かな……」犀川は答える。「賭けても良い、この三人は五十パーセント以上の確率で来る」

「どうしてです？」今度は萌絵がきいた。

「国枝君は実家がこちらだし、浜中君は……」そう言いながら犀川は牧野洋子を見た。洋子が上目遣いで、三人を慌ててスキャンした。

「え？」萌絵は洋子の様子を見て、また驚く。「どういうこと？」

「それに、金子君は……」犀川は反町愛を見る。愛は、ミルクのグラスを片手に、にっこりと微笑む。

「洋子、ねえ、どういうこと？」萌絵は横にいた彼女をつついた。

「私、わからない」洋子が珍しく顔を赤らめる。

「まあまあ、西之園嬢」反対側から反町愛が萌絵の肩を叩いた。「こういうことは、ほんわかと、曖昧なままが、よろしいのではございませんこと？」

牧野洋子と浜中深志《ふかし》の間に何か関係があるのだろうか。浜中というのは、大学院博士課程二年の先輩、犀川研究室の学生の中では最年長だ。萌絵は学部の一年生のときから犀川研に出入りしていたので、浜中とのつき合いはもう長い。牧野洋子が、彼に目をつけていることくらいは気づいていたが、いつの間に、周知の事実になったのだろう。反町愛は、金子勇二から聞いたのだろうか。しかし、犀川が知っていることが、萌絵には最大のショックであった。犀川はこういった話題に対しては、とてつもなく鈍感なのだ。それはつまり、犀川研の中で自分が一番情報に遅れている、ということに等しい。意図的に疎外されているのでは、と疑いたくもなる。

「誤解しないで」洋子は萌絵に囁く。「何でもないんだから」

萌絵は、洋子を睨んだまま口がきけなかった。特に腹が立ったわけではない。浜中と洋子の仲がうまくいっているのなら、それはそれで、友人として喜ばしい。ただ、少し驚いた、というだけのこと。この場所で、このタイミングで、犀川の口から出たことがマグニチュード8くらい驚異的だった。

食事中のテーブルでは、事件の話は一切出なかった。そろそろ部屋に戻ろうか、というときに、ラウンジに窪川が入ってきた。

「おはようございます。あの、ペンションのご用意が整いましたので、ご案内いたします」

彼は、テーブルの横まで来てそう言った。昨夜と同じ服装だったし、同じく営業モードの愛想だった。しかし、目が充血し、疲れている様子は隠せない。眠っていないのは明らかだった。ぐっすりと眠って、朝御飯を食べ、おまけに平和的な会話を交していた自分たちと比較してしまう。萌絵は、窪川が可哀想になって、すぐに立ち上がった。

7

荷物をまとめて二十分後にロビィに集まった。萌絵たち三人が下りてきたときには、犀川はクリスマスツリーの横で煙草を吸って、窪川と話をしていた。

相変わらず、報道陣が詰めかけている。何をしようとしているのか、よくわからないが、エレベータから出てくる人間に注目しているところをみると、警察の関係者がここを通ることを知っているようだ。

窪川についてホテルから出て、さらに驚いた。道路の向こう側の広場には、カメラの三脚がずらりと並び、その列を先頭にして、何十人もの男たちが立っている。また、道路には、警察のものと思われるワゴン車が十台ほど駐車され、パトカーよりも数が多かった。テレビカメラに向かって、マイクを握っている若い女性もいる。パークの入場者はこの時刻にはまだ入れていないはずだ。このあと、どうするつもりなのだろう、と萌絵は心配になった。

少し歩いたところに、窪川が用意してきた車があった。犀川が助手席に、萌絵たち三人は後部座席に乗り込む。それは、クラシックカーでもなんでもない、普通の乗用車だったが、周囲の街並にマッチしていないこともなかった。つまり、ヨーロッパの街並は、昔も今もあまり変わっていない、あるいは、変わっていないところがある、という証拠であろう。京都などの古い街にスポーツカーが駐めてあるのと同じだ。

窪川は無口だった。そのまま車を出し、一旦、ユーロパークのゲートまで走る。もう何度も通った道である。風車と牧場、そして運河に架かる橋。それらを後にして、車はゲートのロータリィまで来た。そして、今度は、東に延びているもう一方の道に入った。そちらが分譲別荘地、ペンション村だ。昨日の午前中に、犀川と二人で歩いた場所である。

運河に囲まれ、一つ一つのブロックは完全な島になっている。橋を渡って、車が到着したのは、五十五番地の表札の前。薄い水色のペンキで塗装された可愛らしい二階建てだった。

「木造?」洋子が車を降りながらきいた。

「そうみたい」萌絵は答える。

普通の女子大生なら、こんな会話にはならない。二人は工学部建築学科の四年生なのだから、この場合は特殊といえる。反町愛だけが「うわあ……」という一般的な感嘆の声をもらした。

「一応、食料は当方で勝手に見繕《みつくろ》いまして冷蔵庫に入れておきました。もし、足らないものがございましたら、ご連絡下さい」窪川はポケットから名刺を出して、そこにペンで十桁のナンバを書いた。携帯電話の番号のようだ。口で言ってくれたら覚えるのに、と萌絵は思ったけれど、彼が最後まで書くのを待って、それを受け取った。

四人は、植物が絡まっているゲートを潜《くぐ》る。窪川は、鍵を萌絵に手渡し、庭先でお辞儀をして、車に乗って帰っていってしまった。急いでいる様子だった。

芝生の庭にはデッキがあり、そこが、リビングらしい南側の部屋につながっている。バーベキューの道具が隅に置かれていたが、この季節では使われないだろう。近づいてみると、板を張り合わせた壁の水色のペンキは、ところどころ剝《は》げて風化している。建てられて四、五年といったところだろうか。窓のサッシは金属製で、色は白い。屋根は赤っぽい茶色で、傾斜がかなりつけられている。屋根裏部屋があるのか、その屋根の中央に出窓が見えた。

木製のステップを二段上がって、萌絵は玄関のドアに鍵を差し入れる。

「こんな家に住みたいなあ」反町愛が後ろで言った。

「だいたい、三十年くらいしか、もたないよ」犀川が呟く。「屋根は十年に一度、外壁も十五年に一度はメンテナンスが必要になる」

「そういう面倒なことは、旦那様にやってもらいます」愛が言った。

「なるほど」犀川は無表情で頷いた。

萌絵は、金子勇二が壁にペンキを塗っているところを想像した。案外、似合っている、と思う。

玄関を入った小さなロビィはタイル張りで、その奥に吹き抜けのホールがある。白い手摺の階段が壁伝いに一度折れ曲がり、二階まで延びていた。両側にガラス張りのドアがあり、左手がリビングルーム。右手が食堂のようだった。

とりあえず、四人はリビングルームに入った。

窓際はサンルームのように明るい。反対側には暖炉がある。本当に使えるものかどうかはわからなかったが、外から見たときに煙突があったことを萌絵は思い出した。

牧野洋子と反町愛は二階を見てくると言って部屋を飛び出していった。萌絵は窓を開けて空気を入れ替える。振り向くと、犀川はテレビがのっているキャビネットの前に立って、電話をかけようとしていた。

「あ、国枝君？　犀川です」受話器を片手に彼は話す。「ああ、そう……、そのことなんだけれどね……、うん、今日から、そのペンションにいるんだ」彼は萌絵の方をちらりと見た。「いや、特にどうということはない……。そう……」

萌絵は窓際のベンチに腰掛けて、犀川を見ていた。

「あそう……、うん……」犀川は返事を繰り返している。

そのまま彼は受話器を置いた。

「国枝先生、こちらにいらっしゃるのですか？」萌絵はすぐに尋ねた。

「さあ……」犀川は無表情である。「来るんじゃないかな」

「どんなお話だったのですか？」

「藤原副社長殺害のニュースをテレビで見たって」犀川は部屋の中央のソファに座りながら言った。

「テレビつけましょうか？」萌絵は腰を浮かせる。

「いや」犀川は首をふった。「その必要はない。テレビを見たところで、新しい情報が手に入るとは思えない」

萌絵は、今朝の食事のあと、ロビィに下りるまでの間に、ホテルの部屋でニュースを見た。確かに犀川の言うとおりで、彼女が知らないことは何も報道されていなかった。松本卓哉と新庄久美子が殺された事件や、そのまえにあったという船員の死体の騒動などと関連した事件として報道されていたわけではない。この辺りの詳細は、まだマスコミに流れていないのであろう。現在は、ナノクラフトの副社長が殺害された、というニュース性で報道陣が集まっているだけのようだった。

「こちらに移ることができて良かったです」萌絵は言う。

「気を遣ってくれたわけだ」犀川は煙草に火をつける。テーブルの上にガラスの灰皿が置かれていた。「西之園君、ナノクラフトの株主だと言っていたけれど、それにしても、ずいぶん優遇されているようだね」

「ええ……」萌絵は頷く。

黙っているのは良くない、と急に思った。彼女は、犀川に塙理生哉との関係を簡単に説明した。感情を交えず、事実を素直に話した。途中で、洋子と愛が戻ってきたが、萌絵が真面目な話をしているのを見て、二人はすぐに出ていった。隣の食堂かキッチンへ行ったようである。

「その、最後のニュアンスは、藤原さんから伺ったお話です。私には本当のことなのかどうか判断はできません。でも……」萌絵は、そこで言葉に詰まった。犀川を目の前にして話すことは、とても難しかった。ものごとは、言葉に還元できるほど単純ではないからだ。

「塙博士が君にとった態度から、だいたい、それが正しい、とは思ったわけだね？」犀川が淡々と言った。「つまり、彼は西之園君にプロポーズした、というわけだ」

「いいえ、それは違います。そんな話は出ていません。確かに、仕事のパートナとして私にナノクラフトに来ないか、とはおっしゃいましたけれど、それは、就職というのか……、株主としての私を味方につけたい、という意味だったと思います」

「それはないだろう」犀川は口もとを上げた。「それが額面どおりなら、それなりの施策《しさく》が語られるはずだ」

「私のことを、子供扱いしているだけかもしれません」

「そう卑下《ひげ》することもない」犀川は煙を吐き出した。

牧野洋子がドアを開け、反町愛がお盆にコーヒーカップをのせて入ってくる。

「お邪魔します」愛は微笑んだ。

「テレビをつけてもいい？」洋子がそう言って、誰の返事も待たずにスイッチを入れる。

愛は、犀川の前にコーヒーカップを置き、萌絵のところにも持ってきてくれた。

洋子はテレビにリモコンを向けて、ワイドショーを幾つか見比べ、チャンネルを決めると、犀川の近くの椅子に腰掛けた。愛は、自分のカップを持って、萌絵の座っていたベンチに座る。

ホテル・アムステルダムの前の映像がテレビに映っていた。レポータが早口でしゃべっている。

昨夜遅く、ナノクラフトの副社長、藤原博氏が、このユーロパーク内の研究所で何者かによって刺殺された。現場が正確にはどこなのか、まだ発表されていない。また、犯行当時、現場のすぐ近くに研究所の関係者が数人いたものの、犯人が誰なのか、また、どのようにして藤原氏を刺したのかも、不明である、といった内容を、レポータは説明した。要約すればこれだけの内容なのに、九割は、当たり前で余分なことをしゃべっているため、時間が無駄に過ぎる。萌絵は、思わず吹き出しそうになってしまった。そのチャンネルは全国ネットのもので、レポータも見たことのある顔だ。夜通し走って、長崎までやってきたのだろうか。

「今日は面白くないわね」洋子が片膝を両手で抱えて言う。「ワイドショーって、一日目は駄目なの。二日目とか三日目にならないとね、面白くないんだ。きっと、明日には、ほかの事件との関係を……、ドラゴンに殺された人とかさ、いろんな噂を聞きつけて、明後日くらいには、もう、犯人像に迫る！　なんて見出しが出るわけ。いつも、これ誰が見てるのかな、なんて思って、ついつい見てたりするんだけどね」

「犯人像に迫るって、迫ったためしがないもんね」反町愛が言った。「ねえ、お昼はどうする？」

「まだ、十一時まえよ」萌絵が時計を見て言う。

「だからね、ここは自炊なんだよ」愛が萌絵の方を見て、眉を顰《ひそ》めて首をふった。「ちゃんと段取りしとかなくちゃいけないの。料理ってね、ぽんと魔法みたいに出てこないのよ」

「あ、そうか……」萌絵は素直に頷いた。

「私がやるわ」洋子が片手を挙げて言う。「萌絵、二階に荷物持っていきなさいよ。あれ、犀川先生は、バッグ、これだけ？」

「ほかにはないよ」犀川が答える。

「え……、あ、そうなんですか」洋子は萌絵と愛の方を見て、目をぐるぐると回す。「この身一つってやつですね。えっと、二階に寝室が四つありますから……」

「屋根裏部屋がもう一つあるなり」愛がつけ加える。

「お昼寝したい場合はどうぞ」洋子は立ち上がって言った。「さあて、じゃあ、私はランチをクリエートしてこよっと」

「おいらは、アシスタントなり」愛が立ち上がった。

二人が部屋を出ていく。

萌絵は、洋子が座っていたところまで行き、リモコンでテレビを消した。彼女は、その椅子に腰掛ける。犀川の隣だった。

「今日は、先生、どうされます？」

「何が？」犀川はソファに深々と座っている。

「着替えが必要じゃありませんか？」

「ああ……、そうだね」彼は頷く。「あとで買ってくるよ。ついでに僕の車をこちらへ持ってこよう」

「あとは？　向こうの現場を見学にいきませんか？」

「どうして？」

「調べてみたいこととか、ないですか？」

「ない」犀川はすぐ答える。「それに、午後には、警察か、それともナノクラフトの誰かが、ここへ来ると思うよ」

「あ、ええ……」萌絵は頷く。それはそのとおりだろう。このまま何もないわけがない、と彼女も思う。

「あ、そうだ」犀川は背筋を伸ばした。

「え、何です?」

「インターネット・カフェに行かなくちゃ」犀川は答えた。

8

昼食のまえに、買いものを済ませよう、という話になった。

「刑事さんたちが午後には来るかもしれない」犀川はそう言って立ち上がる。「ちょっと出かけてくるよ」

「あ、私も行きます、先生」萌絵も慌ててコートを手に取る。

ホールに出て、反対側の食堂を覗く。奥のキッチンに牧野洋子と反町愛の二人が見えた。

「あ、萌絵、凄いぞう。もう、冷蔵庫がね、リッチでゴージャスでファンタスティックな食料でいっぱいなんだよ!」洋子が嬉しそうに言った。「ゴーゴー!」

「お昼はステーキだぞう!」愛が手を叩いて叫ぶ。

「あの……、私と犀川先生、ちょっと出かけてくる」萌絵はドアから言った。

「え、なんで?」洋子が急に低い声になった。「どこへ行くの?」

「先生の車を取りにいくの、駐車場まで……。そのついでに、買いものを少し。一時間以内で戻れると思う」

「一時間？」洋子は腕時計を見る。「しゃあないなあ。遅れたら、ロケットパンチだからね」

「うん、さきに食べてて」萌絵は顔を引っ込めた。

「一時間じゃ、短くない？」愛が片目を瞑る。

「ラヴちゃん！」もう一度、ドアを開けて萌絵は叫ぶ。

「べーだ」愛が舌を出した。

ロケットパンチって何だろう？　ゲームに出てくる技かしら。萌絵は一瞬考えたが、忘れることにする。既に玄関から出ていった犀川を、彼女は走って追いかけた。

バスには乗らないで、歩くことにした。ユーロパークの駐車場まで十分ほどの距離だ。犀川は足が速い。萌絵は黙って彼についていく。

広い駐車場には、既に観光バスがずらりと並んでいて、乗用車もゲートに近い半分を埋め尽くしていた。殺人事件があっても、当然ながら開園されている。

犀川の車は辛子《からし》色だ。黄色ではなく、少しくすんでいる。小型のツーボックスで、まだ数ヵ月まえに買ったばかりの新車だった。

「こういうとき、エンジンが一発でかかる車はありがたい」運転席でエンジンをかけて、犀川が言った。

「先生、それが普通です」

萌絵は助手席でシートベルトをしめる。何か話をしたい、と彼女は思ったが、犀川は黙っていたし、彼の表情が、明らかに何かを夢中に思考している感じだった。萌絵が近くにいることさえ、ときどきしか意識していない。こんな状態はよくあることだったけれど、今もそれだ。肩を竦めるしかない。夫を会社へ送り出す妻の心境……、もちろん経験はないのだが……、そんな気がした。

それでも犀川は車を運転している。ナノクラフトの本社ビルの前を通るとき、五、六台のパトカーが駐まっているのが見えた。もちろん、こちらのビルも本格的に捜索されているのだろう。

長い橋を渡って、JRの駅の方へ向かう。

駅前に一軒だけコンビニエンス・ストアがあった。県道が線路に沿って走っており、ユーロパークの入口へ延びる道路が、それに交わっている。店はその角地だった。ほかには、店も住宅も、建物らしきものは一軒もない。

コンビニの駐車場の車の中で、萌絵は待っていた。犀川が購入するものを考えれば、出ていくわけにはいかない。サイドウインドウを少しだけ下げて、ぼんやりとフロントガラスの外を眺めていた。

県道を走り抜けていく車しか動くものはない。

JRの駅も今は静かだ。

電車が来れば、ユーロパークを訪れる人々が大勢降りてくるのだろう。

風はなく、木の枝も動かない。

道路と線路を除けば、そこにあるものは、ただの自然、森と山。

海に近いためか、道路の標識が酷《ひど》く錆びていた。

こんな場所に、ヨーロッパの街並を作った。

人間の作る街は、多かれ少なかれ、同じ。

最初は、住みやすい環境、心地良い自然に、人が集まり、集落ができる。農村や漁村は立地が第一となる。けれど、現代人は、環境を大きく変える力を手にした。

何万人もの人々が、ここへ遊びに来る。

もともとは森と山しかなかったのに……、
今では……、
ホテルにレストラン、それに波止場、教会、オフィス、研究所……。

仮想現実……。

そう、バーチャル・リアリティだ。

このユーロパーク自体が、バーチャル・リアリティなのだ。

ナノクラフトは、だから、これを作った。

おそらく、デジタル世界でそれらを実現するよりも、短時間で経済的だったのだろう。実際の物質で作り上げる方が、早く完成する。

これが……、装飾か？
装飾。
真賀田博士が言った、装飾だろうか。
街が、そして建物が装飾なら、人々が着ている服だって、装飾。
そう、すべてがバーチャル・リアリティ。
「違う」萌絵は独り言を呟いた。
それどころか、人間の躰だって……？
自分のこの躰だって？
装飾ではないのか？
この世界でしか動かせない手、そして足。
目と耳も、この世界でしか使えないセンサ。
思考空間では、それらは存在しない。
あのVRシステムの黒い部屋で、機械の中に自分の躰が入ったとき、
萌絵は不思議に思ったのだ。
躰が、どうして必要なのだろう、と。
自分の躰が、どうしてここにあるのだろう、と。
装飾？

手も足もなければ、もっと機械の装着が楽になるはず。

直接神経と接続することが可能になれば、
もう、手も足もいらない。

目も耳も必要なくなる。

それが、本当のバーチャル・リアリティではないか。

真賀田博士が言っていた装飾とは、そのことだったのだ。

コンピュータの内部を思い浮かべる。

一番重いのは、電源を供給する部分。それが人間の胴体に当たる。スーパ・コンピュータには冷却装置がある。パソコンにだってファンがついている。それらは、単に、計算するため、考えるための環境を維持しているメカニズムに過ぎない。

部屋の空調と同じ。

それと同じものが、躰の大部分なのである。

目、耳、口、手、足、すべては入出力装置で、つまりは、ディスクドライブユニット、ディスプレイ、キーボード、マウス、それに種々のインターフェースに当たる。

これらは、考える機能とは切り放された存在で、現に、パソコンでは別のユニットになっているものも多い。

つまりは、躰も、洋服も、建物も、街も、すべて、同じレベルの存在といえる。

あの部屋で体験した仮想の世界に、それらを持ち込むことはできない。
その純粋な空間に入ることが許されるのは、躰ではない。
意識と思考。
それだけだ。
つまり、それだけが、個人であり、人間。
それだけが、自分。
それだけが、一人。
では……？
自問。
萌絵の頭の中に、入ろうとしたものは？
真賀田博士の意識と思考は？
それは、彼女の躰より、彼女に近い。
彼女の一部……。
自分。
「そうか……」萌絵はまた囁いた。
それで、自分はこんなことを考えているのだ、と考える。
ドアが開いた。

萌絵は飛び上がるほど驚いた。

「どうした？　寝てたの？」犀川が運転席に乗り込みながら言った。彼は膨らんだビニル袋を後部座席に放り投げる。

「いえ、考えごとをしていました」萌絵は微笑んだ。「ユーロパーク自体が、バーチャル・リアリティだって……。それに、その考えを当てはめていくと、ついには、人間の頭脳を除外した躰のすべてが、それと同レベルの存在として認識できます」

「そうだ、良い点に気づいたね」車を出しながら犀川は言った。「だけど……、頭脳を除く必要はない。頭脳も同レベルだよ」

「え？」萌絵は驚いた。

「頭脳だって、ハードディスクと大して変わらないかもしれない」

「ハードディスクは計算できません」

「じゃあ、計算はどこでしている？」信号待ちになり、犀川は萌絵の顔を見た。

「CPUです」

「CPUの中のどこでしている？」

「CPUの中の……」

「外側のセラミックスはしてないだろう？　中の回路のどこで計算している？」

「えっと……」

「CPUだって計算をする器《うつわ》でしかない」犀川は運転しながら話す。「結局は、半導体があって、電導の道筋があるだけだ。そこを電子が流れているだけだ」

「人間の意識は、どこにあるのですか？」萌絵は思わず質問した。口にしてしまってから、不適当な質問だと思った。

「その質問に対する答は、こうだよ」犀川はちらりと横を向いて微笑んだ。「どうして、場所を限定しなくちゃいけない？　意識が存在する場所を限定しようとする行為が、意識を物質化している。それは間違いだ。西之園君、君は、何が好き？」

「先生です」

「食べもので」

「えっと、アイスクリーム」

「アイスクリームが好きなのは、君の躰のどこ？」

「舌と脳です」萌絵は舌を出した。しかし、犀川はこちらを見ていない。

「あそう……」犀川は前を向いたままだ。「それじゃあ、君は自由が好きかな？」

「はい」

「自由はどこにある？　君の躰のどこが自由を好きなの？」

「えっと、自由というのは境界条件ですから……、対象の周囲にあるとしか……、つまり、概念か象徴としてしか存在できない……。ああ、答えられません」

「そう、人間とは、意識の状態だ」

「先生、あの……、お話が抽象的だと思います」

「脳を除いて、と君が言ったので、僕が揚げ足を取った」犀川はすぐに答える。「まだ、それが続いている。話はそれほど逸《そ》れてはいない。躰と意識、フィジカルとメンタルの境界が、関連性を追求するほど曖昧になるのと同じように、実現象と純粋情報の境界も非常に不確定だ。フラクタル的に入り組んで、上位が下位に繰り返される」

「現実と情報がですか……」

「白い犬がいるとして、それを現実としよう。しかし、白い犬がいることを目で見たら、もうそれは映像という情報になる。白い犬がいる、と言葉にすれば、これも情報だ。観察され、単純化された情報であって、既に現実ではない」

「自分の目で見たことは、その観察者にとっては現実に近いものと認識しても良いのではないでしょうか。そうでなければ、現実なんて存在しなくなります」

「そう、現実というのは、観察事項から推測された理論の中に存在する」犀川は答える。「白い犬を見たとしても、向こう側は見えない。その瞬間、向こう側は白くないかもしれない。しかし、犬の毛の色が瞬時に変化する機構を有していないとする実測結果と、躰の左右でちょうど色分けされている犬はあまりいない、という過去情報からの統計的推測によって、それを白い犬だと単純化する」

「現実と理論のギャップを埋める、第三のアプローチのお話ですね？」萌絵はようやく犀川の言いたいことが少しわかった。「先生が昨日おっしゃっていたこと、それ……、今回の事件にどのように応用するのですか？」

「もう応用したよ」犀川は答える。

気がつくと、車は再びユーロパークの大駐車場に戻っていた。犀川は空いているスペースに車をバックさせて入れる。

「もう、応用した？」萌絵は首を傾げる。

犀川は、車から降りた。萌絵も慌ててベルトを外して、外に出る。

「先生、どういうことですか？」

「だから、そのアプローチなら、既にやってみたってこと」歩きながら犀川は言う。パークのゲートに彼は向かっていた。

「それで、何が得られました？　どんな答が得られたのですか？」

「西之園君、切符持ってない？」犀川は振り返ってきいた。

「え？」

「パーク内に入る切符」

「あ、入場券ですか。いいえ。持っていません」

「じゃあ、買ってくる。ここで待っていて」犀川は入場券売り場の列まで行って、そこに並んだ。

急に、周囲の喧噪《けんそう》に萌絵は気がつく。

大勢の人々が彼女の周りにいた。ユーロパークを訪れた観光客である。団体客らしい年配者の集団もいる。犀川との話に夢中になっていて、まるで周りを気にしていなかったので、萌絵は少し驚いた。

こうしてみると、人間だって、環境要因だ。つまり、個人にとって、自分以外の人間は、装飾といえる。

犀川が入場券を片手に持って戻ってきた。

「お金はいいよ」犀川はそう言って、萌絵に一枚手渡した。「続きは？　何の話だったっけ？」

「えっと」萌絵はまた集中する。「三つ目のアプローチ、つまり、観察された現実を認識する手法を応用して、先生が得たものは何か、と質問したところです」

「何も得ていない」犀川は自動改札機に切符を差し入れ、そこを通り抜けると、後ろを振り向いて答えた。

「ああ、それじゃあ、謎は解けていないのですね？」萌絵も改札を通り抜けて、彼に追いつく。

「謎を解くことは、僕の仕事ではない。いや、それは人間の仕事ではない、といっても良いね」

「それじゃあ、誰の仕事なの?」萌絵は少し腹が立ってきた。

「今では、コンピュータだね」。

「コンピュータ……、ですか?」

「方程式を組み立てる。あとは、コンピュータが解いてくれる。答を求めることは、計算と同じで、高等なレベルの仕事ではないんだ。いつも言っているけれどね、人間の能力とは、現象を把握すること、そして、それをモデル化することだ。現象と現象の関係を結ぶことだよ。それはつまり、問題を組み立てる、何が問題なのかを明らかにすること。それができれば、もう仕事は終わり」

「その仕事は……、もう終わったのですか?」

「終わった」

「この事件の?」

「うん」

「え? それじゃあ、もう解決ですか?」萌絵は躰を犀川の方に向けた。横向きになってスキップするように歩いている。

音を立てるのではないか、と心配になるほど、鼓動が大きい。彼女は、犀川の顔を見つめて、息を止めた。

「いや、何も解決していないし、誰が犯人なのかも、まったくわからない」犀川は相変わらず淡々と話した。歩くスピードもとても速い。「でもね……、西之園君」彼は萌絵を見た。「もう、不思議なことは何もない。方程式は綺麗に組み立てられた。解が求められるか、それとも不定なのか、僕には興味がない」

「ああ、では、やっぱり、昨日お話しした機械のことですね？　あれが本当なら、すべての事件に謎はありません」

「それは君の方程式だね」犀川は萌絵をちらりと見た。「それを否定するだけの論拠は、僕にはない」

「先生の方程式は、違うのですか？」

「違うというのか、よく似ているというのか」

「どっちなんです？」

「今、決める必要はないんだ」犀川は少し微笑んだ。「それは、本質ではない」

会話が途切れた。気がつくと、牧場と運河に挟まれた道を歩いている。ほかの観光客を二人はどんどん追い抜いていく。ほとんど競歩をしているみたいだった。萌絵は呼吸が速くなっていたし、躰は熱くなっている。運河の向こうに風車が見えたが、どれも羽根は止まっていた。

犀川が話したことを頭の中でもう一度検討してみたものの、萌絵には理解できない。

何がわかったのだろう？

犯人はわからない？

それに本質ではない？

いったい、どんな意味なのだろうか……。

街が近づいてきた。手前の建物の屋根越しに、教会の鐘塔が逆光で見える。

腕時計を確かめた。十一時三十分だった。

9

広場の方へ向かうのかと思っていたら、別の道だった。細い石畳の小径《こみち》を抜けると、建物で囲まれたスペースに、パラソルとテーブルが数組並んでいた。日陰なので少し肌寒い。

犀川は、角の店の中に入っていく。

表向きはカフェテリアだったが、中に入ると、どのテーブルにもパソコンがのっていた。インターネット・カフェと犀川が言っていた場所のようだ。カウンタが片側にあって、セルフサービスで飲みものを注文する形式らしい。

「先生、何か、買ってきましょうか？」早々に椅子に腰掛けている犀川に萌絵は尋ねた。

「いや、僕はいらないよ」

「でも、何か頼まないといけないんじゃないですか？」

「じゃあ、ホットコーヒー」

萌絵は、カウンタでコーヒーを二つ注文した。

テーブルに戻ると、犀川はブラウザを開いて、大学の講座のウェブサイトを見ている。萌絵は、隣の席に座った。

犀川はマウスを動かして、メールのウインドウを開く。キーボードをブラインドで叩き、アドレスを打ち込んでいる。

「メールを読むために、ここへ？」

「うん」犀川はディスプレイを見たまま答えた。「マックじゃないから死にそうだ」

「そんなに大事なことなのですか？」萌絵は小声になる。自分できいておいて、少し子供っぽい言い方だと思ったからだ。

もちろん、マッキントッシュのことではない。この事件の最中、電子メールを読まなくてはいけない、という状況の妥当性に対する質問だった。

「メールが溜《た》まっているのを、真賀田博士に見られたくない」犀川は答えた。

「え？」萌絵は声を上げる。「でも……。犀川先生が、ここにいらっしゃっていることは、とっくに真賀田博士には……」

「知られている、と思う？」犀川は萌絵を見た。

「思います」彼女は頷く。

「どうして？」

「だって……、研究所の中に、先生は入って……」

「入ったときは、喜多の名前を使った」

「でも、どこかで見られているのでは……」

「真賀田博士は、デジタル信号しか見ていない。電話もチェックしているし、ホテルの君の部屋にも盗聴器があったかもしれない。でも、僕はあの部屋には入っていない。塙博士と加古さん、あとは塙香奈芽さん、あの三人が博士に直接連絡しないかぎり、僕がここにいることはわからないはずだ」

「警察が研究所に入ったからですね？」萌絵は上目遣いで犀川を見た。

「そう……。おそらく、秘密の場所から出られないはずだ。塙博士だって簡単には近づけないだろう。もちろん、連絡しようと思えば簡単だけれどね」

「希望的観測です」萌絵は言う。「それに、私、自分の部屋から先生に電話をかけました。盗聴されたかもしれません」

「ああ……、しかし、昨夜、僕に何のアプローチもなかったことは確かなんだよ」

「そうか……」萌絵は小さく頷いた。

確かに、あの真賀田四季が、昨夜の間に犀川に何も言ってこなかったのは変だ。すぐ近く、ほとんど同じ建物に彼がいたのに。

「ひょっとして、ここには、もう真賀田博士はいないのかもしれません」

「うん……」犀川はカップを口に運ぶ。「でも、どこへ行ったって、電話くらいできるだろう？　メールくらい書ける」

「コンピュータが使えない場所に移ったとか」

「西之園君もメールを見てごらん。君宛に届いているかもしれない」

犀川はカップを持ったまま立ち上がって、椅子を萌絵に譲った。

パスワードを打ち込んで、大学のサーバからメールを読み込むと、儀同世津子から届いた一通だけがあった。今朝早くに発送されたものだった。

儀同世津子でございます。
西之園さん、そっちまた殺人事件？
ひょっとして、貴女、
巻き込まれてるんじゃない？
私のメール、読めるのかなあ。

まあ、いいわ。
ゲームのことをきいてくれたかな？
クライテリオンのこと。
と、念を押す世津子であった。

またねっ。

10

インターネット・カフェを出て、広場の方へ向かって二人は歩いた。教会とホテルの間の道路に黒っぽい車が並び、教会の正面の石段には、立入禁止のロープが張られている。その周囲に、大勢の人々が集まっていた。報道陣にパーク入場者が混じっているのだろう。
犀川と萌絵は少し離れた位置からそれを眺めた。ちょうどホテル・アムステルダムの上に太陽があり、手前の教会は逆光のためシルエットに近い。その建物はもともと一般の入場はできない。扉は閉められたままで、ロープの手前の石段に座って何かを食べている若者が見えた。鐘塔の影は、犀川と萌絵の立っている方へ伸びてはいたが、十数メートル届かない。

時刻はほぼ正午。塔の影が指す方角がほぼ北になる。

「クライテリオンというのを一度やってみたいな」犀川は囁いた。「西之園君も知らないんだね？」

「ええ、私、テレビゲームって、ほとんどしたことがありません」

「世津子が話していたことで、もう一つ思い出したよ」犀川は煙草に火をつけてから歩きだす。萌絵も彼に従った。教会とは反対方向だ。どうやら、ゲートの方へ戻るようである。

萌絵は黙って犀川の顔を見る。彼は、煙を吐き出してから話を続けた。

「ゲームの最後の部分だと世津子は言っていた。最初のフロアはS字形に通路がカーブしている、と確かにそう聞いた。それから次のフロアは真っ直ぐ。そして、次は、昨日話したバネと滝が出てくるフロアだ。通路の途中で左手に二本の別れ道。両方とも斜めで、片方の突き当たりにバネがあって、もう片方の突き当たりには滝がある。つまり、どちらも突き当たりだ。で、戻ってから、また、最初の道を進む。一番最後のフロアも、真っ直ぐの通路が一本」

犀川は片手の人差指を立てた。

「それが、どうかしたのですか？」萌絵は眉を寄せてきく。

「平面図を思い浮かべてごらん」

「あ……」萌絵はすぐに気がついた。「通路がＳＩＫＩの形になっているんですね？　それも真賀田四季博士を示しているんだ」

「そう、露骨にね」犀川はそこで少し微笑んだ。「最近のRPGはどうなのか知らないけれど、僕が学生の頃にやったゲームでは、やりながら地図を描いたものだ。この場合は、ほぼ一本道だから、地図の必要はないわけだけど、地図を描いているマニアなら、すぐに気づいたかな」

「そんなの気づきませんよ。だいたい、SIKIが何を意味するのかがわからないもの」

「そう……」犀川はあっさりと頷いた。「このパズルの意味するところは明確だ。ものごとを俯瞰《ふかん》しろ、という意味だね」

「フカン？」

「まあ、建築的に言えば、鳥瞰《ちょうかん》」

「高いところから見ろってことですね」萌絵は言った。相変わらず速いペースで歩いているので、息が切れる。「そのメッセージは、私たちに向けられているものですか？」

「うん、たぶん……」犀川は頷く。「僕はすぐそう考えた。つまり、真賀田博士は、僕がすぐそう考えることを、予測している」

「何のためにです？　いったい、何を鳥瞰するのですか？」

「もちろん、この事件だ」犀川は運河沿いのベンチにあった吸殻入れに煙草を捨てた。「今、僕らは、真賀田博士が作り出したキャラクタとして、ゲームの中にいる。博士は、僕らが成長し、謎を解いていくのを見ているんだよ」

「この事件全部が、博士が作ったゲームなのですか？　ゲームのキャラクタだなんて、そんなのおかしいわ。私は自分で考えて行動しています」

「人の行動のパターンなんて、乱数で処理できる範囲内だ」

「そうでしょうか？」

街を出て、橋を渡った。運河の反対側に風車が見える。

「向こうから行こう」犀川はもう一つの橋の方へ足を向けた。「少し遠回りになるけれど、いつもいつも同じ道じゃつまらない。多少は乱数の振幅を大きくとってみよう」

オランダの代表的な風景として子供のときから頭に焼きついている光景が、間近にあった。とてもよく再現されている。

平坦な土地と運河。

春には花が咲くのだろうか、と萌絵は思う。

風車は、近くで見ると大きかった。

「これを見るとドン・キホーテを思い出すね」犀川はそれを見上げて言った。「風の向きに風車を正対させるために、ほら、建物全体が回転するようにできているんだよ」

「本当ですね」萌絵はそれを知っていたが、なんとなく、知らない振りをして頷いた。既に中心の萌絵は、犀川の相手をしていない状態だった。

話が逸れたので、萌絵は思考に集中する。真賀田四季の仕組んだゲーム、というイメージで、彼女の想像は爆発的に拡散し、煙のように停滞する残像を幾つも見せた。

「日本には水車があるからね」犀川は歩きながら続ける。「あれ、けっこう世界的に見ても珍しいものなんだよ。オランダの風車くらいPRしても良さそうなものだ」

「先生は、三人の人間を殺したか、それとも、殺させたのが、真賀田博士だ、とおっしゃるのですね?」突然、萌絵は質問した。

「わからない」犀川は首をふった。「幾つもの解があって、特定できない。ただ、真賀田博士が、そのほとんどを予測していたことは間違いない」

「どうして、そんなことがわかるのですか?」

「西之園君に、博士は予告したんじゃなかったの?」犀川は前を向いたままだ。「それに、僕にも、それらしいことを言った。VRに現れたのもそうだ。僕らは、博士の頭の中にいるんだ」

「頭の中に?」

「どこで考えているのか、という話をさっきしたね。脳細胞の間の信号のやり取り、CPUの中の電子の移動、それ自体が、思考という物理現象だ。思考とは、ネットワークのアクセス現象であって、それはどこにあっても良い。場所を限定しない。器《うつわ》を限定しない。社会全体が自分の頭脳だと認識することも可能なんだ。きっと、真賀田博士はそう考えているだろう。僕が思いつくこと自体、その証拠といえるね」

「わかりません」

「僕が考えて僕が動く。君が考えて君が動く。それも、博士の思考の一部なんだ。博士の頭脳は、博士の躰の中にあるんじゃない。現に、僕らだってコンピュータを使うことによって、思考作業の一部を既に躰の外に出しているだろう？　コンピュータも、ほかの人間の頭脳も、さらに偉大なる頭脳の、有限かつ微小な細胞に過ぎない」

「それが、真賀田博士の目的なのですか？」

「そうだ」犀川は頷いた。「自分の頭脳を拡大し増強する。それ以外に、生きている目的はないだろうね」

　また橋を渡った。

　パークのゲートの外側には、入場券を買い求める人々の列ができていた。それを横に眺めて、二人は一方通行の改札を出た。そして、駐車場まで黙って歩く。

　広い駐車場に並んでいる色とりどりの車が、細胞のように見えた。

　真賀田四季の頭の中に、自分がいるのか。

　自分の頭の中に、真賀田四季がいるのか。

　内と外。

　どちらが内で、

どちらが外なのか。

「やっぱり、私にはわからない」萌絵は首をふって、車の屋根越しに犀川を見た。「本当に……、わかりません」

「僕もわからない」犀川は微笑んだ。「でも、これが、あらゆる感情の中で、最も知的で、最も人間的なものだよ」

「え？　何がですか？」

「わからない、という感情」

二人は車に乗る。

辛子《からし》色の細胞は、巨大な組織から離れ、ゆっくりと走りだした。

第８章　過度のゆらぎ　Panic

〈しかし、思考や発想の道筋は、それ以前に既に存在している。理論なんて、つまりは、ただのコンクリート舗装か、ガードレールみたいなものに過ぎない。あとから来る人のために、走りやすくする、という役目をしているだけなんだ〉

１

五十五番地のペンションに犀川と萌絵が戻ったのは、十二時を十五分ほど過ぎた時刻だった。ちょうど昼食の準備がととのい、牧野洋子と反町愛が二人を出迎えた。

食事中は、事件の話は出なかった。洋子と愛が他愛もない話題で陽気に盛り上がり、萌絵は相槌を打つ程度、犀川はずっと黙っていた。

後片づけをしているとき、玄関のチャイムが鳴り、芝池と鯉沼が現れた。渋い顔をした二人は、そのまま食堂のテーブルに腰掛けた。六人掛けのテーブルだった。牧野洋子がお茶はいかがか、と尋ねたが、芝池は丁重《ていちょう》にそれを断った。

「捜査本部が正式に発足しまして、特捜の連中もやってくるし、大掛かりになっていますよ」芝池は苦笑いをして話した。「塙社長のご依頼で、犀川先生や西之園さんたちには、できるだけご迷惑をおかけしないようにってことなんですが、なかなかそうも言っていられない状況です」

「ええ、もちろんです。こちらも協力は惜しみません」萌絵が答える。

「いえ、ややこしいことには、たぶんならないと思います。今のところ、例の逃げている女を見つけることが先決でして……」

「マスクをしていた女性ですね？」犀川がきいた。

「ええ、志賀というんですが……、四週間まえから来ていた臨時の職員なんです。あの、えっと、バーチャル・リアリティっていうんですか、あの装置の整備をするために……」

「ああ……」犀川は煙草に火をつけながら言う。「もしかして、名前は、たまきさんですか？」

「え？　ええ……」芝池は目を丸くして犀川を見た。「あの、犀川先生、彼女をご存じなんですか？」

萌絵はすぐに気がついた。「偽名ですね？」

「え？　あの……」芝池は今度は萌絵を見る。

「どういうこと？」洋子が萌絵にきいた。

「真賀田四季を、並び換えた名前だから」萌絵が答える。

「あ、えっと……、ああ……」芝池は大きく頷いた。「え、ええ、とにかく、そうです、履歴書の住所とかは、全部、嘘っぱちでして、偽名だってことはわかっていたんですが、ああ……、なるほど。すると、やっぱり、真賀田四季が絡んでいるわけですか」

「あの人が真賀田博士だったの？」反町愛がきいた。

「いいえ」萌絵は首をふる。「体格が全然違うわ」

「何のために、彼女を研究所に潜り込ませたんでしょう？」芝池の横にいた鯉沼が珍しく口をきいた。

「VRのプログラムかハードに細工をするためだと思います」萌絵は答える。「それで、黒子や真賀田博士の顔が見えるようにしたんだわ。犀川先生、そうですよね？」

「あそこのシステムに、外部からのイベントを受け付けるようにパッチを当てたんだね」犀川は煙を吐き出しながら言った。「実際には、ほかのコンピュータから操作していたんだと思う。プログラムだけでは無理じゃないかな。西之園君の動きに対処しなくてはならないのだから」

「その操作は、どこからやったんですか？」芝池がきいた。

「ネットワークがつながっていれば、どこからでも可能ですね」犀川は答える。

「あの研究所のほかのフロアも捜索したのですか?」萌絵は質問した。「真賀田博士が隠れているような部屋がありませんでしたか?」

「地下は、全部で四フロアありますね。大まかな捜索は行いましたが、残念ながらすべてではありません。入れない場所があります」

「どこですか?」萌絵はきく。

「地下四階です」芝池は答える。「企業秘密だということで、立ち入ることができません。令状でもないかぎり、無理ですね」

「どれくらいの広さ?」

「さあ、わかりませんが、フロアの半分近くあるんじゃないでしょうか」

萌絵は黙って頷いた。「そこだわ」

「そこに、真賀田四季がいるとおっしゃるんですね?」

「そうです」萌絵はもう一度頷いた。「今すぐ、そこを調べるべきです」

「うーん」芝池は腕組みをして唸《うな》った。「しかし、そうそう簡単には参りませんよ。踏み込んで、もし、いなかったら……、大変ですし」

「いない可能性も高い」犀川が無表情で言う。「昨夜までは、そこにいたかもしれないけれど、今はもう、出ていっていない、ということも充分にありえます。警察は、研究所の出入りを完全におさえていたわけではありませんから」

「ええ、おっしゃるとおりです。あの海の方に出る出入口を使えば、事件直後なら充分に逃走が可能でした。現に、その志賀多麻紀《しがたまき》という女が、そこから出ていったんです」

萌絵はそうは思わなかった。真賀田博士なら、警察が踏み込めないことを計算しているだろう。

「あの、やっぱり、あれは機械仕掛けだったのですか？」牧野洋子が尋ねた。「副社長さんは、どんな方法で刺されたのですか？」

「今のところ、わかっていません」芝池は首をふる。「とにかく、それらしい機械はない。我々も、それを一番疑ったわけですが、そんなことは、できそうもありません」

「機械がなかったら、もっと不可能だと思いますけれど」萌絵が言う。

「ごもっとも」芝池は頷く。「いずれにしても、そのことで、頭を悩ませているわけでして……」

「もし機械がないのなら、誰かが持ち去ったことになるわ」萌絵は犀川を見ながら言った。

彼は視線を天井に向けたままだった。「あのとき、あそこにいた誰かです。それとも、私たちが向かいの部屋に移されたあとに処分したのです」

「塙社長と加古という男が、ずっと現場にいたと言っています」芝池が、感情を抑制した慎重な表情で言った。「あのフロアにいた職員も証言しているんですが、事件のあと、誰も通路を通っていません。つまり、処分するにしても、あそこからは持ち出せない」

「奥のエレベータは？」萌絵は尋ねた。「通路の突き当たりのエレベータが社長専用だと聞きました」

「あれは、昨日は故障して止っていました。メインスイッチが切られていたんです。それは確認しました」芝池が答えた。

「私、あれに乗ったんですよ」萌絵は言う。「その前の晩ですけれど、あのエレベータで、教会の礼拝堂まで上がって、もう一度下りてきたのです」

「おそらく、そのあとで、故障したんでしょうな」芝池が萌絵を見つめながら言った。「とにかく、動かない状態だったことは間違いありません。もちろん、誰も通路を通っていない、という目撃証言だって当てにはなりませんよ。会社のために嘘をついているかもしれないし、ガラスは腰より上の高さですから、屈《かが》んで進めば、見えなかったかもしれません。這《は》っていけば絶対見つからない。そうした可能性もないわけではありません。しかしですね、我々二人は、連絡を受けて、あそこに三分以内に到着しています」

「連絡をしたのは塙さんでしたね」萌絵は考えながら言う。「それに、窪川さんがエレベータまで迎えにきていませんでしたか？」

「窪川さん……。ええ、そう、あの人です。ロビィにいました」

「つまり、窪川さんにも塙さんが連絡したのですね」萌絵はそう言ってまた考える。窪川は研究所には下りなかったはずだ。レストランで食事が済んだあと、窪川はホテルのロビィにずっといたのだろうか。

「まえの二つの事件との関連については、どう考えているのですか？」犀川がきいた。

「今のところ、まったくわかりません」芝池は首をふって答える。「しかし、何らかの機械的な道具を使った可能性が、いずれも濃厚です。専門的な知識があるとみて良い。つまりは、同一犯、あるいは同一グループです。ただ、公式には、その辺は一切コメントできません。そんな状態ではないんですよ」

つまり、進展はない、ということのようだ。

「私たち、もう帰っても良いですか？」反町愛がきいた。

「ええ、そのことなんですが……」芝池は頷いてから、四人を順番に見た。「明日にでも、お帰りいただいてけっこうです。これは特別な措置なのですが、塙社長の強いご要望でもあり、我々もいたしかたない、と判断しました」

「ずいぶん、あっさりしてるんですね」犀川が口もとを上げた。「まあ、こっちとしては、ありがたいですが」

「帰るなんて……、そんな」萌絵は言いかける。

事件が解決していないのに、ここを離れるなんて、彼女は考えてもいなかった。

しかし、牧野洋子と反町愛はもちろん、犀川も、それを望んでいることは明らかだった。

萌絵は、唇を噛んで黙る。

どうしよう……。

「西之園さんのご希望どおりに、と塙社長はおっしゃっていましたよ」芝池はつけ加えて、席を立った。

鯉沼も黙って立ち上がる。二人は、結局、四人に何の事情聴取もしないで帰っていった。捜査の進捗《しんちょく》状況を説明にきたのか、あるいは、塙社長のメッセンジャとしてやってきたのか、そのいずれかだった。

2

午後は急に暇になった。

「本を持ってくれれば良かった」と言っていた犀川は、リビングのソファで眠ってしまい、萌絵たち三人は、食堂のテーブルで話をしていた。外に散歩に出かけるのも良いが、午後から雲が多くなり、外は寒そうだった。今にも雨が降りそうな天候である。

「なんかさ、この辺、あまり人が通らないじゃん」食堂の出窓から表の通りを見ながら反町愛が言う。「天気が悪くなると、急に寂しい感じなんだ。大丈夫かなあ……」

「何が？」萌絵はきいた。

「だって……」愛はテーブルの椅子に戻ってくる。「殺人鬼とか、いたりするわけでしょう？　ちょっとぶるぶるしない？」

「いないよ。そんなの」洋子が鼻息を鳴らした。「そうだ、万が一、そういう人が現れたらさ、一人が殺されている間に、二人は逃げることにしとこうね。恨みっこなしだよ」

「凄いこと言うなあ……」愛は口を開ける。「だんだん、牧野さんがどういう人かわかってきました。萌絵の上を行ってるね」

「うん、この辺かな」萌絵は片手を頭の上に伸ばして高さを示す。

「あのね、現実を見つめましょう」洋子は口を左右に動かす。「恐かったら、まず、玄関の鍵を閉めてきて」

「あ、そうだね」愛は素直に立ち上がった。

「鍵なら、私かけた」萌絵が言う。

「裏口は？」愛は落ち着かない表情である。

「ラヴちゃん、本気で恐がってるの？」萌絵は真面目な顔になる。「裏口も大丈夫よ」

「夜、一緒の部屋で寝ようね」愛が言う。

玄関のチャイムが鳴った。

反町愛が息を吸い込む音。

彼女は、突っ立ったまま萌絵と洋子を交互に見る。

「誰かな」萌絵は立ち上がった。

食堂の出窓からは、正面のゲートの付近がちょうど死角になる。彼女たちはホールに出て、玄関の窓から外を見た。

男性が三人、ゲートのところに立っている。しかし、それは見間違いだった。

「あ！　金子君」反町愛が高い声を上げる。

「浜中さんだ！」洋子のさらに高い声。

彼女たちは玄関のロックを外して、外へ飛び出した。

「国枝先生！」萌絵は、最初に走り出て、ゲートのロックも解除した。「凄い、犀川先生の言ったとおりの三人だわ」

「僕ら三人のこと？」浜中深志が言った。大きなスポーツバッグを肩に掛けている。三人の中では一番小柄である。「けっこういいとこじゃん。やっぱ、来て正解だった」

「どうして、ここだってわかったんですか？」牧野洋子が尋ねる。

「船であっちの波止場について」浜中が答える。「そこで、ユーロパークの事務所に調べてもらったんだよ」

萌絵の目の前で、国枝桃子は黙っている。彼女は、男物のジャンパだった。

もう一人、金子勇二はいつもの革ジャンにジーンズである。反町愛が近くに寄り添っていたが、彼は、周囲の街並に関心があるのか、遠くばかりを見ている。

六人が、玄関からホールに入ると、犀川がリビングから出てきた。

「やあ……」眠そうな顔で犀川は片手を挙げる。

「ゼミ旅行は中止にしました」国枝桃子が無表情で言った。

「そう……」犀川は頷く。「しかし、これだけいたら、充分ゼミ旅行だ」

「とにかく、紅茶でも飲みましょうか」牧野洋子が言う。「荷物は、二階の好きな部屋へどうぞ。今のところ、私たちの荷物は南側に置いてありますけど、部屋割りは、これから話し合いです」

　人数が多くなるほど、仕切りたくなるのが洋子の習性である。

「ね、ね、事件は？」浜中はオーバを脱ぎながらきいた。急に暖かい室内に入ったためだろう、顔が赤らんでいる。「飛行機に乗るまえ、テレビでやってたけど、何か進展してるの？西之園さんたち、また死体とか見たわけ？」

「恐いくせに、好きなんですね、浜中さん」洋子が笑う。

「うん、だってさ、ナノクラフトって、けっこう僕、ファンなんだよ。塙社長も、藤原副社長も、ゲーム雑誌とかコンピュータ雑誌とかに、よく出てるんだから」

「あ、それじゃあ、クライテリオン知ってます？」萌絵はきいた。

「もちろん」浜中は顎を挙げ、困った表情で萌絵を睨んだ。「当たりきしゃりきじゃん、そんなの」

「何ですか？　アタリキシャリキって？」萌絵は首を傾げる。

「ごめん、反省」浜中は口をすぼめて頭を下げた。

「そのゲームの最後まで、浜中さん到達したんですか?」萌絵は質問する。

「きいてきいて」浜中は満面に笑みを浮かべる。「もう、そのことなら、僕に何でもきいて」

「だから、きいてるじゃないですか」萌絵が笑って言う。

「あの、とりあえず、紅茶にしますか? コーヒーがいいですか?」洋子が少し大きな声で皆を制する。「紅茶の人」と、自分も片手を挙げた。

反町愛と金子勇二と浜中深志が手を挙げた。挙げなかったのは、犀川と国枝と萌絵の三人だ。

「多数決には従うよ」犀川が言う。

「いえ、紅茶が四つと、コーヒーが三つね」洋子はそう言いながら食堂に入っていく。「あ、反町さん、お願い」

反町愛が食堂に行き、金子と浜中は階段を二階へ上がっていった。国枝はようやくジャンパを脱いで、鞄を持ったまま犀川とリビングに入っていく。萌絵は、玄関のロックを確認してから、ドアの開いたままのリビングを覗き込んだ。

犀川はソファに座っていたし、国枝は窓際に立ったままで、外を眺めている。

「国枝先生、一日早くいらっしゃって、ご予定とか、大丈夫でしたか?」萌絵はきいてみた。

「大丈夫だから来たの」国枝は外を見たまま答える。振り向きもしない。そういう人格なのだ。

国枝桃子は、今年で三十二歳。絶対にそうは見えない。彼女は既婚者だ。結婚して二年になるが、子供はいない。国枝というのも旧姓で、今の本当の姓を萌絵は知らなかった。

「なかなか素敵なところだと思いませんか？」二人の教官が黙っているので、萌絵は当たり障りのない質問をする。

「何が？」国枝はこちらを向いた。

「いえ、このペンションです。海が近いし、そこの運河からボートで沖まで出られるんですよ」

「便利が良いってことね」国枝は無表情だ。「私、特に海って好きじゃないから、関係ない」

「西之園君、その会話はそろそろ打ち切った方が良い」犀川は口もとを斜めにして頷いた。

「今度はどんな事件なんですか？」国枝が腕組みをして壁にもたれかかる。もうすぐ食堂に呼ばれることになるので、座ってもまた立たなくてはならない。国枝のことだから、きっと、そのエネルギィロスを計算して、立ったままでいるのだろう。

「珍しいことをきくなあ……」犀川が大きな声を出す。「へえぇ……」

「先生は、私に何か特別な印象をお持ちのようですね」国枝が淡々と言った。

「常々、それを告白しようと思っていた。実はそのとおりだ」犀川は笑いながら言う。

「そうやって、人に固定した印象を持つことは、賢明とは思えません」

「僕は賢明じゃないよ」犀川は両手を広げる。「どうして、事件に興味を持ったんだい？　国枝桃子ともあろう者が」

「特に積極的に興味を持っているわけではありません。それ以上に興味のある対象が、ここにないだけです」

「あの……、事件のことでしたら、あちらでみんなに、ちゃんと私から話します」萌絵は二人の間に入って言った。「国枝先生、お疲れでしょう？　座って下さい」

「このユーロパークよりも、長崎の市街の方が、建築的には面白いものがあるわ。西之園さん、明日にでも案内しようか？」国枝は腕組みをしたままのポーズである。「貴女の卒論には、あまり関係ないけどね」

「そうか、国枝先生、こちらなんですものね」萌絵は、国枝桃子の出身が長崎だということを思い出した。「あ、先生、旦那様は？　旦那様もこちらにいらっしゃったのですか？」

年末にかけて、夫婦で帰省したのかもしれない、と萌絵は考えた。

「あの人はこっちじゃないよ」国枝は言った。「彼の実家は奈良だから」

「え、じゃあ、お正月は別々なのですか？」

「もともと別々だったんだから、しかたないわね」国枝は無表情で答える。

「はあ……」萌絵は頷くだけは頷いて、国枝の理屈を頭の中で再検討した。しかし、返す言葉もない。

「皆さん、どうぞ！　お茶入りましたよう」洋子の声が聞こえた。

3

時刻は四時十分である。

テーブルには七つのカップのほかに、チョコレート、ビスケット、ポテトチップスなどのスナックが並んだ。それらは、浜中深志と金子勇二が持ってきたものだった。まったく対照的な外見の二人であるが、こういったことで気が利《き》くところはよく似ている、と萌絵は思った。

事件のあらましを萌絵が中心に説明した。牧野洋子も反町愛もときどき補足をする。男子学生二人も、教官二人も、黙って彼女たち三人の話を聞いていた。まるで、いつものゼミのような雰囲気である。

事件のあった教会の礼拝堂、それから、ナノクラフトの二十四階の一室、ホテルの地下の研究所にあるＶＲ室、それらについては、紙に簡単な配置図を書いて説明した。ＯＨＰかスライドを用意して発表すれば、完全にゼミになる。

「だいたい、こんなところかしら」洋子が言った。

「そうね……」萌絵は天井を見て考える。「あ、そうだ、浜中さんに、クライテリオンのラストの話をしてもらわなくちゃ」

「どうして、ゲームが関係あんの?」浜中が逆に質問する。

萌絵は、その点も最初から説明した。そもそもは、横浜で犀川助教授が儀同世津子から聞いた話だった。ゲームのエンディング間際《まぎわ》の様子。そこに出てくるバネと滝のアイテム。そして、例のなぞなぞである。

「あ、それってさ、さっきの二つ目の事件にあったたね、バネと滝」浜中は首を傾げる。

「それは、既に犀川先生が解かれています」萌絵は犀川を見る。彼はお菓子には手をつけないで煙草を吸っている。

なぞなぞの答である夏と冬。それにバネと滝を加えての解答を説明して、さらに、クライテリオンのゲーム中、プレイヤたちが最後に通る通路を鳥瞰したときに現れる文字についても話した。

「ふえぇ!」浜中がのけ反って叫ぶ。「すっげぇ! それ、本当? 全然、知らなかったよ。それさ、日本中の人が不思議がっている謎なんだよ。そうなんだ、へえぇ……、でもさでもさ、そんなの、何の意味があるわけ? 普通の人には、関係ないわけじゃん」

「だから、妃真加《ひまか》島の真賀田四季博士が、ゲームにそれを仕込んで、気がつく人間を待っていたんです」萌絵が言った。「つまり、犀川先生のことを」

浜中深志も三年半前の事件のとき、真賀田研究所がある妃真加島へのゼミ旅行に参加していた。萌絵は学部の一年生なのに特別参加。浜中は当時大学院修士課程の一年生だった。犀川と国枝を加えて、四人がその島にいたし、四人とも、真賀田四季を直接見ている。もっとも、しっかりと顔を覚えている、という意味では、犀川と萌絵だけかもしれない。

「あのゲームね、最後まで行くってことに限れば、そんなに難しくはないんだ。面白いのは、パートナとの会話かも。でも、あの最後のところは、確かに意味不明だったよ。うん、本当にこれが正しい終わり方なんだろうかって、みんな思ったんじゃないかな。だから、きっと、何度もやり直してる奴がいるよね」

「じゃあ、浜中さん、なぞなぞとかは解かないで、そのままだったのですね？」萌絵がきく。

「そうだよ。みんなそうだよ。しつこい奴は、きっとナノクラフトに電話したんじゃないかな」

「電話しても教えてくれないんです」萌絵は説明する。「だって、ナノクラフトの人も知らないんだから」

「つまりは、どういう意味なの？」愛がきいた。

「そのなぞなぞを解いたキャラクタだけが、次のステップへ進むってわけだ」今まで黙って話を聞いていた金子勇二が口をきいた。「だから、犀川先生と西之園が、今、そのゲームの続きをしてることになる」

「そう……」萌絵は頷く。「そのとおり。先生も私も、そのゲームは知らなかったけれど、何故か、その続きをやらされているみたい」

「このユーロパーク自体がゲームの世界なわけ?」浜中が窓の外に目をやってきいた。「あぁ、だから、ドラゴンとか出てくるのか……。ひえぇ……」

「浜中さん、理由もなく、納得しないで下さい」洋子が言った。「全然、理屈になっていませんよ」

「でもでもさ、その地下の研究所なんて、もうすっかり、ダンジョンじゃん」

「ダンジョンジャン?」萌絵が眉を顰《ひそ》めてきき返す。

「ダンジョン」浜中が言い直した。「地下牢のこと。ゲームで、迷路とかになってて、魔物が出てくるところだよ」

「マモノ?」萌絵は首を傾げる。「魔物って?」

「西之園さん、やったことないの?」浜中が不思議そうな顔で尋ねた。

「はい」

「あ、そうなんだ……」浜中は頷く。「ロール・プレイング・ゲームってさ、だいたい中世風の街があって、そこで武器を調達したり、仲間を見つけて、それで、そのダンジョンに入っていくんだよ。そこで、魔物を倒しながらね、どんどん奥へ進むわけ」

「どうして、そんなことするんです？」

「どうしてって……、言われてもね……、きっといいことがあるから。お姫様とかが眠ってるんだ」

「ふうん……。魔物は向こうから襲ってくるのですか？」

「うーん、だいたいはね。こっちから襲いかかってもいいんだ。そいつらを倒すと、アイテムとか、お金とか、経験値とか、いろいろ得をするわけ」

「なんか、強盗みたいですね」萌絵は思い浮かんだことを素直に言った。

「まあ……、強盗といえば強盗かな。正義のためだから、しかたがない」

「萌絵が選んだパートナが、私と反町さんだったわけか」洋子が言った。

「でも、私たち、魔物なんかに出会ってないよ」愛が頬杖をしたまま言った。「あ、そうか、私の見たドラゴンが、ひょっとしてそう？」

「なんか、事件とは関係ない話をしてない？」浜中は腕を組んで言った。「先生たち、どうです？」

「気にしないで続けて」国枝は、ビスケットを頬張りながら簡単に言った。「適当に聞いてるから」

犀川は目を細めていて、眠そうである。彼は黙って軽く頷いただけだ。

「関係なくはないわ」萌絵が代わりに答える。

「そのゲームと殺人事件が、どう関係するのかって意味」浜中は萌絵の方を見て言った。

「ひょっとして、その殺された人たちも、キャラクタだったっていうわけ？　ヒットポイントが低かったから、やられちゃったとか」

「マルチプレイヤなんだ」洋子が言う。

「そんなこと言ったら、このパークの入場者全員がキャラクタだし、もっと大きく見れば、人間の社会だってゲームになる」金子が低い声で言った。このなかなか重みのある発言で、数秒間、沈黙が続いた。

「良い意見だ」国枝桃子が呟く。

「意見に良いも悪いもないだろう」犀川が言う。

「訂正します。私の思っていたことに近い、という意味」国枝がすぐに言い直した。

「どちらにしても、狂っていますよね」牧野洋子が真剣な表情で話す。「そんなゲーム感覚で、あれだけのことをしたとしたら、もう救いようがないじゃありませんか。警察に捕まらないとでも思っているんでしょうか？」

「だけど、現にまだ捕まっていないわけだろう？」金子がぶっきらぼうな口調で言った。

「なんで、誰がやったかわかんねぇんだろう？　これだけ科学捜査が進んでいるのに」

「範囲を限定することは簡単でも、この人物だっていう特定は難しいんじゃないかしら」萌絵が答えた。「ナノクラフトの内部の人間、真賀田四季博士か、彼女に近い人物だということは確かだわ。コンピュータの操作が自由にできて、社内の事情にもかなり詳しい。たぶん、それだけの条件に当てはまる人は、数人だと思う。でも、内部の人だったら、指紋がどこにあっても不自然ではないわけだし、決定的な証拠があるような、そんな話、刑事さんたちはしていなかったわ。逃げている女性も、まだ見つかっていないし」

「どうでも良いけど、明日帰るんなら……」国枝桃子が言った。「飛行機の手配、電話でしておいた方が良いよ」

「良い意見だ」犀川が小声で言った。

「犀川先生だって、同じ定義でお使いになっています」国枝が犀川の方を見た。

「国枝君に合わせたんだよ」犀川はそう言って、煙草に火をつけた。

4

島田文子が訪れたのは、暗くなってからだった。

萌絵が玄関に出ると、彼女は、首を横に二十度ほど傾けた。空気で膨らんだジャケットが、彼女の細い躰をよけいに目立たせている。

「私が住んでるの、このブロックの一番端だよ」島田は西の方角を指さす。「もうすぐ引越だけど」

「東京で、就職活動はいかがでした？」萌絵は彼女を室内に招き入れてからきいた。

「手応《てごた》えないなあ。もう歳だから、私」島田文子はジャケットを脱いだ。「賑《にぎ》やかね。大学の人？」

「ええ、犀川先生もいらっしゃっています」

「うっそ！　わあ、出直してくる」文子は玄関に戻りかける。

「島田さん」食堂のドアを開けて、犀川が顔を出す。

「犀川先生、お久し振りです」彼女は滑らかにUターンして、お辞儀した。「すみません、突然お邪魔してしまいまして」

「おや、ずいぶん……、世間ずれしましたね」犀川は微笑む。「まあ、お互い様ですけれど」

島田文子は手足をぴんと伸ばして歩き、食堂に入った。金子勇二と反町愛は、夕食の準備のためキッチンのカウンタの中にいる。浜中、洋子、それに国枝桃子は、二階に上がっていた。テーブルに座っていたのは、犀川一人だった。

萌絵は、島田に椅子をすすめてから、自分は犀川の隣の席に腰掛けた。

「一時間くらいまえに、こちらに戻ったところ。会社に電話したら、この場所を教えてくれたの。副社長のことは、ニュースで聞いたわ。もうびっくりよ」文子は萌絵を見て言う。

「あちら、今頃大変でしょうね。どうして、私って、こんなのばっかりなのかしらって思う」

「私は、もっと凄いんですよ」萌絵は肩を竦める。「新庄さんと松本さんの事件は？」

「え？　何のこと？」文子はきき返した。

萌絵は、一昨日からのことを島田文子に話す。話を聞いているうちに、彼女は片手を口もとに当て、泣きだしそうな表情になった。

「松本さんっていう人は、私、知らないけど……」文子は萌絵の話が終わると言った。「新庄さんは、もちろん、何度か話をしたことがある」

「松本さんは、島田さんが辞められたあと、同じポストに来た人だって聞きました」萌絵は文子の表情を見る。

「信じられない」文子はますます目を見開いた。「ひょっとして、私が、そのままそこにいたら、殺されていたかもしれないってわけ？」

「いえ、そんなことはないと思います」萌絵は文子のために微笑んだ。「島田さん、あのＶＲのシステムにはお詳しいんですか？」

「ええ……、映像出力の方は、ほとんど私が担当していたから」文子は頷く。「入力関係とか、あと、ハードのこととかは全然わからないけど」

「加古さんを、ご存じですか？」萌絵が質問する。

「ええ、もちろん。そう、彼は入力の方ね。あの人、もともと計測器関係のチームだったの。つい最近、こちらに移ってきたのよ。ハードはメカトロの連中が担当したし」

萌絵は、ＶＲの部屋で自分が見たものを詳しく説明した。

「黒い人間が出てきて、ナイフで藤原さんの背中を刺したんです。私は、彼の躰の中でそれを見ました」萌絵は、その信じられない光景を思い浮かべながら話した。「島田さんのプログラムを、誰かが書き替えないかぎり、できないでしょう?」

「うん、まあそうね。基本的にはデータの問題だけど、ゴーグルに映っている画像が、モニタには映らなかったという点は変だわ。それは、プログラムを一部書き替えないかぎり不可能」

「誰なら、それが可能ですか?」萌絵はきいた。

「誰でもできるわよ」島田文子の返事はあっけない。「研究所の人間なら誰だってね。アクセス権の問題はあるけど、あんなもの簡単に潜り抜けられるし。ちょっとパッチを当てておけば、あとは、データが所定のパケットで入ってきて、それ相応の映像が出るだけだものね」

「VRの入力装置、あの、藤原さんと西之園君が装着した装置が、もう一つどこかにあるんですか?」犀川が初めて質問した。

「いえ、ないと思います」文子は首をふった。「手前にある二つ目のが、できたばかりなんです。私がいた頃は、まだボディ・デジタイザは一つしかありませんでしたから」

ボディ・デジタイザというのが、あの装置の名称らしい。人間の躰の動きをリアルタイムで計測するメカニズムである。

「もしも、そのボディ・デジタイザがほかにないとしたら、どうやって、黒子を動かしたのでしょう？」犀川はきいた。

「人の動きを再現することは、ソフト的に可能です。だから、仮想空間であやつり人形を動かすことは、技術的には全然難しくありません。キーボードかジョイスティックでも、簡単な動作なら指示できます」

「人間らしく動きますか？」萌絵は尋ねる。

「ええ」文子は軽く頷いた。「それくらいのノウハウなら、既に確立しているから……」

「それは、どこからでも可能ですよね？」犀川はさらに質問した。

「もちろんです。ネットワークがつながっていて、それ相応の通信速度が確保されていれば。ただ、どちらにしても、このシステムのソースを入手できて、イベントのシーケンスやデータフォーマットも、オブジェクトのツール関係も、かなり詳しく把握している必要があります。もし、私がそれをやったとしても、ゼロからだと一週間はかかりますね」

「島田さんより、早くできる人は？」萌絵はきく。

「いないわ」文子は普通の表情で首をふった。

「真賀田博士なら？」萌絵は尋ねた。

「たぶん……、そう、一時間か二時間ね」文子は答えた。

「できる人はどれくらいいますか？」犀川がきく。「物理的には可能でも、あれだけのことを、誰にも気づかれずに、実際にできる人なんてごく僅かでしょう？」

「塙社長や藤原副社長ならできた、と思います」文子は答えた。「加古君はどうかな……、ちょっと無理じゃないかしら」

「藤原副社長もプログラムができるのですか？」

「ええ、相当なものよ」文子は口もとを斜めにする。「そんなイメージじゃないって、西之園さん、言いたいんでしょう？」

「いえ、そういうわけじゃないけれど。プログラム開発は塙社長の方で、自分は営業だって、おっしゃっていたから……」

「それは最近のことじゃないかな。あの二人は学生時代から、もう凄腕のハッカだったのよ。実際、ゲーム系は藤原副社長の方が強いんじゃないかしら。あのVRルームだって、入り浸っていたのは、副社長の方だったもの」

「そうね、確かに、見せてくれるって言いだしたのは、藤原さんの方だったわ」萌絵は頷く。

「だけど、そんなことよりも、どうやって本物のナイフで、副社長の背中を刺せたわけ？だって、部屋には誰もいなかったんでしょう？」

「機械だと思うんです」萌絵は答える。「ナイフを摑んで動かすマジックハンドみたいな機構の……。何か心当たりはありませんか？」

「ロボット？」文子は眉を寄せてきき返した。「そりゃあ、できないことはないと思うけど……。うん、確かに、この二、三年でそういうのって、もの凄く小さくできるようになったし、お金さえかければ何だってできちゃうわけ。でも、その関係のソフトウエアを書き替えないといけないわけだから、むしろ、そっちの方が大変だと思うな」

「西之園君は、そのナイフを摑んだんだよね？」犀川が短く言った。

「摑みました」萌絵は頷く。

「そう、そこなんです」島田文子は犀川の方を見て満足そうに微笑んだ。「出力オブジェクトのデータとして書き込まれている証拠です。あのシステムでは、起動時に出力オブジェクトのデータはメインのハードからRAM《ラム》に移るんですけど、そのハードにデータの書き込みができた、ということ」

「プログラムを書き替えるのと同じことでは？」犀川が言った。

「もちろん、そうなんですけど……」島田文子はじれったそうに躰を揺すった。「その……、説明が難しいんだけど、なんていうのか、そのベースメモリだけはOSが別で、プログラム自体よりもプロテクトが厳しいんです。あ、覚えています？　レッドマジックなのよ」

「レッドマジック？」萌絵は繰り返した。

それは、真賀田研究所のコンピュータを統括していたオペレーティングシステムの名前だった。真賀田四季自身が設計したもので、通常のUNIX《ユニックス》などに比べてセキュリティが劇的に改善されている、と聞いていた。

「ナノクラフトでは、真賀田研究所でもまだ使われていなかったレッドマジックのバージョン6を稼働させています。それは、一部のスーパ・コンピュータの周辺だけで、もちろん全域ではありません。でも、あのVRの映像関係には、並行処理系のマシンが三台使われていて、そのうちのメインの一台が、レッドマジックで動いているんです。それ、本当は、会話の文節処理とか音声入力の処理のために導入したマシンなんですけどね、仮想空間に現れるロボットの制御をするための……。まだ、完全には実現していないわ。西之園さん、バーテンダとは話をした？」

「あの、具体的にどういうことですか？」萌絵は文子の説明が専門的過ぎてわからなかった。「レッドマジックだと、何がどう違うの？」

「簡単に言うとね……」文子は目をぐるりと回してから話す。「仮想空間に存在する物体のうち、反力を出力するもの、つまり、摑んだときに手応えのあるものは、全部レッドマジックがデータを出していることになるわけ。えっと……、西之園さんが見たものでは、ラケットとか、グラスとか、それに、そのナイフ。全部、触ることができるもの」

「それが、もともとはレッドマジックが記憶しているデータなのですね？」萌絵は念を押す。

「そう、ほかのオブジェクトよりずっとデータ量が多いし、最近入力されたものばかり。全部、レッドマジックの管理下で記憶しているわ」文子は説明する。「だから、それを書き替えることは、けっこう手間なわけよ。それに、レッドマジックは、ファイルの書き替えは全部、克明にレコードするから、内緒ではできない。全部記録が残ってしまう。痕跡を残さずに、書き替えることは絶対に不可能なの」

「誰が、あの空間にナイフを持ち込んだのか、それが、わかるということですか？」萌絵は尋ねた。

「そういうこと」島田文子はにっこりと微笑む。「たとえ、データを消去しても、いつ、誰が、どこから、どんな手続きで、それを消したのか記録されるわ」

「つまり、仮想のナイフを持ち去るのも、勝手にはできないわけですね？」

「そう」文子は頷く。「だから、それを調べれば、誰がやったのか、たぶんわかると思う。その人が、仮想空間にナイフを持ち込んだ人」

「その人が犯人……」萌絵は犀川を見て呟く。

「とは限らない……。しかし……」犀川が無表情で言った。「少なくとも、犯人の一部だ」

「そのこと、警察は知っているかしら？」萌絵はきいた。

「知らないと思うなあ」文子は首をふる。「気がついているとしたら、誰かな……、塙社長か、あとは……」

「まだ気がついていないかもしれないわ」萌絵が言った。「連絡しましょうか？　いえ……、私たちで、調べにいきません？」

「どこへ？」文子は目を丸くして萌絵を見る。

「島田さんのお宅には、レッドマジックにアクセスできる端末はないの？」

「あれはね、外部にはつながっていないから、研究所に入らないと無理ね」

「研究所か……」萌絵は口を小さくして、上目遣いに天井を見た。

5

島田文子も交えて八人。夕食は賑やかだった。

芝池から一度電話があったが、捜査の進展はまったくない、との内容だった。また窪川からも、何か不自由はないか、という確認の電話があった。

牧野洋子、反町愛それに金子勇二の三人が用意したディナーは、バラエティに富んでいて、とても豪勢だった。チキンの唐揚げ、オニオンスープ、スパゲッティ、サラダ、それにどういうわけか、ざる蕎麦《そば》もあった。沢山の皿がテーブルの上に並んで、全員がビールで乾杯をする。アルコールを滅多に飲まない犀川も、コップにビールを半分ほど注いでグラスを鳴らした。

「私たち、こんなことしてて良いのかしら」島田文子が真面目な顔で言ったが、完全にジョークだと受け取られ、国枝桃子を除く全員が大笑いした。

「私は毎日、その文句で目が覚めるよ」国枝は口もとを斜めにして言った。それは、彼女にとっては笑っている顔だったし、それに、ジョークを言っていることも、萌絵にはわかった。

「何のために生きているのか、という意味ですか？」洋子が国枝の方を見てきいた。

「パンのため」国枝が答える。

「あ、それそれ！」ビールで真っ赤な顔をしている浜中が黄色い声を上げる。彼の声は女性のように高い。「えっと、クライテリオンに出てきたやつだよね」彼は少し考える。「えっとえっと、汝、選ばれし者、ここに跪きて、我らの父より、一片のパンを受けよ……、だったかな、最後の文句なんだ」

「それは、僕も聞いた」犀川が呟く。

「パンって、このパン？」フランスパンを手に持っていた反町愛が首を傾げる。「パンのために生きているんじゃない、っていうのならわかるけど……」

「なんというのか、仏教的ね」洋子が言う。「結局は、食べるために生きている、なんて素朴で素敵。禅なんじゃない？」

「わかんないこと言うなあ」浜中が顔をしかめた。「あれ、カッコいいけどさ、これまた全然意味不明なんだよね。最後の最後にパンを一切れもらったって、嬉しくもなんともないじゃん。せっかく戦い抜いてそこまで来たのに、お姫様もいないし、宝物もないし、このゲーム、何なんだって感じでさ」

「このゲーム何なんだ、と思わせるだけで、価値は大きい」国枝が口もとを上げる。「少なくとも、お姫様や宝物よりはね」

「人間の欲望を戒《いまし》めているわけですね」洋子が補足する。

「戒められてもなあ……」浜中は不服そうである。

「浜中さんって、戒められやすいタイプですよね」洋子が言った。

「それ、どういう意味?」浜中が言う。

食べる方が一段落すると、リビングに場所が移った。グラスも皿も全員で運び込み、靴を脱いで絨毯《じゆうたん》の上に座り込んで宴会は続く。萌絵が途中で気がついたとき、犀川は窓際のソファで居眠りをしていた。それが、八時頃だ。

片づけものをするために金子と浜中がキッチンへ行き、リビングで話をしているのは女性五人だけになる。犀川はまだ眠っているようだった。

萌絵は一時間ほどまえからアルコールをやめて、酔いを醒ましていた。時刻は既に九時を回っている。

「島田さん、研究所には、入れませんか?」萌絵は横にいた島田文子に顔を近づけて囁いた。

「もう所員じゃないもの」文子は答える。

「駄目か……」

「うん、でも、あれはね、私が作ったシステムだから」

「え、入れるんですか？」

「入れるわよ」

「今から、行ってみたいんですけれど」萌絵はさらに小声で言った。

「今からぁ？」文子が声を上げる。

「どうしたの？　何の話？」洋子が気づいて、こちらを向いた。彼女と反町愛は、国枝桃子と真面目な顔をつき合わせて別の話をしていたのだ。

「なんでもない」萌絵はそう言って立ち上がる。「島田さん、ちょっと」

彼女は島田文子を窓際に引っ張っていく。二人の様子を牧野洋子がじろじろと見ていた。

「さっきのお話にあったレッドマジックに残っているオブジェクトのデータ……、それを調べにいきたいんです」萌絵は窓際で文子に耳打ちした。「島田さんなら、顔見知りの人ばかりでしょう？」

「それはそうだけどさ」島田は顔をしかめた。「なんか、あまり近づきたくない感じだしなあ」

「犀川先生に一緒に行ってもらいます」萌絵は、ソファで眠っている犀川を見下ろす。

「うーん」文子も犀川の寝顔を見て唸った。

彼では大して頼りにならないのでは、と思っているようだ。

「ちょっと、ファイル書き替えの記録を調べるだけです」萌絵はプッシュした。

「そうね……」文子は窓から外を見る。

運河は真っ暗で、対岸の街灯を点々と映している。暗くなってしまえば、ヨーロッパも日本も風景に変わりはない。

「お願いします」

「わかった」島田は頷いた。

「そこ、何をこそこそやってんの?」牧野洋子が部屋の中央から言った。「いやらしいわね」

「私と島田さんと犀川先生で、ちょっと出かけてくることになったの」萌絵は説明する。

「ユーロパークの中の、あのホテルまで」

「今から? え、どうして?」洋子は驚いた様子だ。

反町愛と国枝桃子も、こちらを見た。

「明日には帰ってしまうのだから……」萌絵は理由を考える。「どうしても、今晩じゃないとできないことなの。その、つまり……、調べておきたいことがあって……」

「研究所へ行くの?」国枝桃子がきいた。

「はい」萌絵は頷く。「島田さんと私だけじゃ、ちょっと不安だから、犀川先生に一緒に行ってもらいます」

「金子君連れていったら?」洋子が言った。「犀川先生なんかよりは、ずっと頼りになるんじゃない?」

「ええ、でも、それじゃあ、こちらが不安でしょう?」萌絵は答える。

「あ、ああ……、そうか」洋子は、今気がついたといった顔で頷いた。「こちらは、金子君と浜中さんが戦士なわけね」

「みんなで行けば?」反町愛が言った。「みんな、一緒にいようよ」

「車に乗れないもの」萌絵は言う。

「犀川先生の車ね……」洋子が呟いた。

ここで、全員が黙った。合意が得られたという沈黙である。萌絵は、ソファに寝ていた犀川を起こす。

「ん? どうしたの?」犀川は起き上がって、欠伸《あくび》をする。「もう、みんな寝るの?」

「先生、今から研究所のコンピュータを調べにいくことになりました」犀川の前に立って萌絵は話した。

「なりましたって?」

「レッドマジックの記録を見にいくんですよ」

「どうやって入るの? 連絡をしたの?」犀川は、目を細めて萌絵を見上げる。

「いえ、島田さんが、あそこに入ることができるって」

「無断で入るわけ？」

「だって、連絡なんかしたら、私たちがそれを調べにきたことが、犯人にもわかってしまうかもしれません」

「誰が犯人なんだい？」犀川はそう言いながら、下を向いて煙草に火をつけた。

「特定はできませんけれど、ナノクラフトの誰かです」

犀川は煙を吐き、しばらくして頷いた。「ＯＫ」

意外にあっさりと犀川が受け入れてくれたことに、萌絵は拍子抜けした。

犀川は腕時計を見て立ち上がり、ソファの後ろに掛けてあったコートを着た。

「国枝君たちがいるから、ここも大丈夫だね」犀川は言う。「何もないとは思うけど……、一応、戸締まりには気をつけて」

6

外は寒かった。

犀川が運転する車の後部座席に島田文子が、助手席に萌絵が乗り込んだ。橋を渡っているとき、遠くにユーロパークの明かりが見えた。

「車は駐車場までで、ゲートから中は、歩かないといけないですね?」犀川が前を見たまま言う。

「あ、いえ、大丈夫です」島田文子が後ろから身を乗り出して言った。「研究所に行くって言えば、入れてもらえますよ。たぶん、私の顔を覚えていてくれると思います」

そのとおりだった。一般入場者のゲートは既に閉まっていたが、その横の関係者専用の出入口で、守衛に文子が説明するために車から一度降りた。萌絵は車の横に立ってしばらく待つ。文子はすぐに戻ってきて、前方のポールは簡単に上がった。犀川の車はユーロパークの敷地内に入った。

園内では、ゲートに向かって走ってくるクラシックカーのバスやタクシーとすれ違った。まだ入場者たちも、ちらほらと歩いている。

左手の運河の向こう側にはライトアップされたオランダ風車が見え、夜景になると、ますますおもちゃのようだった。歩道には黄色い光を放つ街灯が整列している。

橋を渡り、街の中に車は入った。石畳の道路でタイヤが低く鳴る。やがて、教会のある広場に出た。

「まだ、あんなに警察がいるね」犀川が前を見て言った。

教会とホテルの間の道路に、昼間と同様に、沢山の車が駐車されている。パトカーは三台、あとはセダンとワゴン車が半々だった。全部で十台ほどある。ホテルへの入口に、警官が立っているのも見えた。

「波止場の方です」文子が犀川に言った。

車は広場の北側の道を回り、橋を渡る。海が見えてきた。

道幅が広くなっているところに車を駐めて、三人は降りた。海の方から冷たい風が吹いている。

「あの建物」文子が指をさす。

「ああ、僕もあそこから入ったんですよ」犀川は応えた。

塙香奈芽と一緒に、犀川はそこから研究所に入った、と話した。萌絵はその入口は初めてだった。

もう、辺りに歩いている人影はほとんどない。

その建物の中の居酒屋は、一応まだ営業しているようだった。牧野洋子と反町愛が松本卓哉と会ったという店だ、と萌絵は思う。松本は、研究所から出てきて、すぐの店に入ったのであろう。

それからは、萌絵にとって驚くような光景ばかりだった。ドアを開けるとコンクリートの未来的な通路、地下へ下りる階段、そして再び無機質なドア。島田文子は持っていたカードを使い、それを開け、最後のガラスドアの前では、キーボードを幾つか叩いた。

「これ、実は去年のカードなの」文子はそれを振ってみせた。「別に何だって開くのよ。最後のここだけが問題なんだけど、これもね、緊急避難用に、基本的には、開くように設計されてるの。私がシステムを作ったんだから、なんてことないわ」

「でも、記録は残るんでしょう？」萌絵はきいた。

「そんなの誰も見てないわよ」文子がそう言うと、最後のガラスドアが開いた。「それに、西之園さんと犀川先生のことも、無視してくれる」

「昨日、友人の名前を使ったから、あれ、消しといてくれませんか」犀川は言う。「ここもレッドマジックですか？」

「消しときます」文子はしばらくキーボードを叩く。「ここのシステムは、大馬鹿ものですから」

トンネルのような真っ直ぐの通路を三人は歩いた。

「これ、海の下ですよね」萌絵は言う。

角を曲がるとエレベータのドアがあった。

ドアが開き、三人はそれに乗り込む。エレベータの下降する加速度。

「あれ、下ですか？」犀川がきいた。

「ええ。地下四階だけは、下です」

つまり、エレベータの乗り込み口が、地下三階と地下四階の中間に当るようだ。両フロアが少し離れていて、地下四階の天井が高いということになる。

「警察がいますよね」島田文子は振り向いて言った。

「職員だって顔をしてれば大丈夫」犀川が呟いた。

ドアが開くと、思ったとおり、二人の警官がそこに立っていた。三人は頭を軽く下げて、彼らの間を通り抜ける。呼び止められなかった。

そのフロアも、昨夜見た場所と同じに見えた。

両側にガラス張りのパーティション。通路がその間を真っ直ぐに延びている。しかし、その通路は半分までしかない。中央にあるエレベータのドアも見当たらなかった。半分ほどのところで突き当たりになっていた。

島田文子は、その手前にある左手の部屋へ入っていく。近づいてみると、通路は突き当たりから折れ曲がっていた。その先が気になったが、萌絵は文子について、オフィス風の部屋の中に入った。犀川も後からついてくる。

長細い部屋で、明るかった。

奥に若い男が三人ほどいる。島田文子の姿を見て、彼らは驚いた表情で顔を上げた。

「ちょっとね」文子は片手を挙げて、彼らの方に近づいていく。「頼まれものなのよね」

彼女は奥の三人の男たちと話を始めた。犀川と萌絵は、入口付近に立って待つことにした。

7

「事件のための調べものだって、正直に説明したわ」島田文子は萌絵たちのところに戻ってきてそう囁いた。

三人は低いパーティションで仕切られた一角に入り、そこにあった折り畳みのパイプ椅子に腰掛けた。

デスクに四台のディスプレイが並んでいる。文子は、右から二つ目の前に座った。スイッチを入れるとハードディスクとファンの僅かな回転音が鳴る。

「さてと……、私のこと、まだ覚えていてくれてるかしら」文子は嬉しそうにキーボードを叩き始める。ディスプレイの下から文字が現れ、順番に上方へスクロールする。文字は緑色だったが、たまに現れるRED MAGICの文字だけが赤い。

ぶつぶつと独り言を呟きながら、島田文子はキーボードを叩く。それ以外はメガネを片手で上げたり、首を傾けたりといったポーズでディスプレイを見つめている。途中で画面は急に様変わりし、ウインドウのデスクトップが現れた。ダイアログに島田文子はパスワードを打ち込んでいるようだ。

たちまち、大小の重なったウインドウで画面はいっぱいになった。

「はい、ここね」文子はそう言って、マウスに右手を触れる。「えっと……」

検索のダイアログに数字を打ち込む。そのたびに、リストのスクロールが止った。

「見つけた」彼女は小声でそう言った。「これだわ。えっと……、四日まえか……」

「ナイフのデータですか？」萌絵が立ち上がってディスプレイを覗き込む。

「ちょっと待って。今確認するから」島田文子は、またマウスに触れる。デスクトップ上に新しいアイコンが現れ、文子は、ファイルの一部を選択して、そのアイコンまでドラッグした。

突然、中央に新しい小さなウインドウが現れる。一瞬でナイフの絵が立体的に描かれた。文子がマウスを動かすと、そのナイフはぐるぐると回転する。いろいろな角度から見た映像が瞬時に作られているのである。

「私が見たのは、これです」萌絵は答えた。心臓がどきどきと音を立てている感じがした。

「間違いありません」

萌絵は振り返って犀川を見た。彼は椅子に腰掛け、無表情でディスプレイを眺めている。萌絵の方を見なかった。

島田文子は別のウインドウに戻って、その一行をクリックした。

「四日まえの午前一時に書き込まれている。修正はなし。書き込んだのは……」島田文子は画面を横にスクロールさせた。「えっと、ＳＩＫさんね」

「シクさん？」萌絵は画面に焦点を合わせる。

SIKという三文字が見えた。

「端末は……、所内ね。えっと、これ、どこだろう？」文子はまた検索を始める。

別のウインドウが開いて、ピンクにマークされた箇所が中央に現れる。

「pansyって名前だけど、これどこかな……」文子は素早く立ち上がって大声で叫んだ。

「おーい。ガモンちゃん！」

彼女に呼ばれて、部屋の奥にいた、太った男がやってきた。

「パンジィって端末知ってる？」文子はその男にきいた。

「パンジィ？　知らないすよ」ガモンと呼ばれた男が答えた。

「あんた全部知ってるんじゃないの？」文子が尋ねる。

「知ってますよ」

「でも、パンジィは所内の端末だよ。これ見てごらん」文子がディスプレイを指さす。「ほら、ルータのマスク内でしょう？」

太ったガモンが、舐《な》めるほどの位置までディスプレイに近づいて覗き込んだ。

「おっかしいなあ……」彼は口を尖らせる。「少なくとも、僕の管理してる中にはないすね。ＩＰいくつです？」

文子が画面をスクロールさせる。ガモンは、それを見た。

「二五四番ですか？　そりゃ、無断で使ってるなあ」

「これ、レッドマジックなのよ。無断じゃアクセス許可しないよ」文子が言った。

「そうですよねえ」彼はそう言って、のけ反るように顔を上げる。「これ、事件に関係あるんすか？」

「まあね」文子が答える。「あんがと。もういいわ」

「島田さん、なんで辞《や》めちゃったんすか？」ガモンは照れ臭そうな表情で腹を揺すった。

「替わりのチーフが使えない馬鹿で、僕らやる気なくしてんすよ」

「替わりのチーフって……」島田が振り返ってガモンを見る。彼女はそれから萌絵の方を向いた。

「松本卓哉さんのことですか？」萌絵がきいた。

「ああ、ええ……」ガモンは答えてから、急に困った顔で部屋の奥を振り返った。「内緒ですよ。でも、実際、みんなそう言ってますから。島田さん、戻ってきて下さいよ」

「私さ、辞めたんじゃないわよ」島田文子は立ち上がった。「辞めさせられたの」

「え？　本当に？」ガモンはびっくりした表情である。「そうなんすか？」

「嘘なんか言わないよ」文子が頷く。「今、職探しで大変なんだから」

「あの、松本さんは？」萌絵は、ガモンの様子が不自然だったので、確かめようと思った。

「今、海外出張で、いませんけどね」ガモンはぶっきらぼうに答えた。

8

牧野洋子と反町愛は、食堂のテーブルの同じ側に並んで座っている。反対側には、金子勇二と浜中深志がいる。四人は、まだビールを飲んでいた。

二階から国枝桃子が下りてくる足音。彼女が戸口に現れたので、洋子は振り返る。

「ジョギングしてくる」国枝桃子は言った。上下のスポーツウエアを着ていた。

「ジョギングですか？　今から？」洋子は高い声を出す。

「うん、最近、ちょっと運動不足だから……。私が出ていったら、鍵閉めといて、きっかり四十五分で戻るよ」

国枝は、そう言い残して玄関の方へ消える。

「あ、先生！」洋子は慌てて、ホールへ飛び出した。

既に玄関のドアを開けて、国枝桃子は外に出ようとしていた。

「大丈夫ですか？」洋子は駆け寄る。「あの、一人で、こんな時間に……」

「足は速い方だから」国枝は無表情だ。

「そういう問題じゃ……」

しかし、国枝桃子は出ていってしまった。ゲートを潜り抜け、暗い運河沿いの歩道を走り去った。

しかたなく、洋子は時計を見てから、玄関のドアをロックした。十一時だった。

「国枝先生も、ジョギングなんて無駄なことするんだね」後ろで浜中が言う。「なんか、四人になって、心細くなってきたなあ」

「恐がりなんだから」洋子は小声で言う。先輩に向かって言う言葉ではないが、ほかに誰も聞いていない。自分は酔っているのだ、と洋子は心の中で弁解した。

「あの先生も、変わってるね」食堂に戻ると反町愛がビールを飲みながら言った。「何をしにきたのかって感じじゃん。ねぇ?」

「どういうこと?」椅子に座りながら洋子はきいた。

「浜中さんは、牧野さんに会いにきたんでしょう?」愛が言う。

「い、いや、そういうわけじゃあ……」浜中が苦笑いする。

「こいつはね、おいらに会いにきたんよ」愛は金子を指さした。「でもって……、国枝先生は、誰が目当て? 犀川先生?」

「国枝先生は結婚してんだぜ」金子が煙草に火をつけながら言った。「やめろよ、そういう馬鹿みたいな話」

「そう?」愛は澄ました顔をする。「萌絵は、もう、めろめろだけどさ。うん、あれは、いかんのよう。絶対許さんから。俺の目の黒いうちは許さん」

「話がよくわからない」金子が言う。「浜中さん、わかんないでしょう？」

「うん、わかんない」浜中が吹き出した。「反町さん、酔っ払ってるわけ？」

「ごじょーだんを」愛は頭をぶるっと振った。「僕、いっぺんでいいから、酔ってみたいのよね……。酔った経験ないわけよ。はは、飲めば飲むほどまともになるからなあ。ああ、暑いなあ、ちょっとエアコン強くない？」

「窓開けようか。煙草で空気が悪いよね」洋子が立ち上がった。

牧野洋子は出窓のガラス戸を少し開ける。冷たい空気が頰に当たり、気持ち良かった。

エンジン音が聞こえた。

洋子は最初、大型のバイクかと思った。

「船かな？　モータボート？」洋子は身を乗り出して、窓から表の方を覗く。暗い運河をゆっくりと横切っていくクルーザだった。

「あ、あれあれ、私たちが乗ったやつじゃない？」洋子は窓際で片手を振って呼んだ。横から見たとき、クルーザの特徴的な屋根の形が目についたのだ。空港からユーロパークの波止場まで、新庄久美子に送ってもらったときの船に似ていた。

反町愛がのんびりとした動作で窓までやってきたが、彼女が見たときには、もうクルーザは見えなかった。

「モータボート？」浜中がテーブルからきいた。

「ちょっと見てこよう」洋子は、食堂を横断してホールに出る。

ほかの三人もついてきた。リビングにあった上着を急いで着て、全員で玄関から出る。ゲートを走り抜け、表の道路を横断して、運河沿いのガードレールまで来た。

左手にクルーザが見えた。

ゆっくりと方向を変えようとしているところだった。

そこの桟橋に、船をつけようとしているようだ。

「同じかな……。わかんないよ。同じ型の船なんか、いっぱいあるんじゃないの」反町愛が言う。

周囲には人気《ひとけ》はない。

道路に駐まっている車は一台しかなかった。今、クルーザが停泊した付近に駐まっている乗用車である。並んでいるペンションで、明かりがついているのは、見渡すかぎりでは、彼女たちの五十五番地の一軒だけだった。街灯だけが、真っ直ぐな歩道と運河の境を照らし出している。

「やだ……。誰もいないみたい、この辺」愛が金子の方に寄りながら言った。「お隣も留守だし」

「シーズンオフだからな」金子が言う。

洋子は、そんな会話を聞きながらも、クルーザの方をじっと見つめていた。船は桟橋にバックして停まった。明かりが灯っていて、人影が動いている。一人だけしか見えなかった。

「国枝先生、どっちへ走っていった？」浜中が洋子にきいた。

「あっち」洋子は後ろを指で示す。クルーザとは反対の方向だ。

「ねえ、もう入ろうよ」反町愛が言う。「星も見えないしさ」

「何をしてるんだと思う？」洋子はクルーザを見て呟く。

クルーザから桟橋に降り立った人影が歩道まで上がってきた。道路を横断して、そこに駐車されていた車から荷物を引きずり降ろした。その大きな荷物を引きずって、船の方に戻ろうとしている。桟橋に下りる階段では、転げ落すように荷物を扱った。距離は五十メートル以上離れていたが、大きな音が聞こえた。街灯とクルーザのライトしかないので、その人影が何を運んでいるのか、よく見えなかった。

「釣りに出かけるんじゃないか」金子がそちらを見て言った。

「ああ、アイスボックスね」洋子が頷く。

「こんな時間から？」愛がきいた。「釣りって、そうなの？」

「遠くへ行くんだね」浜中が言う。

桟橋の明るい場所に出たところで、引きずっているものが黒い大きな袋だとわかった。それを船に載せようとしているのかもしれない。黒っぽいオーバを着ている人物で、男か女かもわからないが、長身ではある。

「ちょっと、あっちへ行ってみようか」浜中がそう言いながら歩きだした。

「珍しい」洋子は、後を追いながら微笑んで振り向く。「金子君たち、そこにいてね。戸締まりしてないから」

金子勇二と反町愛を残して、牧野洋子は浜中深志と一緒にクルーザに近づく。ところが、半分ほど来たとき、桟橋で作業をしていた人物が頭を上げ、洋子たちの方を向いた。

「マスクしてる……」洋子は立ち止まり思わず口にする。

彼女が浜中の腕にしがみつくと、浜中も一歩後ろに下がった。

明らかに向こうも洋子たちに気づいたようだ。

辺《あた》りを見回し、慌ててロープを投げ入れて船に飛び乗った。そして、クルーザはエンジンの唸りとともにバックして、桟橋を離れ始める。

そこに、黒い袋が残されたままだ。

洋子と浜中は、ゆっくりと近づく。

というよりも、洋子が浜中の背中を押していた。

クルーザは方向を変え、向こう側を向いてエンジン音を大きくした。来たときとは反対の方向だった。

船の後ろで、水しぶきが上がる。

クルーザはみるみる加速し、黒い運河に白い筋を描いて遠ざかる。たちまち音も遠くなる。

二人は走りだし、桟橋への階段を駆け下りた。

そこで一度立ち止まる。

黒い袋は、近くで見ると、とても大きい。

人間くらいの大きさだ。

長細く、平たい。

「どうして、置いていったの？」洋子は言った。

浜中は答えない。

二人は、黒い袋まで、じりじりと近づいた。

桟橋が揺れた。

足もとが不安定で、酔っているみたいだ。

洋子は、浜中の腕を両手で掴んでいる。

「何ですか、それ」彼女はきいた。

「し、知らないよ」浜中が高い声で答える。

クルーザは、運河の端で海の方向へ曲がる。対岸の島の陰に隠れて見えなくなった。

遠ざかる音だけがまだ聞こえる。

「逃げたんじゃないかしら？　私たちが来たから」

「どうして、逃げんの？」浜中は棒立ちである。

「知りませんよ」洋子はそう言いながらも浜中を押す。

「ま、牧野さん、戻ろうよ」浜中は振り向いて彼女を見る。

二人は向き合って押し合いになる。

「あれ、何です？」洋子は大声になっていた。「浜中さん、調べてみて下さい」

「嫌だよ。いいじゃん、放っておけば」

「だって……」

「早く帰ろうよ。先生たちが戻ってきてからでもいいよ」

「駄目！　調べてみなくちゃ」

「どうして……」

洋子は浜中から手を離した。

「いいわ。私が調べるから」彼女は黒い袋の方に向かう。

「牧野さん！」浜中が後ろからコートを引っ張った。

「放して下さい」

「僕が見る」浜中はそう言って前に出た。「僕が見るから」

彼は一度大きく深呼吸をした。

「もう、本当に……、西之園さんといい、牧野さんといい、国枝先生といい、もう……、どうして、こんな女性ばっか僕の周りにいるんだろう。ああ、もう、いやんなっちゃうよう」

彼は袋を足で突く。

端にしゃがみ込み、彼はロープを無造作に解き始めた。

「何だってさあ……、こんなこと、僕がしなくちゃいけないわけ？　わざわざ長崎まで来てさ。だいたい、どうして僕はこんなとこ来たんだって、もうさ、完璧、自分を見失っているっていうか……」

ロープを解いて黒いシートを捲《めく》った。

「ぎゃ！」浜中は後ろに尻餅をつく。

洋子は悲鳴を上げて浜中に飛びつく。

二人は這《は》うように後退し、大声を上げた。

9

「海外出張ですって？」萌絵はきき直す。

「ええ」ガモンが萌絵の方に眠そうな目を向けて、にやりと笑った。「君、誰？」

「あ、私は、塙社長のお友達です。西之園といいます。あの……、松本卓哉さんが海外出張って……」

「俺、岩門《いわと》ってんです。みんなガモンって呼んでますけど」彼は萌絵に悠長に片手を差し出した。

「松本さんは殺されたんですよ」萌絵は彼と握手をしながら言った。

「殺された？」口を開けて微笑んだガモンは、その顔のまま、島田文子と犀川を見る。「この子、変な子？」

「出張っていつからですか？」萌絵はきいた。

「えっとね、昨日から」ガモンは答える。「どこだったかな、シンガポールだったかな」

「昨日の深夜に、ここの前の教会で亡くなったんです」萌絵はゆっくりと言う。「警察が来ていたでしょう？」

「ああ、昨日の晩ね……」

「いいえ、昨日の朝早くです。事件は昨日の深夜一時頃でした」

「俺、昨日は午前中は寝てたからなあ。えっと、それって、本当のこと？」

「本当よ」島田文子が頷く。

「ふぇぇ……。誰に殺されたの？」ガモンは小さな目をしょぼつかせながらきいた。

「まだ、捜査中です」萌絵が答える。

「新庄さんも昨日の朝、殺された。知ってる？」島田文子が尋ねた。

「え！　本当？」ガモンは口を開けたままになる。彼は後ろを振り向いて、奥に向かって大声を出す。「おーい！　お前ら、知ってるか？」

「何を？」奥から男の声。

「松本さんとさ、新庄さん、二人とも死んだんだってよ」ガモンが叫ぶ。

「へえ……」声が返ってくる。「いつ？」

「昨日だと」ガモンが叫ぶ。

奥から反応はない。

「殺されたんだってよ」

「へえ……」

ガモンはこちらを向いて微笑んだ。「すみませんね、礼儀知らずな連中で。あいつら、副社長のことだって、さっきまで知らんかったんですよ」

「松本さんのことで、警察がききにこなかったのですか？」萌絵は尋ねる。

「いや、俺、寝てたから」ガモンは頭を掻いた。

「松本さんを最後に見たのはいつですか？」萌絵は質問する。

「一昨日だね。えっと、そうそう新庄さんも一緒だったし、社長もいたよ。社長が、そこのダーク・ルームに入って……」

「ダーク・ルーム？」萌絵がきいた。

「この奥の立入禁止の部屋」ガモンが答える。

「立入禁止?」島田文子が言う。「いつから立入禁止になったの?」

「あ、そういや、島田さんが辞めてからすね」ガモンは首を竦める。「何だか、知りませんけど、社長と新庄さんだけしか、入ってません。あ、いや、えっと……、昨日は別の女の子が入ったっけ……。おーい! お前ら」ガモンはまた振り向いた。「昨日さ、そこに入っていった女の子、見ただろう? あれ、誰だ?」

「さあ……」という声が返ってくる。

「あまり見ない顔でしたよ」こちらを向いてガモンが答えた。「食事を運んでるんすよ。中で食ってるんだな、きっと」

「あの中で?」島田文子が高い声を出す。「何のために? 中、真っ暗なのよ」

「何をする部屋なのですか?」後ろから犀川が尋ねた。

「あ、俺、もういいっすか?」ガモンがきいた。

「ああ、ありがとう、ガモンちゃん」文子が微笑んだ。「助かったわ」

ガモンが奥へ引き上げていくのを待って、島田文子が説明した。

「ダーク・ルームって呼んでるんですけど、ちょっと新しい技術なんですよ」彼女は手近にあった紙切れを取って、ポケットからサインペンを取り出し、正方形の中に十字、つまり、漢字の「田」を紙の半分ほどの大きさに描いた。「中は、こんなふうに通路があって、部屋は、その間の四つ。どの部屋も、四方向の壁に出入口があります。それで、この中に入った人は、液晶のゴーグルをつけるんですよ」

「ここもバーチャル・リアリティなのですか?」萌絵がきいた。

「ええ、そう……。空間の増幅装置っていうのかな」島田文子は顔を上げて萌絵を見た。

「空間増幅装置?」萌絵は聞き慣れない言葉を繰り返す。

「えっとね……」文子は紙の図を示す。「この田の字のユニットには、直線が六本、細かく分ければ、十二本。直線が交わる節点は、九箇所あります。角の四箇所は、L字形で、節点に集まる直線は二本。周囲から中心へ向かう交差点は、T字形で、交わる直線は三本、真ん中がクロスで直線は四本。これが一つのユニットなんです。室内は真っ暗なんですけど、通路に小さなライトが点在しています。ゴーグルをかけて、この中を歩く人は、最初は本物のライトが見える。液晶ディスプレイの映像ではなく、ゴーグルを透過した本物の映像を見て歩きます。ところが、どこかの節点、つまり交差点に来ると、一旦、自動的にライトが消える。本物のライトが消えるんです。そこで、瞬時に液晶の映像に切り換わる。これには、本物とほぼ同じ画像が映し出されて、ちゃんとライトがついている」

「どうして、暗くするの?」萌絵が尋ねる。

「暗い方が、データ量をうんと少なくできるから」文子は答えた。「そのくらいの暗さになると、コンピュータ・グラフィックスが、充分に本物に近くなる。見たところほぼ同じになるの。見分けがつかない、といっても良いと思うわ。それで、その節点の場所で、ゴーグルの液晶ディスプレイに映っている偽物の映像が、回転するんです。その人を中心軸として回転するの。すると、ゴーグルをかけて、それを見ている人は、自分の足もとにターンテーブルがあって、それが回っている……、自分が方向を変えている、と錯覚をする。この回転は、九十度で約一・五秒。すぐに止まるけど、最初は目が回ります」

「なるほど」犀川は頷いた。「面白いアイデアですね」

「え？　どうして回るの？」萌絵にはまだわからなかった。

「本当は回っていないのに、仮想空間の映像を回転させるわけよ。するとどうなる？　L字形に曲がっている通路を真っ直ぐにすることだってできるのよ。T字路を完全な十字路にすることだってできる。バックさえしなければだけど……」

「あ、そうか、それぞれの節点で回転をいれて、仮想の空間を広げるわけですね？」

「そう、ゴーグルをしている人は、自分がターンテーブルで回転したと感じる。九十度とか、百八十度回転してしまうわけ。その回転が止まったら、自分で方向を自由に決めて、また先へ歩いていける。この中を歩くルールは、各節点で、立ち止まることだけ。あとは自由にどこまでも歩けるわ」

「通路を歩いているうちは、また、本物の映像を見せるのですか？」

「本物の映像とコンピュータの映像を組み合わせて見せる。そこがちょっとした技術なんだけどね。とにかく、通路がどこまでも先へ続いているように見せることができるわけ。あと、部屋に入るドアは、完全にコンピュータ・グラフィックスで作ってしまう。本当は、部屋は四つしかなくて、ドアなんてないんだけど、ゴーグルをしている人には、部屋は無限にあって、それぞれ違う色のドアがあるように見える。ドアを開けて、どの部屋にも入ることができます」

「面白そうだけど……、それ、何に使うんですか？」萌絵は尋ねた。

「将来的には、住宅に利用できるかしら。実物よりもずっと広い仮想空間に住むことができるでしょう？　宮殿みたいに広いところに住めたりするわけ。まあ、もう少しエンジンが強力にならないと駄目だけど」

島田文子の言うエンジンとは、コンピュータのＣＰＵのことのようだ。相当な処理能力が必要なのだろう。

「でもそんなの、広くなったといっても、同じ部屋を別の違う部屋に見せているだけでしょう？　収納だって困るし、インテリアも置けないなんて……」

「何言ってるの、そうなったら、インテリアもバーチャルよ。収納するって何を収納するの？　本？　本も全部バーチャルよ。実物は一冊もなくったって、図書館みたいに何万冊も蔵書があるなんてことが、仮想空間では簡単に実現できるのよ。本だってちゃんと開いて読めるんだから」

「そうまでして本を読まなくても、ディスプレイで読めば良いんじゃないですか?」萌絵は納得がいかない。

「そう、西之園さんの言うとおり。でもね……」島田文子は微笑んだ。「そもそもVRなんて技術が、人間の懐古趣味に根差しているわけでしょう? やっぱり本じゃなくちゃ駄目だ、って思うのと同じように、相手が目の前にいないと会話ができないとか、広い場所に住みたいとか……。ね、全部、見せかけなんだよ、みんなが欲しがっている環境って。そもそも全部バーチャルなんだなあ。つまり、装飾的なのね」

「装飾?」萌絵はまた言葉を繰り返す。

「その研究のために、ダーク・ルームを作って、実験をしていたわけですね?」犀川が質問した。

「そうです、先生」文子は犀川の方に顔を向ける。「私がいたときは、少なくともそうでした。一般は立入禁止でしたけど、関係者は入り浸っていましたよ。私だって、いつでも入ることができました」

「今は、中に真賀田四季博士がいるんだわ」萌絵は我慢できなくなって言う。「食事を運んでいるって言ってました。そこに真賀田博士を招き入れたんですよ。だから、島田さんを解雇したんだわ。島田さんが博士のことをよく知っているから」

「もし、そうなら……、それが本当なら……」島田文子は肩を上げて、大きく深呼吸した。

「考えただけで、緊張するわ。どきどきしてる」彼女は胸に片手を当てた。

「そこに入れませんか？」犀川がきいた。

「うーん、どうかしら」文子は息を吸って、口を強く結んだ。

10

浜中深志と牧野洋子は縺《もつ》れるように後退した。ゆっくりとした周期で揺れている桟橋から、コンクリートに渡された鋼鉄製の板の上を通り、階段を途中まで這い上がった。

「ひ、人ですよ」牧野洋子がさきに口をきいた。「見ました？　見ましたよね？」

「うん、死んでるんだろうか」浜中が震えた声で言う。

黒い袋が横たわっている方向を二人は見ていない。

「そりゃ、死んでるんじゃないですか？　生きていたら……、あんなに、じっとしていない」

「そう……、そうだね」浜中が言う。「警察に連絡しなくちゃ」

金子勇二と反町愛が歩道を走ってきた。

「どうしたんですか？」金子が上からきいた。

「びっくりするじゃない。何があったの？」反町愛は金子の後ろにいる。

「あの袋」洋子は桟橋の方を指さした。「人間が入っているのよ!」

「人間?」金子は階段を下りてきた。

愛は、歩道で口に手をやって立ったままだ。

「足だけしか見てないけど」浜中が高い声で言う。「警察に連絡しよう」

金子は一人で桟橋へ行った。彼は、そこにあった黒いシートを片手で摑み、慎重にそれを持ち上げる。そして、中を覗き込んだ。

「生きてるの?」道路の上から愛が叫ぶ。「ねえ、生きてる?」

金子はシートから手を離し、立ち上がった。

「いや……」金子はこちらを向いて首をふり、ポケットに手を突っ込みながら戻ってきた。

「男だね」

「どんな人?」洋子がきく。

「どんなって……、見てこいよ」金子が無表情で答える。「ひっでぇ臭いだなあ。牧野、見るなら、息止めて行けよ」

「見ないよ、馬鹿」洋子は立ち上がって階段を駆け上がる。

愛のところまで行って、洋子は溜息をついた。桟橋を見下ろすと、まだ、それはそのままだ。少しは落ち着いて見ることができた。金子は、階段の下で、煙草に火をつけている。金属製のがっしりとしたライタで炎も大きい。浜中は階段の途中にまだ座っていた。

「金子君、凄いな」浜中が弱々しい声で言う。「死体に慣れているの?」

「いえ、俺、ボート部だったんですよ」金子が答える。

「ボート部? ボート部って死人が出るわけ?」浜中がきく。

「ええ、川なんかで早朝練習してると、たまに浮いてますね」

「ああ……、聞くんじゃなかった」浜中がふらりと立ち上がり、階段を上がってくる。「なんか気持ち悪くなってきた。飲み過ぎたからかなあ……」

「大丈夫ですか?」両膝に手をついて地面を見ている浜中の背中を、洋子はさすった。「さっきは、ごめんなさい。私、びっくりしちゃって……」

「僕も、死ぬかと思ったよ」下を向きながら浜中が言った。

歩道を近づいてくる足音に、洋子は驚いて顔を上げる。

こちらに向かって走ってきた人影を見て、最初、心臓が大きく脈を打ったが、すぐに、国枝桃子だとわかった。

「先生!」

「何してるの?」国枝は少しも呼吸が乱れていない。「花火でもするの?」

「あれです」洋子が桟橋を指さす。「さっき、モータボートであれを運ぼうとしていたんですよ。私たちが見てたから、逃げていったんですけど……、あれだけ、載せられなかったのか、残していきました」

「へえ、誰が？」国枝はメガネを外して、袖口でレンズを拭く。

「わかりませんけど……。あの、あれ、人間なんです。死んでるんです」洋子は早口で説明した。口にするだけで躰が震えてしまう。

「死んでる？」国枝はメガネをかけた。

国枝桃子は階段を駆け下り、そこにいた金子を一瞥してから、桟橋の黒い袋のそばまで行く。そこで彼女は跪《ひざまず》き、シートを持ち上げて中を見る。ずいぶん長い時間、そうしていた。

「誰なの？　知っている人？」国枝は振り返って、洋子の方を見た。「牧野さんか反町さん、見たことある人？」

「まだ、見てません」洋子が答える。

「ちょっと、二人」国枝は言った。「こっちへ来て、ちゃんと顔を見てごらんよ」

「先生……」洋子は首をふる。「あの、もう……」

国枝は立ち上がって、こちらに戻ってきた。

「何？　どうしたの？」彼女は無表情のままだ。

「警察に連絡した方が……」牧野洋子は言った。

「まだしてないの？」国枝は顎を少し上げる。「じゃあ、早く電話してきなよ」

「僕が行ってきます」浜中がそう言って、ペンションの方向へ駆けだしていった。

「あ、私も」洋子も浜中のあとについて走りだす。

「慌てないでね」後ろから国枝桃子の声が聞こえた。まるで、廊下を走っているのを注意された小学生みたいだった。

11

島田文子はずっとディスプレイに向かっている。その間、犀川は灰皿を見つけてきて、煙草を吸った。彼は、文子のすぐ後ろまで椅子を移動して、そこに深々と座って脚を組んだ。ディスプレイを見て、さきほどから、文子と短い会話を繰り返しているが、萌絵には意味がよくわからない。

文子は、ダーク・ルームに入る方法を探しているようだ。その作業はしばらくかかりそうだった。萌絵は、部屋の奥へ歩いていき、ガモンたちがいる周辺で座るところを見つけた。

三人の男たちは、萌絵を横目で何度も見たが、キーボードやマウスからは手を離さなかった。ガモンの横には頭にバンドをした髪の長い男。そのデスクの反対側に、丸いサングラスをした小柄な男がいる。

「社長の友達だって？」ガモンが萌絵にきいた。しかし、こちらを向いたわけではない。

「ええ……、もうずっと会っていなかったのですけれど……、お父様どうしがお友達だったんです」萌絵は答える。

「お父様？　お友達？」ガモンは彼女の言葉を繰り返した。「君って、どこの一族？　えっと、西園《にしぞの》さんだっけ？」

「西之園です」

「まあ、いいや」ガモンはちらりと萌絵を見た。「おい！　夢太郎《ゆめたろう》、何か言えよ」

「ぼ、僕？」デスクの向こう側で、サングラスの夢太郎が顔を隠して言う。「い、忙しい……」

「ごめんなさい、お邪魔ですか？」萌絵はそちらに声をかける。

「ジャアじゃない」夢太郎が答えた。「何言ってんだって、俺は」

彼は、それを小声でつけ加える。後半は独り言らしい。

「夢太郎さんって本名ですか？」

「こいつ、まみむめもが、言えねえんですよ」ガモンが笑った。

「クライテリオンっていうゲームをご存じですか？」

「ご存じですか……」ガモンが繰り返す。「ああ、知ってるかってこと？」

「あ、ええ」萌絵はくすっと笑いながら頷く。「私のしゃべり方、そんなに変ですか？」

「クラシカル・モードだよ」ガモンはゴムみたいに笑った。「いいんじゃないの？」

「あの、クライテリオンですけれど……」萌絵は話を戻す。

「知らん奴はおらんです」ヘアバンドをした男が、突然こちらを向いて答える。睫毛《まつげ》の長い、女性っぽい顔である。「それが、どうしたとですか？」

「あのゲームは誰が作ったのですか？」

「あいや……。ゲームはここでないですけん」とヘアバンドの男。独特のアクセントである。

　彼はまたディスプレイに向かって仕事を再開した。

「あ、あの……会話の……、あのルーチンは、うちにきた」夢太郎が顔を隠しながら言った。

「うん、あれは、デボラのサブだった」ガモンがつけ加える。

「デボラって、真賀田研究所のシステムですね？」

「へえ、よく知ってるね、西園さん」ガモンが驚いた顔をこちらに向ける。

「西之園です」萌絵は微笑んだ。「向こうのビルに真賀田四季博士のロボットがありますね？」

「ああ、そうそう。あれも同じやつで動いてる」ガモンは二重顎で頷く。「あのロボットのファンクラブがあるよ。そいつらが、あれの着る洋服を毎月決めてるんだ。夢太郎、お前、会員だよな？」

「ち、違う！」夢太郎が立ち上がり、真っ赤な顔でガモンを睨む。

「冗談だって」ガモンが笑ってから、萌絵を見る。「すみませんね、礼儀知らずの連中で」

「真賀田四季博士が、ナノクラフトにいる、という噂をきいたのですけれど……」萌絵は普通の調子できいた。

「知ってますよ」ガモンは頷く。「そんなの、だいぶまえから、みんな知ってる」

「いるのですか？」萌絵は質問してから、息を止めた。

「いてもいなくても、同じ」ガモンはにっこりと笑う。「いたら、サインもらえるけど」

「ダーク・ルームの中に、誰かいると思いませんか？」

「いませんね」ガモンは真面目な顔になった。「だって、あんなとこに、長いことといられないよ」

「でも、食事を運んでいるのでしょう？」

「だから、あん中で、飯を食うシミュレーションでもしてんじゃないのかな……。いろいろ雰囲気とかを変えて、食べるものの味が変わるかなってなこと、やってたりして……。うーん、やってないか」

「不思議だとは思いませんか？　たとえば、急に立入禁止になったこととか」

「そんな不思議はいっぱいあるからね」ガモンは顎を手でさする。「システムの中の方がね、もう怪談みたいなことでいっぱい。ファイルが自動増殖するとか、突然、動かなくなるアプリとか。あ、でも、今度来たチーフはけっこう気にしてたなあ、ダーク・ルームのことね。やっぱ、慣れてないからさ、ここに」

「松本さんがですね？」

「そうそう、松本のぼんくらさん」ガモンは顔をしかめる。「ホント、殺されちゃった方が幸せだったりして」

「殺されたんです」萌絵は少し腹が立ったので、しっかりとした口調で言った。「どんな人でも、殺される理由はないわ」

「そう？　でも死刑とかあるよ」

「普通の人ならってことです」

「普通の人って何？」

「ごめんなさい」萌絵はすぐに引き下がった。彼女は溜息をつく。「関係のないお話でした。お仕事の邪魔をして、すみません」

「あ、別に邪魔されてないよ」ガモンは微笑む。「君って、頭いいね。凄い、切り換えが速いな」

「どうも」萌絵は首を傾げて微笑む。「ガモンさんも」

「うん……」ガモンは照れ臭そうに頭を掻いた。「良かったら、アドレス教えてよ」

萌絵は立ち上がって、ガモンのデスクに近寄る。彼はキーボードから手を放し、それを少しだけ萌絵の方に向けた。彼女は、キーボードに自分のメールアドレスを打ち込む。画面のエディタのウインドウは、何かのプログラムのようだったが、そのリストにアドレスが挿入された。

「あれ、大学生なの？」ガモンはアドレスを見てきいた。萌絵はそれ以上追及するのを諦める。

「何だと思いました？」

「テレビの人」

テレビの人という意味がよくわからなかったが、萌絵はそれ以上追及するのを諦める。

「電話が借りられますか？」萌絵はきいた。

「これ、いいよ。外線は0《ゼロ》を押してから」ガモンはディスプレイの横のファイルを押しのけ、そこに埋もれていた電話を取り出した。コードレスで、内側にボタンが並んでいる。

萌絵は礼を言ってそれを受け取り、少し彼らから離れる。そして、ペンションの番号を押した。

電話はすぐにつながった。

「もしもし？」

「あ！ 萌絵？」牧野洋子の声だった。「あんた、どこにいるの？」

「ホテルの地下の研究所よ」

「今ね、警察に電話したとこなの。ああ、もう、大変なんだから」

「何があったの？」そう尋ねながら、萌絵は部屋の反対側にいる犀川を見る。彼もこちらを見ていた。

「男の人の死体があってね。ここのすぐそばだよ。モータボートで逃げちゃったけど」

「ちゃんと説明して」萌絵はゆっくりと言った。「誰が逃げたの？」

「その死体をボートに積もうとしてたんだけど、私と浜中さんが近づいたら、逃げたのよ。誰だかわかんない」

「男の人？」

「どうかな……」

「死んでる人は、男の人なのね？」

「そう……、そうだと思うよ」

「見てないの？」

「見たわよ。足だけだけど。ああ、あれは男の靴ね。そうそう、金子君と国枝先生が、ちゃんと見たから、死んでるのは確か。もう腐ってるって……」

「腐ってる？」

「いえ……、そんなこと言ってないか……。えっと……」

「警察には、ちゃんと連絡ついたの？」

「うん、すぐ来てくれるって。今、待ってるところ」

「わかった。あとで詳しく聞くわ」萌絵は言う。

「もしもし、西之園さん？」今度は、浜中深志の声だ。なんとなく眠そうな声だった。

「浜中さん、どんな人でした？　逃げた人と死んでいた人」萌絵は質問を同時に二つした。

「うんとね……、ボートで逃げた奴は、背が高くて痩せてる。死んでるのは、男で、靴は汚い運動靴」

「顔は？」

「見れるわけないじゃん。僕、今、トイレで戻したんだから」

「それは、お酒の飲み過ぎでしょう？」

「ああ……、酷いこと言うなあ」

「しっかりして下さいね。洋子とラヴちゃんは大丈夫？」

「僕よりは、ましだと思うよ。まだ、ほかの三人は外にいるんだ。僕らも外に出て、警察を待つつもり」

「みんな一緒にいた方が良いわ」

「うん、そうだね。わかった。西之園さんと犀川先生、すぐ戻ってこられそう？」

「もう少しかかると思います。もし警察にきかれたら、ドライブに行ったってごまかしておいて下さい」

「ドライブね。うん、了解」

「じゃあ、またあとで」

萌絵は電話を切った。それをガモンに返すと、彼は、にやりとした顔で萌絵を見る。

「ホラー映画?」ガモンがきいた。

「いいえ」萌絵は首をふる。

彼女は、犀川と文子がいる方へ戻った。二人が萌絵の顔を見て、説明を求めた。彼女は、電話で聞いた話を伝える。

「まあ、そっちは警察に任せておこう」犀川は煙草を揉《も》み消しながら言った。「それより、ダーク・ルームがさきだ」

「入れるようになったのですか?」萌絵はきいた。

「島田さんを見くびっちゃ駄目よ」島田文子が口を斜めにして立ち上がった。

12

萌絵たち三人は一旦通路に出た。右手の突き当たり、エレベータのドアの方を見る。そこにいた二人の警官は、今はもういなかった。

「あれ、おまわりさんたち、いなくなったね」犀川は言う。

「きっと、ペンションの方へ行ったんじゃないですか」萌絵は思ったことを口にする。何人かが、そちらへ向かっていることは確かだ。もともと、このフロアを見張っていた目的は、それほど重要なものではなかったのだろう、とも思う。

左手に行くとすぐ突き当たりになったが、通路が左に折れ曲がるように、ちょっとした空間がある。その奥に金属製のドアがあった。

島田文子は、ドアの横の壁にある、操作パネルに触れる。すぐ上で、十インチほどの液晶ディスプレイが明るくなった。彼女は続けて、そこにあるテンキーを幾つか指で叩く。表示されている画面に細かい文字が現れ、しばらくして、電子音とともに現れた明るい文字が点滅する。

「どうやって開けるんです？」犀川が尋ねた。

「エラーを起こしただけ」文子は画面を見たまま答えた。「これで、自動的にリセットするはずなんだけど……。そうすれば、今度は、私がさっき向こうで書き替えたコンフィグにアクセスして立ち上がるって寸法なんです」

萌絵には意味がわからなかったが、島田文子が言った「寸法なんです」という古めかしい表現が可笑しかった。

「ほうらほら、きたきた」文子がそう言った。

画面で、新しい文字が下から上へスクロールしている。

やがて、もとの画面に戻る。

「では……」文子は、犀川と萌絵を見てから、テンキーに片手を触れる。

軽い金属音がした。ディスプレイには、lock offと表示されている。島田文子は、金属製のドアの取手を握って、それを引っ張る。ドアはゆっくりと手前に開いた。

三人は、その中に入る。

文子はドアを閉め、内側でロックした。

三メートル四方ほどの小さな部屋だった。

天井が光っていて、とても明るい。

「暗くないですね」萌絵は上を見て眩しさに目を細める。

「ここは、控室。ダーク・ルームは、そこから先」島田文子は奥にあるもう一つのドアを指さした。

文子は壁際にあるスチール棚を開ける。中から、大きなアルミケースを取り出した。それを部屋の片隅にあったテーブルにのせる。さらにもう一つ、同じケースを棚から出す。

アルミケースを開けると、黄色のスポンジにすっぽりと収まって、スキーのゴーグルのようなものが入っていた。

「わあ、凄いですね。こんなに小さいの?」萌絵は驚いた。

「これ、最新モデルだもの」文子はそれを取り出しながら言う。「重さも、百グラムを切ってるのよ。バッテリィは別だけど」

萌絵はそれを受け取った。犀川ももう一つを受け取って、角度を変えながら眺めている。

「こりゃ凄いなあ」彼も唸った。「よくこれだけの薄さに収まったなあ」

「この二年の成果ですね」文子は頷く。「いくらすると思います？　それ一つで……」

「八百万くらい？」萌絵はきいた。

「二千五百万」文子は答えた。「二つで五千万円」

「二つしかないの？」萌絵がきいた。

「そう」島田文子は頷く。「古いモデルなら、四つあるんだけど、もう新しいシステムに対応してないかもしれない。きっと使えないわ。どうします？」

「中に真賀田博士がいるのかもしれない」萌絵が言う。

「いないと思うけど……」文子が鼻息を鳴らす。「二人で入ります？　私は、ここで案内役をしてた方が良いわね」

「僕ら二人で大丈夫ですか？」犀川がきいた。

「迷うかもしれないけどね」文子は面白そうに言った。「どうしようもなくなったら、ゴーグルを外せば良いだけだし。真っ暗だけど、目が慣れれば、なんとか帰ってこられるでしょう。もちろん、常に、私と話はできるから……」

彼女はテーブルの上の端末のスイッチを入れた。「私は、ここでモニタしてるから。声は双方向、聞こえるはず」

萌絵はそのゴーグルをかけてみた。特に変わったことはない。ちゃんと前が見える。非常にソフトな材質で、顔に当たっている感触は僅かだった。

島田文子は、棚の別のところから、小さなバッテリィパックを持ってきた。それを犀川と萌絵の上着のポケットに入れる。そこからゴーグルの後ろまで細いリード線が接続された。

「もうスイッチ入っているわよ」文子は言う。「走ったりしないでね。それから、電子音が聞こえたら、すぐに立ち止まること。これが一番大切なルール」

「なんか、どきどきしますね」萌絵は犀川に言った。

「誰かが中にいるなんてことは、ないと思うけれど」犀川が答える。その声は、萌絵の耳の近くで聞こえた。無線のレシーバがゴーグルに装備されているようだ。

「あ、そうそう、大事なことを言うの忘れてた」文子は両手を前で合わせる。「あのね、この中に入ったら、二人はお互いに見えなくなるわよ」

「え？　どういうことですか？」萌絵はきき返す。

「西之園さんには犀川先生の姿が見えない。犀川先生には西之園さんの姿が見えないってこと。もちろん、自分の姿も見えないわ。目の前に手を翳《かざ》しても、変化なし。つまり、二人とも、透明人間ってわけね。だから、ぶつからないように充分注意して」

「ぶつからないようにって……」犀川は言いかける。

「だから、手をつないでいけばいいんじゃない？」文子は簡単に言った。

「あ、それが良いわ」萌絵も声を上げる。彼女は犀川の片手を掴んだ。「先生、手を離さないで下さいね」

13

自動ドアが開くと、そこに二メートル四方ほどの小さなスペースがある。

「いってらっしゃい」島田文子の声。

二人はその中に入る。

後ろでドアが閉まり、真っ暗やみになった。

ほぼ同時に、目の前にグリーンの文字が現れる。

自分の手が届きそうな距離に、文字が浮かんでいた。

最初は焦点が合わなかったが、やがて鮮明になる。

Idealization of Darknessと書かれていた。

「この文字、先生も見えますか?」

「ああ、闇の理想化って訳すのかな」犀川の声が耳もとで聞こえる。それは、レシーバを通しての音だった。

文字が、フェードアウトする。

突然、前方に通路が現れた。

前にあったドアが開いたのだろうか。

それにしては、視界が一瞬で開けた。

しかし、とても暗い。

真っ直ぐに前方に延びる通路だけが、見える。

両側の壁には、目の高さの付近に、白いマーカといえるほどの小さなライトが、五十センチくらいの間隔で点滅していた。その僅かな光で、通路が延びていることがわかる。

右を向いて犀川を見ようとした。

しかし、そこには暗闇しかない。

犀川の姿はなかった。

隣にいるという感覚は、彼の左手を握っている自分の右手にしかない。

「先生、触ってもいいですか?」

「え?　もう触っているよ」

萌絵は左手を犀川の方にそっと差し出す。

彼の左腕にそれが触れる。

「本当に見えませんね」

「進もうか」犀川が言った。

ゆっくりと真っ直ぐに歩いた。

通路は、十メートルほど先までしか見えない。しかし、彼女たちの前進に応じて、それは延びていく。

やがて、十字路が見えた。

「あ、あそこが交差点ですね」

「さっきのスタート地点も、真っ直ぐの通路しか見えなかったけれど、ひょっとして、左右にも行けたのかもしれない」

なるほど、と萌絵は思う。前方に見えているのが、田の字の中央のクロス地点ならば、入口のところは、T字路だったはずだ。入ってすぐに、左右にも通路が存在したことになるが、それは、見えなかった。つまり、存在しないように見せられていただけかもしれない。

両側はただの壁だった。

本当は部屋があるはずだ。ドアのない出入口がある、と島田文子が話していたが、それも今は見えなかった。手探りすれば見つかるのかもしれないが、自分の手がどこにあるのかもわからない。両側で点滅しているライトから、通路の幅が、三メートルほどに感じられた。

数メートルほど進んだところで、交差点に入る。

電子音が耳もとで鳴ったので、二人は立ち止まった。

そこで、声を上げたくなるような異様な感覚に襲われた。

突然、周囲の世界が右方向に回転した。

自分が左に回った。

その加速度はまったく感じられないが、躰がぐらりと揺れる。

萌絵は、犀川の手を強く握り締めた。

「ああ……、気持ち悪い」萌絵が声を出す。

回転はすぐに止まる。九十度の回転だった。

「どっちへ行きますか？」萌絵はきいた。

「真っ直ぐ」犀川は答える。

二人は歩きだす。

見かけは左に九十度曲がったことになるが、実際には動いていないはずである。ということは、今度の交差点で突き当たりのT字路になるはずだ。

ところが、見えてきた交差点は、真っ直ぐ先に延びていて、右に入る道もあった。T字路には違いないが、突き当たりではない。

また電子音が鳴って、その交差点で立ち止まる。

さきほどと同じく、自分が左に九十度回転した。したがって、目の前が壁になった。

「ほら、これが行き止まりってことだね」犀川が言う。

「えっと……」萌絵も考える。「あ、そうか……、なるほど。こういうふうになってるんですね」

そっと前方に手を伸ばして、二人とも一歩前に出る。ようやく壁に手が触れる。見えているとおりだ。確かに前には進めない。

「右へ行こう」犀川が萌絵の手を引いた。

二人は右に進む。しかし、視覚的には、九十度左に回転させられたので、それをキャンセルして、今まで来た道を真っ直ぐに進んでいることになる。

途中で後ろを振り返る。

真っ直ぐに道が見えた。

「これ、そのうちわからなくなりますね」萌絵は眩暈がした。「目を瞑っていた方が正確だわ」

「正確な位置を確認したくて、ここにいるわけじゃない」犀川が淡々と言う。「普通の生活で、町を歩いていても同じこと」

位置を確認するために存在しているのではない。

価値を確認するために生きているのではない。

萌絵の一部が、犀川の言葉から連想する。

「田という字の配置だって、島田さんに教えてもらったから、まだ今はわかりますけれど、そうじゃなかったら、完全に迷ってしまいますね」

「田の字じゃないかもしれないよ。この世界の道順を覚えていれば、それで良いのじゃないかな」

「立体迷路として、遊園地で売り出せるかもしれませんね」

「お金がかかり過ぎる」犀川は言った。

「どう？　面白いでしょう？」島田文子の声が聞こえた。一瞬、彼女もすぐそばを歩いているみたいな不思議な感覚に、萌絵は襲われる。

「島田さん。どこにも、ドアなんてないですよ」萌絵はきいた。「どこにあるのですか？」

「そのうち出てくるから」文子は答える。

次の交差点は左に折れ曲がっている。

そこで立ち止まると、右に九十度回転した。

萌絵は、また頭の中で自分の位置と向きを計算する。

「あ、あそこにドアがありますね」萌絵は右を見て言った。

不思議なことに、犀川のいる方向に延びている通路の先に、ドアが見えた。本来なら犀川の躰の陰になって見えない角度だ。つまり、その通路もドアも、実際にあるのではなく、ゴーグルの中の液晶ディスプレイに映し出された画像なのである。萌絵の頭の動きに同調して、映像が動いているだけだ。

「私の頭がどちらを向いているのか、どうやって感知しているのですか？」

「レーザだと思う」犀川が答えた。「凄い反応速度だね。抜群に速いな。まったくストレスが感じられない」

二人は右手に進み、そのドアの前まで歩いた。

赤いドアだった。

ぼんやりと光っている。

「どうやって開けるのかしら」萌絵は左手を前に出す。

自分の手は見えない。だが、そのドアに触れるか触れないかの距離まで手を伸ばしたとき、目の前の赤いドアがふっと消えて、部屋の中が突然見えるようになった。

「今、君も手を出した？」犀川がきいた。

「はい」

「僕もだ」

部屋の中も暗い。

しかし、中央に仄《ほの》かに明るいところがある。

そこにテーブルが見えた。

「テーブル、本物かしら」萌絵は言う。

前に進み、そのテーブルの手前まで来る。

電子音が鳴って、部屋が回転した。

今度は部屋中が回っていて、萌絵は思わず犀川の方に倒れそうになった。

百八十度回転したようだ。

まっていた。

相変わらずテーブルは目の前にあるが、その向こう側に赤いドアがある。今はそれが閉
「えっと……」萌絵はすぐに計算する。

自分たちは動いていない。

それさえ、意識すれば大丈夫……。

今、見えている赤いドアは、そのまま、部屋の反対側にある出入口なのである。

萌絵は後ろを振り返る。

後ろはただの壁。ドアは見えない。

だが、そこには、今入ってきた出入口が本当は存在しているはずだ。

テーブルには触《さわ》れなかった。それは、ただの映像だった。

「島田さん。テーブルに触れないわ」萌絵は言った。「これ、何のためにあるのですか？」

しばらく、静寂。

島田文子は返事をしなかった。

「あれ？　島田さん？」萌絵はもう一度呼んだ。「変だな、どうしちゃったのかしら……」

「西之園君、ほら」犀川の声と、右手を引かれる感触。

テーブルの上に白い皿がのっていた。

今までなかったものだ。

やがて、その皿の上に、茶色の小さなものが現れる。
まるで、魔法のように、浮かび上がる。
「何です、これ？」
「パンかな」犀川は言う。
パンだと言われれば、パンに見える。
小さなロール型のパンだった。
擦れるような小さな音。
それとともに、テーブルの向こう側の赤いドアが消えた。
真っ直ぐに延びる通路が、その先に見える。
奥から、誰か来る。
こちらへ歩いてくる人間が見えた。
「あれは？」萌絵は犀川にしがみついた。「先生、あれ、見えます？」
彼女の右手は、犀川の左手を握り締め、彼女の左手は、同じ彼の左腕を抱え込む。
犀川の陰に隠れたつもりだが、前方を遮るものは、何もない。
歩いてくる人影。
幽霊のようにぼんやりとしている。
もし、幽霊なんてものがいるのなら、こんなふうかもしれない。

歩いている、というよりも、スライドするように、こちらに近づいてくる。女だった。

黒髪が長い。

服装も黒かったので、最初、その白い顔だけが闇に浮いているように見えた。

「先生、見えます？」

「ああ……」犀川が答える。

良かった……。

私だけじゃなかった。

自分だけが、これを見ている、という恐怖から、萌絵は救われる。それが、どれほど安心できることか。

しかし、どんどん近づいてくる。

ますます強く、犀川の腕にしがみつく。

「島田さん？」犀川の低い声。

返事はない。

目の前の女は、既に通路を半分ほどまで来た。

「先生……」

「大丈夫、ただの映像だ」犀川の声は落ち着いている。「目の前に自分の手をやってごらん。

それでも見えるだろう?」
そんなことはわかっていた。
萌絵は、犀川の背中に半分顔を埋めている。
それでも、近づいてくる女が見えるのだ。
ゴーグルを外してしまおうか、と思った。
目を瞑れば良い。
だが、女の白い顔から、萌絵は目を離せなかった。
青い目だ。
ついに、女は部屋の入口まで来た。
僅《わず》かな光の中に浮かび上がるその像は、とてもリアルだった。
ロボットではない。
本物の人間に見えた。
「真賀田博士」犀川が彼女の名を口にする。
萌絵は躰中に鳥肌が立った。
「こんにちは……、犀川先生、西之園さん」彼女は言う。その声は耳もとで聞こえる。
「先生、これもプログラム?」萌絵は小声で囁く。
犀川は萌絵の右手を握り返して答える。

「私の存在が？」真賀田四季がきいた。

萌絵はその言葉に本当に驚いた。

こちらの声に、反応していたからだ。

プログラムではない？

どこかで、本当にコントロールしている？

「生命の存在そのものが、プログラムですよ。西之園さん」ゆっくりとした口調でそう言いながら、真賀田四季はテーブルを右手に迂回《うかい》する。「そこに椅子があります。お掛けになって」

萌絵は後ろを振り向く。

いつの間にか、部屋の隅に白い立方体が見えた。それが二つ、壁際に並んでいる。萌絵は、犀川とともに後退する。彼女の右手は犀川の左手を握ったままだ。そして、左手で、その立方体に触れる。手応えがある。立方体は、本当にそこにある。

真賀田四季は、テーブルのこちら側で、萌絵たちの目の前に立った。

彼女は、そのテーブルに片手をつく。

軽く、そして優雅に躰を預ける。

そのテーブルを、彼女は触ることができるようだ。

テーブルは、彼女には存在するのだ。

「どこにいるの?」萌絵は言う。まだ立ったままだった。

「お掛けになったら」真賀田四季は微笑む。

萌絵は前を向いたまま腰を下ろす。

立方体の椅子は、冷たく硬い感触で、角の丸い金属製のように感じられた。

手をつないでいる犀川も横で腰掛けたのがわかった。

しかし、そちらを見ても、隣の立方体は、犀川の躰で遮られることはない。萌絵からはそのまま、全体が見える。

「私たちが見えるのかしら」萌絵は犀川に囁いた。

「わからない」彼は答える。

「見えますよ」真賀田四季は少し上を向く。尖った顎のラインがより鮮明になった。「私がどこにいるのか、という質問でしたね。ここにいる、という以外に、どんな返答ができるでしょう?」

「一昨日の夜も、ここだったのですね? 私はここへ連れてこられたんだわ」萌絵は言った。

それは曖昧な記憶だったが、今、この暗い部屋の中に立つ真賀田四季の映像が、同種のものだとわかった。薬で眠らされているうちに、ここへ運ばれたのだ。もしかしたら、ゴーグルをしていたのかもしれない。手が動かなかったから、自分の顔には触れなかった。

「博士、何のお話でしょう？」犀川はきいた。
「そう……」真賀田四季は、そう答えてから、くすくすと笑いだした。
彼女は躰を捻《ひね》り、テーブルの上にあったパンを手に取った。
それを萌絵たちに見せて、首を傾げて微笑む。
「生きる目的についてかしら」真賀田四季は言った。
片手に持った小さなパン。
彼女はそれをゆっくりと口に運ぶ。
少し俯《うつむ》き加減になり、黒い髪が顔を覆った。
ロボットではない。
萌絵は恐くなる。
美しい口が、パンから離れる。
笑っていた。
パンは僅かに小さくなった。
白い喉が脈動する。
青い目は大きく見開かれ、上目遣いでこちらを見据えている。
ぞっとするような微笑。
彼女はパンを食べた。

生きている。
口もとは抑制された曲線で、小さく結ばれていた。
天才の微笑だ。
真賀田四季は、片手のパンを、そっとこちらに投げた。
目の前に飛んできたパンに、萌絵は躰を引き、咄嗟《とっさ》に両手で顔を庇《かば》う。
しかし、パンは当たらなかった。
目を瞑っていた。
目を開けたが、変化はない。
ただ、そこに立っている天才の姿が見える。
真賀田四季は両手を軽く組んだ。
顔を僅かに傾け、髪を払った。
しだいに、本当にそこにいるように、感じられる。
萌絵にはそう思えた。
この部屋にいるのは、本当は真賀田四季だけなのだ。
自分たちの方が、存在しないのだ。
パンもテーブルもあるのに、自分たちはいない。
両手を持ち上げて、顔の前に掲げ、両目を覆《おお》っても、何も変わらない。

自分の手はここにはない。

目だけ、耳だけ。

視覚と聴覚だけが、ここにある。

ここが、真賀田四季の部屋。

彼女だけが存在する部屋だ。

自分は、いない。

ここには、いない。

「落ち着きましたか？」真賀田四季が優しい口調できいた。

「いったい何が起こっているのですか？」萌絵は尋ねる。「この二日間、私たちが見たものは、何だったのですか？　全部博士がプログラムしたものなのですか？　だとしたら、いったい何のために？」

「犀川先生は、もうご存じですね？」真賀田四季は、僅かな角度だったが、萌絵から視線を移した。

「ええ……」犀川の声。

「私にはわかりません！」萌絵は言った。

萌絵は自分の両膝を摑んでいた。

まるで、自分の見えない脚の存在を確かめるように。

「すべてを理解する必要はありません」四季が答える。

「人が死んでいるのですよ！　どうしてこんな酷いことを？」

「クリスマスですね……」真賀田四季は顎を上げ、何もない天井を見上げる。「ツリーにランプが灯っているわ。赤とオレンジと黄色と青と緑。とても小さなランプ……。それが、点滅している。あれは、ライトが光ると、自分の発熱で変形して接点が離れるの。それで、ライトは消える。消えると冷めて、また接点が戻る。そしてライトがつく。単純だけれど、面白いでしょう？　ブザーもベルも同じ原理ですね。西之園さん、小学校で習ったわね？」

「ええ、知っています。それが、何の……」

「同じ原理なのに、あるときは連続音として、あるときは優雅な点滅として認識されます。点滅の周期が短くなれば、蛍光灯のように、一定の明かりに見える。それでは、私たちの生命はどうかしら？」

「生命？」萌絵はきき返した。

「生命もまた、点滅を繰り返しているのよ」

真賀田四季はゆっくりと言った。

彼女は青い目を閉じ、静止する。

「生きたり、死んだり、の点滅を繰り返す……」

赤い口もとだけが、僅かに動く。

とても僅かに……。

「ずっと、生きている、という幻想を、抱きながら……」

第9章　慈悲の手　Panhandler

〈一般に、優れた視力は、どんな物体でも見ることができる。何かを見ることで養われた能力は、ほかのものに対しても、今までより見やすくする。本質的に正しいシステムというのは、適用が広い〉

1

パトカーがサイレンを鳴らして到着するまで、牧野洋子は一言もしゃべらなかった。浜中深志がすぐ近くに立っていたし、それに、数メートル離れたところ、運河沿いの手摺《てすり》に、金子勇二と反町愛がもたれかかり、小声で何か話をしていた。

国枝桃子はといえば、驚くべきことに、ジョギングの続きをしている。通りを行ったり来たりと、実に軽い足取りで往復していた。

彼女たちがいるところは、自分たちのペンションにほど近い位置で、死体が置き去りにされている栈橋からは、多少離れていた。ペンションから栈橋までを、一対四に内分した地点と表現すれば、ほぼ正確であろう。それでも、問題の異様な物体を見張っているつもりだった。

警察は続々とやってくる。

最初に電話をかけて事態を説明したのは、洋子自身だった。ユーロパークの別荘地、ペンション村の五十五番地だと告げた。どこに電話がつながったのかわからないが、少し待たされたあと、ユーロパーク内に大勢の警察官が出向いているはずだから、すぐにそちらに連絡を取る、そのままその場所で待っているように、と指示を受けた。

だから、外に出て、全員で待っていた。栈橋には近寄りたくなかったし、ペンションからも離れたくない。電話が鳴ったら聞こえる位置、駆け込める位置、を選んだのである。

最初に来たパトカーから出てきた制服の男たちは、彼女たちに一言二言確認をしてから、栈橋まで下りていき、そこで黒い袋を開けて調べた。十分ほどすると、パトカーではない車が乗りつけ、私服の刑事らしい男が二人降りてきた。彼らは、洋子たち全員の名前を丁重な物腰で尋ねた。どちらも四十代で、がっしりとした体格の男だった。

顔見知りの芝池と鯉沼が来なかったので、洋子たちは、この場所に自分たちがいる経緯《いきさつ》を簡単に説明しなくてはならなかった。

「ナノクラフトの窪川さんにきいて下さい」最後に、洋子は刑事にそうつけ加えた。「その人の案内で、私たち、ここに来たんです。本当は、西之園という子が、ナノクラフトの社長さんの知合いで、その関係で、ここにいるんですけど……」

「そのお友達は？」刑事はすぐにきく。そのレスポンスは小気味が良いほどしなやかだった。

「ドライブに出かけてます。先生と一緒に」これは嘘だ。洋子は少し後ろめたかった。しかし、車で出ていったのだから、ドライブには違いない、と自分に言い聞かせる。

ワゴンの車を含めて、五、六台の車が連なってやってきた。桟橋の付近は、あっと言う間にライトアップされて、今は眩しいほど明るい。ＵＦＯでも出迎えるみたいな雰囲気である。

中年の刑事たちはしばらくの間、桟橋の方へ行っていたが、また、洋子たちのところに戻ってきた。「被害者の男の人に心当たりはありませんか？」一人がきいた。

「私はありません」国枝桃子が最初に答える。

「俺も知りません」金子勇二が煙草を吸いながら言った。

刑事たちは、洋子と愛、それに浜中を順番に見る。

「ほかの人は？」

「いえ……、僕らは、顔は見ていません」浜中が代表して、高い声で答える。「だって、知っているわけないですよ。僕ら、こちらに知合いなんて一人もいませんから」

「ええ、まあ、それはそうかもしれません」刑事は軽く微笑んで頷く。「しかし、申し訳ありませんが、一応、念のために確認だけしていただけないでしょうか？」

「えぇ……」浜中は口を開けた。

洋子と愛も顔を見合わせる。

「お願いします」刑事は頭を下げた。言葉は丁寧だが、目つきは威圧的で、命令しているのとほぼ同じだった。

三人は、刑事たちのあとについて歩く。

洋子は心臓が高鳴って、意識して交互に左右の足を出している自分に気がついた。

警察の係官が、階段の手前で、歩道の手摺にライトをセットしている。桟橋にも、そこへ下りていく階段にも、人が大勢いた。何をしているのかわからない。だが、全員が防寒が目的ではない手袋をしていた。道の反対側に駐まっていた乗用車の周りもライトアップされ、アスファルトの道路面には、白字でナンバが書かれた黒いプレートが点々と置かれている。

「ここからは、入らないで下さい」刑事が三人を立ち止まらせる。「もうすぐ、遺体をこちらに運び上げますので、もうしばらく、ここで待っていて下さい」

その待ち時間が相当に長かった。

浜中も愛も黙ってしまう。洋子も何もしゃべりたくなかった。

フラッシュが方々で光り、無線の雑音に混じった声がぼんやりと聞こえている。男たちの短いやり取りと、忙しそうな動作を眺めていると、ここでテレビドラマの撮影をしようとしている、そんな錯覚に襲われた。もうすぐ本番の時刻が迫っている、と何故か洋子は感じた。

「よーし、上げるぞ」桟橋の方から声が聞こえる。

「階段んとこ、もう通ってもいいとね?」

「OKだ」

担架にのせられて、それが上がってきた。

ヘルメットをした隊員が慎重に運んでいる。階段を上り、歩道を横切り、アスファルトの上を救急車の後ろまで行く。そこでアルミ製の梯子のようなものが引き出され、死体は担架ごとその上に置かれた。

刑事が、軽く頭を下げて、洋子たちに合図した。

牧野洋子と反町愛と浜中深志の三人が、そちらに歩いていく。浜中が先頭だった。あとの二人は、浜中の小さな背中の陰に隠れるようについていった。

「いえ、僕は見たことありません」浜中が答える。

浜中が蒼い顔でこちらを向き、洋子と愛が、替わって前に出る。

ライトが当てられた男の顔は、蠟《ろう》のように白い。

思ったよりも、グロテスクではなかった。

目が半分ほど開いているが、これも貝殻のように濁った白さだった。

反町愛が、洋子にしがみついてくる。

彼女の顔が洋子の肩に触れる。愛の方がずっと背が高いのに、と洋子は関係のないことを考える。

「ご存じありませんか？」

「いえ……」洋子は大きく息を吐く。

もう一度だけ男の顔を見た。

そして、もう永久に見ないと誓って、目を逸《そ》らした。

「あの……、私と彼女は、この人を知っています。お話ししたことがあるだけですけど……」洋子は震える声で答えた。頭の中が真っ白で、小学生のとき不得意だった水泳を思い出す。「ナノクラフトの方で、松本卓哉さんです。でも……」

「でも？」洋子が黙ったので、刑事が尋ねた。

「松本さんは、一昨日の晩に……」

頭が混乱して、洋子は目を瞑った。

もう見たくない。

でも……、もう一度だけ、見なくてはならない。

そう……、

この人は……。

どうして？

着ている服装も、それは松本卓哉だった。

教会で倒れていたときと同じ。

今も、彼の着ているものは、黒々と血に染まっている。

こんなに黒くなるんだ……、と洋子は思う。

「私が確認したんです」反町愛が、洋子の肩から離れて刑事の方を見る。彼女の声はいつもよりずっと低かった。「この人が死んでいるのを、私、教会で確認しました」ここまで言ってから、愛の声は一オクターブ上がった。「ねえ、どうして、こんなところにあるの？」

2

ディスプレイには、上下に並んだ二つのウインドウ。

そのいずれにも、暗闇に立ち、パンを片手に持っている女が映し出されている。上下の映像は、よく見ると、僅かに角度がずれていた。

島田文子がその前に座っている。

狭いその控室に、今、何人もの人間が押し寄せていた。

彼らが入ってきたとき、文子は驚いて立ち上がり、椅子を倒してしまった。

塙理生哉博士、それにその妹の塙香奈芽。この二人のほかにいた五人の男の顔は、文子には見覚えがなかった。

「ここで何をしている?」威圧的な声で見知らぬ男の一人がきいたが、文子は黙っていた。

だが、別の一人が警察手帳を見せた。「貴女は?」

「もと、うちのスタッフだった島田さんです」塙理生哉が代わりに答える。「島田さん、いったいどうやって、ここに入ったんです? ダーク・ルームに誰か入れたのですか?」

「すみません」文子は頭を下げる。「犀川先生と西之園さんが、この中に……」

文子は経緯を正直に話した。どうやって、ここを開けたのかは、たとえ説明しても、塙理生哉以外には理解してもらえないと思ったので省略した。

刑事の一人が、ダーク・ルームの中にいる二人をすぐに呼び戻すように、と彼女に命令口調で言った。

けれど、さきほどから、何かのトラブルで音声が犀川たちには届かないようだ、と文子は説明する。いくら呼んでも、応答がなかったのだ。

そうしているうちに、モニタに、真賀田四季が現れたのだった。

ディスプレイの上下のウインドウの映像は、それぞれ、犀川と萌絵の右目が見ているものと同じである。それをモニタリングしているのだ、と文子は刑事たちに説明する。

刑事たちは、中に入る、と言った。

「待って下さい……」塙理生哉がそれを止めた。「私は、彼女たちの話が聞きたい。それに、どっちみち、そこのドアが開かないでしょう」

犀川と萌絵の二人はどこかに腰掛けたようだ。モニタの映像の視点がいずれも少し低くなったので、それがわかった。

真賀田四季は手にしているパンを投げる。

画面に向かって、こちらにパンが飛んできた。

3

「犀川先生」真賀田四季は目を細め、うっとりとした表情で言った。「西之園さんにご説明になったらいかがですか？　私もそれが聞きたいわ。先生が西之園さんに、いつもどんなふうに話されるのか、是非聞いてみたい。これまで、一度もなかったですものね、あなた方がお二人、こうしてご一緒のところに居合わせるなんて機会は」

「僕の解釈、いや、仮説は、実に穴だらけです」犀川は答える。「まだ不明瞭なところが多い……、それは……」

「それは、私が補いましょう」四季が言った。「リーンフォースしてくれる他人が存在するというのは、犀川先生の能力の一部ですわ」

「そうでしょうか？」犀川が短く答える。「そうは思えませんが」

萌絵は、もう犀川の手を握っていなかった。

あのパンが飛んできたとき、二人は手を離した。

右手を伸ばせば、そこに犀川がいることはわかっている。

けれど……、

何故か動けなかった。

真賀田四季に見られているからだろうか？

ここは、真賀田四季の部屋。

真賀田四季の思考空間だから？

犀川も自分も、その中にいる。

もう、真賀田四季の一部なのかもしれない。

萌絵は、そう思った。

思っただけで、頭がぼうっとする。

熱があるみたいに……。

自分だけが、疎外されている感じがして……。

違和感があって……。
入り込めない隙間のような……。
コンクリートに突き刺さったカッタナイフのような……。
そんな孤立した感覚。
何だろう?
溶け込めない粒子みたいに、自分は浮遊している。
そうだ……、もういない。
この空間に自分はもういない、と感じた。
存在が、拒絶されている。
何に?
誰に?
画面が霞む。
映像のフォーカスが甘くなっていた。
どうしたのだろう……。
涙が出ているようだ。
自分が泣いている。
それがわかった。

どうしてだろう……？
そう自問するだけで、躰中に悪寒《おかん》が広がる。
それを、考えてはいけない。
いやだ！
声は、もう出なかった。
呼吸するだけの存在に、自分は成り下がった、と萌絵は感じる。
自分は、もう……。
呼吸をするだけ。
それだけの存在だったのだ。
もともと……。
先生には……。
犀川先生には、私は見えない。
私は見えない。
見えない。
言葉が、頭の中で繰り返される。
反響する。
残響する。

先生は、真賀田四季を見ている。

私は、見えない。

反響した。

残響した。

自分のその言葉で、躰が震える。

感情を必死で遮断しようとしている自分。

呼吸をコントロールしている自分。

涙を止めようとしている自分。

悲鳴を上げている自分。

気を失っている自分。

萌絵は、座っているだけで、精いっぱいだった。

「どんな意志が、これを実行したのか」犀川はゆっくりとした口調で始めた。「それは、とても曖昧で、しかも複雑です。しかし、現象にだけ目を向ければ、その一見不連続な事象の全容を捉えることは、特に難しい作業ではない」

「それが科学の動機です」真賀田四季が微笑む。「意志に囚《とら》われない現象の分析が、科学を生んだのです」

「僕は、西之園君から聞いた話を基に、自分のための仮説を組み立てるしかなかった。それは、当然ながら、西之園君自身が観測し、認識した現象よりも、さらに一段と単純化されたものです。教会で人が殺された。それは松本卓哉という人物だった。彼が自分で牧野君や反町さんにそう名乗った。その人物が死んでいたことは事実。これを医学部の反町さんが確認している。ここまでの事象を実現象として認識しようと、まず思いました。これはつまり、西之園君と反町さんの判断を信じる、ということと同義です。定義ではなく、単なる境界条件の設定という意味しかないけれどね」

おそらく、犀川は萌絵の方を向いたのだろう。最後の言葉遣いで、それがわかった。しかし、萌絵には犀川の姿は見えない。

彼にも彼女が見えないはずだ。

萌絵は頷いたが、それも見えない。

この空間では、頷いたことにはならなかった。

「その松本さんの死体が消失した、という現象が次に観測されている。これも西之園君の観測だから、事実だとしよう。短い時間に、死体はどこへ消えたのか……。教会の正面出口を、誰も通っていない。すると、裏口か、エレベータか、それともドームの天井か……。ドームから、誰かが死体を引き上げたのなら、そこからまた下りなくてはならない。引き上げるときにロープを死体に結ぶ必要もある。エレベータや裏口でも同じこと。少なくとも、そこにいた新庄さんという女性に、それを見られずに実行することは難しい」

犀川は言葉を切った。

真賀田四季は、微笑みながら、犀川を見ている。

とても優しい表情だった。

「ここまでが、事実」犀川は続ける。「そのあとの、新庄さんが話した、ドームから死体が出ていったという目撃証言も、松本さんの腕だけが落ちていたという事象も、さらに、ドームの上には誰もいなかったという報告も、僕は確認していない。西之園君も正確には確認していない」

「でも……」萌絵はようやく声が出るようになった。

「うん……、もう少し待って」姿のない犀川は言った。「どんなふうにでも考えられる、ということなんだ。この時点では、それだけの意味しかない。可能性は無限にある。では、二つ目の事件は、どうだろう？　新庄さんが殺された事件だ。これは、西之園君の観測だけを信じれば、答は一つしかないよ」

「どんな……、答ですか？」萌絵はきいた。

「西之園君は、その部屋の中のすべてを見た。そして、どこにも出入口はない、と判断している。窓は、開いていても隙間が小さくて人はとても通れない。その点は、芝池刑事も同じことを言っているね。また、そこに誰かがいたという痕跡もなかった。それなのに、今まで確かに生きていた新庄さんが殺されている。これは、どう考えても矛盾している。さて、どんなふうに説明すれば良いだろう?」

萌絵は黙っていた。

彼女は真賀田四季を見る。

彼女の姿しか見るものがなかったからだ。

四季の青い目は、犀川にずっと向けられている。

四季は萌絵を見ていない。

「答は一つしかない。新庄さんは、死んでいなかった。殺されていなかったんだ」犀川は言った。

「え?」萌絵は声を上げた。「そんな!」

「これが事実。しかも……、この事実が示唆《しさ》することは、すべてが偽物の殺人だったということ。つまり、バーチャルだ」

「でも……」

「西之園君は、新庄さんの死を確認した?」

「いいえ。でも、芝池刑事が……」

「芝池刑事の観測を信じると、この矛盾は解消できない」犀川は続ける。「矛盾から逃れるために、あれが全部芝居だった、と仮定しよう。すると、当然ながら、芝池刑事は嘘をついていることになる。彼だけじゃない、ほかの刑事さんも、警察も、鑑識課の人たちも、全員が偽者ということになる。ほらね、これで、最初の教会の謎も綺麗に解消してしまうだろう？　松本さんの死体を隠したのは、新庄さん自身だった。彼女が死体を引きずって、キャスタつきの台車か何かに載せたのだろう。床の血の痕が途中で消えていたって言っていたよね。彼女は、死体を礼拝堂の裏口から外へ運び出して、そこに駐めてあった自分の車に載せたんだ。あとは、急いで戻ってきて、そのドアを内側からロックした。それだけで、西之園君たちが見たあの状況になる」

「腕は？　松本さんの腕は？」萌絵は尋ねる。

「もちろん作りものだね」犀川は答えた。「それを誰が確認した？　僕が聞いた範囲では、君たちは誰もそれに触っていない。近くで見てさえいない。松本さんと同じ腕時計をしていただけだろう？　芝池刑事が、被害者の腕に間違いないと、あとで報告しただけじゃないか。ドームの屋根の上にだって、本当は血痕なんてなかったし、もちろん誰もいるはずがない。いや、いたのかもしれないけれど、それはお芝居の裏方さんだ。つまり、存在しないのと同じこと。ただ……、ガラスを割るだけのためなら、簡単な機械、ラジコンの装置くらいで充分だっただろう。もしそうなら、それはずっとあそこにあったはずだ。警察の捜査員を演じた誰かが、その小道具を片づけたかもしれない。あ、そうそう、西之園君が乗ったエレベータもそうだ。あれはね、一晩かかって改修されたんだよ。本当になくしてしまったんだ。といって、エレベータを取り外したわけじゃない。そのフロアだけの工事として、エレベータ室に床を張り、周囲の壁を木材で覆った。まあ、けっこうな大工事だけど、数時間もあればできただろう。そこに急ごしらえの倉庫を作ったんだね。それも、警察の制服を着ている作業員が突貫工事をしたというわけ。だから、今でも、あのエレベータは使えない状態だと思うよ」

信じられない話だった。

萌絵は、必死に考えていた。

計算した。

彼女が組み立てた仮説も、記憶していたすべてのシーンも、犀川の放った大波のために、端から順に飲み込まれる。

粉々に飛び散った。

大慌てで応急措置をしている自分。

笑おうとしている自分。

全部……嘘？

全部ですって？

「警察が……？　全部？　そんなこと……」そう言いながらも、萌絵は記憶を再構築しようとしている。

足が震えていた。

だが、一度砕けた破片は、並べ換えると、タイルのように不思議な秩序の配列を見せた。

「この街だって、全部作りものなんだよ。西之園君」犀川は軽い口調で言った。

「作りもの……?」

「ここは、ヨーロッパなんかじゃない。ここは、人々が生活する街でもない。クラシックカーが走っているけれど、エンジンはアルミでできているかもしれないし、オランダの風車だって、基礎は鉄筋コンクリートなんだ。この作りものの街には、作りものの人々がいる。みんな雇われている人たちだ。役者が沢山いるんだ。民族衣装を着ている人、兵隊やお巡りさんの制服を着ている人。そもそも、ここは全部、バーチャル・リアリティなんだ」

「そんなに大勢の人が、全員、この殺人に関わったというのですか?」萌絵はきいた。「ありえないわ。そんなこと絶対にありえない。でも確かに、五十人くらいの人たちが、この殺人事件に関わったことになる」

「うん……、普通ならありえない」犀川は言った。「芝池さんと、えっと、鯉沼さん、そのほかの警察関係者らしき人たち、それに、塙理生哉氏、藤原博氏、あと、ホテルのケーブル・テレビに放映されたニュースもそうだね。きっと、パーク内のPR用の放送を担当している番組制作部があるのだろう。偽のニュースを、西之園君の部屋だけに流した。そうそう……、彼らは新聞も作ったみたいだね。本物の新聞の一部をすり替えて、自分たちのお芝居、架空の事件を掲載した。嘘の事件を報道したんだよ、西之園君たちだけのためにね」

「どうして……、どうして、そんなことを?」萌絵は震える声できいた。

「アミューズメントさ」

「アミューズメント?」

「そう、アトラクションだよ」犀川は答える。「空を飛んだり、望外な加速度を体感して、スリルを味わうような類《たぐい》のアトラクションが、遊園地には沢山ある。ここにも幾つかあるだろう? 西之園君のために用意された豪華なアトラクションだったんだ」

「そんな!」萌絵は叫ぶ。「だって、人が死んでいるのですよ。私がそんなことで喜ぶと思っているなんて……」

「ああ……、だからね、本当は誰も死ぬはずじゃなかったんだよ」犀川はゆっくりと言う。「松本さんを殺したのは、新庄さん。彼女が殺人犯だ。新庄さんは、教会の礼拝堂で彼を殺した。何かで殴りつけて殺したんだと思う。そして、君たちだけに見せたあと、その死体を隠した。ほかの役者たちは、劇中に本当の殺人が起こったことを知らなかっただけだ。いいかい、何度も言うけれど、死体を確認したのは、西之園君たちだけだった。ほかに誰も見ていない。ただし、新庄さんにも計算違いが一つだけあったんだ。まさか、女の子が、死体に手を触れるとは思わなかった。ちゃんと死んでいるかどうかを確認するなんて考えなかった。君たち理系三人組を甘く見たというわけだ」

「ちょっと、待って下さい、先生」萌絵は考えながら言う。「ということは、もともとのシナリオでは……、礼拝堂に生きている松本さんが倒れているだけ、だったのですか？」

「当然そうだよ。これはお芝居だったんだからね。そもそも、そのお芝居のために、松本さんは、牧野君や反町さんに会って、自分の顔を覚えてもらったわけだ。彼は、彼女たちと別れたあと、教会まで自分で歩いていって、ドームの屋根にガラスを割る機械を備えつけておいた。新庄さんがやってくるまでに、おおかたの準備を済ませていただろうね。彼も、このお芝居の主要な役者の一人だったんだ。西之園君たちがホテルの外で電話をするのも、予定のことだったのかもしれない。君たちがあそこにいるのを知っていて、お芝居の幕が開いた。新庄さんは、西之園君たちが見ているのを承知のうえで舞台に登場した。彼女は教会に入って、そこで、松本さんと一緒に最後の舞台作りをした。たぶん、背中に偽物のナイフをつけて、偽物の血糊《ちのり》を躰や床に塗って、死んだ振りをしてそこに倒れているのが松本さんの役目だった。シリコン樹脂で作られた偽物の腕も、あらかじめ小道具として用意されている。そういった精巧な人形を作る専門の技術者が、ここにはいるんだろうね。そのレプリカの片腕に、松本さんは自分の時計をはめて、準備万端整った、というその状況で、新庄さんは本当に、松本さんを殺してしまったんだ。劇中の舞台で、幕が上がるまえの僅かな時間に、本当の殺人が起こったということになる。僕が思うには、そこで一度は発見された死体が消失して、その片腕だけが残されている、というシナリオ自体、新庄さんが自分の殺人計画のために都合良く変更したものじゃないかな。おそらく、お芝居の計画の段階で、彼女が主張して、シナリオを書き替えたのだろう。つまり、彼女の犯行は完全に計画的な行為だということ。突発的な動機で実行されたものではない。しかし、考えてごらん。実にうまく考えたものだろう？　死体さえ隠してしまえば、ほかの役者たちは、殺人があったこととしてお芝居を続けるだけで、舞台を見ている観客に対しては、とても自然にストーリィがつながる。それなのに、役者たちは誰一人、殺人があったとは思っていない。もちろん、いくら観客が大騒ぎしても、本当の警察を呼ぶ者はいない。役者が演じる警官を見て、観客は安心する」

「私が、ホテルの外から電話することを見越していたというのですか？　でも、私、愛知県警の鵜飼《うかい》さんに電話をかけたんですよ。彼から、芝池さんに連絡してもらったのです。まさか、鵜飼さんも共犯なんて……」

「君は、よくそうやって一度に複数の質問をするね」犀川は面白そうに言う。「まず、ホテルの部屋の電話が盗聴されている、というように僕らに思わせた。それで、君は外から電話をすることになる。フロントでは話を聞かれそうだ。ホテルの外ならば、あそこの電話ボックスが一番近い。とにかく、最初に目につく。これくらい充分に予測可能だった。もし、君が外に出なかったら、次の手段が用意されていただろう。僕と西之園君の行動を読み切ったのは……、真賀田博士、貴女ですね？」

「そうです」真賀田四季はすぐに頷いた。「おっしゃるとおり、比較的簡単です。特に、犀川先生のように合理的な判断をされる方の場合には、予測がさらに容易です」

「ホテルの外の、あの広場の電話ボックスも、当然、盗聴されていたわけだ。僕と西之園君の話も、君が鵜飼さんに話した内容も全部聞かれていた。だから、あのあとすぐ、誰かが、鵜飼さんに電話をかけただろう。こちらは長崎県警の者ですが、たった今、西之園さんという方からこちらに連絡がありました。行き違いになったかもしれませんが、当方で対処しますので、ご連絡させていただきました……ってね、そんなふうに話したわけだ。以後の連絡は、どこどこへお願いします、と言って、都合の良い電話番号も教えたかもしれない。これで、鵜飼さんは、もう自分の役目は果たした、と考えただろうし、たまに連絡しても、偽の捜査状況を知らされるだけだ。もちろん、殺人事件の話など出ない。ホテルの西之園君の部屋への電話はその後、当然ながら、すべて遮断《しゃだん》されていただろう」

「芝池さんは、もう刑事さんじゃないのですね？　愛知県警から長崎県警に転勤になったというのは、嘘だったのですね？」

「いいえ、長崎県警にいたことは本当です。そこを退職して、ナノクラフトに雇われているのです」真賀田四季が答えた。「面白い人だから、私が塙さんにスカウトをお願いしたのよ。きっと、役に立つときがあると思ったものですから。彼は、このパークのセキュリティの主任です」

「とにかく、芝池さんも、塙理生哉博士も、殺人が本当に起こったとは思っていなかったんだ。自分たちの壮大なお芝居を、西之園君たち三人の観客に見せている。それだけのつもりだった。いや……、三人といっても、もちろん、それは、ほとんど西之園君一人のためだった。君はここの有力株主なのだから。君がここに興味を持つこと、塙氏でも藤原氏でも良い。西之園君が、彼らに接近することは、ナノクラフトにとって、大きな利益をもたらすことになる」

「信じられないわ。こんな趣味の悪いいかさまが、アトラクションだなんて」萌絵は溜息をつく。「そんな子供騙しみたいな、そんな茶番で、私の気を引こうとしたとおっしゃるのですか？　もし、そうだったとしたら、彼らはとんでもない思い違いをしている。本当に……、大の大人が考えることかしら？」

「すべてのアミューズメントが、少なからず、悪趣味で子供騙しだと僕は思うけどね」犀川は淡々と言った。「子供騙しっていうと、なんとなく印象が悪いけれど……、コンピュータだって何だって、最初は子供騙しだっていわれたんじゃないかな……。もちろん、僕だって、それこそこんな茶番に貴重なエネルギィを浪費するなんて、馬鹿馬鹿しくつまらない行為だとは思うよ。けれど、同様の効果をデジタルの世界で実現するよりは、現時点では少なくとも経済的だった。バーチャル・リアリティで再現するよりは、ずっと短期間に制作でき、得られる効果もはるかに大きいだろう。つまり、やろうと思ったとき、最も現実的で手軽な手段だったということ。これが、最適解だったんだ」

「その実験が、塙さんと藤原さんの目的でした」真賀田四季が萌絵の方を一瞥し、再び犀川に向かって話した。「デジタルのグラフィックスでは再現できない視覚、メカニカルな反力装置では表現できない触感。バーチャル・リアリティの研究にのめり込むと、目の前の現実が有する限りない繊細さと、この上ない手軽さに対峙《たいじ》することになります。安価な現実と高価な虚構との対比がジレンマになる。それは、太古より人類が避けることを知らないパラドクスです。恋愛小説一作の執筆は、本物の恋愛より困難な作業としてのみ価値を見出され、風景を描写する絵画は、誰もが毎日目にする自然の美を決して超えることがない。人類の創作とは、割りが合わないゆえに、消滅を免《まぬが》れたといっても良いでしょう。たった五十人のスタッフを動かすだけで、現存するどんなマシンにも実現できない非現実を被験者に体感させることができる。そう、その事実こそ、彼らが確証したかった対象です」

「そのシナリオを書いたのは、真賀田博士、貴女ですね？」犀川はきいた。

「ええ、興味深い実験だと思いましたからね」真賀田四季は頬に片手を当て、萌絵の方を向いた。「特に、被験者が西之園さんであれば、なおさらのこと。貴女は……、予測できない美しさを持っている。私にとって、貴女の思考と感情の飛躍は、万華鏡のように綺麗なランダムなのよ」

4

「昨夜、ＶＲの部屋で起こったことも、すべてが突発的なことではなかった」犀川は続ける。「塙博士も藤原氏も、西之園君たちに、あれを見せるつもりだった。つまり、すべてが一連のお芝居、アトラクションの続きであり、ストーリィの一部だったわけだ。夕食のあと、西之園君が、研究所へ下りるエレベータを確認したい、と言いだすことも彼らは予測していただろう。君が言いださなくても、いつかは、あそこへ案内されたはずだ。これは、実物の役者や小道具を使って演じられているお芝居と、コンピュータが作り出す仮想現実との比較実験といっても良い。藤原氏が、加古さんを呼んだのは、もしかしたら偶然だったかもしれないけれど、そこに待機していたマスクの女性スタッフは、最初から台本どおりの配役だった」

「あ、あれは……、新庄さん?」萌絵は思いついた。マスクにメガネの長身の女性を思い浮かべる。「新庄さんだったのですね?」

「そう……」犀川は答える。「あのバーチャル・リアリティの中の出来事も、すべてプログラムされていた。あらかじめ、すべて準備されたものだったんだ。西之園君の目の前に突然黒子が出現して、仮想空間の中で藤原氏をナイフで刺し殺す。それを西之園君が目撃する。

現実のお芝居では、あそこまで間近に見せることは難しい。この点は、VRの利点を活かした演出だった。現実と仮想空間のいずれが、観客に大きなインパクトを与えるものなのか、その可能性を試してみたかったのだろう。なにしろ、これは自分たちで実験することができないテーマだ。先入観のない被験者が是非とも必要になる」

「酷い……。そんな人体実験に、私を?」

「西之園君がどう感じたのか、それは僕にもわからないし、彼らにも予想外だった。とにかく、君に衝撃を与えた要因は、殺人そのものというよりは、真賀田四季博士の存在だった。君は、死体やナイフなんかよりも、真賀田博士を恐れている。違うかい?」

「わかりません」萌絵は答える。しかし、確かにそのとおりだと思った。自分が、どうしてここまで真賀田四季の存在に怯《おび》えているのか、その理由はよくわからない。今だって、何故、こんなに殺伐とした印象が躰を覆っているのか、こんな虚《むな》しい思いに心が染まっているのか、彼女にはわからなかった。

「西之園さんが、私を恐れる理由は簡単です」真賀田四季が微笑んだ。「説明を望みますか?」

萌絵は一瞬だけ考えてから、黙って頷いた。

「貴女は、両親の死に起因した破滅的な記憶を、私、真賀田四季の印象によって転嫁し、無意識のうちに封印している。でも、本当は、そのプロトコルは最初は、犀川先生だった。自己防衛の手近な手段として、貴女は、人の死に接する自分の感情を、闇雲《やみくも》に遮断しようとしている。貴女の計算能力が、その力任せの感情コントロールを可能にした。そして、そのポジティブな極に犀川先生を配し、それが不完全と思われると、一方のネガティブな極に私を配した。西之園さんの中で、犀川先生と私は、プラスとマイナスなのです。貴女はその二極のシステムで、感情のバランスを保持している。ところが、その構造は依然として極めて不安定だった。何故なら、その理由は……」

「やめて下さい！」萌絵は叫ぶ。「そんな言葉だけの説明で割り切れるほど、単純なものではありません！」

「そう……。言語による単純化こそ、人間のノスタルジィの起源」真賀田四季は頷いた。「記号化はすなわち退化。単細胞の生命への逆行です。西之園さんの精神を分析して、貴女が崩壊するのを観察したところで、面白くはありません。ただ、三年まえの夏、私は貴女の精神のその欠陥に気づきました。それは、私が幼いときに経験した歪《ひず》みと類似したものだった。だから私は、貴女の隠蔽《いんぺい》された記憶を引き出し、貴女が無意識に拒絶していた精神の安定へと還元した。私は貴女に興味があったの。貴女は望んでいないのに、生きようとしていた。貴女の内部のほとんどは、死を望んでいるのに、貴女は一部だけで生きていた。その矛盾を抱えていたのよ。そんなことが可能なものなのか、と私は驚きました。とても、興味があったのです」

わからない、と萌絵は思った。

真賀田四季は、そこで言葉を切り、一度目を瞑った。

「それは、私自身に触れることにもなる、そう予感したわ」

どういう意味だろう？

わからない……。

再び青い瞳を萌絵に向け、四季は微笑んだ。

「そのとき私がしたことが、貴女の心の中心に、私の印象を死への代償として、同時に生への象徴として、置かれることになる、それも予測していました。しかし、これは、私自身にはまったく無意味なこと。西之園さん、貴女の定義ではどうかしら？」

「わかりません」萌絵は首をふった。

ここには存在しない首を、彼女はふり続ける。

わからない……。

わからない……。

「もしかして、あれは、そう、私の好意だったのかしら？」可笑しそうに口もとを緩めながら、真賀田四季が言った。「意味もないのに、あのとき、どうして貴女にあんなことをしたのか、私、今でもよくわからないのです。ええ……、これまでに、よくわからない、なんて本気で口にした経験は一度もありません。不思議でしょう？　たぶん、私は、貴女の中に新しい自分を感じ、その僅かな希望の存在を発見したのでしょう。そう、だからあれは、私自身の自己防衛だったのです。犀川先生。お話を戻して下さい」

「ええ……」犀川は返事をする。しかし少しの間、黙っていた。彼も、真賀田四季の話した内容を理解しようとしているのだろう、と萌絵は思う。「VRの部屋で西之園君が見たものは、すべて仮想世界の事実。そして、それも、あらかじめ用意されていたシナリオだった。ナイフも黒子も……」

「それじゃあ、藤原さん、本当は死んでいないの？」萌絵はおそるおそるきいた。この単純な問題に飛びつくことで、複雑さから逃避している自分を感じながら。

「いや……、藤原氏の死体は、僕自身が観察した。あれは本物。事実、彼は殺されていた。背中に刺さっていたナイフも本物だった。血も本物だった。それに、牧野君と反町さんが見たこと、つまり、誰もあの部屋を出入りしなかったと観察したことも、ここでは事実として信じることにする。最初から、この立場を堅持することで、今までの仮説が成立しているのだからね」

「あ！」萌絵は声を上げる。

彼女にも、やっと理解できた。

どこからともなく、瞬間的にアイデアは訪れる。

萌絵はすべてを知った。

「わかったみたいだね、西之園君」犀川は優しい口調で言った。「そう……、藤原氏は、君とテニスをしたり、ビリヤードをする以前に、既に殺されていたんだ」

「そうか……」萌絵は頷く。「あれは全部、プログラムで動いていたのですね?」

「メガネとマスクで変装した新庄さんは、奥の赤い部屋で、藤原氏が機械を装着するのを手伝っていた。そうだね? つまり、そのとき、彼女は藤原氏を殺したんだ。プログラムが、これから君に何を見せるのか、最終的にどんなポーズで藤原氏が止まるのか、すべてを彼女は知っていた。仮想空間で演じられるお芝居のシナリオは、プログラムのデータどおり正確だからね」

「塙さんも知っていたのですね?」萌絵はきいた。

「その点は、僕には確定できないけれど、塙さんがまったく何も知らなかったとは考えにくい。VRシステムを使って、一連の実験の第三弾があることを知らなかったのは、観客である西之園君たち三人と、加古さんかな……」

「塙さんは、何が起こるかを詳しく聞いていなかった、と思います」真賀田四季が説明した。「前半の二つの事件は、塙さんが企画したもの。これに対して、三つ目のVRの事件は、藤原さんが考えたものでしょう。彼らは、現実と虚構で対決をしていた。二人で、それらのいずれが効果的かを競っていた。この図式は、実はあの二人の永遠のテーマといえるものなのです。塙さんは、このパークを作ったことでもわかるとおり、VRよりも実物のパフォーマンスを取る立場、藤原さんは、デジタルの可能性にすべてを賭けていた。一見、二人の本来の能力とは正反対の指向といえますけれど、人間というものは、自分に直交するベクトルで夢を見るものです。塙さんのような一流のプログラマこそ、コンピュータの限界を誰よりも知り尽くしている。一方の藤原さんが抱いていた夢こそ、ナノクラフトをここまで成長させた要因でした」

「その対決が、少々エスカレートしたわけですね？」犀川がきいた。

「エスカレートなんていう、なま易しいものではありません」萌絵は強い口調で言う。「そんなの、信じられないわ！　そんな……子供みたいな……」

「彼らは子供です」真賀田四季が優しく言って、魅力的に微笑んだ。「暗くなっても、いつまでも砂場で遊んでいる二人の男の子なのよ。残酷だとか悪趣味だと感じる、そんな大人の価値観こそ、よほど残酷で悪趣味ではありませんか？」

「なるほど、塙博士も一緒に騙してやろうと、藤原氏が考えたのなら、説明がつく。僕は、どうして、藤原氏がわざわざ実際に機械を装着したのかが、どうにも不思議だったのです」

犀川はそう言って溜息をついた。「あのとき、仮想空間の中で、西之園君に対する藤原氏の適切な動作として、幾つか不確定な要素があったはずだ。西之園君、君のその場の行動や会話に対して、コンピュータでは判断できないことがあるだろう？　だから、新庄さんは、控室の端末を操作して、それに対処するコントロールを受け持っていたんだよ。まあ、ほとんど、その必要はなかったと思うけれど、それでも、君が予想外の突発的なことをした場合に備えなくてはいけないからね。想定した幾つかのパターンから、彼女がキー操作で選択したコマンドで仮想の藤原氏が動くように、プログラムができていたのだと思う。そう、バーテンダが出てきたと話していたね。それと同じだったんだ。藤原氏も完全にコンピュータが操る人形だった。仮想空間で三つ目の事件に遭遇して、西之園君が騒ぎだす。たぶん、そこで、奥の赤い部屋に入ってみると、藤原氏がぐったりとしている。塙氏も知らないことだ。彼もこれを見て驚くだろう。そんな悪戯《いたずら》だった。藤原氏は、その場で舌でも出して、すべてを明かす段取りだった。おそらく、新庄さんもマスクをとって、まえの二つの事件についても、全部、種明《たねあ》かしをするという壮大なシナリオだったのだろう。きっと、西之園君はかんかんに怒りだしただろうけれど、どうかな、君の性格からして、ナノクラフトに急速に興味を持つことになったのでは？　特に株主としても……」

その条件下の自分を、頭の中でシミュレートして、犀川の言うとおりだ、と萌絵は結論した。確かに、一時的には腹を立てて怒鳴り散らしたかもしれないが、自分は、ナノクラフトにも、塙理生哉にも興味と好意を抱いただろう。間違いない。自分のこの性格さえも、ナノクラフトは調査済みなのだ。そもそも、自分の反応を予測して、シミュレーションによる検討を重ねた計画だったのだ、と彼女は思った。

「では、新庄さんの立場で考えてみよう」犀川は説明を続ける。「彼女は、実際に松本さんを殺している。けれど、このことは、まだ誰にも知られていないのだから、外見的には、もともとのシナリオどおりに、マスクをとって、私は生きています、という種明かしをすることは可能だった。新庄さんが生きているのを見れば、西之園君たちはびっくりして、今までの事件の恐怖も一挙に反転する。事実は、簡単に受け入れられただろう。今までのは全部、嘘で、今度こそ本当、と信じたはずだ。ね？　これ以上効果的な演出なんて滅多にあるものじゃない。松本さんに関する本当の殺人は、一瞬にして完璧に隠蔽《いんぺい》されることになる」

「なるほど……」萌絵はその理屈に感心した。

「もちろん、最初のシナリオでは、松本さんも一緒に現れることになっていただろう。その方が良い。でも、彼は海外出張だったたっけ？　とにかく、しばらく休暇をとることになっていたみたいだったね。これもおそらく、新庄さんが、松本さんにそうするようにしむけたのだと思う。つまり、彼がしばらく職場に姿を見せなくても不審に思われないように処理しておいたわけだ。さて……、ところが、新庄さんのこの完璧な計画に、一つだけ大きなトラブルが発生した」

「あ、そうか、ラヴちゃんが……」萌絵が囁く。「反町さんが、松本さんの死体を確認したからですね？　だから、それができなくなったんだわ」

「そう……。君の医学部の友達が、松本さんの本当の死体に触れてしまったんだ。さっきも言ったように、これが、新庄さんにとってはまったく計算外の致命的なトラブルだった。こうなった以上、いくら、あれは全部お芝居でした、と言っても、反町さんが納得しないだろう。自分で確かめたものを、そうそう簡単に忘れることはできない。もっともね、いずれは、発覚することなんだよ。そもそも長続きするような隠蔽工作ではない。なにしろ、松本さんが本当にいなくなってしまうわけだから、これは隠しようがない。この点は、僕も多少理解できないところだ。新庄さんの犯罪は、実に破滅的な行動だというしかない。最終的に、彼女が、どのような手段で自分の身を守ろうと考えていたのか、理解に苦しむ」

「それは、私が説明しましょう」真賀田四季が言った。「新庄さんが松本さんを殺した直後に、私は、彼女と会いました。そして、お話ししたのです。ナノクラフトのビルの二十四階、彼女の部屋でね。西之園さんたちがあそこへ来たとき、私は彼女と一緒だったのよ」

「え?」萌絵は驚いて声を上げた。「あのときですか? 真賀田博士が、あそこに?」

「芝池さんや西之園さんが部屋の中に入るまえに、新庄さんは機械を仕舞ったようね。ええ……、あそこに、私はいたのよ。今、ここで私と貴女がお話ししているように、彼女と話しました。もちろん、これほど精巧な装置ではありません。もっと簡易なタイプのものでした」

同じバーチャル・リアリティの装置で、真賀田四季は新庄久美子と会った。今自分たちがしているのと同じゴーグル、それにそのゴーグルの動きを感知するためのレーザ変位計など、仮想空間を作り出す装置の一式が、新庄久美子の部屋のどこかにあったのだろう。

「新庄さんは私に、松本さんを殺したことを話しました」真賀田四季は微笑したままだった。「私のシナリオを、あの人は利用したのです。その着眼には多少感心したわ。彼女の反動的な感情にも興味がありました。でも、犀川先生がおっしゃったように、あとさきの不確定な思考で、実に脆弱《ぜいじゃく》な予測に基づく計画でした。新庄さんは、松本さんとの過去の経緯が原因で、彼を殺さなくてはならなかった、と私に説明したわ。そう、何故かしら？　動機を理解してもらいたかったのね。でも、そんな些細なこと、私にはまったく興味がありません。それよりも、彼女のその後の処理が、確かに、ある意味で面白いものだったのです。どのようにして犯行の発覚から身を守るつもりなのか、私は、彼女から直接聞きました」

「それが、藤原氏を殺す計画だったのですね？」犀川は低い声で言った。

「彼女は、はっきりとそうは言いませんでした」真賀田四季は頷いた。「この背景には、さきほど少しだけ触れた、ナノクラフトの塙社長と藤原副社長の対立があったのでしょう。見かけ上の対立ですが、現実のお芝居とＶＲの比較に関する今回の実験にしても、この背景がとても重要です。また一方では、個人的な関係が、藤原さんと新庄さんの間に存在した、それも容易に想像ができますね」

「なるほど、言葉とは本当に便利なものですね」犀川は面白そうに言った。「松本さんだけを殺したのなら、彼女の犯罪はすぐに糾弾《きゅうだん》されてしまう。しかし、藤原副社長も殺してしまえば、ナノクラフト全体を巻き込むことになって、それを隠れ蓑《みの》にして、すべてを隠し通せると彼女は考えた、と僕は考えていましたが……、うん、どちらかというと、これも今、博士がおっしゃった些末《さまつ》な個人的問題が、直接の動機なのかもしれません」

「あの、どういうことですか？」萌絵は尋ねた。「新庄さんが、もとは藤原さん直属の秘書だったのに、今は塙さんの第一秘書になっていること？　そのことをおっしゃっているのですか？」

「何も言っていないし、言いたくもない」犀川の声が答えた。「しかし、いずれにしても、新庄さんは、藤原氏を殺したんだ。動機など問題ではない。動機が正しければ許され、正しくなければ許されないという時代でもない。もちろん、彼女の場合、その動機の大半は個人的なものだったかもしれない。ただ、それに対して、ナノクラフトや塙社長がどう出るのか、新庄さんは、それに賭けたんだよ。今回の一連の非常識的な行為も含めて考えれば、塙社長は、自分の第一秘書の犯罪を揉み消すだろう、と彼女は計算した」

「ああ、なるほど……」萌絵は理解する。

「もし、そうしないと、西之園君たちに見せたお芝居の経緯も、さらに、真賀田四季博士を研究所内に匿《かくま》っていることも、すべて公《おおやけ》になる。その不利益よりも、謎の女が、副社長を殺して逃走した、というここまでを、事実として公開する方がずっと良い。会社としても、そちらを必ず選択するだろう、と新庄さんは考えた」

「確かに、言葉に還元すると、そんなところかしら」真賀田四季が頷く。「新庄さんという方は、野心的な人格です。彼女は、ナノクラフトのトップシークレットを握っていた。もちろん、私とも接触していたわけですからね。そんな自分を会社が手放すことはないだろう、と彼女が考えても、浅はかとはいえ、一応の思考の帰着として間違いではありません。さらに言えば、彼女は、藤原氏の死を、塙社長自身も内心は望んでいる、と考えていたようです。彼女は、自分こそが塙社長のパートナに相応《ふさわ》しい、とさえ信じていました。いえ、私……、真賀田四季のパートナとしても、自分が最も相応しい人間だと錯覚していたようです」

「相応しい人間でしたか？　博士のパートナとして」犀川が尋ねた。

真賀田博士はくすっと吹き出して、下を向いたが、すぐに青い目を犀川に向ける。

「まさか……」彼女は口もとを緩ませる。「パートナが必要な人間に見えます？　それは、欠陥がある証拠ではありませんか？」

上目遣いで四季は微笑む。

真賀田四季のその仕草は、戦慄《せんりつ》するほどのインパクトがあった。萌絵は、身震いがした。

この天才は女性だ、と萌絵は初めて感じる。

その青い瞳は淡く、蒸散寸前の液体を宿している。

唇は赤く光り、誘惑の形を知っていた。

こんなに完璧な美が、ほかにあるだろうか？

「私には、誰も必要ありません」彼女は微笑む。

萌絵は息を止める。

躰が震えていた。

「お話を続けて……」四季が促す。

「あの……、つまり、昨夜は、初めて本物の警察が来たのですね？」萌絵は深呼吸をしてから質問した。「最初は、芝池さんが来て、私たち、向かいの部屋で会いましたけど、あのときは、まだ警察は来ていなかったわ」

萌絵は、鯉沼を伴って、一番奥の部屋まで着替えにいった。あのときの制服の警官は偽者だったのだ。

「そう、彼らは突然、とんでもない窮地に立たされたんだ」姿の見えない犀川が言った。「なにしろ、芝居の途中で、本当の殺人が起きてしまったんだからね。彼らにとっては、あれが最初の殺人だった。ひとまず、観客の僕らを誘導し避難させたうえで、塙博士と芝池さんは打開策を検討することになっただろう。もちろん、彼らは殺人犯を知っている。犯人が新庄さんだということは明白だ。マスクの女が誰なのか、彼らは知っていた。さて、第一優先は、西之園君だった。とりあえずは、役者の警官を配置し、現場に観客たちが入らないようにしておいて、時間を稼ぐ。どうしたら良いのか、善後策を考えたわけだ。だけど、変死した人間が出ている以上、警察を呼ばないわけにはいかない。一方では、できれば二日まえからの大芝居を、すべて内緒のままにしておきたい。これは当然だ。普通の人間には理解しがたい行為だからね。公になれば、社会から非難されることは必至といえる。だから、もちろん、西之園君たちが関わっていたことも、極秘にしたい。そういうわけで、芝池さんが、僕ら全員を隔離してから、本当の警察を呼んで、研究所内に入れたんだ。僕らは今朝になって、もっと遠い場所に移動させられ、事件からは完全に切り放されることになった。つまり、本物の警察に対しては、あの殺人現場に、塙理生哉博士、香奈芽さん、加古さんの三人しかいなかったことで口裏を合わせることにした。さらに、いなくなったマスクの女も、加古さんたちが騙されていたとおり、臨時雇いの職員というままにしておけば良い。すべてを曖昧なまま、そっくりと隠蔽することに決めたんだと思う。ようするに、これこそ、新庄さんの計算どおりだった」

「私が黙っていると思ったのかしら」萌絵は言った。彼女はそれが不服だった。

「塙博士は、君にだけはすべてを話そうと思ったかもしれない。いや……、それはわからないな。話したら、君の性格からして、ただでは済まないね。しかし、僕らが那古野に帰ってしまえば、なんとかなると考えたんじゃないかな。西之園君だって、まさか長崎県警に直接電話をかけたりしないだろう。君に対しては、ときどき芝池さんが電話するか、出向いて相手をすれば良い。もちろん、君に偽の電話番号を教えただろう。事件は未解決のままで、実際にもマスクの女を追いかけたまま、捜査は続いている、といった状況を説明し続ける。そして、そのうち忘れ去られる。まあ、こんなふうに楽観したのかな」

「私が、そんなことで納得するなんて、本気で考えたのかしら？」萌絵は腹が立ってきた。

「いいえ、絶対にごまかされなかった、と断言できます」

「その場合はね、西之園さん……」真賀田四季が優しい声で言う。「貴女は行方不明になっていたわ」

四季の言葉に、萌絵の心臓が大きく一度打つ。

驚いて、数秒間息を止める。

そう……、簡単なことではないか。

芝居で殺人事件を演出することに比べれば、女子大生一人を消してしまうくらい、経済的にも、労力的にも、時間的にも、実に簡単なことだ。

自分は生きているのだろうか？

ここでは、自分が見えない。

萌絵は深呼吸をした。

「以前にペンション村で見つかったという死体の話も、今回のお芝居と関係があったのですね？」萌絵は呼吸を整えながらきいた。「あれも、本物の死体ではなかったの？」

「偽物の死体さえ、ありませんでした」真賀田四季が答える。「一人の女性が僅かなお金をもらって、言われたとおりの嘘をついただけのこと。人間って一番安く動く機械ですものね」

「その噂を流しておいたのも、今回のお芝居の伏線、つまり演出だったわけだ」犀川が言った。「それに、反町さんが見たというドラゴンも、同じような効果を狙った演出かな。たぶん、ラジコンの飛行船じゃないだろうか。それとも、簡単に、屋上から吊ったのかもね」

「わかりました」萌絵は闇の中で頷いた。「とても気分が悪いけれど、ええ……、ほとんどのことが、確かに辻褄《つじつま》が合います。もう謎は一つしかありません。そのほかのことは、全部わかりました」

「私がどこにいるのか、おききになりたいのね？」真賀田四季は萌絵を見て、少女のように首を傾げる。

「そうです。真賀田博士」萌絵ははっきりとした口調で言った。「このダーク・ルームの中じゃないことはわかっています。博士、今、どこにいるのですか？」

「貴女の前にいます」

「現実の世界における、博士の躰の位置です」

「私は、その世界では、もう存在しません」

「え？」

真賀田四季は、テーブルから手を離して、ゆっくりとドアの方に歩いた。

彼女はそこで振り返り、萌絵を見る。

四季は優しく微笑んだ。

「西之園さん。私は、とっくに死んでいるのよ」

5

犀川は立ち上がった。

「こちらに、いらっしゃって」真賀田四季が言った。

白いテーブルに沿って歩き、四季は犀川に片手を差し伸べる。右手に青いドアが突然現れた。

「こちらへ……、西之園さんも」四季がそのドアを示す。

ドアは、闇に溶け込むように消失し、その代わりに、暗い通路が現れた。新しいその出口から、四季は出ていった。

犀川も部屋を出る。

ゆっくりと歩いた。

彼の中で、思考は急速に加速する。

幾つもの叫び声が、しだいに淘汰される。

思考が鮮明になる。

（盗聴していたって？　どこで？）
（そもそも、ことの発端は……）
そう、クライテリオンだ。
ロール・プレイング・ゲーム。
架空の冒険。
虚構の栄光。
装飾の勇気。
それは……。
人生の崩壊条件を探し求める旅。
（確か、どこかで……）
通路の交差点では、幾度か周りが回転した。
否、回転しているのは自分。
九十度。
百八十度。
ときには、二百七十度。
いつしか、それに慣れる。
それが、普通に思えてくる。

実際の交差点でも、知らないうちに、回転しているのではないだろうか。
仮想の回転。
不静の捩《ねじ》れ。
魔法の中心。
現実とは……。
スクリューのように泡立つ。
摩擦のように熱い。
傾斜のように脆《もろ》い。
(そう、あのときも……)
目を瞑っているうちに、
世界が回っているのではないか。
きっと回っている。
通路のランプは、犀川の呼吸に合わせて、鼓動する。
点滅を繰り返す。
生命のように、繰り返す。
生と死に弾かれた振り子のように。
無限の広さがそこにあって。

有限の生命がそれを感じる。
四季の後ろ姿が、彼の前を歩いていた。
黒髪は、仄《ほの》かに光る。
腕は、闇を攪拌《かくはん》するほど白い。
脚は、曖昧にしか見えなかった。
歩いているのか、
止まっているのか、
わからない。
自分だって、
歩いているのだろうか、
と犀川は思う。
自分の足は、見えなかった。
周りの景色が、ただスクロールしているだけかもしれない。
そんな相対運動が、すべて。
この世のすべてだ。
すべてが、装飾。
すべてが、架空。

現実と虚構と現実。
虚構と現実と虚構。
生と死。
境界の軌跡。
俗臭の連鎖。
回顧の頻々。
理由？
何故だろう？
何故、自分は彼女についていくのだろう。
何を知ろうとしているのか。
知ろうとしている？
知る、とはどんな現象なのだろう。
それは単に、情報の移動。
メディアの交換。
自己と媒体。
犀川の核心の人格が、今にも飛び出してきそうだった。
彼が飛び出そうとするのを、周りの犀川が抑えている。

何故、抑制する必要があるのか、
誰も知らない。
誰もが知っている。
核心の犀川は、真賀田四季とともに、この世界に生きたい、と思った。
この世界が綺麗だ、と感じた。
でも、本当は、わからない。
わからなかった。
同時に、ほかの世界における死を連想し、その恐怖を一時的に忘却しようとする。
それを繰り返す。
楕円《だえん》軌道の拘束運動のように。
繰り返す。
長く。
そして、短く。
歩いた。
前方の黄色いドアが開く。
そこへ、真賀田四季は入っていく。
犀川も従った。

彼の中で、統合されない人格の叫び声が、耳を覆いたくなるほど大きくなる。響いている。

これは、虚構だ。

喚《わめ》いても、しかたがない。

黙れ！

死んでしまえ！

「犀川先生」

はい……。

部屋の中央で、真賀田四季は立ち止まる。

ゆっくりと振り向いた。

「二人だけで、お話がしたかったのです」

「え？」犀川は驚いた。

彼は辺りを見回す。

無限に闇が広がっているだけ。

何もなかった。

床も、天井も、壁も。

何も見えない。

自分も。

西之園萌絵の姿もない。

彼女は、最初から見えなかった。

犀川は手を伸ばし、闇の中で手探りをする。

「西之園君?」

「ごめんなさいね」真賀田四季は犀川に近づいた。

「西之園さんには、少しだけ遠くへ行ってもらったわ」

「こんなことをしなくても、二人で話がしたい、とおっしゃれば良かった。それで通じます」犀川は答える。

「言葉が通じるなんて、奇跡だわ」

「何のお話ですか?」

「ええ……」彼女は微笑む。「私は一度死んだのです。ですから、もう……、ここでしか、貴方に会えないの」

四季は両手を犀川に差し伸べる。

彼女の手が、犀川の頬に触れるほど近づく。

本当に、触れている?

それは、誰の頬の感触?

重ならない奇跡。
触れ合う偶然。
自分の頬だろうか……。

6

赤いドアから出ていった真賀田四季を萌絵は咄嗟《とっさ》に追いかけた。
通路に飛び出してから、立ち止まり、犀川を探した。
暗闇に手を伸ばし、彼の躰を探す。
「先生？」
両手をいっぱいに伸ばして、周りを調べたが、壁以外に、どこにも触れなかった。
通路の先で、真賀田四季の姿は消えてしまった。
振り返って部屋を覗く。
白いテーブルは、もうそこにはない。
彼女は部屋の中に戻った。
薄暗い四角い部屋の真ん中に、実体のない自分は立っている。
我慢ができなかった。

ゴーグルを外す。

真っ暗闇だ。

「犀川先生？　どこにいるの？」少し大きな声を出す。

耳を澄ましても、物音は聞こえなかった。

空調の僅かな振動音だけ。

空気も動いていない。

「先生！」萌絵は暗闇に向かって叫んだ。「犀川先生！」

ゴーグルを頭につけたまま、彼女は両手を真っ暗な空気の中に差し出す。

ゆっくりと気をつけて前進すると、やがて、冷たい壁に触れる。

冷たい……。

その感触だけで、少し落ち着いた。

少なくとも、床と壁は、ここにある。

自分もここにいる。

自分の頬に触れた。

両手も、頭も、躰も、ここにある。

見えないだけだ。

「犀川先生！」もう一度叫ぶ。

壁に触れながら横に進むと、切れ目があった。
出入口のようだ。
さらに一歩足を進め、片手を伸ばすと、向こうにも壁がある。
そこから部屋を出た。
いや、もしかしたら、部屋に入ったのかもしれない。
そのまま、真っ直ぐに二メートルほど前進したが、壁にはぶつからなかった。
通路の反対側の壁がない。
自分の鼓動が聞こえた。
息遣いが聞こえた。
そんなに広い場所にいるわけではない。
とにかく、落ち着いて。
ゴーグルをかけた方が良いだろうか？
彼女は頭にのせていたゴーグルを再びかけた。
ゆっくりと焦点が合う。
自分が立っている場所は、ライトが点滅する通路だった。
振り向くと、すぐ後ろに赤いドアがある。そこから出てきたわけだ。
「先生？　犀川先生……。どこにいるの？」萌絵は小声できいた。

「西之園さん、聞こえる？」突然、島田文子の声が聞こえ、萌絵はびっくりした。

「ああ、良かった……」彼女は溜息をつく。「島田さん、犀川先生は？　私たち、逸《はぐ》れてしまったんです」

「それが、わからないのよ」文子の声は鮮明だった。「今、こちらのモニタには、西之園さんの映像しか出ていないわ。あの……、今、ここにね、警察の人が来ているの。それで、貴女たちに、すぐ戻ってきてほしいんだけど……」

「どうやって戻るの？　非常灯はつかないのですか？」

「それも、さっきやってみたんだけど、駄目みたい。システムがおかしいのよね。いいわ、とにかく歩いてみて、緑のドアがあれば、それが出口だから」

萌絵はゴーグルをかけたまま、通路を歩きだす。

交差点で電子音がして、周囲が回転した。

「こんなことをしているよりも、手探りで出口を見つけた方が早くないかしら？」歩きながら萌絵は尋ねた。

「所定の道順で来ないと、最後の緑のドアは見えないし、もちろん、触っても開かないようにできているの。さっき、エマージェンシィをかけたんだけど、非常灯もつかないんだもの……、つまり、物理的に見つけても駄目。ドアが開かない状態なのよ。一《いち》か八《ばち》かリセットをかける手もあるんだけど、最悪の場合、真っ暗になって、ドアも開かなくなる可能性があるわ」

「え？　それじゃあ、歩き回って見つけるしかないのですか？」

「ドアを壊せば、入れるけどね」文子が言った。「もの凄く頑丈なドアだから。まあ……、最後の手段は残っているから、安心して」

「ええ、心強いです」萌絵は苦笑して言った。少しほっとした。「犀川先生も、すぐ近くにいるはずなのに、どうしちゃったのかな……。直接声が聞こえないのかしら」

「ゴーグルをかけているからかもね。きっと聞こえないんだと思う。でも、そのうち、ばったりと、ぶつかるかもしれないから、走っちゃ駄目だよ」

萌絵は、歩き回る。

どこにも緑のドアは見つからなかった。

それどころか、ドアそのものが滅多にない。

「どうして、さっき、通信が途絶えたのですか？」

「わからない。でも、そちらの声は全部聞こえていたよ。真賀田博士との会話も、こちらでちゃんと聞いていたわ」島田文子は話した。「ここにいる刑事さんたちも、すっかり聞いていたから……」

「それは、良かった」萌絵は答える。「もう一度、同じことを説明する必要がなくなって、ほっとしました。それに、話したって信じてもらえなかったかもしれないもの」

「今だって、信じてないみたい」文子の声が小さくなる。

「そこにいるのは、警察の方だけですか？」

「塙社長と妹さんが来ていたけど、刑事さんと一緒に、ついさっき出ていったわ」

警察は、真賀田四季と犀川の話を聞いた。当然、塙理生哉に詳しい事情を尋ねることになるだろう。

いろいろなことが頭に浮かんだけれど、萌絵はとにかく歩いた。

どれくらい歩き回っただろう。

十分、いや、もっと経っていたかもしれない。

十字の交差点に差しかかったとき、前方に緑のドアが見つかった。

「あった！」萌絵は叫ぶ。

「ああ、ラッキィ」文子も高い声を出した。「良かったぁ、もう諦めて、リセットかと思っていたところよ。それは、たぶん開くと思うわ」

萌絵は、緑のドアに手を触れる。

それは、感触のあるドアだった。

本物のドアだ。

僅かな音を立てて開いた。

明るい小さな部屋に入る。

おそるおそるゴーグルを持ち上げた。

暗闇ではない。

本当に、明るい部屋の中に、彼女はいた。

立っているのも辛いほど疲れていた。

大きく呼吸をして、壁に寄りかかる。

反対側の金属製の自動ドアが開いた。

「西之園さん！　大丈夫？」島田文子が入ってくる。

彼女は萌絵に両手を伸ばし、肩のすぐ横で両腕を軽く摑んだ。

「ええ、なんとか……」萌絵は答える。「犀川先生は？　まだ見つかりませんか？　この中にいるんですよね？」

「貴女がこのドアを開けたところで、ばっちりリセットをかけたから、もう大丈夫。本当に、ご苦労さま」文子が白い歯を見せて微笑んだ。

同じドアから、年配の男が入ってきた。

「長崎県警の車戸《くるまど》といいます」低い声で彼は名乗った。

萌絵は黙って軽く頭を下げる。

文子と一緒にその部屋を出るとき、入れ替わりで、四人の男たちが部屋に入った。振り返ると、萌絵が出てきたダーク・ルームの出入口のドアは緑ではなく、銀色だった。それは半分ほど開いた状態で静止していた。その細い隙間から、四人の男たちが順番に入っていく。彼らは懐中電灯を持っていた。

　控室は明るい。

デスクの上のモニタは既に消えていた。

萌絵は、丸い椅子に腰を下ろす。

暑いとは感じなかったのに、額から汗が流れている。

　彼女は前髪を片手で払った。

「西之園さん。詳しいお話は、あとでお願いします」萌絵の横に立っている車戸刑事が言った。「たった今、連絡を取ったのですが、新庄久美子の乗ったボートを追っているところです。沖へ向かったという情報が入りましたので」

「真賀田四季博士は、この研究所か、本社ビルのどこかだと思います」萌絵は肩で静かに息をしながら答える。「この中で見えた彼女の映像から考えて、かなり大掛かりな入力装置が必要なのでは？」

「ええ、そう」島田文子も頷く。「一部屋分は充分に占領するくらいの装置があるはずだわ。きっと、すぐに見つかるでしょう」

「わかりました、至急応援を呼んで、一気に片づけましょう」車戸は振り向いて、通路側のドアから中を覗いていた若い警官に目で合図する。その警官は頷いてから走り去った。

「犀川先生さ、どこかで壁にぶつかって、気を失っているんじゃないかしら」島田文子が心配そうに奥を見る。「そのショックで、ゴーグルが壊れたのかもしれないし。二千五百万円のゴーグルなんだけど……」

「あの、どうして、ここへ?」萌絵は車戸刑事に尋ねた。「私たちがこの中に入るとき、エレベータのところにいた警察の人、どこかへ行ってしまったみたいでしたけれど」

「ええ……」車戸はにやりと目尻に皺《しわ》を寄せる。「ペンションの方で、松本さんの遺体が発見されたという連絡が入ったんで、そちらに回そうと思って、一度は上に呼びつけたんですが、そいつらから、このフロアに、女性二人と男性一人がやってきた、という報告を受けましてね、まあ、念のために、一人寄越《よこ》したんです。そうしたら、三人はダーク・ルームに入っていったと、そこにいた連中が言うものですから……。いや、びっくりしましたね、あの真賀田四季が絡《から》んでいたのですね」

しばらくして、若い男が一人、懐中電灯を片手に奥から出てきた。

「あの、警部。誰もいませんね」男は言った。

「よく調べたのか?」

「そんなに広いわけじゃありませんし、その、隠れるような場所はほとんどないんです。部屋は六つしかないし」

「六つ? 四つじゃないの?」文子が聞いた。

「いや、奥に二列、横に三列の六つですね」男は答える。「とにかく、誰もいません」

「もう一度よく探せ」車戸が言う。

「あ、私も行きます」萌絵は立ち上がった。

その若い男について、萌絵は再びダーク・ルームに入った。

強力なライトが前方を照らす。

ほかにも、ライトを持った男たちがいた。

「そっちは？」男は声をかける。

「いや……、異状ありません」奥から返事があった。

周囲をぐるりと一周するのにも、それほどかからない。

部屋は確かに六つ、その部屋の間の通路も歩いてみた。

ライトを持った警官にしか出会わない。

どの部屋も殺風景な空間で、四方にドアのない出入口がある。部屋の片隅に、腰を下ろせる立方体があるだけだ。家具は何もない。天井には照明器具さえなかった。

犀川はいない。

どこにも、彼はいなかった。

萌絵は、いつの間にか、口もとを押さえていた。

唇を噛んでいた。

「本当に二人で入ったんですか？」萌絵と一緒に歩いていた男がぶっきらぼうに尋ねる。

彼女は返事ができない。

そこは、出口に近い通路だった。

「西之園さん」島田文子が顔を覗かせて、彼女に近づいてくる。「大丈夫？　ちょっと休んだら？」

「おかしいな……ここ、どこか、ほかに出入口があるんじゃないですか？」男が言った。

「先生……」萌絵は囁く。

眩暈《めまい》がした。

躰が揺れる。

急に、とんでもない幻想に襲われる。

真賀田四季は、ここにはいなかった。

彼女は、この世にはいない。

死んでいる、と言った。

先生は……？

犀川も、この世には、いなかったのだろうか？

最初から、ここにいたのは、自分だけ？

ただ……、

夢を見ていただけ？
ずっと、犀川がいる、という夢を。
そうだ……。
そんな感覚が、確かにあった。
あのとき……。
真賀田四季が二人の前に立ったとき。
犀川の手を離してしまったとき。
そう感じた。
自分だけが、違うところにいる、という違和感。
息が苦しくなる。
「私たち……、一緒に、入ったよね？」萌絵は文子にきいた。
自分の声は掠《かす》れている。
苦しい……。
「何言ってるの？　当たり前じゃない。私が保証するわ」
文子が笑いながら言う。
どうして……？
「犀川先生、本当にいた？」萌絵は小声できく。

もう、子供のような声だった。
「西之園さん、しっかりして！」文子が急に真面目な顔になる。
怒らないで……。
とても、苦しい。
私を怒らないで……。
お願いだから。
目の前が白っぽくなる。
自分は子供だ。
夢を見ていたのだ。
まだ、目が覚めていない。
きっと……、
ずっと……、
将来の夢を、見ているところ。
夢なんだ。
大人になったときの夢を。
見ている。
昨日、トランプの手品を見てくれた、犀川の顔。

来週も来てくれるだろうか……。
苦しい……。
微笑んでいる父の顔。
宥《なだ》めるような表情の母。
「西之園さん！」
西之園？
「萌絵、何を泣いているの？」母の優しい声。
萌絵？
そう……、私の名前……。
名前……。
みんな、名前だけになってしまって……。
どこへ行ったのだろう？
お父様。
お母様。
みんな……。
消えてしまった。
もう、眠ってしまおう。

私も消えたい。
最初から、そうだった。
ずっと、お願いしていた。
神様に……。
お父様と、お母様のもとへ……。
神様。
お願いです。
それが、最後の意志だった。

7

犀川は何時間も歩き続けた。
彼の前には、ずっと真賀田四季の後ろ姿があった。
建物から外に出て、アスファルトの歩道を行く。
やがてコンクリートの階段を下りて、海辺を歩いた。
街の光は既に遠い。
砂浜と真っ黒な海が広がっている。

それでも、彼は歩いた。
四季は振り返らなかった。
犀川も黙っていた。
彼の中で、叫び声はしだいに小さくなる。
統合されていない叫びは、やがて、囁きになった。
いつものことだ。
融合ではなく混和があった。
その頃には、足もとに寄せる波の僅かな音が耳に入る。
水と砂の粒子が擦《こす》れ合う、摩擦の音。
空気は細かく分断され、水の中に紛れ込む。
白い泡が密《ひそ》かに、黒い海のエッジをときどきに際立たせる。
それも、たぶん生命。
闇へ帰納する生命。
泡のように速く、
香のように繰り返し、
夢のように黒く、
音のように戻らない。

何もない命。

星のない空。

風のない大気。

果てしのない夢。

これは、
夢だろうか……。

どうして、
ここを歩いているのだろう。

何かを忘れようとする過去も、
何かを恐れようとする未来も、
なかった。

寒くもない。

疲れてもいない。

自分は死んだのだろうか。

「どう？　もう綺麗になったかしら？」前を歩いている四季が突然きいた。

彼女の声がどこから聞こえてくるのか、犀川にはわからない。声というものへの対処を忘れていた。

「綺麗に？」思考と感情が急速に立ち上がってきき返す。

「言葉では、そうとしか言えないわ」立ち止まり、四季は振り返った。彼女はじっと犀川を見た。「貴方の中の……意志は、今、何を見ていますか？」

「海辺と、真賀田博士です」犀川は答える。

　誰が答えたのだろうか、と犀川はすぐに考える。

　今答えたのは、自分だろうか。

「寒くありませんか？」

「ええ、寒くはない」

「どうして、私、こんなお節介をするのでしょう？」可笑しそうに四季は言う。「こんな不思議な感情は今までになかった。希代《きたい》な経験です」

「綺麗な感情ですね？」犀川の別の一部が口にする。

「ああ……」四季は目を細め、やがて微笑んだ。「貴方は、天才だわ」

「いいえ、僕は天才じゃない」

　四季は、その表情のまま、首を傾げた。

「私たちは、どこへ行くと思います？」

「どこへ？」

「どこから来た？　私は誰？　どこへ行く？」四季はきいた。

「貴女は、貴女から生まれ、貴女は、貴女です」犀川は答える。「そして、どこへも行かない」

四季はくすくすと笑いだす。

「よくご存じですこと。でも、その三つの疑問に答えられることに、価値があるわけではありません。ただ、その三つの疑問を問うことに価値がある」

「そうでしょうね」犀川は頷いた。「価値がある、という言葉の本質が、それです」

「リカーシブ・ファンクションね」四季は言った。「そう、全部、それと同じなの。外へ外へと向かえば、最後は中心に戻ってしまう。だからといって、諦めて、動くことをやめてしまうと、その瞬間に消えてしまうのです。それが生命の定義。本当に、なんて退屈な循環なのでしょう、生きているって」

「退屈ですか？」

「いいえ」四季はにっこりと微笑む。「先生……。私、最近、いろいろな矛盾を受け入れていますのよ。不思議なくらい、これが素敵なのです。宇宙の起源のように、これが綺麗なの」

「よくわかりません」

「そう……、それが、最後の言葉に相応《ふさわ》しい」

「最後の言葉？」

「その言葉こそ、人類の墓標《ぼひょう》に刻まれるべき一言です。神様、よくわかりませんでした……ってね」

「神様、ですか？」

「ええ、だって、人類の墓標なのですから、それをお読みになるのは、神様しかいないわ」

「驚きました。真賀田博士がそんなことをおっしゃるなんて」

「矛盾が綺麗だって、言いましたでしょう？」

「ああ、そうか」犀川は微笑んだ。「なるほど、僕は……」

「飲み込みが遅い」四季は微笑んだ。

そのとき、自分の手が見えることに気づく。

彼は、ポケットに手を入れて、煙草を取り出した。

「これを忘れていました」犀川はそう言って、煙草に火をつける。「今、何時ですか？」

四季は手を口に当てて笑いだした。

犀川は煙を吐き、腕時計を見る。

七時に近い時刻だった。

もう朝だ。

空腹と眠気を感じた。

まだ、感じるようだ。

自分の躰は生きているらしい。

退屈な帰納を繰り返している。

帰納、帰納、帰納。

退屈な素敵を繰り返している。

素敵、素敵、素敵。

煙草を口にするとき、指がゴーグルに触れる。

四季の映像が揺れた。

彼女は、これに映っているだけ。

自分は、海岸にいる。

何時間も、歩いていたようだ。

思い出す。

思い出した。

今まで何を考えていたのだろう。

記憶は無色だった。

「そろそろ、バッテリィが切れる頃ですね」四季はつまらなさそうに、呟いた。

「これですか?」犀川はゴーグルに触れる。

「貴方と一緒に歩きたかった。たったそれだけのために、このシステムを作らせたの。馬鹿馬鹿しいと思われたでしょう?」

「ええ」犀川は頷いた。「でも、綺麗かもしれない」

「ありがとう」

いつの間にか、四季の姿は明るく輝き始めていた。

周囲の闇の中で、それは眩しいくらい特異だった。

しばらく、黙って、犀川は四季の姿を見る。

彼女も犀川を見ていた。

思いつく言葉はことごとくシミュレートされ、自分が何を言うのかがわかった瞬間に、彼女がどう答えるのかがわかった。

電気がショートするほど明るく、強く、速い。

不思議にその連鎖が見える。

一瞬にして理解できた。

だから、何も口にする必要がなかった。

「もう、お別れです。犀川先生」四季は犀川の方に一歩近づいた。「今度お会いするときは、きっと、どちらかが死んだときでしょう」

「もう死んでいるのではなかったのですか?」

「ええ……、何回も」四季は微笑む。

「僕も、あるいは、そうかもしれません」

「もし私が死んだら、先生はどうされます?」

「その一日、禁煙しましょう」

「もし先生が死んだら、私は泣いてみたい。一度で良いから、泣いてみたいわ」

「泣けると、良いですね」

「ええ……」

四季は後ろに下がった。

「さようなら」

「さようなら」

犀川は動かない。

四季は、海の上を歩いていく。

穏やかな暗い海面に、彼女だけが白く輝き、しだいに遠く、小さくなった。

忘却の海の向こう側で待っていた巨大な球形のスクリーンが、慎《つつ》ましく霞んだ水平線の彼方に、懐かしい太古の明晰《めいせき》を描こうとしていた。

そう……、
この惑星には、最初からこれがあった。

人類という生命の連鎖が始まる、その以前から。

懐かしい光と音。

この波長に合わせて、眼球が生まれ、
この周期に合わせて鼓膜ができた。

遠い光、近い音。

犀川は海から離れ、岩場まで上がる。

振り返ったときには、もう白い彼女の姿は見えなかった。

彼女の光は、今は拡散し、辺りの空気に溶け込んでいた。

空はもう暗くはない。

明るい方角が東だとわかった。

犀川は、大きな岩に腰掛ける。

ゴーグルを外した。

目に冷たい大気が触れる。

同じ光景がそこにあった。

どこからが現実で、
どこまでが夢だったのだろう。

静かな朝は、臨界の手前で、漆黒《しっこく》の幕を落すその手を、まだ躊躇《ためら》っている。

海鳥の鳴き声だけが、急に認識され、犀川の左手は、岩肌の湿った手触りに、歴史的な冷たさを楽しんだ。
煙草の煙は漂い、加速して消える。
犀川は意味もなく、時計を見ていた。
針は、彼の意志を一つずつ刻んで進む。
触れたかった。
尋ねたかった。
確かめたかった。
騙されたかった。
カッタ、カッタ、カッタ……。
真の光が東の空に漏れ始めたのは、それからさらに数十分もあとのことだった。
「よく、わからない」
彼は墓標の言葉を呟いて、眩しさに目を閉じた。

8

目を開けると、壁のブラケットの明かりが、ドーナッツ状に光っていた。
萌絵は頭を少し持ち上げる。

自分はベッドに寝ていた。

すぐ横に、牧野洋子の頭。

「あれ？」萌絵は起き上がった。

洋子は床に座り、萌絵の寝ていたベッドに頭をのせて眠っていた。反町愛が窓際のソファにいて、ぼんやりとした顔を萌絵の方へ向ける。

「ああ……、起きた？」あくびをしながら、反町愛が言う。眠そうな籠もった声だった。

「ここ、ホテル？」萌絵はきく。

窓のカーテンが引かれていたが、外はもう明るいようだ。ベッドサイドの時計を見ると、七時四十分。

「あ、萌絵、おはよう」洋子がベッドから頭を上げる。

萌絵は洋子に頷いた。

一瞬、すべてが夢だったのか、という錯覚に襲われたが、その印象さえ、急速に遠ざかる。

夢ではない。

「ペンションの方はどうなったの？　こちらに、また来たの？」萌絵は尋ねる。

「何言ってるの……。そうだよ、あんたがまた倒れて、気を失っているっていうからさ……」洋子が立ち上がって背伸びをした。「さっきまで、お医者さんも来ていたんだから」

「みんなは？」

「国枝先生と男子はペンション」洋子が答える。

「最低だよ、もう……。離ればなれ」ソファの反町愛がぶっきらぼうに言う。「この貸しは返してもらうぞ、絶対」

記憶が完全に戻る。

心臓が大きく打った。

「犀川先生は？」萌絵は尋ねた。

「うん。ついさっきの話だと、まだ、駄目みたい。見つからないって……、聞いたわ」

窓の方を見ていた洋子が、真面目な顔を萌絵に向けた。「大丈夫、心配ないって。どこかに出かけられただけだと思うよ。あの先生さ……、よくあるじゃない。ほら、黙って、ぶらっとどこかへ行っちゃったりするでしょう？」

「しないわ」萌絵は首をふる。

「とにかく……、警察が探しているんだから……」

洋子が言い終わるのを待たずに、萌絵はベッドから飛び降りた。

カーテンを開けて窓の外を見る。

波止場が見えるものと思っていたが、そこは広場に面した北側だった。

目の前に教会の鐘塔がある。

広場の大半に影が落ち、教会の高い屋根の部分だけに朝日が届いていた。下の道路は暗い。そこには警察の車が集まっていて、まだ薄暗い出入口付近にライトが灯っている。何人かの人間の姿も見えた。

「昨日までの警察は、全部、偽者だったんだってね」反町愛がぶつぶつと呟く。「やっと納得だよなぁ。おいら、おかしいと思ったもん……。全部、嘘っぱちだったんだ」

「それ、誰にきいたの？」萌絵が振り返る。

「えっと……、あの人」愛が答える。

「島田さん」洋子が近づいてきて代わりに答えた。

「真賀田四季がここにいるっていうのも、結局、ただの作り話だったわけでしょう？」

「わからない」萌絵は首をふった。「犀川先生、どこへ行っちゃったんだろう。先生が真賀田博士と一緒なの……」

「大丈夫だってば」洋子が微笑む。「どこかで寝てるんじゃないの？」

「外で寝たら死ぬぞ」反町愛が言う。

「ラヴちゃん……」萌絵は愛を睨んだ。

「泣くな。もう泣くなよう」愛が両手を広げる。

電話が鳴った。

一番近くにいた洋子が受話器を取る。

「はい……」洋子の顔が、萌絵の方を見て明るくなった。「わかりました！　はい、今すぐ下りていきます」

「何？」萌絵は洋子に飛びつく。

「犀川先生が帰ってきたって。たった今、ホテルのロビィに戻ってこられたそうよ」

それを聞いて、萌絵はドアに駆け寄る。

「こらこらこら！」愛が叫ぶ。「萌絵！」

「何？」萌絵は立ち止まった。

「服は？」

萌絵は自分の服装を見る。

「そんな格好で行く気？」愛は笑った。「それから、ちゃんと鏡を見て……」

服装を整えて、鏡も見た。

萌絵は、部屋を飛び出して、エレベータに一人で乗った。

洋子と愛がついてこないのは、どうしてだろう、とふと思う。着替えるのが面倒だったのだろうか。あとから、下りてくるつもりなのかもしれない。

どうして、このエレベータはこんなに遅いのだろう。

一階でドアが開くと、ロビィに大勢の男たちがいるのが目に入った。

だが、知った顔はどこにもいない。

制服の警官が五人ほどで、あとは、私服の男たちが七、八人だ。

彼女はロビィに出ていった。

「先生!」萌絵は叫ぶ。

犀川は、ソファに座って煙草を吸っていた。

テーブルの反対側には車戸刑事の厳《いか》つい顔。彼も煙草を吸っている。

犀川は萌絵を見て、軽く片手を挙げた。

「おはよう、西之園君」彼は普段と変わらない調子でそう言った。

萌絵は犀川の前まで来る。

泣くまいと思ったが、それは難しかった。

「おはようございます」と口にした途端、涙がこぼれた。微笑んで言ったつもりだったのに、泣き声に近くなる。

「早起きしたね」犀川は言った。

「どこへ行っていたのですか?」

「海岸」犀川は答える。

「海岸って……、せ、先生……」

「西之園君。落ち着いて。ここに、座ったら?」

彼女は犀川の顔を見据えたまま、手探りでソファに腰を下ろした。犀川の隣である。

彼の顔が目の前にある。

彼女は、それに触れたかった。

「先生……」彼女は片手をおそるおそる前に出す。

その手を犀川の左手が受け止めた。彼は微笑む。

「えっと……、ですね」咳払いをしてから車戸が質問する。「ということは……、犀川先生、あのダーク・ルームから、エレベータに乗ったとおっしゃるのですね？」

「ええ、ほら、あそこのエレベータですよ」犀川は萌絵の手を握っていた左手を離し、後ろに伸ばして指さした。「あの研究所へ下りていってるやつです。地下のどのフロアにも、中央にエレベータがあったでしょう？　一番下の地下四階のフロアでは、それがダーク・ルームに接した位置になるんですね。あのエレベータに、ダーク・ルームの中から乗れるのです。壁がスライドして開く部分がきっとありますから、調べてみて下さい。僕は、ゴーグルをしたまま、真賀田博士に誘導されて歩いただけです。だから、その壁の隠しドアは見ていません。しかし、エレベータには乗ったし、このロビィも確かに歩きましたよ。そこの正面玄関から出ていって、波止場の方へ向かいました。それから、ずーっと、向こうの方まで……、えっと、そう、あそこに見える灯台の向こうまで、歩いていきました」

ロビィの南側の大きなガラス窓から、海が見える。ずいぶん遠くに、防波堤と小さな灯台があった。

「しかしですね……、六時間以上になりますよ」車戸は顔をしかめる。「そんなに長時間、歩いていたのですか？」

「ええ……、ゆっくりですけれど……。行ったり来たりして。もうくたくたですね」犀川は口もとを上げた。

彼は本当に疲れているようだ。

少し窶《やつ》れたのではないか、と萌絵は思った。

「真賀田四季は、実際にはどこにいた、と犀川先生はお考えですか？」車戸が手帳をポケットに仕舞いながら尋ねた。

「どこでもありえますからね」犀川は少し上を向いて答える。「まあ……、そうですね、この近くではないでしょう。最初から、彼女は外側にいたのです。コンピュータのネットワークがつながっているところなら、世界中のどこからでも可能だったはずです。ただ……、そこにある端末には、彼女の姿を立体カメラで撮影するための、かなり大掛かりな設備が付随しています。こちらで見ているのと同じ両眼のCCDカメラが、ゴーグルをしている人間の頭の動きに追従して、リアルタイムで作動するようになっている。カメラのズームも支持部も、サーボモータで制御されているはずです。初めのうちは暗かったので、レイ・トレで作ったCGだと思いました。でも、僕らが見たのは、コンピュータ・グラフィックスじゃないと思います。最後に、真賀田博士の姿が明るくなって、そう感じました。おそらく、その設備もナノクラフトが作ったのでしょう。証拠はありませんが、こちらのダーク・ルームのシステムと完全対応しているわけですから……。真賀田博士がいた場所は、塙理生哉博士なら知っていると思います。ただ……、彼は絶対に、真賀田博士の所在を明かさないでしょうね」

「ダーク・ルームに食事を運んでいた、という話は？」車戸がきいた。

「それも、芝居の一部だったのでしょう」犀川は答える。

「いや、新庄久美子が運んでいたのは、確かにそうだったかもしれません」車戸は犀川を見据えて低い声で言った。「彼女には、それをする目的があった。ダーク・ルームの中に真賀田四季がいる、という噂を所内に流すことが、今回の大芝居を盛り上げる演出だった、と考えられなくもない。しかしですね、昨日だったか、塙社長の秘書をしてる小宮という女が、あそこに食事を運んでいるんですよ。社長の言いつけなんですが、彼女は、ゴーグルをつけて、あの中を歩いたと話しています。その中の一室で真賀田四季らしき人物を見た、とも言っている。もちろん、それも、映像だったかもしれない。しかし、彼女が運び込んだ食事が、本当に食べられていたらしいのです。これは、作り話とは思えない」

「ああ、それなら……、新庄さんがあそこに隠れていたのですよ、きっと」犀川は、新しい煙草に火をつける。「ダーク・ルームの内部は、エレベータに直結しているわけですから、外部からの出入りがとても便利です」

「なるほど……。わかりました、それも調べてみましょう」車戸は頷いた。

「あの……、新庄さんは、もう見つかったのですか？」萌絵はきいた。

「ええ、もちろん」車戸はにやりと笑う。「いや、ついさっきですけどね。空港の船着き場で拘束しました」

「彼女、殺人を認めているのですか？」萌絵は尋ねる。

「いえ……、まだ何もきいておりません。すべてはこれからです」車戸は答える。「私も、忙しくなるのは、これからなんですよ」

　車戸が立ち上がった。

「犀川先生。どうも……」彼は片手を前に差し出した。「ご協力ありがとうございます。まだまだ、お話を伺うことになるかと思いますが、ええ……、一旦は、お休みになられてけっこうです。お疲れのことでしょう。西之園さんも、もう、大丈夫なのですか？　ご気分は、いかがですか？」

「ええ、もう……」萌絵は微笑む。「ご心配をおかけしました」

　車戸刑事は、ロビィの中央へ歩いていく。

　牧野洋子と反町愛がエレベータから出てくるのが見えた。彼女たちはバッグを持っている。萌絵たちの方へ歩いてくると、二人はソファには座らずに並んで立った。

「犀川先生、おはようございます」洋子が明るい声で言う。

愛もにっこり笑って頭を下げた。

「おはよう。ほかのみんなは、向こう?」

「ええ」洋子が時計を見ながら答える。「きっと、まだ寝てるでしょうね」

「戻りましょうか?」萌絵は立ち上がった。

四人は、警官たちと話している車戸にもう一度頭を下げてから、ロビィをあとにする。

アーチを潜り抜け、北側の広場に面した道路に出た。

フラッシュが光り、カメラのシャッタの音。

知らない男が近づいてきた。

片手にマイクを持っている。

「あの……、ホテルに泊まられていたのですか?」男はそのマイクを萌絵の鼻先に突きつける。

「え、ええ……」

「殺人事件のことを聞かれましたか? ホテルにお泊まりの皆さんは、パニックだったのではありませんか?」

「いえ……、よくわかりません」萌絵は答えた。

「私にきいてほしいなあ」後ろで反町愛が大きな声を出す。

「あ、何か、ご存じですか?」マイクが愛の方に移動した。

「私ね、こないだ、献血にいったんですけどぉ、あんたは血が薄いって言われて、追い返されたんですぅ。ね、これって、酷いと思いません？　そりゃ小さいときからレバー食べろ、鰻《うなぎ》食べろって、うちのおばあちゃん、煩《うるさ》かったんですよ。でもでも、血、薄いなんて全然知らなかったしぃ、そういうのって、個人差っていうか、人それぞれなんじゃありません？ね、どう思います？」愛が早口で一気に捲《まく》し立てた。

男は無言でマイクを引いた。

四人は、そのまま歩きだす。

報道陣は、昨日に比べればずっと少ない。それよりも、教会の周囲にいる警察関係者の方が多かった。それを横に見ながら、四人はホテルの建物を回り、波止場の方角へ歩いた。

運河に架かる橋を渡ったところに、犀川の辛子色の車が駐まっている。

「あ、キー……」犀川はポケットに手を突っ込んで慌てる。

「先生、それ洒落ですか？」顔をしかめて洋子が言う。

「えっと……」犀川は真面目だった。「あ、あった、あった。良かった……」

無事に車のエンジンもかかる。

海の方向はちょうど逆光だったので、細かい波頭がシルエットになり、スクリーントーンみたいに灰色だった。

「先生、六時間も、真賀田博士とお話をしていたのですか？」助手席に乗り込みながら、萌絵は質問する。

「いや、あまり……、話はできなかった」

「でも、ずっと二人だけだったのでしょう?」

「うん、まあ、そうだね。本当は僕一人だけれど」

「私、先生と六時間も浜辺を歩いたことなんてありません」

「僕だって、君と六時間浜辺を歩いたことはないよ」

「あのう、早く出発して下さいませんか?」後ろから洋子が言う。「向こうについてから、ごゆっくり、お二人で散歩でもなさったらいかがでしょうか? ええ、ええ、大変差し出がましいとは存じますけど……」

「あ、そうね。洋子、たまには良いこと言う」萌絵は躰を弾ませた。

「たまにはって、何よ、それ」洋子が言い返す。

「今さら、浜辺なんて歩いてどうすんの?」愛が顔をしかめている。「貝殻拾って耳に当てるわけ? ねえ君……、海の音が聞こえるよ……。ばーか、ここは海なんだから当たり前だよ。ブー。ばっかじゃない? 砂のお城作ったり、相合い傘とか書いたりしたら、大笑いしてやるから」

「ねね、今日ってクリスマスだよね」洋子が身を乗り出して言った。「やっぱ、こっち暖かいわねえ。九州にいるんだもんなあ……。長崎の街も見てみたいなあ」

車は動きだす。

気がつくと、また周囲はヨーロッパだった。

ドイツ風の街並を抜けて、ベルギー風の橋を渡る。

オランダの風車が遠くに見えた。

見慣れてくると、異国のイメージは既にない。

おそらく、どこまで遠くへ行っても、同じことだろう。

「ねえねえ、あとで、もう一度ゼミをしましょう」洋子が言った。「なんか、事件のことで、釈然としないところがいっぱいあるもの」

「釈然とするって、どういう状態なわけ？」愛がきいた。

「あ、そうね」洋子が言葉に詰まる。「それも、釈然としないわね」

萌絵は、横で運転をしている犀川をじっと見つめていた。

これは、現実だ、と信じながら。

犀川が、こちらを向く。

「西之園君、今回こそ懲《こ》りただろう？」

「何にですか？」

「いろいろ」

「いろいろじゃ、わかりません。先生、私が何に懲りたっておっしゃりたいのですか？」

「死体とか殺人とかだよ」後ろから洋子が口を挟む。
「おいら、懲りたぞ」愛が言う。
「犀川先生にきいているの。貴女たちは黙っていて」萌絵は後ろを睨む。
後部座席の牧野洋子は、指を目の下に当てて舌を出していた。
その横で反町愛は、頬を両手で引っ張り、口を横に伸ばしている。
「先生、はっきりおっしゃって下さい。私が何に懲りたと思われたのですか？」
「僕にだよ」犀川は無表情で答えた。
「ああ……」彼女は言葉に詰まる。
暗黒星雲のような沈黙。
萌絵は前を向いて黙った。
車は石畳でタイヤを鳴らしていた。
ユーロパークのゲートが近づいてくる。
彼女は、ようやく小さく首をふった。
萌絵の中の大部分の意見だった。
「いいえ」
その声は、犀川に聞こえただろうか。

第10章　神の薬　Panacea

〈人は普通、これらの両極の概念の狭間にあって、自分の位置を探そうとします。自分の居場所は一つだと信じ、中庸を求め、妥協する。けれど、彼ら天才はそれをしない。両極に同時に存在することが可能だからです〉

1

犀川たちは、ユーロパークのペンションに、もう一日だけ留まることにした。

夕方に車戸刑事たちがやってきて、二時間ほど話をしていった。

新庄久美子がどうして松本卓哉と藤原博の二人を殺害したのか、その理由が車戸の口から語られた。それは、「主な」理由であったし、「平均的な」動機であったが、あくまでも、言葉に還元される段階で単純化され、本人の口から語られた、本人が諦めて手放した「嘘」だった。

その嘘を、犀川は記憶に留めないことにした。とても些末《さまつ》なことだったし、そのような単純な記号に置換される意志が、ことの本質とも思えなかったからだ。

ただ、新庄久美子は、二人の男を利用し、利用し過ぎたために窮地に追い込まれた。要約すれば、それだけの話だった。

現実の殺人が、そんな有機質の動機、あるいは動物的な欲求で実行されたことと比較すれば、仮想空間で演じられた事件は、無機質だったとはいえ、とても人間的だったといえよう。

何故なら、そこに見出されるものは、人間にしか成しえない無駄であり、人間にしか思いつけない虚構だったからだ。自己防衛、愛情と嫉妬、独占欲、支配欲、そういったものよりも、むしろ人間性を追求した行為といえなくもない。それはつまり、夢と現《うつつ》の境界を模索するまどろみ、木や石を刻む芸術に近い動機、そう解釈できないこともない。

西之園萌絵が所有しているナノクラフトの株や、塙理生哉が抱いているかもしれない彼女への思慕も、また、些末な問題であった。

生と死を対比させ、実と虚を裏返そうとする思索こそ、人間だけが到達した高みではなかったか。

犀川はそう考えた。

そう思うことで、少しは安心できた。

塙理生哉にも、塙香奈芽にも、その後、会う機会はなかった。

窪川という男が、最後に挨拶に現れただけだった。

クリスマスのことなど、誰も思い出さないまま、彼らは長崎を去る。

国枝桃子は、実家に帰った。彼女が「良いお年を」と口にすることに、犀川は密かに四十パーセントの期待をかけていたが、やはり、彼女は何も言わずに去っていった。

反町愛と金子勇二は、熊本に寄り道すると言い、JRの駅へ向かって歩いていった。徒歩が苦にならない若さと、恋愛という名の幻想に麻痺した存在感を、二人とも軽々と背負っていた。

浜中深志と牧野洋子は、空港へ行く船に乗った。長崎見物は諦め、飛行機で那古野に戻るつもりらしい。虚構よりも現実を愛する二人に相応《ふさわ》しい選択だった。

犀川創平と西之園萌絵は、彼の辛子色の車に乗り込み、代わる代わる運転して、那古野まで戻った。それは、外様《とざま》大名を幾度も連想させるのに充分な距離だったが、道は女神様のように空いていたので、到着したのはその日の夕暮れであった。

萌絵のマンションの前で彼女を降ろしたとき、お茶を飲んでいって下さい、という誘いを犀川は断った。

大学の研究室に一度戻り、電子メールや手紙の整理をしていると、西之園家の執事、諏訪野から電話がかかってきた。

諏訪野は、礼を言うのに三分あまりも話した。お嬢様は帰ってくるなり一時間も話し続け、そのままテーブルで眠ってしまわれた、と最後につけ加えた。

夜の九時過ぎ。もう帰ろうかと思っていた頃、電話があった。長崎の国枝桃子からだった。

「急ぎの仕事はありませんでしたか?」彼女はきいた。

「ああ、大丈夫。ないみたいだよ」

「そうですか」

「旦那さんは、そちらへは行かないんだったね?」

「ええ」返事をしたまま、国枝は黙っている。

「用件はそれだけ?」

「はい、そうです」

「じゃあ、切るよ」

「はい……、良いお年を」

犀川は、電話を切ってから吹き出した。

自宅に帰り、シャワーを浴びる。

久しぶりに音楽を聴きたくなった。新しいのを買ったから、これは先生に、と言って最近、萌絵が置いていったコンポがある。それにたった一枚だけ持っているCDを入れた。

シャンソンだった。

犀川は独りで笑った。

誰が持ってきたCDだったか、と考える。

そう、喜多だ。

何の目的で彼はこんなものを持ってきたのだろう。

しかし、女性ヴォーカルは、悪くなかった。

しばらくの間、喜多の意図に思いを巡らしたが、やめることにする。歌詞のフランス語も、さっぱりわからない。

今日は考えるのはよそう、などと考えるときには、しかし、必ず考えてしまうものだ。

音楽を聴きながら、やがて音楽を聴かなくなる。

生きていると、やがて生きていることを忘れるように。

犀川は、浜辺の彼女を思い出していた。

黒い海の上を歩いていった、白いその姿を。

2

翌日、犀川は珍しく早起きをした。

七時に目が覚め、すぐに着替えた。彼はそのまま家を出て、駅まで走った。

地下鉄に飛び乗り、JRの那古野駅では、コンコースを走り抜けた。

自動販売機で新幹線の切符を買い、ホームに駆け上がる。

コートを着てくるのを忘れた。

セータにジーンズ、それにスニーカだった。

財布はズボンのポケット。三万円くらいなら、入っているはずだ。

電光掲示板で、次のひかりの停車駅を確かめる。

ホームに入ってきた電車は、幸い空いていた。自由席の車両にも幾つか空席があった。

彼はドアに近い通路側の席に座り、煙草に火をつける。

電車が走りだしてしばらくすると、ワゴンを押した売り子がドアから入ってきたので、コーヒーを注文した。その熱い液体を喉に流し込む。ようやく今日初めての呼吸をした、と感じる。

電話をかけるべきだったか、とも思ったけれど、携帯電話を彼は持っていない。

とりあえず、そこで眠った。

それ以外に、することがなかったからだ。

新横浜で降りて、ホームから儀同世津子の家に電話をかけた。

「もしもし、僕だけど」

「わ、創平君……。おはよう。どうしたのこんな時間に。なあに？」

「今から、そちらに行くけど」

「今からって？」

「あと十分くらい。新横浜のホームにいる」

「うわぁ！　びっくり」世津子の声が高くなる。「ああん、何のつもり？　何よ、それぇ。ちょっとう……、どうして、もっと早くかけてくんないわけぇ？　ああ、いやだ、Gメンの手入れじゃない、それじゃあ……。どうすんのよう……、もう……」

「旦那がいるのかい？」

「いえ、彼はいないけどさぁ……。そうじゃなくて、散らかっているのよう、もうね……、抜群というか、しぼりたてというか、とにかく目覚ましく散らかってるのぉ！　知らないからね！　もう……。あ、もしかして、ご飯食べるつもり？」

「いや、それはいい」世津子の剣幕《けんまく》で、犀川は遠慮した。

駅を出て、歩道を歩く。ついつい早足になる。

風が冷たい。

今は冬なんだ、と思う。

街路樹が、葉を一枚もつけないで、死んだように立っていた。乾燥した茶色い落葉が、歩道の上を滑っていく。

陸橋の階段を上った。それが道路を斜めに横断していた。ほかに歩いている者はいない。道路の反対側の歩道に下り、真っ直ぐに歩いた。ズボンのポケットに手を突っ込んでいた。煙草に火をつければ少しは暖かいのでは、と思ったが、手を出すのが億劫《おっくう》だった。ファミリィ・レストランの前を通り、横断歩道を渡る。

そこにある五階建てのマンション。その最上階に儀同世津子が住んでいる。ロビィに足を踏み入れ、並んだポストを見る。世津子の住居は五〇三号。これは素数だ。エレベータに乗る。

ドアが開く。

通路の手摺越しに北側の駐車場が見下ろせた。大きなトラックが駐まっている。どうやら、引越をしているようだ。

犀川は、五〇三のドアの前でインターフォンのボタンを押した。

ドアが開く。

「はい、どうぞ」世津子が顔を見せた。手を伸ばし、躰を斜めにして、ドアを支えている。

「どうしたのよ、急に」

部屋の中から赤ん坊の泣き声がする。二人しかいない犀川の姪《めい》たちだ。

「子供が泣いてるよ」犀川は言った。「煙草を吸ってから、入る」

「ええ、どうぞご勝手に」世津子は微笑んだ。「いいえ、そうしてもらった方が、助かるわ。

もう少しで、なんとか応急モードで片づくから。二本くらい吸っていていいよ。灰皿持ってきてあげようか？」彼女は後ろを振り向く。「喧《やかま》しいぞ！　もう、瀬戸さんがいないと、駄目なのよ……、さっきから泣きっぱなしなの」

世津子は一度ドアを閉め、しばらくして、灰皿を持って出てきた。

「そうまでして吸いたいものなのよね、わかるわかる、その気持ちわかるぞぉ」

「そりゃ、吸っていたんだから、わかって当然だ」犀川は灰皿を受け取った。

「へへんだぁ。もう止めましたからね。じまーん」世津子はそう言うと、ドアの中に消えた。

犀川はポケットから煙草を取り出す。

エレベータのドアが開いて、女が出てきた。

彼女は、犀川を見て、一瞬だけ足を止める。

しかし、ゆっくりと近づき、彼の前まで来て立ち止まった。

彼女は、くすくすと笑いだした。

「こんにちは」犀川は言った。

「どうして、ここへ？」

「貴女に会うためです」

「何故、ここだと？」

「横浜駅から僕がかけた電話が盗聴されていた」犀川は話す。「ずっとそう思っていましたけれど、そうじゃなかった。貴女は、あの日、ここから僕をつけていたのです。西之園君にかけた電話も、僕のすぐそばで聞いていたのですね。だから、僕が乗った新幹線もわかっていた」

「それだけかしら？」彼女は少女のように首を傾げた。「もう一つあるわ」

「ええ……」犀川は口もとを上げる。「浜辺で見たとき、最後に貴女は白く光っていた。あれは、夜が明けて朝になったからです。でも、九州ではまだ日の出まえでした。貴女だけ朝になっていた。そのとき、貴女が明るくなってから、僕の時計で三十分くらい、本当の日の出までかかりました。三十分といえば、一日の四十八分の一。残念ながら地理には弱いので、単純に日本の緯度を三十度とすると、コサイン三十度で、二分のルート三、赤道の周長四万キロにこれをかけて、約三万五千キロ。これに、最初の四十八分の一をかけて、約七百キロちょっと。夜明けが早かったのだから、九州よりも東です。長崎から東に七百キロの地点です」

「昨日いらっしゃるかと期待していたのに」彼女はにっこりと微笑む。「私の計算は、大いに狂いましたわ」

「すみません。頭の回転が遅いものですから」

「本当、幻滅です」くすっと彼女はまた笑った。

真賀田四季は、人形のように伸ばしたままの片手を差し出した。
犀川はそれを握る。
天才の手は、小さく冷たい。
「どこへ行かれるんです？」彼はきいた。
「どこへでも」
彼女はもう一方の手に持っていた、紙袋を差し出した。
「これ、儀同さんに……」
犀川はそれを受け取る。
「もう、機材もすべて運び出したのですか？」
「ええ……、夜のうちに」彼女は手摺越しに駐車場を見下ろした。
下にいた男が、こちらを見上げて片手を挙げた。彼女は手を振ってそれに応える。
再び、四季は犀川を見る。
「それでは」犀川の目を見つめたまま、彼女は軽く頭を下げた。
「ええ、また……」犀川も頷く。
彼女は背中を見せ、歩いていく。
エレベータまで行き、しばらくして開いたドアの中に消えた。
一度も振り向かなかった。

「いいよ」突然ドアが開いて、世津子が顔を出す。「入りたまえ、創平君」

「あ、これ」犀川は世津子に紙袋を手渡した。中には包装された箱が入っている。

「あ、瀬戸さんね？　彼女、もう行っちゃった？」

世津子は慌ててサンダルを履き、通路に出てくる。手摺越しに駐車場を一度見下ろしてから、紙袋を持ったまま駆けだし、通路の端にあった螺旋《らせん》階段を下りていった。

犀川は下を覗き込む。

トラックの横で、走っていった世津子は追いつき、彼女と話を始めた。

しばらく、犀川はそれを見ていたが、もう諦めることにする。

彼は、隣の五〇四のドアの前に行く。

七の倍数だ。

ドアの横の壁に、瀬戸幸朗・千衣、というプレートが残っていた。

瀬戸千衣。せとちい。

逆から読めば、いちとせ。

一歳《いちとせ》、春夏秋冬、つまり四季か……。

犀川は微笑む。

ドアを開けてみる。

鍵はかかっていなかった。

世津子のところと同じ間取りだが、何もない殺風景な空間は、とても広く感じられた。

ここも、あのダーク・ルームのように、仮想空間の器《うつわ》だったのだろうか。

事実、そうだったのかもしれない。

靴を脱いで上がる。

リビングを抜けていくと、南側の部屋の中央に、白いテーブルが一つだけ残されていた。

それは、あの部屋で見た、テーブルだった。

ほかには、何もない。

その部屋に入り、犀川は持っていた灰皿をテーブルにのせた。

彼は煙草に火をつける。

そう、あのときは、
煙草が吸えなかったから……。

不思議なことを考えるものだ、と自分で感心した。

可笑しかった。

ひょっとしたら……、
煙草が吸えるか、吸えないかの違い。

それくらいしか、
現実と虚構の差はないのかもしれない。

最初に、彼女に会った場所も、煙草が吸えなかった。
それくらい、僅かな違いなのだ。
そんな僅かなものに、我々は怯え、
そんな微小なものに、我々は生と死を分ける。
有限の生と、微小の死を。
部屋の片隅に転がっていたものに気づき、犀川は、それを拾い上げた。
一口だけかじられた、小さなパンだった。

森博嗣は何故本格創作に参加したか

島田荘司

　残念ながら自分には、この作品に限らず、森作品を解説する資格はないように思われる。この一文は、森作品の読者に向かって発信する性格のものと思うのだが、ぼくは、それら読者諸兄以下の知識しか持っていない。森博嗣という作家の企みについては思うところがあるのだが、これを系統だてて把握し、ストーリーを組んで解説するまでには材料が不足している。森作品にはある一貫性があり、これが数学の公式のようにロジカルである気配は絶えず感じているが、この公式の抽出を試みても、得たものは直感と大差がないし、俯瞰《ふかん》のストーリーを組めばそれは仮説でしかない。その当否を確かめたいとは願うものの、そうしている時間がない。

　ぼくに、一般読者以上のなんらかの要素があるとすれば、それは二十年ばかり本格のミステリー作品を書いてきたという過去くらいのものだが、これとても森作品の把握にはさして役だたない。理由は、たとえば森氏の文章の用い方が、私などの方法とは圧倒的に異なっている。私などが感じる森作品の新しさは、まずはこの文章に対する期待の違いにある。

この説明はそれなりにむずかしいが、日本語でもって支えられる森博嗣の小説世界は、試しにコンピュータ（理系技術屋ふうの呼称）における幻想、すなわちヴァーチャルの成り立ちを言葉にしてみると、不思議に兼用できる。すなわち無数の信号の集積によって仮想世界が現れているのがヴァーチャルならば、森博嗣の小説がまた、無数の信号の集合によって成っている。これと一般との違いの様をたとえて言うと、その信号は同じ場所で永遠に縦振動を続ける釘の頭のようで、しかし遠ざかればこれが奇麗な画像を成していて、ゆるやかに動いていくと、そんなふうだ。一本ずつでは限られた振幅で左右に揺れる稲の穂が、田全体ではゆるやかな風の波動を示すようにだ。

だから森博嗣の文章は、絶えず独立した一行になりたがっている。これは森氏流の詩心とは思うが、彼の日本文は、そのチャンスをうかがいながら進行していくという性質を持っている。これはもともと森氏の文章が、発見を表明する孤独な一行文の集積であることを語っていて、マスとなって文章化して見えるのは、この漢字仮名混じり文を、事件の進行を説明する手段とする必要上、作者がそう強要しているからにほかならない。

しかしぼくを含め、多くの小説家が自分の文章に期待する機能は、たいていそういうものではない。もう少し有機的に隣と連鎖するもので、というより隣の意志とがっちりつながった鎖そのものだから、独立はしていない。この相違は、たとえば核酸塩基の水素結合と、原子の一部の電荷結合の違いなど、連想させるところがある。電気的に集合しているものがPC上のヴァーチャルで、これは集合の理由としては最もすっきりしており、数理的に説明しやすく、ということは電源を切って解体もさせやすい。

とまあいった調子であるから、ぼくのこの感想文がこの文庫の巻末について、はたしてどこまでの意味があるものかは不明だが、読者はこの中に自身の把握に寄与すると思われる要素を探して、構築に流用してくだされればそれでいいのである。

森博嗣という作家の登場は、日本の本格ミステリー界にとっては一大事件であった。これには間違いがない。そしてこの出来事は、とりあえず以下のようなストーリーで理解できる。日本の本格が発展を続け、新本格という新しいムーヴメントが興《おこ》って、これに一級の知性が続々参加するようになった。結果、大学助教授クラスが参加しても違和感のない高度さにまでこれが育ったので、彼のような知性をも呼び込んだ——。

そうとらえれば、一連の森ワールドの獲得こそは、そのまま日本の本格探偵小説の達成点を語るわけだが、ぼくに言わせれば、この理解では不充分である。本格創作コンペへの森氏の参加は、日本の本格が、コード型という新しい方法を探り当てていたからにほかならない。これが、森博嗣登場の準備になった。

助教授本格作家自体は、日本でははじめての出来事ではない。戦前のわが探偵小説文壇にも、東北帝大医学部助教授の小酒井不木《こざかいふぼく》、大阪帝大医学部卒、奈良県立医専教授の米田三星《よねださんせい》がいる。しかし彼らの創作は、どこか自身の専門知識を見限った様子があり、蓄積してきたはずの彼らの専門知識と、書いたものとに距離がある。これはそのまま当時の日本の探偵小説世界と、学問領域との乖離《かいり》を語ったわけだが、森博嗣の場合は、この二者の距離がなかなか近い。むろん彼の専門はセメント工学だそうだから、この知識がそのまま作品に活用されているわけではないが、学者レヴェルの高度の観察力、そして論理発想を、彼は創作中に存分に披露して、隠すことがない。これは戦前の探偵小説が、エンターテインメントとして大いに固定化、定型化しており、作家に要求するところが偏狭であったのに較べ、現在のそれはなかなか自由であることによる。この自由さとは、語弊を恐れずに言えば、コード型実験が現れ得るほどに自由だということである。

二〇〇一年一〇月一二日現在、まだ世に現れていない彼の最新作、「トロイの木馬」の原稿を、何故かぼくは持っている。これはぼくが提唱した「21世紀本格のアンソロジー」のために、彼が書いてくれた近未来小説なのだが、その中にこんな一節がある。

——今でも殺人などという行為が成立することが、ぼくには信じられない。肉体の機能を奪って、個人を抹殺しようという発想はとても古い。貧しく、そして劣った思想だと、教育されたし、少なくとも、自分では滑稽な印象を伴ってしか理解できなかった。すなわち、エネルギィ的に割が合わない。逆にいえば、個人にそれほどの価値があるとも思えないのだ。

またこうも言う。

——物体よりも信号の配列の方が重要なのだ。（中略）現実や実態が舞台裏の装置に成り下がった。人の躰とは、頭脳の活動を維持する電源、あるいは環境維持装置にすぎない。

『すべてがFになる』から当『有限と微小のパン』に至る十作のシリーズにおいては、森博嗣はここまで過激にはなっていなかったが、ある選択された道筋に沿って、ゆるやかにここに向かっていた。彼の場合はこのような由来から、コード型本格の系譜に参加した。厳密には違うが、少なくともここまでの十作のシリーズは、ほぼコード型に属している。

コード型というのは、本格の探偵小説の最も魅力的な要素、すなわち孤島など警察や鑑識が排除された閉鎖的な状況、その中に現れる密室、切断死体、名探偵の外来参加、手がかりのフェアな提示、意外な犯人の指摘、などの諸要素を抽出し、ほぼ記号化して、その成立の事情を語ることにはさして重きを置かず（戦後の多くのリアリズム推理作品が、ここに係わりすぎて退屈化したという判断による）、よく網羅することを心がけて、作品の達成歩《ぶ》どまりをあげた方法のことであるが、森氏の当作までの作品群は、このコードをさらに一本増して提案しているように観察された。その一本とは、言ってみれば少女漫画のコードで、一般レヴェルから見て特殊すぎないしかし魅力的な娘と、彼女が憧れる年上の魅力的男性像を配し、二人の恋愛風味の展開を物語の軸に置く、というコードである。

コード型本格の試みが、ミステリ研の男性ファンによって発明され、同じく仲間の男性に向けて発信されたものであるなら、いずれはそれが女性たちにも向けられ、必要な要素を加えられることは必然であった。彼は一級の洞察力によってこれを見抜いており、この実験欲求が、創作コンペ参加の動機のひとつになった、という推察もできるであろう。そうなら彼は、まことに理数的な足し算によって、計算通りに成功したと理解することもできる。

ここでいう一級とか高度というのは、助教授とか学者といった肩書きを言っているのではない。現代日本における知性の一級性とは、コンピューター世界の意志を正確に理解し、その向かい、届く場所をよく予見している、という意味になる。そういう彼の行ったコード理解は、少女漫画のコードをもう一本取り込む、といった程度のことでは終わるはずもなかった。森博嗣にとっては、コード型に変貌して見せた探偵小説には、もっと遥かに重大な意味あいが潜んで感じられたはずである。この意味あいこそが、彼をこの世界に吸引した最大の力であったろう。ではそれが何かといえば、記号化し、表情を簡素化した探偵小説の諸要素は、独立した信号であり得るという点である。

信号であり得るということは、これを用いてプログラムが組めるということである。すなわちFからパンに至るこの十作のシリーズは、森博嗣が組みあげ、提出を続けた、ヴァーチャルな、殺人とその隠蔽《いんぺい》のプログラムだということだ。彼はこの一連の数理的世界内において、真賀田四季というプログラマーには天才の栄誉を与えているが、犀川にはこれを与えない。これはゲームを作る者と、これを遊ぶ者との間には、これくらいの差別感を与えてよいという、やはりプログラマーとしての特権的な俯瞰判定があるように思われる。

これらの作品には、それぞれ英語の副題が付いているが、THE PERFECT INSIDERというのはまったくのところそういう意味で、プログラム内に完全に封じ込められた人々の、予測的なドラマという宣言であり、当最終作の副題、THE PERFECT OUTSIDERとは、知らず作家として増体していた森氏の物語能力が、だんだんにこの構造に抑圧を感じて、自らが組んだプログラムの檻《おり》から、作中人物ともども脱出を試みている、という心情吐露に読める。

有限というのは、この希《まれ》な理数系の作家が、プログラム外に生まれ育った自らの文学性を、檻の内に見た際の懐疑の気分を示し、そこで作中の天才とともに、自らもプログラム至上主義を棄てる実験をやることにした。これは成功したシリーズを惜しげもなく閉じることを意味したが、その際シリーズの生命と重ねて「有限」と言い置き、その上でこれはささいなこととばかりに「微小」とつぶやいて見せたのではあるまいか。もしこの転換もまたプログラムの一環であるならば、これらの文字は別の姿になっていたように考えられる。

『有限と微小のパン』は森博嗣の到達点であり、転換地点であった。そして、「トロイの木馬」がぼくの手の上にある。これはただ日本語力だけに着目した際の話だが、今や遥かな高みに駈けのぼった、文学的というほかない彼の文字群がここに結晶している。森博嗣は、スタート時の自身が考えていた以上に文学的な潜在能力があり、この発現増体までをも見越してプログラミングすることは、いかに彼でもできなかったということだ。

※冒頭の引用文は「フラクタル」（J・フェダー著　松下貢／早川美徳／佐藤信一共訳　啓学出版）および「数学的経験」（P・J・デービス／R・ヘルシュ著　柴垣和三雄／清水邦夫／田中裕共訳　森北出版）によりました。

※この作品はフィクションです。登場する人物、団体は、実在するいかなる個人、団体とも関係ありません。

この作品は一九九八年十月に講談社ノベルスとして刊行されたものです。

|著者| 森 博嗣　作家、工学博士。1957年12月生まれ。名古屋大学工学部助教授として勤務するかたわら、1996年に『すべてがFになる』（講談社）で第1回メフィスト賞を受賞しデビュー。以後、続々と作品を発表し、人気を博している。小説に『スカイ・クロラ』シリーズ、『ヴォイド・シェイパ』シリーズ（ともに中央公論新社）、『相田家のグッドバイ』（幻冬舎）、『喜嶋先生の静かな世界』（講談社）など、小説のほかに、『自由をつくる 自在に生きる』（集英社新書）、『孤独の価値』（幻冬舎新書）などの多数の著作がある。2010年には、Amazon.co.jpの10周年記念で殿堂入り著者に選ばれた。ホームページは、「森博嗣の浮遊工作室」（https://www.ne.jp/asahi/beat/non/mori/）。

有限《ゆうげん》と微小《びしよう》のパン　THE PERFECT OUTSIDER

森《もり》 博嗣《ひろし》

2001年11月15日第1刷発行
2025年4月23日第44刷発行

発行者——篠木和久
発行所——株式会社 講談社
東京都文京区音羽2-12-21　〒112-8001
電話 出版（03）5395-3510
販売（03）5395-5817
業務（03）5395-3615
Printed in Japan

講談社文庫
定価はカバーに表示してあります

KODANSHA

デザイン—菊地信義
製版———株式会社KPSプロダクツ
印刷———株式会社KPSプロダクツ
製本———株式会社KPSプロダクツ

ISBN4-06-273294-7

講談社文庫刊行の辞

二十一世紀の到来を目睫に望みながら、われわれはいま、人類史上かつて例を見ない巨大な転換期をむかえようとしている。

世界も、日本も、激動の予兆に対する期待とおののきを内に蔵して、未知の時代に歩み入ろうとしている。このときにあたり、創業の人野間清治の「ナショナル・エデュケイター」への志を現代に甦らせようと意図して、われわれはここに古今の文芸作品はいうまでもなく、ひろく人文・社会・自然の諸科学から東西の名著を網羅する、新しい綜合文庫の発刊を決意した。

激動の転換期はまた断絶の時代である。われわれは戦後二十五年間の出版文化のありかたへの深い反省をこめて、この断絶の時代にあえて人間的な持続を求めようとする。いたずらに浮薄な商業主義のあだ花を追い求めることなく、長期にわたって良書に生命をあたえようとつとめるところにしか、今後の出版文化の真の繁栄はあり得ないと信じるからである。

同時にわれわれはこの綜合文庫の刊行を通じて、人文・社会・自然の諸科学が、結局人間の学にほかならないことを立証しようと願っている。かつて知識とは、「汝自身を知る」ことにつきていた。現代社会の瑣末な情報の氾濫のなかから、力強い知識の源泉を掘り起し、技術文明のただなかに、生きた人間の姿を復活させること。それこそわれわれの切なる希求である。

われわれは権威に盲従せず、俗流に媚びることなく、渾然一体となって日本の「草の根」をかたちづくる若く新しい世代の人々に、心をこめてこの新しい綜合文庫をおくり届けたい。それは知識の泉であるとともに感受性のふるさとであり、もっとも有機的に組織され、社会に開かれた万人のための大学をめざしている。大方の支援と協力を衷心より切望してやまない。

一九七一年七月

野間省一

講談社文庫　目録

松下隆一　侠《きゃん》
三島由紀夫 TBSヴィンテージクラシックス 編　告白 三島由紀夫未公開インタビュー
三浦綾子　ひつじが丘
三浦綾子　岩に立つ
三浦綾子　あのポプラの上が空〈新装版〉
三浦明博　滅びのモノクローム
三浦明博　五郎丸の生涯
宮尾登美子　新装版 天璋院篤姫 (上)(下)
宮尾登美子　新装版 一絃の琴
宮尾登美子　東福門院和子《まさこ》の涙 (上)(下)〈レジェンド歴史時代小説〉
皆川博子　クロコダイル路地
宮本輝　骸骨ビルの庭 (上)(下)
宮本輝　新装版 二十歳《はたち》の火影《ほかげ》
宮本輝　新装版 命の器
宮本輝　新装版 避暑地の猫
宮本輝　新装版 ここに地終わり 海始まる (上)(下)
宮本輝　新装版 花の降る午後 (上)(下)
宮本輝　新装版 オレンジの壺 (上)(下)
宮本輝　にぎやかな天地 (上)(下)

宮本輝　新装版 朝の歓び (上)(下)
宮城谷昌光　夏姫春秋 (上)(下)
宮城谷昌光　花の歳月
宮城谷昌光　重耳《ちょうじ》 (全三冊)
宮城谷昌光　介《かい》子《し》推《すい》
宮城谷昌光　孟嘗君 全五冊
宮城谷昌光　子産 (上)(下)
宮城谷昌光　湖底の城〈呉越春秋〉一
宮城谷昌光　湖底の城〈呉越春秋〉二
宮城谷昌光　湖底の城〈呉越春秋〉三
宮城谷昌光　湖底の城〈呉越春秋〉四
宮城谷昌光　湖底の城〈呉越春秋〉五
宮城谷昌光　湖底の城〈呉越春秋〉六
宮城谷昌光　湖底の城〈呉越春秋〉七
宮城谷昌光　湖底の城〈呉越春秋〉八
宮城谷昌光　湖底の城 九
宮城谷昌光　侠骨記〈新装版〉
水木しげる　コミック昭和史1〈関東大震災～満州事変〉
水木しげる　コミック昭和史2〈満州事変～日中全面戦争〉

水木しげる　コミック昭和史3〈日中全面戦争～太平洋戦争開始〉
水木しげる　コミック昭和史4〈太平洋戦争前半〉
水木しげる　コミック昭和史5〈太平洋戦争後半〉
水木しげる　コミック昭和史6〈終戦から朝鮮戦争〉
水木しげる　コミック昭和史7〈講和から復興〉
水木しげる　コミック昭和史8〈高度成長以降〉
水木しげる　敗走記
水木しげる　白い旗
水木しげる　姑《クー》娘《ニャン》
水木しげる　決定版 日本妖怪大全〈妖怪・あの世・神様〉
水木しげる　ほんまにオレはアホやろか
水木しげる　総員玉砕せよ!〈新装完全版〉
宮部みゆき　新装版 震える岩〈霊験お初捕物控〉
宮部みゆき　新装版 天狗風〈霊験お初捕物控〉
宮部みゆき　ICO《イコ》—霧の城— (上)(下)
宮部みゆき　ぼんくら (上)(下)
宮部みゆき　新装版 日暮らし (上)(下)
宮部みゆき　おまえさん (上)(下)
宮部みゆき　小暮写眞館 (上)(下)

宮部みゆき ステップファザー・ステップ〈新装版〉
宮子あずさ 看護婦が見つめた人間が死ぬということ
宮本昌孝 家康、死す(上)(下)
三津田信三 忌《い》館《かん》〈ホラー作家の棲む家〉
三津田信三 作者不詳〈ミステリ作家の読む本〉(上)(下)
三津田信三 蛇《じゃ》棺《かん》葬《そう》
三津田信三 百《ひゃく》蛇《じゃ》堂《どう》〈怪談作家の語る話〉
三津田信三 厭魅《まじもの》の如き憑くもの
三津田信三 凶鳥《まがとり》の如き忌むもの
三津田信三 首無《くびなし》の如き祟るもの
三津田信三 山魔《やまんま》の如き嗤《わら》うもの
三津田信三 水魑《みづち》の如き沈むもの
三津田信三 密室《ひめむろ》の如き籠《こも》るもの
三津田信三 生霊《いきだま》の如き重《だぶ》るもの
三津田信三 幽女《ゆうじょ》の如き怨むもの
三津田信三 碆霊《はえだま》の如き祀るもの
三津田信三 魔偶《まぐう》の如き齎《もたら》すもの
三津田信三 忌名《いな》の如き贄《にえ》るもの
三津田信三 シェルター 終末の殺人
三津田信三 ついてくるもの
三津田信三 誰かの家
三津田信三 忌《い》物《ぶつ》堂《どう》鬼《き》談《だん》
道尾秀介 カラスの親指〈by rule of CROW's thumb〉
道尾秀介 カエルの小指〈a murder of crows〉
道尾秀介 水の柩
深《み》木《き》章《あき》子《こ》 鬼畜の家
湊かなえ リバース
宮内悠介 彼女がエスパーだったころ
宮内悠介 偶然の聖地
宮乃《みやの》崎桜子《さきさくらこ》 綺《き》羅《ら》の皇女《ひめみこ》(1)
宮乃崎桜子 綺羅の皇女(2)
三國青葉 損料屋見鬼《けんき》控え 1
三國青葉 損料屋見鬼控え 2
三國青葉 損料屋見鬼控え 3
三國青葉 福猫屋〈お佐和のねこだすけ〉
三國青葉 福猫屋〈お佐和のねこかし〉
三國青葉 福猫屋〈お佐和のねこわずらい〉
三國青葉 母上は別《べっ》式《しき》女《め》
三國青葉 母上は別式女 2
宮西真冬 誰かが見ている
宮西真冬 首の鎖
宮西真冬 友達未遂
宮西真冬 毎日世界が生きづらい
南杏子 希望のステージ
嶺里俊介 だいたい本当の奇妙な話
嶺里俊介 ちょっと奇妙な怖い話
溝口敦 喰うか喰われるか〈私の山口組体験〉
三谷幸喜 松野大介 三谷幸喜 創作を語る
三嶋龍朗 協力 小泉徳宏 小説 父と僕の終わらない歌
村上龍 愛と幻想のファシズム(上)(下)
村上龍 村上龍料理小説集
村上龍 新装版 限りなく透明に近いブルー
村上龍 新装版 コインロッカー・ベイビーズ
村上龍 歌うクジラ(上)(下)
向田邦子 新装版 眠る盃
向田邦子 新装版 夜中の薔薇
村上春樹 風の歌を聴け

講談社文庫　目録

村上春樹　1973年のピンボール
村上春樹　羊をめぐる冒険(上)(下)
村上春樹　カンガルー日和
村上春樹　回転木馬のデッド・ヒート
村上春樹　ノルウェイの森(上)(下)
村上春樹　ダンス・ダンス・ダンス(上)(下)
村上春樹　遠い太鼓
村上春樹　国境の南、太陽の西
村上春樹　やがて哀しき外国語
村上春樹　アンダーグラウンド
村上春樹　スプートニクの恋人
村上春樹　アフターダーク
村上春樹　佐々木マキ絵　羊男のクリスマス
村上春樹　佐々木マキ絵　ふしぎな図書館
村上春樹　糸井重里　夢で会いましょう
村上春樹・文　安西水丸・絵　ふわふわ
U・K・ル=グウィン　村上春樹訳　空飛び猫
U・K・ル=グウィン　村上春樹訳　帰ってきた空飛び猫
U・K・ル=グウィン　村上春樹訳　素晴らしいアレキサンダーと、空飛び猫たち

U・K・ル=グウィン　村上春樹訳　空を駆けるジェーン
T・ファリッシュ著　B・ルート絵　村上春樹訳　ポテト・スープが大好きな猫
村山由佳　天翔る
睦月影郎　密通妻
睦月影郎　快楽アクアリウム
向井万起男　渡る世間は「数字」だらけ
村田沙耶香　授乳
村田沙耶香　マウス
村田沙耶香　星が吸う水
村田沙耶香　殺人出産
村瀬秀信　気がつけばチェーン店ばかりでメシを食べている
村瀬秀信　それでも気がつけばチェーン店ばかりでメシを食べている
村瀬秀信　地方に行っても気がつけばチェーン店ばかりでメシを食べている
虫眼鏡　東海オンエアの動画が6.4倍楽しくなる本〈虫眼鏡の概要欄　クロニクル〉
森村誠一　悪道
森村誠一　悪道　西国謀反
森村誠一　悪道　御三家の刺客
森村誠一　悪道　五右衛門の復讐
森村誠一　悪道　最後の密命

森村誠一　ねこの証明
毛利恒之　月光の夏
森博嗣　すべてがFになる〈THE PERFECT INSIDER〉
森博嗣　冷たい密室と博士たち〈DOCTORS IN ISOLATED ROOM〉
森博嗣　笑わない数学者〈MATHEMATICAL GOODBYE〉
森博嗣　詩的私的ジャック〈JACK THE POETICAL PRIVATE〉
森博嗣　封印再度〈WHO INSIDE〉
森博嗣　幻惑の死と使途〈ILLUSION ACTS LIKE MAGIC〉
森博嗣　夏のレプリカ〈REPLACEABLE SUMMER〉
森博嗣　今はもうない〈SWITCH BACK〉
森博嗣　数奇にして模型〈NUMERICAL MODELS〉
森博嗣　有限と微小のパン〈THE PERFECT OUTSIDER〉
森博嗣　黒猫の三角〈Delta in the Darkness〉
森博嗣　人形式モナリザ〈Shape of Things Human〉
森博嗣　月は幽咽のデバイス〈The Sound Walks When the Moon Talks〉
森博嗣　夢・出逢い・魔性〈You May Die in My Show〉
森博嗣　魔剣天翔〈Cockpit on knife Edge〉
森博嗣　恋恋蓮歩の演習〈A Sea of Deceits〉
森博嗣　六人の超音波科学者〈Six Supersonic Scientists〉

講談社文庫　目録

森　博嗣　捩れ屋敷の利鈍〈The Riddle in Torsional Nest〉
森　博嗣　朽ちる散る落ちる〈Rot off and Drop away〉
森　博嗣　赤　緑　黒　白〈Red Green Black and White〉
森　博嗣　四季　春～冬
森　博嗣　φ《ファイ》は壊れたね〈PATH CONNECTED φ BROKE〉
森　博嗣　θ《シータ》は遊んでくれたよ〈ANOTHER PLAYMATE θ〉
森　博嗣　τ《タウ》になるまで待って〈PLEASE STAY UNTIL τ〉
森　博嗣　ε《イプシロン》に誓って〈SWEARING ON SOLEMN ε〉
森　博嗣　λ《ラムダ》に歯がない〈λ HAS NO TEETH〉
森　博嗣　η《イータ》なのに夢のよう〈DREAMILY IN SPITE OF η〉
森　博嗣　目薬α《アルファ》で殺菌します〈DISINFECTANT α FOR THE EYES〉
森　博嗣　ジグβ《ベータ》は神ですか〈JIG β KNOWS HEAVEN〉
森　博嗣　キウイγ《ガンマ》は時計仕掛け〈KIWI γ IN CLOCKWORK〉
森　博嗣　χ《カイ》の悲劇〈THE TRAGEDY OF χ〉
森　博嗣　ψ《プサイ》の悲劇〈THE TRAGEDY OF ψ〉
森　博嗣　イナイ×イナイ〈PEEKABOO〉
森　博嗣　キラレ×キラレ〈CUTTHROAT〉
森　博嗣　タカイ×タカイ〈CRUCIFIXION〉
森　博嗣　ムカシ×ムカシ〈REMINISCENCE〉
森　博嗣　サイタ×サイタ〈EXPLOSIVE〉
森　博嗣　ダマシ×ダマシ〈SWINDLER〉
森　博嗣　女王の百年密室〈GOD SAVE THE QUEEN〉
森　博嗣　迷宮百年の睡魔〈LABYRINTH IN ARM OF MORPHEUS〉
森　博嗣　赤目姫の潮解〈LADY SCARLET EYES AND HER DELIQUESCENCE〉
森　博嗣　馬鹿と嘘の弓〈Fool Lie Bow〉
森　博嗣　歌の終わりは海〈Song End Sea〉
森　博嗣　まどろみ消去〈MISSING UNDER THE MISTLETOE〉
森　博嗣　地球儀のスライス〈A SLICE OF TERRESTRIAL GLOBE〉
森　博嗣　レタス・フライ〈Lettuce Fry〉
森　博嗣　僕は秋子に借りがある I'm in Debt to Akiko〈森博嗣自選短編集〉
森　博嗣　どちらかが魔女 Which is the Witch?〈森博嗣シリーズ短編集〉
森　博嗣　喜嶋先生の静かな世界〈The Silent World of Dr.Kishima〉
森　博嗣　そして二人だけになった〈Until Death Do Us Part〉
森　博嗣　つぶやきのクリーム〈The cream of the notes〉
森　博嗣　ツンドラモンスーン〈The cream of the notes 4〉
森　博嗣　つぼみ茸《きのこ》ムース〈The cream of the notes 5〉
森　博嗣　つぶさにミルフィーユ〈The cream of the notes 6〉
森　博嗣　月夜のサラサーテ〈The cream of the notes 7〉
森　博嗣　つんつんブラザーズ〈The cream of the notes 8〉
森　博嗣　ツベルクリンムーチョ〈The cream of the notes 9〉
森　博嗣　追懐のコヨーテ〈The cream of the notes 10〉
森　博嗣　積み木シンドローム〈The cream of the notes 11〉
森　博嗣　妻のオンパレード〈The cream of the notes 12〉
森　博嗣　つむじ風のスープ〈The cream of the notes 13〉
森　博嗣　カクレカラクリ〈An Automaton in Long Sleep〉
森　博嗣　DOG&DOLL
森　博嗣　森には森の風が吹く〈My wind blows in my forest〉
森　博嗣　アンチ整理術〈Anti-Organizing Life〉
森　博嗣 原作　萩尾望都　トーマの心臓〈Lost heart for Thoma〉
諸田玲子　森家の討ち入り
森　達也　すべての戦争は自衛から始まる
本谷有希子　腑抜けども、悲しみの愛を見せろ
本谷有希子　江利子と絶対〈本谷有希子文学大全集〉
本谷有希子　あの子の考えることは変
本谷有希子　嵐のピクニック
本谷有希子　自分を好きになる方法
本谷有希子　異類婚姻譚

2025年3月14日現在